Olvidarás el fuego

Olvidarás el fuego

Gabriela Riveros

Lumen

narrativa

El papel utilizado para la impresión de este libro ha sido fabricado a partir de madera
procedente de bosques y plantaciones gestionadas con los más altos estándares ambientales,
garantizando una explotación de los recursos sostenible con el medio ambiente y beneficiosa para las personas.

Olvidarás el fuego

Primera edición: mayo, 2022
Primera reimpresión: octubre, 2022

D. R. © 2022, Gabriela Riveros
Publicada mediante acuerdo con VF Agencia Literaria

D. R. © 2022, derechos de edición mundiales en lengua castellana:
Penguin Random House Grupo Editorial, S. A. de C. V.
Blvd. Miguel de Cervantes Saavedra núm. 301, 1er piso,
colonia Granada, alcaldía Miguel Hidalgo, C. P. 11520,
Ciudad de México

penguinlibros.com

ISBN: 978-607-381-121-7

Impreso en México – *Printed in Mexico*

A la memoria de Constanza de la Garza,
bisabuela de Blas de la Garza Falcón,
quien murió en la cárcel de la Inquisición, cuyos
huesos fueron quemados en el auto de fe de febrero
de 1526 en La Palma, Gran Canaria, Canarias.

A quienes han tenido que habitar el mundo
desde la otredad, entre ellos, Francisco, mi hermano.

A Isabela, Catalina y Andrea, mis hijas,
quienes recibieron esta herencia, aun sin saberlo.

Índice

I

Diáspora

Diciembre de 1596
Cárceles secretas de la Santa Inquisición
Ciudad de México, Nueva España

Joseph Lumbroso ya no podrá jamás conciliar el sueño. Poco después de que suenan las campanas de las nueve de la noche, allá enfrente en Santo Domingo, se acercan a su celda dos frailes dominicos, vestidos con su hábito en blanco y negro, para trasladarlo a una sala. Al cruzar el umbral de la puerta descubre, entre la luz de las velas y sentados al fondo de la habitación, a un sacerdote con una pequeña cruz en las manos, a los inquisidores Alonso de Peralta y al doctor Lobo Guerrero, y al alguacil mayor del tribunal de la Inquisición. Mientras el sacerdote se pone de pie y se acerca a él para amarrar el crucifijo a sus manos temblorosas, Alonso de Peralta enuncia:

—Luis de Carvajal, "el Mozo", mudado el nombre a Joseph Lumbroso: has sido sentenciado como hereje judaizante, apóstata de nuestra santa fe católica, fautor y encubridor de herejes judaizantes, impenitente, relapso y dogmatista pertinaz. De manera que ha llegado, después de años, el momento de tu relajación. El Santo Oficio te entregará mañana domingo a la justicia y al brazo seglar para que ejecuten tu sentencia en un auto de fe. El padre Medrano será tu confesor y está aquí para ayudarte a bien morir.

Por tanto, el proceso iniciado por el Santo Oficio en contra suya, de su familia y de toda su comunidad siete años atrás, terminará al día siguiente —ocho de diciembre de 1596, día de la Purísima Concepción— para él, su madre Francisca, y sus hermanas Isabel, Catalina y Leonor.

Ya de regreso en su celda y con las manos atadas al crucifijo, Joseph cae de rodillas. Solloza. Días y noches imaginando este momento una y otra vez, su muerte multiplicada en diversas posibilidades: la imaginación es su verdugo. Intenta zafarse el crucifijo, en vano. Ha llegado el momento. Al término del día siguiente, sus veintinueve años habrán sido su vida entera, una existencia que ellos habrán llevado hasta la orilla de un acantilado y al fondo la nada, el olvido, el silencio. Esa noche, hincado hacia el oriente, Joseph ora en soledad.

¡Oye Adonai mi oración! Y concédeme lo que por ella para tu santísimo servicio te pido. Líbranos de cautiverio y de cárcel y de fuego de Inquisición a mí y a toda mi compañía y llévanos a donde deseamos y sea luego para que ahí te sirvamos con libertad y contento.

A las dos de la mañana se recuesta sobre el suelo oscuro. Cierra los párpados. Inserto en la penumbra de esa última noche y con trabajo, toma una piedra pequeña entre sus dedos cautivos. La acaricia con el pulgar.

Suspira.

Su aliento es una nube que se abre paso entre el frío, un sonido áspero dentro de esos robustos muros de tezontle, de cal y canto. El vaho de su aliento acuna el silencio de la noche. Es raro vislumbrar un silencio así. Ahí siempre habitan los mur-

mullos de los otros, las plegarias, los ruegos, sus aullidos y súplicas, gritos de dolor por tormentos y torturas. Pero hace unas
horas, a través de un pequeño agujero vio cómo desfilaban, de
uno en uno, decenas de reos sentenciados. Mujeres y varones
jóvenes, maduros y ancianos arrastrando su andar. A todos han
dado aviso ya. Es el silencio en la antesala de la muerte.

Ahora entiende por qué desde hace días lo acosa un presentimiento: el martilleo lejano era una especie de anuncio.
Al final de la tarde, siempre queda el latir de un corazón que
insiste y palpita contra la pared del cuerpo cuando el miedo in-
vade. Un golpe seco y otro más. Sobre los hierros, la madera,
dentro de las sienes.

De manera que los carpinteros construyeron, a marchas for-
zadas, el descomunal escenario para el auto de fe más grande
del que se ha tenido memoria en la Nueva España; estudiaron
los planos con minucia. Todo está ya perfectamente calculado:
el sitio para el virrey, el arzobispo, los reos, los confesores, las
sedas, los terciopelos, los sillones, las maderas, las estacas, los verdugos, la leña verde. Un espectáculo extraordinario organiza-
do durante meses y para el que se ha logrado reunir al mayor
número de acusados en toda la historia de la Inquisición en la
Nueva España.

Han venido viajeros de los lugares más apartados del reino,
porque todo cristiano debe presenciarlo, después de asistir a
misa a la una de la mañana como preparación para la ceremonia. El evento es para todos los fieles: centenares de hombres,
mujeres, ancianos y niños movidos por el miedo, el morbo, la
curiosidad, el odio. La furia germina de su propia miseria, el pavor a que, en un futuro próximo, sean sus propios cuerpos los que

ardan. A los herejes hay que gritarles duro, escupirles, mofarse de su desgracia; no solo a manera de repudio, sino en defensa propia. Guardar las apariencias para que estas nos guarden a nosotros.

Ahí se mezclan la impotencia y la ira en un caldo de prejuicios construidos a lo largo de siglos con esmero, con imprenta, con sermones, con chismes.

¡Perros judíos!

¡Que ardan en leña verde!

¡Judíos del demonio! ¡Envenenan los pozos!

¡Crucificaron a Jesús! ¡Herejes!

¡Se comen a los niños!

A ellos los vestirán con los sambenitos de acuerdo con la acusación, los gorros cónicos decorados con llamas, culebras escarlatas y demonios púrpuras; portarán velas verdes. A Joseph lo montarán a un burro y lo formarán en la fila de los condenados que marcharán hacia la Plaza Mayor, y después seguirán hasta la Plaza del Quemadero cerca del Mercado San Hipólito.

Joseph inmóvil, recostado sobre el suelo. Hace seis años, sobrevivió al proceso de Inquisición y abjuró al judaísmo en el auto de fe en Catedral. Ahora, no hay manera de escapar. Solo un milagro podría salvarlo de la humillación, el tormento y una muerte infame.

En el silencio de las celdas, el tiempo es despojado de todo protocolo. No hay orden en el tiempo de los condenados. Para ellos solo la tortura de la espera, del hubiera, del miedo y la culpa, del cuerpo enflaquecido; de saber que decenas de familiares perecerán hoy mismo, por las palabras dichas, por las escritas.

Siempre las palabras.

Las que el escribano apuntó con pluma de oca y tinta ferrogálica sobre folios que permanecerán durante siglos en la oscuridad secreta de los archivos. Las palabras —los ciento dieciocho nombres con apellidos de judaizantes que Joseph apuntó después de días de tortura sobre el potro y con el cordel; palabras de interrogatorios de una comunidad entera.

En posición fetal, Joseph acaricia la piedra entre sus dedos cautivos, una piedra como la que salvó —durante un tiempo— el libro diminuto de sus *Memorias* escondido a veces bajo su sombrero, o a veces bajo un tablón o en un muro de casa de su madre. *Memorias* que le fueron confiscadas debido a la traición del sacerdote espía con quien compartía la celda.

Memorias donde vertió las aventuras de Joseph Lumbroso, antes Luis de Carvajal, "el Mozo", elegido heredero y entrenado para reinar ese vastísimo territorio del Nuevo Reino de León —uno de los más grandes de Nueva España.

Memorias del adolescente que cruzó el Atlántico con sus padres, sus hermanas y hermanos gracias a la invitación que les hizo su tío, don Luis de Carvajal y de la Cueva, gobernador del Nuevo Reino de León, para migrar a Nueva España.

Memorias del mozo que sobrevivió huracanes en Tampico y recorrió a caballo serranías y valles, fundó caseríos, trazó caminos y descubrió minas de plata.

Memorias del joven soldado que se extravió una noche en tierra de *salvajes chichimecos* que desuellan vivos a los españoles.

Memorias del varón que eligió la ley de Moisés y, al empeñarse en ello, cambió el destino de una familia y de un reino entero.

Memorias del joven que se circuncidó con tijeras para sellar una alianza.

Memorias del poeta místico, del rabino iluminado que tras días y noches de discusión teológica convirtió a un sacerdote franciscano al judaísmo.

Memorias de un hijo en cautiverio que soñó noche tras noche con los antiguos profetas, tras soportar los gritos de su madre desnuda y torturada con vueltas de cordel de esparto húmedo —para hacer más profundas las heridas— y con el potro hasta que denunció a sus propios hijos.

Memorias del místico que una noche soñó que Adonai, su Dios, ordenaba a Salomón derramar un licor dulcísimo sobre él para señalarlo como El Elegido y decidió que, a partir de ese momento, ya no sería Luis de Carvajal, "el Mozo" sino "Joseph Lumbroso". Joseph, como el hijo de Jacob, sobre quien le contaron los jesuitas en el colegio de Medina del Campo, cuando era niño.

Memorias del penitente que, portando su sambenito, trapeaba con sus lágrimas las lozas de barro de aquel primer manicomio de América que fue San Hipólito, rodeado de dementes y de los piratas ingleses, ya ancianos, que sobrevivieron la emboscada en el Pánuco.

Memorias del joven maestro de latín para niños de la nobleza indígena en el primer colegio de América y traductor de los clásicos en aquel Colegio Imperial de Santa Cruz de Tlatelolco donde, además, custodió su extraordinaria biblioteca.

Memorias vertidas en un encuadernado miniatura que develan la historia de Joseph el iluminado, el profeta, el poseedor de las palabras de Adonai *Sabbaoth Rey de los Ejércitos en el Nuevo Mundo*; las del mártir de quien, según el sacerdote que lo acompañó hasta su muerte, de haber vivido en la antigüedad, habría sido un profeta del Antiguo Testamento.

Memorias de un preso que escribía, en huesos de aguacate y en trozos de papel que escondía en plátanos, palabras de consuelo y aliento a su madre y a sus hermanas Isabel, Catalina y Leonor, cautivas en la cárcel secreta de la Inquisición.

Memorias del condenado que intentó suicidarse tras días de interrogatorios, torturas y de haber denunciado a los suyos.

Memorias del escritor, del poeta, del guardián de la memoria de los hombres; de aquel quien tuvo el acierto de resistir con sus palabras, nombrando el eco de la memoria de centenares de un pueblo cuya fe y costumbres fueron extirpados sistemáticamente de la historia oficial, con la gracia y la bendición del tribunal de la Santa Inquisición, respaldada por las intrincadas leyes del imperio más poderoso de la Tierra, para beneficio, con bombo y platillo, de la corona española.

Las instituciones yacían para sistematizar el olvido. El cabildo, el escribano, el fiscal, el corregidor, los inquisidores, los cirujanos, los verdugos, los carceleros, los cocineros, los barberos. Cada uno de ellos es el fino diente de un engranaje perverso. Un aparato burocrático enorme al servicio de la corona para exterminar a los otros.

En la penumbra de la noche, en vísperas del día de la Purísima Concepción, Joseph tendido sobre el suelo frío y sinuoso vuelve los ojos a la ventana oscura instalada en lo alto de su celda, acaricia una piedra que nadie colocará en su lápida porque para los herejes, los blasfemos y los relajados no hay entierro. Pecaron contra Dios y por lo mismo, contra el rey. Merecen ser borrados. No tienen derecho a un sitio sobre la tierra ni bajo ella, a una lápida con el nombre y el apellido que otorguen identidad, a esas dos fechas unidas por un guion labradas en los sepulcros que condensan la historia de una vida. No tienen derecho a la memoria.

El tiempo se prolonga en ese limbo que es la madrugada, el insomnio que se rige por sus propias leyes. Y desde ese tiempo, que es la antesala de la muerte, Joseph dormita, Joseph ora.

Testigo eres tú de que mi corazón no adora a los ídolos y que, aunque por miedo me arrodillo a ellos, que conozco y digo en mi corazón que a ti solo Adonai IA se debe la adoración. Dios santísimo de Abraham en quien espiritualmente me recreo, oye las voces de tus afligidos y llorosos. Dios sobre todos poderosísimo. Líbranos Adonai de mano de estos malvados hombres que nos quieren apartar de tu santísima ley y religión y líbranos de este temor y asegúranos enviando los reales de tu ángel santo en guarda nuestra. IA, nuestro fuerte redimidor. Amén.

Las voces se aproximan.

Tres de la mañana.

El alcalde de las cárceles secretas ilumina con una vela cada uno de los calabozos de los presos que van al auto de fe. Desgreñados y lacónicos se levantan, se visten torpes, toman la taza de vino, el pan frito en miel. En la penumbra de la noche helada, decenas de ellos salen tiritando al patio de la cárcel secreta, responden a sus nombres.

—Doña Francisca de Carvajal…

—Doña Isabel de Andrada…

—Doña Catalina de la Cueva…

—Doña Leonor de Carvajal…

—Manuel de Lucena…

—Beatriz Enríquez…

—Diego Enríquez…

—Manuel Díaz...

A cada uno le colocan las insignias, sambenitos, las corozas en la cabeza, la vela de cera verde. Los acomodan en el orden en que desfilarán en la procesión.

Casi han ido por todos.

Joseph aún permanece en su celda oscura.

A ratos el miedo es una ola de mar que arrecia y se retira. Y, desde la desazón que deja la ola que se recoge y desaparece en el mar, entonces Joseph Lumbroso —quien un día fue Luis Rodríguez de Carvajal— vislumbra el hogar de su infancia, bajo el cálido sol de Medina del Campo, en aquel lejano reino de Castilla.

Apenas Joseph cierra los párpados, frunce el ceño y esboza una mueca a manera de sonrisa, cuando ya un inquisidor introduce la llave al cerrojo y alumbra, con un finísimo hilo de luz dorada, el interior de su celda.

Extracto del Segundo Proceso contra Luis de Carvajal, "el Mozo". Archivo General de la Nación, Ciudad de México, 1596, folios 460 y 461.

La ciudad de México domingo ocho días del mes de diciembre de mill quinientos y noventa y seis Años Estando en la plaça mayor della en las casas del cabildo, haciendose y celebrandose auto publico de la fe y por los señores Ynquisidrores appostolicos de esta nueva España fue leyda una causa y sentencia Contra Luis de Carvajal Reconciliado que asido en Este santo officio questa presente por laqual se manda Relajar a la Justicia∞ y braco seglar por Relapso y penitente pertinaz [...]

Fallo atendo la culpa q. Resulta contra El mozo Luis de Carvajal que lo debo de condenar y condeno a que sea llebado por las calles publicas desta ciudad caballero en una bestia de albarda y con boz de pregonero que manifieste su delito, sea llebado al tiangez de San Ypólito, y en la parte y lugar que para esta esta señalado sea quemado, vibo y en vibas llamas defuego hasta que se convierta En ceniça y del no haia ni quede memoria y por esta mi sentencia deffinitiba juzgando ansi lo pronuncio y mando.

6   THE NEW YORK TIMES INTERNATIONAL WEEKLY   SÁBADO, ENERO 14, 2017

Vive Inquisición en el Nuevo Mundo

Por JOSEPH BERGER

Judío ejecutado describe la vida en México.

Es quizá el artefacto más significativo que documenta la llegada de los judíos al Nuevo Mundo: un manuscrito del siglo 16 escrito con letra casi microscópica por Luis de Carvajal El Mozo, cuya vida y dolor relató en una crónica.

Hasta 1932, el cuadernillo de 180 páginas de De Carvajal, un judío secreto que fue quemado en la hoguera por la Inquisición en la época de la Colonia española en México, estuvo albergado en los Archivos Nacionales de este País. Luego desapareció.

El robot transformó al manuscrito en un objeto de obsesión para un grupo de eruditos de la Inquisición y coleccionistas de libros poco comunes. Entonces apareció hace 13 meses en una casa de subastas de Londres. El manuscrito estaba a la venta en mil 500 dólares; la casa tenía poca idea de su valor.

Sin embargo, el año pasado la reliquia captó la atención de un prominente coleccionista de objetos judíos, Leonard Milberg, cuando apareció en reventa en las Galerías Swann.

en Manhattan. Ahora tenía un precio más de 50 veces mayor de como se había vendido apenas unos meses antes en Inglaterra. Milberg consultó a expertos, quienes le dijeron que podría tratarse del manuscrito real, y valer hasta 500 mil dólares. También le advirtieron que tuviera cuidado: el original había sido reportado como robado.

Financiado por Milberg, el manuscrito regresará a los Archivos de México en marzo. Pero se encuentra en exhibición hasta el 12 de Marzo en la Sociedad Histórica de Nueva York, como parte de una muestra sobre la experiencia de los primeros judíos en el Continente Americano.

"Es la narración personal más antigua que sobrevive de que aprendió de su padre que él era judío, su circuncidó el mismo

dijo el experto en libros David Szewczyk, "y el manuscrito más antiguo que existe de devoción y relato de la llegada al Nuevo Mundo".

De Carvajal era un judío que se hacía pasar por católico en la Nueva España, hoy México, durante una época en que la Inquisición perseguía a los herejes y falsos conversos con tortura y ejecuciones horribles.

Este comerciante fue arrestado por el año 1590 como judío prosélitista y mientras estuvo en prisión, comenzó a escribir una biografía a veces mentitirosa, "Memorias", en páginas de unos 10 por 8 centímetros. En ella, se llamaba a sí mismo Joseph Lumbroso. Inicia así: "Salvado de terribles peligros por el Señor, yo, Joseph Lumbroso de la nación hebrea y de los peregrinos a las Indias Occidentales en agradecimiento de las misericordias recibidas de manos del Altísimo, me dirijo a todos los que creen en lo más sagrado y que esperan grandes misericordias".

La biografía narra cómo fue

mo con tijeras y adoptó la fe de manera secreta.

Fue liberado por un tiempo y terminó su autobiografía. Se cree que la hizo en miniatura para poder ocultarla. En 1596, tras haber sido encontrado culpable de nuevo por seguir prácticas judías, fue quemado en la hoguera. Tenía 30 años.

Con el tiempo, su manuscrito fue a parar a los Archivos Nacionales.

En diciembre del 2015 en Londres, la casa Bloomsbury Auctions incluyó los materiales de De Carvajal en su catálogo como "tres pequeños manuscritos devocionales". Describía al manuscrito como una obra del siglo 17 o 18 y que provenía "de la biblioteca de una familia de Michigan".

El comprador, descrito por un directivo de Swann sólo como un comerciante de libros poco comunes, llevó el manuscrito a las Galerías Swann, que lo tasaron en entre 50 y 75 mil dólares. Aunque algunos expertos lo valúan en cerca de

500 mil dólares, Swann opinó que el manuscrito era una transcripción, no el original.

Fue allí donde lo detectó Milberg, de 85 años y propietario de una compañía financiera comercial de Manhattan. Decidió comprar la "copia" del manuscrito e incluirla en la planeada exhibición en la Sociedad Histórica de NY. Luego la donaría a su alma máter, la Universidad de Princeton en Nueva Jersey.

Sin embargo, expertos que consultó lo convencieron de que era la auténtica y robada. Swann retiró el manuscrito de la venta, y curadores mexicanos avalaron su autenticidad.

Milberg dijo a Diego Gómez Pickering, cónsul general de México en NY, que necesita unos cuantos meses antes de regresarlo para que pudiera ser exhibido en NY.

También insistió en que se hicieran copias digitales para Princeton y la Sinagoga Española-Portuguesa en Manhattan. Dijo que destacar el libro es su manera de "vengarse del antisemitismo.

"Quería demostrar que los judíos fueron parte del tejido de la vida en el Nuevo Mundo", indicó. "Este libro fue escrito antes de que llegaran los Pilgrims (los primeros colonos de EU)".

Manuscrito del siglo 16 que desapareció de los Archivos Nacionales de México en los 30, será devuelto a México.

Fue la nota del periódico la que detonó esta novela. El sábado 14 de enero de 2017 encontré un artículo donde se afirmaba que las *Memorias* de Luis de Carvajal, "el Mozo" habían aparecido en la casa de subastas *Galerías Swann* de Nueva York, después de haber sido robadas del Archivo General de la Nación en Ciudad de México, ochenta y cinco años atrás, por un investigador. Recordé que Luis de Carvajal, "el Mozo", también conocido como "Joseph Lumbroso", era uno de los personajes de aquel libro de cuentos que escribí, *Ciudad mía*, mientras fui becaria del Centro de Escritores de Nuevo León en la generación 1994-1995. De manera que ahora, más de veinte años después, su historia silenciada, irrumpía de nuevo.

דוד

Recuerdo aquel otoño de 1577; han pasado más de cuarenta años desde entonces. Vivíamos en Medina del Campo, en
Castilla. Por las mañanas, habitaba el aroma a pan tibio y miel
en aquella casa de la rúa de Salamanca. Mamá nos acercaba un
par de capas de lana y de bolsos con cuadernos, carne seca y
frutos deshidratados. En el umbral de la puerta nos besaba en
la mejilla. A veces en la frente, o en la cabeza. Ella nos besaba
porque así son las madres.

—Dense prisa para que lleguen a tiempo. Abríguense bien.
Aquí los espero por la tarde.

—Sí, madre.

Detrás de la puerta asomaban las calles y sus muros lumi-
nosos de piedra. Allá, Joseph, no volveríamos nunca. En aquel
entonces no tenías manera de saber, desde tus once años, que
aquel trozo de vida poblado de cosas ordinarias, sería el más
feliz para ti: la caja bajo tu cama donde guardabas un libro que
te regaló papá, el camino que seguíamos a diario para llegar al colegio, el misterio de asomarte al pozo de agua, la mesa servida
con la familia reunida, rondar el enorme Castillo de la Mota en
las afueras del pueblo donde había vivido el hermano de la reina
Isabel y habían apresado a César Borgia en 1506, el hijo del Papa
Alejandro VI, asomarnos a la casa donde vivió el tal Cristóbal
Colón o la casa donde murió la misma reina Isabel de Castilla.

Habíamos llegado desde Benavente meses atrás, después de dos días de viaje en coches de caballos. Papá Francisco y mamá Francisca trajeron algunos muebles que habían permanecido en nuestra familia durante generaciones, mantas tejidas, la cuchillería y la vajilla que habían sido de la abuela Catarina, los candelabros de plata bruñida, libros antiguos, ropa y zapatos, los cuadernos de las cuentas, la mercancía que aún teníamos allá para continuar con el negocio familiar de aceite de oliva, pescado seco, cera para velas y cerveza. Llegamos siete de los nueve hermanos porque para entonces ya Gaspar, el mayor, había partido a Lisboa a trabajar con los tíos de mamá, don Duarte y don Francisco Jorge. Isabel, nuestra hermana mayor, ya estaba casada con Gabriel y vivía en la villa de Astorga, al norte de Medina del Campo.

Cuando salíamos de casa, por las mañanas, fruncías el ceño y entrecerrabas los ojos mientras te acostumbrabas a la luz del día. Ahí relumbraba sobre el empedrado, en las fachadas de ladrillo rojizo y angosto, en las de cantera clara; luego, el contraste contra el cielo azul añil, el clima seco y fresco. A veces corríamos. Nos gustaba pasar bajo los pórticos de las construcciones de dos pisos. En muchos de ellos, hombres y mujeres empezaban ya a acomodar la mercancía.

—¡Buen día, Luis! ¡Buen día, Baltazar!

Llegábamos a la Plaza de Medina, aquella amplia, donde eran las ferias de los comerciantes; ahí estaba la iglesia y el palacio municipal. Doblábamos a la izquierda en la rúa del Almirante y seguíamos hasta cruzar la puerta Santiago de la muralla donde se encontraba el colegio jesuita. Antes, en Benavente, recibíamos educación en casa. En cambio, en Medina del

Campo había una escuela nueva y grande y ahí éramos bienvenidos. Quizá esa fue una de las razones por las que nos fuimos a vivir a esa villa. El hermano de mamá, Domingo, había sido novicio en el convento de los jesuitas y compañero del poeta Juan de Yépez, quien después se llamó Juan de la Cruz.

—Francisco, mi compañero de clases, es hijo de un doctor que cura enfermos. Y Pablo es hijo de un almirante que fue a un lugar que llaman "La Nueva España"; dice que casi no se acuerda de su papá, hace años que no lo ve… Pedro es hijo de un soldado y dice que su papá está en la guerra de Lepanto… Margarita, la joven de dieciséis, que vemos en la misa de domingo, es tan bonita.

Me observabas atento mientras recorríamos la ruta diaria. En aquel entonces yo todavía era como una cabeza más alto que tú. Recuerdo que te ayudé a armar artefactos de palo, te acompañaba al río, que ayudábamos a papá y mamá haciendo entregas de mercancía entre los vecinos.

En ese tiempo, te causó una enorme curiosidad aquella historia que leímos en el colegio, la de José, el hijo de Jacob. Durante varios días, mientras íbamos o volvíamos del colegio, me preguntaste sobre aquel personaje; insistías una y otra vez, te produjo gran desconcierto. A tus doce años, te apropiaste de la serie de injusticias que él sobrellevó a lo largo de su vida con una indignación casi propia. José había sido el elegido de su padre para heredar su reino. Sabía leer y escribir, así como nosotros, llevar cuentas y de nada le había valido ser hijo de un hombre rico, ni tener conocimientos. Fue a dar hasta Egipto, una tierra para él desconocida. Me preguntabas que cómo sería vivir lejos, en un lugar extraño y encima de todo, encarcelado, por una injusticia, como si en la historia de José pudieras descifrar ya tu porvenir.

—¿Te imaginas tener que vivir preso guardando el secreto de ser "el elegido" para dirigir una comunidad, para conocer la voluntad de Dios y tener que guardar silencio durante años? ¿Y si mientras esperas te pasa algo malo y mueres, o te matan?

—Bueno, Luis, por eso hombres como José son patriarcas, profetas, iluminados, personas muy especiales.

—¿Y cómo sabe alguien que es "especial", que Dios lo ha elegido?

—No sé.

—A José le cambió la vida de la noche a la mañana.

—José era sabio. Tenía el don de la palabra de Dios. Sabía leer, escribir e interpretar sueños. No era un esclavo cualquiera.

—Pero si un esclavo es un "iluminado" y nadie escucha sus palabras, entonces ¿cómo va a cumplir con la voluntad de Dios, con su misión? ¿Por qué hay personas que les quitan a otros esta posibilidad, como si unas vidas tuvieran más valor que otras?

Por supuesto, en aquel entonces no pude ver más allá de una simple curiosidad, Joseph. No había manera de predecir lo que vendría. Jamás lo hubiera imaginado.

Un cataclismo.

Tampoco se me hubiera ocurrido que había una semejanza entre aquel personaje de las sagradas escrituras y tú.

La vida se tornó, con el paso de los años, en madejas tan distintas unas de otras. Ahora, mientras contemplo el correr del río Arno con su flujo sigiloso, la luz que irradian estas fachadas y tejas de Pisa, sentado con mi bastón, pienso que la vida es un lienzo enorme donde caben historias muy distintas entre sí.

Yo las he resguardado durante décadas; las he protegido con esmero, con recelo, bajo una gruesa manta de silencio. He callado nuestras historias, Joseph, las de nuestros padres, nuestro hermano el fraile y nuestras cinco hermanas en Nueva España, las de nuestros sobrinos y cuñados, las de nuestra sangre. Las he silenciado, quizá para salvarnos o para proteger a los que vinieron después, acá de regreso en Europa, del otro lado del mar en esta otra vida. Callé, quizá por no revivir el dolor, por no urdir en las cicatrices maltrechas. Nunca lo sabré.

En cambio, me dijeron que tú, Joseph, habías decidido no guardar silencio. Que argumentaste valeroso frente a los teólogos en las cárceles secretas, que convertiste a un franciscano, que defendiste el que creías un derecho a ser fiel a la fe de tus antepasados, que aun cuando te llevaban rumbo al cadalso vociferabas y por eso tuvieron que amordazarte. Querías contar, denunciar. Querías ser escuchado.

Supe que escribiste un libro de *Memorias* destinadas a Miguel y a mí, que a través de ese manuscrito minúsculo develabas los innumerables peligros a los que sobreviviste y las pruebas de amor de Adonai para ti; pero ese libro te fue confiscado por el Santo Oficio y ya jamás podré leerlo. Ni yo, ni Miguel, ni mis hijos ni mis nietos, quienes también llevan tu sangre. Nadie de ellos conocerá tu historia. No quedaron tus palabras, ni una lápida, ni la memoria de papá y mamá, ni la de nuestras hermanas Isabel, Catalina, Mariana y Leonor. ¿Qué habrá sido de nuestra hermana Anica, de nuestra sobrina Leonorica? En nosotros, los de acá, hoy solo permanece el apellido que adoptaste para enunciar tu identidad secreta: Lumbroso.

Fragmento del edicto de expulsión
de los judíos de los reinos y señoríos firmado
por la Reina Isabel de Castilla y Fernando
de Aragón el 31 de marzo de 1492 en
la ciudad de Granada

"Nos don Fernando e Isabel por la gracia de Dios, Reyes de Castilla, León, Aragón y otros dominios de la corona [...]

Por este nuestro real edicto perpetuo para siempre valedero, mandamos echar y echamos de todos nuestro reinos y señoríos occiduos [sic] y orientales a todos los judíos y judías grandes y pequeños que en los dichos reinos y señoríos nuestros están y se hallan [...] al fin de Julio de este año y que no se atrevan a regresar a nuestras tierras y que no tomen un paso adelante a traspasar de la manera que si algún judío que no acepte este edicto si acaso es encontrado en estos dominios o regresa será culpado a muerte y [a la] confiscación de sus bienes.

Y hemos ordenado que ninguna persona en nuestro reinado sin importar su estado social incluyendo nobles que escondan o guarden o defiendan a un judío o judía ya sea públicamente o secretamente desde fines de Julio y meses subsiguientes en sus hogares o en otro sitio en nuestra región con riesgos de perder como castigo todos sus feudos y fortificaciones, privilegios y bienes hereditarios.

*Dado en esta ciudad de Granada el Treinta y uno día de mar-
zo del año de Nuestro Señor Jesucristo de 1492. Firmado Yo, el
Rey, Yo la Reina, y Juan de la Colonia secretario del Rey y la Reina
quien lo ha escrito por orden de Sus Majestades".*

דוד

Para entonces ya habíamos cursado dos años de educación fundamental en la escuela: humanidades, latín, retórica, incluso aritmética. Mamá decía:

—Es bueno que estudien. Es lo más importante ahora. Dios ve con buenos ojos cómo cultivan su ingenio y su inteligencia. Aprendan todo lo que puedan ahora mientras son jóvenes. Nunca saben cómo les servirá después. La escuela de los jesuitas de aquí es de las mejores que hay en Castilla; dicen que aplican una nueva forma de educación. Aprender sobre tantas maravillas es una bendición enorme. Me siento dichosa de que estén avanzando en sus estudios. Lo mismo deseo, de corazón, para el pequeño Miguel, una vez que crezca, y para mis hijas en la Escuela de Niñas.

Sonreía mientras secaba sus manos en un mandil y nos contaba, una vez más, sobre sus tíos, los hermanos de la abuela Catarina: don Duarte de León y don Francisco Jorge, quienes sirvieron al rey de Portugal en las Guineas; decía que fueron muy ricos y poderosos y todo eso que ya nos sabíamos de memoria. Contaba que el mismo don Francisco, después de servir al rey como capitán, ingresó como monje agustino; que el tercer hermano de la abuela fue don Álvaro de León, un rico comerciante; que el cuarto hermano fue don Antonio, quien perdió la vida en manos de los corsarios mientras volvía de la India. También nos contaba, orgullosa, sobre sus propios hermanos.

—Mis hermanos Antonio y Luis son conquistadores, han viajado a la Nueva España. Han ampliado los mapas de los territorios y los reinos de España para el emperador Carlos I y para el rey Felipe II. Mi hermano Antonio habla en sus cartas de un lugar llamado "Oaxaca". De mi otro hermano, Luis de Carvajal y de la Cueva, dicen que Su Majestad lo acaba de nombrar gobernador del Nuevo Reino de León y que, con tan solo un puñado de hombres, derrotó a los piratas ingleses allá en Nueva España.

Luego se quedaba mirando a un horizonte imaginario y, después de un instante en el que el tiempo se detenía, volvía su mirada a nosotros y concluía:

—Ojalá un día tengan oportunidad de conocerlos. Ustedes vienen de una familia de personas que han estudiado, que han trabajado desde niños, que han llegado a ser capitanes, tesoreros de reyes, conquistadores, sacerdotes.

Y entonces, Joseph, tú echabas a volar la imaginación. Habrás pasado muchas noches en vela, elucubrando porvenires, apuntando ideas en cuadernillos que mamá nos conseguía. Decían en Medina del Campo que su majestad, el rey Felipe II necesitaba hombres de trabajo, estudiados, arrojados, dispuestos a expandir el reino, para protegerlo y salvarlo de enemigos como Inglaterra, de los países bajos, de los turcos.

Escudriño durante horas. Hurgo cautelosa entre documentos antiguos maravillada por su aroma, por la textura y el color de los folios que permanece en buen estado, a pesar del paso de los siglos. Contemplo las marcas del tiempo en algunas hojas, humedad y polilla, como quien descubre el secreto de una vida entera en el rostro de un anciano. Me asombra el destello que aún despide la tinta ferrogálica en cada palabra manuscrita.

Descifro procesos de Inquisición. Cuántas vidas, nombres y apellidos nuestros. Cuántos trámites, firmas y burocracia para deshumanizar el dolor cautivo. Ahí el registro meticuloso de cada interrogatorio, los apuntes al margen que hicieron los inquisidores.

Cuatro siglos atrás, frente a ese mismo folio estuvo el escribano encorvado deslizando la mano que aprisionó la pluma de oca entintada sobre los documentos que ahora me cautivan. La presencia resuelta de los folios, algunos intactos, se me presenta como un desafío luminoso.

Te vislumbro, Joseph, a través de diversas caligrafías antiguas, de firmas, de narrativas, a tu tío el conquistador, a los inquisidores Alonso de Peralta y Lobo Guerrero, a tu madre Francisca y a tus hermanas Isabel, Catalina, Leonor, Mariana y Anica, a Justa Méndez, tu amada,

a Antonio Díaz de Cáceres y Jorge de Almeida, tus cuñados. Aquí yacen sus restos: las palabras. Percibo el eco lejano de su inmolación. Sus voces me rondan a manera de
murmullos ininteligibles. Gritan apisonadas bajo siglos
de silencio. Una tachadura, un cambio abrupto en la letra,
un texto añadido, un subrayado. Esas marcas significan
más que las palabras mismas. Es preciso hurgar en lo no
dicho que exhala el texto original porque, una vez que el
texto ha sido paleografiado, se pierden estas huellas para
siempre.

Acaricio con el dedo índice las firmas, los nombres escritos de su puño y letra bajo la amenaza constante de la
tortura y la muerte. Apenas toco sus nombres con la yema
de mis dedos encapsulados dentro de la membrana del
guante. Ahí, en cientos y cientos de folios, sus testimonios,
rúbricas, una y otra vez. Miro a mi alrededor y otros investigadores están en trances semejantes al mío; encima
de sus cabezas un torbellino de tiempos, espacios, batallas,
encrucijadas y personajes diversos.

Regreso al siglo xvi. Contemplo tu caligrafía minúscula
en el papel de tu testamento y en los listados de judaizantes. Toco tu nombre con cautela, como si en ese acto de ve-
neración pudiera protegerte, como si mi caricia —fuera de
lugar y de tiempo— pudiera prevenir tu tragedia o consolar tu desolación. Hace más de cuatrocientos años, Joseph,
tocaste la misma hoja que yo toco ahora. Busco en el pulso
de tu manuscrita las emociones no dichas, los hilos de las
madejas de historias que quedaron colgando al margen de
las palabras. Inhalo queriendo extraer a los documentos

antiguos todo lo que no pudieron decir, aquello que los registros no pueden contar.

Palpita tu presencia, tu aliento respira silencioso y sugerente. Por un instante ajeno a los investigadores de la sala de consulta, 1596 y 2018 se empalman dentro de mí, apenas una fisura en el túnel del tiempo.

Así pasan los días mientras descubro piezas diminutas de un enorme rompecabezas y, en el azoro de los hallazgos, el tiempo se despliega en otra dimensión.

דוד

Recuerdo clarísimo el día que te lo dije; fue el 10 de septiembre de 1579 para ser preciso. Ese día estaban de visita Isabel, nuestra hermana, y un primo; conversaban con mamá mientras te hice una señal para que me acompañaras a la habitación de junto. Dejaste a medio morder los frutos que trajo Isabel en un plato junto a la ventana y te acercaste intrigado a mí.

—Luis, tengo que decirte algo muy importante. Ven, entra, empareja la puerta. Siéntate aquí.

—Cuánto misterio haces.

—Ya verás por qué. Bajaré la voz… Luis… Verás, nuestros ancestros han seguido la ley de Moisés desde tiempos inmemorables. La han cuidado dentro de su corazón como una llama. La han cuidado para que no se apague porque si se esfuma, nos quedaremos a oscuras, como ciegos… Luis: no somos cristianos viejos. Descendemos de judíos.

De judíos.

Judíos.

"Es un secreto, Luis. El más preciado. El más importante. Mamá también. Isabel. Nuestro primo. Ya saben que estoy hablando contigo de esto. Es secreto. Las cosas no son lo que parecen. Nunca lo han sido, pero de este momento en delante, lo sabes. No hay vuelta atrás. La ley de Moisés es ley vieja para los gentiles, una ley muerta, es una herejía, un delito contra las leyes de la corona, contra la Iglesia, contra el rey y la reina. A algunos los han quemado vivos. Nadie puede saberlo, Luis.

Nadie.

"Elegimos este día para decírtelo, a diez días de la luna séptima, porque hoy es el día más importante del año: el "Día del perdón". Hoy nos dedicamos a la reflexión y al ayuno; meditamos sobre nuestras faltas incluyendo las de esta vida de falsas apariencias, de ofender a Adonai cuando vamos a misa los domingos, o nos persignamos frente a objetos que los idólatras veneran, o comemos carne de puerco. Eres cristiano nuevo.

Nuevo.

Tu sangre está sucia.

"No podemos tener un documento que demuestre nuestra limpieza de sangre.

No tenemos un papel, palabras que nos limpien.

No tenemos palabras. Tenemos un secreto.

No tenemos una patria porque Castilla nos escupe.

Somos sucios a los ojos de esta tierra.

"Desde hace más de ochenta años, sus majestades, los Reyes Católicos doña Isabel de Castilla y don Fernando de Aragón publicaron un edicto para expulsar a todos los judíos de España. Habíamos vivido aquí desde hace mil quinientos años y, de la noche a la mañana, ser judío o ayudar a alguno de los nuestros, se convirtió en motivo suficiente para embargar nuestros patrimonios y para darnos muerte. Muchísimos se convirtieron al cristianismo. Otros se fueron a Navarra, a Francia, a Italia, al norte de África al imperio otomano. Lo más cerca era ir a Portugal. Muchos lo hicieron. Tomaron algunas de sus cosas y cruzaron por las montañas, pagaron la cuota y se establecieron allá…

"Pero el rey Manuel de Portugal estuvo casado primero con Isabel de Aragón, la hija de los Reyes Católicos, y cuando ella murió, se casó con su hermana María; fue presionado para expulsarnos. Quizá por eso nuestros bisabuelos Álvaro y Catalina, un día llevaron a bautizar y a confirmar a sus seis niños pequeños. Lo hicieron en un pueblo llamado Fermoselle en lo alto del Duero. Al parecer ellos venían de un pueblo muy cercano: Carbajales de Alba y de ahí nuestro apellido. Quizá intentaron cruzar por las montañas, los bosques de alcornoque y de neblina hacia Portugal, quizá sus hijos tuvieron miedo de los lobos, o alguien enfermó, o tal vez les contaron que estaban separando a los padres de los hijos, o no lograron reunir los ocho cruzados que se cobraban por familia para poder albergarse en un campo de refugiados. No sabemos bien, solo que regresaron a España e iniciaron a todos sus hijos en la fe cristiana. Sin embargo, a los ojos de la corona no bastaba convertirse, era necesario ser cristiano viejo, de muchas generaciones atrás. Por eso les enseñaron a olvidar.

Pero, a veces, olvidar no es fácil.

"Francisca de Carvajal, la abuela paterna de mamá —con el mismo nombre que mamá— guardó la llama y se la enseñó a su nuera Catarina de León. Juntas huyeron hacia Portugal con la niña Francisca que ahora es nuestra madre. Dos años después, volvieron a Mogadouro, de ahí a Benavente y de ahí a Medina del Campo. Desde entonces lo nuestro es andar. Movernos de aquí para allá. Mudarnos.

Migrar.

Guardar el secreto.

Nuestra madre guarda el secreto. La llama que arde. El Kipur. El día del perdón.

"Ya casi tienes trece, Luis. Dicen que es la edad a la que un hombre debe hacerse responsable de la ley de Moisés. Nosotros tenemos muy pocos libros. Quemaron la Torah. Quemaron los rollos. Saquearon las sinagogas. Quemaron a los rabinos. No hay palabras escritas. Solo las de la memoria. Las palabras secretas. Cantos. Alabanzas. Oraciones…

"Por eso Isabel se casó con Gabriel; él también lo es. Por eso los viernes mamá cambia las sábanas, ayuna y deja la comida sobre la estufa tibia. Por eso el sábado no trabajamos, ni encendemos fuego. Por eso nos visitaron el tío Diego y el tío Hernán hace tiempo y hablaron con papá de cosas que no entendías. Por eso se fueron con nuestras tías y nuestros primos a Francia. Vienen tiempos cada vez más difíciles. Papá y mamá están considerando que nos vayamos a Italia, pero dicen que en Venecia ya están reuniendo a los judíos en guetos; que los obligan a llevar marcas en la ropa; o a Francia, podríamos irnos allá con las familias de los tíos; o a Salónica…

"Por eso hubo un tío del abuelo Gaspar, don Luis de Carvajal, que fue arrestado hará treinta años en Mogadouro porque lo acusaron de judaizante, hereje, apóstata, y lo encarcelaron en la villa de Évora. Su familia pagó mucho dinero al Papa en Roma para que lo liberaran de la cárcel; gracias a eso lo dejaron libre a él, a su hija Leonor y a su yerno Álvaro. Está también el hermano de madre, tío nuestro llamado igual, don Luis de Carvajal y de la Cueva, explorador y conquistador en el Nuevo Mundo. Tú eres el tercer Luis: Luis Rodríguez de Carvajal…

"Por eso mamá cocina con aceite de oliva y no con manteca de cerdo, por eso los viernes enciende velas y se pone vestidos de fiesta. Por eso Gaspar ya no vive con nosotros; él eligió distinto. Desde los trece años se marchó con los dominicos, luego con los franciscanos. Quizá por eso lo expulsan cada cierto tiempo de los conventos. Estudió en Salamanca, es buen hombre. No tendrían por qué expulsarlo. No nos dice la razón. Guarda su propio secreto. Por eso ni Ana, ni Miguel, ni Mariana, ni Leonor, ni Catalina saben de esto. Saberlo es como andar por la vida con un cuchillo filoso en la garganta. Por eso papá y mamá esperaron para decirnos. Yo también lo supe a los trece…

"Jesús no es el Mesías prometido. Jesús no es. Fue un buen hombre, un judío, como nosotros. Lo mataron por ser judío. La multitud lo insultaba cuando lo crucificaron, se burlaban de él. Su cuerpo fue envuelto en una sábana limpia, como se amortaja a nuestros muertos. Un judío más. Un mártir porque aun sabiendo que lo azotarían y lo matarían por criticar a los sacerdotes que hacían dinero en el templo, por cuestionar un orden, aun después de sentir miedo y de pedirle a Yahvé que lo librase de tan terrible muerte, él fue fiel a sus creencias hasta el final. Fue otro elegido más, como José, el hijo de Jacob, y cumplió con su vocación. Nosotros seguimos en espera del verdadero Mesías. La ley de Moisés no es vieja. La sabiduría de Moisés no envejece. Es como el cielo, como el vuelo de las aves. No envejecen…

"A veces sucede que, cuando los padres o hermanos nos revelan el origen, algunos soplan de inmediato sobre esa llama. Quizá sienten que su familia los ha engañado toda su vida, que los ponen en riesgo al decirles, que estropean su futuro, que los marcan. Sienten miedo, quizá enojo. Entonces traicionan a sus ancestros, a sus padres y abuelos, a sus propios hermanos —como hicieron con José cuando lo vendieron como esclavo a los egipcios—. Algunos dan la espalda a lo que son, a su identidad, a su sangre, al amor infinito y misericordioso que Adonai tiene para cada uno de nosotros... Luis, tú puedes elegir.

La elección más importante de todas.

"Elegir entre permanecer entre los tuyos, o apartarte; entre salvarte al seguir la ley de Moisés, o la condena por seguir la nueva ley idólatra de los gentiles. Puedes ir mañana con tu director espiritual fray Tomás, confesarte y denunciarnos a todos. Condenarnos. Vendrían por nosotros. Confiscarían los bienes de la familia. Nos separarían. Nos llevarían a la tortura. A la hoguera. Dicen que es obligación de los súbditos de la corona denunciarnos ante el Santo Oficio. Has escuchado esto, ¿verdad? La Santa Inquisición. Acaba con las familias, con las vidas de jóvenes, ancianos, hombres, mujeres. Algunos dicen que su propósito es que todos seamos iguales. Idénticos...

"Empezaron por expulsar a los moros, libraron esa guerra con los impuestos que nosotros pagamos a la corona. Cuando ganaron esa batalla, entonces nos expulsaron a nosotros. Durante siglos habían convivido moros, judíos y cristianos en paz hasta que se les ocurrió que todos debían de ser fieles a una sola verdad. Decidieron que el idioma de Castilla era otra de sus verdades y entonces encargaron la gramática a Antonio de Nebrija.

Siempre las palabras.

Unificar los reinos de Castilla y Aragón.

"Todo como parte de un plan maestro, quizá de Isabel, la reina. Era muy inteligente. A cada uno de sus hijos los casó con otro monarca de Europa y así extendió sus tentáculos hasta apoderarse de territorios en todos los continentes. Por eso su nieto Carlos I y su bisnieto Felipe II decían que "en sus dominios no se pone nunca el sol".

Nosotros somos las piezas más pequeñas de ese rompecabezas meticulosamente planeado.

Somos las piezas que sobran. Hay que recortarlas, dejarlas fuera. Tirarlas a la basura.

"Y pensaron que sería bueno establecer una institución respaldada por la corona que se dedicara a exterminar lo diferente, no solo para los territorios donde viven los reyes y sus cortesanos, sino que controlara todos los territorios y dominios.

Lo diferente.

"Por eso, ellos dicen que envenenamos los pozos, que asesinamos niños y bebemos su sangre, por eso nos culpan de la peste. Durante décadas, las leyes no permitieron a los judíos ser militares, gobernantes, sacerdotes. Entonces aprendimos a hacer otras cosas: médicos, comerciantes, orfebres, administradores. Los gentiles hacen la guerra porque así defienden sus tierras, su patrimonio. Entre más tierra poseen, se vuelven más poderosos. Les gusta ser señores, tener señoríos. Ser duques y poseer ducados. Ser marqueses y poseer marquesados. Pocos estudian en la universidad, ven el trabajo como una actividad denigrante. "Que trabajen los que necesitan; no nosotros, los señores".

"Ellos ocupan puestos de gobierno, de la Iglesia, del ejército. Siempre necesitan más dinero para sus guerras, para alimentar soldados, para comprar armas y caballos. Los judíos les prestamos dinero. Los médicos conversos curan a los reyes; les administran sus bienes y su reino; les financian sus expediciones a la

Nueva España. Por eso es mejor volvernos delincuentes. Herejes. Encerrarnos. Silenciarnos. Matarnos. Se acaban las deudas. Se expropian las tierras, se embargan los bienes, los ahorros, el patrimonio. La misma abuela del rey don Fernando de Aragón era conversa. En fin… Luis, tú puedes elegir. Elegir entre reconocer tu identidad o negarla.

No es un camino fácil vivir en el secreto.

Vivir.

En el secreto.

Con él dentro.

Desde el secreto.

Callar es complejo.

"Si eliges vivir como cristiano nuevo, tampoco ellos la tienen fácil. Desconfían de ellos. Los consideran menos, poca cosa. Para Gaspar tampoco ha sido sencillo. Hay dos leyes: la de Adonai y la de los hombres. Muchas veces se contradicen. Si eliges la de los hombres, traicionarás a los tuyos: los israelitas. Si eliges la de Sabbaoth, el señor de los ejércitos, entonces traicionarás a España. Serás hereje.

Hereje.

Blasfemo.

Varios caminos con salidas que conducen a ningún lado. Los caminos están torcidos. Desde hace tiempo, años atrás.

En Inglaterra católica también hay herejes protestantes.

En Inglaterra protestante también hay herejes católicos.

En la Baviera católica también hay herejes luteranos.

Y en los países bajos.

"Nosotros también somos herejes. Pero, además, somos judíos.

Judíos, con toda la carga que esto lleva.

Como la cola de una cometa que vuela solitaria en el horizonte.
Por eso tenemos una doble vida.
Un doble nombre. Una doble patria.
Dos lenguas. Dos formas de alimentarnos. Dos memorias.
Por eso somos los otros.
Los diferentes. Los marranos. Los conversos. Los judaizantes.
El pueblo elegido.
Por eso vivimos en la clandestinidad.

דוד

Tú fuiste el tercer Luis de Carvajal de la familia perseguido por el Santo Oficio.

Y dicen que la tercera es la vencida.

Nuestros tatarabuelos Álvaro y Catalina de Carvajal también dudaron, como todos. Durante varias noches, una vez que lograban dormir a sus hijos, la pareja se sentaba cerca del fuego y conversaba, murmuraban para que los hijos no escucharan. Él, con los ojos alertas, iba de las chispas del fuego al rostro de su mujer; la espalda ligeramente curva y la tristeza detrás de la mirada. Ella con el cabello recogido, el cuello delgado, las manos frías extendidas hasta el calor del fuego que crepitaba ahí dentro.

—Y si nos quedamos…

—Y si nos vamos…

—El frío es terrible. Hay que caminar días y noches antes de llegar a los campos de refugiados del otro lado de la frontera, en Portugal…

—Allá tengo tíos… Allá van mis primos… Podríamos hacer comercio… Dicen que con el pago nos reciben.

—Dicen también que hay lobos en las montañas… Los niños son pequeños.

Finalmente, una noche salieron de casa, con la ropa y la comida necesaria para sobrellevar la travesía, con los documentos de identidad, con sus ahorros escondidos entre la ropa.

—Es una aventura —explicaron a los niños—, al igual que nuestros vecinos, que sus tíos.

—Iremos siempre juntos, porque somos familia.

Anduvieron por las montañas, las laderas, los cerros, junto a la Ribera del Duero, escalaron cerca de Fermoselle, de Carbajales de Alba, de Mogadouro. Un día y una noche. Un paso y otro más. Esquivaron una roca, eligieron el suelo donde pisaban, la tierra multicolor, las raíces de bulto, la humedad contenida, los insectos laboriosos. Cuidaron de no caer porque, cuando uno lleva a un hijo en brazos y bultos en la espalda, no hay manera de meter las manos al tropezar. Duelen los muslos, se acalambran las pantorrillas. Laderas escarpadas, el verde reluciente, casi alegre. Olía a encino, a hojarasca. La neblina dormitaba colgada de la memoria.

Pasaron los días, la corteza del pan se volvió tan dura como el migajón. Las palabras se fueron apagando. El cansancio. El estado de alerta. Los campamentos. La lluvia helada mojaba los cuerpos. Murmullos. A veces, la oscuridad crujía, el miedo ardía. Una araña caminaba cautelosa con sus patas largas sobre el cabello mientras dormían; un insecto chocaba su vuelo distraído contra esos cuerpos exhaustos; una culebra se deslizaba veloz. Otras veces, hacía un día soleado sobre las montañas; los hijos cantaban con sus padres, reían y apuntaban un ave en el cielo; contaban historias de familia y hacían bromas. Los viejos se sentaban sobre una roca y descansaban. En ocasiones, los guardias reales pasaban a los lejos y todos guardaban silencio. Oraban. Suplicaban devotos, con los párpados cerrados.

Una tarde, divisaron la otra tierra. Allá... del otro lado del río.

Pero un bebé con fiebre que no cedía pudo hacer que los planes cambiaran. O quizá fue el costo de los permisos para refugiarse en Portugal, o el estado de alerta constante y el aullido de los lobos por las noches. Tal vez enterarse de que el rey de Portugal cambió de parecer y ordenó que esclaviquen a los judíos y les quiten a sus hijos menores de catorce años para enviarlos a que trabajen en otros hogares y reciban formación cristiana. Quizás una fogata enclenque no fue suficiente para sobrevivir al invierno crudo. El hambre y el frío en el cuerpo de los adultos son una cosa, pero en el cuerpo de los hijos pequeños es un crimen.

Dicen que, en algún punto, los tatarabuelos Álvaro y Catalina volvieron a su pueblo. Anduvieron las sierras, a la orilla del Duero. No sabemos qué les hizo volver. Sabemos que asistieron a la iglesia de Fermoselle con los seis niños, los más pequeños iban de la mano de sus padres. Y pidieron el bautismo y la confirmación para todos. Lo que fuese necesario para mantenerlos a salvo.

Para limpiar su sangre.

Para limpiar a los que de ellos desciendan.

Sus actas de bautismo coinciden con el año en que Portugal anunció que también expulsaría a los judíos: 1496. No sabemos más. Álvaro y Catalina iniciaron una vida nueva. Los renombraron. Dejaron atrás sus nombres judíos. Ahora serían: Luis, Gerónimo, Francisca, Pedro, Francisco y Brites.

Y de ahí viene el primer Luis de Carvajal, el hermano de nuestra bisabuela: Francisca de Carvajal, el nombre como el de nuestra madre. Nuestros nombres se repiten como cuentas que se engarzan en cadenas.

Luis, Luis, Luis.

Catarina, Catalina, Catarina.

Francisco, Francisco, Francisco.

Isabel, Isabel, Isabel.

Álvaro, Álvaro, Álvaro.

Leonor, Leonor, Leonor.

Gaspar, Gaspar.

Portugal, Castilla, Portugal, Castilla.

Todas las estirpes son iguales.

Aunque a veces, cambiamos los apellidos a lo largo de nuestra vida.

Nuestros nombres también.

En aquel entonces, los hermanos no siempre compartíamos apellidos.

En una misma vida uno podía tener varios nombres. Varios apellidos.

Varias identidades.

Los nombres como terrenos que, una vez pisados, mutan.

Alguien trastoca su composición.

Alguien perverso como Torquemada, Alonso de Espino o Alonso de Peralta.

Nos arrancan de los nuestros. No es lo mismo morir por voluntad de Adonai. Hay una parte nuestra que se va con ellos, un dolor que se amplifica se instala en las entrañas.

Andamos de nuevo.

Yo mismo, cuando niño, fui Baltazar Rodríguez de Carvajal; de pequeño fui cristiano y de joven fui judeoconverso. Con el paso de la vida, mudé mi tierra y mi nombre. Ahora soy David Lumbroso, judío libre. Nací en Benavente y estudié en

Medina del Campo, Castilla; emigré a la Nueva España con mi familia, convencidos por nuestro tío, el gobernador don Luis Carvajal y de la Cueva.

Tiempo después, cuando la furia de la Inquisición se volcó sobre nosotros, Miguel, mi hermano menor, y yo, sobrevivimos escondidos en la casa de Juan Rodríguez de Silva en Tlatelolco, en Ciudad de México; ahí permanecimos durante un año hasta que logramos escapar.

Andar. Andar.

Migrar como las aves, como las mariposas.

Lepidópteros, libélulas danzantes.

Miguel, Juan y yo caminamos desde Ciudad de México hasta el puerto de Caballos, en la provincia de Nicaragua, disfrazados, siempre de noche, por caminos sin tránsito, cargando el dinero de la familia. Ahí ya nos esperaba un navío del primo hermano de Juan, el capitán Sebastián Nieto, judío portugués. Viajamos durante semanas cruzando el mar y luego por tierra hasta Madrid para tratar de conseguir un indulto y salvar la vida de mi madre, de mis hermanas y de mi hermano Joseph. En vano.

Joseph y yo *eramos como el agua y la tierra.*

Desde hace años vivo en Pisa, casado con Ana, una bella mujer. Adonai nos ha bendecido con muchos hijos.

De manera que el primer Luis de Carvajal nació en Fermoselle, Reino de Castilla. Tenía seis años cuando se publicó el edicto que expulsó a los judíos y diez años cuando lo llevaron a bautizar junto a sus hermanos. Ya mayor, cuando gozaba de una posición económica cómoda, fue acusado de judaizante, hereje y apóstata. Fue arrestado a los sesenta años en Mogadouro y llevado a través de más de la mitad del territorio de Portugal; días y noches a caballo por la Sierra de la Estrella, las planicies y los ríos hasta la villa de Évora para ser interrogado y encarcelado junto con su hija Leonor de Carvajal y su yerno Álvaro de León.

Sin embargo, era 1548 y ellos supieron con quién hablar.

Pagaron, como muchos más de los nuestros.

Una cuota generosa al Papa.

Enviaron emisarios a Roma mientras aguardaban pacientes desde su celda.

Seis meses más tarde salieron libres. Eran otros tiempos... aún se podía negociar.

Año de 1544
Mogadouro, Portugal

Mientras Francisca de Carvajal se dirige a casa con un cesto con verduras y pan, escucha, observa. De pronto —a través de las sonrisas y los saludos de los vecinos, entre tubérculos, gallinas colgadas ya sin plumas y el sonido del hierro clavado a las patas de algún caballo sobre el empedrado— ella distingue las palabras, muecas, miradas que se acercan, la rondan como una urgencia silenciada.

—Buscamos judeoconversos, marranos —dice un guardia real a un hombre que atiende su comercio.

Entonces, Francisca apura el paso.

Desde aquella época, años atrás, en que siendo muy joven estuvo encarcelada en Castilla acusada de judaizante, Francisca desarrolló una sensibilidad que se extiende más allá de los rostros, una especie de olfato para percibir el peligro que acecha a los suyos. Cuando niña, le contaron sus padres Álvaro y Catalina que, tiempo atrás, la situación cambió para los judíos. Le explicaron que en muchos reinos se establecieron leyes para prohibir a los cristianos convivir con todo aquel que no lo fuese. A los judíos los relegaron en las juderías y solo les permitían tratar con ellos para consultarlos como médicos. Contaban también que ya antes hubo saqueos a sus negocios y asesinatos en Castilla, Valencia y Andalucía. Los sefardíes habían desarrollado el comercio y administraban el dinero; además, tenían un fervor muy especial por estudiar y aprender. Eran los mejores médicos y algunos de los comerciantes habían acumulado una riqueza importante. Muchos, por salvar sus vidas, decidieron convertirse al cristianismo y se mezclaron con la nobleza, tomaron cargos importantes. Entonces se levantó el polvo de las envidias entre los aristócratas que no se aliaron con ellos. Por eso mismo, con el giro del engrane, en 1480 se estableció la Inquisición española en Sevilla y, poco tiempo después, elaboraron los famosos edictos para expulsar a los moros y a los judíos de los territorios donde gobernaban Isabel de Castilla y Fernando de Aragón.

Francisca extiende su mirada de reojo. Alerta el oído. Mide la distancia hasta la puerta de su casa. Un escalofrío recorre su espalda mientras recuerda la humedad y los roedores en la celda donde pasó días y noches en aquel entonces.

—Tenemos órdenes de aprehender a todos esos herejes —dijo el guardia real al mismo hombre, quien se encogió de hombros mientras abría los ojos en un gesto de sorpresa.

—Si usted conoce a alguno de ellos, si ha visto a alguien que encienda velas en viernes, que descanse en sábado, que no coma cerdo, que use ropa limpia en viernes, es su deber denunciarlo ante la corona y el Estado —había dicho por último otro guardia real que lo acompañaba.

Durante aquella época en que fue arrestada por la Inquisición de Valladolid, una mujer llamada Sarah le contó acerca de la masacre de judíos en Sevilla en 1391 y de otra en Lisboa, en 1505, cuando asesinaron a miles de hombres, mujeres y niños en pocos días. Aquella mujer le habló también del sacerdote responsable de producir ideas y argumentos, de escribirlos, de compilarlos en manuales que se distribuyeron entre los clérigos de la época y se pregonaron desde el púlpito. Las dispersaron sobre los feligreses que lo escucharon domingo a domingo durante la misa.

Las palabras como quien fumiga sembradíos enormes.

Frases repetidas hasta el cansancio hasta que anidaron dentro y germinaron en dudas, en extrañamiento, en miedo, en fanatismo, en odio recalcitrante.

Si al principio la muerte de los otros parecía una idea descabellada y remota, las posibilidades de apropiarse de sus bienes en un abrir y cerrar de ojos se volvió muy atractiva para que las deudas se extinguieran, para que el Imperio prosperara, para que la guerra siguiera y los dominios se extendieran: el poder, la tierra y la salvación de las almas.

Hay que señalar a los judíos, hay que perseguirlos, hay que exterminarlos.

Frases repetidas una vez y otra más como filamentos invisibles a través de chismes y rumores que corrieron de boca en boca, de cama en cama, de mercado en mercado hasta convertirse en prejuicios, y poco tiempo después, en ideas tan bien establecidas que llegaron a percibirse como lo más natural del mundo. Alonso de Espina creó un catecismo de odio contra los enemigos de la fe cristiana: los herejes, los judíos, los moros y los demonios. Francisca recuerda que ese sacerdote describía en sus escritos muchos tipos de herejías, ahí colocó a los judaizantes y a los racionalistas —o pensadores—, abundantes entre los cristianos nuevos. Las ideas de que todo aquel que no fuese cristiano viejo es un ser destinado a condenarse porque vive en el error y en el pecado, un ser de segunda categoría porque lleva el germen de la herejía, se extendieron de manera irremediable.

Los judíos son herejes.

Matan a los niños.

Envenenan pozos de agua.

Son los culpables de la peste.

Hay que acabar con ellos.

Mataron a Jesucristo.

Por el bien común, la herejía debía ser extirpada de la sociedad. Era preciso crear instituciones fuertes, poderosas, para lograr esto.

¡Perros judíos! ¡Marranos!

Necesitamos una organización para acabar con ellos.

Ya antes, siglos atrás, en Francia, una Inquisición exterminó a los otros, a los cátaros, los diferentes.

Francisca apura el paso, la falda le golpea las piernas. A lo lejos, una mujer la señala mientras intercambia palabras con los dos guardias reales que la observan. Aprieta el cesto y apresura su andar. Debe prevenir a todos en casa cuanto antes: su marido, sus hijos, sus nueras, su yerno, sus nietos pequeños Luis y Francisca, sus hermanos.

La espera es un reloj de arena sin arena.

Francisca ha sabido que, tarde o temprano, los inquisidores llegarían también a Mogadouro. Apenas hace poco tiempo que llegaron a vivir ahí para estar cerca de la familia de su hermano Luis de Carvajal.

Entra a casa. Antes de cerrar la puerta busca con disimulo si alguien la sigue. Alcanza a ver a lo lejos al par de caballeros con yelmos cubriendo su cabeza y espadas colgando del cinturón y botas de cuero. Uno de ellos avanza con el ceño fruncido, como si buscara a alguien. Pasa frente a su casa.

Dentro de casa, coloca el cesto sobre la mesa. Se quita la capa que la cubre y se deja caer en una silla.

La mirada en otra parte. Los brazos sueltos. La tarde interrumpida.

Apenas oscurece y toma su capa, sale presurosa rumbo a casa de su hijo Gaspar de Carvajal y su nuera Catalina de León. Se cubre la cabeza y baja la mirada para que no la vean. Hay que prevenirlos, los guardias ya están aquí en el pueblo. Es preciso convencerlos de hacer los preparativos necesarios y partir al alba. Empacar solo lo indispensable. Documentos, dinero, comida, un par de cambios de ropa. Deberán huir por separado varones y mujeres, por un lado, su hijo Gaspar y su nieto pequeño Luis de Carvajal y de la Cueva, y por otro ellas, las mujeres, para llamar menos la atención. Buscar refugio en comunidades pequeñísimas, dispersas sobre las montañas donde viven algunos amigos y familiares que les darán albergue.

Ya de regreso, en su habitación, un hilo de luz de luna se filtra entre la penumbra mientras ella y Gutierre empacan apresurados. Durante décadas la situación ha sido terrible no solo para ellos, sino también para quienes se convirtieron a la fe católica y se quedaron en Castilla. A los conversos les dicen marranos. Desconfían de ellos. Les dicen también cristianos nuevos, *chuetas*. Cuando era muy pequeña huyeron de Fermoselle, un pueblito en la región de Zamora, junto con sus padres Álvaro y Catalina de Carvajal y con todos sus hermanitos rumbo a Portugal. Cierra los párpados. Caminaban por las montañas. Bajo sus párpados asoma una angustia, el lamento de su madre.

En Portugal nos están esclavizando.

Separan a los niños de los padres y los llevan a trabajar a hogares de cristianos.

Separan a los esposos.

Lisboa ya tiene Inquisición también.

Han quemado vivos a algunos de los nuestros.

No hay manera de mantenerse a salvo.

No quiere recordar. Buscaron otras tierras. Se refugiaron en pequeños poblados escondidos entre las montañas: Mogadouro, Belmonte, Trancoso, Linhares, Almeida, Guarda, Castelo Branco, Castelo Rodrigo, Pinhel.

Francisca suspira. Y ahora, ¿a dónde iremos?

Somos malos judíos, somos malos cristianos.

Nos va mal porque hemos abandonado nuestra fe judía. Es preciso regresar a ella.

Tendrán que marcharse, también de Mogadouro.

No hay vuelta atrás.

En su familia nadie ha muerto por ser judío, aún.

Lo que antes era solo un miedo, una pesadilla, ahora parece probable.

Al alba, parten tres generaciones de mujeres. Apenas clarea el día y allá van, andando por caminos poco transitados: Francisca, la abuela, su nuera Catarina y la nieta, de apenas cuatro años que lleva el mismo nombre de su abuela.

Durante días, semanas y meses andarán con cautela. En ocasiones cruzarán lomas, la sierra escarpada, desfiladeros. Entregarán monedas al hombre que cruza a los migrantes en el río que divide Castilla de Portugal. Subirán a la barca para cruzar el Duero mientras la niña Francisca hace preguntas con sus ojos enormes.

—*Avó*, ¿por qué mi hermano Luis y papá no vinieron con nosotros?

"*Avó*, ¿por qué esos hombres no nos quieren en el pueblo?

"*Avó*, ¿cuánto falta para llegar?

"*Mãe*, ya no quiero caminar. Me duelen los pies.

"*Mãe*, yo no quiero ir a otra parte. A mí me gusta aquí, quiero jugar con Lola.

"*Avó*, ¿cuánto falta para llegar?

Un año entero durante el cual recorrerán la frontera entre Portugal y Castilla rumbo al norte, administrando el dinero para que nunca falte el pan, para que la niña Francisca no vaya a enfriarse y a enfermar. Meses huyendo de los que asaltan caminos, tomando otras rutas lejos de la guardia real. Francisca cuida a su nuera Catarina, la aconseja, la instruye en la ley de Moisés, la protege de posibles abusos, la esconde.

Algunas veces llueve o hace mucho frío y detienen su andar en alguna posada y, cuando tienen suerte, se albergan con parientes. Por las noches, escriben cartas. Preguntan por sus hijos, hacen planes.

Dicen que las cosas han empeorado para los suyos. Cuentan que en Mogadouro apresaron a su sobrina Leonor de Carvajal, la hija de su hermano Luis, y a su esposo Álvaro de León, precisamente medio hermano de Catarina. Dicen también que los llevarán presos hasta Évora, allá en el sur, cerca de la gran Lisboa. El Santo Oficio siempre interroga y tortura hasta conseguir información y eso expone a todos los miembros de la comunidad. Qué bueno que huyeron.

Meses después, cruzan el río de nuevo y siguen su camino hasta llegar a Carbajales de Alba. Francisca no se atreve a preguntar a los vecinos, pero intuye que sus padres Álvaro y Catalina adoptaron el apellido del nombre de ese villorrio: Carbajal. ¿Y qué significará eso? ¿Cuál era el apellido que tenían antes?

Hay cosas que prefiere olvidar.

Hay cosas que guarda dobladas con esmero, debajo de la memoria.

En sus insomnios, hay imágenes vagas que insisten en volver: el viaje que hizo siendo pequeña con sus padres y sus cinco hermanos, a pie, por las sierras, valles y ríos. En aquella ocasión iban muchas personas, a veces era cansado, pero también divertido porque iban juntos. Cantaban o reían; pero, en ocasiones escuchaban lobos en medio de la noche. Y, sin embargo, ellos nunca llegaron a su destino.

¿Cuál será su destino ahora? ¿Cuánto tiempo más deberán seguir así huyendo de un lado a otro? En aquel entonces, algo los hizo volver. Un miedo tensa su nuca, se clava en el pecho. Francisca recuerda que ya de regreso en Fermoselle, sus padres los llevaron a la iglesia pequeña que está en la cima de la aldea para que el sacerdote los bautizara y los llamara de un nuevo modo; porque antes de eso, ellos tenían otros nombres, otros apellidos. Se adhirió con fervor al nuevo nombre: Francisca.

Aquella aventura no hizo sino aumentar su curiosidad, conforme pasaron los años, de conocer aquello por lo que sus papás en algún momento habían estado dispuestos a arriesgar sus vidas y dejarlo todo. Encontró la manera de conocer ese secreto. Preservó la fe, las tradiciones y los valores de sus ancestros. Cuidó con esmero la llama que siempre estuvo encendida dentro y que los llevó a poner su vida, su patrimonio y su honor en la cuerda floja.

Ahora, mientras abuela, nuera y nieta permanecen en Carbajales de Alba y reciben la carta que anuncia que Luis, su hermano, ha sido apresado en Mogadouro acusado de los crímenes de judaísmo, herejía y apostasía, de haber renunciado a seguir las enseñanzas de la Santa Iglesia Católica, se pregunta ¿cuánto tiempo más?

Pasan los meses, los miembros de la familia acuerdan una fecha para reunirse en la villa de Benavente, Castilla, cerca de Zamora, aquella donde dicen que durante siglos hubo sabios rabinos y sinagogas, rollos de la Torah y cantos. Ahora los rabinos están muertos, las sinagogas fueron convertidas en iglesias, las juderías saqueadas, los rollos desaparecieron; sin embargo, eligieron ese sitio para restablecer su vida en familia, para reconstruir una solidaria comunidad clandestina. Se marchan de caseríos donde han permanecido escondidos, agradecen a quienes les han ayudado, se despiden y se dirigen cautelosos, hombres, ancianas y niños hacia Benavente.

Tras dos años de peregrinar, Francisca, Catarina y la niña Francisca entran a la villa. Los abrazos prolongados entre esposos, las palabras cálidas murmuradas en los oídos de los pequeños, una adolescente que corre cuando divisa a su padre a lo lejos, un joven abandona sus cosas sobre el empedrado cuando ve a lo lejos a su madre y a sus hermanas para apresurarse hacia ellas, el brillo en los ojos de los ancianos, las sonrisas de labios delgados y bocas ya desdentadas, las arrugas sobre el rostro, el júbilo de volver a ver a los suyos —como si la vida les hubiese dado una segunda oportunidad.

Ahí, de nuevo, los cantos, las festividades, los salmos, el Shabat, el olor de la comida que cocinan las madres, las sábanas limpias, el calor del hogar.

Ahí permanecerán los Carvajal durante tres décadas, Francisca y su esposo Gutierre Vázquez con sus cuatro hijos, sus nueras, su yerno y sus nietos.

Ahí también, la niña Francisca crecerá silenciosa, desentrañando las raíces diminutas que la vinculan a voces y plegarias invisibles.

Ahí, en Benavente, crecerá apartada de sus tres hermanos varones: Domingo, Antonio y Luis de Carvajal y de la Cueva. Se casará jovencísima, con su primo Francisco Rodríguez de Matos y, ahí mismo, nacerán siete de sus nueve hijos.

Invierno de 1579
Medina del Campo, Reino de Castilla

Esa mañana, después de que Luis y Baltazar se fueron a la escuela, Francisca sale de casa. Camina despacio. El aire helado, el cielo azul cobalto brilla y el sol deslumbra a los transeúntes. Se dirige a la plaza principal entre los comerciantes de la rúa de Salamanca. La desazón es un velo instalado entre la realidad y ella. Hace días que conversa con Francisco, su esposo, sobre qué decisión deberán tomar.

La situación se ha puesto difícil una vez más para los suyos. El rey Felipe II está por convertirse en el monarca de Portugal y arreciar la embestida contra los judeoconversos. Muchos de sus amigos y familiares ya se fueron a Lyon, a Ferrara, a Ámsterdam, a Venecia, a Salónica o Constantinopla; pero, no en todas partes han sido bien recibidos. Dicen que en Venecia a los varones los obligan a portar sombreros amarillos, una cinta en el brazo, y a las mujeres a portar aretes, como prostitutas.

Francisca recuerda que cuando ella era muy pequeña, tuvo que huir de Mogadouro con su madre Catarina y su abuela Francisca. Entonces, caminaron días y días; por las noches, su madre le masajeaba los pies y las piernas con aceite mientras su abuela tarareaba canciones de cuna para que ella se quedara dormida. Recuerda también a una amiga de ojos grandes llamada Lola, quien le regaló su muñeca cuando se despidieron, las manos nervadas de un hombre encapuchado que les ayudó a cruzar un río en una barca de noche mientras llovía, el cremoso arroz con leche que le daba una mujer regordeta con boca chimuela.

Con los años, ya adolescente y viviendo en Benavente, supo que aquello había sido la huida para sobrevivir a una persecución contra los suyos. Su madre Catarina y su abuela Francisca habían arriesgado sus vidas; dejaron todo por conservar sus tradiciones y su fe, el derecho a poder elegir, a ser libres.

Ahora le toca estar en la misma situación de su abuela y de su madre, entre la espada y la pared. Ella y su esposo Francisco llegaron desde Benavente a Medina del Campo hace tres años con sus hijos y ahí han vivido felices. Eligieron este sitio porque desde hace décadas se ha convertido en uno de los centros de intercambio comercial más importantes de Europa. Tiempo atrás, los Reyes Católicos dispusieron que la villa fuera considerada como Feria General del Reino y fue uno de los sitios más importantes para el comercio de lana.

Aunque, por otra parte, Francisca sabe que no es coincidencia que ahí nombraran a los primeros dos inquisidores hará un siglo. El desarrollo comercial está en manos de cristianos nuevos o judeoconversos. Por otra parte, ellos llegaron atraídos, no solo porque muchos de los suyos se fueron a vivir ahí, o por la oportunidad para hacer prosperar su negocio, sino porque ahí se encuentra una de las mejores escuelas de Castilla y, al ser de jesuitas, es la única que admite a cristianos nuevos.

Antes de que llegaran a Medina del Campo, su hija Isabel Rodríguez de Andrada, la mayor de las mujeres, se casó con

Gabriel de Herrera, un judío que había estudiado en la Universidad de Salamanca y se dedicaba al comercio de telas; se fueron a vivir a Astorga. Por otra parte, Gaspar su hijo mayor, tampoco llegó con ellos a Medina del Campo. A los trece años salió de casa y ahora vive en Nueva España. Allá, su hermano Luis de Carvajal lo recomendó para que lo dejaran ingresar a un monasterio dominico y ahora es sacerdote en la Ciudad de México.

Desde hace unos días, a Francisca Núñez de Carvajal la habita un miedo sigiloso que se desliza a través de generaciones como pez enjabonado. La historia de su tío abuelo Luis de Carvajal a quien la Santa Inquisición apresó en Évora, el tiempo que vivió de niña huyendo entre Portugal y Castilla con su abuela y su madre.

Hay sombras que se acercan y la habitan. Miedos que se ensanchan durante las noches, se adhieren al insomnio.

Francisca Núñez de Carvajal y Francisco Rodríguez Matos han considerado, cada vez más seriamente, marcharse a Francia. Ya sus cuñados Hernán y Diego Rodríguez, sus esposas y sus hijos viven allá en libertad para practicar su fe. Hernán fue quien adoctrinó a su esposo cuando adolescente al judaísmo. Hace tiempo él y sus sobrinos fueron a visitarlos desde São João da Pesqueira a Medina del Campo. Francisca los recuerda hablando sobre el tema… En aquel entonces decidieron quedarse en Castilla, Baltazar y Luis estaban prosperando bien en sus estudios. Francisco y sus hermanos siguen en contacto por correspondencia, ahora saben que migraron al suroeste de Francia, allá se refugiaron muchos judíos, cruzaron los Pirineos. Un hijo de Hernán migró al Nuevo Mundo.

Francisca se casó con Francisco cuando ella era casi una niña. Conforme pasaron los años, él fue quien la instruyó en el judaísmo. Ella se resistió durante algún tiempo, hasta que estuvo enferma de muerte. Su esposo Francisco, quien viajaba mucho por su trabajo como comerciante fue desde Valladolid para acompañarla en su gravedad. Aun en su estado no pudo convencerla hasta que le comprobó que su abuela Francisca también había sido judía y que por eso habían huido cuando ella era muy pequeña.

Ayer por la tarde un mensajero trajo una carta de su hermano don Luis de Carvajal y de la Cueva. Y esta carta en particular, a diferencia de otras, abrió una nueva posibilidad de salvación para su familia.

Francisca y Luis no fueron criados juntos. Sin embargo, desde que ella tiene memoria, una vez al año, llega puntual un mensajero con una carta en las manos hasta la puerta de su casa, primero a Benavente y ahora a Medina del Campo. Una misiva que siempre va de cinco a seis folios en donde don Luis le narra qué ha sido de su vida desde la última vez que le escribió, le cuenta sus aventuras y anécdotas. Son palabras que Francisca siempre lee y repasa con cariño. Cartas que guarda celosamente en una caja de metal.

Gracias a que su madre Catarina insistió que ella —aunque fuese mujer— también debía aprender a leer, a escribir y a hacer números, como las mujeres de su familia; gracias a que hizo el esfuerzo, ya viuda, de enviarla a Lisboa para que recibiera educación, es que a través de los años ha podido no solo seguir el hilo de lo que ha sido la azarosa vida de su hermano don Luis, sino que también ella ha podido escribirle y mantenerlo informado sobre su paradero, sobre cómo se encuentran ella y su familia. Sus padres y sus hermanos fallecieron hace mucho tiempo, de manera que él es la única persona de su familia que le queda con vida.

Pero hay algo que siempre la deja pensativa… Su hermano jamás hace referencia a la ley de Moisés en sus cartas; aunque eso es perfectamente comprensible porque hacerlo sería poner en riesgo la vida de ambos. Lo curioso es que jamás una sugerencia… un mensaje velado con relación a ese tema. Además, en la despedida, siempre hace alusión a Jesucristo, a la Santísima Trinidad o a la bienaventurada Virgen María. ¿Será que su hermano, alejado de sus padres, abrazó genuinamente la fe de los gentiles? Francisca sabe que para su ascendente carrera el conservar la ley de Moisés sería su perdición: lo destituirían de sus bienes, lo quemarían en la hoguera… Quizá Luis ya decidió no volver la vista atrás.

Cuando ella, siendo pequeña, llegó a Benavente con su madre y su abuela a reunirse con su padre y sus hermanos Antonio, Domingo y Luis, ellos solo se quedaron poco tiempo en casa. Francisca tuvo que despedirse de ellos, de nuevo. A Luis lo enviaron a recibir educación a la corte del conde de Benavente porque ahí trabajaba su padre, don Gaspar.

Años después, cuando ella tenía unos nueve años, su mamá, ya viuda, envió a Luis a Lisboa unos meses con su tío Duarte y después, el tío se lo llevó a la isla de Cabo Verde en la Guineas a trabajar para el rey de Portugal. Allá se quedó su hermano más de diez años. En todo ese tiempo no volvió a verlo, ni siquiera cuando murió su madre.

Sin embargo, las cartas fueron y vinieron con el paso de los años. Gracias a esta suma de misivas, Francisca se enteró de que su hermano, siendo muy joven aún, se convirtió en tesorero y contador del rey de Portugal en Cabo Verde y Guinea.

Francisca recuerda que ya joven, supo que uno de los principales negocios de la corona portuguesa era el comercio de esclavos negros. Le indignó sobremanera. Sabía que precisamente ella y la familia de su esposo guardaban el Shabat para celebrar la liberación de su pueblo de la esclavitud a la que Egipto había sometido a los israelitas. Por ese motivo la perseguía la terrible idea de que alguien pudiera venir por su esposo Francisco, así nada más, y para siempre, como si su Francisco fuese un costal de trigo o una vasija, a llevárselo con grilletes, con las manos y el cuello atados, de un día a otro, descalzo, desabrigado, vulnerable, joven, lleno de vida, su bien parecido esposo.

Una noche, se abrazó a él y le compartió su aflicción. Francisco le dijo:

—Ay mujer, eres tan joven. No tienes de qué preocuparte. Los esclavos han existido siempre, en las sagradas escrituras se habla de ellos… Aunque, por otro lado, los que siguen la nueva ley, la de Jesucristo, dicen que "no hay judío ni griego, esclavo ni libre, hombre ni mujer… que todos somos uno solo en Cristo Jesús" … pero en la realidad, ellos mismos, se enriquecen vendiendo personas.

A lo largo de los años se fue enterando de que su hermano Luis, a los veinticuatro años se había trasladado a Lisboa y un año después, a Sevilla, la capital del comercio con el Nuevo Mundo. Se instaló como comerciante ahí, conoció a Miguel Núñez, cristiano nuevo, aristócrata y rico, con quien hizo amistad, acuerdos comerciales e incluso, se casó con su hija, Guiomar Núñez de Ribera. Durante un tiempo se encargó de los negocios de su suegro en el Reino de Fez, al norte de África. Sus habilidades navales llamaron la atención de la corte; la corona lo envió como capitán de barcos como combatiente naval, incluso le dieron el mando de una armada en aguas de Flandes. Al poco tiempo de haber contraído matrimonio decidió aventurarse a ir a las indias occidentales como almirante de una flota mercante que zarpó de las Islas Canarias. Apenas un año después, ya en el Nuevo Mundo, fue nombrado alcalde de un lugar que se llama Tampico. Aunque fue y vino en un par de ocasiones, Guiomar nunca estuvo dispuesta a acompañarlo.

La carta que trajo ayer el mensajero abre una ventana para Francisca y su familia. Revela que don Luis de Carvajal y de la Cueva está de nuevo en Castilla, que volvió después de años, con una larga lista de méritos, hazañas y proezas que realizó a partir de su propio patrimonio y a nombre de la corona. Llegó decidido a proponerle un proyecto muy ambicioso a Felipe II. Ha esperado nueve meses su respuesta, negoció con él.

Don Luis ha trabajado arduamente, ha ganado batallas, capturado piratas ingleses, ha hecho la paz con los nativos de los territorios. Expandió la fe católica, descubrió minas, ríos, valles y montañas. Tras doce años de pelear, de sobrevivir, de observar, de escuchar y de recorrer ha tenido una visión. Don Luis sabe esperar, sabe negociar con el monarca más poderoso de la tierra.

Su majestad, el rey, acaba de otorgarle el derecho a descubrir, pacificar y poblar doscientas leguas cuadradas. Eso es una barbaridad de tierras. No hay manera ni de imaginarlas siquiera. Ni el Reino de Castilla junto con el Reino de Aragón con el Reino de Navarra y con Portugal juntos sumarían ese territorio. Por el tono de sus palabras, Luis parece satisfecho.

Francisca y su esposo saben que la deuda de Felipe II se multiplica día con día y que la corona ha perdido guerras con los países vecinos. Quizá el rey piensa en los recursos que su hermano pudiera extraer de aquellas exuberantes tierras en América —oro, plata, perlas y grana cochinilla— para nutrir sus arcas y para seguir financiando guerras.

En su carta, más adelante, menciona que para poder lograr este ambicioso proyecto, le permitieron reunir a cien hombres, sesenta de ellos deben ser casados y viajar con su esposa e hijos, a fin de poblar el vastísimo territorio. El resto pueden ser soldados. Durante semanas ha visitado amigos y conocidos en diversos poblados de la Raya entre Castilla y Portugal, e incluso de otros lugares de las Españas, invitándolos a que lo acompañen en esa nueva aventura. Hay otros dos hombres ayudándolo a visitar otras regiones de España para convocar a unirse. Le gustaría saber si su hermana Francisca, su cuñado Francisco y sus hijos estarían dispuestos a emprender el viaje con él en busca de nuevas oportunidades.

Dice en su carta que muy pronto llegará hasta su casa, para reencontrarse después de todos estos años y conocer a su familia, para poder platicar los detalles de esta propuesta. Él sabe que no es fácil convencer a las familias de que dejen todo y se vayan a explorar nuevas tierras. Los que emigran al Nuevo Mundo prefieren hacerlo a ciudades cerca de Ciudad de México donde ya hay comercios establecidos, además de colegios, médicos y fuentes de riqueza como minas de oro y plata.

Lo que más llama la atención de Francisca son las líneas en donde su hermano Luis menciona que logró conseguir un permiso muy especial. A quienes lo acompañen en ese viaje, no se les pedirán los papeles obligatorios que demuestren la "limpieza de sangre" —la prueba de que en su linaje existen por lo menos cuatro o cinco generaciones de cristianos viejos—. Este es el requisito obligatorio e indispensable para poder emigrar. Muchos suponen que ese requisito no lo cumple ni el mismísimo rey Felipe II, ni el poeta Juan de la Cruz ni Teresa de Ávila. Sin embargo, don Luis consiguió ese verdadero privilegio inaudito para quienes se decidan acompañarlo en su empresa de explorar nuevas tierras y asentarse del otro lado del mundo. Él mismo elegirá su tripulación, a sus pasajeros, a los nuevos pobladores.

La suma de su buen juicio, su carrera extraordinaria de años sirviendo a las coronas de Portugal, de las Españas de Felipe II y su recién otorgado nombramiento como primer gobernador del Nuevo Reino de León, son respaldo suficiente para garantizar a sus acompañantes. Todos viajarían como parte de la comitiva del nuevo gobernante.

Si fuese necesario, él mismo responderá por cada uno de ellos.

Fragmento de cédula de la capitulación que otorga Felipe II a Luis de Carvajal y de la Cueva, en donde el rey ordena que los colonizadores de Carvajal pueden pasar al Nuevo Mundo sin necesidad de mostrar certificados de limpieza de sangre.

El Rey

Nuestros officiales que residís en la ciudad de Sevilla en la casa
de la contratación de las Indias yo vos mando que dexéys volver
a la Nueva España al Capitán Luys de Carvajal de la Cueba
y que pueda llevar cient hombres los sesenta dellos labradores
casados con sus mugeres e hijos y los demás soldados y officiales para el descubrimiento y pacificación de las provincias que
han de ser intituladas el nuevo Reino de León que es en aquella
tierra sobre que havemos mandado tener con él asiento y capitulación sin pedir a ninguno de todos ellos información alguna,
que por la presente encargamos al dicho Capitán Luys de Carvajal tenga mucho cuydado de que sean personas limpias y no de
los prohibidos a passar aquellas partes y principalmente que no
lleve ningún casado que dexe a su muger en estos reinos lo qual
cumplid son poner en ello ympedimento alguno/ fecha en Toledo
en XIIII de junio de 1579/ Yo el Rey/ y refrendada de Antonio de
Erasso/ y señalada de los del consejo.

(Al margen)
El dicho
A los officiales de Sevilla que dexen volver a la Nueva España al Capitán Luys de Carvajal y que pueda llevar cient hombres de los sesenta dellos labradores casados con su muger y hijos
y los demás soldados y officiales para el descubrimiento y población del nuevo Reyno de león

Rescevi esta cédula original en 30 de junio 1579.

Luis de Carvajal [Rúbrica]

Primavera de 1580
Sevilla, Reino de Castilla

Guiomar ha esquivado, durante meses, darle una respuesta. El viaje que su esposo emprenderá dentro de unos meses será el tercero hacia la Nueva España en quince años que llevan de casados —doce de los cuales Luis de Carvajal los ha pasado en aquellas tierras—. Guiomar sabe que hay personas a quienes es prácticamente imposible detenerlas.

En el siguiente viaje, él irá ya con el nombramiento de gobernador. Sería un buen momento para que, por fin, ella lo acompañe y juntos formen una familia; aún podrían intentar tener hijos. Durante siglos, generaciones y generaciones sus familias han vivido en el reino de Castilla y en Portugal. Habría que desenterrar sus raíces y llevarlas vulnerables, expuestas, hasta el otro lado del mundo para buscar tierra fértil y sembrarlas, quedarse allá.

Hay algo más que Guiomar calla. Un secreto.

Una llama clandestina.

Pero de eso no habla nunca.

Y, sin embargo, después de Navidad, el padre de Guiomar muere. Inesperadamente. Don Miguel Núñez, el amigo, socio y suegro de don Luis de Carvajal. Ahora, no solo tendrá que encargarse de todos los preparativos que su próxima empresa supone, sino de ayudar a sus cuñados, de consolar a su esposa y de atender un montón de trámites relacionados con los negocios y con el legado de su suegro.

Durante esos días de luto y trámites vuelve a ver, después de años, a un sobrino de su esposa: Felipe Núñez de Ribera. La última vez que lo vio era apenas un niño. Ahora es un joven de dieciocho años muy entusiasta y deseoso de acompañarlo en su próximo viaje a Nueva España. Desde el momento en que Guiomar los reúne y acuerdan que irá con él, Felipe Núñez no volverá a separarse de don Luis. Juntos parten hacia Salamanca para invitar a Jerónimo de Carvajal y de ahí, planean seguir a Medina del Campo para hablar con la familia de su hermana Francisca.

Quince años atrás el joven Luis de Carvajal y de la Cueva supo que quien sería su suegro era cristiano nuevo, esas cosas se saben. ¿Su hija Guiomar, su prometida, habría abrazado de manera genuina el cristianismo o solo en apariencia como tantos judaizantes? ¿Casarse con ella sería hacerlo con una mujer cristiana que educase a sus hijos en el seno de la Santa Iglesia Católica? ¿En el caso de que ella creyese en la antigua ley podría él convertirla al cristianismo? Qué sería más conveniente para su carrera como explorador del Nuevo Mundo al servicio de la corona: casarse con una cristiana nueva —como al parecer lo era doña Guiomar— perteneciente a una familia acaudalada, aristócrata y bien acomodada o bien, ¿contraer matrimonio con una mujer de familia de antiguo linaje cristiano?

Divagaciones, ideas o preocupaciones fidedignas prolongan las madrugadas insomnes. Hay situaciones que se presentan como oportunidades únicas y a contrarreloj; entonces, los anhelos y los ideales se hacen a un lado, se toma lo que se tiene a la mano.

Don Miguel Núñez era su socio, su amigo, un hombre poderoso de personalidad arrolladora quien mostró una empatía natural hacia Luis y, por otra parte, Guiomar, su hija, era una mujer joven, inteligente y bella. Quince años atrás, Luis de Carvajal y de la Cueva tuvo todo servido en la mesa.

Primavera de 1580
Medina del Campo, Reino de Castilla

A veces, Francisco no puede dormir. Sabe que muy pronto él y Francisca deberán tomar una decisión. Siete hijos dependen aún de ellos. Cómo mantenerlos a salvo. Cómo asegurar sus alimentos, su buena salud, su educación, su fe, sus oportunidades hacia el futuro. Considera dos posibilidades: huir a Francia y unirse con las familias de sus hermanos que ya se adelantaron, o explorar esta nueva posibilidad que ahora se abre a partir de la carta de su cuñado don Luis de Carvajal y de la Cueva. Quizá podrían ir a Nueva España con él.

Antes de que don Luis llegue a su casa en Medina del Campo, Francisco se apresura a escribirle una carta. Adelantarse un paso. Presionarlo un poco a fin de que su cuñado haga una propuesta lo más atractiva posible. Se están jugando la vida y el futuro de sus hijos.

Cuando ya todos se han ido a dormir, Francisco se sienta en la mesa del comedor con un folio, pluma y tinta. *El comercio en Medina del Campo se ha venido a menos*. Hay que decirlo. *El negocio no produce lo necesario para sacar adelante a la familia*. Él y Francisca han estado contemplando la posibilidad de irse a Francia con Hernán y Diego, con sus cuñadas y sobrinos quienes, antes de marcharse, fueron a pasar unos días con ellos, a insistir en que huyeran juntos. *No lo hicimos solo para dar tiempo a que Baltazar y Luis terminen su educación en la escuela con los jesuitas. Francisca ya me ha comentado que vendrás a pasar unos días a casa. Nos llena de gusto. Será un honor.*

Sin embargo, en caso de que la propuesta o el negocio resulte ser inaceptable deberemos inclinarnos a optar por las invitaciones de mis hermanos, quienes ya se encuentran asentados en Francia. Espero no se malinterprete mi franqueza, la vida de tu hermana y tus siete sobrinos depende de las decisiones que estamos por tomar, del camino que decidamos seguir, de la ruta hacia donde dirijamos nuestros pasos.

דוד

La mañana de primavera en que el tío don Luis tocó a la puerta de nuestra casa en la rúa de Salamanca creció la posibilidad de que te convirtieras en el tercer Luis de Carvajal de la familia procesado por la Santa Inquisición. El hijo de la mujer que ayudaba a mamá había corrido, minutos antes, a darnos aviso de que don Luis de Carvajal había entrado a Medina del Campo a caballo. Nos dijo que eran dos hombres porque junto a él cabalgaba también un joven.

Tres golpes suaves en la puerta bajo el pórtico anunciaron su llegada. Mamá y papá abrieron con una cautela que en instantes se transformó en alegría. El tío don Luis contuvo a mamá en un abrazo fraterno y largo. Al fin, después de toda una vida, de historias, anécdotas, confesiones, buenos deseos y despedidas que transcurrían en la imaginación a partir de cartas, por fin… ¡se reunían de nuevo! Un regalo del destino que muchas veces desecharon en silencio, detrás de una oración. En sus recuerdos habitaba una Francisca niña, delgadita, de enormes ojos oscuros y cabello trenzado; un Luis adolescente imberbe de cabello castaño y voz aún aguda. Eso era todo. Jamás un retrato.

En aquel entonces yo tenía unos dieciséis años. Recuerdo la gallardía del tío don Luis, la sobriedad de sus vestiduras. Me llamaron especial atención sus botas y su espada, debía ser un hombre de mundo, el tono de su voz, su mirada perspicaz contenida en unos ojos verde aceituna. Sus frases atraparon nuestra atención. Elocuente, mesurado, a ratos silencioso.

Lo recibimos en una habitación que tenía un par de sillones frente a la chimenea de piedra. Del lado izquierdo, junto al fogón, había una mesa de comedor robusta con dos bancas largas sobre las que acomodábamos cojines. Ahí cabíamos los nueve, sentados para comer, y la pequeña Anica, quien aún era una bebé de brazos. Para la visita de mi tío, mi padre había conseguido con los vecinos un par de sillas labradas con descansabrazos. Mamá había puesto especial orden en la casa, había sacado la vajilla para ocasiones especiales y se había encargado de ocultar los candelabros, por si acaso. Había hablado con nosotros dos. Debíamos ser muy prudentes. Él era familia, pero desconocíamos si él o su sobrino se habían convertido en cristianos sinceros. Durante su estancia comeríamos puerco y tocino. No encenderíamos las velas el viernes, no ayunaríamos y trabajaríamos el sábado.

En la planta alta, la casa tenía tres habitaciones. En una dormían nuestros padres con la bebé Anica, en otra mis tres hermanas y en otra nosotros, los tres varones. Mamá le preparó la alcoba nuestra para que se hospedara en casa el tiempo que él quisiera junto con el sobrino de su mujer que lo acompañaba, un joven llamado Felipe Núñez.

Tío Luis nos escuchaba con atención a cada uno de nosotros, sus siete sobrinos, a quienes veía por vez primera. Dos de mis hermanos ya no vivían con nosotros. Fray Gaspar, el mayor de todos, entonces tenía veintitrés años y se encontraba en Nueva España gracias, precisamente, a las recomendaciones de tío Luis. Mi hermana Isabel vivía con mi cuñado Gabriel en Astorga, de manera que tampoco estaba presente. Debíamos de ser un cuadro curioso para él. Uno muy distinto a lo que era su vida cotidiana. Catalina de catorce. Tú, Luis de trece. Mariana de ocho, Leonor de cinco, Miguel de dos, la bebé Anica de meses y yo, Baltazar, de dieciséis. A veces pienso que quizá reconocía sus propios rasgos en algunos de nosotros, o tal vez un rostro similar al de su madre, nuestra abuela Catarina, en alguna de mis hermanas. Éramos los únicos descendientes de su sangre, los hijos que no tuvieron ni él ni sus hermanos. Sentado en el comedor de casa sonreía, desde sus labios delgados, atentísimo a las ocurrencias del pequeño Miguel, o de Anica, la bebé a quien cargaba a ratos y besaba con ternura. Ahí, por fin, frente a nosotros el famoso tío del que mamá tanto nos había hablado: el recién nombrado gobernador del Nuevo Reino de León, don Luis Carvajal y de la Cueva.

Tío Luis se quedó en casa por lo menos una semana y, desde el primer día por la noche, habló con mis papás y les propuso que nos uniéramos a su proyecto de ir a poblar el territorio que su majestad, el rey don Felipe II, acababa de otorgarle. No solo nos extendió la invitación, sino que además hizo ofertas alentadoras: a papá le ofreció ayuda económica para que pudiera establecer sus negocios comerciales en las nuevas tierras. Ofreció convertirnos a uno de nosotros dos en el tesorero general del reino y al otro, en su heredero universal quien lo sucedería como gobernador del Nuevo Reino de León. Esto traería privilegios y oportunidades también para mis hermanas. Con los años, buscaría entre sus mejores capitanes e hidalgos más honorables, candidatos para que ellas —Mariana, Catalina y Leonor— eligiesen a sus futuros esposos.

Después de la hora de la comida, nos quedábamos en largas conversaciones de sobremesa preguntándole sobre tantas aventuras con piratas, chichimecas y negros africanos, sobre las ciudades que había visitado en el mundo. Mamá y Mariana hacían turnos para cuidar a la bebé Anica. Leonor se encargaba de jugar con Miguel para que no nos distrajera de los relatos de tío Luis. Catalina, tú, mis papás y yo escuchábamos atentísimos. Le hacíamos preguntas y él nos mantenía absortos en una especie de encantamiento.

Ocho años atrás el mismísimo virrey de la Nueva España Martín Enríquez de Almanza lo había nombrado capitán y le dio el encargo de explorar nuevos caminos. Entonces descubrió y trazó el camino entre la zona del Pánuco, donde él mismo tenía un rancho ganadero, hasta Mazapil, un pueblo minero en el norte rico en plata. Buscando ese camino descubrió un valle enorme en donde jamás había estado ningún europeo, el valle del Saltillo. Tardó dos meses en recorrerlo con su gente a caballo hasta llegar a una ciudad grande que se llama Zacatecas. Tiempo después, mientras mi tío pacificaba a los indios de Jalpan, otro hombre escuchó sobre estos lugares explorados por mi tío, sobre los manantiales, la riqueza de esas tierras, los jabalíes, venados y guajolotes; un tal Alberto del Canto fundó después en ese valle, la Villa de Santiago de Saltillo para el Reino de la Nueva Vizcaya.

Tío Luis nos contó sobre otro valle enorme que también descubrió y exploró buscando otro camino distinto para volver a Pánuco a través de la sierra. Lo nombró el Valle de Extremadura en recuerdo a la región de Castilla y León que lleva el mismo nombre; le hacía ilusión fundar una villa ahí. Decía que era un magnífico sitio para que hombres y mujeres establecieran a sus familias y que, con el fruto de su trabajo, levantaran una ciudad de gente próspera. Nos habló del río que pasa por ahí; le puso el nombre de su madre, mi abuela Catarina. Nos habló de las montañas enormes que custodiaban ese valle; había una con la forma de un buque naufragado, con maderos trozados y expuestos al cielo. A esa cordillera de montañas de rocas blancas y grises se le ocurrió ponerle La Huasteca en honor a los nativos de la zona del Pánuco y, a la montaña que se encuentra al fondo del inmenso valle, le puso el nombre de Cerro de la Silla. A Mariana le daba risa saber que en América había una montaña con forma de silla de montar, qué cosas más curiosas había visto el tío.

Nos contó que después de descubrir esos valles había vuelto a España durante casi un año, que estuvo en su casa con la tía Guiomar y después, de nuevo, volvió a Nueva España. Ahora el virrey le había encargado pacificar indios rebeldes en la provincia de Jalpan y construir un fuerte allí. Todo eso hizo mi tío y muchas cosas más.

Una vez que reunió una enorme lista de hazañas, La Audiencia de México aprobó la información sobre sus méritos y servicios y apoyó su petición para que le dieran recompensas. Por eso fue que tío viajó en 1579 de nuevo a las Españas para presentar su petición al rey don Felipe II. Ahora, por fin, Su Majestad le había otorgado uno de los privilegios más grandes que una persona podía recibir: las capitulaciones.

Días más tarde, tío Luis se marchó a la corte real de Toledo para proseguir con los preparativos. Entonces, mis padres tuvieron tiempo para tomar una decisión. Para entonces ya habían expulsado a los judíos de Bologna y de Savoya. Lo más seguro era que, muy pronto, Felipe II se coronara también como rey de Portugal, pues su madre fue princesa de Portugal, y todo parecía indicar que se unirían los dos reinos. Si eso sucedía, la persecución a judíos conversos en Portugal sería más cruda. Querrían regresar a Castilla, la relativa paz que hubo en años pasados se rompería porque la Inquisición seguro volvería a cazar criptojudíos y cristianos nuevos.

Un día antes de marcharse a la corte real, tío Luis expresó la más importante de sus propuestas. Al poco tiempo de hospedarse en casa, lo habían sorprendido las virtudes que todos veíamos en ti. Apenas tenías trece años y ya tus palabras denotaban una inteligencia fuera de lo común. Destacabas en la escuela. Recuerdo que el director de la escuela les había hecho saber a papá y mamá que, tu inteligencia, tu extraordinaria memoria, tu capacidad de profundizar en temas teológicos que interesaban solo a sacerdotes, tu generosidad para ayudar a nuestros compañeros y tu alegría franca, te habían vuelto en el alumno más sobresaliente de la clase. Les comentaron que podrías ser un líder religioso o un poeta como Juan de la Cruz, quien también había estudiado en la misma escuela.

Tío Luis enseguida detectó, desde el asombro y el silencio, tu erudición, la facilidad con la que expresabas ideas complejas y profundas, tu manera de contagiar a los demás, tus convicciones, la energía que conducía tus movimientos. Le habrá parecido un milagro encontrarse con un sobrino de sangre que, además, llevara su mismo nombre —como si el Señor y el destino le hubiesen puesto una marca a la vista de todos—, que llevara su sangre y que, por lo mismo, resultaba ser el candidato ideal para formar al líder que heredara, tras su muerte, ese inmenso reino que estaba a punto de concretar en el Nuevo Mundo.

Con el paso de los días, cada vez que él te escuchaba, su expresión se serenaba. Como si por fin hubiese encontrado la respuesta a un anhelo antiguo. No tenía hijos y eso era un estigma. Ahora, mientras te observaba, una sonrisa satisfecha se vislumbraba en su semblante. Un suspiro de alivio. Ahí un líder nato. Un joven que brillaba por sus palabras y su sabiduría. Luis Rodríguez de Carvajal quien, mirándolo bien, podría convertirse en "Luis de Carvajal, 'el Mozo'". Un joven de buena presencia, cuerpo delgado, de cabello castaño, con un tono de voz de hombre recién adquirida, unos ojos entre miel y verde aceituna como los de nuestro tío. Luis, a tus trece años, ya irradiabas luz.

—Francisca, hermana... En caso de que decidieran acompañarme a conquistar y fundar el Nuevo Reino de León, yo nombraría a Baltazar como tesorero del reino y a Luis, como mi heredero universal.

Una serie de conversaciones pueden detonar la imaginación de un matrimonio que busca migrar y salvar a sus hijos. Las palabras del conquistador alumbran una vida de paz y prosperidad y, lo más importante, lejos de la rigurosa vigilancia de la Inquisición. Palabras que evocan un mundo vacío de civilizaciones, un territorio de planicies doradas, sierras y valles aún sin poblar para construir allá su propio universo, a imagen y semejanza suya, con el respaldo de Su Majestad, el rey don Felipe II.

Las palabras germinan en la imaginación de Francisca y de Francisco de diferente manera. Dentro de cada uno de ellos crecen, se agolpan, empujan otros planes previos.

Ya en la alcoba, por la noche, de nuevo las palabras de ambos van y vienen.

Al amanecer, concluyen:

—Partiremos con mi hermano hacia Nueva España.

La esperanza a veces nutre o enferma; mantiene, empuja, desposee del pasado a quienes la incuban.

Papá no solo aceptó unirse a la empresa de tío Luis, sino que, según recuerdo, además, colaboró reclutando al grupo de personas que irían en la expedición. A fines de 1579 era muy complicado encontrar a cien varones dispuestos a irse a explorar el Nuevo Mundo y que, además quisieran llevar a sus esposas y a sus hijos. Recuerdo que tío Luis le explicó a papá que en esa época no iban a Nueva España más de quince hombres por año y si acaso, unas cinco mujeres porque, después del descubrimiento de América y la conquista de Nueva España, muchas personas ya habían ido para allá, se habían asentado y vivían en ciudades prósperas. Ya no era fácil convencer castellanos de que tomaran riesgos en tierras inhóspitas. Además, se había corrido la voz de que hacia el norte de la Ciudad de México había tribus de fieros indígenas que habían desollado vivos a centenares de españoles.

Tenían el tiempo encima para reunirlos y correr los trámites, para comprar una carabela o una urca y adecuarla, conseguir alimentos para los cientos de hombres, mujeres y niños, para contratar capitán y marineros. Había que reunir personas de diversos oficios y profesiones: agricultores, médicos, comerciantes, notarios... cuarenta de los cien varones debían de ser soldados. Mi tío contrató también a dos señores Alonso Rodríguez y Diego Ruiz de Ribera para que le ayudaran a reclutar. Ahí mismo, en Medina del Campo, convencieron a nuestros tíos Álvaro de León e Isabel. Luego se dirigieron a Benavente y días después, a Astorga. Aunque era requisito ser castellano y no portugués para poder viajar a América, mi tío Luis cruzó a Portugal y visitó el pueblo donde había nacido, Mogadouro, así como los pueblos de los alrededores en búsqueda de más personas interesadas en acompañarlo: recorrió Braganza, Miranda, Cortiços y Mirandela. Luego, regresó a Castilla, visitó Ciudad Rodrigo, Coria, cruzó Extremadura y finalmente se dirigió hacia Sevilla. Otros miembros de la familia se comprometieron a ir al Nuevo Mundo. Más de la mitad de los que iríamos a aquel viaje proveníamos de esa zona, de lo que llaman la "Raya de Portugal" y el resto, de otras partes de las Españas.

Algunos familiares de la tía Guiomar se apuntaron para ir, como su media hermana Francisca Núñez y su esposo, el notario Alonso de Águila. Y por supuesto, su sobrino Felipe Núñez, quien había estado con nosotros en casa de visita. A cada familia le prometían: pasaje gratuito, la exención de la prueba de "limpieza de sangre" y el privilegio de tener preferencia en la distribución de tierras, entre otras cosas.

Durante un año suelen pasar muchas cosas; una familia que dijera "sí vamos" a fines de 1579, meses después podría cambiar de parecer por múltiples razones. Para garantizar que estas personas no cancelaran, una vez que se decidían a dejar todo e incursionar, se elaboraba un contrato donde se comprometían a vivir en el Nuevo Reino de León por lo menos cinco años trabajando en lo que mi tío don Luis les ordenara. No podrían ir a otro lugar sin su consentimiento. Cada colonizador debía pagar cincuenta mil maravedíes a manera de multa si rompía cualquier cláusula del contrato. Además, cada jefe de familia debía dar a don Luis treinta ducados al momento del contrato, los cuales le serían devueltos una vez que abordara el navío con su familia; los solteros, por su parte, pagaban veinte ducados. Todos debían presentarse en Sanlúcar de Barrameda a más tardar el 6 de junio de 1580 con sus pertenencias.

Recuerdo que, tras meses de trabajo, papá estuvo satisfecho porque entre los cuatro habían logrado conseguir el objetivo. Para el verano de 1580 ya estaban enlistadas casi doscientas personas, ciento diecisiete adultos y setenta y nueve menores. Había casi setenta mujeres, treinta y cinco eran solteras, lo cual era un buen augurio para el poblamiento de las tierras hacia las que nos dirigiríamos.

Primavera de 1580
Reino de Castilla

La muerte detona muchas cosas.

En su recorrido por pueblos de Castilla, don Luis y Felipe Núñez se detuvieron en la villa de Astorga para ir a casa de Isabel, su sobrina mayor, casada con Gabriel de Herrera, para invitarlos a su expedición a Nueva España. Isabel vivía feliz con su esposo ahí, tenían poco tiempo de casados. Gabriel era un hombre bien preparado; había estudiado en la Universidad de Salamanca. Se convirtió en comerciante de hilos y telas; pidió la mano de Isabel a sus padres. Semanas más tarde, fray Gaspar celebró la ceremonia de matrimonio.

Isabel y Gabriel agradecieron a don Luis el honor de la visita de tan distinguido señor a su casa, pero le dijeron que ellos se quedarían en Astorga. El comercio de Gabriel marchaba bien, tenían ya casa propia y muchos planes para el futuro próximo.

La tarde que entraron a casa de Isabel, Felipe apenas pudo disimular la impresión que ella le causó. Le pareció bellísima. Mientras don Luis exponía sus proyectos e Isabel y Gabriel lo escuchaban atentos, Felipe hacía un esfuerzo descomunal por desviar su vista de Isabel. Mientras cenaron, con disimulo observó sus manos, su cabello, el brillo de sus ojos, su sonrisa, su delicado cuello. Cuando salieron, suspiró con una tristeza que se sembró muy dentro de él. Jamás había visto a una mujer que le atrajese de esa manera. Malísima su suerte; tenía que ser casada.

Antes de partir de Astorga, entraron en la imponente catedral que se construía desde un siglo atrás y Felipe, de rodillas, con los ojos cerrados, se debatió entre la culpa y la tristeza. Toda la noche había deseado que Gabriel muriese, que la bella Isabel quedara sola y desprotegida, que tuviera que unirse a su expedición al Nuevo Mundo, que en unos años más, él pudiese enamorarla y convertirse en su esposo.

Ahí estaba Felipe Núñez, de rodillas, apretando los párpados para desear que Gabriel se esfumase de la Tierra y, al mismo tiempo, pidiendo perdón por desearle la muerte a ese buen hombre que el único mal que había hecho era haber desposado a esa mujer que lo había fascinado.

La muerte detona muchas cosas.

Si la muerte de don Miguel Núñez alrededor de la Navidades de 1579 podría ser el argumento con el que Guiomar justificara, una vez más, el no acompañar a su marido en su próxima expedición, o ahora, la súbita muerte de Gabriel abría la posibilidad que Felipe había añorado. Tras su muerte, poco tiempo después de la visita, Isabel se debatía incrédula e inconsolable.

Viuda jovencísima.

Ni hijos alcanzaron a tener.

Era tal su dolor que, tras su entierro, en su desesperación dijo que entraría a un convento y se rapó la cabeza. Sus padres la acogieron e intentaron consolarla. La llevaron a vivir con ellos y la convencieron, con el paso de los días, que no podía quedarse sola en Castilla. Debía, por su bien, acompañar a toda la familia a la Nueva España. Allá podría reiniciar una vida nueva. Su hermano fray Gaspar vivía en Ciudad de México y podrían estar juntos en el Nuevo Mundo.

Vendrían tiempos mejores. Por algo el Señor había dispuesto así las cosas.

Mayo de 1580
Sevilla, Reino de Castilla

Durante las noches, don Luis se debate entre pesadillas. Ya no es el mismo joven que se embarcó trece años atrás.

Cierra sus párpados y un desfile de imágenes nutre la noche.

Sueña con un aguacero en altamar, las olas amenazan con hundir su carabela. Se aferra a un madero que cruje. Náuseas.

Delira en la selva tropical, la fiebre altísima se instala en su cuerpo. Hormigas agujas perforan la piel de sus brazos y piernas, el cuero cabelludo.

Pasa su padre. Lo mira lastimoso.

Guiomar de espaldas, ora de pie rumbo al oriente.

Hombres de cuerpo tatuado semidesnudos lo rondan, pronuncian palabras que no comprende, discuten, lo señalan y lo ungen con ungüentos.

Danzan a su alrededor.

Cadáveres desollados, fracturas expuestas, epidemias, vómitos, bubas, cuerpos ennegrecidos, miradas suplicantes, estacas que perforan cuerpos, huesos descoyuntados, ampollas purulentas, pústulas de pus, súplicas, aullidos de dolor.

Don Luis despierta sudando. Guiomar dormida a su lado, bajo el claro de luna que se interna por la ventana de su casa de Sevilla.

Debe espantar esas pesadillas, ahuyentar todo aquello que atente contra su empresa. Su majestad, el rey don Felipe II le ha dado las capitulaciones. Se trata de uno de los proyectos más ambiciosos que un hombre puede tener sobre la faz de la tierra.

Intenta conciliar el sueño.

Maldito serás en la ciudad y maldito serás en el campo.

Guiomar duerme y oculta el secreto.

La llama que arde.

Mejor no nombrarlo.

A veces el silencio pesa más que las palabras.

El hilo finísimo que se extiende entre ellos se rompería.

Después de un rato, don Luis se va quedando dormido.

Yahvé enviará contra ti la maldición del desastre, la amenaza, en todas tus empresas, hasta que seas exterminado y perezcas rápidamente.

Hasta que te haga desaparecer de esa tierra en la que vas a entrar para tomarla en posesión.

Despierta con sobresalto. Gira su cuerpo y en el claro de luna contempla a Guiomar dormida, su camisón blanquísimo, su mano delicada, su cabellera oscura, la pantorrilla que asoma entre sábanas.

Observa su rostro sereno hasta el amanecer.

Acerca su mano para tocar la de ella.

No se atreve, podría despertarla.

Quisiera prolongar la paz contenida en el instante.

Guarecerse dentro.

Hasta que las sombras se vayan de una vez y para siempre.

Te maldeciré todos los días mientras viva.

Que tu mujer te desprecie.

Que no tengas descendencia.

Verano de 1557
Costa de Guinea

Yanka, adolescente, cae de rodillas sobre la arena, contempla cómo se aleja para siempre la urca. Su ropa rasgada, su rostro sucio y sus pies descalzos. Sangre seca y orines escurren por sus muslos. Un niño de tres años tira de su vestido; le pregunta algo que ella no responde. Yanka ni siquiera lo escucha. Su mirada desbocada va muy lejos, tras ese barco que pronto será tragado por el mar en el horizonte. Lo blanco de sus ojos crece enfurecido.

Un hombre la empuja con un palo para que se mueva. Es uno más de los que venden a su propia gente y trabajan para la organización de africanos poderosos que recorren selvas y reinos para devastarlos, para saquearlos, para perseguir y secuestrar a sus mujeres, hombres y jóvenes, para venderlos como mercancía a los portugueses. En Nueva Guinea han dejado de producir textiles, cerámicas, metales artesanales; ya no tiene caso, el mejor negocio es vender personas.

Yanka detiene el palo con su mano. Se pone de pie. Sacude lo que queda de su vestido; le dice algo al niño sin mirarlo. Dirige una mirada furiosa al soldado mientras se aleja.

Don Luis de Carvajal y de la Cueva, antes de ser conquistador, trabajó durante trece años en el negocio de su tío Duarte de León; de manera que ahí, tuvo contacto con esclavistas. Alguien dio por hecho que hay vidas que no tienen dignidad, que no tienen oportunidad de elegir, que valen menos que otras; como si eso, que tantos daban por sentado, fuese algo natural. Porque hubo palabras que también construyeron esas ideas y las dispersaron por el mundo, durante siglos. Y todos las creyeron.

Luis de Carvajal, de dieciocho años, partió desde Nueva Guinea hacia la isla portuguesa de Cabo Verde. Pero, antes de hacerlo, un hombre arrebató de Yanka a su padre, su madre y sus dos hermanos mayores. Los llevaron encadenados, formados en hilera, con maderos alrededor del cuello.

La han dejado sola. Inservible. Casi una niña, violentada, violada, vacía. Con un hermanito pequeño. Sola para siempre. Sin oficio, sin respuestas. Sumergida en la inutilidad de lo que será su vida.

Cuando Yanka vio al joven castellano que acompañaba al jefe que daba las órdenes, se le acercó lo más que pudo y, con ojos desorbitados, masticó unas palabras que Luis no comprendió. En sus ojos una dentellada de desesperación. Un ruego. Un gemido.

Y Luis impávido, dudó por instantes.

Esos ojos de Yanka —la adolescente sin nombre para Luis— con el paso de los años insisten en volver. Navegan los insomnios de la madrugada.

Yanka volvió los ojos al cielo durante un instante, tornó la vista al joven Luis de Carvajal y de la Cueva y, desde ese pozo que es la impotencia, pronunció enfurecida:

Dios te maldiga. Yo te maldigo.
Te maldeciré todos los días mientras viva.
Que toda tu familia muera asesinada.

Que tu mujer te desprecie.

Que no tengas descendencia.

Que te despojen de tu riqueza.

Que te humillen.

Deseo que enfermes.

Que pases penurias y hambre.

Que mueras lento.

Que te perfore un dolor como el que me dejas ahora.

Que mueras solo y miserable, en la pobreza.

Que mueran todos los tuyos.

Mi Dios, tu Dios, los maldiga hasta que se pudran sus cuerpos, sus almas.

Yanka mastica sentencias que Luis no comprende, pero la expresión lo conmueve, lo atrapa. La impotencia y el dolor de ella son un hierro que marca el corazón de Luis.

Él lo siente.

Algo de ella se ha internado en él.

Sacude su cabeza intentando deshacerse de ese sentimiento.

En vano.

La contempla. Da un paso hacia ella, tiende su mano.

Yanka lanza un aullido. Algunos vuelven la mirada.

Luis de Carvajal y de la Cueva la mira de nuevo, se detiene.

Mudo.

Los brazos abatidos.

Por un instante, baja su cabeza y frunce el ceño.

Poco a poco, retrocede su andar.

Finalmente, coloca su mano en la empuñadura de su espada. Y, como si este acto lo devolviera a la realidad, levanta el rostro, la mira por última vez y se da media vuelta para dirigirse hacia la urca que está por partir.

Yanka escupe sobre las huellas que va dejando el calzado de Luis en la arena.

A la distancia, el mar acuna sereno el resplandor del mediodía.

Verano de 1580
Reino de Castilla

Durante el mes de mayo, los Carvajal y otras familias recorrerán los caminos que van desde Medina del Campo hasta Sevilla, tardarán poco más de veinte días en llegar a su destino. A veces lo harán a pie; en otras ocasiones, a caballo bajo el sol intenso.

Los páramos a ritmo de galope. Conversaciones alargadas y a veces ausentes. Monólogos bajo un cielo límpido y terso, tan prístino que insiste en tornar más real un paisaje que quizá no volverán a ver.

El joven Luis atisba cierta nostalgia como una semilla que rompe su membrana para germinar en su interior, entonces piensa que sus catorce años son apenas la entrada a una larga vida y ahuyenta esa nostalgia. Imagina que algún día volverá a ver esos paisajes que se desdoblan a partir de su mirada. Piensa que será viejo algún día y podrá volver a esa tierra suya. Para desprenderse de Castilla es mejor pensar que, esos días de deambular por estos paisajes, no son la despedida definitiva.

El tono añil del cielo es quizá una advertencia.

Un grito desesperado.

Un oráculo.

No te marches, Luis.

Allá te morderá la muerte siendo joven aún.

Allá te aguarda el tormento, los interrogatorios, el hambre, el frío interminable que cala los huesos y nubla el pensamiento, que no deja descansar.

Allá desgarrarán tu piel ardida, descoyuntarán tus articulaciones, desnudarán a tu madre, violarán a tus hermanas. Los quemarán hasta que ardan su piel, sus intestinos, su corazón, sus ojos, su memoria y la de su pueblo entero.

Su amor por Adonai.

Hasta que de ustedes no quede nada.

Hasta que no haya ni quede memoria.

No vayas a esas tierras, Luis.

El cielo deslumbra su mirada y el galope constante se convierte en el ritmo que lo trae de regreso. Vuelve la mirada a los otros. Cada uno tiene su propia vida y le da el valor más alto, cada uno tiene sus ideas, emociones. No podemos estar en el otro.

Él es Luis. Solo Luis.

¿Luis Rodríguez de Carvajal?

¿Luis de Carvajal, "el Mozo"?

Uno no puede ser otro… ¿O sí?

La nitidez del paisaje acentúa el espacio entre unos y otros. Solo podemos responder de nuestros propios actos. Al final siempre estamos solos. Si nos separan de nuestro padre, de nuestra madre, de nuestros hermanos, del tío gobernador, solo nos queda nuestra propia compañía.

El "yo" debajo de un nombre, de unas palabras, dentro de un cuerpo, de una guarida que podría mutar con tal de salvaguardar lo que somos.

Ninfas que se tornan libélulas, que migran.

Tras días de andar, Luis ha memorizado la ropa de los otros. Los viernes algunos usan camisa limpia; ya conoce cada zapato, cada cinturón, cada pantalón o falda. Los cuerpos. La manera de andar, las muecas, los gestos. Días y noches en una manada. Luis los conoce casi como si fueran suyos, como si hubiera manera de retenerlos y predecir su andar, sus movimientos, la forma de sus manos y uñas, el color de sus ojos, la forma de la nariz, de tanto observarlos casi toca a los otros con la mirada, los mide. Caderas, hombros, cabello recogido sobre nucas.

La manada.

La tribu.

Familias.

Peregrinos.

A veces, Luis se pregunta qué alentará a cada uno de ellos para dejar todo. Los viejos dicen que quieren morir con los suyos, los niños son protagonistas de una aventura, los padres dicen que buscan el sustento para sus familias. Ocultan tras esas palabras la verdadera razón de su exilio.

Avanzan en una caravana que se arrastra apabullada por la insistencia del sol de Castilla. Un chasquido del hierro en las patas de los caballos, las ventas y los mesones donde se detienen aquí y allá. Siete leguas para llegar a pasar la noche al siguiente villorrio. A veces los mercados.

Después de tres semanas de viaje, Sevilla los deslumbra. Fachadas mozárabes, les dijeron. Dicen que ahí vivían los moros, que los expulsaron de su tierra, cuentan de un lugar legendario llamado "La Alhambra" y las palabras se alzan en su exuberante imaginación y se entrelazan pintando arcadas y muros de encajes de yeso, de caligrafías bellísimas en paredes, en aromas a azahares y naranjos, en patios con ruiseñores y fuentes donde corre y arrulla el agua.

Francisco, Francisca y sus siete hijos permanecen días en Sevilla mientras se llega la fecha en que habrán de partir. Se hospedan en casa de la tía Guiomar Núñez y del tío Luis; nunca antes habían visto a doña Guiomar y, sin embargo, ella los recibe con enorme cariño y entusiasmo. Dicen que su padre murió hace unos meses y que por eso ella aún viste de luto, que nunca ha querido acompañar al tío Luis al Nuevo Mundo, que no tienen hijos.

Transcurren días, quizá semanas antes de que se llegue el día de partir. Mientras tanto, los días pasan en un abrir y cerrar de ojos. La casa señorial se sitúa en el centro de Sevilla, las comidas aparecen dispuestas en la mesa en bandejas generosas de pescados, aves y verduras, como papas, tomates y pimientos del Nuevo Mundo. Las numerosas alcobas donde no solo vive doña Guiomar, sino también algunos de sus hermanos y cuñadas, se iluminan al amanecer. Los tapetes de lana cubren el suelo de piedra e inmensos gobelinos las paredes. Arriba de la chimenea penden dos retratos: en uno don Miguel Núñez y en otro, su esposa, doña Blanca Rodríguez. Risas, camaradería, anécdotas y preparativos.

Cada tarde se interna por las ventanas de la casa, un aroma a torrijas recién hechas. Entonces, Isabel y doña Guiomar salen entusiasmadas a la calle. Se dirigen hasta la panadería de enfrente a comprar mantecadas y polvorones para todos. Desde el día que se conocieron hubo una empatía entre ellas dos. Después de un rato, vuelven a casa inmersas en conversaciones que se prolongan hasta el anochecer. Todos meriendan y prosiguen con los preparativos para el viaje cada vez más cercano. Compran provisiones. Arreglan su ropa, el calzado. Consiguen remedios para diversos malestares.

Uno de esos días, doña Francisca enferma de piedras en el riñón. Pasa días en cama con dolores terribles y fiebre. Francisco la cuida y observa preocupado. Se acerca el día de embarcarse, aunque si Francisca no logra expulsar las piedras no podrán hacerlo. El contrato. La multa. La oportunidad para toda la familia de huir de la Inquisición.

A don Luis casi no lo ven. Anda muy atareado. Se ausenta tras los últimos trámites, permisos en la Casa de Contratación de Sevilla, los documentos de identidad, revisa a detalle la urca que adquirió. Se reúne con el jefe de cada familia que va llegando a la ciudad previo al embarque para darles instrucciones precisas.

Mientras tanto, todos se desviven por doña Francisca, quien finalmente se va recuperando. La familia de los Núñez es amiga de uno de los mejores médicos de Sevilla y a diario la visita.

Dicen que es judío.

Judeoconverso. Criptojudío. Cristiano nuevo.

Dicen. Todos los médicos lo son.

De lo contrario, no son buenos médicos.

En una de aquellas expediciones a la panadería, Guiomar le dice a Isabel que la acompañe a dejar comida a casa de unos amigos que tienen un niño enfermo. Isabel percibe que esa tarde, su andar es más pausado:

—¿Sabes, Isabel...? Hace tiempo quiero comentarte algo muy importante... ¿Sabes que solo hay un Dios verdadero?

—Lo sé, tía.

—Verás, la ley de Cristo, la ley evangélica es cosa de burlería.

—Lo sé, tía, mi amado esposo Gabriel, me inició en la verdadera fe.

Doña Guiomar se detiene en seco. La mira de frente. Sonríe aliviada. Coloca su mano derecha sobre el hombro izquierdo de Isabel con una enorme sonrisa.

—Alabado sea Adonai. No sabes qué alivio escucharte.

—Mi Gabriel me fue refiriendo algunas costumbres, tradiciones y festividades de los de nuestra nación; sin embargo, le agradecería si pudiera compartirme todas las que usted conoce. Estamos por marcharnos al Nuevo Mundo y allá, no habrá quién nos instruya.

—Verás, Isabel, yo te las iré diciendo y de mis palabras aprenderás lo que no sepas aún. Hay que ayunar los lunes y los jueves, guardar los sábados porque es el Shabat, el día de oración. No trabajamos en sábado. Puedes disimular frente a la servidumbre sentada con un bordado en las manos. Los viernes por la noche vestimos de fiesta y usamos ropa limpia. No comemos cerdo ni mariscos ni animal que no tenga pezuña, no comemos lácteos junto con carne.

—Así lo hacíamos mi amado Gabriel y yo.

—Las oraciones solo a Dios, no a Jesucristo ni a su madre. El Credo y el Ave María son oraciones sin fruto, solo deberás rezar el Padrenuestro.

—Así haremos, tía.

—Isabel… Quiero pedirte un favor enorme. Hace tiempo que estoy en búsqueda de la persona adecuada y Adonai me ha enviado una señal: tú eres esa persona.

—Haré cualquier favor que usted me pida con gusto.

—No es un favor fácil… Verás, he notado que mi marido tiene una preferencia especial por ti y por Luis, tu hermano; creo que eso facilitará las cosas.

—Gracias, tía.

—Necesito que le digas algo muy importante a mi esposo… Una vez que hagan el viaje hasta la Nueva España, espera a que él tenga una tribulación a causa de sus negocios, o que esté abrumado por su trabajo, para que las palabras hagan mella en él. Llegado el momento dile que si quiere que en sus negocios le vaya siempre bien, es preciso que guarde la ley de Moisés y que, por no guardarla, no le suceden bien las cosas.

—Se lo diré, tía.

—Te pido esto para que se convierta de nuevo a la verdad y salve su ánima.

—Así lo haré, tía.

—Cuando lo hayas hecho avísame por carta cómo toma don Luis esa insinuación. Si la toma bien, yo misma iré a las Indias a reunirme con él. También te ruego que le digas lo mismo a Felipe Núñez, mi sobrino.

—Así lo haré. Buscaré el momento oportuno.

Poco antes de partir, algunos miembros de la familia de doña Guiomar, como su hermano Nuño Álvarez de Ribera se confiesan como judíos ante Francisca y Francisco. Francisca suspira. Ella les cuenta también que Baltazar y Luis lo son, que su hija Isabel también lo es. Descansan aliviados. No solo están en familia, sino entre los suyos, acompañados. Plenos. A punto de dar el paso definitivo para la libertad. Cuentan con entusiasmo los días que faltan para embarcarse.

Por fin, una mañana de junio, el domingo de la Santísima Trinidad, acarrean sus pertenencias hacia la *Urca de Pánuco* en Sevilla. Don Luis la compró con su propio dinero. Los barcos lucen espectaculares anclados en el Guadalquivir. Ya los vecinos se acercan para contemplar a la muchedumbre que se enfila para abordarlos: capitanes, marineros, mosqueteros, médicos, carpinteros, albañiles, escribanos, comerciantes. Cientos de personas abordarán los navíos. Las banderas coloridas alegran el embarque. Tambores y flautas militares acompañan a frailes, clérigos, capellanes y soldados. Desde el amanecer, los jefes de las naos revisan minuciosamente la documentación, los permisos, el registro de cada pasajero, la correspondencia y la mercancía, las cédulas de confesión y comunión de los viajeros.

Entre la muchedumbre, las parejas se abrazan a manera de despedida, caballeros distinguidos, escuderos, alguaciles, famélicos limosneros, curas con alcancías aprovechan para pedir donativos, niños, algún perro husmea. En las proas ondulan las insignias y banderas de la marina española.

Horas más tarde, truenan los cañones que dan la señal de partida, levantan anclas y las naves se desprenden lentamente de la orilla. Se deslizan por el Guadalquivir lentamente hasta perder de vista la Giralda. A la vanguardia, se encuentra la nave capitana liderada por don Francisco de Luján; ahí mismo se embarcó el virrey y, en la retaguardia, la almiranta. Las demás naos comerciales van en el centro, dispuestas en orden de batalla. Navegan río abajo cautelosas por los bancos de arena, anclan cerca de Bonanza y ahí desembarcan cuatro días. Después, prosiguen hasta el puerto de Sanlúcar de Barrameda, en Cadiz, en donde una fuerte tormenta los detiene algunos días. Ahí se practica la tercer y última revisión a que se someten todas las naves que parten a las Indias. Los oficiales de la Casa de Contratación de Sevilla, acompañados del general de la flota y del artillero mayor, después de visitar cada una de las naos, certifican que se encuentran en buen estado, que llevan suficientes velas y anclas. Inspeccionan la artillería, el armamento, pólvora, municiones y víveres. Revisan de nuevo la documentación de cada pasajero para asegurarse que no haya contrabando de mercancías ni libros prohibidos ni viajeros de sucio linaje para ir al Nuevo Mundo.

Finalmente, don Luis se une al grupo; ahí los alcanza la armada real y, después de nueve salvas, trece navíos enfilan sus proas rumbo a América. Durante los siguientes días dejarán la Costa de África, las Canarias, la isla de la Gomera, las pequeñas Antillas, la isla Dèsirade.

El Viejo Mundo ha quedado atrás.

Una vez que el día se instala, el Mar del Norte[1] es una boca de luz que inunda la mirada.

Luis adolescente, se deslumbra.

Inhala.

A esto huele el mar, a brisa salada y gaviotas. Los navíos surcan la inmensidad del océano infinito que se tiende frente a él. Sonríe desde sus ojos color aceituna.

Migrantes somos.

---

[1] Hacia 1570 el Mar Atlántico se denominaba *Mar Oceanum, Mar del Norte, Mare Occidentale o Oceanuz Occidentale*; aún no era común llamarlo *Mar Atlántico*, aunque el nombre ya aparece en un mapamundi *Typus Cosmograhicus universalis*, impreso en Zúrich en 1534 de Joachim von Watt o Joachim Vadianus (1534).

דוד

¿Cómo podían saber nuestros padres cómo elegir el momento ideal para abandonar Castilla y la frontera con Portugal, la tierra donde habíamos nacido y donde habían vivido los nuestros durante generaciones? Creo que nunca se está listo para ese tipo de decisiones. Nunca hablé de esto con papá y mamá.

Un par de meses antes de nuestra partida de Medina del Campo los sorprendía distraídos a ratos, preocupados; pero si les preguntaba en qué pensaban, respondían que en los preparativos de esta nueva aventura y sonreían.

¿Cómo elegir qué llevar con nosotros a ese viaje sin retorno?

Hasta dónde prolongar lo que somos. Hasta dónde mostrarlo.

Cerrar la puerta de casa. No llorar.

Cerrar una de tantas puertas que llevamos dentro para contenernos. Clausurar la emoción en la medida de lo posible.

Y el remanso de la nostalgia, un nudo en la garganta. La premura de un preparativo y otro nos distraen. Hay que ser muy cautelosos; es quizá la única oportunidad de sobrevivir.

Concentrarse en dar solo un paso y otro más. Mirar en corto e imaginar en grande; de lo contrario sería insoportable. El peso de la melancolía devastaría el corazón de la manada. No mirar atrás, no mirar la alcoba que se cierra por última vez, no quedarse más de la cuenta. No aferrarse al cuarto en donde comimos tantas veces, ahí donde están la chimenea, la cocina, tantas conversaciones y risas con los hijos y el esposo. Suspirar una sola vez y cerrar la puerta para siempre. Guardar la llave. Volverse, dejar atrás.

Ir al cementerio a hablar con los nuestros.

Colocar una piedra sobre la lápida.

Despedirse de quienes nos dieron aliento.

Qué habrán pensado mis padres ante las tumbas de mis abuelos.

Adiós, papá… Adiós, madre… Cómo me gustaría recibir su consejo. Qué sola me siento ahora… No sabemos si hacemos bien o no… No sabemos si movernos a otro sitio nos salvará, si moriremos en el camino, o en el destino final.

No queremos dejarlos aquí, en este cementerio. Solos.

Crecerá la hierba sobre sus lápidas.

Los años borrarán sus nombres, nadie los visitará; pero necesitamos buscar un sitio seguro para nuestros hijos.

A ellos les diremos que aquí quedaron sus restos, que su abuelo Gaspar y su abuela Catarina están enterrados aquí, que durante siglos sus antepasados vivieron en Castilla. Les contaremos la historia de nuestra familia para que recuerden, para que sepan quiénes somos.

Les pediremos que no olviden las palabras que hilvanan la memoria de nuestra comunidad, para que algún día, cuando las leyes de los hombres muden, ellos puedan regresar a la tierra de sus antepasados.

Durante tu búsqueda, Joseph, me encontré con los tuyos entre los míos. Miles de personas en el mundo elaboraban sus árboles genealógicos por vez primera en búsqueda de ancestros sefarditas. Activaron los mecanismos que develaron el origen judío que dormía silencioso en el inconsciente colectivo de comunidades en América, Europa, Australia, África y Medio Oriente. Solo en México más de 22 000 personas solicitaron la nacionalidad española una vez que confirmaron ser descendientes de sefarditas expulsados durante el siglo XVI.

Joseph, tu historia olvidada y la de los tuyos se volvió el sustento para el "Informe motivado" requerido que redactaron los abogados y genealogistas como parte del proceso para que miles de personas obtuvieran la nacionalidad española. Tu caso y el de tu familia es solo uno más; pero a diferencia del resto, tú escribiste tu historia en un libro. Minúsculo, pero a fin de cuentas un libro con todo lo que eso implicó en su momento. Un objeto diminuto que fue la prueba de tu delito y la condena de los tuyos.

Los personajes de los archivos que consulté para reconstruir tu historia de pronto aparecían insertos en los árboles genealógicos con una determinación asombrosa. Las líneas de sangre borradas con esmero siglos atrás se reconstruyeron en un abrir y cerrar de ojos.

Cabrito, carne seca, hüercos, un granado y una higuera en el jardín, tortillas de harina, campechanas, regalos para los recién nacidos, una piedra sobre la lápida de nuestros muertos, comida para los familiares del difunto, cubrir los espejos durante el luto, una tela o ropa nueva para la mortaja, la solidaridad entre parientes, primo, trabajo, ahorro, encender cirios, veladoras.

¿A dónde conducen esas líneas ancestrales que aparecen de pronto, relumbrosas y ordenadas sobre hojas blancas, con nombres y apellidos, pueblos y ciudades, fechas de nacimiento y defunción? Vidas como eslabones que se remontan a través de siglos quince generaciones atrás.

¿Dónde quedaron los hilos que nos conducen al origen, dónde los silencios impuestos?

Los inquisidores registraron celosamente cada detalle de centenares de historias, las archivaron para sepultarlas en el olvido. En el proceso de armado del rompecabezas hay agujeros negros que desde su silencio emanan un misterio.

¿Dónde habita el miedo a ser vigilada, capturada, torturada y quemada viva que asedió las noches en vela de Constanza de la Garza? Aunque su nombre o el de sus descendientes es clave en las genealogías para obtener el certificado sefardí, su historia dormida bajo capas de silencio, su vida secreta, no ha encontrado cobijo en las palabras.

Somos una red infinita de líneas que se entrecruzan.

En nosotros quedan o se diluyen las palabras,

los nombres.

Al fondo solo percibo volutas flotando en una nebulosa.

El tiempo y el espacio se han roto.

Agosto de 1580
Mar del Norte

El joven Luis devuelve el estómago, una vez más.

—Entre tú, que no paras de devolver, y madre, con sus dolores de mal de piedra, no sé qué vamos a hacer… La hermana del doctor Morales cada día se pone peor; dicen que en cualquier momento morirá.

Isabel murmura en el oído de su hermano. Después, se reclina hasta el suelo para limpiar con un trapo el charco de vómito que ya se escurre entre los tablones.

—Hay poca comida, y luego la echas fuera. Estás bueno…

Luis cierra sus párpados febriles. Todo le da vueltas. Se recuesta en un quejido y frunce la nariz por el tufo, la humedad, el olor. No descansa. Por las noches, se extiende el miedo cautivo en su cuerpo flaco de catorce años; lo traspasa. En la duermevela, se baten imágenes en ese mecedero que no cesa. En ocasiones, hay tormentas y el agua escurre. La peste a heces y orines de caballos, vacas y personas. Los sitios más seguros, más limpios, son para los bebés y los viejos. No para él. Durante el día, el sol calienta la urca y el bochorno revuelve estos olores con los de sudor, vino tinto, queso añejo. Comen lo mismo, una y otra vez: pescado seco, pan duro, queso, jalea. Algunos se arremolinan alrededor de los naipes, las apuestas, otros cantan, ríen y a veces, se enfadan, quizá un golpe.

Trece embarcaciones navegando hermanadas, un enjambre de carabelas, urcas y barcos en ese océano que se extiende inmenso. Luis siempre quiso conocer el mar y, ahora después de semanas de navegación, siente la angustia permanente de la posibilidad de morir de fiebres, de que arrojen su cuerpo al agua, de ser devorado en un instante por las olas. Contempla las otras urcas que navegan silenciosas.

A veces, la brisa lo despabila, pero luego vuelve el mareo. Aunque, el día que embarcaron saludó entusiasmado al capitán responsable del navío luego de que su tío el gobernador lo presentara, poco ha podido ayudar a los marineros.

De la cubierta a la cala, de la popa a la proa.

Envidia la calma y el silencio del piloto encaramado en el tabernáculo, aunque reconoce que no podría vivir sobre un navío.

El cuadrante, el astrolabio. El futuro.

La tierra prometida.

Los piratas.

Días y noches extendidos sobre la añoranza de un mundo mejor.

Los sábados por la tarde, el capellán de la nave improvisa un altar. Al ponerse el sol, reunidos todo el pasaje y la tripulación con cirios en la mano cantan a la Reina de los Cielos, pronuncian letanías y oraciones.

Salve digamos,
Que buen viaje hagamos.
Salve diremos,
que buen viaje haremos.

Una noche en altamar sin luna. Luis jamás imaginó lo que podía ser una oscuridad así. Abre los ojos y no atisba nada.

Nada. No se pueden encender velas puesto que todos arderían en un instante. Algunos bebés lloran. Sabe que muchos tampoco pueden dormir. Unos devuelven el estómago, algún enfermo se queja, un matrimonio discute, una pareja joven se besa, un viejo ronca, alguien tropieza y cae en medio de la oscuridad. Los roedores chillan. Los mosquitos zumban. A veces Luis dormita y entonces sueña una y otra vez, con su tío Luis dentro de su casa.

Nunca había visto un hombre así. El garbo, la mirada color aceituna. Nadie le había puesto tanta atención. Su tío los escucha a todos, pero a él lo observa con esmero. Podría ser su hijo. "¿Te gustaría llamarte como yo? Luis de Carvajal, en vez de Luis Rodríguez de Carvajal."

¿Uno es su nombre? ¿Y si uno cambia su nombre es otro? El tío no tiene hijos, pero sí un reino. Enorme. El tío sonríe satisfecho. Felipe II acaba de otorgarle la capitulación. "Ven, te la enseño, hijo. Ven, solo a ti. Llevamos el mismo nombre. Mira. Esta es la firma de nuestro rey, su majestad don Felipe II. ¿Te gustaría que conquistáramos un reino? Gigante. Vasto, uno de los más grandes de América. Si intercambias el orden de tus apellidos, si vienes conmigo, si recorremos las serranías, los valles, los ríos, si sobrevivimos a los ataques de los chichimecas, si bautizamos a los borrados, a los naturales, si fundamos villas, si encontramos plata, oro, si establecemos rutas comerciales, si aprendes a administrar haciendas... entonces serás mi heredero, Luis de Carvajal, "el Mozo", como mi hijo. Vendrán tú y Baltazar conmigo. Él será el tesorero. Aprendieron bien lo que les enseñaron en la escuela. En este mundo muy pocos tienen ese privilegio. Sabes escribir. Leer. Sabes latín. Sabes de números. Ustedes son doctos. Son instruidos. Además, son inteligentes."

Luis dormita mientras cruza el Mar del Norte y, entre sueños, se interna a su casa en la rúa de Salamanca. Contempla los muros, el suelo, el techo, cada mueble, cada adorno, cada espacio, la luz suspendida en las alcobas, un mantel tejido por la abuela. De pronto, lo cotidiano cambia su significado. Cuando nos marchemos, ¿qué llevaremos con nosotros? ¿qué objetos de todo eso que es nuestro? Hace unos años nos vinimos de Benavente a Medina del Campo, pero yo tenía once. No me importó, solo traje unas cosas; mamá se encargó de empacar. Ahora tengo mis pertenencias, cuadernos, un par de libros.

Ahora sé que soy dos Luises. Pero mi tío no lo sabe. Ese secreto es mi posesión más importante. La más pesada. Es una daga que curte el insomnio. Algo que a veces preferiría no saber. Es más atractivo ser el Luis que tío quiere, un héroe, un explorador de nuevos mundos.

¿Hasta cuántos Luises caben dentro de mí?

En medio del océano, que se mece interminable, Luis recostado, cambia de posición bajo la noche oscura mientras un ratón se esconde entre la sábana.

Durante semanas, navegan las horas en un mar de hastío. De pronto, lo único que sobreviene al ritmo de las olas, la brisa salada y el calor es la capacidad de invención que algunos tienen.

Las palabras, siempre las palabras.

Desde que el ser humano es persona y habita en las cavernas, las narraciones alrededor del fuego le permiten sobrevivir en el acantilado de las cosas. Cuando estamos a punto de la desesperación o del hartazgo, una buena historia siempre salva.

En la *Urca de Pánuco* mientras el sol se clava en el horizonte, Luis adolescente, aún trastabillando entre ser Luis Rodríguez o Luis de Carvajal, "el Mozo", observa. Camina despacio. Se apoya en los maderos que hacen las veces de muro en el navío y se deleita con los colores que pincelan el cielo. Cada tarde hace lo posible para sobreponerse a las náuseas o la fiebre y poder presenciar las puestas de sol.

Luis agradece al supremo, ensancha su corazón. Suspira observando silencioso como el cielo muda de colores. Rosas, naranjas, dorados, rojos bermellón, grises, blancos plateados. Luis interpreta el lenguaje de Adonai, quien tiene para él, cada tarde, la osadía de mostrarle su misericordia y su grandeza en un paisaje totalmente diferente. Luis enmudece ante esas muestras. El barullo zumba detrás de él mientras se queda absorto en esa maravilla. Luego aparecen las primeras estrellas en el firmamento y Luis pide un deseo.

Señales pide.

Hace preguntas y en esos lenguajes encuentra la voz clara del Altísimo, día con día devela su voluntad. Durante los atardeceres, Luis escucha; su mente y su corazón se esclarecen ahí. Aunque sea solo un rato.

En contraste, a su regreso al minúsculo y oscuro camarote percibe las conversaciones que pueblan el navío. Anda unos pasos y escucha a los doctos en sus diarias discusiones sobre teología y cánones religiosos, unos narran con muecas desmesuradas los milagros de Nuestra Señora de la Concepción, de San Telmo, Santa Clara, de Nuestra Señora de la Bonanza, de Barrameda y de San Nicolás. Otros contrastan con historias de conversiones de tribus profanas en el último resquicio del mundo. Los abogados hablan de casos en las cortes, de política y de litigios. Quienes ya han viajado por el mundo, apantallan a los escuchas con narraciones de minas, viajes y conquistas.

Avanza cuatro pasos y escucha en otro grupo relatos de sirenas y delfines, de centauros y amazonas. Otros cinco pasos y seis personas hablan de los gigantes que pueblan islas remotas y de los fantasmas que viajan con ellos. Tres escalones y escucha a quienes hablan de sus viajes a Tierra Santa, a la Florida, las Amazonas, las Filipinas y China. Otros cinco escalones y, en los dormitorios comunales leyendas sobre el oro que encontrarán, las bellísimas mujeres, los descomunales palacios, las minas de plata, las alhajas groseras de diamantes, esmeraldas y rubíes deslumbrando la codicia.

Nunca faltan los supersticiosos, que si cae un albatros muerto, que si salta un pez, que si la luna tiene aura, que si pasas bajo una escalera, que si una mujer parió en luna llena, que si se rompe un espejo, que si hay un eclipse. Ellos presagian mala suerte.

Los jóvenes hablan de islas fantásticas con mujeres de cuerpos voluptuosos, descubren espejismos al amanecer, cuerpos en el agua, islas que no existen, demonios que chirrían por las noches y deambulan por la proa, tripulaciones de ánimas en pena que navegan en buques fantasmas tras la neblina, auguran tormentas, lluvias de peces, de estrellas, tesoros enterrados en el fondo del océano, caballeros andantes que se cocinan en la imaginación mientras Miguel de Cervantes ya garabatea, implacable, el primer borrador de Don Quijote de la Mancha en Valladolid, monstruos feroces, pulpos inmensos, calamares que arroban navíos entre tentáculos, vislumbran tierras en donde la furia de volcanes a veces arrecia y hace que las tierras tiemblen, herejes que arden en leña verde, brujas que curan con hierbas y predicen sus propias muertes.

Cada uno de ellos se esfuerza por elucubrar el relato más exuberante, por causar una profunda impresión, como si cada noche se estableciera un torneo de caballeros en donde las palabras de uno derrotaran al otro. Los ojos desorbitados, la boca abierta, las lágrimas, los aspavientos. Las multitudes que aplauden enardecidas por el mejor relato.

Abundancia y riqueza, mujeres bellas, la fecundidad de las tierras por descubrir.

El porvenir.

Siempre las palabras.

La imaginación como la marca candente que nos distingue.

Horas después, se quedan dormidos sonriendo ante la imagen que les devuelve.

Una ánfora de vino rancio. El tufo a orines. Las palabras. La brisa. La noche sublime. El murmullo de oraciones. De besos escondidos. De silencio. Párpados abiertos. El tiempo colgando en las ranuras de los maderos. El silencio, ese mar inmutable de aceite que a veces se detiene suspendido en un hueco que escapa a toda narrativa.

Y entonces Luis se queda quieto, sin palabras. Se sienta bajo la noche y las estrellas. Ahí solitario. Inmutable.

דוד

Me ha sucedido a veces, cuando estoy a punto de conciliar el sueño, que vuelve una imagen clara, la de una mañana, ya en altamar rumbo a las costas de América en que la esposa del licenciado Antonio de Morales, aquel médico portugués, amaneció gravemente enferma y nuestra madre se acercó a ellos para ofrecer su ayuda. Ellos viajaban en familia, hermanos, cuñados, hijos y sobrinos rumbo a Nueva España. Entonces conocimos al licenciado Morales.

Mamá nos dijo al oído que ellos también eran judíos. De manera que te diste a la tarea de observarlos. Papá y mamá nos dijeron que éramos muy afortunados de ir en el mismo navío que ellos, que el licenciado Morales no solo era un médico famoso, sino que era un judío observante de su religión, prácticamente un rabino que interpretaba de manera magistral las sagradas escrituras conocía de memoria la ley de Moisés, la palabra de los profetas, los ritos, usos y costumbres de las juderías y sinagogas de Europa.

Encontramos la manera de reunirnos a puerta cerrada con ellos a fin de escuchar sus enseñanzas, rezos y salmos. Tú eras el más joven de todos los convocados y él ponía especial atención en los jóvenes. Conversaba con nosotros, nos hizo sentir integrados a esa nueva comunidad que se fincaba sobre las olas del mar, en algún punto remoto del Mar del Norte.

Te asombraba, además, la vocación que tenía para curar los cuerpos, para consolar enfermos, de día y de noche, para preparar medicamentos. Recuerdo también que hubo dos personas muy cercanas a él —su hermana y su cuñada— que no sobrevivieron a las enfermedades contagiadas durante la travesía. Te impresionó su serenidad, su calma y su ecuanimidad cuando ambas murieron. Tú llorabas, Joseph. Te escuchaba por las noches, bajo las colchas. Toda la vida lloraste con facilidad. En cambio, contemplabas asombrado el temple del licenciado de Morales.

Creo que fue en aquella urca, quizá durante la puesta de sol en que, envueltos en sábanas limpias, y tras un rito funerario, todos presenciamos cómo arrojaron los cuerpos de las dos mujeres hacia el mar. Quizá el choque de sus cuerpos contra el agua fue tu rito inicial. Recordabas a ambas mujeres riendo y cargando los bultos para subir al navío, apenas cuatro semanas atrás. La muerte llega en cualquier momento. Gabriel, nuestro cuñado, también había muerto muy joven, de manera inesperada. Qué cosa es apenas una vida.

Los cuerpos cayendo al agua te liberaron de tu peso.

Judío. Clandestinidad.

Ahí cortaste los hilos atados al peso que habías cargado desde el 10 de septiembre del año anterior, el Día de las Perdonanzas, en que te participé el secreto de los nuestros.

Tiempo después me comentaste que aquella misma noche, en altamar, bajo el firmamento luminoso de estrellas, aceptaste tu condición de judío. Los hilos se habían roto. Cayeron en el mar, se perdieron entre las corrientes submarinas.

Quizá tú no tenías vocación de curar cuerpos como Antonio de Morales, pero ahora vislumbrabas que quizá llevabas contigo la vocación de sanar almas.

Desde niño, antes de dormir, hacías tus oraciones. Sin embargo, a partir de tu encuentro con el doctor, dejaste ir los rezos prefabricados. Por primera vez, escuchabas la voz clara, certera que te llamaba. Comenzaste a hablarle al Altísimo de manera directa, tus propias palabras se tornaron tus oraciones, una manera de hablar y de escucharle. Una paz enorme se diseminó en todo tu cuerpo. Cerraste los ojos. Los músculos se aflojaron, las lágrimas brotaron. Algo parecido a la alegría, una revelación. Estabas lleno de Dios. Le abriste la puerta y te habitaba, su luz era más grande que tú. De manera que cuando abrías la mirada y pronunciabas palabras, se vislumbraba el resplandor.

No solo yo lo noté, lo percibieron todos en la familia. Mis padres estaban muy orgullosos de ti. Nunca lo dijeron. El orgullo no se manifiesta entre los nuestros, se almacena como escudo, un caparazón que nos proteja ante los conflictos que después puedan venir.

De los nueve hermanos, tú y yo fuimos muy cercanos, a todos lados íbamos juntos. Por ello recuerdo que en esa urca comenzaste a tener sueños simbólicos. Solo a mí me contabas por las mañanas. No querías llamar la atención, o que pensaran que estabas loco, que alucinabas por la fiebre, o que su contenido pudiera acarrear algún peligro para los nuestros.

Recuerdo que una mañana apenas amanecía dentro del camarote angostísimo que compartíamos cuando me contaste, aún sentado, que acababas de tener un sueño clarísimo —de esos que parecen reales— en donde nadabas en agua turbia bajo el mar, casi no veías, salvo el destello de luz allá arriba en la superficie. En el sueño te sentías cansado de luchar a contracorriente, querías salir a flote, buscar algo de qué aferrarte. De pronto, tu cuerpo se aligeraba y podía subir; justo antes de salir del agua, una mano tomaba la tuya y te jalaba. Inhalaste aire, desesperado. Agradecías al hombre quien además te ayudaba a subir a su barca y una vez que estabas frente a él, ahí de pie te dijo: "Vas bien, Luis, vas bien. Sigue por este camino". Y te sonrió.

—Baltazar, era Abraham. Estoy seguro de que era él. Fue un sueño tan real... Era nuestro padre Abraham con su barba blanca, su túnica clara. Estoy seguro de que fue él quien me dijo eso.

No volviste a mencionar nada al respecto. Guardaste aquellas palabras, la sonrisa como talismán.

El gobernador, mi tío don Luis Carvajal y de la Cueva, se sentaba a conversar con nosotros después de la comida durante aquellos días en altamar. Poco a poco, a través de anécdotas y de recuerdos que le pedíamos que nos contara, fui pincelando la historia de su vida. Don Luis tenía cuarenta y un años cuando nos embarcamos rumbo a las Indias Occidentales. Mientras nos hablaba con determinación parecía leernos el pensamiento; tenía una voz serena y firme, el cabello corto, la barba bien cuidada, una nariz angosta y ligeramente alargada, la frente amplia.

Supimos que había nacido en un poblado llamado Mogadouro, en Portugal, de manera que lo primero que aprendió a hablar fue el portugués. Tuvo dos hermanos varones, Domingo y Antonio, y solo una hermana, mi madre Francisca, seis años menor que él. Cuando tenía ocho años, sus padres dejaron Portugal y lo llevaron a vivir a Castilla donde aprendió el castellano. Ahí vivió en la corte del conde de Benavente. Lo triste fue que apenas tenía diez años cuando quedó huérfano de padre porque mi abuelo Gaspar murió y entonces mi abuela Catarina, lo envió a la lejanísima isla de Cabo Verde frente a la Guinea, a vivir bajo la tutela de su hermano, el tío Duarte de León para que aprendiera a trabajar en los negocios de la familia.

—El día que partí de Castilla, a los quince años, mamá Catarina me acompañó hasta la nao. Me dio un pequeño bulto con carne seca y con las *bolachas de Cerveja com Gengibre* que tanto me gustaban, ¡me las había preparado como sorpresa! —tío Luis sonrió de lado, con los ojos mirando hacia el horizonte, con cierta nostalgia, después añadió— me dio unos cruzados, unos maravedíes y su bendición.

"En aquellas tierras estuve alrededor de trece años. Nunca volví a ver a mi madre —don Luis hace una pausa y baja la cabeza— es curioso contarles todo esto. Nadie me había hecho tantas preguntas. Durante años no había vuelto a pensar en todo esto… Tampoco volví a ver a mi hermano Antonio, ingresó con los novicios en la escuela de jesuitas de Medina del Campo, ahí donde tú y Luis estudiaron. Pero enfermó y murió, apenas tenía quince años… era muy inteligente. Estoy seguro de que hubiera sido un eminente teólogo.

"Salí de mi tierra y conocí el mar más o menos a la misma edad que ustedes. Durante los días que duró aquella navegación me convencí de que quería cruzar algún día el océano. ¡Quería llegar hasta la América que encontró Colón, quería descubrir y conquistar nuevas tierras, conocer nuevos lugares, a otras personas! Nací en la tierra de Vasco de Gama y de Fernando de Magallanes, de Pedro Álvarez Cabral, quien descubrió el Brasil. Mi niñez fue alimentada por esas noticias, por tantas historias que contaban quienes me rodeaban. Eso era lo mío. Salir del pueblo, recorrer ciudades, cruzar los océanos, descubrir y explorar nuevas tierras, el noreste de la Nueva España.

Cuando el tío don Luis contaba sus recuerdos, los jóvenes pasajeros se acercaban cautelosos. Él los invitaba a sentarse a su alrededor con una indicación de la mano. Mis hermanos Isabel, Catalina, Mariana, tú y yo nos sentíamos privilegiados por poder dirigirnos a él con familiaridad. Leonor, desde sus cinco años, a veces se sentaba junto a él y le acariciaba la barba. Sentíamos cierto orgullo, aunque lo guardábamos dentro.

—El virrey me nombró alcalde de Tampico por haber capturado a los piratas ingleses que iban con el famoso John Hawkins en la desembocadura del Pánuco. Eran seis navíos y bastó un puñado de hombres valientes para lograrlo. Los mandé a la capital, ahí los procesó la Inquisición y a los que sobrevivieron el hambre, las enfermedades y los interrogatorios, los encerraron en San Hipólito…

Entonces Mariana desde su curiosidad de ocho años y empujada por una sensibilidad que siempre la caracterizó, preguntó:

—Don Luis, ¿qué es la Inquisición?

Recuerdo que a mi tío le cambió el semblante. Enmudeció unos segundos, volvió la vista hacia abajo, como si buscara algo en sus dedos entrelazados. Enseguida, frunció el ceño, volvió la mirada al horizonte y respondió:

—Un sitio en donde encierran y castigan a todos aquellos que se alejan de las enseñanzas de Nuestro Señor Jesucristo.

—¿Es una cárcel? —insistió la pequeña Mariana.

—Algo parecido… Es un sitio a donde nadie querría ir… como el Infierno, pero aquí en la Tierra.

Mariana abrió los ojos desmesurados, la boca y añadió:

—Nosotros tampoco queremos ir ahí.

San Hipólito era el Hospital de los Convalecientes a donde llevaron a aquellos piratas de los que hablaba el tío don Luis. San Hipólito era también el primer hospital para dementes de la América, un edificio bellísimo y enorme en el corazón de la Ciudad de México. Y, justo ahí te llevarían, Joseph, años después, a trabajar como penitente. Sin embargo, nadie de los que estábamos ahí esa tarde lo hubiéramos podido imaginar. Mucho menos tú, que escuchabas absorto. O, al menos, eso creí yo porque para entonces ya conocías nuestro secreto y sabías que estábamos desobedeciendo los mandatos de la Inquisición.

—Buenas tardes... Llamo desde Monterrey porque estoy escribiendo una novela sobre un personaje que estuvo ahí en el siglo XVI, cuando el exconvento de San Hipólito era un manicomio.

—El edificio no está abierto al público. Lo rentamos para eventos: bodas, posadas... Si quiere, puede hacer una cita con la persona encargada, se llama Marijuana Jerónimo. Ahorita no se encuentra, si gusta llamar mañana, apenas ella está autorizada.

—Bien, llamo mañana, ¿en qué horario puedo encontrarla?

—Como a eso de las once de la mañana... entre once y tres de la tarde.

Marijuana es bajita, amable y ha trabajado en ese edificio durante veintitrés años. Me recibe cuando aún hay luz de día, me pasea por todo el edificio mientras trabajadores y una *party planner* montan todo para la posada de una empresa en el enorme patio central. Es once de diciembre y nadie piensa en los locos que ahí vivieron, en los penitentes o en los que murieron quemados en la hoguera ahí enfrente, hace cuatrocientos veintidós años.

—Este piso es el original, la forja de las barandas es hecha a mano también. Mire los pasillos, están curvos por el peso. Las vigas han hecho su trabajo de siglos. Los arcos están ladeados por los terremotos, pero ya el INAH le puso unos refuerzos de acero para que se sostengan. Mire, aquí hay una escalera inconclusa; es la original de cantera con talavera. El mismo instituto prohibió que la tiraran. Venga, la voy a llevar a unas oficinas en donde aún se aprecian las paredes originales, sin acabado de yeso. A cal y canto, ¿sabe? Toda esta pared se dejó así, original, las vigas sobre las puertas. También la puedo llevar a la azotea.

Trepamos, hurgamos como células dentro de los ventrículos del corazón de la ciudad de México. Pleno Centro Histórico. Ya instaladas en la azotea apuntamos con el dedo. La Alameda donde estuvo El Quemadero, allá las tumbas de personajes como Benito Juárez, más allá el Museo Franz Meyer y, justo enfrente cruzando la calle, el Museo de Memoria y Tolerancia.

—Mire, allá Bellas Artes y a la distancia, Catedral. Si se gira hacia acá, empieza la Avenida Reforma.

—Marijuana, ¿has oído hablar de los Carvajal? ¿De Luis de Carvajal y de la Cueva, el conquistador? ¿O de su sobrino Luis de Carvajal, "el Mozo"? Aquí lo tuvieron haciendo penitencia. Casi nadie conoce su historia. Escribió que este suelo lo trapeaba con sus lágrimas.

—No, nunca había escuchado su nombre.

Los técnicos instalan el sonido y hacen pruebas. Las luces de colores alumbran ya los muros. La pista de baile en cuadrículas. Un pino de Navidad iluminado, los reyes magos estáticos. La brisa fresca. Las mesas ya puestas para

recibir a unos trescientos comensales. La fuente decorada
con decenas de cirios pequeños.

Oscurece y la belleza del edificio se acentúa. Han colocado velas diminutas a lo largo y ancho del inmenso patio
central.

Vislumbro a los piratas flacos y maltrechos derrotados
por Carvajal que nunca volvieron a Gran Bretaña.

Te veo a ti, Joseph de rodillas con tu sambenito tra-
peando el piso de barro. Ruedan tus lágrimas, oras callado
entre los gritos y vanas conversaciones de los dementes.

—Te agradezco mucho, Marijuana. No sabes lo que significa para mí que me hayas permitido entrar a conocer. Voy
a mencionar tu nombre en la novela. Marijuana Jerónimo.
Gracias, de verdad.

Salgo del edificio. Hostería San Hipólito. Un hombre llama por celular. Vendedores de chicles ambulantes. Cruzo
la avenida.

דוד

Días y noches meciéndonos sobre la terca imaginación. Horas de silencio y de palabras bamboleando sobre enfermedades, relatos fantásticos, rezos en varias lenguas, vómitos, estertores de muerte, olores, tufo y sudor. Tío Luis había descubierto el camino entre el Pánuco y el Mazapil, fundado pueblos, descubierto minas, levantado templos, tenía hacienda con ganado, combatido a los chichimecas y hecho amistad con los naturales de los lugares en donde iba pacificando.

Atardece una vez más. La puesta de sol curte la bóveda celeste.

Lo habían nombrado capitán.

Aparece la primera estrella y pedimos un deseo desde la añoranza.

Lo habían nombrado alcalde de Tampico.

Un deseo silencioso.

Su otro hermano, el tío Antonio, se había vuelto conquistador.

Después de casi un mes, un ave sobrevuela la nave.

Antonio había terminado sus días en un lejanísimo lugar de la Nueva España llamado Oaxaca.

—¡¡Tieeeeeeeerra a la vistaaaaaaa!!

Llegamos al puerto de Ocoa de la isla La Española, ya en América.

Veinte días después a Cabo San Antón.

Hay días que no podemos avanzar porque el viento no cesa.

Solo nos mecemos sobre el brillo del mar. De manera interminable.

Sin embargo, hay instantes en que todo sucede: el naufragio de la nave San Salvador en la Isla de Arenas, por ejemplo.

Gracias al capitán Francisco de Luján, quien ordena el rescate rápido, nadie muere y se salva la carga de mercurio que pertenece al rey.

La nave se colapsa, fracturada. El océano enfurece y engulle el cuerpo macizo de maderos y velas que fue hogar durante semanas en un torbellino de angustia y de esfuerzos.

Todos a salvo.

¡Ese Luján es extraordinario!

Aves sobrevuelan el navío.

A lo lejos, se divisan por fin, las costas de la Nueva España.

Año de 1623
Sevilla, España

Muchos años han pasado ya. En las madrugadas el insomnio me carcome, la imposibilidad de las palabras como un yugo, en parte porque no hay manera de revivir con ellas el pasado, el dolor que vivimos en aquella época, la angustia; por otro lado, duele la imposibilidad de las palabras porque nos está vedado hablarlo, escribirlo, recordarlo siquiera.

Cuando una amiga o un pariente, aquí en Sevilla en alguna reunión clandestina, osa preguntarme si te conocí allá en Nueva España, el huracán arremete de nuevo hasta condensarse en un nudo en la garganta. "Sí, conocí muy bien a Luis de Carvajal, "el Mozo", a él, a su madre doña Francisca, a sus hermanas Isabel, Catalina, Leonor, Mariana y Anica. Su familia fue la mía. Convivíamos a diario. Su hermana pequeña Anica, pasaba semanas en casa. Nos reuníamos todos los viernes en la noche en casa de su madre en Ciudad de México o en casa de Manuel de Lucena cerca de Pachuca, orábamos en familia, pasábamos juntos el Shabat, el Día de las Perdonanzas, la Pascua. Mucho de lo que sé ahora, de los libros que leí, de las tradiciones y ritos que conozco y he transmitido a través de los años, se los debo a ellos."

Cómo decirles que yo, Justa Méndez, presencié la muerte de Joseph, de su madre Francisca, quien también fue una madre para mí, de Isabel, Catalina y la jovencísima y dulce Leonor, de Manuel de Lucena y Beatriz Enríquez, nuestros amigos, tan cercanos que se convirtieron en familia. Cómo contarles que yo estuve en aquel macabro y espectacular montaje, el auto de fe de 1596, porque era una más de las sentenciadas como penitente y reconciliada. Cómo describirles los meses de prisión, de interrogatorios, torturas y encierro; el remordimiento de conciencia que te carcome una vez que, descoyuntada por el potro, enuncias los nombres de los tuyos. Cómo lidiar con la culpa de denunciar a tu madre, a tu hermano, a tus hijos. Cómo poner en palabras la angustia de caminar en aquella peregrinación siniestra repasando las sentencias de muerte recién escuchadas, los empujones, la insistencia del sol, los escupitajos, los insultos. Cómo decirles que no hay palabras para expresar cuánto me dolió escuchar sus lamentos ante los verdugos, sentir su impotencia, la injusticia, la humillación, tu ira, ver tus lágrimas; todo ahí, delante de mí, en el estrado de madera.

Guardaré siempre la última mirada de cada uno de ellos. Su terror. Su complicidad. Tu amor.

Cómo decirles que aún atado al poste tuviste palabras dulces para mí.

No hay manera de revivir todo lo sucedido durante los cinco años que compartimos allá en Ciudad de México, ni la presencia silenciada que has dejado en mí.

Cierro los ojos.

Aún estoy ahí de pie, a mis veintiún años, incrédula en el estrado. Por un lado, los inquisidores nos observan, inmunes al dolor; las autoridades eclesiásticas y los más altos funcionarios de la corte —varones todos— nos miran fríamente con aire de superioridad. Por el otro, el pueblo bajo la tribuna en una multitud de viejos, mujeres, jóvenes, hombres y niños alebrestados que nos gritan injurias con rabia.

Auto de fe. El tercero desde la conquista en Ciudad de México y sin duda, el más grande en muchos años.

Castigos ejemplares.

Así le llaman a estos espectáculos que con frecuencia se siguen practicando en las principales ciudades de Europa y del Nuevo Mundo porque es preciso que todos aprendan de nuestros errores.

Siglos atrás, las autoridades se volcaron en vedar a los nuestros la carrera militar, los títulos nobiliarios, ciertos puestos o cargos; nos recluyeron en juderías. Hará un siglo, tras el edicto de expulsión de los Reyes Católicos, nos arrebataron aquello que estaba a la vista todos; incendiaron las sinagogas, quemaron a los rabinos y la Torah, nuestra patria, nuestro hogar, nuestros apellidos. Nos expulsaron de todos los dominios del imperio. Ahora, ante cualquier sospecha de aquella raíz endemoniada, el Santo Oficio confisca nuestros comercios, nuestra casa, propiedades, ahorros, muebles, joyas y libros. No les basta el patrimonio. Con acusaciones anónimas se presentan en las calles donde habitamos y, puerta por puerta, interrogan. Se llevan a una madre, a un padre. Nos parte el alma cuando escuchamos los gritos y vemos desde la ventana a los hijos pequeños rogando a los alguaciles que no se los lleven. Nos apresan, uno por uno. El miedo se instala y nos devora. Rascamos con las uñas hoyos en los jardines, debajo de las bardas para poder escapar si se presentan. Ideamos día y noche opciones para huir. Pero se llega el día. Enuncian nuestros nombres. Salir de la casa propia es la primera fractura, un paso y otro más, escoltados por ellos. Intentamos no gritar, no llorar, no perder la compostura para no angustiar a los pequeños.

Una vez en las cárceles, nos aíslan, desarticulan el paso del tiempo. La espera es nuestra principal condena, la manera en que las voces internas lidian una batalla interminable. Discursos mentales que no nos llevan a ningún lado. Salvarse con unas palabras. Condenarse con otras. Salvarse y condenar a pocos. A muchos. Las palabras para establecer el juego.

Siempre las palabras.

El encierro indefinido anula la posibilidad de acompañarnos, de reconfortarnos al celebrar en familia nuestras festividades y tradiciones.

La travesía al *Inferno* de Dante, la siguiente parada de un largo camino es mermar la dignidad de nuestros cuerpos como guaridas que custodian la fe de los ancestros y la voluntad de nuestro espíritu para mantener nuestra custodia. Para arrancarla de tajo nos desnudan, nos laceran, nos descoyuntan, nos hieren, nos mutilan, nos azotan, nos queman los miembros, nos ahogan con el trapo que meten por la garganta. Nos aíslan durante meses, nos interrogan una y otra vez escrupulosamente. Cada palabra es un paso más en la cuerda floja, cada una puede ser usada en nuestra contra, pero las preguntas no cesan.

Pasamos un frío que primero nos vuelve alertas y después dóciles, nos inmoviliza los miembros y entumece el alma. Pasamos hambre. No nos permiten asearnos, ni comunicarnos entre nosotros. Así, despojados de todo, quedamos suspendidos en un limbo de incertidumbre durante meses y años. Nuestras historias de familia, nuestros conocimientos y emociones son reducidos a los términos legales que la máquina monstruosa de la Inquisición requiere para desaparecernos. De manera que, al cruzar el umbral de la puerta del Santo Oficio, dejamos de ser personas para convertirnos en herejes, judaizantes, relapsos, apóstatas, penitentes, dogmatistas, encubridores de judíos: la escoria del imperio español y del reino de Dios.

Si después de los tormentos, nuestras mentes y corazones obstinados no ceden a eliminar las ideas, la fe ni el amor, entonces es preciso aniquilarnos con una doble muerte. No basta lastimar nuestros cuerpos, mutilarnos, asesinarnos. Para el imperio es preciso desaparecer los cuerpos, quemarlos para que de ellos no quede nada, ni la memoria. No una lápida, no un nombre. Y, si el hereje murió años atrás, es necesario desenterrar sus huesos, hacerle una estatua o efigie, ponerle el sambenito amarillo con los dibujos de demonios y fuego, un letrero grande con el nombre, un pregonero que vocifere sus errores, para que él y su descendencia no tengan manera de escapar a la deshonra. Y después quemarlos. Los sambenitos de todos los procesados deberán pender de los muros de la Catedral Metropolitana de Asunción de la Santísima Virgen María en el corazón de la Ciudad de México.

Dejarás de ser Justa Méndez, la bella, sabia y culta, la que instruye a otros.

Serás hereje, judaizante, apostata y pervertidora. El demonio mismo.

Y, si el espectáculo va a realizarse, si en él se van a invertir fondos de las arcas reales, más vale que reditúe. Por tanto, el castigo, la muerte y la exhumación no se hará en la cámara de tormento ya tan visitada por el reo, sino en la Plaza Mayor y en la Plaza del Quemadero junto a San Hipólito en un evento descomunal, al que todos los súbditos son obligados a asistir.

Ahora, veintisiete años después de aquel terrible suceso creo que, mientras tenga vida y aliento, habrá creencias y apegos que jamás podrán quitarme. Después de todas aquellas vicisitudes no han podido arrancarme lo más preciado, ni despojarme de mi identidad. Es una idea que parece tan fundamental, pero bajo aquellas circunstancias, tardé años en asimilarla.

De manera que, cuando osan preguntarme por los Carvajal y los nuestros allá en Nueva España, una tormenta me enmudece. ¿Podrán imaginar lo que significa estar ahí, junto a las piras de leña verde mientras amarran a tu amado a los postes?, ¿lo que es escuchar sus últimas palabras, ver sus rostros devastados por el pavor, sin poder decir nada, sin poder tocarlos, ni abrazarlos, sin poder ofrecerles unas palabras de consuelo a manera de despedida definitiva? ¿Sabrán lo que es no poder defender a tus amigos, a tus hermanos del más terrible de los dolores, de una muerte indigna y cruel? ¿Sabrán lo que es verlos arder en llamas? ¿Escuchar sus gritos de desesperación? ¿Oler su cuerpo quemado? ¿Inhalar las cenizas de sus cuerpos? ¿Pasar horas frente a las hogueras enormes en que los seres amados se convierten, deseando con fervor que el humo y el calor apabullante terminen por quitarnos el aliento a los sobrevivientes? ¿Sabrán lo que es desear estar muerto, una y otra vez?

Hay quiebres definitivos que no tienen enmienda, heridas profundas que convierten nuestra vida en un mar de silencio. No sé cómo pude sobrevivir suspendida a la deriva durante los tres años que siguieron a aquella tarde funesta del 8 de diciembre de 1596 retraída en mi celda de prisión. "Sí, yo conocí a Luis de Carvajal, "el Mozo" o Joseph Lumbroso…" ¿Podrán imaginar siquiera lo que es sobrevivir a un dolor que te desuella de ti misma, te desenraiza de tu Dios, de tu razón de existir, de tu memoria, de las voces que te conforman, de todo aquello que te han enseñado?, ¿sobrevivir a un dolor que te lacera las entrañas, que desarticula tu vida tal como la concebías hasta ese momento?, ¿sabrán lo que es abandonarte, olvidarte de ti misma?

Mi nombre es Justa Méndez. Soy mujer, soy judía y soy letrada.

II

La Tierra Prometida

דוד

Después de meses de viaje por tierra y en altamar por fin, el 24 de agosto de 1580, las costas de la Nueva España se divisaron frente a nosotros. Devino una alegría inusitada en nosotros, los pasajeros y en la tripulación; una especie de chubasco de energía y felicidad. Unos sonreían pasmados, otros derramaban lágrimas, se abrazaban o corrían a sacar aquella prenda limpia que habían resguardado para el desembarco, algunos murmuraban alabanzas agradeciendo a Dios. Nunca será lo mismo imaginar algo tan anhelado que atestiguarlo.

A lo lejos, vimos que el resto de la flota se separó de nosotros. Ellos irían rumbo a San Juan de Ulúa en la Villa Rica de la Vera Cruz a desembarcar mientras que nosotros nos dirigimos hasta el puerto de Tampico a través de la desembocadura del río Pánuco.

Cuando anclamos y pudimos bajar a tierra firme, recuerdo que bajaste con un par de bultos en las manos. Saltaste sobre la arena, Joseph, sobre aquel suelo que, por fin, no se mecía. Cerraste los ojos y, de rodillas, agradeciste a Adonai en un murmullo. Tras unos instantes de oración, sonreíste, para volver al navío a ayudar a bajar mercancías y nuestras pertenencias.

Durante los días siguientes al desembarco, tú y yo nos dedicamos a explorar la zona. Aquello distaba muchísimo de los relatos fantásticos que durante semanas habían alimentado nuestra imaginación sobre aquella tierra prometida. Lo que llamaban Tampico era apenas un villorrio de casas enclenques cerca de la orilla del mar habitado por alrededor de doscientos españoles. Vivían ahí también algunos nativos de trato cordial, muchos otros de los que llamaban tlaxcaltecas y pocos negros esclavos. Al frente de las construcciones de madera o de adobe con techo de palma había algunos huertos frutales que los castellanos habían logrado cultivar: naranjos, limoneros, chabacanos y duraznos. Había un muro a manera de defensa frente al mar, una iglesia pequeña con techo de palma. Nada más alejado de la opulencia de oro y plata de los relatos que habíamos escuchado tantas veces en altamar. Habíamos dejado todo, nuestra casa, el negocio en el centro de Medina del Campo, el colegio con los jesuitas.

En aquel nuevo sitio no había manera de sobreponerse al viaje larguísimo. Durante el día y la noche un calor húmedo se apoltronaba en el cuerpo y no nos permitía el descanso. Había siempre mucho por cargar, por construir, por labrar, por abrir senderos ente la selva, por vigilar. No estábamos acostumbrados a eso, ni las mujeres de la familia ni nosotros, los hombres. El calor pesaba como plomo bajo el sol y, aun en la sombra, uno siempre estaba empapado de sudor. Las gotas corrían por la espalda, por la cabeza y la frente. Recuerdo que las gotas se acumulaban en mis pestañas y no me permitían ver con claridad. La sal del sudor me picaba en los ojos. Debía tallármelos para aclarar la visión. Nubes de mosquitos nos perseguían sin descanso. No nos dejaban hablar porque se metían a la boca, a veces incluso también a la nariz. Nos picaban las partes del cuerpo que no estuviesen cubiertas. La comezón era insoportable. A veces, los piquetes se ampollaban. Hubo niños y ancianos que murieron contagiados de extrañas enfermedades o deshidratados. Todo el tiempo teníamos sed y, sin embargo, debíamos ser muy cuidadosos con el agua que tomábamos porque había agua que producía un vómito negro. Durante la travesía habíamos imaginado pan recién horneado y tampoco eso había, ni siquiera pan viejo. Nos contaron que los sacos de trigo se llenaban de gusanos con tanta humedad, que ahí solo había poco trigo para las hostias. De manera que los peninsulares habían aprendido a preparar y comer las tortillas de maíz que comían los nativos.

En varias ocasiones nos internamos, solo un poco porque era complicado, tierra adentro. No teníamos la remota idea de lo que era la selva. Ahí frente a nosotros se erguía una fortaleza de árboles gigantes, enredaderas, lianas, plantas de todos tamaños que nos impedían avanzar. Una fuente de aromas y sonidos que jamás habíamos percibido: los monos aulladores que nos parecieron felinos atroces la primera vez que los escuchamos erizándonos la piel, los búhos y las lechuzas ululando en la oscuridad, el susurro de las aves en los atardeceres, el croar de sapos y ranas, las cigarras que ensordecían la tarde. Debíamos abrirnos paso a machete en veredas que, tras un par de semanas de haber sido marcadas, se volvían a cerrar borrando nuestro paso.

Imposible descansar por las noches en los campamentos improvisados. El calor y los insectos no nos dejaban dormir. Hacíamos guardias para ahuyentar leopardos, jaguares y lobos. Sin embargo, eso no impedía que escorpiones, garrapatas, hormigas gigantes, arañas y víboras nos picaran. No podíamos dormir a ras del suelo. Recuerdo una especie de serpiente, en particular, que mató a algunos de los hombres que nos acompañaban. Los nativos le llamaban *nahuijaque* y nosotros le llamábamos cuatro narices. Eran unas serpientes enormes, larguísimas, que nos atacaban como lanzas desde lo alto de los árboles de manera impredecible. Sus mordeduras casi siempre eran mortales. Sobra decir que tú y yo casi no dormíamos. Recuerdo también la primera vez que nos acercamos a las arenas movedizas; por suerte, los nativos nos previnieron y solamente perdimos un caballo ahí.

Si nos zambullíamos en el mar, había tiburones, aquellos animales desconocidos para nosotros en las Españas. Si de ríos se trataba, había unos caimanes largos y corpulentos que parecían fieras concebidas por la más exuberante imaginación.

Año de 1580
Territorios al norte del río Pánuco

Los abuelos y las abuelas cuentan que el universo se estropeó con la llegada de ellos, que un día aparecieron en la desembocadura del río hablando en sus lenguas, barbados, que sus ojos brillaron cuando les mostramos la plata. Sabíamos de ellos porque los mensajeros nos contaron, porque tuvimos que abandonar el trueque con los de los otros pueblos, porque supimos que algunos caciques muy poderosos, se aliaron con ellos y se hicieron las guerras contra el Tlatoani en aquellos reinos... Decían los abuelos y las abuelas que nosotros somos otra gente, que allá lejos hay pueblos grandes, edificios, hombres ricos; en cambio nosotros andamos...

Nosotros nos quedamos un tiempo en cada sitio, levantamos las chozas, recogemos lo que la tierra nos regala ahí. Y luego, aprendemos a escucharla. No todos lo sabemos, para eso están los ancianos. Ellos saben cuándo la Tierra desea que partamos, que nos mudemos a la tierra del venado y de los conejos; en nuestra ausencia ella reparará su cuerpo, volverá a hacer para nosotros el alimento nuestro, pero debemos marcharnos. Siempre debemos escuchar a la Tierra. Es nuestra madre. Es sabia. Sabe lo mejor para nosotros sus hijos. No todos sabemos escucharla.

Los abuelos y las abuelas cuentan que ellos lo vieron con sus propios ojos, que eran muy pequeños cuando llegaron los hombres barbados, los de los ojos de agua, los de ojos redondos. Cuentan que había dos capitanes y que se odiaban entre ellos. Y ese odio, no les permitía escuchar a nuestros abuelos. No sabían leer nuestra mirada, recibir nuestros regalos, amar a nuestras hermanas. No se interesaban en aprender nuestra lengua. Se odiaban entre sí. Murmuraban y se les iba el sueño planeando como eliminarse el uno al otro. Los abuelos sintieron aquel odio enorme en sus corazones. Los capitanes se espiaban, planeaban tras las espaldas uno del otro. Y entonces, los abuelos y las abuelas nos previnieron. Los barbados nunca aprenderían a escuchar la voluntad de nuestra Tierra, a respetar su deseo de marcharse cuando los frutos se le hubiesen terminado —como una madre en cuyo seno el alimento se ha acabado— Hay que esperar, hay que mudarse. Con el tiempo podremos regresar. Los abuelos y las abuelas nos dirían cuándo.

Los dos capitanes trajeron cientos de bestias del otro lado del mar: caballos enormes y sobre ellos, cientos de hombres que los montaban vestidos con metal, portando lanzas y espadas. Dicen que ellos llegaron en muchas barcas por el mar donde se duerme el sol, por los ríos que acarician los poblados y entonces, se mataron los unos a los otros. Querían la Tierra. La Tierra no podía ser de nadie. La Tierra está viva. La Tierra nos habla, nos nutre. A veces, también se enfurece porque no la escuchamos, no la respetamos, ignoramos sus designios. Entonces muestra su furia con truenos, con relámpagos, con vientos que levantan los techos y los árboles, que vacían el océano sobre la tierra.

Los abuelos y las abuelas nos previnieron. Debíamos apresurarnos a enterrar nuestras vasijas, a nuestros dioses, las joyas, las cosas nuestras. Debíamos abandonar nuestras casas y templos, refugiarnos en la selva. Durante años los hombres, las mujeres y los niños nuestros anduvieron fugitivos y errantes en la selva, olvidaron sus ceremonias, sus cantos, los sabios consejos de los ancianos. *Muchos murieron. No podían acercarse a los sitios donde la Tierra les daba sus frutos.* Los abuelos y las abuelas cuentan que ya no somos los que fuimos, que casi todos murieron, que la memoria se ha extinguido. Hemos olvidado cómo escuchar la Tierra, hemos olvidado los caminos para andar y volver porque los hombres barbados se han extendido como una plaga y, si nos encuentran, nos arrebatan de los nuestros, nos vuelven prisioneros, nos obligan a trabajar día y noche hasta morir, sin recibir alimento, encadenados, azotados.

Los hombres blancos hacen alianzas con otros pueblos, con los caciques de los reinos ricos y obligan a quienes no quieren obedecerlos. Los azotan, les queman la piel para dejarles una marca, los golpean, los obligan a marcharse con ellos, a hacer las guerras de los capitanes barbados, a olvidar de dónde vienen, quiénes fueron sus padres y sus abuelos. Los separan de sus mujeres y de sus hijos, los amarran, los suben a las barcas y, si se resisten los queman vivos, los ahorcan. Se llevan a las mujeres y a los jóvenes también, dicen que los venden en un lugar que se llama Cuba, dicen... a otros los castigan con el cepo y los dejan días a la vista de todos. Inmovilizan sus manos y sus pies cautivos en hierro, así los hombres no pueden moverse ni enderezarse en días, no pueden refugiarse del sol, del frío de la noche, defecan a la vista de todos, se ampollan, los animales los muerden, los pican, los barbados los patean, les escupen, se ríen y ellos no pueden defenderse.

Quizá por eso ahora ha surgido una horda de hombres furiosos, temibles. Dicen los abuelos y las abuelas que eran los bárbaros, que eran otros, pero que no eran malos, que se han vuelto bravos para sobrevivir, para vengar tantas muertes, tanto dolor, para vengar que violaron a sus mujeres, que se llevaron a sus padres, *que azotaron los cuerpos sanos de sus hermanos hasta destrozarlos, que robaron sus joyas, que los persiguieron hasta que olvidaron todo, hasta que se vieron solos, muertos de hambre y vacíos de dolor vagando por la selva, hasta que olvidaron las palabras de los suyos, el sabio consejo de los mayores.*

Esa horda de hombres se ha vuelto tan sanguinarios como bestias salvajes. Los hombres barbados les llaman chichimecas y a fuerza de maltratos, se han llenado de odio. Se esconden en la selva, dicen que han llegado a comer hombres cuando no tienen más qué comer. Dicen que aguardan sigilosos a que los blancos y sus mujeres duerman por las noches. Entonces se roban su ganado, se montan a sus caballos, incendian los caseríos, degüellan a todos los que encuentran sin importar la edad, a algunos los desuellan vivos y luego curten sus pieles como trofeos.

Es una furia guardada detrás de su memoria. Los chichimecas están hambrientos de venganza. Jamás escucharán a los barbados, ni a sus mujeres, ni a sus sacerdotes, ni a sus niños. Para ellos son demonios. Por eso los abuelos y las abuelas cuentan que el universo se estropeó hace tiempo, cuando ellos eran pequeñísimos y llegaron los barbados a estas tierras.

דוד

Recuerdo que en altamar estuviste unos días gravemente enfermo y que, de no haber sido por los cuidados del doctor Antonio de Morales, probablemente no habrías llegado con vida a la Nueva España. Sin embargo, recuerdo también cuando estuvimos a punto de morir en Tampico. No teníamos la más remota idea de lo que era un huracán.

Una noche de septiembre, después de ayudar a papá a cortar maderos, a reunir hojas de palma, a acarrearlas todo el día, cenamos y caímos exhaustos dentro una bodega que, por ser una de las construcciones más sólidas, era utilizada por las familias como almacén. Nos quedamos profundamente dormidos, éramos dos adolescentes agotados.

Recuerdo que, durante la noche, me despertó un fuerte crujido. Tardé unos segundos en entender qué sucedía. Abría los ojos y no veía absolutamente nada. Una furia de truenos y relámpagos azotaba los muros y el techo. Enseguida percibí que ya te habías levantado y estabas tratando de llegar a la puerta.

Todo sucedió en un par de minutos. Un estruendo enfurecido imperaba y semejaba el fin del mundo. Decenas de relámpagos iluminaban de manera intermitente la noche. El viento apaleaba los muros y amenazaba con desprender y volar el techo. Las paredes comenzaron a tambalearse y los maderos crujían.

Si no salíamos en ese instante de ahí, moriríamos aplastados por la construcción ya a punto de desplomarse.

Apenas pasaron unos segundos y, en un chasquido fortísimo, voló parte del techo. Un torrente de agua nos golpeó de inmediato desde el cielo y comenzó a inundar el almacén. El estrépito de la lluvia a manera de cascada y los golpes de bateas y ramas que volaban y chocaban con los muros nos ensordecían. Solo habíamos llevado dos pares de zapatos a Nueva España y esa noche perdimos el primero puesto que nos los habíamos quitado para dormir.

Caminamos descalzos, a tientas, con el agua enlodada hasta los tobillos en medio de la oscuridad y la claridad que por instantes ofrecían los relámpagos. Las cosas empezaban a desplazarse dentro de la bodega.

—¡Ouch! Pisé algo con filo.

—¡Baltazaaaar! Ayúdame a abrir la puerta. Está atorada. No abre porque el viento la empuja. Dame la mano. Aquí. ¡Cuidado!

—¡Las paredes se van a caer! ¡Hay que romper las bisagras ya! ¡No se puede abriiiir!

—Vamos a golpearla con un madero. ¡Fuerte! ¡Una, dos… treeees!

No había manera, la puerta no se movía, el agua ya nos llegaba hasta la rodilla. Las paredes no tardaban en desplomarse.

—*Adonai Elohenu… Adonai Ehad… Shma Israel…*

—*Adonai Elohenu… Adonai Ehad… Shma Israel…*

Tras la plegaria, las bisagras cedieron y la puerta empezó a moverse. Un río de agua, arena y piedras empujaba el agua hacia dentro de la bodega. A duras penas pudimos empujarla entre los dos mientras deslizábamos nuestros cuerpos para salir por la rendija.

—Empuja fuerte, sostenla para que yo pueda pasar… ¡Corre! ¡Aléjate! Se va a derrumbar. ¡Se va a derrumbaaar!

—¡Dame la manooo!

No habíamos dado ni tres pasos afuera cuando aquella construcción se desplomó a nuestras espaldas.

—Uff… ¡Nos salvamos, Luis!

Intentábamos avanzar en medio de la oscuridad, el viento era tan fuerte que pensé que nos llevaría volando. Nos tumbaba mientras caminábamos, ¡arrancaba árboles de raíz y los hacía volar por los aires! Mientras andábamos lentamente nos cubríamos la cara con los brazos. Tratábamos de esquivar desbordamientos y una especie de arroyo que había cubierto los caminos y corría arrastrando cabras, gallinas y vacas, mesas, sillas, ropa.

Así pasamos algunas horas, quizá dos o tres. Nosotros intentando reconocer un paisaje que había cambiado en un momento. Ocasionalmente, veíamos un caimán sigiloso o una serpiente avanzando entre las sombras.

—¡Cuidado, Luis! No te acerques, por ahí va uno.

Cada vez que un relámpago clareaba el paisaje tratábamos de acercarnos a las voces que ya escuchábamos lejos de mamá y papá:

—¡Baltazaaar!

—¡Luuiiis!

—¡Hiiiijooos! ¿Nos escuuuchaaan?

Una lámpara de aceite que parpadeaba luminosa a lo lejos fue nuestra manera de salvarnos.

Todos nos abrazamos. Isabel, Mariana, Catalina, Leonor, Miguel e, incluso, Anica, quien aún era una bebé de brazos. A mamá y a papá se les rodaban las lágrimas.

—Llegamos a pensar que no los volveríamos a ver. Los vecinos fueron también a buscarlos. Alabado sea Adonai.

Septiembre 1580
Ciudad de México, Nueva España

Las cosas no han salido como el gobernador don Luis hubiera esperado. Instaló a las familias que lo acompañaron al Nuevo Mundo en Tampico y, tan pronto pudo, se dirigió a Ciudad de México con Felipe Núñez y con algunos de sus hombres para presentar su capitulación y cédulas al virrey.

No contaba con que don Martín Enríquez ya no será el virrey en turno. Ni durante su estancia en las cortes de Toledo ni cuando pasó por la Casa de Contratación de Sevilla se lo dijeron. Y, en definitiva, esto modifica su panorama. En vez de reunirse con el virrey que lo ha apoyado y alentado durante años —un hombre que entiende a su pueblo, el asunto de las tierras y los conflictos entre regiones—, ahora tendrá que lidiar con don Lorenzo Suárez de Mendoza, Conde de la Coruña, un hombre advenedizo que más bien depende de lo que otros puedan aconsejarle.

El nuevo virrey viajó en la misma flota que los Carvajal y su gente, de modo que también desembarcó a fines de agosto, solo que él y su corte, lo hicieron en Veracruz. El nuevo virrey tardó más de un mes en instalarse en sus aposentos y en atender asuntos de estado. Don Luis tuvo que esperar en Ciudad de México para poder presentarle sus credenciales.

Por fin, a principios de octubre, una mañana fresca, el virrey revisa la papelería de don Luis de Carvajal y, tres días más tarde, jura obedecer las cédulas que don Felipe II le otorgó meses atrás al gobernador. Sin embargo, sus asesores aconsejan al virrey, opinan que obedecer las cédulas no implica apoyarlo, al menos, no por el momento…

—Quizá sería mejor que su alteza escriba una carta a Su Majestad para explicarle la postura de sus ministros.

Las tierras ahora concedidas a don Luis de Carvajal se empalman con las que habían sido asignadas a los hijos y hermanos de sus asesores.

—Hay que deshacernos de ese tal Carvajal, antes de que inicie su empresa. Es una locura lo que le ha sido otorgado. ¡Será más poderoso que el mismo virrey! No solo por la vastedad del territorio que le concedió don Felipe II sino porque para llevar a cabo su empresa, no necesita prácticamente del virrey.

—De acuerdo, ya encontraremos la manera…

El Conde de la Coruña no conoce el territorio que recién gobierna, no entiende a cabalidad a qué se refiere ese "Nuevo Reino de León", esa extensión lejana que se extiende más allá de los mapas y de su estrecha imaginación. Doscientas leguas cuadradas le asignaron al gobernador. Vaya extensión. Río Palmas. Y eso, ¿qué será? Alguien dijo chichimecas salvajes, huachichiles, borrados, rayados. Hombres que desuellan españoles vivos.

—¿Y qué más voy a firmar hoy?

Hay personas que no reparan en los detalles que configuran empresas monumentales. Don Lorenzo Suárez de Mendoza no profundiza en los asuntos de las jurisdicciones. Mucho papeleo. No ha caído en cuenta que el enorme territorio que su majestad don Felipe II asignó a don Luis, no solo colinda con la Nueva Vizcaya y la Nueva Galicia, sino que, en algunas franjas fronterizas, existen pueblos que ya habían sido conquistados y ocupados por otros españoles, años atrás, y que ellos son quienes gobiernan. Casualmente, algunos de estos caciques y alcaldes son parientes de sus asesores, de los ministros de gobernación que residen en Ciudad de México, o incluso, de algunos oidores de la Real Audiencia y que, por eso ellos están furiosos por la pérdida de sus tierras, su poder y sus tributos.

El virrey recibe un par de consejos por las mañanas. Alza una ceja. Se deja vestir por sus sirvientes, observa su anillo, entinta la pluma, firma, derrama la cera caliente, imprime su sello sobre la cera. Él jamás había escuchado palabras como río "Pánuco" o "Tantoyuca" o "Jalpan". Las repite en su mente como aprendiendo a pronunciarlas mientras vuelve los ojos azules, casi transparentes, al techo. Después suspira y vuelve el rostro, sin expresión alguna, su enorme nariz de gancho, esperando al siguiente visitante. De cuando en cuando observa su nuevo calzado.

Don Luis intuye desde el primer momento que los ministros cercanos al virrey don Lorenzo Suárez de Mendoza encontrarán la manera de entorpecer su proceso de explorar, colonizar y poblar el Nuevo Reino de León, entonces decide temporalmente, no ocupar los territorios en pugna. Sabe que podría combatir contra esos hombres y que sería legítimo, puesto que él tiene la autoridad porque el mismísimo rey le asignó un poder casi absoluto de hacer y decidir sobre ese inmenso territorio. Está en todo su derecho de ejercer la fuerza, pero solo ganaría enemigos. Derramaría sangre. No es lo suyo. El reino que le fue concedido es enorme y será mejor, por el momento, concentrarse en explorar otras zonas del territorio.

El conjunto de cédulas reales que conforman la capitulación que Felipe II le otorgó a don Luis de Carvajal y de la Cueva es uno de los logros más destacables que un hombre puede siquiera anhelar en el mundo entero. Y lo obtuvo. El rey le otorgó la gobernación del reino por sus propios méritos, acumulados durante doce años continuos arriesgando su vida y su patrimonio en beneficio de la corona española. Cuando llegó por primera vez al Nuevo Mundo en 1567, de treinta años, nadie lo conocía. A diferencia de otros gobernadores en la Nueva España quienes son parientes de los virreyes en turno, su puesto le fue concedido gracias a su incansable trabajo.

Antes de volver a Tampico decide otorgar un poder a Hernando de Medina para que lo represente en casos legales o financieros en Ciudad de México y paga los ocho mil ducados que le corresponden a la corona.

A su regreso a casa durante el mes de noviembre, se entera, no solo de lo ocurrido con Luis y Baltazar durante el terrible huracán de septiembre, sino también de que las poblaciones de indios, que él mismo había pacificado en 1578, antes de partir a España, se rebelaron en su ausencia alentados por sus enemigos peninsulares y abandonaron los pueblos que él había dejado bien establecidos. Los nativos renegaron de la religión católica gracias al maltrato de los encomenderos españoles. Los capitanes y los soldados secuestraron indios y los vendieron como esclavos; entonces los chichimecas los animaron a rebelarse. Por si fuera poco, ahora sabe que Juan del Trejo, alcalde de varios pueblos, y Gonzalo Jorge, alcalde de Tampico, derribaron todo lo que él había construido con tanto trabajo años atrás y que, además, emitieron la orden de que nadie le ayude. De manera que, pasando Navidad, don Luis deberá partir a pacificar esas tierras de nuevo.

De pronto recuerda aquella historia de Sísifo que leyó en el libro *La Odisea* cuando tenía quince años mientras su tío Francisco Jorge lo instruía en Cabo Verde. Le fascinaba la historia de aquel Odiseo, un valeroso explorador, un navegante amadísimo por su esposa, la bella y prudente Penélope, quien jamás lo acompañó a sus viajes —igual que Guiomar—, aquella legendaria mujer quien durante más de dos décadas esperó su regreso de la guerra de Troya mientras tejía de día y destejía de noche sus propias guerras, sus anhelos y silencios y así, perpetuaba el honor de su amado. En la imaginación de Luis adolescente, esas historias le parecían increíbles; pero ahora, tras casi catorce años de que llegó a Nueva España y, sin poder convencer a Guiomar de que lo acompañe en las tres expediciones que ha hecho desde que se casaron, piensa mientras frunce el cejo y baja la vista de sus ojos verde olivo, que la historia de aquel Odiseo y la de él, no son tan distintas. Tras Navidad habrá que volver a levantar lo derruido, como aquellos personajes de *La Odisea*, como aquel Sísifo quien, para cumplir la condena de su castigo, empujaba cuesta arriba por una montaña la enorme piedra que antes de llegar a la cima volvía a rodar hacia abajo, repitiéndose una y otra vez el frustrante y absurdo proceso.

¿Dónde queda el origen primerísimo de un huracán?, ¿de un sino que amenaza con destejerlo todo?

Una vez que el huracán o el destino arremeten, desarticulan y destruyen… no sabemos cómo deshacer la madeja enmarañada que dejan a manera de mundo.

Enero de 1581
Zona de Temapache, Nuevo Reino de León

Pasando Navidad, a inicios de 1581 don Luis de Carvajal escribe una carta a su majestad don Felipe II. Ahí, frente a él, un folio largo de papel de trapo, un silencio tan oscuro como los huecos que dejan las estrellas en las noches sin luna y, de cuando en cuando, el sonido de la pluma roza el tintero. Es indispensable elegir las palabras precisas para lograr la encomienda, ni una más ni una menos. Don Luis imagina, cierra los párpados, elabora su mensaje en el prodigio de su imaginación. Tras unos segundos, abre los ojos, decidido a elaborar la carta donde le solicitará al monarca más poderoso de la Tierra que declare, vía cédula real, su voluntad para que él pueda cumplir lo que ha sido obligado. Ahí mismo, le comunicará que no ha recibido ninguna ayuda de la Audiencia de Ciudad de México ni de los ministros de gobernación. Sabe que esa carta tardará un año en llegar a la corte de Felipe II y otro año más en que la respuesta llegue de regreso a la Nueva España.

Una tarde de enero, don Luis de Carvajal y de la Cueva y el sacerdote franciscano, fray Juan Patiño cabalgan rumbo a Cuzcatlán, cerca de Temapache; han viajado durante días para volver a negociar con los habitantes originarios de ahí. Acampan tras jornadas enteras de cabalgata, de insistente vigilancia. Por fin, el 21 de enero de 1581 llegan a Cuzcatlán y don Luis solicita a don Tomás, gobernador indio de Huehuetlán, que le ayude como emisario entre él y los indios de Temapache. Don Tomás acepta y envían una carta a don Lucas Suche, el indio principal de las comunidades. En la carta don Luis lo invita a ir al pueblo, le explica que su majestad don Felipe II lo nombró gobernador de esas tierras y, en señal de amistad, le envía provisiones.

Cinco días después recibe la respuesta de don Lucas y, por lo mismo, un par de días más tarde llega al pueblo acompañado de dos indios principales y de diez hombres más. Don Luis los recibe amable, los abraza, uno a uno. Les muestra la provisión real de Su Majestad que contiene su título de gobernador. Ellos besan el título y lo colocan sobre su cabeza asegurando que obedecerán.

—En nombre de Su Majestad les quedan perdonados la destrucción de las viviendas, del templo, los agravios a los castellanos, a sus familias y animales… siempre y cuando, a partir del día de hoy, estén dispuestos a la obediencia y al conocimiento de nuestra fe católica. Si se comprometen a dejar sus ritos y ceremonias ofrecemos a cambio la quietud y el sosiego. Les doy mi palabra de que siendo así, estarían libres de capitanes y soldados.

Don Lucas y sus hombres escuchan a don Tomás, quien les traduce y asiente con la cabeza.

—Su majestad, el rey don Felipe II —prosigue don Luis— ordenó la gobernación, la paz y la conversión de los indios. Puedo ir a visitar cada uno de sus pueblos y, desde ahí, convocar al resto de los indios rebeldes a la paz.

Don Tomás traduce y don Lucas niega con la cabeza; explica a don Tomás en su lengua.

—Dice que no es posible, que los caminos están en ruinas, que allá no hay comida.

—Dile que traemos caballos y que podemos abrir camino; ya lo hemos hecho antes, cuando fuimos a Mazapil, podemos llevar comida y convidarlos.

Don Tomás dialoga con don Lucas y traduce:

—Dice que si llegan españoles a Temapache los matarán porque no quieren españoles en su pueblo —afirma don Lucas con gravedad.

—Dile que lleven esta propuesta a los suyos: los invito a que bajen de la sierra y vengan a vivir a Huehuetlán. Yo les prometo seguridad, una guarnición de soldados que los protejan y la construcción de una casa fuerte.

Ese mismo día, don Lucas y su comitiva parten a la sierra. En los siguientes días, don Luis y el padre Patiño aguardan. Cartas van y vienen en negociaciones. Don Tomás, amable, siempre traduce para el gobernador. Don Luis les envía regalos a las autoridades de los pueblos en la sierra.

Fray Juan Patiño les envía una invitación para que asistan a la Iglesia del pueblo. Finalmente, aceptan ir a escuchar al fraile, quien les da una charla donde don Tomás traduce para ellos. Sin embargo y muy a su pesar, no les convencen esas explicaciones de la creación del mundo. A su regreso a la sierra deliberan en largas conversaciones. Remiten a la historia que les contaron del hombre que unos soldados clavaron en una cruz porque no se dieron cuenta de que era dios.

—Pero ¿qué tipo de dios es ese?

—Dijeron que su madre es una mujer que dio a luz y nunca yació con su esposo, pero ¿cómo va a ser eso bueno? Eso es un mal ejemplo, va contra la voluntad de la naturaleza.

—Hablan de un solo dios que es tres varones a la vez, tres en uno, dijeron. Padre, hijo y un espíritu que a veces se convierte en paloma... pero tres varones divinos. Eso también va contra la naturaleza. No puede ser así... El universo se organiza en mujer y hombre, hembra y macho para que haya un equilibrio, para que haya vida. Si abusas de una mujer o, si abusas de la tierra, con los años vendrán sequías, no tendrás hijos, vendrá la tristeza.

—A lo mejor por eso le rezan a la mujer madre que ellos dicen que es virgen, porque ya eran tres hombres y en cambio, solo tienen a una mujer importante. Quizás le rezan a ella para que también lo sea. Tal vez su dios los castigó con tantas guerras por ese desorden principal.

—¿Cómo un dios-hombre va a resucitar en cuerpo y luego irse hacia los cielos?

—Es muy confuso todo.

Un paso y otro más, riscos escarpados, veredas de aromas, bosque tropical.

Fray Juan Patiño ora de rodillas con los párpados cerrados. Ruega por un milagro. Que Dios Nuestro Señor les otorgue el don de la fe. No habrá otra manera de convencerlos.

Ora también por este hombre con quien ha viajado hacia Temapache: el gobernador don Luis de Carvajal. Nunca había conocido a un conquistador como él. Está sorprendido, conmovido incluso. Jamás se había topado con uno que intentara, por todos los medios a su alcance y, con enorme paciencia y firmeza, conciliar los intereses de la corona con los intereses de los nativos. Don Luis sabe esperar, negocia; y, por si fuera poco, los trata de tú a tú. Con dignidad.

A fray Juan le avergüenza admitirlo, pero su desconcierto se debe a que don Luis, a diferencia del resto de los capitanes portugueses o españoles, trata a los indios como iguales. ¿Y qué no predican ellos que "todos los hombres son iguales a los ojos de Dios Nuestro Señor"? ¿Y qué no defendió fray Bartolomé de las Casas, treinta años atrás, en la llamada Junta de Valladolid la dignidad de los indios frente a Ginés de Sepúlveda argumentando que los indios son seres humanos poseedores de un alma idéntica a la de un castellano o un portugués? Tal pareciera que para muchos el reconocer que los indios son seres humanos y tienen alma no ha servido para tratarlos como iguales, sino más bien, para justificar que esa alma debe dejar sus tradiciones y creencias paganas y encauzarse a la verdadera fe y con eso justificar la atropellada invasión que han hecho. Fray Juan siente cómo la vergüenza del proceder de los suyos crece dentro, se agolpa en su pecho y le produce una enorme desazón. ¿Y si por querer hacer el bien y salvar almas en realidad solo está trabajando para un engranaje gigantesco que se vale de sus buenas intenciones para despojar y violentar a estos hombres, mujeres, niños y ancianos?

Fray Juan ora de rodillas. Murmura jaculatorias para espantar los malos pensamientos. Las dudas como tentaciones del demonio. Fray Juan suspira y abre los párpados. Ahí el crucifijo de madera inmutable.

Días más tarde, los indios descienden de las sierras y vienen a buscarlo por iniciativa propia y dispuestos a proseguir en el debate religioso. Fray Juan, agradecido con el Altísimo, percibe el suceso como un milagro. Sus ruegos han sido escuchados. Pasan una tarde todos juntos en diálogos, dudas, negociaciones y argumentos. Finalmente, al caer la noche, fray Juan los convence de que bajen de la sierra de manera definitiva, de que vengan a poblar con sus mujeres e hijos cerca de Huehuetlán.

Don Luis, quien ha presenciado silencioso los diálogos con el traductor, agradece a Dios y los abraza satisfecho.

Uno a uno.

No solo él los abraza, el gobernador obliga a todos los españoles presentes a que abracen a los indios que han venido. Una vez que lo han hecho, fray Juan celebra misa con solemnidad; todos asisten reunidos y después, festejan con música.

Al día siguiente, don Lucas le dice a don Luis que ya los líderes de las comunidades han escrito a los indios principales de Temapache diciéndoles que vengan en paz, que ellos mismos ya han decidido irse con el gobernador al pueblo y que allá aguardarán respuesta.

Dos días más tarde, el 2 de febrero, llega la carta, en huasteco. Han aceptado, pero tienen miedo a los macehuales. Para asegurarse de que las intenciones de don Luis son honestas, envían quince hombres por delante.

Don Luis de Carvajal y fray Juan Patiño los reciben alegres, conversan animados con ellos. El fraile los exhorta al conocimiento de Dios Nuestro Señor y los anima a dejar sus tierras, a que se vengan todos a vivir en paz. Los despide alegremente, los invita a que cumplan con lo prometido que es trasladarse, poblar y ser adoctrinados. Don Luis les regala una botija de vino para que lleven a sus principales.

Francisco Barrón, el encomendero que no había querido ayudar a Carvajal en la construcción de la fortaleza de Jalpan tres años atrás, llega a Tamlhuaco con una carta donde afirma que ellos quieren, como se les había mandado, poblar en Tamizquo y que levantarán ahí sus casas. Invita a don Luis y a fray Juan a volver dentro de veinticinco días para que vean las casas y el sitio destinado para la iglesia. Francisco Barrón le dice que reunirán más de seis mil indios de Temapache porque les ha tratado bien y porque no los castigó por haberse rebelado. El gobernador agradece sus intenciones de sosiego y de venirse a poblar.

Así es su costumbre, negociar la paz. Sabe que los españoles son pocos en esas tierras y que, enfrentarse con los pobladores originales, solo los llevaría a perder. Precisamente por esa habilidad suya para pacificar sin derramar sangre fue que el virrey Enríquez lo había recomendado con el Conde de la Coruña:

"Y advierto a V.S. que Luis de Carvajal, que vino en esta flota por gobernador del Nuevo Reyno de León, es la persona que a mi entender podrá ayudar mejor en esto porque como se ha criado entre estos indios y sabe sus entradas y sus salidas y conoce las más cabezas de ellos, y lo mismo ellos a él, tiene con esto andado mucho camino, especial en lo que con ellos se ha de procurar, que es traerlos de paz."

Don Luis es el anticonquistador. No mató. No violó. No derribó. No los trató como inferiores.

Quizá por eso no figura en la historia que nos cuentan de buenos y malos. Nadie habla de don Luis ni de su familia. **Y que de ellos no haya ni quede ni memoria sobre la faz de la tierra.** Para el anticonquistador no hay lugar en los libros de la Historia oficial.

Él es otro más para quien las palabras fueron negadas.

Nadie contó su historia.

Ando sobre tus huellas, Joseph. Elaboro árboles genealógicos, trazo rutas en cuatro continentes. Recorro tus caminos, en autobús, en tren, en avión, en barco, a pie, en auto. Tomo notas, entrevisto especialistas, acumulo decenas de libros de historia, periódicos, el libreto de una ópera, una obra de teatro, una película, un documental, varios cursos, monólogos. Visito archivos y bibliotecas. Hago citas, solicito permisos, envío correos, cumplo con todos los trámites, los sellos, las firmas, la identificación.

En las bibliotecas, dentro del área de colecciones especiales, el aire acondicionado permanece a dieciocho grados centígrados para que los documentos se conserven, la humedad muy baja. A las salas de consulta solo se puede ingresar con guantes y cubrebocas, un lápiz, un cuaderno, la laptop registrada y el celular para tomar fotografías. Mi bolsa, mi maletín y mis plumas se quedan afuera, en un *locker.* Toman mis huellas digitales. Firmo cartas responsivas.

Pasan los meses, me familiarizo con las investigaciones de quienes durante más de un siglo se han acercado a ti y a tu tío, el conquistador. Dejo que sus palabras, sus imaginarios, sus narrativas empiecen a extenderse dentro de mí, a contradecirse, a sugerir diversos caminos.

¿Si un académico toma como fuente los testimonios de los vencedores, de los que contaron la historia distorsionando los hechos, entonces la realidad se esfuma? ¿Hay relación entre la historia y la memoria colectiva, o solo se trata de una narrativa que se yergue sobre un universo que se justifica bajo leyes que solo funcionan dentro de sí mismo?

Hoy a pocos les interesa. Somos la especie de las narrativas, la escritura y la imaginación. En la voracidad de las *fake news* lo que más importa es que nos cuenten historias. Nombrar es volver real.

Primavera de 1580
Zona de Temapache, Nuevo Reino de León

Hay algo que lo persigue en sus pesadillas.

Una imagen.

El sentimiento atroz que lo despierta durante las madrugadas.

Una sombra que lo posee.

Un suceso que lo marcó de por vida. Acaeció aquella única vez en que él, jovencísimo, acompañó a la flota portuguesa en su travesía de la isla de Cabo Verde hasta Nueva Guinea para traer "piezas".

Cómo olvidarlo. Cómo sacudirse esa impresión.

Desde entonces, lo asedia la mirada lacerante de la adolescente a quien los negreros le arrebataron a sus padres y a sus hermanos.

De cuando en cuando, aquel día retorna, lo muerde.

El momento se presenta con tal claridad que la estocada de angustia le roba el aliento.

Luis no entendió el significado literal de sus palabras; sin embargo, comprendió el lenguaje del dolor. Y lo peor, comprendió que la gente de él desgarraba el alma de las personas, desollaba sus emociones. Durante días no pudo conciliar el sueño. Rezaba por ella. ¿Cómo se llamaría aquella niña? Los negreros inmutables en el navío roncaban a pierna suelta mientras que él, a escondidas, vigilaba a los padres y los hermanos de ella, durante la travesía de las Guineas a Cabo Verde.

Las emociones más hondas nunca tienen palabras.

Allá dentro, sentimos solos.

Podía leer en los rostros de su padre, su madre y sus dos hermanos la evidente desesperanza. Habían caído todos en desgracia. Los separarían. Los venderían como un costal de trigo. Tras esa travesía no volverían a verse. No tendrían descendencia porque los pondrían a trabajar de sol a sol sin detenerse jamás. Apenas los alimentarían, dormirían como animales a intemperie, sus cuerpos altos, esbeltos, ágiles y fuertes languidecerán ante latigazos, piquetes de alimañas y enfermedades desconocidas. Un día, las arterias de su corazón, las bolsas de sus pulmones explotarían, exhaustos de cargar, de arar, de cavar túneles, de aspirar gases en minas de oro y plata con los que se acuñan las monedas y se decoran altares para venerar vírgenes y santos. Nadie sabrá siquiera que ellos existieron. Desmembrada la familia olvidarán su historia.

Luis supo que ella, la adolescente, pedía clemencia, que suplicó desesperada.

Tuvo la certeza paralizante de que ella lo maldijo.

Esa maldición abrió una grieta en lo más profundo de su ser.

A veces, entre sueños, percibe cómo esa grieta crece, con el sigilo de una serpiente que se desliza.

Luis estuvo a punto de pedir que liberaran a sus padres para que volvieran con ella, a punto de acercarse, de tomarle la mano, de enjugar sus lágrimas, de abrazarla contra su pecho joven.

A veces, la vida se compone de lo que hacemos; sin embargo, la vida se nutre de lo que nos quedamos a punto de decir o de hacer y que luego, se nos escurrirá de entre las manos para siempre.

Lo detuvo el saberse observado por varones adultos portugueses que atestiguaban el momento. En medio de las súplicas y los gritos de ella, Luis permaneció indeciso.

Mucho antes de ser "don Luis", él dudó.

Quería impedir algo que era completamente legal y, sin embargo, saber que eso era legal no pudo aplacar su conciencia. La venta de hombres y mujeres era la mayor empresa de los lusitanos.

Luis paralizado, conmovido.

Desposeído de sí mismo y de los derechos que su rey Juan III de Portugal, alias *El Piadoso,* había defendido para conservar los derechos de traficar con esclavos de Nueva Guinea a América.

Luis se desconoció. Un mareo. Un cuerpo vacío. El espíritu lacerado.

Exhausto de madurez repentina.

Y qué podía hacer entonces por ella.

La duda se extendió como mancha de aceite sobre el agua.

Un mecanismo enorme, grotesco, conducía sus pasos.

Se sintió atado de manos. Un títere.

Quiso escapar de sí mismo. Deseó no haberla visto nunca.

No haber recibido la furia de sus palabras.

Trabajaré durante años para reunir recursos.

Dejaré estas tierras remotas.

Emprenderé mi propio camino.

Partiré hacia Sevilla y así, con los años, me convertiré en castellano, en comerciante, para poder embarcarme al Nuevo Mundo y dejar este mundo atrás.

Verano de 1581
Nueva España

Luis de Carvajal y de la Cueva transfiere los poderes que había dejado meses atrás en manos de Hernando de Medina, hombre de negocios, a Pedro de Vega, abogado y procurador facultado para argumentar casos ante la Audiencia de Ciudad de México. Don Pedro de Vega se presenta ante la Audiencia y solicita que se ordene a todos los oficiales de Nueva España obedecer la capitulación y las cédulas que el rey Felipe II otorgó a don Luis. Mientras esos trámites transcurren, el gobernador siente que sus problemas de la jurisdicción están en buenas manos y que, por lo tanto, puede proceder con la tarea de partir hacia el norte a pacificar y poblar el inmenso territorio que le ha sido otorgado: desde Tampico y el río Pánuco hasta la colindancia con la Nueva Galicia y la Nueva Vizcaya y de ahí, doscientas leguas de latitud y de longitud hacia los territorios del noreste, hasta la Florida.

Desde 1572, don Luis ha aguardado, pacientemente, a que llegue ese preciso momento. Aunque en ocasiones su vida ha estado en peligro, siempre el profundo deseo de explorar y colonizar los territorios que entonces descubrió, ha sido uno de los alicientes que lo mantienen con vida. Nueve años atrás, por orden del virrey Martín Enríquez de Almanza, don Luis había buscado un camino más corto entre el sitio minero de Mazapil y la provincia de Pánuco, una nueva ruta a Zacatecas que pudiera fortalecer el puerto del Pánuco, que las mercancías y los alimentos llegaran más rápido y a menor costo hasta Zacatecas, Mazapil, las villas recién fundadas y las que estaban por venir. Durante aquella exploración que duró sesenta y cinco días, don Luis descubrió una zona inmensa y rica en minas de plata, buenas tierras pobladas por muchos indios desconocida hasta entonces para los peninsulares.

Una vez que terminó aquel recorrido y llegó a Mazapil, conoció a otros hombres que ahí moraban trabajando para el reino de la Nueva Vizcaya, tales como Alberto del Canto, Diego de Montemayor y Gaspar Castaño de Sosa quienes gustosos se unieron a su expedición para volver a Tampico por otro camino. Aquel viaje inició la relación entre los cuatro hombres. A tres de ellos los unía el origen portugués y, poco a poco, también los unió el alucinante sueño del entonces alcalde de Tampico, don Luis de Carvajal y de la Cueva quien les metió a la cabeza que juntos podrían explorar territorios, fundar un nuevo reino, así como el de Nueva Galicia y Nueva Vizcaya, pero otro distinto. ¿Por qué no? Quedaban muchas tierras por explorar al norte de Ciudad de México. No fundarían solo un reino a secas: sino uno que fuese "El Nuevo Reino".

Don Luis de Carvajal sabía que su apellido materno era de León y que lo habían dejado de lado al bautizarlo. En Portugal, la costumbre era dar al crío el apellido materno primero; sin embargo, no fue así en su caso. Pensaba que sus motivos tendrían sus padres cuando decidieron, no solo no ponerlo en segundo lugar sino, omitirlo de tajo.

Su madre Catarina de León falleció cuando él era apenas un adolescente. Recibió la noticia de su muerte a través de sus tíos

Duarte de León y Francisco Jorge en aquella lejanísima isla de Cabo Verde frente a las costas de África. Apenas recordaba el rostro materno. Cuando intentaba revivirlo, más bien se le venía un aroma a geranio y una voz serena. Ella y su padre habían hecho todo lo posible para que él, sus dos hermanos y su hermana recibieran una esmerada educación. Durante los atardeceres, don Luis no sabía dónde colocar aquella nostalgia que irrumpía.

Desde entonces, se hizo el firme propósito de honrar a su madre. Fundaría un nuevo reino vasto y pujante. Lo nombraría con el apellido de su madre. Haría todo lo posible y ella, desde el Cielo, se sentiría dichosa. "Me llena de orgullo verte convertido en un hombre de provecho que ha ensanchado los confines del mundo." Derrotaría piratas, concertaría el ánimo de miles de indios, levantaría templos y presidios con su propio dinero, criaría ganado, compraría galeones, cruzaría pantanos, junglas, desiertos, sierras escarpadas, domaría el río Bravo y a los chichimecas, construiría puertos a lo largo del Golfo hasta la Florida, soportaría el riesgo de epidemias como la peste, la viruela o el tifus, las fiebres y el calor insoportable. Y, una vez logradas las proezas, el rey don Felipe II —hijo del emperador Carlos I y bisnieto de los Reyes Católicos, doña Isabel y don Fernando—, no podría negarle su respaldo. Pediría primero apoyo al virrey en turno, a la Audiencia en Ciudad de México y si fuese necesario, a la Audiencia de Guadalajara en la Nueva Galicia y después, viajaría a las Españas para hablar con el mismísimo monarca para convencerlo de la relevancia de su empresa.

Después, con su respaldo, fundaría un nuevo reino: El Nuevo Reino… de León, como su madre y como los tíos que lo criaron a la muerte de su padre. Ya encontraría también la manera de guardar en la memoria el nombre de pila de ella: Catarina sería un bello nombre para una ciudad o para un valle. Quizá no. Sería más acertado para nombrar un río. Le pondría Catarina a uno largo y cristalino por donde corriese el agua inquieta, inaprensible, como el tiempo que pasó junto a su madre, escasos años de infancia. El río era el símbolo de su impotencia de contener a su madre con vida, de recuperarla solo un momento para despedirse de ella, de volver el tiempo atrás. Separarse uno del otro, no verse nunca más fue el precio que pagaron ambos para dotarlo a él de una esmerada educación.

Don Luis condujo a Alberto del Canto, a Diego de Montemayor y a Gaspar Castaño de Sosa, durante aquel 1572, a través de la sierra por un nuevo camino. Gracias a la ruta trazada por él, en pocas semanas recorrían ya una planicie larga y extensa resguardada por nopales con grana cochinilla y con fértiles pastizales, mismos que bien podrían alimentar ganado o caballos como los de su hacienda en Tampico. Con esa abundancia, la carne de res sería jugosa y de un sabor exquisito, como en ninguna otra parte de la Nueva España; en ella se degustarían los aromas de la inmensa variedad de hierbas y flores pequeñas.

En aquel entonces, Diego, Alberto, Gaspar y don Luis cabalgaron custodiados a su derecha e izquierda por magníficas montañas encadenadas en rugosos y monumentales cuerpos inmutables que parecían no tener fin. Cordilleras desenrolladas hasta el horizonte bordadas sobre el azul cobalto de los atardeceres.

—Apuesto a que mañana, cuando amanezca, veremos el fin de la estela enorme de montañas.

Quien afirmaba esto, siempre perdía la apuesta. Las montañas se sucedían a su derecha e izquierda durante días y noches. Finalmente, un día, después de cabalgar de subida, Alberto dijo:

—Luis, esta cuesta llevará tu apellido. Te has empecinado en llevarnos por aquí: "La cuesta de Carvajal" se llamará.

Y justo cuando habían decidido detener el galope para que los caballos recuperaran el aliento por las horas camino arriba, llegaron a una planicie donde se divisó ante ellos un espléndido valle.

Para entonces, don Luis conocía ya el Valle de Anáhuac donde se asentaba la Ciudad de México, allá en la capital de la Nueva España. Sin embargo, este era uno muy distinto. Parpadeó incrédulo. A su derecha se levantaban majestuosas montañas. La primera de ellas, fracturada en rocas plateadas, como un barco roto que naufraga y en su fragor se hunde irremediablemente bajo la luz de la luna. Una montaña de piel lozana, sin árboles, apenas arbustos, portentosa.

—Guardemos el equilibrio. Pongamos también los nombres de quienes han habitado estas tierras años atrás. ¿Qué les parece en honor a los naturales que viven en la zona del Pánuco? ¿Algo así como "La Huasteca"?

Nunca habían visto algo así. Sus muros blancuzcos amenazaban inmutables.

A la izquierda, se erguía otra montaña generosa en picos.

—Miren, ese cerro tiene forma de gorros de obispos, qué curioso —señaló Alberto.

—Podríamos llamarlo "Cerro de Las Mitras", ese es el nombre de los gorros que comentas —respondió don Luis.

Y más allá, como telón de fondo, don Luis, Alberto, Diego y Gaspar atisbaron por primera vez en el imaginario de los europeos, la magnificencia de una montaña enorme que brotaba al final del valle en la forma de un cerro que, en su parte más alta era tan caprichosa que semejaba una silla de montar, como aquellas sobre las que ellos habían permanecido durante días y días a galope.

—"Cerro de la Silla" …

—Y este valle inmenso, semejante a las tierras de Extremadura que cruzaron muchos de los pobladores que me acompañaron desde Sevilla, bien podría llamarse "Valle de Extremadura".

Don Luis ya no pudo volver a esas tierras; le quedaron impresas en la memoria, curtidas en el deseo de conquistarlas. Apenas las descubrió cuando el virrey le comisionó la construcción de un sórdido presidio en Jalpan, en la Sierra Gorda de Querétaro, mismo que él tuvo que financiar con su propio dinero. Además, fue necesaria su presencia en pueblos indígenas como Tamuín, Valles, Tamazunchale, Xilitla, Huejutla y Tilaco para apaciguar los ánimos de los líderes locales.

Verano de 1581
Villa de Santiago del Saltillo,
Reino de Nueva Vizcaya

Dicen… que don Diego de Montemayor asesinó a doña Juana Porcallo, su mujer, que dizque para restaurar su honra… según dicen que ella y don Alberto del Canto, el conquistador y fundador de la villa del Saltillo, se habían hecho amantes.

Lo cierto es que Diego de Montemayor se había casado por primera vez allá, en las Españas, hace mucho tiempo… hará unos treinta y cinco años, con doña Inés Rodríguez y fue con ella, su primera esposa, con quien llegó acá, a la Nueva España. Ellos tuvieron a doña María Inés Rodríguez de Montemayor, quien ahora es esposa de don Baltazar Castaño de Sosa, el hermano de don Gaspar. Tienen varios niños de apellido Rodríguez.

Y pues, también es cierto que nadie sabe qué le pasó a la tal doña Inés… dicen que se murió, pero nadie sabe de qué ni cuándo. Y como los hombres no saben estar solos, se supo que despuesito don Diego se juntó con otra mujer, una tal María de Esquivel, con ella no se casó, aunque sí tuvieron a Diego de Montemayor, "el Mozo"… hará unos veintisiete años de eso.

Luego pues también tuvo otros hijos con un par de mujeres tlaxcaltecas, pero ninguna le había sorbido el seso como la famosa doña Juana Porcallo y de la Cerda. Ella vivía en Mazapil y era hija de un portugués; ahí se conocieron ella y don Diego y pues, se casaron. Él, bastante mayor que ella, pues cómo no iba a estar encantado don Diego si ella era joven y la fama de su belleza se extendía por toda la zona. Como fruto de ese matrimonio nació, hará unos diez años, Estefanía de Montemayor.

Dicen que en 1578 el gobernador de la Nueva Vizcaya de entonces, don Martín López de Ibarra, lo nombró alcalde mayor de Saltillo y así fue como llegaron don Diego y doña Juana con la niña de seis años a la recién fundada villa de Santiago del Saltillo.

Del famoso don Alberto del Canto aseguran muchas cosas, algunos le llaman incluso "Alberto del Diablo". Nació en una isla de las Azores, allá en Portugal. Si nunca lo han visto en persona, se lo han perdido. ¡Es tan buen mozo! Un hombre alto, esbelto y ágil, de cabello rubio y ondulado, con unos ojos azules que hurgan dentro de quien los mira. Un hombre muy intrépido, inquieto desde niño.

Cuentan por ahí que era el hijo menor de una familia de alcurnia y tradición, de linaje y opulencia portuguesa e inglesa. Algunos dicen que su apellido original era Kent y que derivó en Canto. El asunto es que, a sus quince años, la isla donde vivía con su familia le habrá parecido un lugar insignificante, y más cuando escuchaba los relatos que ahí llegaban sobre el Nuevo Mundo.

En 1562 Alberto zarpó para buscar fortuna en la Nueva España. Desembarcó y se dirigió, bien recomendado, hasta Guadalajara para ponerse bajo las órdenes de la poderosa familia Ibarra y pues, es bien sabido que sus miembros están ligados al virrey, son muy ricos, dueños de minas en la zona de Zacatecas y gobernadores de la Nueva Galicia.

Jovencísimo se metió al negocio de cazar y vender "piezas", se volvió esclavista, como muchos otros. Se supone que eso está prohibido por la corona, que solo se permite esclavizar indios si son prisioneros de guerra, pero el tal Alberto siempre se ha salido con la suya. Iba bien armado, atrapaba hombres y luego los vendía en subastas allá en Zacatecas y en Mazapil, indios para que trabajen las minas. Al amanecer, daba los "albazos", así les llaman porque atacan a los indios al alba, para que no puedan defenderse. Les quitan a sus mujeres y a sus hijos para que trabajen; de comer, les dan nada más un elote.

Dicen también que luego mató a un hombre importante y que por eso tuvo que irse de Nueva Galicia y que así, huyendo de la ley, llegó a la Nueva Vizcaya. Acá sobresalió y lo nombraron alcalde mayor en varios sitios. Cuentan que el mismísimo obispo de Guadalajara lo denunció hace años ante el rey por esclavista en la zona.

Algunos afirman que, en 1572, mientras vivía en Mazapil, conoció a don Diego de Montemayor y quizá también a doña Juana Porcallo y, por cierto, algo muy importante, ese año llegó también a Mazapil, don Luis de Carvajal y de la Cueva, el ahora gobernador. Según dicen que llegó por órdenes del virrey que reinaba antes, quien le encomendó descubrir un nuevo camino entre el Pánuco y el sitio minero de Mazapil. Don Luis estuvo reclutando soldados para su expedición hacia el oriente y pues, como a Alberto le encantaban las aventuras, pronto se apuntó. Él, don Diego y don Gaspar Castaño, allá van todos juntos. Entonces descubrieron un valle rodeado de montañas, el mismo que ahora se llama Valle de Extremadura.

Dicen que en ese viaje se les habrá ocurrido fundar un nuevo reino, casi todos eran portugueses, aunque ahora ya Portugal y España unieron sus reinos. Desde el año pasado, don Felipe II es el soberano de toda la península.

Algunos opinan que Alberto se fue por lo fácil, a él no le gustaba batallar. Seguía apresando cientos de indios y los vendía. Le quedaba buen dinero. Tenía amigos en el gobierno y se escabuía de la ley. Mientras don Luis viajó dos veces a las Españas con la firme idea de convencer a Su Majestad de que le otorgara una capitulación, Alberto cada vez tenía más poder acá.

Don Alberto le contó tantas maravillas al gobernador de la Nueva Vizcaya, don Martín López de Ibarra, sobre aquellas tierras recién descubiertas, que lo nombró capitán y alcalde mayor de las Minas de San Gregorio y del Valle de Extremadura. Es decir, don Alberto hacía caravana con sombrero ajeno. Se apropió del sueño de don Luis, al cabo que él andaba allá, en la Sierra Gorda, construyendo un fuerte en Jalpan y pacificando a los nativos.

En cambio, dicen que don Luis tenía otro modo, muy distinto. Él no era mujeriego —y eso que su esposa vivía en las Españas— ni traidor ni cazaba indios; al contrario, lo querían mucho porque era muy amable con ellos.

Cuentan que en el verano del 77 don Alberto salió de las Minas de San Gregorio con soldados, familias, sirvientes, esclavos negros, animales y se dirigió junto con dieciséis familias a fundar la Villa de Santiago del Saltillo del Ojo de Agua a nombre de la gobernación de la Nueva Vizcaya... aunque ya sabía que don Luis quería esas tierras para su futuro reino, pero como en ese tiempo don Luis todavía no viajaba a Castilla a negociar la capitulación para fundar su reino, pues don Alberto se hizo el desentendido y se aprovechó.

Luego dicen que el mismo año, unos meses más tarde, se fue al Valle de Extremadura a dejar un asentamiento. ¡Quería robarle a don Luis todas sus ideas!, pero él no tenía permiso. Así que la suya no fue una fundación formal, aunque él así lo presumía *a diestra y siniestra. Junto a unos ojos de agua, dejó unas construcciones muy sencillas y llamó a ese caserío "Villa de los Ojos de Santa Lucía".*

Confiesan algunos que en realidad ese lugar solo le servía como punto de paso para su negocio de esclavos; ahí se detenían a pasar la noche en su camino al Pánuco o a Zacatecas.

Lo que mal empieza, mal termina. Dicen que de aquel asentamiento hoy, ya no queda nada. Nada porque al año siguiente, en 1578, de haberlo hecho, el presidente de la Real Audiencia de la Nueva Vizcaya, el doctor Jerónimo de Orozco, giró una orden de aprehensión contra don Alberto del Canto acusado de esclavista, de prender indios sosegados y de paz. Se le acusó, no solo de eso, sino también de otros delitos graves que había cometido. Y ¡sí lo detuvieron!; pero el Alberto del Diablo siempre escapaba... Ya la Inquisición lo había requerido también para procesarlo en un auto de fe... pero también logró huir.

En Saltillo su amigo, el gobernador don Martín López de Ibarra, lo protegió; pero luego tuvo que huir hacia territorios chichimecas porque el presidente de la Audiencia se trasladó a Zacatecas para perseguirlo de cerca. Pobre doctor Orozco, nunca dio con él. Allá se estuvo huido y escondido entre los chichimecas.

Dicen que por eso don Diego de Montemayor fue nombrado, en ausencia de Alberto, como alcalde mayor de Saltillo y por eso fue que llegó con la bella Juana y su hija Estefanía desde Mazapil.

Pero las cosas no terminaron ahí...

Mientras don Alberto del Canto hacía todo tipo de trampas y negocios sucios, don Luis de Carvajal y de la Cueva consiguió que la Audiencia de México le aprobara una información de Oficios sobre tantísimos méritos y servicios que había realizado para la corona española durante doce años. Ya con estas evidencias, se embarcó rumbo a las Españas.

En 1579, su majestad don Felipe II le otorgó una capitulación como nunca nadie había visto. Eran todo lo que don Luis había deseado. Sus años de trabajo y peligros le costaron. Además, en las Españas se instaló cerca de la corte durante meses negociando cada una de las cédulas que conforman la capitulación, hasta que estuvo satisfecho. Partió de ahí con el nombramiento de gobernador de El Nuevo Reino de León, qué bonito nombre ¿verdad? Suena muy elegante.

Reunió a más de doscientas personas, entre sus familiares y conocidos, compró una urca y se vinieron en el verano de 1580 hasta Tampico. Dicen que, al año siguiente, una vez que pacificó la zona de Temapache, se vino para acá, a retomar su proyecto de años atrás. Ahora sí, convertido en gobernador de un reino enorme y con todo el respaldo de don Felipe II.

Mientras don Luis se dirigía hacia acá, con la firme intención de fundar, de hacer valer su capitulación y en búsqueda de aquellos hombres con quienes había andado estas tierras: don Diego de Montemayor, don Alberto del Canto y don Gaspar Castaño de Sosa... por acá sucedían otras cosas... muy distintas...

Dicen que el doctor Orozco se cansó de perseguir a don Alberto del Canto y que murió de viruelas en 1581. Entonces don Alberto, después de casi tres años, vio la manera de volver a Saltillo. Era muy curioso porque, aunque la gente murmuraba de él: que era fugitivo de la ley, que había andado de amoríos con unas hermanas... cuando él se acercaba, joven y apuesto, muchos lo trataban con respeto y dignidad.

Con decirle que el mismo don Diego de Montemayor, quien era alcalde de Saltillo, lo recibió en la Casa Real, donde vivía con su esposa doña Juana Porcallo y la niña Estefanía. Lo cierto es que esa casa la había construido don Alberto del Canto apenas unos años atrás cuando lo nombraron alcalde de Saltillo tras fundar la ciudad. "Ésta es tu casa. Aquí puedes quedarte el tiempo que quieras entre nosotros."

Don Diego, ya mayor, le presumía a doña Juana las aventuras y peripecias que don Alberto, tan joven y apuesto, había realizado… y pues, tanto va el cántaro al agua hasta que se rompe. A veces los hombres no saben ver más allá de sus narices y don Diego no supo ver lo que se cocinaba delante de él. Doña Juana y don Alberto eran de la misma edad. Dicen que hacían una pareja extraordinaria y el cándido de don Diego, no solo enaltecía las proezas de Alberto frente a su esposa y su hija, sino que a Alberto le presumía la belleza de su joven mujer, su inteligencia y sentido del humor.

Dicen que don Diego viajaba y viajaba… con eso de que era el alcalde de Saltillo y que, además, tenía negocios de plata en las Minas de San Gregorio, de ahí la enviaba a Zacatecas… que por estar con los pensamientos en la plata y con la confianza puesta en su admirado don Alberto… lo engañaron.

Don Alberto no tardó en seducir a Juana y en ganarse el cariño y la admiración de la pequeña Estefanía, quien veía en don Diego a un hombre viejo y distante más que a un padre.

Dicen que en alguna ocasión don Diego sospechó, entonces don Alberto, para disimular, dijo que ya se iría a vivir a otra casa, una de don Gaspar Castaño… y entonces don Gaspar le contó a su inquilino que don Luis de Carvajal había conseguido la capitulación del rey y se encontraba camino a Saltillo para consolidar el Nuevo Reino de León.

Y mientras, don Luis cabalgaba en dirección de Saltillo con el propósito de reunirse con estos hombres. Don Diego de Monte-

mayor por fin, una noche, intuyó que algo no estaba bien y habiéndose despedido de su esposa, se regresó de su viaje de negocios sin avisar para encontrar en la cama a su bellísima esposa desnuda abrazada del cuerpo esbelto de su gran amigo.

Dicen que Diego enloqueció de furia, que se estiraba las barbas y que en un grito de rabia juró matarlos a los dos.

Alberto no se distinguía por su lealtad precisamente; de manera que apenas vio oportunidad, salió a medio vestir corriendo de la habitación, se montó en su caballo y huyó rumbo a las Minas de San Gregorio... mientras que dejó sola a Juana, frente a la inmensa furia de su marido, quien desenfundó su espada y, mientras ella acercaba el cuerpo desnudo que a él lo había enloquecido... dicen que tenía una cintura pequeñísima y unos pechos grandes y firmes, unas caderas bien redondeadas, un rostro de reina europea... dicen que se hincó frente a él, con su cabellera rizada y castaña esparcida sobre los hombros tersos y las pestañas largas, que don Diego enardecido en cólera, inhaló con fuerza, levantó su espada y mientras ella sollozaba a sus pies con ojos suplicantes, él cerró los párpados con firmeza y, ahí mismo, en un instante, descargó toda su furia al clavar su espada en su cuello, que la atravesó de inmediato.

Dicen que Juana cayó de lado mientras el suelo de la habitación se teñía de púrpura, en contraste a su cuerpo claro y lozano, perfecto. Dicen también que Estefanía despertó por los gritos de cólera de su padre y que, escondida tras el pretil de la puerta, presenció el momento en el que la espada atravesaba el cuello de su madre.

A los ojos de la niña de diez años, Alberto del Canto era mucho mejor persona que ese viejo asesino a quien tenía por padre.

Alberto había traído la felicidad a su madre y a ella en el último año, todo lo contrario al viejo de su padre, que trastornado por el odio había terminado con la vida de su madre y ahora gritaba que se vengaría de Alberto también, que no se rasuraría la barba hasta conseguirlo. ¿Qué podría ser más importante para la pequeña Estefanía, de tan solo diez años, que el amor de su madre?²

---

² *Uxor* significa "esposa", *cida* significa "matar". De acuerdo con la Real Academia Española, *uxoricidio* significa "muerte causada a la mujer por su marido". Durante el reinado de Alfonso X "El Sabio", se redactaron *Las Siete Partidas* en Castilla, un cuerpo normativo con el objetivo de conseguir uniformidad jurídica en el reino. Su nombre original era *Libro de las Leyes*. Ahí quedó aprobado que si un hombre encontraba a su mujer en la cama con un amante tenía derecho a matarlos a ambos; sin embargo, no podía matar solo a uno de ellos, debía ser siempre a los dos. Más adelante, al grupo de leyes que lo legisló le llamaron *Fuero Real para Castilla* y *Juzgo Real* para Nueva España.

Apenas en 1932 esta ley desapareció en España; no obstante, bajo el gobierno de Franco, el adulterio se castigaba con el destierro para la mujer, mientras que si era el varón quien era sorprendido en adulterio, la pena del marido se atenuaba o se exentaba. En 1963 se hizo una reforma penal para eliminar esa ley.

Octubre de 1581
Ruta de Tamaulipa a Villa de Santiago del Saltillo

Guiados por don Luis de Carvajal y de la Cueva, parten en caravana desde Tamaulipa soldados, hombres, mujeres, niños y un fraile franciscano rumbo al noreste de Tampico para internarse a tierra de chichimecas. Llevan consigo ganado grande y pequeño, semillas para la siembra de trigo y de otras plantas de cultivo, provisiones para mantenerse sobre caballos y mulas durante meses, porque hacia aquella dirección no hay caminos trazados. En muchos de ellos se atisba un brillo en los ojos. Para esto han venido desde el otro lado del mundo, desde las Españas. Por fin, un poco más de un año después de haber llegado al Nuevo Mundo y soportado tantas inclemencias, alimañas, epidemias y precariedad en el Pánuco, parten a la aventura de viajar, de elegir una tierra tan prometida y añorada donde, finalmente, podrán fundar, asentarse, trabajar las tierras, las minas, planear un porvenir para ellos y para su descendencia.

En el largo trayecto, don Luis y su caravana se detienen en varios sitios y uno de ellos es el Valle de Extremadura. Se acercan a los Ojos de Agua de Santa Lucía y descubren las escasas ruinas que dejaron quienes acompañaron a Alberto del Canto cuatro años atrás en su intento de asentar allí un villorrio.

Cuentan que, apenas unos meses después del asentamiento junto a los Ojos de Santa Lucía, del Canto tuvo que huir de Saltillo dadas las acusaciones contra él ante la Inquisición por prácticas esclavistas perpetradas por el doctor Orozco, lo que lo obligó a mantenerse oculto durante tres años. Pero ahora, tras el reciente fallecimiento del doctor Orozco por viruelas, Alberto del Canto pudo volver a la villa del Saltillo.

Sin embargo, antes de partir de Pánuco hacia el norte, don Luis recibió una carta de su amigo don Gaspar Castaño de Sosa en donde le comunicaba una noticia atroz que implica la ruptura definitiva entre Diego y Alberto. Durante varias noches don Luis le dio vueltas al significado de esas escasas líneas… Apenas un párrafo. Era todo. Ni a quién preguntar más información. Esa ruptura puede ser fatal para la consolidación del Nuevo Reino de León. Alberto, Gaspar y Diego son imprescindibles. Antes de partir hacia el norte, le respondió su carta; aunque sabía bien que el correo viajaría por la ruta ya conocida hacia Zacatecas y después hacia la villa del Saltillo; de manera que no volvería a tener contacto con don Gaspar hasta que se reunieran en persona, meses más tarde.

¿Cómo es posible que el joven Alberto del Canto, fundador de villas, alcalde, tan apreciado por los Ibarra, gobernantes del reino de la Nueva Vizcaya, haya seducido a la esposa de su amigo en común, el alcalde de Saltillo don Diego de Montemayor? Don Diego apreciaba a Alberto, casi como un hijo, desde que tuvo oportunidad de entablar amistad y camaradería con él y con el grupo de portugueses en aquel viaje del descubrimiento en 1572. Viajaron juntos durante semanas. Allá iban juntos, charlaban, bromeaban, planeaban.

En aquel entonces, don Diego tendría unos cuarenta y dos años, don Luis de Carvajal y Gaspar Castaño unos treinta y cinco y, Alberto del Canto, apenas unos veinte años; bien podría ser hijo de don Diego. Era un mozo esbelto, alto, bien parecido y muy intrépido. Don Luis recuerda que el joven Alberto observaba a don Diego con admiración. Fueron días y noches cabalgando en grupo durante los cuales tuvieron oportunidad de intercambiar recuerdos, anécdotas, chismes y, sobre todo, de que don Luis les compartiera sus ambiciosos planes. Anhelaba volver a España para conseguir el permiso del rey para fundar un reino vastísimo en esas tierras.

Los cuatro se habían vuelto amigos, cómplices e incluso podrían llegar a ser socios, ¿o no? Todos eran imprescindibles para tan ambiciosa empresa. Provenían de la misma tierra, compartían la misma religión, la misma lengua, una esmerada educación. No había más hombres de ese rango en la región. Entre ellos habían acordado trabajar con ese empeño; habían dado su palabra. Estaba su honor de por medio. Don Luis sería el gobernador del nuevo reino y Alberto, Gaspar y Diego serían fundadores, tenientes de gobernador, tesoreros, en fin… el proyecto auguraba un venturoso porvenir en esas fértiles tierras de valles, minas y montañas. Con el paso de los años siguieron en contacto por cartas.

Pero años después, don Luis supo por don Gaspar Castaño de Sosa que Alberto del Canto se le había adelantado; había fundado la villa de Santiago del Saltillo y en 1577 había asentado unos corrales junto a los Ojos de Santa Lucía en aquellas tierras que habían descubierto juntos. Esas villas quedaban dentro de la jurisdicción de los permisos otorgados a don Luis para erguir su reino y sin embargo, del Canto los había fundado a nombre del reino de la Nueva Vizcaya.

Algunos murmuraban que, en el fondo, del Canto no creía que el soñador de Carvajal lograría conseguir la capitulación. Otros decían que, una vez que don Luis consiguiera los permisos, Alberto y sus hombres se cambiarían al bando de don Luis y acatarían las órdenes del nuevo gobernador del Nuevo Reino de León, lo cual lo convertiría en un traidor a los ojos del gobierno de Nueva Vizcaya. No sería la primera vez que haría algo así; las historias sobre su persona iban y venían.

Octubre ofrece, sin duda, un clima delicioso en el valle. Las mañanas y las noches frescas; los días soleados custodiados por majestuosas montañas.

Don Luis explora el sitio a caballo. A ratos, don Luis hace a un lado sus preocupaciones y entonces muestra una sonrisa de satisfacción que sus sobrinos no le habían visto.

Al atardecer, don Luis camina junto a su sobrino Luis, a quien ahora llaman "el Mozo", Baltazar y Felipe Núñez. Ya los tres jóvenes —Luis de quince años, Felipe de dieciocho y Baltazar de diecinueve—, se han hecho buenos amigos.

—Aquí, en el corazón de este valle custodiado por enormes montañas, junto a este río, se erguirá una villa grande, una ciudad metropolitana en la que habiten miles de hombres y mujeres de bien. Trabajadores. Recios. Justos. Laboriosos. Capaces de construir lo que será una de las ciudades más importantes de Nueva España y del continente entero.

—Si pudiera elegir un sitio para quedarme a vivir, elegiría este.

—Ahora no podemos quedarnos aquí, nuestra prioridad es encontrar minas de plata. Hacernos de recursos para poder continuar con las expediciones, para poder tener más caballos, más ganado y provisiones y para que nuestros hombres marchen en varias direcciones a pacificar y establecer diversos poblamientos... Pasados algunos años, podremos volver y vivir aquí.

Y, mientras el ocaso arde en el horizonte, ese navío de rocas que es La Huasteca, estalla en su naufragio.

Sus rocas plateadas relumbran.

—Acérquense, Luis, Baltazar y Felipe... Hace nueve años descubrí estas tierras. Me prometí que iría con su majestad, el rey don Felipe II a conseguir los permisos para volver a conquistarlas. Cumplí con mi cometido y ahora están ustedes aquí conmigo. A ustedes les tocará asentarse y proseguir mi misión cuando pasen los años y yo no esté.

—Tío, usted es joven aún; aquí estará con nosotros durante muchos años.

—Tengo cuarenta y cuatro años y buena salud, pero pasarán los años y estas tierras necesitarán de hombres como ustedes: valerosos y sabedores del castellano, el latín, la aritmética para establecer el comercio, arrojados para descubrir minas y pacificar a los chichimecas, de buenas maneras y costumbres, como somos los hidalgos. Estas tierras necesitarán también de las mujeres con quienes ustedes vayan a unir sus vidas y de los hijos que Dios nuestro Señor les vaya a dar en un futuro.

Los días transcurren; la caravana prosigue. Una mañana, antes del mediodía, llegan a la villa del Saltillo. Enseguida, don Luis se dirige hacia casa de don Gaspar Castaño de Sosa para corroborar la información recibida meses atrás en aquella carta.

—Es cierto, Luis. Lamentablemente, lo es. Y por lo mismo, ya no podrás encontrar a Alberto del Canto aquí. La misma noche de la tragedia huyó rumbo a las minas de San Gregorio.

Noviembre de 1581
Villa de Santiago del Saltillo,
Reino de Nueva Vizcaya

Dicen que don Diego está deshecho. Pocos lo han visto desde entonces.

Dice su ama de llaves que pasa el día sentado solo en su habitación, que desde entonces no se ha cortado el cabello ni se ha afeitado la barba.

Dicen que él no cuida de la pequeña Estefanía, que entre el ama de llaves y doña Inés Rodríguez, la hija que tuvo don Diego con su primera esposa del mismo nombre y que ahora está casada con Baltazar Castaño de Sosa, se hacen cargo de la niña. Finalmente, la niña es su media hermana.

Algunos dicen que la niña deambula por la casa en un vestido color claro y evade a su padre, que pasa las tardes mirando desde una ventana con sus enormes ojos tristes.

Dicen que don Diego se ha hecho viejo y que ha perdido mucho peso, que parece la sombra del que solía ser, que no está en su sano juicio, que murmura solo en su habitación, que viste su armadura día y noche.

Dicen que no podrá resignarse jamás y que esa pena lo carcome, que no podrá perdonarse el haber dejado a la pequeña Estefanía sin su madre ni el haberse privado él mismo de volver a ver a su amadísima doña Juana Porcallo y de la Cerda, de escuchar su voz, de tocar su cuerpo, de encontrarla caminando por la casa, cantando, riendo, debatiendo sus ideas.

Dicen que se arrepiente de haberse ido a las minas durante semanas y dejar a su joven esposa junto al traidor, al seductor, al esclavista de Alberto hospedado en su propia casa.

Dicen que no podrá perdonarse haberse convertido en homicida. Su vida no era eso. En qué momento se fue todo por la borda... Quizá el aguardiente le nubló el pensamiento. Aquella noche cuando tuvo la sospecha mientras cabalgaba y decidió volver a casa, pidió a uno de sus hombres la bota de vino y se la bebió completa. Después apuntó a otra bota de vino donde uno de sus soldados guardaba aguardiente y se la bebió también. Enseguida, él y su caballo tornaron el camino y partieron en estampida.

Dicen que a su regreso vociferaba, que cabalgó como quien vuela por los aires, que escupía furia y venganza y que muchos lo vieron pasar mientras se dirigía a la Casa Real.

Nunca lo habían visto así.

El gobernador se ha vuelto loco, dijo alguno. Se le ha metido el diablo.

Alberto del Diablo será.

Se le ha metido, ¡pero al lecho con su mujer!

Salió de sí. La mató con su espada. La mató y homicida será.

La vida se ha roto para don Diego, los anhelos se le truncaron, se quedó suspendido en el limbo de la nada.

Dicen que desde ese día no ha vuelto a tomar ni una gota de alcohol, que los platillos permanecen intactos cuando la servidumbre los recoge, que pareciera como si quisiera morir.

Noviembre de 1581
Villa de Santiago del Saltillo,
Reino de Nueva Vizcaya

Don Gaspar Castaño de Sosa ayuda a Luis de Carvajal a convocar a los oficiales nombrados por Alberto del Canto años atrás, quienes ahora obedecen a Diego de Montemayor como alcalde suplente. Don Luis de Carvajal reclama la villa de Santiago del Saltillo como parte de su territorio por el derecho que le ha sido otorgado por su majestad, el rey don Felipe II.

De ahora en adelante, Saltillo ya no formará parte de la Nueva Vizcaya. Expone el contenido de las capitulaciones a los oficiales quienes, por supuesto, no están de acuerdo. Ellos y los gobernantes de la Nueva Vizcaya se sumarán a la lista de enemigos de don Luis de Carvajal, quienes ya conspiran desperdigados por el enorme territorio de la Nueva España. Algunos permanecen apoltronados en su silla, allá en la gran Audiencia de México, desprestigiando su proceder en el oído del inexperto virrey. Otros merodean los trópicos veracruzanos ofuscados de tener que obedecer a los recién nombrados alcaldes, furiosos de verse obligados a pagar tributos al nuevo gobernador.

La ira siempre supone firmeza, alimenta deseos de venganza, alianzas, traiciones.

La ira es una herida que destila humores.

Los odios y las envidias irán madurando, como los vinos y los quesos añejos de Castilla.

Después de otorgar los nuevos cargos don Luis, finalmente, se dirige a la Casa Real. Quiere ver a su amigo Diego de Montemayor. No le importa que no reciba visitas.

—Se trata de un asunto de suma importancia, una encomienda del mismísimo rey —le comenta al guardia de la entrada.

—Pase usted.

En el patio central lo recibe el ama de llaves, intercambian impresiones en voz baja. La niña Estefanía asoma su rostro por una puerta.

Don Luis se dirige con cautela a la habitación.

Toca a la puerta una vez.

Y una más.

—Espero que este hombre haga entrar en razón a tu padre —murmura el ama de llaves mientras se acerca a la niña para conducirla al otro extremo de la casa.

Toca de nuevo y apenas se oye respuesta. Empuja lentamente el portón que cruje al abrirse.

Don Luis se queda de pie dentro de la habitación mientras sus ojos se adaptan, poco a poco, a la oscuridad. Un tufo casi insoportable le dificulta respirar.

—Diego, soy yo: Luis.

"Casi diez años sin vernos… solo las cartas…

"Diego… Lamento mucho lo sucedido…

Don Luis no alcanza a percibir si el hombre sentado en el sillón al fondo de la habitación lo escucha o si yace muerto. Su cabeza cuelga inerte del cuerpo, como si durmiera. Sin embargo, de pronto percibe un murmullo y un leve movimiento en el cuerpo.

"Diego, ¿me escuchas? Por Dios, ¿qué te ha pasado? Me dijeron que has estado mucho tiempo aquí encerrado sin hablar con nadie, sin comer...

"Sé que no esperabas mi visita... pero vine a buscarte porque hay algo importante que quiero decirte, quizá te ayude a recuperar el ánimo y la salud.

—No... No es mi deseo recuperarlos...

—El Señor nos ha bendecido, Diego.

—No veo cómo...

—Aunque ahora la melancolía te consume y no estés de ánimo para recibir mis nuevas... vengo a decirte que el Señor nos ha bendecido porque su majestad el rey Felipe II me otorgó las capitulaciones para explorar, pacificar y poblar el norte. ¡Lo que tanto anhelamos desde hace años! Asignó un territorio enorme, doscientas leguas cuadradas donde podremos formar el Nuevo Reino de León y tú has estado conmigo desde el inicio de esta empresa. Estas tierras serán también para ti y para tu descendencia.

—Me da gusto por ti, Luis.

—Dios proveerá... Vendré a verte a diario. Tienes que asearte, comer, cambiar tus ropas, salir de aquí a que te dé el sol. Te traeré noticias de la alcaldía, de las minas de plata en Zacatecas y el Mazapil. Pediré al Señor por tu recuperación.

Don Luis se acerca hasta el hombre abatido al final de la habitación en la penumbra.

El sonido de sus botas sobre el suelo de piedra vuelve real la escena.

El ama de llaves abraza a la pequeña Estefanía en el corredor mientras la conduce al comedor.

Don Luis arrastra una silla y se sienta frente a Diego.

—Diego... Mírame.

Lentamente, el hombre levanta el rostro. Debajo de la escasa melena canosa y el rostro grisáceo sobresalen los pómulos y la barba crecida. Desde los ojos sumergidos en sus cuencas se atisba una mirada lastimosa.

—Todo está perdido, Luis... Hay sombras que me acechan... He perdido a Juana... Ahora la gente está diciendo que yo la maté, pero te juro por Dios que no la maté, Luis. La encontré con el cabrón de Alberto en la cama. Fue tal mi furia que ganas no me faltaron. Había bebido... Desenvainé la espada mientras Alberto huía y la pobre de Juana me rogaba... No la maté, Luis... Tomó sus cosas, algo de dinero y se fue...

—¿Dónde está Juana, Diego?

—No lo sé, pero la he perdido para siempre. No me ama. La furia me transformó en un monstruo. Le grité. La sacudí. ¡Su infidelidad es la deshonra de mi familia! Puse todo lo que tenía a su disposición. Me traicionó, Luis. Ahora, mi propia hija me teme...

—Tu entendimiento está nublado por la pena y el ayuno prolongado; pero que un mal no sea cobijado con otro.

—Que el Señor me perdone, pero a veces deseo morir, estoy agotado.

—Has superado otras desgracias a lo largo de tu vida; tienes que hacerlo de nuevo. Lo que viene será grande, Diego. Te trascenderá. Será más grande que tú y que yo, que todas estas desventuras que hemos vivido, que las tierras que dejaron nuestros padres y abuelos. Conformaremos el Nuevo Reino de León con la bendición de Dios y del monarca más poderoso de la tierra. Y sobrevivirá a través de los siglos. La Historia recordará tu nombre: don Diego de Montemayor.

—No sé qué decirte, Luis. Me alegro por ti, pero estoy cansado. No sé cómo expresarlo… Me duele respirar.

—Hazlo por tus hijos y tus nietos, sobre todo por la pequeña Estefanía. Debes restaurar tu honra y la de los tuyos; tu hijo Diego, "el Mozo", ya es adulto y lleva tu nombre. No puedes abandonarlos así. Yo estaré contigo para apoyarte.

—No te imaginas el tormento de sobrevivir a una tragedia así. No encuentro paz ni un solo momento. No puedo escapar de ella, del recuerdo de Juana. Te juro por Dios, Luis, que yo no la maté. ¿Cómo podría haberlo hecho si era a quien yo más amaba?

—El tiempo te dará consuelo, Diego… El trabajo diario será la medicina para tu cuerpo y tu alma. No puedes quedarte encerrado esperando la muerte. ¿Recuerdas para qué viniste al Nuevo Mundo hace veinticinco años? ¡Ha llegado el momento de hacerlo!

—Me parece que aquellas ilusiones fueron en otra vida… Llegué joven, recién casado con Inés, mi querida esposa, quien después falleció. A su muerte me sentí tan solo, juntos habíamos llegado desde España. Me quedé con nuestra pequeña Inés…

—Y luego conociste a María y nació Diego… después contrajiste nupcias con doña Juana…

—Ahora es distinto, Luis… Alguien elaboró falso testimonio para difamarme.

—La desesperanza es mala consejera, Diego. Como te dije, vendré a visitarte, vendré por ti para que vuelvas a montar tu caballo. Ya recuperado, fundaremos otras villas. Obtendrás tierras para heredar a tus descendientes.

—Te agradezco, Luis, pero…

—Vendré mañana a la misma hora, Diego.

A ratos el hedor se impregna en la garganta de don Luis. Dirige sus ojos hacia los postigos de las ventanas que permanecen cerrados. Un lecho sucio. Un urinario con desechos. Un plato con restos de comida. Moscas que irrumpen en la quietud y en la oscuridad de la habitación.

—¿Quieres que abra los postigos? —le pregunta mientras coloca su mano sobre la armadura que cubre su hombro izquierdo.

Diego levanta lentamente el rostro y lo mira de frente.

Días más tarde, Luis de Carvajal y de la Cueva, acompañado de sus hombres, se dirigen al siguiente destino y, en el trayecto descubren decenas de minas de plata en los alrededores de San Gregorio. Don Alonso de Águila, esposo de Francisca —la media hermana de Guiomar—, quien lo acompaña desde que zarparon del Viejo Mundo, fue nombrado escribano de gobernación y entre sus funciones, se incluye la del registro de estas minas.

Finalmente, el 10 de diciembre don Diego de Montemayor y los jóvenes Luis de Carvajal, "el Mozo", Baltazar de Carvajal y Felipe Núñez, junto con el gobernador don Luis de Carvajal fundan una ciudad ubicada en las laderas de la serranía y la intitulan Ciudad de Cueva de León.

Al poco tiempo, don Luis considerará que esta Ciudad de Cueva de León es el sitio más conveniente para que ahí vivan los mineros, pero que es preciso fundar otra villa cerca, más propicia para labrar las tierras del valle, para criar ganado y para que las familias de los peninsulares habiten. De manera que, en abril, apenas cuatro meses más tarde, fundarán la Ciudad de León[3] y trasladarán ahí la capital del reino.

[3] Hoy en día es Cerralvo, Nuevo León.

Enero de 1582
Ciudad de México, Nueva España

La Audiencia de México dictaminó en dos ocasiones a favor de don Luis de Carvajal y de la Cueva, como respuesta a las objeciones de sus enemigos. La primera ocasión fue cuando, recién llegado en octubre de 1580, estuvo en Ciudad de México para exponerle al virrey don Lorenzo Suárez de Mendoza, el documento de la capitulación que le otorgó don Felipe II compuesto por veintisiete folios escritos por ambas caras —cincuenta y cuatro páginas— en donde se estipula de manera minuciosa y detallada, en decenas de cédulas reales, a lo que Carvajal se obligaba por un lado y, por otro, las mercedes, licencias, títulos y cargos que el rey les ofrecía a él y a los pobladores que lo acompañaron. Sin embargo, los oidores de la Audiencia, recibieron con recelo las órdenes del rey cuando descubrieron ahí sus intereses amenazados. La ventaja para ellos era que el nuevo virrey desconocía la política y las intrigas de la Nueva España y que además, era dócil a sus consejos.

En aquella primera ocasión, no tuvieron más remedio que apoyar las ordenanzas redactadas y dirigidas particularmente al virrey para que apoyase a don Luis; no obstante, lo hicieron solo en aquellas empresas de población que no intervinieran con sus intereses y demorando las cédulas que no les convenían. Fue así como solicitaron al conde de la Coruña que escribiera a don Felipe II para cuestionar algunas de esas cédulas.

La misiva viajó hasta Castilla y por fin, un año y medio después, el rey reafirmó su postura. Por lo mismo, el 18 de enero de 1582 la Audiencia emitió la siguiente orden dirigida al virrey en el nombre del rey: *Veais la dicha merced y título y cédulas incorporadas, dadas por nosotros al dicho gobernador y capitán general Luis de Carvajal... en su distrito, límites y jurisdicción, se lo guardeis y cumplais y hagáis guardar y cumplir como en ella se contiene sin poner embargo ni impedimento alguno en lo que le toca y perteneciere en el dicho su distrito, límites y jurisdicción, para que libremente lo administre.*

En 1581 llegó a Ciudad de México un nuevo fiscal a laborar a la Audiencia de México: don Eugenio de Salazar, un hombre tan brillante como astuto quien había nacido en Madrid cincuenta años atrás, hijo de un destacado militar e historiador. Dada su figura paterna, a muy corta edad, Eugenio tuvo claro que había dos maneras de ganar batallas: con la pluma y con la espada. Muchos eran los hombres que en esa época combinaban diversas disciplinas y las bellas artes; ya en 1571 Miguel de Cervantes Saavedra había perdido la mano combatiendo en la batalla que las Españas libraron en Lepanto.

Eugenio de Salazar estudió leyes en Alcalá de Henares, en Salamanca y se había licenciado en la Universidad de Sigüenza. Hizo una distinguida carrera al servicio de la corona en España: trabajó en la corte de Toledo, fue fiscal en la Audiencia de Galicia, consejero del Real Consejo de Indias y, años más tarde, fue nombrado gobernador de Tenerife y de La Palma, en Canarias. Ahí tuvo oportunidad de confirmar que muchas familias de judeoconversos habían encontrado refugio en aquellas remotas islas lejanas a la península frente a las costas de África. Además, algunos de ellos habían hallado la manera de librar la estricta vigilancia de la Casa de Contratación de Sevilla para embarcarse desde aquellas remotas islas Canarias rumbo al Nuevo Mundo. Se había familiarizado con las historias de algunos de ellos, así como también con las costumbres que tenían para disimular ante los cristianos viejos, el acento portugués detrás del castellano. Sabía por ejemplo, que aquellas personas que en su historia presentaban movimientos entre las villas de Castilla y Portugal, en la Raya de Portugal, eran judíos o descendientes de ellos, marranos o criptojudíos que para ocultar su identidad, se mudaban de sitio para poder conservar su fe y practicar de manera clandestina sus ritos.

Precisamente, mientras vivía en La Palma en 1573, don Eugenio Salazar firmó como gobernador la inhabilitación de las hijas de Constanza de la Garza, quien había sido reconciliada años atrás, en el primer auto de fe en dicha isla. Durante décadas había sido un estupendo negocio inhabilitar a los procesados por el Santo Oficio y a todos sus descendientes. La inhabilitación consistía en prohibirles el uso de sedas, oro y plata; en privarlos de la posibilidad de ocupar cargos públicos, empleos, profesiones, honores y en la confiscación de sus bienes. Pasados los meses, su comunidad alargaría los brazos de manera solidaria para reunir la suma suficiente para pagar una cuantiosa multa a la corona y que, esos permisos para ejercer ciertos oficios, poseer bienes o portar seda, les fuesen devueltos.

Eugenio de Salazar sentía una enorme satisfacción mientras limpiaba meticulosamente el exceso de tinta en su pluma antes de acercarla al folio. Respiraba profundo. Un suspiro para constatar que desde su puesto y con las amistades adecuadas, sus palabras, cuando escritas, podían determinar el destino de los reinos, de hombres y mujeres; tenía el poder de truncarlo o cambiarlo de cauce… Sus palabras ahí en folios, plasmadas para siempre eran compuertas para contener un dique, el cauce de un río de vidas, de toda una comunidad cuando fuese necesario. Poco tiempo después de su estancia en La Palma, Eugenio de Salazar se embarcó hacia Santo Domingo para tomar posesión como cargo de oidor de la Audiencia y dos años más tarde, fue nombrado procurador fiscal y promotor de justicia de la Audiencia de Guatemala, donde permaneció seis años.

Aunque las palabras hacían muchas cosas. Lo suyo, ciertamente, era escribir sonetos, canciones, elegías, epístolas y octavas; muchas de ellas inspiradas en el amor a su esposa Catalina Carrillo. Su principal empeño era ver estos poemas y sus tratados jurídicos publicados. Y quizá por este empeño literario, el escritor y fiscal, tuvo el tino de escribir un soneto dedicado a la virreina de Nueva España. De manera simultánea debieron llegar a las costas de Nueva España: la familia Carvajal con la capitulación que les auguraba un próspero porvenir para el Nuevo Reino de León y, en otro navío proveniente de Guatemala, don Eugenio de Salazar.

En 1581, mientras don Luis negociaba en Temapache, Salazar fue nombrado fiscal de la Real Audiencia y enseguida logró cautivar al recién nombrado virrey en turno. Salazar tenía la facultad de manejar con agudeza los números y las palabras. Era un fiscal escrupuloso convencido de que los intereses financieros de la corona eran primordiales. Revisaba los números con el detenimiento de quien examina cada sílaba, el ritmo, la rima, un verso, las imágenes. Un poema como una fórmula matemática en donde todo está en su justo lugar. Nada falta, nada sobra. La poesía y las fórmulas matemáticas como amuletos poderosos que ocultan una energía contenida. Había llegado hasta Ciudad de México la fama de su temple de hierro como auditor, como fiscal, era implacable persecutor. Se jactaba de coleccionar los nombres de poderosos peninsulares y criollos a quienes había dejado en la miseria. La corona premiaba una y otra vez a ese poeta fiscal que no se detenía nunca hasta dar en la médula e invalidar una fortuna, aplicar una multa cuantiosa, desposeer de bienes a una familia. Presumía de ser el mejor fiscal que hubiese servido a la corona y de que nadie le había ganado hasta ese momento. Parte de su maquiavélica planeación era marcharse de un sitio una vez que hubiese creado suficientes enemigos. Así es como transitó de Madrid a Salamanca, de Salamanca a la corte de Toledo, de Toledo a la Audiencia de Galicia, de Galicia a la gubernatura de La Palma, de La Palma a la Audiencia de Guatemala, de Guatemala a la Audiencia de México. Cada salto era el meditado y astuto movimiento de un ajedrecista experto.

De manera que fue precisamente en don Eugenio de Salazar en quien, los enemigos de don Luis de Carvajal y de la Cueva miembros de la Real Audiencia y consejeros del virrey, descubrieron la magnífica oportunidad de llevar a su redil un aliado poderoso.

Año de 1582
Camino entre Pánuco y Temapache,
Nuevo Reino de León

A galope ágil sobre su caballo, don Francisco Rodríguez de Matos se acerca a su hijo mayor, fray Gaspar de Carvajal, quien va un poco más adelante en el camino que va de Pánuco a Temapache. Han decidido viajar a Temapache porque hacia allá se conduce también don Luis de Carvajal. En una carta les hizo saber que el Conde de la Coruña recibió otra misiva de el rey don Felipe II ordenando que le otorgue todo el apoyo para poder tomar posesión de las tierras en disputa. De manera que, una vez fundada la Ciudad Cueva de León a fines del año anterior y la Ciudad de León en la primavera, los invitó a reunirse con él en Temapache. *A Luis de Carvajal a quien encomendamos el descubrimiento y población de la provincia del Nuevo Reino de León [...] deseamos mucho que se continúe y haga como conviene predicándose el santo evangelio a los naturales, se nos avisa que la tierra será de mucho fruto. Os encargamos y mandamos que para ello deis al dicho Luis de Carvajal todo el favor y ayuda que conviniere y fuere posible porque en ellos seremos servidos.*

Francisco quiere aprovechar que van rodeados de indios que no entienden el castellano para hablar con su hijo; ha tenido poquísimas oportunidades en los últimos años de conversar con él. Todavía vivían en Benavente y Gaspar tenía alrededor de trece años, un Día de las Perdonanzas, cuando Francisca y él hablaron para darle a conocer el secreto que su familia ha guardado durante generaciones. Francisco recuerda que en aquel entonces, el adolescente no pronunció palabra. Solamente observó impávido a sus padres como si, a través de esas palabras se le develara, no solo otra realidad tan absurda como ajena, sino que en los emisores del mensaje descubriese a un par de extraños. Gaspar enmudeció quizá dos días; por las noches giraba en su cama hasta el amanecer.

Finalmente, a la tercera noche, ya sentados en la mesa, les comunicó desde la solemnidad prematura con la que los adolescentes enuncian frases lapidarias:

—Padre, madre: mañana ingresaré al convento de los franciscanos. Ya hablé con fray Tomás. Así lo he decidido después de mucha oración. Es la voluntad de Dios Nuestro Señor.

Francisco y Francisca intentaron persuadirlo. Le compartieron que estaban haciendo lo posible por migrar a Medina del Campo y que allá, él atendería a la mejor escuela jesuita de la región, tendría nuevos amigos. Le ofrecieron la posibilidad de irse a Portugal a trabajar con su tío Duarte de León. Todo fue en vano, no lograron disuadirlo. Gaspar seguía en su empeño. Respetarían su decisión; sin embargo, por ningún motivo podría comentar con nadie lo revelado.

Habían transcurrido muchos años desde aquel suceso. Desde entonces, fray Gaspar había ingresado a varias ordenes, primero en Castilla y después en Nueva España con los dominicos. Ahora, con veintiséis años, solicitó una licencia para acudir desde el convento de Santo Domingo en Ciudad de México hasta Tampico en la región de Pánuco a estar unos días con sus padres.

Francisco Rodríguez no ha querido dejar la oportunidad única de estar a solas con su primogénito y de intentar, por última vez, que reconozca en la fe de su familia, a la única y verdadera. Francisco desea depositar, en uno o en varios de sus hijos, la misión de conservar y de transmitir la ley de Moisés a los descendientes del pueblo de Israel en esos nuevos territorios. Francisco considera que Gaspar es la persona ideal: su entrega, su vocación espiritual, su vida austera y asceta.

Por la mañana mientras cabalgaba, estuvo pensando qué preguntas hacer para que Gaspar entienda el mensaje, pero sin decirlo de manera directa. No quiere exponerse ni tampoco comprometer a su hijo. De manera que en la primera oportunidad que fray Gaspar se aleja del grupo, se acerca a él:

—¿Por qué la gente observa el domingo en vez de el sábado?

—Porque el domingo es el día cuando Jesucristo Nuestro Señor resucitó… y su resurrección nos ha traído gran beneficio.

—Hijo… quiero compartirte un secreto. ¿Sabes? Durante algún tiempo me sentí confundido acerca del significado de algunas palabras con sentido figurado en el Antiguo Testamento, particularmente en el Libro de los Salmos donde se lee: O Israel, espera en el Señor... y Él te liberará Israel de todas tus inquietudes.

—De acuerdo con San Agustín, padre, cualquier concepto puede ser aceptado mientras no contradiga la fe católica.

Francisco se quedó en silencio y, después de un rato, le preguntó:

—¿Por qué será que el Papa sí permite comunidades judías en Roma?

—Porque la Iglesia no repele a nadie que no haya sido bautizado.

—Mmmm… ¿Por qué Dios abandonó al pueblo judío, siendo que eran el pueblo elegido y por qué eligió a los gentiles en su lugar?

—Dios no lo abandonó; lo castiga como a un hijo malcriado que ha agredido a su Hijo Jesucristo.

—Gaspar: los judíos no reconocieron a Cristo como Mesías; siguen en la espera del Mesías.

—Así es, padre.

—¿Y por qué decidiste ser sacerdote sabiendo que no podías serlo?

—Esas personas que no son recibidas en el sacerdocio es porque se teme que puedan regresar a la raza y la casta de la que descienden… —y después, apenas en un murmullo, añadió— pero yo no he de volver.

—Eso es lo que todos piensan, hijo —afirmó Francisco mientras un soldado se aproximaba.

Francisco no volvió a cuestionar la fe de su hijo sacerdote. Gaspar había lidiado durante años con el recuerdo de aquella confesión remota. Quería convencerse a sí mismo de que aquel episodio, trece años atrás, había sido un malentendido o quizás, con el paso de los años, los miembros de su familia se habían convertido a la verdadera fe de Nuestro Señor Jesucristo.

Ahora confirma que no ha sido así. Las intervenciones de su padre lo dejaron claro. Ahora vivirá entre la espada y la pared. Si regresa a Santo Domingo y lo denuncia, la Inquisición detendrá e interrogará a toda su familia. Solo de recordar las terribles historias que ha escuchado sobre la cámara del tormento se le hace un nudo en el estómago. Denunciarlos sería una oprobiosa tragedia para su tío el gobernador, para sus padres, sus hermanos y sus hermanas, incluso para algunos parientes y amistades. Es terrible el efecto que unas cuantas palabras pueden acarrear en el destino de los suyos. Por otra parte, si oculta lo que ahora sabe, se expone a ser acusado como encubridor de judíos.

Fray Gaspar de Carvajal optará por el silencio. Al anochecer, se aleja del campamento. Se sienta sobre la tierra y vuelve la mirada a la inmensidad del cielo. Ahí millones de estrellas. Intenta descifrar el significado de los huecos oscuros.

Suspira hondo.

El silencio será.

No es camino fácil vivir en el secreto.

Vivir.

En el secreto.

Con él dentro.

Desde el secreto.

Callar es complejo.

Varios caminos con salidas que conducen a ningún lado. Los caminos están torcidos. Desde hace tiempo, años atrás.

Son judaizantes, con toda la carga que esto lleva.

Como la cola de una cometa que vuela solitaria en el horizonte.

Por eso tienen,

                    tenemos

                                    un doble nombre.

Una doble patria.

Dos memorias.

Por eso son,

        somos

               los otros.

Los diferentes. Los marranos. Los conversos. Los judaizantes. Los criptojudíos.

El pueblo elegido.

Por eso vivimos en la clandestinidad.

Gaspar no será el adecuado. No hubo ninguna grieta a manera de duda por donde él pudiese filtrarse. Gaspar respondió convencido de su fe católica en cada una de las ocasiones. Quizás Isabel, su hija primogénita, reciba la misión. La fe de Moisés es la herencia más importante que puede dejarles a sus hijos, un sentido de vida, de pertenencia, una fe que los reconforta contra todas las desgracias que puedan ocurrirles, una esperanza en el Mesías. Sabe que Isabel, tras la enorme tristeza de quedarse viuda, quiso ingresar a un convento en un arranque de desesperación. Sin embargo, con el paso del tiempo, ella ha ido asimilando la fe de Moisés. Si él y Francisca no le permitieron quedarse sola en Castilla para honrar la memoria de su amado esposo cuando todos decidieron migrar fue porque, como ellos le sugirieron, también podría "honrarlo de otra manera". Podría atender las enseñanzas que su esposo le había inculcado sobre la fe de sus ancestros, que eran las mismas de sus padres.

Doña Guiomar había confiado secretos relacionados con la fe a Isabel. Más tarde supo que incluso, durante las semanas que duró la travesía al Nuevo Mundo, ella tuvo oportunidad de estudiar, de orar y de asumir el rol de transmitir reflexiones al joven Gonzalo Pérez Ferro logrando convertirlo al judaísmo. De manera que, al parecer, Isabel era una buena guía. Le plantearía la encomienda de conservar su fe, ritos y tradiciones. Les pediría a Isabel, a Baltazar y a Luis, "el Mozo", que fuesen guía entre los suyos.

Baltazar y Luis serían el tesorero y el futuro gobernador del Nuevo Reino de León. Quizá un reino regido bajo los principios de la fe judaica que privilegia el aprender a leer y a escribir, a interpretar la palabra, el trabajo y no la guerra, el ahorro y no el derroche, el descanso de los sirvientes y los campesinos un día a la semana, el derecho a recibir una porción de la cosecha. Quizá un reino regido con valores de reciedumbre y de trabajo sería, con el paso de los siglos, una tierra de prosperidad y orgullo para sus descendientes.

דוד

A la vuelta del año Felipe Núñez, tú y yo ya éramos grandes amigos. Las aventuras con tío Luis no cesaban. Apenas a inicios de diciembre del año anterior habíamos fundado la villa que llevaba su apellido y el nombre de la región de donde proveníamos: Ciudad Cueva de León. Se había corrido la voz y habían llegado hasta ahí muchos colonos que se dedicaban a la extracción de la plata. Además, en solo tres meses habíamos hecho otros dieciséis descubrimientos. Mi tío y el escribano de Águila llevaban más de seiscientas minas registradas. Por fin, aquellos sueños por los que habíamos cruzado el océano y soportado tantos peligros parecían volverse realidad. En aquellas tierras, no solo había plata y agua; sino que ahí rondaban miles de nativos dispuestos a trabajar.

Sin embargo, un día a principios de abril, tío Luis nos reunió a sus tres sobrinos para explicarnos que ese lugar no era propicio para construir ahí una villa con familias. Era un sitio más bien para mineros. De manera que partimos con él y sus hombres a explorar un sitio más favorable para la labranza de tierras, el riego y para que en ella vivieran familias. El 17 de abril fundamos la Ciudad de León en un amplio valle. Nos acompañaron labradores y cada día llegaban más hombres y mujeres; llevamos hasta allá muchos ganados vacunos y menores. Dividimos los lotes y se escrituraron, trazamos la plaza principal y las calles, apartamos un lote del tamaño de una cuadra para el "Templo de San Pedro", asignamos parcelas para producción agrícola. Mi tío don Luis nombró oficiales de la real hacienda y de justicia; pretendía convertir la villa de León en la capital de su reino porque ahí dejó la Caja de Tres Llaves, cuyo propósito era resguardar la plata que se tuviese que pagar a la corona por parte de los colonos y también las herramientas para marcarla. En cada actividad realizada, pedía que tú lo acompañaras y se aseguraba de que comprendieras bien cada paso realizado, los protocolos, leían juntos los contratos, las actas expedidas. Cuando terminaban por la tarde, sonreía y te daba una palmada satisfecho en el hombro. Tú eras, sin duda alguna, lo más cercano un hijo para él.

En otras ocasiones pedía que estuviésemos los tres presentes; quería cerciorarse de que entendíamos el significado de cada una de las cédulas reales estipuladas en la famosa capitulación. De tal forma que, cuando él faltara y nos correspondiera a nosotros rendir cuentas, estuviésemos al tanto del apoyo que la corona debía brindarnos y también de nuestras responsabilidades. Éramos su familia, pero también parte de su equipo de trabajo. Nos repetía que era importante cumplir con todas las obligaciones; de lo contrario, la corona anularía sus compromisos de apoyo hacia el inmenso Nuevo Reino de León.

Tío Luis era un hombre extraordinario. Ese mismo año, no solo había fundado las villas Cueva del León y de León, sino que para finales de 1582, ya había logrado establecer molinos, fundiciones para refinar y fundir metales extraídos de las numerosas minas. Había llevado ganado de diversos tipos para su crianza, distribuido tierras a los colonizadores para el cultivo de trigo y maíz. Felipe, tú y yo lo acompañábamos a todas partes, escuchábamos atentos, trabajábamos, negociábamos.

Recuerdo el resplandor del sol sobre el valle, con el paso de los meses aparecían ya las casas de adobe con techos planos soportados por vigas, la iglesia en construcción y un fuerte que albergaba soldados y el cofre real o Caja de Tres Llaves que nos intrigaba. A fines de ese mismo año, los frailes que nos acompañaban ya habían bautizado a más de ocho mil indios. Había misa a diario y siempre que mi tío estaba en la naciente villa, atendía a la misa al aire libre.

Algo que me impresionaba mucho es que tío Luis había logrado, con el ejemplo y la insistencia cotidiana, que sus soldados trataran bien a los indios de la región. No era lo común. Sin embargo, cuando se corrió la noticia del descubrimiento y el establecimiento de nuevas tierras, junto con familias y manos para trabajar, llegaron también muchos soldados que no obedecían a mi tío y practicaban, como negocio alterno, los mismos abusos que en otras zonas habían impedido la paz con los nativos. La presencia de esos hombres en el Nuevo Reino de León perturbó la precaria paz que se había logrado con esfuerzo.

—¿Supiste, Baltazar, lo que sucedió con los dos capitanes de la Nueva Galicia?

—No, Felipe, ¿qué pasó?

—Dos capitanes, con el pretexto de castigar a unos indios que habían agredido viajeros españoles, entraron a una ranchería y tomaron cuarenta indios dóciles.

—¿Cuarenta?

—Yo los vi con mis propios ojos… Eran, por lo menos cuarenta. Alguien le dio aviso a tío Luis y enseguida se fue tras los capitanes. Nos pidió a mí y a un soldado de los suyos que lo siguiéramos. Galopamos hasta encontrar a los dichos capitanes; en un momento los apresó, los desarmó y ¡liberó a los indios cautivos!

—Don Luis hace cosas extraordinarias. Desafía a muchos. Es incansable y siempre tiene más proyectos en mente. Es cauto y arrojado al mismo tiempo. No sé si me explico bien… A veces pienso que en virtud de proteger a los indios de estas regiones se está haciendo de muchos enemigos entre los suyos.

—No andas errado. El tal don Rodrigo del Río Loíza, teniente general del virrey de la Nueva Galicia, quedó tan molesto con lo que te conté que mando prender a estos capitanes porque se habían dejado quitar piezas. Menos mal que el ataque no fue directo con tío Luis.

—No faltará quién no tema enfrentarlo.

—Yo tengo otra anécdota.

—Cuenta, Luis.

—Unos indios atacaron a Diego Ramírez cuando regresaba a la villa de León llevando alimentos y suministros para la labor.

—Uff… ¿lo mataron? ¡Porque suelen desollarlos vivos!

—No, corrió con suerte y pudo escapar. Los chichimecas le mataron sus mulas y sus caballos, le robaron todas las provisiones que llevaba.

—Pobre hombre… seguro llevaba alimento para meses…

—Llegó el tal Diego corriendo a denunciar lo ocurrido con los soldados de Tío Luis; enseguida ordenó perseguir a los indios que habían hecho el atraco. Los atraparon, los llevaron cautivos a la villa de Cueva del León donde fueron condenados a servicio forzado.

—A ser esclavos, "servicio forzado" es la manera de llamarlo. En fin, pagaron su fechoría.

—Espera, el asunto no termina ahí, Baltazar. Tío Luis dejó que pasaran tres semanas para que los indios escarmentaran. Examinó el informe y los dejó libres.

—¿Los dejó libres después de todo lo que hicieron?

—Así es. Habló con ellos primero. Él es de la idea de que estas acciones pueden traer la paz a la larga. Opina que el odio no se paga con más odio, que hay que hacer acciones ejemplares para que los nativos comprendan que hay un modo distinto de hacer las cosas a como se hacen allá en la Ciudad de México, o en los otros reinos de la Nueva España en donde los peninsulares abusan terriblemente de los indios.

—Cierto.

—Hace poco me dijo que, en parte comprende el odio que estos hombres sienten que ocupemos estas tierras porque durante años aquí han andado. Quiere dar muestra de que sí podemos llegar a acuerdos con respeto, de que aquí en el Norte podemos vivir en concordia unos con otros.

—Eso puede costarle la vida, Luis.

—Habrá que reflexionar en eso... Termino la anécdota: resultó que los soldados que habían prendido a los indios se enojaron con las medidas de tío Luis porque ellos ya habían apalabrado la venta del servicio de los indios y contaban con "ingresos adicionales".

—Pero ¡los soldados no deben de obtener ganancias por acomodar indios prisioneros!

—Estos soldados tienen poco tiempo acá, vienen de la región de Pánuco. Tío Luis, con tal de llevar la fiesta en paz, les pago los trescientos pesos que iban a obtener de la venta de los indios.

Un soldado irrumpe en la serranía a galope.

—¡Felipe! ¡Baltazar! ¡Luis!

—¡Diga! El gobernador nos dio tiempo para descansar; decidimos salir de la villa a dar un paseo.

—¡Ha habido una balacera increíble, como nunca! ¡Las balas caían como granizos!

—¿Se encuentra bien mi tío Luis?

—No se encontraba en el sitio de los hechos en el momento, la balacera fue frente a las casas reales.

—¿Cómo? ¿Quiénes eran?

—Dicen que don Diego de Montemayor, el alcalde de Saltillo envió soldados desde allá para que ¡apresaran a don Alberto del Canto, el teniente de gobernador!

—No puede ser... don Diego, don Alberto y mi tío Luis se han propuesto explorar, poblar, expandir el reino. Son socios.

—Creo que es mejor que vuelvan a casa.

—¿Le sucedió algo a don Alberto?

—Un viejo prudente, Gabriel de Mansillas, lo salvó. Lo cubrió con su cuerpo y lo llevó abrazado hasta sus soldados y así pudo escapar.

—¿Qué podría haber hecho para que don Diego lo mandara prender?

—Pues... unos dicen que Alberto apresa indios por centenares y los vende. Eso enfurece a don Diego y a don Luis.

—Una balacera para detenerlo y llevarlo preso por eso... Son como hermanos en esta empresa de fundar, de poblar un enorme reino… No creo que esa sea la razón por la que hayan tenido una pelea casi a muerte.

—Exacto, Luis. Más bien pareciera como si se tratase de una afrenta personal. Una venganza o algo así… Hay mucho qué perder si esos hombres se enemistan… ¿no le parece?

—Cuentan las malas lenguas que se trata de un tema tocante al honor… que don Diego encontró en su cama a don Alberto con su esposa, doña Juana Porcallo y que don Diego la mató por su propia espada, que don Alberto logró escapar, pero juró vengarse… dicen, pero no lo sé de cierto… aunque otros dicen que no es cierto, que Juana huyó y vive escondida…

Año de 1582
Nuevo Reino de León, Nueva España

Cuando Carvajal regresó a Ciudad de León, le informaron que los indios de Temapache que había pacificado años atrás —primero, antes de recibir la capitulación y después, a su regreso de España cuando asistió con fray Juan Patiño— se habían rebelado una vez más, matando españoles y causando que muchos desearan abandonar la zona. De manera que tuvo que reorganizar sus planes y prepararse para volver a la provincia de Pánuco. Nombró un lugarteniente que administrara el área de León en su ausencia. Encargó a otros la exploración y colonización de la zona del norte.

Entonces decidió que las condiciones eran buenas para fundar una villa en el inmenso Valle de Extremadura que él mismo había descubierto once años atrás. La ubicación de esa villa sería ideal porque estaba entre la villa del Saltillo y Ciudad de León y permitiría el transporte de los bienes de manera directa desde la Nueva Galicia y la Nueva Vizcaya, hacia su anhelado Nuevo Reino de León.

Don Gaspar Castaño de Sosa, uno de sus capitanes de más confianza, funda la Villa de San Luis de los ojos de Santa Lucía, la primera fundación oficial de la ciudad de Monterrey.

Mayo y junio de 1583
Región de Pánuco, Nuevo Reino de León

Don Luis decide que ahora es el momento de tomar posesión de sus pueblos. Finalmente, la carta de Felipe II ha llegado para dar la orden al virrey. Obtiene información sobre pueblos y lugares, valles y tierras. Escoltado por sus soldados, recorre los pueblos, nombra magistrados, recaudadores de impuestos y reemplaza a los que existían.

El último día de mayo comienza el proceso de establecer su autoridad sobre los pueblos indígenas de esa provincia. Manda llamar a los gobernadores indígenas, les exige renunciar a sus puestos. Elige nuevos oficiales y les hace jurar lealtad a su persona. Repite la misma ceremonia de transferencia en muchos pueblos, uno tras otro.

Sin embargo, Juan de Villaseñor Alarcón, alcalde mayor de la provincia de Valles no acepta su autoridad. Ahí se inicia otro pleito de años. Al parecer, el virrey firmó una serie de nombramientos duplicados. No leyó lo que firmó. Asignó las tierras que habían sido otorgadas al gobernador don Luis de Carvajal a Villaseñor; no se dio cuenta de que contradecía la orden que él mismo había expedido antes.

El 19 de junio el virrey fallece dejando así el gobierno en manos de la Real Audiencia. De manera que los asuntos pendientes con Carvajal tendrían que esperar… una vez más.

Verano de 1583
Región de Pánuco, Nuevo Reino de León

Don Luis permanece sentado a solas bajo el pórtico de madera de casa de su hermana Francisca. Escucha pensativo el croar de las ranas, las hojas de los árboles y arbustos acunadas por la brisa serena, el murmullo de las aves. Recargado en el respaldo de la silla, sus piernas descansan relajadas. Con la mano derecha se limpia la humedad de la frente. Enseguida, da un sorbo al vaso de vino y lo coloca sobre la mesita junto a él. Recarga la cabeza en la pared.

Apenas hace unos días llegó a visitar a la familia de su hermana después de un buen tiempo de no verse. Las relaciones se han vuelto ásperas. Le llegaron rumores de que ellos se quejan, dicen que él los engañó con falsas promesas, que estaban mejor allá, en Medina del Campo, con sus negocios y con los estudios para sus hijos; aunque, frente a él son amables. Familia es familia. Francisco, su cuñado, le debe dos mil quinientos pesos que le prestó para comprar mercancía. No deberían de quejarse.

Sin embargo, el día que llegó a Pánuco, Francisca le dio la noticia: Guiomar murió hace tiempo, ya cerca del año. Y él, su esposo, apenas ahora se entera. Las palabras como un balde de agua fría. Mandaron desde Sevilla la correspondencia para informarle en su momento, pero andaba en las expediciones al norte, combatiendo chichimecas, fundando la Villa de la

Cueva de León y Ciudad de León, trazando una nueva ruta de Veracruz a Zacatecas. No había un sitio fijo a donde pudieran enviarle el mensaje, la carta, *las palabras*.

Meses transcurrieron ya. ¿Qué estaría haciendo él a la hora de la muerte de su esposa? ¿Pensaría ella en él en su lecho de muerte? ¿Lo habrá llamado en sus delirios? ¿De qué habrá muerto a sus treinta y seis años? Sus ojos oscuros, su piel clarísima, su cuerpo joven y firme. Su cabellera oscura, abundante. En su mente, Guiomar es bella; aún no concibe pensarla en pasado. Frunce el ceño y baja la vista. No se resigna a pensar que *era* fuerte, encantadora. Recuerda su voz y su mirada decidida, el arco de las cejas.

Su matrimonio junto a ella es apenas unos cuantos recuerdos, imágenes que guardó celosamente detrás de la memoria y de las emociones para poder seguir adelante. Su vida ha sido librar un día a la vez: un combate terrible contra piratas ingleses e indios rebeldes, intestinos que brotan de cuerpos yertos, muñones expuestos y aullidos de dolor; el miedo a que una epidemia lo alcance o que la tormenta en altamar termine por hundir la urca, la plaga de ratas que se comen los víveres, el peligro de morir a manos enemigas por falta de municiones, los terratenientes de Nueva Vizcaya y Nueva Galicia que conspiran en su contra y han iniciado procesos en la Audiencia de México para arrebatarle las tierras que le fueron concedidas; a veces los días son soportar el ardor en la piel, verter vino sobre una herida que no quiere cicatrizar. Detrás de todo aquello, Guiomar ha permanecido como la luz de una vela que, con el paso de los años, amenaza con desvanecerse.

Muchos hombres que lo acompañaron en el verano de hace cuatro años a poblar la Nueva España, aquellos que no eran soldados, viajaron con su mujer y sus hijos; pero, Guiomar nunca quiso acompañarlo, en ninguno de sus tres viajes a la Nueva España. Él, don Luis de Carvajal y de la Cueva, el conquistador, el mismísimo gobernador del Nuevo Reino de León solo organizó sus ropas, la administración de sus alimentos, solo enfermó y curó sus heridas; por supuesto, con los cuidados de cocineras, de mozos y soldados.

Guiomar no quiso. Él la escuchó, insistió una sola vez. Aquella vez. En la alcoba. Eran muy jóvenes. Casi recién casados. Pero respetó su voluntad. Respetó sus palabras. Su deseo. Sus argumentos. Su silencio. Su convicción. Nunca había visto eso en una mujer. Ni en su madre siquiera. No se lo contó a nadie. A veces la determinación de Guiomar carcome su entendimiento. Lo sobrepasa. No logra comprender.

Algunos lo criticaron. Una mujer debe seguir a su marido hasta que la muerte los separe. Recuerda el brillo de sus ojos, su entusiasmo cuando su suegro don Miguel Núñez le presentó a su hija. Le gustó desde el principio; le pareció que se distinguía sobre las demás. Y tuvo la certeza de que él también le había resultado atractivo a ella. La sonrisa detrás de la mirada. Ambos guardaban una fortaleza descomunal que no se doblegaría fácilmente. Antes de la boda, él le compartió su sueño de cruzar el Mar del Norte y ella parecía dispuesta a acompañarlo. Pero, eso fue antes de la boda, antes de vivir juntos.

Conforme pasaron meses de casados, él notó que ella endurecía su expresión cada vez que él se hincaba de rodillas frente al crucifijo de su alcoba para hacer sus oraciones antes de dormir. Ella se acostaba en su camisón blanco y le daba la espalada.

—A mí me enseñaron a orar de otra manera... El Señor está en todas partes.

Él recitaba sus oraciones de rodillas, con los párpados cerrados, con las manos juntas. Una vez que terminaba, soplaba sobre el cirio y, a tientas en la oscuridad, caminaba lentamente para no tropezar hasta encontrar el cuerpo de ella recostado y la besaba.

No la forzó a acompañarlo. Ni siquiera cuando lo nombraron gobernador del Nuevo Reino de León, ni así aceptó ella a viajar con él. En las ocasiones anteriores que él viajó a Nueva España, Guiomar lo abrazó antes de partir, ahí suspiraba entre sus brazos. Hubo algo que siempre calló. Don Luis sabía que en el fondo sí quería acompañarlo, pero había otra convicción que no le permitía ceder. Ella lo tomaba por los hombros.

—Luis... Luis, esposo mío.

Cerraba los párpados como queriendo contener el instante. Alguna vez las lágrimas se apoltronaron en sus ojos, pero suspiró erguida y dio un paso atrás.

—Siempre seré tu esposa, cada uno de los días que viva. No olvides nunca que tú eres mi esposo, mientras yo viva.

Don Luis no ha tenido otra mujer. No ha tenido hijos, ni con ella ni con nadie. También por eso han murmurado. ¿Quién va a heredar el Reino? Ahora, desde hace cuatro años, por fin puede decirles a todos que un sobrino con su nombre, su apellido y su sangre será su heredero, un mozo de esmerada educación castellana, un joven que ahora viaja con él a todas partes para aprender a gobernar, con eso les ha callado la boca.

Don Luis, un hombre de piernas musculosas, las botas gastadas, un cuerpo fuerte de hombros bien marcados, unos ojos aceituna y piel aperlada, sus brazos velludos, sus manos ágiles, un hombre de cuarenta y seis que durante años ha escondido el dolor de aquella postura femenina inalterable, una noche y otra más, semanas suspendidas sobre la impotencia, meses prolongados en años, en torbellinos de imágenes y galopes de serranías, olas y desiertos… un hombre que se siente más solo que nunca. Y las faldas de las otras, y el perfil altivo de Guiomar, su cuello largo, sus labios carnosos y las pestañas nutridas, los senos firmes, hechos a la justa medida, ni vulgares ni escasos, la cintura estrecha.

Pero ella prefirió conservar ciertos principios, atender a su madre viuda, antes que seguirlo a él. No pudieron llegar a un término medio. Hay cosas que vuelven incompatibles a las parejas. Para don Luis su matrimonio no deja de ser una incógnita. Siempre rodeado de capitanes, de soldados, de negros africanos y de indios, pero en la intimidad, una vida solitaria. Don Luis ha podido negociar con el rey Felipe II, el monarca más poderoso del planeta, con jefes de tribus, con políticos, con enemigos; pero no con doña Guiomar. Algunas tardes, mientras acampaba en valles o montes y se ponía el sol, don Luis cerraba los ojos y la traía de vuelta en el pensamiento. Suspiraba. Qué distinta hubiese sido su vida si ella estuviera cerca. Luego se consolaba pensando que ella no podría acompañarlo en sus travesías entre indios chichimecas, acampando en el monte, entre serpientes y felinos, de andar como nómada fundando villas. Pensaba que ella estaría batallando sola en Pánuco, mientras que en Sevilla tenía oportunidad de vivir cerca de sus hermanos y cuñadas. Otras veces, la presencia de Guiomar lo asaltaba cuando veía de espaldas, a alguna mujer en los caseríos por donde pasaban… quizá alguna con el cabello oscuro recogido, la cintura, las faldas sobre la cadera; pero cuando se volvían, siempre era otra. Entonces espantaba como una mosca la idea absurda.

Ahora cierra los ojos en el atardecer del Pánuco mientras el cielo intensifica el tono añil. Suspira. Bebe el vino a tragos pausados. Sus dos años y medio junto a ella en Sevilla, aquella ciudad morisca, su responsabilidad en el negocio de su suegro con el negocio de trigo en el Reino de Fez, su casa amplia y bien amueblada, el patio central iluminado, los gobelinos, la mesa del comedor labrada, aquella ciudad de mezquitas e iglesias monumentales, sus cuñados, su suegra que lo mimaba como si fuese un hijo. Un mundo que de pronto, le había resultado tan distinto a la vida que llevó en la isla de Cabo Verde o en la región del Pánuco, siempre combatiendo el calor, el desierto, la humedad, los pantanos. Quizá lo único que ahora le queda de su mujer es Felipe Núñez, el sobrino que ella le encargó y que lo ha acompañado desde hace años.

La última vez que la vio fue en Sevilla, cuando zarparon hacia la Nueva España. Antes de subir a la urca, rodeado de capitanes y soldados, se alejó de ellos para despedirse doña Guiomar. Jamás hubiese pensado que esa sería la última vez que estaría con ella. La miró a los ojos. ¿Qué pensó todos estos años sobre el destino de su esposa? ¿o es que simplemente era tan doloroso que evitaba enfrentar ese desaire, esa incapacidad de haber cedido, ella o él? ¿cuándo se supone que la volvería a ver? Aquel día de verano, cuatro años atrás, buscaba detrás de sus ojos oscuros, de su silencio, la posibilidad de que ella accediese a acompañarlo. Quizá, en el último momento, cambiaría de opinión. Tal vez, surgiría una duda como grieta, una posibilidad de la cual asirse. Pero doña Guiomar Núñez era fuerte, él lo sabía y se le daba bien sellar las grietas. De manera que se abrazaron, se besaron y, antes de separar sus cuerpos, ella puso su mano sobre la frente de él, cerró los ojos y murmuró una bendición que don Luis no pudo descifrar, quizá por el volumen bajo en que la pronunció… o quizás porque no era en castellano ni en latín.

Don Luis permanece sentado a solas en el pórtico de madera que da frente al río Pánuco. Cierra los ojos envuelto en el croar de las ranas. Don Luis toma su manual de oraciones y lee los salmos. Después de un rato, murmura:

—*Glori Patri et Filio et Spiritui Sancto Dominus nostro Jesuchristo.*

De pronto, Isabel, su sobrina quien ha permanecido dentro de la casa, asoma a la puerta. Camina lentamente, como quien tantea un terreno anegadizo, y se detiene junto a él. Inhala buscando fuerza para decir algo que no quiere salir. Deja pasar unos segundos mientras observa el cielo oscuro por donde ya asoman un par de estrellas. Entonces, suelta las palabras. Decididas. Las palabras que ha guardado desde hace años.

—No hay Cristo.

Una vez que salen de ella cobran una vida autónoma. En el eco del anochecer, las escucha como si fuesen ajenas.

Don Luis se incorpora incrédulo. Abre los ojos furioso. El dolor de perder a Guiomar, de no haber sido ambos capaces de ventilar sus diferencias lo sacan de quicio. Su vida entera perdida entre llanuras, en las intrigas de sus enemigos, en los hombres cuyo rostro marcan con hierro para venderlos como esclavos, en la muerte de la mujer amada que nunca fue suya. Una vida entera de sacrificio arañando el sueño de descubrir el Nuevo Mundo, de conquistarlo, una carrera política y militar construida en la orilla del cautiverio, del peligro de muerte constante.

Las palabras de Isabel develan lo que siempre ha entorpecido su relación con Guiomar y con la familia de su hermana. De manera que ellos no creen en Jesucristo como él, aunque su sangre sea la misma.

Don Luis, se pone de pie enseguida, el corazón le martillea las sienes, las encías, el pecho. Le viene un mareo. Su voz enronquece en un grito feroz.

—¡Cómo que no hay Cristo!

Su mundo se derrumba y para cuando entra en razón, ya ha soltado una bofetada en el rostro de su sobrina Isabel. Un golpe que la arroja al suelo.

Desde el suelo, ella se endereza y le responde decidida:

—¡¿Por qué no mira por su alma?! Recuerde al rey David, lleno de bienes por haber sido hombre perfecto hecho a la voluntad de Dios y de su ley.

—¡Así lo hago!

Don Luis se estira las barbas encolerizado.

—¡¿Quién te enseñó esa maldad?!

—Mi esposo, Gabriel de Herrera, que en paz descanse.

—Pues debe estar ardiendo en los infiernos. ¡Juro a Dios que te mataría si no pensara hacer que te quemen en vivas llamas de fuego! ¡Ojalá y no hubieras nacido!

Asustados por los gritos, salen apresurados al pórtico sus padres Francisco y Francisca, su hermano Baltazar y, un instante más tarde, Mariana y Catalina con Miguel y Anica en brazos.

—¿Qué sucede, hermano?

—¡Mata o ahoga a tu hija!

—¿Por qué?

—¡Me ha hecho una gran maldad! ¡Dice que la ley de Cristo es un engaño!

—Déjala, hermano. Te lo dice por tu bien... Madre también lo era.

Don Luis se lleva las manos al rostro y dobla el cuerpo, como si le hubieran dado con una estaca en el estómago. Se endereza colérico y le dice a Francisca:

—Madre era una buena cristiana y quien afirme lo contrario, está mintiendo. ¡Maldito el día en que se me ocurrió traerlos acá! No me puede venir en este mundo mayor mal que haberme dicho esto que ahora me están diciendo.

Enseguida, Francisco Rodríguez de Matos, su cuñado interviene:

—Deja a Isabel, está loca. No la tomes en serio. Mi mujer lo dice por apoyar a su hija, pero no lo siente así.

—Francisco, ustedes deben de creer en el misterio de la Santísima Trinidad: Padre, Hijo y Espíritu Santo, tres personas y una existencia, y en los demás misterios de la fe católica, como los cree la Santa Madre Iglesia de Roma, y aunque cuando ésto no lo crean por fe, bastará para creer en su limpieza, suavidad, bondad y verdad.

—En eso creemos —respondió Francisco.

—No creo sinceras tus palabras. Tantos reyes, príncipes, papas y cardenales, doctores y concilios, regidos por el Espíritu Santo, que desean salvarse, han recibido la creencia en Cristo, que es la segunda persona, que Isabel ha negado. No hay para qué anden con bellaquerías de sastres y zapateros perdidos. ¡Isabel! ¡Eres el oprobio de tu linaje! Juro matarte si vuelves a repetir tal herejía.

A partir de ese momento, don Luis entra a la casa, se encierra en la habitación que habían adecuado para su visita, prepara sus cosas sin volver a dirigirles la palabra.

La noche se vuelve oscura. Mariana consuela a la pequeña Anica, quien llora asustada. El croar de las ranas prolonga la noche.

Mientras tanto, Isabel Rodríguez de Andrada, Isabel de Carvajal, Isabel viuda de Herrera, Isabel la judaizante, la hereje, la portadora del mensaje que nadie quiere escuchar, apenas una mujer de veintitrés años, da vueltas sobre su cama, sudorosa. Intenta en vano conciliar el sueño. Desde que se acostó teme, ante cualquier crujido, que su tío irrumpa en la habitación que comparte con Mariana, Catalina y Leonor, y la enfrente.

Intuye que ha abierto la caja de Pandora. Cumplió el encargo de la difunta doña Guiomar Núñez de Ribera. Le dijo a su tío lo prometido, pero ahora comprende por qué ella no quería decírselo, y también por qué nunca lo acompañó a la Nueva España. Ha abierto la caja para toda una estirpe, para todos los hombres y mujeres del pueblo de Israel que llegaron al Nuevo Mundo.

Las palabras han comenzado a dispersarse.

Se han desbordado los ríos de las palabras, el huracán de los intereses, los dioses y los muertos. Los demonios deben estar furiosos. La maldición de aquella Yanka adolescente, el hierro que marcó el destino de los Carvajal. El deseo de venganza de los chichimecas que perdieron su memoria. El ensañamiento del fiscal poeta Eugenio de Salazar en impedir que don Luis consolide su reino.

En el Pánuco, esa noche crepitan los insectos, el viento húmedo, las serpientes y el canto de antiguos chamanes. Isabel nunca más podrá dormir una noche completa.

Don Luis tampoco.

Las palabras ya los alcanzaron.

Al alba, don Luis sale de aquella casa del Pánuco. Crujen sus pasos antes de ensillar su caballo. Parte desconcertado por ambas noticias rumbo al tercer intento de pacificar Temapache. Su hermana Francisca, a escondidas, lo observa en camisón desde la ventana. Su hermano se monta al caballo y en el galope voraz comprende que algo se ha roto entre ellos.

Las vidas nunca vuelven a ser las mismas después de ciertas palabras.

Verano de 1583
Región de Pánuco, Nuevo Reino de León

Don Luis galopa absorto sobre su caballo. Debe denunciar a Isabel. Cumplir su deber es arruinarse. Se sacude la idea en un gesto de enfado. Investigarán generaciones atrás. A él. A su hermana Francisca. A sus nueve sobrinos. A los que vinieron en su expedición. Cualquier rastro de ancestros judaizantes o de parientes procesados por la Inquisición derrumbaría de inmediato el proyecto de su vida. Don Felipe II le otorgó un privilegio que a nadie ha otorgado *por la presente encargamos al dicho Capitán Luys de Carvajal tenga mucho cuydado de que sean personas limpias y no de los prohibidos a passar aquellas partes.* El peso de esa maldición recaerá sobre él. Era su responsabilidad elegir personas de linaje cristiano.

El Nuevo Reino de León nunca existió. **Y *que de él no haya ni quede memoria.*** La fantasía de un loco. Las palabras de su sobrina lo asedian. Colocan la certidumbre en la raya. No hay combate ni epidemia más peligrosa que esa. Jamás se había sentido tan vulnerable, ni cuando herido o con fiebre, ni en las tormentas en alta mar. La revelación de Isabel no arremete solo contra él, arroja los destinos de familias enteras, de decenas de amigos y socios, los de ellos y su descendencia. Para ellos el abismo, la ignominia. Nada.

Un par de espasmos en el estómago, retortijones, asco. La comida no le sienta bien. Su caballo percibe su desasosiego.

Hace años que lo monta y el animal sabe, con la certeza y la solidaridad silenciosa de los animales domésticos. El sol de mediodía se apoltrona y encaja en las sienes. Las amenazas del fin de su empresa, la tortura para los procesados por la Inquisición, la humillación, el despojo, la difamación y la muerte cruel... todo en una danza macabra de sombras que lo transgrede, lo penetra. Ni cómo ahuyentarla.

No recuerda haberse enfurecido antes así, como lo hizo con Isabel, jamás. En sus gritos y el bofetón descargó su orfandad prematura y la soledad del niño que dejó a su madre y su tierra para navegar los mares y habitar frente a las costas de África; descargó su cobardía frente a la niña negra que le rogó y lo maldijo en Nueva Guinea, las traiciones continuas de los soldados españoles que a sus espaldas venden indios, los azotan y los mutilan hasta que los indios detonan su ira y destruyen todo lo que él ha construido a lo largo de años. Y allá tiene que ir a deshacer entuertos, una y otra vez, a negociar, y si no aceptan, a combatir, a hacer promesas que los suyos no cumplirán, siempre cuidándose las espaldas.

Cierra sus ojos, ahí la lejana voz de su madre relatando historias maravillosas de navegantes portugueses, de valientes exploradores que cambiaron la concepción del mundo. Su madre los había conocido pequeñitos. Algunos de ellos nacieron en su pueblo o en las villas aledañas. Y por eso nunca dudó de su destino, de su propósito. Con el paso de los años fue planeando todo, se preparó con estudios, con experiencia: latín, historia, aritmética, navegación, fue tesorero del rey a los veinte, comerció con diversos reinos, combatió corsarios en distintos mares, se mudó a Sevilla para residir cinco años ahí y entonces conseguir papeles para poder migrar a Nueva España. Se desposó con la bella hija de uno de los comerciantes más influyentes de Sevilla. Se embarcó. Un plan. Un orden. Una ley. Los riesgos medidos. Planear en corto y soñar en grande. Vivir lejos de Guiomar, convencer al monarca más poderoso de la Tierra. Librar todas las batallas: contra su propia comodidad, contra la miopía del comerciante burgués en que se pudo haber convertido, contra el resentimiento de algunos indios, contra los capitanes traidores, contra viruelas y serpientes, contra el tal Salazar que se empeña en invalidar su capitulación.

En medio de todo aquello, jamás cruzó por su mente que la dulce Isabel, su sobrina, o que su hermana Francisca, su propia familia, los únicos en quienes podía confiar se convertirían en el arsenal de pólvora sobre el que sus enemigos harían explotar, detonar, incendiar aquello a lo que él había apostado su vida entera. Podía imaginar o esperar lo anterior, pero no esto. Su heredero, Luis, "el Mozo", no estuvo presente en la discusión. ¿Será judaizante también? Jamás ha visto en él o en Baltazar nada que le haga pensar que lo son.

Cabalga y el olor a tierra húmeda. Cabalga y un riachuelo. Las bromelias, los insectos, las lianas y enredaderas. Su madre Catarina de León. Su padre Gaspar de Carvajal. Él era un niño cuando su padre lo llevó a la corte del Conde de Benavente. Jamás se le ocurrió que sus padres fuesen judíos. No puede ser. Ellos eran buenos cristianos, así lo criaron. ¿De dónde sacó Francisca semejante blasfemia? El rostro de su padre lívido, una cama, su madre cerrando los párpados que parecían de cera. ¿Por qué será que siendo él portugués le hayan puesto el apellido de su padre primero y no el de su madre como al resto de los niños portugueses? ¿Por qué no se lo pusieron ni como segundo apellido? En cambio, solo emplearon los de su familia paterna. A su padre, Gaspar de Carvajal le pusieron el apellido de su madre, como a todos. Su abuelo paterno se llamaba Gutierre Vásquez de la Cueva; de ahí su segundo apellido. ¿Por qué había una elección deliberada de alterar la costumbre y relegar el apellido materno? ¿Habrá relación entre los "de León" —como su tío Duarte— a quienes tanto amaba su madre y quienes fueron sus padres cuando los suyos faltaron y algún antecedente innombrable? Omitieron el apellido. Borraron de la memoria el "de León". Hicieron a un lado su identidad.

No puede denunciar a su sobrina. Irían tras él. Es justo lo que sus enemigos necesitan: que la Inquisición lo reclame. Los ministros de la Audiencia jamás podrán ganarle un pleito legal porque ha hecho todo de manera correcta, porque ha dejado constancia de todos sus movimientos con abogados y notarios y porque, además, tiene el apoyo del rey don Felipe II. Pero un pleito contra la Inquisición no lo gana nadie, ni siquiera el rey mismo porque ahí no tiene injerencia. Una acusación anónima permite que el acusado sea apresado, que se le inicie un proceso y que sea interrogado, torturado y sometido a juicio por los inquisidores. Una vez que los sacerdotes doctos en teología han dictado sentencia, devuelven al reo al brazo seglar de la justicia para que se ejecute la sentencia dictaminada por ellos.

Pero todos saben que la Inquisición es el mismísimo infierno. En ese territorio pernicioso y oscuro, sus enemigos sí tendrían manera de deshacerse de él. Involucrado en un proceso, sus títulos, sus propiedades y sus derechos le serían arrebatados de inmediato. Entregar a Isabel es terminar con su carrera, con su hacienda, con su vida.

No entregarla también es delito: encubrimiento de herejes. Fray Gaspar de Carvajal, hermano mayor de Isabel, a quien ha procurado y protegido para que concluya su formación como sacerdote dominico es la única posibilidad de salir del embrollo. Quizá él pueda convencer a Isabel de volver a la verdadera fe en Cristo Jesús.

Enviará una carta, un mensaje velado. *Fray Gaspar: Tu hermana ha cometido una ofensa seria contra la fe. Harás bien en reprenderla ahora que estás de visita entre ellos.*

Verano de 1583
Región de Pánuco, Nuevo Reino de León

Fray Gaspar lo sabe. No quiere cargar con ese peso en su conciencia. No quiere denunciar ni a Isabel, ni tampoco a su padre tras aquella inquietante conversación semanas atrás. Gaspar vive con sentimientos encontrados. No quiere involucrarse. Mientras todos comen en la mesa pasa la carta para que la lean y pregunta si alguien sabe a qué se refiere su tío el gobernador con ese mensaje.

—No sé de qué habla mi hermano —responde Francisca—, supongo que sabe que estamos molestos porque nos trajo al Nuevo Mundo con falsas promesas y nos ha abandonado en la pobreza.

—Isabel, ¿qué opinas al respecto? —pregunta Gaspar temeroso de recibir una respuesta que no le dé otra opción mas que denunciarlos.

—Hay situaciones en que nos volvemos un frágil navío; estoy en el proceso de atenderla.

Una tarde Baltazar e Isabel le piden a Gaspar que los confiese; pero fray Gaspar no acepta. No quiere saber más; no quiere comprometer su conciencia mediante el "secreto de confesión". Antes de partir de Pánuco a Ciudad de México, le regala a Isabel un libro de oraciones y a Mariana el *Libro de las Horas*.

En su camino pasa por Cuzcatlán donde se encuentra con su tío. Tras el saludo habitual, don Luis le pregunta:

—¿No me habías dicho que Gabriel de Herrera, el esposo de Isabel era cristiano viejo?

—Así lo conocí y lo consideré siempre. Descanse en paz.

—¿Reprendiste a Isabel como te lo solicité en la carta?

—Sí, pero no me dio detalles de su proceder.

—Verás, Gaspar… Es importante atender esto a la brevedad… Me dicen que mi madre murió con ese mismo mal. Si así fue, ella no es mi madre y yo no soy su hijo.

—Dios los ayude.

—Creo que nuestra familia oculta un asunto grave. Al parecer toda la familia está ciega. El mal de Isabel lo padecen también tu padre, tu madre y quizá Baltazar.

—Necesitamos hacer sacrificio y mucha oración para que Dios los ilumine y los induzca al remedio.

—Quiero confesarme ahora, Gaspar. En el nombre del Padre, del Hijo y del Espíritu Santo…

Gaspar se tapa los oídos de inmediato y niega rotundamente con la cabeza.

Días más tarde, Baltazar de Carvajal, quiere seguir lo empezado por Isabel y, mientras cabalga se acerca a su tío, calculando que nadie pueda escucharlos.

—Tío Luis. Usted nos ha inculcado en numerosas ocasiones el amor a Nuestro Señor Jesucristo y la Inmaculada Virgen María, su madre… Sin embargo, me gustaría compartir un aspecto que no termino de comprender: ¿cómo es que el cuerpo de Cristo realmente reside en la hostia?

—Creerlo es un acto de fe, Baltazar —le responde apretando la quijada y anticipándose a lo que ha de venir.

—No termino de comprenderlo, no sé bien qué debo hacer.

—Entrégate a la Inquisición.

—Don Luis...

—No serás más el tesorero de el Nuevo Reino de León. Ese prestigioso cargo vitalicio que te había otorgado le será otorgado, de mañana en adelante, a mi primo Jorge de León. No quiero hablar más contigo.

Verano de 1583
Región de Xilitla, Nuevo Reino de León

Luis, "el Mozo", no se ha enterado de aquellas discusiones por estar atendiendo asuntos de su tío en Xilitla, Jalpan, Xichú.

De manera que, días más tarde, se reúne a medio camino con su tío Luis. Galopan rumbo a la estancia de Diego de Torres para dirigirse a la zona de Temapache. Cabalgan entre muchos.

El Mozo percibe que su tío don Luis se aparta del grupo y se acerca a él.

—¿Sabes que tus padres son judíos y que viven en la ley de Moisés?

—No hay tal maldad.

—¿Tú eres como ellos?

—Yo soy buen cristiano y no hay qué decirme nada de eso.

Luis, "el Mozo", hace un esfuerzo por permanecer inmutable. Sostiene la mirada en el horizonte mientras siguen cabalgando. Parpadea y un par de lágrimas surcan sus mejillas.

Don Luis descubre las lágrimas.

—Por eso te quiero más que al resto de tus hermanos. Han pretendido que me pase a la ley de Moisés, engañándome.

Don Luis sonríe de lado mientras contempla, durante un instante, a su joven sobrino. Vuelve la mirada al frente y suspira satisfecho.

—Recuerda que la fe cristiana, la fe de Jesucristo es la correcta. Mira los papas, los reyes, los hombres sabios del mundo la siguen. Todos queremos salvar nuestra alma.

Don Luis acelera el paso para reunirse junto al resto de los hombres del grupo, quienes ya esperan sus órdenes.

Verano de 1583
Ciudad de México, Nueva España

Desde su llegada a la Real Audiencia de México, don Eugenio de Salazar ha presentado diversos cargos en contra del gobernador don Luis de Carvajal y de la Cueva. La Audiencia ha fallado siempre a favor de Carvajal.

Eugenio de Salazar no solo solicita que la jurisdicción de los poblados le sea restituida al alcalde Juan de Villaseñor Alarcón, sino que además ordena que don Luis sea tomado prisionero, llevado a la ciudad de México y encarcelado como criminal. Eugenio de Salazar lo acusa incluso, de haber construido aquel fuerte de Jalpan que el virrey Martín Enríquez le ordenó años atrás.

Don Luis ha ganado siempre. El rey y la Audiencia le otorgan siempre la razón. Un duro golpe para Salazar. Tendrá que encontrar otros medios… unos que no requieran la aprobación de la Audiencia. Ante la falta del virrey, la autoridad reside en los oidores de la Audiencia y en el fiscal de esta; es decir, en don Eugenio de Salazar. De manera que, de ahora en adelante, él tendrá un doble poder: el de hacer propuestas que modifiquen la ley y el de aprobarlas.

Don Eugenio de Salazar intuye otro camino. Uno relacionado con las palabras. Es poeta y tiene un conocimiento excepcional del lenguaje. Por otra parte, fue gobernador en las islas

Canarias años atrás. En cierta ocasión, detectó algún modismo y cierto acento en una palabra que pronunció don Luis de Carvajal y eso detonó en él una alerta. Ese modismo y ese acento solo los utilizan los habitantes de aquella zona. Quizá detrás del impecable y comprometido conquistador, de este culto hidalgo que tiene tan asombrado al rey Felipe II, se esconda un pasado ominoso. Aquellas islas remotas están habitadas por quienes huyeron de la Raya de Portugal para poder seguir con sus ritos y prácticas de judaizantes herejes. Quizá en su estirpe esté el remedio a todos los males de los oidores de la Audiencia y de él mismo.

Mientras don Eugenio de Salazar elucubra y trama el plan para derrotar a don Luis de Carvajal, el gobernador avanza pueblo tras pueblo. Procura siempre hacer la paz con los naturales de lugar ofreciéndoles perdón de sus delitos. Algunos caciques indígenas aceptan asombrados, ¿cómo puede perdonarlos después de haber incendiado los templos que él mismo había pagado con su dinero, destruido las casas de los españoles, violado mujeres, matado ganado y asesinado soldados? Este hombre sí que es distinto al resto de los conquistadores.

Sin embargo, no todos aceptan el perdón y se rinden. Hay otros que no reciben sus tributos y eligen la guerra. Una batalla en medio de la sierra que los nativos dominan. El calor húmedo asfixiante. El sudor bajo la coraza, las gotas suspendidas en los párpados. La selva cerrada, las serpientes que se deslizan, los cocodrilos, cascadas por doquier, felinos.

Durante días y noches pelean, vigilan, curan a sus heridos, entierran a sus muertos. El gobernador y sus hombres finalmente los vencen. Se asientan en los pueblos. La misa al aire libre. Los religiosos permanecen en cada comunidad que reconoce a los nuevos gobernantes. Bautizar, adoctrinar, construir un fuerte, un templo, una escuela. Reconstruir las iglesias quemadas, las casas. A fines de ese año, se ha pacificado ya la provincia de Valles hasta el sur de Jalpan.

Verano de 1583 a verano de 1584
Ciudad de México, Nueva España

Tras la pacificación de Temapache, Luis, "el Mozo", vuelve a reunirse con su familia en Pánuco. Ahí se entera de que sus padres han mudado su parecer; ahora no acompañará más a su tío don Luis a pacificar el norte porque irá con su padre, Francisco Rodríguez, a la famosa Ciudad de México. Harán la travesía junto con un grupo de comerciantes.

Durante semanas en caravana avanzan cabalgando, las mulas cargan alimentos. Algunos indios armados con arco y flecha los acompañan a pie custodiando a las piezas que llevan prisioneros para venderlos en la ciudad. Cruzan valles y sierras empinadas. Durante las noches acampan, dormitan vigilantes. Hay tribus enemigas, asaltantes de caminos; los mismos prisioneros podrían rebelarse.

Después de días y noches, llegan a la ciudad más poblada y más bien trazada de América, dicen que es una de las más bellas del mundo. A lo lejos, divisan el bullicio: militares uniformados con espada, hidalgos, clérigos de hábitos oscuros, mujeres nativas con cabellos trenzados y vestidos blancos de bordados coloridos, niños descalzos corriendo, ancianos chimuelos, indígenas y negros cargando mercancía. Vislumbran construcciones de iglesias enormes, majestuosos monasterios, lujosos palacios en el centro de la ciudad, casas reales, la Plaza

Mayor frente a la imponente catedral en construcción, las ruinas de templos semidestruidos a un costado, calles que se vuelven canales y canales que se vuelven calles, iglesias tan trabajadas y bellas como las de León, Sevilla o Lisboa sobresalen sobre las demás construcciones. Encima de todo aquello, una bóveda azul cobalto relumbrosa.

A lo lejos, lagos prístinos rodean la ciudad de México. Más allá, detrás de todo, como telón de fondo de un valle monumental, se yerguen dos impresionantes volcanes: el Popocatépetl y el Iztaccíhuatl cubiertos de nieve, relumbrosos bajo el cielo límpido. Su padre le había contado sobre aquellos gigantes, pero Luis jamás pudo imaginar lo que serían, hasta que los vislumbró en el horizonte cuando se acercaban a su destino.

Quizá, cuando Luis, "el Mozo", vio por primera vez los volcanes y se le vino encima el cansancio de días de viaje, el miedo que no se había permitido sentir, el recuerdo de su madre y sus hermanas. Tal vez fue entonces cuando una voz que provenía de muy dentro comenzó a narrarle todo aquello, a sugerir versos que condensaban lo que veía a su alrededor. Percibió una extraña conexión con las palabras. Entonces echó de menos aquellos cuadernillos que su madre le había regalado cuando vivían en Medina del Campo. Se prometió a sí mismo que, en la primera oportunidad que tuviera en aquella ciudad cosmopolita, se compraría una pluma de oca, tinta y un cuadernillo para escribir todas las aventuras que había vivido desde que salió de casa, en Castilla.

Se internan en la ciudad entre voces de hombres y mujeres que hablan diversos dialectos; Luis no los comprende, pero le dicen que además del castellano y del portugués, los nativos hablan náhuatl, mixteco, otomí, purépecha y maya. Dicen que son de pueblos muy distintos entre sí, solo que coinciden ahí porque es una ciudad muy grande. Se deleitan con olores de platillos que jamás han probado: tortillas de maíz de colores o *tlaxcalli*, quesadillas de huitlacoche; escamoles, o *azcatlmolli*, un guiso de larvas de hormiga; tamales de pollo en salsa verde con chile; tlacoyos, o *tlaoyo*, una especie de empanada de maíz ovalada y larga rellena de frijoles, queso, nopales, salsa y cebolla; pozole o *pozolli* rojo y chapulines.

—Mira, padre. ¡Esta gente come insectos!

Asombrados deambulan por el mercado y descubren el olor de la guayaba, el sabor del aguacate, el color fucsia de la pitahaya, el jugo dulce de la piña, la salsa de jitomate preparada en molcajete, el olor de la vainilla, el picor del chile, la textura dulce del mamey, las semillas jugosas de las tunas coloridas, el sabor de los frijoles cocidos en ollas de barro con tortillas de maíz crujientes recién hechas sobre comales de leña, las enormes papayas, el mezcal, el agua con chocolate, las hierbas para cocinar como el quelite, la verdolaga, el quintonil, el epazote, la hoja santa y la chaya.

Después de años sobreviviendo en Pánuco, a Luis le parece que este es el mejor sitio que ha visitado. No recuerda ese esplendor ni en Medina del Campo ni en Sevilla. El día es soleado y el aire fresco. En los jardines crecen flores fucsias, rojas, amarillas y lilas, cubren arbustos y cuelgan de árboles. Caminan por calles suntuosas de álamos plateados, chopos y pirules, ahuehuetes antiquísimos.

Luis y su padre llegan a hospedarse en casa del primo de su padre de Chaves. Ahí permanecen alrededor de seis meses.

Muy pronto hacen contacto con los comerciantes judíos de la ciudad. Una cadena silenciosa y clandestina los pone en contacto con ellos. Muchos poseen tienda abierta en la calle de San Agustín donde se encuentra el comercio de lujo y también, en la calle de San Francisco, donde están los negocios de los plateros.

A comienzos de 1584 se mudan a casa de Gonzalo Pérez Ferro y de su esposa Catalina de León, prima de doña Francisca, quienes viven junto al monasterio de la Concepción. Sin embargo, muy pronto don Francisco enferma gravemente de cámaras de sangre. No hay poder humano que lo cure. Sus amigos comerciantes lo visitan, le llevan remedios. Le consiguen un médico; sin embargo, Francisco ya es mayor y otras personas han fallecido de lo mismo. Día con día empeora. Ya no puede levantarse de la cama. Su hijo Luis, doña Catalina y otra viuda llamada Francisca, casualmente como su esposa, —todos judíos—, y un negro esclavo, lo cuidan con esmero durante seis largos meses. Le cambian la ropa de cama los viernes, le hacen sangrías, le preparan caldos y tónicos, lo acompañan, le leen salmos y oran con él, le ponen fomentos frescos para bajar la fiebre. El dolor de intestinos lo obliga a enmudecer y retorcerse en su cama.

Luis, "el Mozo", permanece junto a él. Intuye, muy a su pesar, que ya no será posible para su padre volver a casa, volver a ver a su esposa y al resto de sus hijos, que él es el elegido de entre los nueve hermanos para acompañarlo en este terrible trance de padecer una enfermedad incurable y, lo que es peor, de intentar consolarlo.

A Francisco Rodríguez de Matos le duele imaginar el pesar que recaerá sobre cada uno de ellos al enterarse de su muerte:

su amada esposa Francisca, la pequeña Anica de apenas cinco años, Miguelico de seis, Leonor de once; son solo unos niños. Su padre les hará mucha falta. Le preocupa sobremanera cómo irán a hacer para salir adelante ahora que la relación con su cuñado se ha mermado. Además, durante estos meses en ciudad de México, le han llegado ciertos rumores que afirman que don Luis de Carvajal y de la Cueva cuenta con algunos enemigos de muy alto rango y muy cercanos al nuevo virrey, quienes tienen la firme intención de desaparecerlo.

Francisco instruye a su hijo con enorme cariño y solemnidad acerca de su fe judía. Durante días y noches le narra todos los detalles intentando verter, en ese hijo joven y avispado que lo cuida, la trascendencia que tiene que él conserve su fe.

—Tu hermano Gaspar no ha querido. Tú eres la esperanza no solo para mí y para nuestra familia, sino para tu comunidad. Tu fe en el Altísimo y las costumbres que hemos heredado durante siglos, a pesar del peligro que supone conservarlas, es lo más valioso que puedo heredarte.

”La venida a este Nuevo Mundo nos ha traído miserias para el patrimonio de la familia; sin embargo, también nos ha permitido estar cerca de otros judíos doctos como el licenciado Morales, yerno de un sabio doctor hebreo que había sido quemado vivo por la Inquisición de Portugal. De permanecer en Castilla, nunca lo hubiesen conocido.

Cuando su padre menciona con admiración al sabio hebreo que fue capaz de resistir y morir quemado vivo, Luis siente una angustia que arde dentro, como si esa admiración fuese una manera de decirle que no espera menos de él.

Luis insomne. Pronto cumplirá los diecisiete años. Luis quisiera que su padre no pidiera tanto en su lecho de muerte, que estuviese ahí Baltazar con ellos, su querido hermano mayor que siempre tiene respuesta a todo. ¿Por qué a él le tiene que tocar vivir esto a solas con su padre? Por supuesto, que no sería capaz de contrariarlo en nada. Está muriendo. Lentamente. Sabe que hecha de menos de manera terrible a su madre Francisca.

—Sí padre. Prometo que lo haré. Haré como usted dice. Estará orgulloso de mí cuando esté en la gloria con Yahvé… Conservaré esta llama que arde dentro de nosotros y la llevaré a los hijos del pueblo de Israel.

”Descanse, padre. Descanse, pronto estará en la gloria. No padecerá más. Yo cuidaré de madre y de mis hermanas, de mis hermanos. Seré como sus ojos en este mundo y, con la misericordia del Padre, seré también una luz para quienes quieran conocer las promesas hechas por todos los patriarcas desde Abraham. Les hablaré de las proezas de David y Salomón, del Mesías prometido desde antaño, quien vendrá a reinar glorioso sobre todas las naciones de la tierra junto con quienes guardemos sus preceptos. Les diré que, si permanecemos fieles, estaremos entre los elegidos cuando el Mesías reúna a todo el pueblo de Israel que ahora se encuentra disperso por el mundo, a quienes padecen esclavitud o hemos sido desterrados.

”Les diré que entonces, veremos recompensadas nuestras miserias, primero con abundancia de bienes materiales y después, con la vida eterna. Les diré, padre, que pronto vendrá el Mesías, y quizá a este Nuevo Mundo.

”Les diré todo lo que el licenciado Morales nos ha enseñado y hemos practicado según el Levítico, el Deuteronomio y la Torá:

que no comemos tocino ni nada que provenga del cerdo; no la sangre de la carne donde reside el ánima; no los peces sin escama; no los reptiles ni los animales que no tienen pezuña, que las aves deben ser degolladas y su sangre debe de escurrir, que debemos guardar el sábado por ser el día en que Dios descansó después de la creación del mundo; que los viernes, a la puesta del sol, en alguna parte secreta de la casa encendemos un candil con larga mecha de lino crudo y recitamos una oración en hebreo o en romance, que el candil debe arder toda la noche, hasta el sábado en la mañana, por el descanso de las almas de los difuntos, que el sábado nos bañamos, nos cortamos las uñas, cambiamos la ropa de las camas, nos ponemos camisa limpia, nuestros mejores trajes.

”Les diré todo eso, padre. Les hablaré del Día de las Perdonanzas y de la Pascua, comeremos el cabrito asado en una sola pieza. No olvidaré nada, padre… Descanse en paz. Yo cuidaré de ellos. Estará orgulloso de mí, de su hijo que tanto lo ama: Luis Rodríguez de Carvajal… Aquí estoy padre, el Señor también está con nosotros. Descanse, no tema. Todo estará bien.

Al amanecer, Luis cierra los párpados frescos de su padre, amarra su quijada y besa su frente. Lo acompañan en la habitación don Gonzalo y su esposa Catalina, la media hermana de doña Guiomar, Francisca Núñez Viciosa, viuda de don Alonso de Águila y Ana Muñoz, esposa del sastre Juan de Nava y un negro esclavo.

Luis pide al sirviente que le ayude a lavar el cuerpo de su padre. Él mismo se encarga de cortarle las uñas, el cabello y de envolver su cuerpo en el sudario que Francisca Núñez le preparó. Antonio Díaz de Cáceres, amigo de don Francisco, se ofrece como uno de los portadores del féretro. Despide al joven Luis en un abrazo y después, mirándolo a los ojos, le dice:

—No te aflijas. Le prometí a tu padre que velaría por ustedes. Volverás a saber de mí.

Agosto de 1584
Región de Pánuco, Nuevo Reino de León

Luis lee a diario la pequeña Biblia en latín que le compró al clérigo Juan Rodríguez Moreno al regreso de su estancia en Ciudad de México. La lectura del libro sagrado es solo para sacerdotes; pero el fraile, convencido de su fervor y de su interés en profundizar en la fe cristiana, aceptó vendérsela por seis pesos.

A diario, después de la cena, les traduce a su madre y a sus hermanas pasajes del Antiguo Testamento porque buena parte de la *Tanaj,* los veinticuatro libros sagrados del pueblo de Israel, se encuentran contenidos ahí. Con esas lecturas y meditando la palabra de Yahvé, se consuelan en familia sobre la dolorosa ausencia de don Francisco, sobre las penurias económicas por las que transitan, el hambre, el aislamiento en ese caserío, el calor insoportable, la humedad continua y la amenaza de los huracanes. Recibiendo la palabra de Dios mitigan el miedo a que otros los delaten por sus prácticas judaizantes, a que los guachichiles arremetan contra ellos mientras duermen, a que violen a Isabel, a Catalina, a Mariana o a Leonor mientras Baltazar y Luis viajan buscando rutas de comercio para hacer pequeños negocios, a que un lagarto aguarde escondido afuera de casa, ahí junto al río, a que una alimaña les pique mientras duermen y mueran con la lengua morada, como el vecino.

Cuando te sucedan todas estas cosas, la bendición y la maldición que te he puesto delante, si las meditas en tu corazón en medio de todas las naciones donde Yahvé tu Dios te haya arrojado, si vuelves a Yahvé tu Dios, si escuchas su voz en todo lo que yo te mando hoy, tú y tus hijos, con todo tu corazón y con toda tu alma, Yahvé tu Dios cambiará tu suerte, tendrá piedad de ti, y te reunirá de nuevo de en medio de todos los pueblos por los que Yahvé tu Dios te ha dispersado. Aunque tus desterrados estén en el extremo de los cielos, de allí mismo te recogerá Yahvé tu Dios y vendrá a buscarte; y te llevará otra vez a la tierra que poseyeron tus padres, y tú la poseerás, y te hará feliz y te multiplicará más que a tus padres.

Luis busca un rato a diario para leer en soledad. Lee la serie de libros sagrados una y otra vez, el Deuteronomio: Tú volverás a escuchar la voz de Yahvé tu Dios y pondrás en práctica todos sus mandamientos que yo te prescribo hoy. Porque este mandamiento que yo te prescribo hoy no es superior a tus fuerzas ni está fuera de tu alcance. [...] Sino que la palabra está bien cerca de ti, en tu boca y en tu corazón, para que la pongas en práctica.

Luis devora el Pentateuco, los cinco primeros libros escritos por Moisés: el Génesis, el Éxodo, el Levítico, los Números y el Deuteronomio. Mientras cae la tarde sobre el Pánuco y una garza levanta el vuelo en el horizonte, Luis, de pie frente a su madre y sus hermanos, narra sobre la creación del mundo, la historia de los patriarcas, la entrega de la ley a Moisés en el Sinaí y su muerte en Canaán.

Así como, cuando era adolescente y estudiaba allá en Medina del Campo y lo deslumbró la historia de José, el hijo de Jacob; ahora, a sus dieciocho años, se encuentra sorprendido por la figura de Moisés, el gran legislador. No ha vuelto a surgir en Israel un profeta como Moisés, a quien Yahvé trataba cara a cara.

¿Cómo será tratar a Dios creador —quien todo lo sabe y está en todos lados— con esa cercanía? Hace meses que él también ha comenzado a dirigirse a Yahvé en su corazón. Las sagradas escrituras dicen que Dios está en todas partes. Aquí. Allá. Siempre. Quizá Dios lo acompaña silencioso, aguardando a que él lo interpele. Luis lo hace a través de sus lecturas y de su oración. Dicen que Yahvé siempre está ahí, morando a la espera de un encuentro.

Cuando Luis atisba respuestas sabe que en pocas ocasiones ha percibido una paz semejante. Es una paz que lo recubre, aligera todas sus cargas, le permite sentir un gozo pocas veces experimentado. Luis se hace preguntas, muchas. Interpela a su Dios. Y comienza a percibir respuestas; se cuestiona si estas serán fruto de su propio pensamiento… si serán las respuestas que él quisiera escuchar y su mente las produce… Pero a veces, Luis le pregunta cosas que no tiene la más remota idea qué se contestaría él a sí mismo… y la respuesta como quiera llega.

Luis se siente pleno. Derrama una lágrima, un gozo inesperado. Una epifanía. A veces, tras un rato de oración, se incorpora a sus trabajos cotidianos y descubre ahí una señal de aquello sobre lo que había estado conversando con Dios y sonríe para sus adentros. Luis custodia un secreto, una flama que se encendió para permanecer, es lo más parecido a un enamorado cuyo centro del universo es el ser amado. Solo piensa en Él, ve el mundo y la vida a través de esa mirada compartida, la de la palabra sagrada y la de él, la de Adonai y la de él.

Memoriza los pasajes, los recita, los traduce, los reescribe, los medita, los cuestiona y, mientras carga su mercancía en la espalda, los versículos se le presentan como réplica a su incertidumbre; de manera que, mientras su madre zurce su vestido raído escucha: **Yahvé tu Dios te hará prosperar en todas tus empresas, en el fruto de tu vientre, en el fruto de tu ganado y en el fruto de tu tierra. Porque de nuevo se complacerá Yahvé en tu felicidad, como se complacía en la felicidad de tus padres, porque tú escucharás la voz de Yahvé tu Dios guardando sus mandamientos y sus preceptos, lo que está escrito en el libro de esta ley, cuando te conviertas a Yahvé tu Dios con todo tu corazón y con toda tu alma.** Mientras Mariana se descompone, enfurece y grita a quienes pasan por los caminos que son unos idólatras, Luis recuerda: **Maldito el hombre que haga un ídolo esculpido o fundido, abominación de Yahvé, obra de manos de artífice [...] Ustedes quemarán las esculturas de sus dioses, y no codiciarás ni el oro ni la plata que los recubre, ni lo tomarás para ti, no sea que por ello caigas en una trampa** y mientras Gaspar, su hermano mayor, escribe cartas desde su convento lejanísimo, allá con los dominicos en ciudad de México, Luis lee: **No odies en tu corazón a tu hermano, pero corrige a tu prójimo, para que no te cargues con un pecado por su causa. No te vengarás ni guardarás rencor a los hijos de tu pueblo. Amarás a tu prójimo como a ti mismo.** Mientras Leonor y Catalina repasan sus lecturas desde casa, mientras Leonor desarrolla una prodigiosa memoria donde grabará las canciones, los salmos y los rezos que Luis enseñará: **Yo daré paz a la tierra y dormirás sin que nadie perturbe tu sueño; haré desaparecer del país las bestias feroces, y la espada no traspasará sus fronteras. Perseguirán a sus enemigos, que caerán ante ustedes a filo de espada. [...]**

Yo me volveré hacia ustedes. Los haré fecundos, los multiplicaré y mantendré mi alianza con ustedes. [...]

Me pasearé en medio de ustedes y seré su Dios, y ustedes serán mi pueblo. Yo soy Yahvé, su dios, que los saqué del país de Egipto, para que no fueran esclavos; rompí las coyunturas de su yugo y los hice andar con la cabeza bien alta.

Las palabras lo habitan, le hablan en sueños. Las palabras se entretejen en nuevas palabras y Luis vuelve a sentir lo mismo que cuando descubrió los volcanes majestuosos en el espléndido Valle de Anáhuac. Las palabras rondan su imaginación, su memoria, sus días y noches, sus vigilias e insomnios. Comienzan a hurgar una salida, una grieta, a golpe de martillo. Luis busca desesperado un cuaderno, una pluma de oca, la tinta. No las compró en Ciudad de México, pero en casa de doña Francisca hay algunos cuadernillos traídos de Castilla. Se adueña de uno de ellos. Comienza a apuntar sus reflexiones, transcribe versículos, pensamientos.

Las palabras alzan el vuelo y hacen de las suyas, a veces danzan en ritmos propios dentro de su cabeza, le alegran el día y se descubre apuntando un verso y otro. Días más tarde, lee eso que no sabe cómo pudo haber escrito. Y sonríe.

El placer de la escritura. El gozo.

Luis lee a diario y a veces también escribe.

Su madre lo observa silenciosa. Sonríe.

Un poeta.

Mi hijo es un poeta y también es un rabino.

No sé si él lo sabe. Ha recibido ambos prodigios.

Una luz en medio de la desolación.

Otoño de 1584
Región de Pánuco, Nuevo Reino de León

Por esos días, un día huyendo del sol, Luis lee su Biblia bajo el tejadillo de una casa. **El varón incircunciso.**

El varón. Incircunciso.

No hemos guardado bien el pacto. La alianza.

Hemos desoído la voz de Dios. No somos un pueblo digno. Cuántas veces no hemos ayunado, hemos comido alimentos impuros. Hemos ofendido a Adonai.

El que no hubiere circuncidado la carne de su prepucio, aquella persona será cortada de su pueblo.

Yo, Luis Rodríguez de Carvajal, Luis, "el Mozo", no he guardado el pacto. Dios ha hablado claro a Abraham. Clarísimo.

Será cortada de su pueblo.

Será cortada.

Nuestra pobreza es tal que, no solo hemos perdido nuestro hogar en Medina del Campo, nuestro negocio y nuestras tierras, nuestra escuela, amigos y familiares, sino que también hemos perdido lo más valioso: la memoria nuestra, las tradiciones, las palabras sagradas, nuestros cantos, sinagogas, rabinos, el pertenecer a un pueblo.

Nos hemos perdido de ellos.

Nos hemos dispersado por Europa, África y el Nuevo Mundo.

Nos hemos perdido de nosotros mismos.

Ha violado mi pacto.

Lo hemos violado. Yahvé nos permite fingir para sobrevivir; pero, en ese proceso de generaciones algunos han terminado por amar a Cristo y por convertirse en idólatras de figuras de madera y oro.

Hemos sido desterrados de nuestra fe. Lo único que nos queda es pertenecer al último filamento impreciso de la memoria después de años de disimular y de amar en secreto. Solo nos resta aferrarnos a este hilo invisible y precario: ser parte de un pueblo al no sabemos que pertenecemos.

Yo quiero pertenecer. No quiero quedarme solo. Suspendido en la nada. No quiero desprenderme de la vid. Quiero recuperar el último reducto de una herencia que me ha sido negada.

Para mí quiero la fidelidad a Adonai.

Somos los elegidos. Nunca ha sido fácil.

Somos el pueblo perseguido por los siglos de los siglos.

Así lo ha querido Adonai.

Quiero pertenecer a ese último reducto que no me ha sido arrebatado. Puedo pertenecer porque está en mí hacerlo. Porque depende de mi voluntad.

He perdido también a mi padre y podría perderlo todo, incluso mi vida, pero no quiero desconocer lo que soy.

Perdería mi identidad.

No quiero violar el pacto.

No quiero ser cortado de mi pueblo.

Israel.

La nación que arde dentro.

Adonai no me lo perdonaría.

Yo tampoco.

¿Y si lo hago ahora?

Hay unas tijeras viejas y gastadas en casa.

¿Y si lo hago ahora?

Debe ser dolorosísimo.

Insoportable.

Es una alianza. Un signo. Una señal para toda la vida.

El dolor sellará el pacto. Si lo supero será muestra para mí de la infinita misericordia de Adonai. Y para Él, mi sacrificio será una pequeña muestra del amor que este siervo suyo le tiene.

El que no hubiere circuncidado la carne de su prepucio, aquella persona será cortada de su pueblo.

Dentro de mi pecho un hueco se amplifica, la onda expansiva de una piedra que cae en un estanque.

El miedo traba mi mandíbula, martillea en mis sienes, los pies se adormecen.

El miedo perfora, ahonda, cava dentro.

Me deja vacío. Y de pronto, todo se ve distinto.

Por nada del mundo renunciaría a la herencia más preciada.

Mi identidad es mi legado.

Soy un hombre amadísimo por Adonai.

Ya me ha salvado con su infinita misericordia en varias ocasiones: durante el viaje en la urca cuando me dieron las fiebres, y luego durante aquella noche de huracán en Tampico y del constante asedio de los guachichiles.

Adonai me habla desde las escrituras, desde el silencio en la oración.

Debo sellar esta alianza.

Me encandila esta luz de la tarde.

El calor húmedo me revuelve el estómago.

Cómo no había caído en cuenta.

La circuncisión es una prueba.

Como aquella que puso Yahvé a Abraham cuando le pidió que sacrificara a su único hijo Isaac.

Circuncidarme será marcarme.

No habrá vuelta atrás. Una alianza visible.

Mi identidad dejará de ser clandestina.

Seré judaizante ante todos.

Llevaré una marca en el cuerpo como testimonio de mi alianza con Adonai.

¿Y no es eso lo que me pidió mi padre Francisco antes de morir?

Quizá mi determinación sea la semilla para que muchos a mi alrededor vuelvan a sus prácticas, afiancen su fe.

Una marca que me condenará.

Un delito contra la corona por el que se paga con la vida.

Una marca que podría costarme la posibilidad de tener descendencia.

Una alianza. Un pacto. Un precio.

Luis se pone en pie. Recoge la Biblia, se dirige decidido a su casa. Entra, saluda a su madre, se dirige a la habitación que comparte con sus hermanos Baltazar y Miguel, esconde la Biblia en su cama. Regresa a la cocina y mientras Francisca trabaja y conversa, él busca disimuladamente las tijeras. Una vez que las toma, las esconde entre su ropa y sale de nuevo. Se dirige al río.

Ahí se desajusta la pretina que le sostiene las calzas en la cintura. Se esconde entre los juncos para que nadie vaya a verlo. Se hinca. Se sienta sobre sus pantorrillas.

Luis duda.

Podría consultarlo con Baltazar.

Le dirá que no lo haga. Es una marca y no habrá vuelta atrás. Hace generaciones que dejaron de practicarla.

Su padre Francisco y sus dos abuelos, aunque fieles a la ley de Moisés, no se circuncidaron. Hicieron la alianza en su corazón.

Pero cómo va a ser lo mismo. Solo los judíos se circuncidan. Una alianza.

El que no hubiere circuncidado la carne de su prepucio, aquella persona será cortada de su pueblo.

Cortada.

De su pueblo.

Se quedará pendiendo en la oscuridad.

Adonai se olvidará de ella.

Para siempre.

Se baja las calzas, el pantalón, las bragas. Toma con la mano izquierda su miembro. El pulso en su mano derecha tiembla. Abre las tijeras. Con la mano izquierda acerca su camisa para limpiar las cuchillas. Observa que aún tienen restos de algo y las acerca a la orilla del río para enjuagarlas. Las seca con su ropa.

Bendito y alabado y ensalzado y glorificado sea el nombre de nuestro Señor Adonai.

Las últimas palabras de mi padre.

Cierra los párpados.

Bendito y alabado y ensalzado y glorificado sea el nombre de nuestro Señor Adonai.

Escucha unos pasos en la lejanía.

Debo darme prisa. Sería peligroso que alguien me encontrara aquí.

Introduce el pulgar a una de las orejas de las tijeras, el medio a la otra oreja, con el índice regula la extensión y siente la fricción entre el filo de ambas cuchillas.

Abre y cierra las tijeras de manera mecánica.

Con la mano izquierda sostiene su miembro, entre el pulgar y el medio.

Revisa el prepucio. Apenas toca el segmento de piel que deberá cortar midiendo cauteloso.

A veces, el cuerpo no obedece.

Y entonces uno cuenta: una, dos y tres. Y nada.

Una, dos y tres.

Apenas el filo cercena su piel y un dolor como jamás imaginó que pudiese existir lo azota. Lo parte.

Un dolor total.

Lo posee.

Lo paraliza.

Le arrebata el aliento.

Hay dolores para los que no existe memoria ni palabras ni imaginación.

Su mano tiembla, aprieta los párpados y, en medio de la sangre que brota, inhala con esfuerzo buscando una bocanada de aliento.

Con los dedos de la mano izquierda levanta el pedazo de piel para seguir haciendo el corte.

Un grito ahogado. Un rugido.

Hasta que no puede más, cae hacia su lado derecho y pierde el conocimiento.

דוד

Volvía yo a casa cuando te vi a lo lejos, tumbado junto al río. Me acerqué sin saber que eras tú. Apenas te reconocí y corrí a acercarme. Fue terrible encontrarte ensangrentado e inconsciente. Pensé que algún chichimeca te había atacado. Apenas iba a gritar pidiendo ayuda, cuando levanté tu camisa buscando la herida y cuál sería mi sorpresa al verte con el miembro rebanado, habías perdido mucha sangre.

Enseguida comprendí. Había escuchado con el paso de los años sobre esa antigua costumbre de los nuestros; pero también sabía que por seguridad había dejado de practicarse puesto que era una marca ineludible de judaísmo.

—Ay, hermano. Qué te hiciste. A ver si sales de esta.

Tuve que vestirte a medias y esperar un momento a que mis hermanas salieran de casa para llevarte casi cargado. No podías andar ni pronunciar palabra. Estabas en un delirio que se postergó en días y noches en los que te vinieron fiebres muy altas. Mamá insistió en traer a un médico y, como no pude disuadirla, tuve que confesar la verdad. No podía arriesgar a toda la familia. Si un médico te revisaba la herida, caería en cuenta y nos delataría a todos.

Durante muchos días te hice curaciones con vino y sal. Tu vida era un tormento; acciones tan básicas como caminar y orinar se volvieron un suplicio. Además, no era una herida que pudiera ventilarse; de manera que su cicatrización resultó lentísima. Sin embargo, parecías convencido de que renunciar a tu comodidad, al placer y sobreponerte al sacrificio, al dolor del cuerpo te daría una fortaleza interior que necesitarías más adelante. Parecías seguro de que la vida te presentaría más pruebas y que las necesidades del cuerpo no debían de distraerte de la voluntad de Adonai.

Ahora pienso que quizá durante esa época, por primera vez, comenzaste a tener experiencias místicas. Durante semanas permaneciste suspendido en el delirio, entre el sueño y la vigilia, abrumado por la fiebre o, en ocasiones, profundamente dormido. Entonces comenzaste a murmurar pasajes de las sagradas escrituras, a veces en latín, a veces en judeoespañol, a veces en portugués, en castellano.

Cuando tu salud comenzó a mejorar, te volviste muy reservado con relación al tema. Tiempo después me confesaste que durante aquella convalecencia habías tenido tiempo suficiente para interiorizar la palabra de Dios, para reflexionar y que en ocasiones había sido tanto el gozo de estar en presencia de Adonai que te habías olvidado del cuerpo, del dolor y de las molestias de la herida. No es que dejaras de sentir; sino que, a ratos te empleabas, en cuerpo y alma, en la contemplación de Dios. Ese recogimiento te traía una quietud y una paz interior tan abundantes que, durante esos momentos, no había nada más que te hiciera falta.

La referencia a este tipo de experiencias no era nueva para nosotros y te lo hice saber. Allá en Medina del Campo, antes de viajar a la Nueva España, recuerdo que amigos y vecinos comentaban sobre la fortuna que teníamos de vivir en la misma villa donde coincidían sor Teresa de Ávila y fray Juan de la Cruz. Tú tendrías unos trece años y yo unos diecisiete la única vez que los vimos pasar frente a nosotros. Él era un clérigo de poco menos de cuarenta años quizá y ella, una mujer ya muy mayor, bien podría haber sido su madre. La gente se detenía a verlos pasar. En los hogares y colegios se hablaba de ellos. Decían que Teresa era una mujer incansable, que su inteligencia superaba la de muchos y que recorría pueblos fundando conventos. Quizá, lo que más llamaba nuestra atención era saber que debido a sus enseñanzas, sus tratados teológicos, su poesía y sus manuales de oración se les decía "místicos". Nunca habíamos escuchado la palabra antes.

En la escuela, fray Antonio nos explicó que una experiencia mística era algo muy difícil de alcanzar porque se trataba de llegar al grado máximo de unión del alma humana a lo Sagrado durante la existencia terrenal. No era algo que uno pudiera conseguir por sus propios medios, como la penitencia y la oración; es decir, había que practicarlos, pero finalmente, la experiencia mística era un don de Dios. Se decía que Teresa y Juan habían experimentado, en varias ocasiones, esta unión directa y momentánea con Dios que solo se consigue mediante el éxtasis. Otros decían que ellos podían acceder a eso porque eran santos. De manera que aquella vez que volvimos de la escuela y los observamos hablar afuera del convento que fundó sor Teresa nos quedamos fascinados.

—¡¡Madre!! ¡¡Vimos a los santos aquí cerca!! Con nuestros propios ojos.

Años después incluso buscaste algunos de sus escritos y aprendiste sus versos. Te maravillaba cómo habían convertido su amor por el Altísimo en poesía, cómo habían logrado plasmar esa experiencia en palabras. Había un famoso soneto que muchos sabían de memoria. Tú lo aprendiste en aquella época y más tarde, cuando lo recitabas omitías la parte referente al Cristo:

No me mueve, mi Dios, para quererte
el Cielo que me tienes prometido
ni me mueve el Infierno tan temido
para dejar por eso de ofenderte.
[...]
Muéveme, en fin, tu amor, y en tal manera,
que, aunque no hubiera Cielo, yo te amara,
y, aunque no hubiera Infierno, te temiera.
No me tienes que dar porque te quiera,
pues, aunque lo que espero no esperara,
lo mismo que te quiero te quisiera.

Año de 1623
Sevilla, España

Joseph, tu fuiste uno de los varones más admirados entre los nuestros; una especie de rabino, de sabio prodigioso con un don sagrado para comunicarnos la palabra de Dios. Y tú, Joseph, te enamoraste de mí, desde todas las dimensiones que te conformaban. Yo, Justa Méndez, fui la única mujer a quien amaste de manera entrañable. Había tantos lazos que nos unían.

Tras tu muerte, no sabía si alguien más podría amarme de esa manera. Nombrabas mis silencios. Para ti fui Justa, la bella. Justa, tu luz. Justa, tu ángel. Quizá era tu manía de idealizarlo todo, de entregar tu cuerpo lozano, tu inteligencia descomunal, tu vida entera a una causa desmesuradamente compleja y de una forma que, sin duda, tarde o temprano te conduciría a la muerte.

El Señor ya te había protegido y salvado de innumerables peligros, una y otra vez. Tú mismo me habías mostrado aquel librito con una caligrafía en miniatura donde narrabas tus *Memorias* y registrabas las veinticinco veces que Adonai te salvó la vida milagrosamente. Me decías que esas *Memorias* era para que tus hermanos Baltazar y Miguel, supieran todo lo que Adonai hacía por sus hijos amados, por el pueblo elegido.

Yo te escuchaba atenta, pero dejaba que las palabras volaran, porque lo que más me gustaba era estar junto a ti. Yo tendría por entonces unos dieciocho años y tú unos veintiséis. Recuerdo estar sentada junto a ti, en una banca de mi casa, en el patio junto a una higuera, mientras caía la tarde. Tú hablabas. No recuerdo tus palabras, pero sí el tono de tu voz y tu cuerpo esbelto junto al mío. Me sacabas media cabeza, adoraba tus brazos fuertes, tus manos de hombre que había sido soldado, conquistador y poeta, tu piel apiñonada, tus ojos verde olivo con miel que hurgaban mis profundidades, como si pudieran leer mis pensamientos.

Justa... Justa...

Y se te hacían un par de hoyuelos junto a la comisura de sus labios cuando te volvías a mí y sonreías. Siempre nos amamos. Algunas veces nos lo dijimos. Tu madre y mi madre aprobaban nuestra complicidad. Con el papel que desempeñabas en nuestra comunidad había pocas oportunidades de vernos a solas, casi siempre con todos los demás.

Justa... Justa...

A veces me leías la mirada y tu sonrisa se desvanecía. Guardabas un silencio que me inquietaba. Mirabas pensativo al horizonte, fruncías el ceño y te mordías el labio superior, como si vislumbraras algo que no te gustara, como si se anticiparas lo que estaba por venir. Yo contemplaba esa desazón, tus pestañas chinas, el fondo de tus ojos tristes, tu cabello castaño y ondulado, dócil a la brisa de la tarde, tu nariz angosta, tu barba, tus detalles hacia mí.

Recuerdo que, por esa época, Cardoso, un judío rico de Querétaro visitó a mi hermano Gabriel en Michoacán mientras se encontraba haciendo unos negocios para pedir mi mano y, tan pronto te enteraste, te pusiste furioso. Estabas en desventaja porque mientras portaras el sambenito no podías obtener ingresos por tu trabajo ni mantener una familia. De manera que te presentaste ante mi madre para advertirle que de aceptar yo ese matrimonio, Cardoso ganaría y yo perdería. Mi madre recibió tu visita y cuando partiste, se rio un buen rato.

—Se muere de celos —repetía.

—Ay, madre. No se ría usted de sus sentimientos… Yo no quiero casarme con ese Cardoso; yo quiero a Joseph.

—Haremos lo que tú decidas, Justa.

—Gracias, madre.

—Pronto serás libre de casarte con Joseph. Francisca me ha contado que tienen planeado esperar la conmutación de la sentencia de todos los miembros de la familia; ella cree que ya no tardará mucho en llegar porque mantiene correspondencia con su yerno Jorge de Almeida y su hijo Baltazar. Una vez otorgada la libertad, podrán viajar. Su intención es volver a España todos juntos y, de ahí, dirigirse hacia Italia o Salónica para reunirse con Baltazar y Miguel y vivir libremente como judíos.

Otoño de 1584
Región de Pánuco, Nuevo Reino de León

—¡El capitán Melo acaba de llegar buscando al gobernador!

—Me informan que lo recibirá enseguida. Adelante.

—Don Luis: le traigo malas noticias…

—Dime.

—Los indios de la región alrededor de Ciudad de León mataron españoles e hicieron muchos daños.

—¿Cuál es la razón por la que se sublevaron? Habíamos pactado la paz con ellos y han estado conformes durante un par de años. Hay mucha prosperidad en la zona.

—Algunos capitanes y soldados provenientes de los otros reinos… aprovechando su ausencia, tomaron muchos indios para esclavizarlos.

—La principal resistencia la he encontrado siempre entre los peninsulares, aun a sabiendas de que es delito esclavizar a los nativos. En vez de servir a la corona y cumplir sus compromisos, ¡la mayoría solo velan por sus intereses mezquinos!… No existe otro camino para la expansión del reino mas que la paz. ¡Solicité permiso para explorar, poblar, pacificar! No para separar a las familias y vender hombres y mujeres; ¡no para apartar a los padres de sus hijos! No solo es un tema de justicia sino de supervivencia: ellos son miles y nosotros unos cuantos. ¿Qué no se dan cuenta?

—Al parecer no, señor.

—El Nuevo Reino de León deberá distinguirse por el buen trato hacia los naturales de paz de todos los territorios que vayamos ocupando. Será así porque lo mando yo. Partiremos de inmediato a enfrentar esos capitanes.

Al día siguiente, en el camino se encuentran con el capitán Juan Trujillo. En efecto, tras su caballo, lo secunda una caravana de más de un centenar de indios presos. Arrastran los pasos sedientos, asoleados, con el rostro desencajado, los pies polvosos. Los han amordazado para que no puedan comunicarse.

Carvajal y sus soldados seleccionan a los prisioneros que ya hablan castellano. Les explican y don Luis, les ordena que expliquen a los demás. Pide una disculpa a nombre de su gobierno, los libera y los envía de regreso para que comuniquen a su gente que su gobernador está ahí para velar por ellos.

Amonesta al capitán Juan Trujillo firmemente con el destierro. De ese momento en adelante, no podrá volver a pisar el Nuevo Reino de León. Levantará un acta de denuncia con testigos y la enviará a la Audiencia. El capitán murmura furioso. El resentimiento se expande y arde. De haber vendido a los hombres, él hubiese recibido miles de pesos, todo el dinero con el que soñó en su vida. Estuvo a punto de lograrlo.

El puñal del odio no lo nubla. El profundo deseo de vengarse. No es el momento. Pactará con los otros; cada vez hay más resentidos contra Carvajal.

Días más tarde, ya en la Ciudad de León, don Luis de Carvajal confirma que se ha conseguido la paz de nuevo. Habrá que enterrar a los muertos, reconstruir los huertos, el templo, las casas, hablar con los castellanos, consolar a las viudas y los huérfanos. Una y otra vez. ¿Cuántas veces más antes de que los peninsulares dejen de traicionarlo?

El recuerdo de Sísifo incide detrás del insomnio.

Invierno 1584
Región del Pánuco, Nuevo Reino de León

Francisca no concibe prueba más dura que los meses que siguen a la muerte de su amado esposo Francisco. La imposibilidad de acompañarlo, de cuidarlo, de despedirse de él, la flagela.

A sus cuarenta y cuatro años recae en ella la responsabilidad de sus hijos sobre su delgada y adolorida espalda, inmersa en una sociedad desarticulada en donde apenas tiene algunas amistades.

Ha pasado de la tristeza y la desesperación a un páramo donde la vida ha perdido sentido. Transcurren desacompasados los días, las semanas y los meses.

A menudo quisiera no levantarse de la cama. Daría todo por estar con él, contarle cómo van las cosas, pedirle ayuda para decidir qué hacer en esa miseria en la que se encuentran sumergidos. Francisca siente que no sabe vivir sin él… Era apenas una niña cuando los desposaron, Francisco era su primo. Tenían apenas, diez años ella y catorce años él, cuando se formalizó el matrimonio en una ceremonia familiar. No vivirían juntos hasta que ella cumpliera los quince años. Sin embargo, Francisca sabía que él ya era su esposo. Él la visitaba con frecuencia, convivían en las reuniones familiares. Aprendió a querer a ese primo adolescente que la defendía en los juegos con los demás, le guiñaba el ojo cómplice, le regalaba alguna flor recién cortada, le recitaba un par de versos sobre la belleza de sus ojos. Su Francisco. Con el paso de los años, él le daría a conocer la ley de Moisés. Al año de vivir juntos, nació Gaspar, entonces tenían dieciséis y veinte. Él fue un buen padre de sus nueve hijos. Todo en la vida lo aprendieron juntos. Fue un fiel compañero, tierno para amarla; un hombre comprometido con ella y con su fe. Además, por el contrario a la actitud común de otros hombres con sus esposas, él respetaba sus decisiones.

Él fue un puerto donde ella podía anclarse segura. Ahora, en esta tierra inhóspita, su vida es una barca a la deriva.

Por si fuera poco, la distancia con su hermano el gobernador los ha dejado en la pobreza. Isabel, su hija mayor, y Mariana preparan caldos con cebolla, papas, frijol; a veces las gallinas ponen huevos, a veces comen la gallina. Jamás imaginó esas penurias en su familia. Catalina, Leonor, Miguel y Anica crecen; la ropa ya no les viene bien.

Un par de semanas atrás, su hermano don Luis envió a dos capitanes y un soldado a su casa. Venían a conocer a Catalina, Mariana y Leonor. Francisca instruye a sus hijas y rechaza sus propuestas; antes pobres que casadas con gentiles. Así lo había decidido su padre también. Su fe no es negociable. Muchos han elegido la salida fácil, pero no ellos.

Gaspar vive en el convento de los dominicos en Ciudad de México. Baltazar, tras la ruptura con su tío el gobernador, marchó a otras villas con la intención de seguir el ejemplo de su padre e iniciarse como comerciante. Pero hacerse de un patrimonio tomará tiempo, mucho trabajo. Mientras tanto, las labores en casa son agotadoras, interminables.

De nuevo, Francisca piensa en su hijo Luis, "el Mozo".

Ya recuperado de su herida, a inicios del próximo año, se marchará con su hermano, el gobernador. Su hijo es el único que aún mantiene una relación cercana y cordial con él. Don Luis tiene depositado todo su cariño y sus expectativas en él a quien ya, desde hace tiempo, hizo llamar: Luis de Carvajal, "el Mozo". Es el heredero del reino. El deseo de su hermano es bueno. Sin embargo, Francisca sabe que no va a ser fácil. Hace una mueca de angustia. Aprieta los labios, abre los ojos mientras suspira.

Su hijo deberá elegir tras saberse él mismo escogido para dos misiones tan magnánimas como incompatibles.

Su hijo deberá elegir y su decisión traerá consigo una avalancha de infortunios. Ella lo sabe. Está frente a un callejón sin salida. Francisca cierra los párpados. Suspira.

Julio de 1585
Zona de Coahuila, Nuevo Reino de León

Luis, "el Mozo", ha demostrado en estos seis meses, durante los cuales no se ha separado de su tío el gobernador, una audacia extraordinaria para la administración y para las estrategias militares. Un joven de dieciocho años, delgado, sano y ágil. Nunca sobran en él las palabras. Antes de hablar, observa atento. Guarda silencio y cuando su tío pide su opinión, siempre deslumbra con su respuesta. Aprende con una rapidez inusual. Su tío no ha encontrado esa inteligencia ni disposición en ninguna persona. Con el paso de los meses, don Luis le explica a su sobrino las estrategias, las reglas, los nombres, los puestos, las historias detrás de cada uno, las intrigas, los puntos débiles, los enemigos, los caballos, las armas, las hierbas que curan, las palabras de los nativos, las costumbres de los pueblos, los caciques, los minerales, la plata, el comercio, las rutas, los nuevos caminos, los tributos, las auditorías, los términos jurídicos, sus proyectos, los puertos, el norte, la Florida, el río Bravo.

Don Luis se siente satisfecho con la elección de su heredero y, a veces incluso, profundamente orgulloso de su sobrino. Lo observa en medio del resto de los capitanes mientras el joven ya toma decisiones y ordena. Se ha ido ganando el respeto y la fama entre españoles e indígenas. Es sangre de su sangre. Ya en algunas ocasiones, lo ha dejado encargado mientras él se ausenta un par de días a atender otros asuntos. Los demás, aunque mucho mayores que él, lo obedecen y respetan. No deja de causarles cierta admiración la sabiduría de ese joven, el don de consejo, la determinación con la que hace las cosas, como si fuese mayor de lo que es. Incluso, algunos capitanes, se han referido a él como indispensable para mantener y desarrollar la vida española en la región.

Una tarde, Luis, "el Mozo", no encuentra el caballo de las armas en la villa. Con arcabuz, espada y daga decide montar otro rocín para ir en búsqueda del caballo perdido. Sin embargo, una vez que ha recorrido dos leguas, justo al acercarse a un caserío asolado por chichimecas, el corcel no camina más. Ni para atrás, ni para adelante.

Luis recuerda haber pasado hace unos días por ese caserío con don Luis. Fue terrible lo que ahí encontraron. Los cuerpos de hombres, mujeres y niños aún permanecían tibios: flechados, sangrantes, desollados. Una muñeca tirada, un perro olfateando, la cabellera castaña de una niña desprendida del cráneo. Una parvada de buitres volando en círculos encima de aquella masacre. El Mozo creyó reconocer a algunas de las personas que viajaron con ellos desde Sevilla.

Apretó su mandíbula. Sus ojos color miel se llenaron de lágrimas. Empuñó su espada. Esto no tiene perdón de Dios.

Hoy, aun a la distancia, Luis percibe el olor a carne descompuesta. Los buitres en su festín. No quiere llamar la atención con el caballo. Nunca se sabe con los chichimecas.

Pero el sol ha iniciado su descenso. Luis le habla al caballo. No es el suyo, es el de las armas. No hay agua en los alrededores.

El sol se oculta ya en el horizonte. La tarde pardea. No hay manera de mover al rocín. Quedarse ahí sería suicida. Le quita la silla, ata el freno a un huizache.

Antes de que la luz se desvanezca por completo, debe orientarse para volver a la villa. Luis observa la serranía de donde ha venido.

No hay caminos. Solo montañas y desfiladeros.

Observa el cielo. Una infinidad de estrellas comienzan a centellear en el cielo azul cobalto.

El silencio se impone a ratos.

Lo traspasa. Lo conmueve.

El silencio se rompe cuando pasa un animal, un insecto. El aullido de un coyote. Una serpiente se desliza.

Indeciso, emprende el regreso. Camina un rato. No quiere gritar. No quiere que los chichimecas salvajes lo escuchen.

No reconoce el paisaje. Quizá era por allá.

Aunque no siente hambre, lo acosa la sed. Ha sido un día muy caluroso. No ha bebido nada desde el almuerzo. Con su daga, corta la penca de un nopal. Se espina la lengua, el paladar, los labios, las encías.

La baba del nopal escurre sangrante, pero Luis ya no alcanza a distinguir el color púrpura, solamente percibe la frescura.

Anochece. Intenta avanzar a oscuras, pero no hay luna. No distingue ni sus manos siquiera.

Y los muertos con ojos picoteados. La imagen lo acosa cuando la brisa trae cierto tufo. No cree en fantasmas.

Pero a ratos escucha murmullos. Pasos.

Quizá un animal.

Un chichimeca.

Luis ora. Con el fervor que rezaba para que su padre se curase. *Adonai…*

El ulular de una lechuza.

Aprieta entre sus manos el pequeñísimo Libro de Esdrás que lo ha acompañado desde que partió de Pánuco. Dejó la sagrada Biblia como consuelo a su madre, a Isabel y a Mariana. Desde entonces, esconde el libro entre su ropa. Todos los días por la madrugada, antes de que su tío despierte, Luis lee con devoción y medita la palabra.

En la villa, don Luis deambula preocupado, observa el horizonte. A ratos camina de un lado a otro y vuelve a detenerse. Es curioso que Luis no esté en la casa. Hace rato envió a uno de sus soldados de confianza a que averigüe, en la villa de junto, si Luis está allá. No le avisó que se ausentaría. De pronto, distingue el caballo del mensajero a lo lejos, a galope veloz.

—¡Don Luis, "el Mozo" no está con ellos! ¡Nadie lo ha visto!

Don Luis organiza y envía de inmediato dos cuadrillas de cinco soldados a caballo en su búsqueda. Parten en direcciones distintas. Llevan armas, una trompeta y un arcabuz cada una. La trompeta para que el joven los escuche en la serranía y el arcabuz para disparar, en caso de que lo encuentren y dar aviso a los demás.

Todos en el campamento han sido alertados. Algunos lo buscan a pie. Otros permanecen con don Luis quien siente, por primera vez, una angustia y un dolor implacables. Don Luis ora. Dios Nuestro Señor, cuida de él. No permitas que nada malo le suceda. No me lo perdonaría. Tiende tu manto misericordioso sobre él.

Las imágenes de los cuerpos flechados, desollados, parpadean en su memoria.

Una angustia lo carcome.

El tiempo se estanca.

Las flores blancas de la anacahuita.

La tarde pardea.

El viento arrecia.

Aprieta las mandíbulas. Permanece alerta a cualquier señal de su sobrino. Esto es lo más semejante a tener un hijo. Debería tener Luis un escudero. De ahora en adelante se lo pondrá. Si lo encuentran con vida. ¿Qué le habrá pasado? ¿En dónde estará ahora? ¿Lo tendrán cautivo? ¿Se habrá desbarrancado? ¿Lo desollarán vivo como a los otros?

Un hombre intenta poner un farol sobre un árbol muy alto para que, en caso de andar perdido, el muchacho divise la villa desde la distancia. Sin embargo, el hombre cae del árbol y se fractura ambas piernas. El hombre grita de dolor. Algunos lo cargan. El médico lo atiende. Inmoviliza sus piernas con tablas. Le dan hierbas y vino para amainar los dolores.

La noche larga y extendida se tiende sobre la espera de los dos Luises: el tío y el sobrino. El gobernador del Nuevo Reino de León y el heredero.

Y si aparecen los rayados, los tobosos, los guachichiles.

Y si lo llevan prisionero para empeyotarlo, para surcar su piel blanca, para iniciarlo como uno más entre los suyos.

Y si intercambian sus botas y su espada por su vida.

Más tarde, los grillos alimentan la noche.

Perennes, pausados, ajenos a la angustia.

El Mozo extraviado. De su patria. De su fe. De su padre. De su madre y sus hermanas. De su vocación. ¿Cuál de ellas?, ¿la de guía espiritual que le asignó su padre?, ¿la de futuro gobernador que le asignó su tío?, ¿la de Luis Rodríguez?, ¿la de Luis de Carvajal, "el Mozo"? ¿Sus dudas traicionan su fe? ¿Traicionan a su tío? ¿Traicionan al reino y la corona? ¿Traicionan la llama celosamente guardada a través de generaciones?

Un joven judío que duda, como Jesús en el desierto tentado por Satanás.

Esto es una prueba. Una más. Adonai... ilumina mi precario entendimiento.

Debe proseguir junto a su tío para aliviar la pobreza de su madre y de sus hermanas; para que ellas no tengan que casarse con gentiles. No obstante, su tío tiene muchos enemigos; su empresa no es fácil. Además, convertirse en el gobernador no le permitirá practicar su fe; estará a la vista y el escudriño de todos.

Con una mano, acaricia el libro de Esdras, con la otra, la empuñadura de la espada.

Permanece alerta. De pie.

Adonai. Te prometo que si me salvas la vida me dedicaré a buscar a los tuyos que habiten en estos reinos, a compartir tu palabra.

Casi a la medianoche, Luis escucha un sonido. El eco de un sonido rebotando en la serranía. Una trompeta.

—Han venido por mí. ¡Aleluya!

Cae de rodillas.

—Alabado seas, Adonai. Infinita es tu misericordia. Me has salvado la vida, una vez más...

—¡Aquí estoy! ¡Ayuuuuuda!

Escucha el galopar, las voces que se acercan. Las farolas como luciérnagas a la distancia.

—¡Acá estoooy!

—¡Luis! ¿Te encuentras bien? ¡Ya vamos por ti!

Lo encuentran. Bajan de sus caballos. Lo abrazan. Ríen. Le dan palmadas en la espalda. Disparan el arcabuz.

—Tu tío está muy afligido ante tu extravío. Ahora se pondrá feliz.

Tras el sonido a lo lejos, una amplia sonrisa se dibuja en el rostro de don Luis mientras suspira lento y cierra los párpados. Junta sus manos y las lleva hasta su boca, su nariz y murmura:

—Gracias, Dios mío. Alabado seas, Señor. Gracias.

En una mezcla de sollozo y risa, un par de lágrimas surcan el polvo de sus mejillas.

Otoño de 1585
Ciudad de México, Nueva España

Hace apenas un año que nombraron nuevo virrey al Inquisidor don Pedro Moya Contreras, arzobispo de México y presidente del Consejo de Indias. Afortunadamente, don Luis de Carvajal tiene buena relación con él, el tercer virrey con quien le toca intercambiar asuntos. Justo antes de su arribo a su nuevo cargo, la Audiencia había vuelto a dictaminar a favor de don Luis de Carvajal y de la Cueva con relación al pleito con el fiscal Eugenio de Salazar.

De manera que, en junio de 1585, la Audiencia ha dado por terminado el pleito entre ellos dos al emitir una Ejecutoria Real que otorga a don Luis todos los pueblos que se habían disputado. *Sean de su gobernación los pueblos de Tampasquin, Tamotela, San Miguel y los demás que están rebelados hasta el pueblo de Xalpa y Sechu, con obligación de reducirlos dentro de ocho años; y que el Virrey y audiencias de México y Guadalajara de la Nueva Galicia y el gobernador de la Nueva Vizcaya, le tengan por gobernador.*

Una vez resuelto el asunto a su favor don Luis de Carvajal y de la Cueva, en compañía de Luis, "el Mozo", el capitán Diego de Montemayor y el capitán Lucas de Linares, se proponen fundar otra ciudad: la villa de Almadén.[4]

---

[4] Hoy en día Monclova, Coahuila.

Sin embargo, para sorpresa de muchos, durante el mes de noviembre don Felipe II manda llamar al virrey Moya, quien apenas lleva un año en el cargo, para otra encomienda en España. Por lo mismo, instaura un nuevo virrey para la Nueva España: don Álvaro Manrique Zúñiga, Marqués de Villaman-rique.

Primavera de 1586
Ciudad de México, Nueva España

Dicen… que el virrey Villamanrique es un déspota, que ignora las órdenes del rey don Felipe II, que quiere tener autoridad absoluta sobre los reinos autónomos de la Nueva Galicia, de la Nueva Vizcaya y del Nuevo León.

Dicen que toma dinero de la caja real para hacer fiestas que duran una semana entera… ¡No cabe duda de que él y la virreina despilfarran el dinero!

Dicen que su administración será un desastre.

Que tiene pleitos con la Audiencia de la Nueva Galicia, que por poco y desata una guerra civil en Guadalajara.

Que no ha podido controlar a los piratas cuando saquean los galeones españoles que llevan oro en las costas del Mar del Sur.

Dicen que su alborotada esposa, la virreina doña Blanca de Velasco, hija del Conde de Nieva, lleva una vida disipada… parece ser una mujer de ligeras costumbres y de carácter más que dominante y altivo.

Dicen que fray Alonso Ponce puso una queja cuando supo que los virreyes fueron a recrearse a la ciudad de Xochimilco durante ocho días en los cuales los indios les hicieron grandes fiestas, cuya algarabía provocó ¡incluso la muerte de tres nativos!

Fray Alonso elaboró una carta donde describía que desde la fiesta despachaba el virrey, allí acudían los oidores y los oficiales de la Audiencia y había muchos juegos, incluso un fraile nadó en un estanque en presencia de la virreina, y ella ¡le tiraba naranjas!

Dicen que el virrey se holgaba en unas canoas por aquella laguna, que había mucha gente tirándose elotes y, entre ellos, el provincial dio con uno de estos elotes en las narices a un caballero, pariente del virrey, un golpe tan grande que le hizo salir mucha sangre, se indignó enormemente contra él; le dijo palabras harto pesadas.

Dicen que el pobre fraile ya está encarcelado, que ningún noble caballero ha podido liberarlo, que el virrey le ordenó que abandone estas tierras cuanto antes… quizá por lo firme que ha sido su energía en la escrupulosa visita que ha hecho asociada al Excelentísimo Señor virrey don Álvaro Manrique de Zúñiga, marqués de Villa Manrique, y su esposa doña Blanca de Velasco.

Cada día pasa a nuevo escándalo su irreverencia, las gentes cristianas de la ciudad están consternadas, muy llenas de indignación por la conducta libertina de los virreyes y de todos los de la corte frívola, banal.

Primavera de 1586
Ciudad de México, Nueva España

Eugenio de Salazar suspira satisfecho. No podría la fortuna haber sido más generosa con él. El virrey don Álvaro Manrique de Zúñiga, marqués de Villamanrique, ha delegado en él su discernimiento y su poder. No le interesa revisar papeles. Salazar, como fiscal de la Audiencia, había sido desde que llegó a Ciudad de México hace cuatro años, el intermediario entre el virrey en turno y los oidores. Sin embargo, ahora el virrey Villamanrique, deslumbrado por el conocimiento y el buen trato de Salazar, le añadió el cargo de oidor y, así podrá votar a favor de lo que él mismo como fiscal ha recomendado. Ahora sí, podrá tomar las riendas en la persecución de su acérrimo enemigo, podrá vengarse de ese conquistador, el único hombre que le ha ganado una y otra vez. Será fácil hacerse de alianzas con los enemigos de Carvajal que quieren recuperar los territorios perdidos gracias a las decisiones de la Audiencia.

Salazar trama un nuevo plan: la pacificación de la frontera norte. Inventará acusaciones en contra de Carvajal para encarcelarlo. Los indígenas son propiedad de la corona; de manera que informará el inexperto virrey sobre los abusos de los peninsulares hacia los indios.

Salazar tiene la doble destreza de manejar las palabras como un hábil político y escrupuloso fiscal y, por otra parte, como poeta y artista de la palabra. Pronto, habrá de echar mano de ambos ingenios. En su poesía pastoril exaltará el gobierno virreinal, minimizará las fallas de la administración e idealizará a los virreyes.

Eugenio de Salazar escribe obras literarias siguiendo la moda del renacimiento italiano, solo que situadas en la Nueva España; en vez de sitios de la mitología grecolatina, sitúa a los virreyes "el Mayoral y su Pastora" en los canales de Xochimilco y en el lago de Texcoco. Cuando se refiere a la virreina doña Blanca de Velasco exalta su belleza, su blancura física y moral para enaltecer la figura de la virreina ante los ojos del pueblo mexicano y ante Felipe II. El poeta fiscal realza la grandeza de los gobernantes virreinales, su riqueza y la vida cortesana; minimiza los errores del Marqués de Villamanrique. En definitiva, no hay nada que complazca más al virrey.

える✺える

Oh, Blanca, ¡Blanca más que blanca nieve!
Blanca en la condición blanda y sencilla,
Blanca en el alma en que su Dios blanquea;
Blanca en costumbres, blanca y sin mancilla;
Blanca en la casa fe que a mí se debe:
¿cuál blanca, hay, Blanca, ¿que tan blanca sea?
Quien ver beldad desea
y blanca honestidad con ella unida,
no se hallará en blanco si te viere;
ni a ti te saldrá en blanco la creída
afición del que quiere
a ti sola por blanco de su vida

Primavera de 1586
Región de Pánuco, Nuevo Reino de León

Dios proveerá, le había respondido doña Francisca la noche anterior, cuando Isabel habló con su madre. ¿Qué sería de ellas viviendo en esta tierra, infestada de insectos, de enfermedades, sin porvenir? Qué desgracia la suya de quedar viuda al poco tiempo de casada. Ella no quería venir a la Nueva España. Tras la muerte de su amado Gabriel, su deseo fue ingresar a un convento. Qué extravío; fue la desesperación de verse sin él. En qué momento su vida cambió. No tuvo más remedio que seguir a sus padres y a sus hermanos hasta este Nuevo Mundo, esta tierra que les ha traído solo desdichas. Y encima, la pobreza. Ellos, los sobrinos de gobernantes, de conquistadores, de sacerdotes, de tesoreros de los reinos, de comerciantes ricos, de médicos y navegantes, ahora en la penuria. Isabel y su madre han cosido ropa para Miguel y Anica incluso con un mantel y una cortina, con un vestido de salir que no usaban; han tenido que pedir prestado a los vecinos con la promesa de que sus hermanos Luis o Baltazar, les devolverán el dinero pronto. La gente ha sido amable y solidaria, pero ¿hasta cuándo? En este sitio ni Miguel ni Anica podrán ir a una buena escuela; además, sus hermanas Catalina, Mariana y Leonor no hallarán un varón digno para casarse y que sea judío. Revive en su memoria la disputa con su tío el gobernador hace ya tres años. Ni ella ni Baltazar lograron disuadirlo; ya solo queda su hermano Luis, "el Mozo", junto a él. Isabel deja la costura que tiene entre las manos, vuelve los ojos a los maderos de la mesa por un instante y ahí pierde su mirada.

De pronto, un sonido brillante de trompetas y otros instrumentos irrumpe. ¡Trompetas! Hace años que no escucha un solo instrumento musical en el agreste Pánuco. Las últimas trompetas que escuchó fue el día que zarparon de Sevilla aquel día de verano en 1580.

Todos en la casa, doña Francisca, Catalina, Mariana, Leonor, Miguel y la pequeña Anica van llegando intrigados hasta el salón de entrada. Miguel baila con Anica y la pequeña ríe a carcajadas.

Las trompetas se escuchan cada vez más fuerte y claro. Una melodía alegre se acerca.

—¡Madre! ¡Quiénes son! Música de trompetas, ¿será el virrey? —pregunta el niño Miguel.

Doña Francisca sonríe, se alisa la falda, se quita el delantal, se acomoda los cabellos recogidos mientras escucha cómo la música se acerca a su casa. Enseguida va a su recámara, se cambia los zapatos por los mejores que conserva, se pone unos pendientes de oro que le regaló Francisco. Vuelve a la entrada donde sus hijos la observan extrañados.

—Madre… ¿espera a alguien?

La melodía finaliza. Se escuchan murmullos tras la puerta de su casa. Antes de abrir, Francisca se vuelve, sonríe y les hace una señal de silencio con el dedo índice en los labios. Abre la puerta.

Aparecen ahí en el pórtico, bajo la luz del trópico, dos hombres elegantemente ataviados con camisa verde oscuro de seda, las calzas en terciopelo azul marino, las medias claras, la capa negra, el cuello de encajes blanco, el sombrero oscuro y elegantísimo con una pluma del mismo color de la camisa, los zapatos con hebilla de plata, un par de cadenas de oro sobre el traje. Los escolta un séquito de ocho hombres a caballo y cuatro jóvenes a pie portando regalos. Isabel, incrédula, se vuelve a su madre.

El mayor de ellos, quizá entrado en sus cuarentas y de mediana estatura se acerca a la entrada.

—Buenas tardes, señora —inclina brevemente la cabeza a manera de respeto y continúa—, mi nombre es Antonio Díaz de Cáceres. ¿Usted es Francisca Núñez de Carvajal, viuda de don Francisco Rodríguez de Matos?

—Buenas tardes. Así es.

—Encantado de conocerla. Me permito presentarle a Jorge de Almeida con quien emprendí este viaje desde la Ciudad de México para venir a hablar con usted.

—Mucho gusto en conocerle.

—El gusto es mío, doña Francisca —respondió el otro hombre más joven desde su rostro moreno marcado por una cicatriz y una amplia sonrisa.

—Tengo entendido que su hijo, Luis de Carvajal, "el Mozo", le ha puesto al tanto del propósito de nuestra visita y que usted tuvo a bien en recibirnos.

—Así es. Me escribió hace algunos meses y no sabía cuándo les sería posible hacer el viaje hasta acá. ¡Pasen ustedes, el camino ha sido muy largo y deben de estar muy cansados! Mi humilde casa es la suya.

—Gracias, señora.

—Hijas, Miguel. Les presento a don Antonio Díaz de Cáceres y a don Jorge de Almeida.

—Mucho gusto.

Tres de los hombres que los acompañan descienden del caballo y se aproximan.

—¡Gaspar! ¡Hijo! ¡Qué sorpresa, qué bendición verte! No sabía que vendrías —exclama doña Francisca mientras lo abraza y le besa la frente.

—Siempre me alegro de estar con usted y con mis hermanos, madre. Don Antonio me invitó a acompañarlo al viaje —enseguida, baja el volumen y le dice a su madre— es un buen hombre, un portugués de honor y sustancia; era cercano amigo de mi padre.

—Es un milagro que estén aquí, hijo, la bendición más grande que Dios nos ha dado.

—Madre, viene con nosotros también don Gonzalo Pérez Ferro, el esposo de su prima Catalina de León —le dice fray Gaspar mientras se vuelve al hombre que se acerca a ellos.

Doña Francisca inclina la cabeza con una expresión de dolor. Enseguida se vuelve y enuncia:

—Don Gonzalo, esta es su casa. No tengo palabras para agradecerle todo lo que hicieron por mi Francisco durante los seis meses que pasó con ustedes, el cariño y los cuidados que le brindaron… Luis mi hijo, me lo contó con detalle. Es un honor que haya venido hasta esta inhóspita región.

—Sus hijos, usted y don Francisco son mi familia también. Por cierto, Catalina, le envía cariñosos recuerdos —y luego añadió en tono confesional y apartándose un poco del grupo— don Antonio Díaz de Cáceres, fue amigo muy cercano a su esposo; no se despegó de su lecho de muerte. Verá, en sus últimos días, la principal preocupación de don Francisco eran el porvenir de usted y de sus hijas. Don Antonio le prometió que velaría por su familia.

—Dos años han transcurrido ya… Respetó el tiempo del luto… Al parecer es un hombre de palabra.

—Es viudo, perdió a su mujer y a su hija pequeña en las Españas, hará unos quince años. Nunca se volvió a casar. Es una magnífica persona, noble, de buen corazón, un caballero de mundo. Además, es uno de los principales comerciantes de ciudad de México y hace negocios con España, China, el Virreinato del Perú y las Filipinas.

—El hecho de que mi señor esposo lo haya tenido en tan buena estima lo vuelve digno de mi confianza, don Gonzalo.

—Así es.

—Pasen todos a la casa. Enseguida les traemos algo de beber para que se refresquen. Adelante, tomen asiento. Miguel, indica a los hombres dónde pueden llevar a los caballos, asegúrate de que tengan agua y alimento.

—Hemos traído regalos para todos de parte de don Jorge y mía —dijo Antonio mientras tomaba el primer regalo de uno de los hombres que hacía las veces de paje.

—¡Qué belleza de vestidos! Muchísimas gracias, no era necesario —dijo doña Francisca mientras descubría entre finas envolturas de seda un par de elegantísimos vestidos cada uno con su sombrero.

—Estos cuatro regalos son para Isabel, Catalina, Mariana y Leonor —prosiguió don Antonio mientras otro paje le pasaba cada uno de ellos.

—¡Nunca he tenido un vestido más lindo! —exclamó Leonor—, muchísimas gracias.

—Esta muñeca y el vestido es para Anica —dijo don Antonio inclinándose hasta la niña de seis años, quien abría sus ojos desmesurados y sonreía.

—Gracias.

—Tomen asiento, por favor. No tengo palabras para agradecerles el que hayan venido desde tan lejos, tomando los riesgos que el viaje debió suponer.

—Nada que agradecer, señora. Ahora sabemos que el viaje bien ha valido la pena.

Enseguida, Francisca se volvió a sus hijas que la observaban expectantes, y tras una pausa, prosiguió:

—No había hablado con ustedes al respecto porque uno nunca sabe cuáles serán los designios del Señor. El hombre propone y Dios dispone. Sin embargo, dado que su voluntad es que estos nobles caballeros, amigos de su padre hayan llegado hasta aquí, quiero decirles que estos dos distinguidos señores han solicitado permiso a su hermano Luis, quien a su vez lo consultó conmigo, para venir desde la Ciudad de México, a pedir la mano de dos de mis hijas.

Junio de 1586
Minas de San Gregorio, Ciudad de León,
Nuevo Reino de León

Atardece sobre la serranía. Luis, "el Mozo", se aparta de sus actividades, de la presencia de su tío para leer las cartas que recién le ha traído el mensajero. Repasa las cartas que le enviaron su madre, Baltazar, Catalina y Leonor en donde le describen la sorpresa de la llegada de los pretendientes al Pánuco, la alegría que trajeron a la familia y a la comunidad entera, Antonio Díaz de Cáceres y Jorge de Almeida habían recorrido setenta leguas[5] desde Ciudad de México para llegar a hasta la puerta de su casa con finos ropajes, la melodía de las trompetas, los detalles de los acuerdos para la boda, las palabras durante la pedida de Leonor y de Catalina, las joyas, vestidos y sombreros para sus hermanas, el ajuar de las novias, la comida exquisita del banquete nupcial, los músicos durante la boda, el lujo de los invitados, la bella ceremonia que celebró su hermano fray Gaspar para que ambas parejas contrajeran matrimonio, la belleza que irradiaban Catalina y Leonor en hermosos vestidos blancos el día de su boda, los comentarios de los vecinos.

---

[5] El equivalente a 336 kilómetros.

—Doña Francisca: díganos ¿cómo le hizo? ¿a qué santo se encomendó para que llegaran estos dos hombres tan magníficos como caídos del cielo?

—No son méritos del hombre, que siempre son pocos, o ningunos, sino de la misericordia divina…

—Los señores también se consideran muy afortunados, dijeron que vinieron a escoger rosas entre espigas dado que sus hijas son virtuosas en el recogimiento y la honestidad que el Señor les ha dado.

Semanas después de la boda, las dos parejas de recién casados se marchan a Ciudad de México. Antonio Díaz de Cáceres y Jorge de Almeida necesitan regresar a atender sus negocios. Invitan a que los acompañen doña Francisca y todos sus hijos. Deciden que Isabel, Mariana y Miguel se quedarán en Pánuco un tiempo para organizar la casa, el establo y los escasos muebles de la familia y para esperar a Baltazar —quien ha partido de nuevo a Zacatecas a recaudar el dinero de un negocio—. Junto con las dos parejas, se marchan doña Francisca y Anica. Llegarán todos a vivir a las casas de Jorge de Almeida en el rumbo de Tlatelolco. Un mes más tarde, Catalina y Antonio Díaz de Cáceres se irán a su propia casa e invitarán a los demás.

Luis se entera de que su hermana Isabel, de veinticinco años, no quiso casarse con ninguno de los pretendientes. Le dijo a su madre que ella aún amaba a Gabriel, que nadie mejor que ella podría comprender el amor que se le tiene a un difunto esposo y que no podía obligarla a vivir con otro hombre. De manera, que la propuesta recayó en Catalina, de veintiún años, quien gustosa aceptó comprometerse con Antonio Díaz de Cáceres, aunque le duplicaba la edad, no era mal parecido y de trato caballeroso.

Ahora, tras leer las misivas, Luis sabe que su madre había comprometido a Mariana, de quince años, con su primo Jorge de León y, por lo mismo, la oferta de matrimonio de Jorge de Almeida recayó en la jovencísima Leonor de tan solo doce años. Al inicio, Almeida mostró mayor interés en Mariana, pero doña Francisca pensó que sería mejor respetar los esponsales previos y el compromiso se hizo con Leonor. Jorge de Almeida tendría alrededor de treinta y cinco años; la diferencia de edades entre ellos era considerable. A pesar de ello, doña Francisca comprende que no puede poner objeciones en la situación en que están. Leonor es muy joven aún, pero es la costumbre con el fin de asegurar matrimonios entre los suyos, aunque tengan que esperar algunos años para estar juntos. Vivirían ella, Leonor y Anica en casa de Jorge de Almeida durante una temporada y después, doña Francisca se mudaría, con el resto de sus hijos a su propia casa.

Al anochecer, Luis llora agradecido. Las bendiciones que Adonai ha derramado sobre él y su familia son infinitas. Dios Nuestro Señor los ha premiado por la fidelidad a su fe. Cómo le hubiera gustado estar ahí, como Baltazar, quien sí alcanzó a regresar para asistir a la ceremonia, ver a toda su familia reunida, a fray Gaspar, a su madre engalanada, a sus hermanas vestidas de novias en ese evento irrepetible. Sin embargo, no puede abandonar las responsabilidades que su tío ha delegado en él, ni ha querido tampoco, que él se entere de las bodas con cristianos nuevos.

Recuerda que, dos años atrás, con la muerte de su padre, él mismo con lágrimas en los ojos, le describió a Antonio Díaz de Cáceres la situación desprotegida en la que ahora quedarían su madre y sus hermanos huérfanos. Un año más tarde, durante la época en que se extravió en el campo, Luis recibió una carta de Antonio. Le proponía que él y un caballero Jorge de Almeida, ambos portugueses, mineros y comerciantes, "de los de su pueblo", estaban interesados en desposar a dos de sus hermanas. Luis se apresuró a responder a esa carta y a pedir el consentimiento de su madre. Luis le pedía a don Antonio que desposaran a las dos hermanas que su madre indicara y que, por favor, no separaran a su familia, que al llevarse a las hermanas casadas a vivir a otro sitio, se llevaran a su madre y a los hermanos pequeños también. Él y Baltazar, quien viajaba constantemente debido a sus actividades comerciales, harían todo lo posible por reunirse con el resto de la familia tiempo después y cubrir los gastos que hubiesen generado.

Las misivas tardaban meses en recorrer serranías, valles, montañas y selva tropical, en llegar al Valle de México o al puerto de Tampico y de ahí al Pánuco o a la lejanísima Ciudad de León.

Don Luis y sus hombres han estado concentrados en pacificar los territorios, en poblarlos, en encontrar más minas de plata, tierras para cultivo, en persistir, en sobrevivir a los ataques de los guachichiles, en lidiar con los problemas de los capitanes que insisten en esclavizar indios, de los oidores que traman desde la Audiencia y la corte del virrey.

Además, don Luis de Carvajal acaba de decidir que es hora de abordar un problema importante que puede afectar el crecimiento de su reino: el transporte de mercancías, materiales y personas hacía y desde Ciudad de León. El camino siempre ha sido a través de Saltillo, Mazapil, Zacatecas y la Ciudad de México porque la región del Pánuco no puede comerciar con los asentamientos del Norte. Don Luis tiene la intención, desde hace años, de abrir el camino para carretas de León a Tampico. Alquilará, con su propio dinero, trece carretas en mil cuatrocientos pesos de oro. Él y sus hombres allanarán el camino. Por si fuera poco, hizo la promesa al virrey de construir también, una fortaleza en la desembocadura del Pánuco, para proteger a los españoles de los ataques chichimecas.

Luis, "el Mozo", no se separa del pequeño libro, ni siquiera cuando acompaña a su tío a ciertas expediciones. Lee atento las maldiciones que Yahvé anuncia en los libros sagrados para quienes deciden dar la espalda a la ley de Moisés. Luis tiene sentimientos encontrados. A veces quisiera prevenir a su tío, decirle que sigue la fe equivocada. De toda la familia, ya solo confía en él y en fray Gaspar.

Junto a la fogata en medio de la noche, las palabras del Libro del Deuteronomio hacen eco en su atribulada imaginación. Siente cariño y admiración por su tío; han pasado un año y medio juntos pacificando, conquistando, poblando.

El asunto es que le hizo una promesa a su padre en el lecho de muerte. Desatenderla sería traicionarlo. Por otra parte, sabe que dar la espalda a su tío, quien ha puesto toda su esperanza, su empeño y su fortuna en él, sería también una traición. De nuevo en una doble encrucijada, como cuando tenía trece años y le contaron el secreto allá en Medina del Campo. Suspira. Observa las estrellas en el cielo. Cierra los ojos. Cómo se verá el cielo en la tierra que dejó. Le parece que ha pasado tanto tiempo desde que vivía en la rúa de Salamanca y caminaba a diario con su hermano Baltazar rumbo a la escuela de los jesuitas.

Si expresa admiración y cariño a su tío, pero le dice que no desea renunciar a la fe de sus ancestros, en ese momento terminaría su relación con él. Su tío no puede darse el lujo ser judaizante, porque eso atraería a la Inquisición. Sería el pretexto ideal para que sus enemigos se deshicieran de él, para procesar y torturar a toda la familia. Se apropiarían de los bienes de su tío y lo despojarían de sus cargos.

El Nuevo Reino de León se evaporaría.

El Mozo recuerda a su madre, su voz, su rostro, su aroma… a veces es lo único que persiste, el aroma que nos trae de vuelta al ser querido, una tonadilla, una canción de cuna que cala hondo, que hiere, que vive dentro y ronda.

Pero si desoyes la voz de Yahvé tu Dios, y no cuidas de practicar todos sus mandamientos y sus preceptos... te sobrevendrá y te alcanzarán todas las maldiciones siguientes: maldito serás en la ciudad y maldito serás en el campo...

Yahvé enviará contra ti la maldición del desastre, la amenaza, en todas tus empresas, hasta que seas exterminado y perezcas rápidamente...

hasta que te haga desaparecer de esa tierra en la que vas a entrar para tomarla en posesión...

Yahvé te herirá de tisis, de fiebre, de inflamación, de gangrena, de sequía, de tizón y roya del trigo que te perseguirá hasta que perezcas...

Yahvé hará que sucumbas ante tus enemigos: por un camino saldrás hacia ellos, y por siete caminos huirás delante de ellos, y serás el espanto de todos los reinos de la tierra...

Septiembre de 1586
Ciudad de México, Nueva España

Eugenio de Salazar ha urdido un plan que supone varios golpes certeros; el fiscal poeta no fallará en esta ocasión. Tiene al virrey a su favor y hará cualquier cosa que él le aconseje. De España ha llegado la orden que prohíbe rotundamente la esclavización de los indios y es bien conocido que los conquistadores de territorios chichimecas apresan indios para venderlos como esclavos. De manera que el primer golpe es el proyecto para pacificar la frontera al norte, el pretexto ideal para acusar a don Luis de Carvajal y de la Cueva por maltrato de indígenas, por cometer excesivos abusos contra ellos.

Ahora bien, de no funcionar los testimonios inventados, entonces tiene una segunda opción para deshacerse de él: detonar la destrucción de las villas bajo su jurisdicción y despoblar la zona. Y, si eso no funciona, el tercer golpe sería vincularlo a algún delito por el que deba ser procesado, —ya no por las leyes de la corona que en tan buen concepto lo tiene—, sino por las de la Inquisición en las que la Real Audiencia ya no tiene injerencia. Habrá que investigar su linaje. Un hombre con ese acento al hablar seguro que tiene relación con la zona de la Raya de Portugal y, por lo tanto, desciende de marranos. La Inquisición podría encargarse de ellos.

Una vez que el gobernador don Luis termina la valla solicitada en la zona de Tampico, recibe una carta de parte del virrey Álvaro Manrique de Zúñiga, marqués de Villamanrique, solicitando su presencia en Ciudad de México para hablar de temas relacionados con el gobierno de la Nueva España. Debe asistir a la corte en persona y de inmediato. Mientras tanto, el virrey como presidente de la Audiencia, sin avisarle, ha anulado la Ejecutoria Real para así devolver todos los pueblos de la zona de Valles y de la provincia de Pánuco al alcalde Villaseñor que los ha reclamado durante años.

Don Luis sale de Tampico y llega a la capital de la Nueva España, unos días después de recibida la carta, acompañado por su sobrino el capitán Felipe Núñez.

El gobernador no sabe que esta orden es ilegal porque, aunque ha sido escrita en nombre del rey don Felipe II, en realidad, solo fue emitida por el virrey.

Tampoco se ha enterado que, de manera simultánea, el virrey Álvaro Manrique ha ordenado retirar a todos los capitanes, soldados y gente de guerra que custodian las villas del Nuevo Reino de León y, con esta orden, ha puesto en grave peligro a todos sus pobladores por estar en territorio de chichimecas.

Don Luis desconoce que miles de indios, una vez que los capitanes y soldados hayan abandonado el área, atacarán y destruirán durante semanas todas las poblaciones que ha construido y reconstruido una y otra vez a lo largo de los años.

Esta orden —una suma de palabras— le costará la vida a muchos hombres, mujeres, jóvenes, ancianos y niños que no tendrán manera de defenderse de los ataques. Las órdenes del

virrey, fraguadas por Salazar, borrarán de la historia la enverga-
dura de su empresa colonizadora en las provincias del noreste.

Los territorios volverán a deshabitarse. Se retrocederá diez
años en la historia de la zona.

Como si nada hubiese pasado. Como si él nunca hubiese
existido.

Los delirios de un loco, un soñador.

De esta manera Villamanrique podrá darle el segundo golpe:
acusarlo de no haber cumplido con la obligación de fundar
varias poblaciones.

Él, los ministros y los encomenderos que se beneficiarían
de su derrota lo repetirán tantas veces... *Don Luis no ha fundado
nada. No hay villas. Sus fundaciones y poblamientos son apenas lugares
con cuatro casas de palos...* que dejarán sus falsos testimonios en
actas, que su sucesor el virrey Luis de Velasco II, ya aceptará
estas mentiras como verdades.

Y desde entonces, hasta el presente.

La historia es una suma de narrativas, algunas impuestas, otras esquivas y, sobre todo de silencios.

Somos los personajes de nuestras historias, los migrantes, los intolerados y los intolerantes, las víctimas y los victimarios.

Somos las palabras que nos rompen,
los pedazos de historias que caen,
nuestros desiertos trazados
y un océano de por medio.

Otoño de 1586
Ciudad de León, Nuevo Reino de León

Durante la noche las dudas lo asaltan. Luis, "el Mozo", no puede dormir. Una serie de imágenes transitan su desierto.

Bajo sus párpados se extravía buscando el caballo que los huachichiles le robaron

se mece en aquel navío delirando febril en medio del océano

el cielo vasto sobre la serranía se extiende helado sobre su cuerpo como sanguijuela

los grillos alimentan su noche

perennes pausados

pesados

lo apresan contra su voluntad

intenta correr le pesan las piernas

lo atrapan

labios de peyote

nauseas y vómito

el fuego respira

se desprende del suelo y lo persigue

cuerpos rayados de rostro borrado

se carcajean apaches tobosos coahuitlecos

pedernales crepitan surcando su piel

lo desuellan vivo

El Mozo se desprende de su cuerpo

contempla azorado sus restos
y el cielo colmado de estrellas
mensajes que no atina en descifrar
despierta

Hace meses que su tío no vuelve. Por una absurda orden del virrey, los soldados y capitanes han comenzado a retirarse de villa de la Cueva, Ciudad de León y de la villa de San Luis. Esto ha provocado desorden y violencia. Un indio violó a la hija del alcalde don Lucas de Linares. En venganza don Lucas lo apresó, lo mató y lo enterró en el terreno a un costado de la real casa del alcalde. Sin embargo, las lluvias removieron la tierra y los huachichiles encontraron un pie del indio asesinado de fuera. De manera que han corrido la voz.

Nos matarán a todos… Dividirán nuestras familias. Acabemos con ellos ahora que sus capitanes y soldados se han marchado.

Luis, "el Mozo", otra vez no puede dormir. La amenaza latente se instala en su pecho.

Al día siguiente intenta huir de la villa, pero don Lucas lo cuestiona y se lo prohíbe. Ahora más que nunca su presencia es necesaria ahí. No puede salir por ningún motivo. Prácticamente ya no quedan soldados ni municiones ni comida.

Luis sabe que tiene el tiempo encima; pronto los indios de muchos territorios se unirán, se sublevarán. En cambio, ellos son muy pocos para resistir.

A media tarde, el Mozo le entrega doce lingotes de plata a un par de hombres para que compren municiones y, a cambio, negocia ayuda para huir. Le han dejado un caballo atado a un mezquite a media legua, lleva sus armas, un poco de comida y dinero. En la oscuridad de la noche Luis, "el Mozo", escapa sigiloso de Ciudad de León.

Durante días y noches seguirá la ruta por la que transitan carretas de comerciantes tiradas por mulas y caballos, por ese camino que va de Ciudad de León a Zacatecas, luego hacia Morelia pasando por Guadalajara hasta llegar a Ciudad de México. A su paso vislumbra ciertas posibilidades de negocios comerciales.

Durante la travesía tiene mucho tiempo para pensar. Pronto ha de tomar la decisión. El destino lo ha nombrado heredero de dos Reinos: uno en este mundo y el otro, en el reino de Dios. Ambos reinos peligran: el Nuevo Reino de León se tambalea y la tradición fiel a la ley de Moisés se extingue.

Hace años que rumia ideas sobre cómo resolver el terrible acertijo en el que la vida lo tiene preso. Sin embargo, ahora que los matrimonios de sus hermanas han traído más holgura a la familia, se le presenta quizá la oportunidad de hablar con honestidad con su tío, el gobernador. Terminar la relación si es necesario. ¿Rechazar el reino que heredaría, uno de los más grandes de la Nueva España? En caso de aceptar convertirse en gobernador estaría bajo la lupa del escrutinio público. Si decidiera renunciar a los designios de su tío, necesitaría dinero para solventar sus gastos y los de su familia. Podría hacer negocios con su hermano Baltazar.

Una vez en Ciudad de México, Luis se dirige a la casa donde murió su padre tiempo atrás, la de don Gonzalo Pérez Ferro y de su tía Catalina de León.

—Tenemos terribles noticias. Tu tío, el gobernador, está preso en la cárcel real. Quizá te haya escrito en varias ocasiones, pero seguro sus misivas han sido retenidas por los carceleros… Ahí la razón de su prolongada ausencia de los territorios del Nuevo Reino de León.

—Pobre don Luis, tantos problemas… Iré a visitarlo de inmediato. ¿Saben algo del paradero de Felipe Núñez? Tengo entendido que ha permanecido todo este tiempo en la ciudad para asistir a mi tío.

—Así es… lo visita cada tercer día para asegurarse que no le falten comida, frazadas ni ropa limpia. Vive muy cerca de aquí. Felipe es sobrino de Francisca Núñez, le media hermana de tu tía Guiomar, ella vive aquí con nosotros….

—Sí, lo sé.

—Mira, Luis, ven. Te indico como llegar a casa de Felipe.

Luis se dirige entre calles empedradas, templos, plazoletas, fondas y mesones hacia la dirección que le proporcionaron. Cuando Felipe Núñez le abre la puerta, se abrazan con entusiasmo. Le cuenta que recién estuvo durante las Navidades con doña Francisca, su madre, y con sus hermanos en casa de Antonio Díaz de Cáceres y de doña Catalina, quienes ahora esperan un bebé. Que hace poco él mismo enfermó del estómago y que su madre y su hermana Isabel amablemente le llevaron unas gallinas para hacerle un caldo. Y, mientras se dirigen presurosos a las cárceles reales para encontrarse con don Luis de Carvajal, Felipe añade, sin entrar en detalles, que tuvo una conversación desconcertante con su hermana Isabel. Luis sabe que Felipe Núñez amó a Isabel en silencio durante años y que ella rechazó sus propuestas en un par de ocasiones. Ahora está casado con Philippa López. ¿Quizá la conversación desconcertante tendría que ver con dicho asunto?

—Buenas tardes. Venimos a visitar al gobernador del Nuevo Reino de León, don Luis de Carvajal y de la Cueva, que está detenido en esta casa. Somos sus sobrinos: el capitán Felipe Núñez y un servidor, su teniente de gobernador Luis de Carvajal, "el Mozo".

Mientras Luis camina por el patio empedrado percibe un silencio incómodo que se amplifica en medio de la tarde, una tonalidad distinta de luz sobre las cosas. Intuye que ahora los conflictos no se resolverán para su tío como tantas veces.

Ahí, a lo lejos en la penumbra de una celda, descubre a su tío sentado. Le impresiona verlo tras las rejas.

—Don Luis, tío. Hemos venido a verle.

—Alabado sea Dios, hijo. Acabo de recibir terribles noticias y pensé que tu vida estaba en peligro.

—Tío: el virrey Álvaro Manrique ha ordenado retirar a todos los capitanes, soldados y gente de guerra que custodian las villas del Nuevo Reino de León. La vida de los habitantes está en grave peligro.

—Ahora lo sé, Luis. Precisamente hace un par de días un hombre me informó que don Lucas de Linares murió a manos de los huachichiles en Ciudad de León.

—Pero ¡¿cómo es eso?! Si yo he vivido todo este tiempo en su casa, con su familia. ¡Terrible noticia! Primero violentaron a su hija. ¡Fue terrible! Su esposa estaba deshecha y ahora esto…

—Mataron a don Lucas de Linares y a ocho soldados españoles… A Lucas lo desollaron… ¡Lo desollaron vivo! ¡Es terrible! Aquí atado de manos no he podido hacer nada para proteger a mi gente. La carta decía que ya son cerca de seis mil indios los congregados para abatir todos los días, casa por casa, comercio por comercio, sembradío por sembradío. Lo mismo han hecho en San Luis[6] que en Ciudad de León y en villa de la Cueva. Han arrasado con todo. Animales. Alimentos. Casas. Mujeres. Por si fuera poco, intentaron también matar al tesorero Diego de Montemayor y a los pocos soldados que estaban en guardia y defensa de las casas reales.

—¡La situación es terrible, tío! Prácticamente ya no hay alimentos ni municiones de guerra, se suspendió el envío de estas a todo el reino.

—Por si fuera poco, mataron casi todos los caballos, las mulas y mucho ganado. Los vecinos tuvieron que salir a pie del reino. Quemaron el trigo, el maíz, los sembradíos, las casas… Me informaron que dejaron todo despoblado y fueron a guarecerse a la villa de Saltillo hasta que yo pueda ir personalmente a poner remedio.

—Esos desgraciados lo tienen aquí cautivo, tío.

—La causa de estos desastres fue el riguroso mando del virrey. Me llamaron con el pretexto de una reunión con él y vine enseguida. ¡Era una trampa! Me apresaron para poder hacer y deshacer a sus anchas. Al parecer mis enemigos se han aliado.

—¿Qué hacemos ahora?

—Necesito ayuda de ustedes para poder salir de aquí. Debo ir cuanto antes a todas las villas a verificar con mis propios ojos

---

[6] La villa de San Luis fue nombrada como Luis de Carvajal y de la Cueva por su lugarteniente Gaspar Castaño de Sosa en la primera fundación oficial de lo que hoy es la ciudad de Monterrey, contrario a lo dicho por historiadores que afirman que el nombre deriva del rey Luis de Francia. Hoy sabemos también que la primera fundación oficial de la ciudad no la realizó Alberto del Canto en 1577, como afirman algunos historiadores, sino Gaspar Castaño de Sosa en 1582, por orden de Luis de Carvajal y de la Cueva.

lo informado. Posteriormente, debo acudir a la Audiencia de la Nueva Galicia en Guadalajara a solicitar un Informe de Oficio que ampare mi trayectoria en Nueva España. Eso llevará meses porque tendrán que interrogar a muchos testigos. Estoy seguro de que ellos apoyarán mi caso; tenemos buena relación y además, la Nueva Galicia también ha sufrido terribles problemas con el virrey. Por poco y desata allá una guerra.

—Cuente con nuestro apoyo, don Luis. Encontraremos la manera de que salga de aquí pronto.

—Gracias. Y, una vez que consiga el Informe de Oficio, escribiré al rey y retornaré a Almadén, al parecer es la única villa que no han destruido, y allá esperaré a recibir noticias de Su Majestad.

Invierno de 1587
Ciudad de México, Nueva España

Por las mañanas, Luis, "el Mozo", recorre las calles empedradas de la capital. A su paso descubre el cielo azul brillante, algunos templos derruidos, dos conventos enormes en construcción, fachadas de mansiones y palacios de tezontle y cantera, majestuosos volcanes a lo lejos. El viento helado y húmedo lo hace tiritar. Visita a cada uno de los comerciantes con los que su padre y él hicieron negocios mientras estuvieron ahí un año.

Ahora sus hermanas Catalina y Leonor son señoras ataviadas con terciopelos, seda y joyas y habitan casas muy amplias, con muchos cuartos, algunos sirvientes y lujosamente amuebladas. A Luis le costó trabajo reconocer a su madre y a sus hermanas el día que llegó a la puerta de su nueva casa. Las recordaba con ropa desteñida, los zapatos gastados, los hermanos pequeños incluso descalzos. Ahora las encontró muy bellas y distinguidas con ropajes de una elegancia que jamás había visto. Dicen que los cortesanos de las Españas visten mucho más sobrio, que Nueva España ha adoptado no solo la usanza de ellos, sino también la de Francia e Italia, que aquí llegan sedas, brocados y terciopelos de Asia y de Europa, que hay mucho mayor lujo y colorido aquí que en la austera Castilla. Un rico mercader de Nueva España viste con más suntuosidad y moda que un duque o un marqués castellano. Luis encontró a Catalina y a Leonor con sobrefaldas de ricas telas de damasco, corpiños de tela con pasamanería, ricos encajes de Venecia, dobles mangas, perlas en el cuello, brazaletes en los puños, pedrería bordada sobre sus vestidos. Le presentaron a un sonriente Jorge de Almeida, de estatura media, cuerpo mediano, un poco calvo, de conversación ágil y muy amena, vestido en jubones y tabardos de finas telas, puños rizados en sus camisas, de la misma manera que otros ricos comerciantes de la ciudad.

Su llegada había sido una enorme sorpresa para todos. Su madre le abrazaba llorosa, lo besaba en las mejillas; no paraba de dar gracias a Dios. ¡Hacía casi dos años que no veía a su hijo Luis! Desde que se fue con su tío el gobernador a la conquista del norte. Lo habían echado mucho de menos, no solo en las bodas, sino también en tantos acontecimientos sucedidos durante ese par de años. Además, Francisca siempre sentía la angustia de saber que su hijo estaba en territorio hostil arriesgando su vida. Isabel, Catalina, Leonor, Anica, Baltazar y Miguel lo abrazaban felices; todos querían conversar con él y hacerle preguntas al mismo tiempo.

Cenaron juntos ricas viandas acompañadas de buen vino tinto en el amplio comedor de Jorge de Almeida. El Mozo tuvo oportunidad de conocer, por fin, a sus nuevos cuñados. Por supuesto, encontró a Miguel y a Anica mucho más grandes de lo que los recordaba. Luis sonreía satisfecho desde su señorial silla en el comedor. Escuchaba a cada uno. ¡Difícil de creer tanta maravilla! Además, contemplaba la vajilla, los cubiertos, los alimentos, los candelabros, las pinturas en las paredes, las alfombras, el candil. Su mayor fascinación era ver a toda su familia reunida riendo y contando anécdotas, como cuando eran pequeños y vivían allá, en Medina del Campo. ¡Cómo hubiese disfrutado su difunto padre ese momento! Estaría feliz y orgulloso de su familia. Era increíble, como un sueño. Además, todos se sentían felices porque Adonai había bendecido a Catalina y a Antonio; muy pronto nacería su primer hijo.

En esas conversaciones se enteró de que doña Francisca se había mudado con sus hijos pequeños a otra casa más reducida, que Mariana no se encontraba entre ellos porque había ingresado al internado de la Escuela de las Niñas mientras que Miguel, de nueve años, le contaba que él asistía al colegio de los jesuitas de la ciudad.

Un par de semanas más tarde, don Luis de Carvajal y de la Cueva logra escapar de las cárceles con la ayuda de Felipe Núñez. Sin embargo, antes de partir, Luis, "el Mozo", va a visitarlo a la cárcel real para ventilar ciertas inquietudes que lo han rondado desde hace años.

Durante un par de horas los dos conversan, argumentan, discuten. Suben el tono. Se silencian.

Su tío no da crédito a lo que escucha. ¡Ha vivido engañado todos estos años! No comprende cómo Luis puede renunciar a recibir lo que él ha anhelado durante toda su vida. Cómo desprecia heredar la gubernatura de uno de los reinos más vasto del Nuevo Mundo. Para don Luis ese es el más preciado de los regalos.

Para Luis, "el Mozo", el regalo más preciado, la mejor herencia es el amor a su Dios, conservar la fe de sus ancestros.

Don Luis no entiende por qué su sobrino elige lo que no es opción. Lo que dejó de ser opción hace casi noventa años. ¡En qué mundo vive este joven, por Dios!

—La herejía no es opción, hijo. Te lo digo con el mejor de los aprecios. Sigue mi consejo antes de que sea tarde. La herejía es un delito gravísimo contra la corona que se paga con la muerte en la hoguera, con la humillación hacia todos los tuyos durante generaciones. Si no lo haces por ti, hazlo por tu madre que es mi hermana viuda, por tus hermanos.

Don Luis no entiende. Luis tampoco. No hay manera de que uno convenza al otro. No los mueve el cariño. No la fraterna relación de años. No los argumentos de los hombres, los monarcas, ni de los dioses verdaderos. Cada uno afianzado en lo suyo.

Todo esto es un balde de agua fría para el gobernador. Nunca le habían pesado sus cincuenta años. De súbito, se siente abatido.

Jamás había percibido eso. Le duele el cuerpo, la tristeza le ablanda las coyunturas, apenas puede respirar, un pillido que no se va. Pierde el apetito, el sueño, la noción de las horas.

Su querido sobrino le ha dado la espalda. En él ha depositado su cariño, su confianza y su experiencia. Lo ha educado, formado e instruido para ser gobernante, para entender las leyes, las responsabilidades, los compromisos, para ser estratega, navegante, administrador, colonizador, minero y ganadero. Tanto tiempo y dedicación invertidos en ese joven que lo deslumbró desde adolescente por su carisma, su denotada inteligencia, su memoria extraordinaria, su capacidad de argumentación, de analizar un tema, sus estrategias militares, su habilidad con los números y las finanzas, su virtuosismo con las palabras.

Tantos dones al servicio de la mayor de las tragedias.

No hay manera de resarcir ese dolor que siente. No hay vuelta atrás.

El gobernador medita incrédulo sentado en el suelo de su celda oscura, junto a un plato con alimentos que no degustará.

El Mozo no solo renunció a su cargo de teniente de gobernador y a todos los derechos y privilegios que heredaría para él y para su descendencia. Por si fuera poco, eligió la fidelidad a la vieja ley y, con esta decisión, condenará su alma para siempre.

Don Luis baja su cabeza y la sostiene con ambas manos, recargadas en las rodillas. El reino es muchos reinos y, al parecer, los más importantes ya se hallan perdidos.

El Mozo eligió la fe de su padre, su madre y sus ancestros. Todos ellos son iguales. Malditos. Maldito su cuñado Francisco que en mala hora ensució el espíritu de Francisca, su hermana, y con ello a toda su progenie. Maldita sea la hora en que los traje conmigo.

El Mozo elige. No al cristianismo. No a su tío. No al Nuevo Reino de León, ese reino que ahora se desmorona en una serie de guerras sin sentido e intrigas interminables. Sí al pueblo de Israel, a la nación que arde dentro.

Año de 1587
Villa de Santiago del Saltillo,
Nuevo Reino de León, Nueva España

Dicen que don Diego de Montemayor perdonó a su enemigo mortal... al mismo Alberto del Canto, el que fue amante de su mujer, Juana Porcallo y de la Cerda.

Dicen que, aunque había jurado no cortarse las barbas hasta vengarse de él... al parecer, ya se olvido de "restaurar su honra", solo la "restauró" a medias deshaciéndose de doña Juana.

No te digo, las mujeres siempre llevamos la de perder.

Han pasado unos seis años desde que Diego los encontró en la cama, en aquel entonces Alberto del Canto huyó de inmediato...

Dicen que no solo lo perdonó ¡qué va! ¡que ahora comprometió a su propia hija Estefanía ¿te acuerdas de ella?, ya ha de tener unos quince años, es la hija que tuvo con doña Juana... ¡la comprometió en matrimonio con el mismísimo Alberto del Canto!

¡Jesús nos ampare! ¡Es absurdo! ¡En vez de castigarlo le entrega a su propia hija y de Juana, su mujer, a quien Alberto cortejó! ¡En qué ruina hemos caído!

¡Es inconcebible! ¡El padre de sus nietos será el examante de su mujer! ¡Se habrá vuelto loco!

¿Y quién te dijo todo esto? ¿Será verdad?

Juan Morlete, él familiar del Santo Oficio.

No entiendo nada. ¿Qué necesidad tendrían Diego o la joven Estefanía de un matrimonio con ese hombre que trajo tantas desdichas a su familia?

Parece que Juan Morlete anduvo aconsejando al gobernador don Luis de Carvajal y de la Cueva, luego a don Diego de Montemayor y a don Alberto del Canto...

Ese Morlete es nefasta persona; conocido por sus traiciones y sus embustes tanto en la Nueva Vizcaya como en estas tierras. No me fío nada de él; algo saldrá ganando de esto. Es muy hábil.

Al parecer, cada vez quedan menos hombres que puedan llevar a cabo la conquista, la población y pacificación del Nuevo Reino de León. Don Luis de Carvajal, el gobernador, hará todo lo posible por terminar con las divisiones entre sus más cercanos colaboradores y rehacer la alianza que existía entre ellos. Y pues...esta boda es eso: una alianza.

La doncella Estefanía será quien pague los platos rotos; además de la fama de Alberto del Canto de mujeriego y esclavista; él es veinticinco años mayor que ella.

Supongo que el gobernador Carvajal tendrá que ofrecerle algo muy importante a cambio a su amigo Diego de Montemayor para que haya aceptado una cosa así.

El tiempo lo dirá... Que Dios los perdone, cosas de la política.

דוד

Recuerdo que, por aquel entonces, tú y yo nos esmerábamos en conseguir trabajo, en ganar dinero para apoyar a mamá y no ser una carga para nuestros cuñados. Un mercader en Ciudad de México te contrató a ti como administrador de tienda y ahí trabajaste un buen tiempo. Con el paso de los meses, nos dimos también a la tarea de contactar a otros judíos y poco a poco, conocimos a gente muy interesante. Recuerdo que fue durante esa época que nos encontramos con el famoso erudito Gregorio López.

Dicen que Gregorio López en realidad es el hijo de Felipe II, el príncipe llamado Carlos, heredero a la corona… Su padre se quiso deshacer de él para que no le arrebatase el trono.

Dicen que coincide su fecha de muerte en las Españas con su fecha de arribo a Ciudad de México; basta con verlo, su rostro es idéntico al del rey.

Dicen que es refinado y excéntrico, que es un sabio, que ha escrito libros de medicina, botánica y farmacología.

Dicen que nadie sabe nada de su familia, ni de su vida pasada y que se mueve con facilidad entre la nobleza.

Dicen que se ha retirado a una ermita, que no le interesan los lujos ni la opulencia, que ha donado casi todo a la caridad, que es muy buena persona, que encuentra a Dios en todas las personas, que no distingue entre ricos y pobres, entre nativos y peninsulares, católicos o herejes.

Dicen que no asiste a misa y que hace prácticas extrañas. Que
la Inquisición lo apresó y lo liberó de inmediato, quizás porque es
el hijo de Felipe II.

En aquel entonces conocimos también a otro personaje singular: al anciano Antonio Machado, quien llevaba trece años en
cama. Este hombre, al enterarse de nuestra devoción e interés
por conocer el Antiguo Testamento, nos facilitó un libro que
le había regalado el licenciado Morales. Aquel médico permaneció en Nueva España cuatro años y, antes de volver a Italia
con su familia, alojó en su casa a Antonio Machado y a su hija
Isabel con la intención de curarlo de la extraña enfermedad
que lo tenía paralizado. Isabel López, esposa del licenciado Morales, tocaba el clavicordio y enseñó a la joven algunos cantos
y salmos de la tradición judía, así como también canciones de
Garcilaso. Al no poder curarle el cuerpo, el licenciado Morales
le escribió un libro para salud de su alma. Recuerdo que aquel
libro cobró gran popularidad entre los judíos de Ciudad de
México quienes asistían gustosos a su casa para escuchar al
viejo Machado de largas barbas y delgadísimo cuerpo pregonar su lectura. Lo hacía dentro de su habitación, celosamente
cerrada. El famoso libro de Morales estaba escrito en romance,
contenía coplas, redondillas y octavas en alabanza a la ley de
Moisés. Algunos versos eran de la autoría de su suegro, el famoso rabino que murió quemado por la Inquisición en Lisboa.

En esas reuniones coincidimos también con Catalina de León,
en cuya casa se habían alojado tú y papá, meses antes de su
fallecimiento. Fue en aquel entonces cuando iniciaste una entrañable amistad con Manuel de Lucena. Ambos tenían la misma edad, intereses similares y eran devotos de la fe judaica; de

igual manera que la esposa de Lucena, Catalina Enríquez, y con la madre de ella, doña Beatriz Enríquez de la Payba. Hasta el secretario de la Real Audiencia de México, don Sancho López, asistía a dichas reuniones en donde no solo escuchábamos la lectura del libro, sino que también meditábamos y discutíamos el Antiguo Testamento. Los jóvenes preguntábamos a los más instruidos, observábamos juntos los ritos y ceremonias. Machado nos explicaba, entre otras cosas, que debíamos esperar la llegada del Mesías.

—Aún no ha venido. El Señor ha de cumplir sus promesas en enviarlo y redimir a su pueblo. No hay otro Dios, ni otro Señor, sino el Dios de Israel.

Nos llevó buen tiempo ganarnos la confianza del viejo Machado para que nos prestara el libro del licenciado Morales. Estuvimos felices de recibirlo en préstamo, se nos abrió la posibilidad de leer a diario el Deuteronomio sagrado de la ley del Altísimo bellamente escrito en poesía. Comentábamos pasajes asombrados con nuestras hermanas. Interpretábamos juntos las palabras con entusiasmo. Conversábamos con la convicción de quien, por fin, ha encontrado un preciado tesoro.

Aunque no todo era regocijo; a veces nos asaltaba el miedo que provocan las palabras. En algún momento, me explicaste el asunto de la alianza descrita por Abraham. **Será circuncidado todo varón de entre vosotros [...] Y el varón incircunciso, el que no hubiere circuncidado la carne de su prepucio, aquella persona será cortada de su pueblo; ha violado mi pacto [...]** Además, leíamos las maldiciones de Dios en el capítulo 28 del Deuteronomio. **Si no oyeres la voz del Señor tu Dios [...] para poner por obra todos sus mandamientos [...] que yo te mando hoy [...] vendrán sobre ti** todas estas maldiciones, y te alcanzarán. Maldito serás tú en la ciudad, y maldito en el campo [...] el Señor te esparcirá por todos los pueblos, desde un extremo de la tierra hasta el otro extremo de ella y allí servirás a dioses ajenos [...] y tendrás tu vida como colgada en duda, y estarás temeroso de noche y de día [...] Y enloquecerás a causa de lo que verás con tus ojos.

Tiempo después, nos mudamos a Taxco debido a los negocios de nuestros cuñados, Jorge de Almeida y Antonio Díaz de Cáceres. Mamá, Isabel y Miguel se fueron a la enorme hacienda de beneficios de plata llamada "Cantarranas" con Jorge y Leonor. Por otra parte, Mariana y Anica vivían con Antonio y Catalina en otra hacienda en Tenango. De una manera u otra, aprovechábamos toda ocasión para reunirnos en familia.

Qué distintas aquellas tierras a las del Pánuco o a la enorme ciudad de México. Por el camino de la capital hasta Taxco, el pequeño Miguel no dejaba de asombrarse ante el conjunto de serranías plegadas unas con otras y la exuberancia extraordinaria, cordillera tras cordillera y la caravana en ascenso, montañas verdísimas y bosques de espesa niebla, ocasionalmente barrancos y cascadas. En Taxco vivimos una especie de oasis, de paz y tranquilidad momentáneas que nos permitieron poner en práctica nuestros ritos y costumbres, lejos de la vigilancia de la Inquisición.

Para entonces, tú y yo nos habíamos vuelto hábiles comerciantes. Durante el primer año de trabajo habíamos recaudado siete mil pesos en oro. Habíamos establecido comercio de telas, plata y vinos con diferentes regiones de Nueva España como Zacatecas, Pachuca, Taxco, Ciudad de México, Michoacán, Oaxaca y Guadalajara. De manera que, durante uno de nuestros viajes a la capital, acudimos con un barbero y conseguimos una navaja.

Se nos hizo fácil hospedarnos en casa de un familiar donde creímos que nadie se daría cuenta de lo íbamos a hacer. Fue terrible. Jamás en mi vida he tenido más dolor que aquella noche en que decidí que me circuncidaría. El ardor era insoportable y no se bajaba con nada. Cortaste mi prepucio y en el acto me desvanecí. Supe después que conseguiste paños para contener la hemorragia. Por supuesto que los parientes preguntaron sobre la sangre en los paños. Tú les explicaste que era por habernos disciplinado, pero supongo que no nos creyeron.

A la mañana siguiente nos marchamos de aquella casa por temor a que nos denunciaran. Yo no podía andar, tú me llevabas a cuestas y conseguiste que me cargaran en una silla para trasladarme a otro sitio. Estuve en agonía varios días. Alquilaste un cuarto en un hostal en el despoblado. Ahí estaríamos a salvo; sin embargo, la herida no cerraba y yo cada vez me debilitaba más. Recuerdo que acudiste a pedir sal con el dueño del hostal con la intención de detener la hemorragia; lo malo fue que el hombre insistió en que quería ver mi herida. Tuvimos que huir para no levantar sospechas. Llegué a pensar que moriría. No te lo dije para que no cargaras con la culpa, pero la herida seguía sangrando y yo, cada día me sentía más débil. Incluso, después de días tuve fiebres.

—Aguanta, Baltazar. Pronto te sentirás bien. Yo pasé por lo mismo. Adonai te dará su fuerza y pronto sanarás.

Cada vez que me hacías las curaciones me retorcía de dolor. En fin, la herida tardó mucho tiempo en sanar. Una vez fuera de peligro, se lo dijimos a mamá y recuerdo que nos reprendió.

—¿Por qué hicieron eso? Es peligroso para su salud y por lo que eso implica. Es una marca irreversible. ¡Hace generaciones dejó de practicarse para no arriesgar la vida de los varones! ¡Cualquier médico podría acusarlos ante la Inquisición y no podrían defenderse! Su padre Francisco llevaba la ley de Moisés en el corazón, eso es lo que realmente importa. En fin, y si ya lo habían hecho y tu hermano estaba grave, ¿por qué no me pediste ayuda?

Con el paso de los meses y una vez recuperado, retomamos los viajes de negocios por las diversas regiones de México. Recuerdo que me contaste que te deslumbró la zona de la Mixteca en Oaxaca. Decías que era una zona poblada por personas que habitan en comunidades muy organizadas, que eran muy amables y que cada villa se dedicaba a distintas actividades desde tiempos inmemoriales en talleres de artesanos: los telares de cintura con los que hacían bolsos, la alfarería de barro, el proceso por el que cardaban la lana y la hilaban, las tintas naturales que extraían de minerales, de la grana cochinilla, de plantas para pintar los hilos, los telares de pedal con los que hacían tapetes de lana y el proceso para elaborar elegantes huipiles para las mujeres.

Me contaste que te deslumbraron los colores alegres de las vestimentas de cada región, los bordados elaboradísimos que replicaban flores, mariposas y aves, los idiomas que no entendías, las danzas alegres y el ritmo de la música, los instrumentos, las caracolas, los ritos, los tianguis con ropa, frutas y verduras desconocidas para nosotros, el mole oscuro delicioso, los chamanes, los conventos y los imponentes templos dominicos en las llanuras, los indígenas labrando piedra y altares dignos de las mejores iglesias castellanas, el cielo azul añil impresionante. Qué pueblos tan distintos aquellos a los de los guachichiles aguerridos del norte.

A nuestro paso por villas y ciudades, siempre aprovechábamos para contactar a otros judíos. Nos recibían con entusiasmo y cariño; nos invitaban a las casas donde hacen sus reuniones clandestinas para el Shabat y las celebraciones importantes. Hablábamos de nuestra fe, fortalecíamos a los vacilantes, discutíamos y comentábamos nuestras lecturas, dábamos a conocer las oraciones que habíamos conocido hasta el momento.

Por aquel tiempo, después de hospedarnos y de convivir con algunas familias, nos enteramos de que algunos matrimonios estaban considerando que lo mejor para los nuestros era volver a España y de ahí, dirigirse a Italia, a Francia o al Imperio Otomano. Decían que acá podríamos ser libres de profesar nuestra fe, de practicar nuestros ritos y costumbres; que seríamos felices y prósperos. Debimos de haber actuado más rápido… Algunos comerciantes de la ciudad nos advirtieron que el virrey Villamanrique perseguía a toda costa a nuestro tío el gobernador y, en caso de que lo apresaran y lo "hicieran hablar" sobre las prácticas religiosas de sus familiares, nos vendría una verdadera tragedia. ¡Todos seríamos procesados por la Inquisición, desposeídos de bienes, quemados vivos en la hoguera!

Las primeras veces que nos aconsejaron volver a Europa, nos pareció una propuesta complicada, muy cuesta arriba. Tendríamos que reunir una cuantiosa suma de dinero para costear un viaje para todos, dejar la casa en donde por fin mamá y nuestros hermanos menores se habían asentado, el colegio de las niñas en donde Mariana se encontraba de interna y el colegio de los jesuitas a donde asistía Miguel feliz. Además, había que contactar las embarcaciones de Veracruz con licencia para semejante viaje, reunir la papelería y los permisos para la fecha en que saldrían del puerto… Y luego, una vez en la embarcación, cruzar de nuevo el Mar del Norte; serían meses de ir en altamar, de tormentas inesperadas, enfermedades contagiosas, náuseas y vómito, olores, hacinamiento hasta volver a los reinos que nos habían expulsado, y después, conseguir otra embarcación que nos llevara hasta Bolonia, Italia. Hasta ahí, porque esa era la ciudad que más nos recomendaban entonces. El nombre se instaló en nuestra imaginación como una semilla que poco a poco germinaría. Bolonia se volvió sinónimo de esperanza y, contra la esperanza bien afincada en el espíritu, no había mucho que hacer.

Las semanas transcurrieron y, de considerarlo una idea descabellada, poco a poco atestiguamos cómo algunas familias se organizaban para partir y ponerse a salvo. Bolonia: otra tierra prometida. Un nuevo comienzo.

De modo que elaboramos un plan para salir de Nueva España con mamá y nuestros hermanos y convencer a nuestros cuñados de sumarse pues su apoyo era definitivo. Decidimos que lo primero que había que hacer era cobrar a todos los clientes y cambiar la mercancía por dinero. Entonces recorrimos la zona Mixteca de Oaxaca, Taxco, Michoacán, Zacatecas y Guadalajara. Jorge de Almeida tenía una contramarca para quintar la plata sin llevarla con los oficiales reales y eso nos permitió acumular ganancias en poco tiempo.

Finalmente, nos decidimos a hablar con mamá y nuestras hermanas sobre el plan de irnos para ponernos a salvo. Resolvimos partir en la primera flota. Catalina y Leonor decidieron quedarse con sus maridos porque ahí estaban sus negocios. Si todo iba bien con ellos, harían planes para alcanzarnos el próximo año.

No nos resignábamos a dejar a nuestro hermano mayor, fray Gaspar quien, a sus treinta y tres años, ya era sacerdote de la Orden de Predicadores y profesor de los novicios en el Convento de Santo Domingo. Según contaba mamá, Gaspar fue un niño sosegado y estudioso. Papá y mamá le enseñaron aritmética, latín, historia y matemáticas en casa, cuando vivíamos en Benavente. Desde niño siempre manifestó que deseaba, con todo su corazón, ser sacerdote. Papá y mamá le dieron a conocer el secreto de familia precisamente a los trece años. Pero el suceso solo detonó su partida a Salamanca.

Con el tiempo se resignaron. Por otro lado, la ventaja de tener un hijo sacerdote católico sería que eso desviaría la atención de la Inquisición sobre la familia y que, ocasionalmente, tendríamos acceso a la Biblia para conocer mejor las sagradas escrituras del Antiguo Testamento. Fue tal la insistencia y el fervor de mi hermano Gaspar, que a los quince años ingresó como novicio al convento de los dominicos de San Esteban. Sin embargo, inexplicablemente, a los nueve meses le pidieron que se marchara. Solicitó entonces el hábito franciscano en Medina del Campo en el convento del Serafín de Asís y, sin razón alguna de nuevo, a los dos meses, salió de ahí. Tal parece que ninguna orden estaba dispuesta a tener un cristiano nuevo entre sus frailes.

Gaspar aprovechó entonces que Isabel contraería nupcias con Gabriel de Herrera, y entonces fue a pasar una temporada con ellos a Astorga. Meses después, partió para Lisboa a trabajar con el tío Duarte de León con quien permaneció un año y medio. Y de ahí al puerto de San Lúcar de Barrameda para embarcarse hacia Cartagena de Indias; de ahí pasó a La Habana y luego a Nueva España. Acá llegó pobre y enfermo. Consiguió hablar con tío Luis, justo antes de que él partiese a España para negociar el asunto de las capitulaciones. Don Luis lo recomendó con el inquisidor Ávalos quien lo acomodó como paje. De manera que, al año siguiente, ya pudo ingresar como novicio al convento de Santo Domingo para estudiar artes y teología. Dos años más tarde, finalmente, recibió todas las órdenes sagradas.

Recuerdo que, cada vez que pasábamos tú y yo por Ciudad de México, caminábamos por la Plaza Mayor, seguíamos por un costado de la enorme catedral en construcción hasta llegar al inmenso convento de Santo Domingo donde vivía Gaspar. Ya sabíamos que, justo enfrente del atrio, apenas cruzando la calle, estaban las cárceles de la Inquisición donde algunos de los nuestros eran interrogados.

El convento donde vivía nuestro hermano era, sin duda, uno de los edificios más importantes de la ciudad. Decían que la fachada de la iglesia del convento era una copia de San Lorenzo del Escorial. La Capilla del Rosario era una joya. Recuerdo que mientras nos conducían al interior, un fraile regordete, calvo y narigudo nos explicaba que los dominicos eran la orden que más promovía el rezo del santísimo rosario. El mismo fraile nos explicó todo sobre aquel recinto impresionante.

—El templo tiene ocho capillas a los lados y un decorado con frisos, azulejos, pinturas, retablos y rejas de cedro doradas y policromas... El retablo de la capilla mayor fue hecho, precisamente, en España, y allá, ¿lo ven? En el arco al fondo de la iglesia, tenemos el escudo de armas de don Felipe II... El escudo está aquí por ser los reyes de España los patronos y benefactores de la iglesia y el convento. Allá los retratos de Carlos I y de su majestad, el rey. Aquí el coro suntuoso de ciento ocho sillas de cedro labradas y dos magníficos órganos. Esta lámpara de plata con trescientas velas y cien candilejas es única. Costó cuatrocientos mil ducados, y la imagen de la Virgen del Rosario en tamaño natural hecha de oro, plata y piedras preciosas. Acá la estatua relicario de Santo Domingo con la estrella de brillantes en la frente y la muela del santo incrustada a la plata esmaltada, acá doce lámparas de plata, una colección de custodias de oro y plata, ropas sacerdotales de las más ricas telas, broches magníficos, y por supuesto, invaluables reliquias.

Allá íbamos tras el fraile quien luego de salir de la iglesia nos mostraba el convento.

—Allá tres solares tan amplios que los cruzan dos calles, un recinto fortificado y más allá, una acequia que entra hasta los corrales del monasterio donde descargan las provisiones de las canoas. Dicen que aquí estuvo el palacio del Emperador Cuauhtémoc, que por eso el solar es inmenso. Dicen también que hace unos años enterraron en esta iglesia a los hijos de Moctezuma.

Recuerdo que, junto a la entrada media docena de mendigos semidesnudos mostraban las llagas en sus pies, las ámpulas reventadas en el pecho, el ojo tuerto, el cráneo deforme por los tumores, las uñas ennegrecidas, el cabello hirsuto.

—Una caridad por lo que más quieran.

—Tenemos hambre, tenemos frío.

El fraile esquivaba a los mendigos y nosotros detrás de él. Solicitábamos un permiso para ver a nuestro hermano, fray Gaspar de Carvajal. Nos abrían las puertas enormes. Adentro todo era de cantera. Me impresionaba el orden pulcro de las cuarenta y ocho celdas idénticas que daban al patio central, la enfermería, la cocina.

—No hay duda... Dicen que este convento dominico es uno de los mejores del mundo.

Atravesábamos claustros y corredores decorados con pinturas y artesonados. Por fin, en el interior de una amplia celda, bien iluminada con luz natural, encontrábamos a Gaspar leyendo, vestido en su túnica blanca y su capa negra con cogulla. Siempre nos recibía gustoso, nos abrazaba. Recuerdo una ocasión en particular en que, después de un rato de conversación, le preguntaste:

—¿Es cierto que estando Moisés sosteniendo las tablas de la ley, Dios Nuestro Señor le escribió en ellas sus santos mandamientos?

—Así es —respondió fray Gaspar mientras tomaba una Biblia y buscaba el capítulo del Éxodo que eso refería. Una vez localizado el pasaje, te lo mostraba.

—¡Válgame, Dios! Pues si esto es así, ¿no es esta la ley que hemos de guardar?

—Esta ley es buena para leerse; pero no para guardarse. Aunque ha sido la ley de Dios, ya es acabada... Así como un rey se pone una capa de raso nueva y después de usada, la da a un paje y no por eso deja de haber sido capa de rey... así ocurre con la ley que Dios dio a Moisés. Aunque Dios la dio, ya ha cesado de ser la ley con la venida de Nuestro Señor Jesucristo y con los evangelios.

Ahí nos quedábamos, los tres hermanos de pie, frente a una ventana que daba a la huerta del convento calibrando el alcance de las palabras de Gaspar en una balanza invisible donde el cariño fraterno y las profundas diferencias reñían dentro de los tres. A través de la ventana, se veía el cielo azul.

—Esta capa de los cielos y este lucido sol, desde que Dios los creó, ¿acaso se han mudado? ¿Han acaso envejecido? —pregunté yo.

—No.

—Pues mucho menos se ha mudado ni se mudará la incorruptible y santa ley de Dios y su palabra. Jesucristo, quien era judío, dijo: "No penséis que vine a quitar la ley, ni los profetas ni las verdaderas profecías...

—Mejor no tratemos de estos temas —interrumpió fray Gaspar y añadió— ¡Bendito sea Dios que me sacó de entre ustedes! Dejemos estas pláticas y leamos estas epístolas de San Vicente.

—Bendito y glorificado sea Dios, que no nos dejó en la misma ceguera que a este miserable —respondiste tú en voz baja.

—Tengo por mejor mi suerte que la vuestra —te respondió Gaspar—; así como el platero labra primeramente una pieza de oro o de plata con fierros toscos, y después con otros más sutiles y pulidos, para acabar de poner en ella perfección, así, ni más ni menos lo hizo Dios, comenzando a labrar la sinagoga en sombras, figuras y sacrificios materiales, para perfeccionarla después, cumpliendo sus profecías con la venida de Nuestro Señor Jesucristo.

En aquella ocasión, antes de partir, recuerdo que le dije a Gaspar mirándolo a los ojos.

—Me gustaría que me administraras el sacramento de la confesión, hermano.

—No, Baltazar. No lo haré. Es mejor que te confieses con tu director espiritual para que sea él quien te aconseje.

Alentados por la preocupación y la insistencia de mamá, volvimos una y otra y otra vez al convento de Santo Domingo sin lograr convencer a nuestro hermano Gaspar. Recuerdo que le propuse que nos reuniéramos a discutir con toda libertad nuestras ideas religiosas comprometiéndonos ambos a que, quien quedara vencido en aquel certamen, se convertiría a la creencia del vencedor. Pero Gaspar se negó a pesar de que era maestro de novicios y estaba acostumbrado a explicar la doctrina y asuntos de teología.

—No puedo aceptar tu propuesta, Baltazar. Mi religión me impide inquirir o disputar acerca de los misterios de la fe.

—Gaspar: no hablar al respecto equivale a taparte los ojos y no querer ver la luz.

Mientras tanto, Isabel y mamá rezaban a diario; pedían por el milagro de su conversión. La fecha de partir hacia España quedaba cada vez más cerca.

Año de 1587
Ciudad de México, Nueva España

Gaspar se flagela de rodillas con el cilicio. Se azota la espalda. No me dejes caer en tentación. No me tientes, Satanás. Isabel es mi hermana, pero no su espíritu. Baltazar es mi hermano. Nuestros rostros se asemejan, pero no su alma. Luis es mi hermano, apenas tenía dos años cuando partí de casa; sus ojos inquisitivos aún me miran desde la inocencia de entonces. Mariana a veces grita. Azote. Mariana escupe a los Cristos. Mariana llamó idólatra a una mujer. Dicen que no está bien de los nervios, que no le haga mucho caso. Antes de enterrar a papá lavaron su cuerpo, alguien lo dijo. Son judíos. Lo envolvieron en una tela virgen. Son judíos. Azote. Isabel se saca la comida de la boca con disimulo y la tira debajo de la mesa mientras todos comen en familia, hace ayunos, descansa en el Shabat. Son judíos. Quieren descargar su conciencia por medio del sacramento santísimo de la confesión para decírmelo y que yo lo sepa sin denunciarlos. No quiero saberlo por sus palabras. No quiero el puente de las palabras. Siempre lo he sabido, desde que mis padres me lo manifestaron veladamente, a los trece años. Azote. No quiero volver a escucharlo. Eso debe permanecer en el terreno de lo que es bien sabido a pesar del silencio que lo sepulta. No quiero denunciarlos. No quiero verlos. En el fondo me reconozco en la fidelidad y la piedad de Luis y Baltazar a la fe propia. En el fondo somos iguales, pero servimos a distintos dioses. Ellos son judíos. Son herejes. Azote. La leña crepita cautelosa. Cada vez que presencio un auto de fe, temo por ellos. El insomnio me abate. La angustia me quita el hambre. Por eso soy profesor, para divulgar la salvación. Para que otros no caigan en la tentación que mi propia familia ha caído. Por eso soy miembro de la orden de Santo Domingo. Debo vigilar la pureza de la fe, perseguir la herejía. Azote. Ser profesor para que los jóvenes no vivan atormentados por las dudas. Para que elijan desde niños. Para que sean buenos cristianos y para que la Inquisición no torture a más personas, para que no padezcan los tormentos del potro, los del agua, del cordel sobre la piel viva, el descoyuntamiento, el hambre, el frío. En la tortura de cada uno de ellos veo a Isabel, a Baltazar, a Luis, a Catalina, a Mariana, a Leonor, a mi hermano Miguel, apenas un niño y la pequeña Anica, pequeñísima y siempre sonriente. En sus aullidos de dolor se me confunden sus voces. Azote. No quiero confesarlos. No quiero discutir la fe. No quiero denunciarlos, ni tampoco ser su cómplice. Entre más se alejen será mejor. Mi destino es estar solo. Lo vislumbré desde niño, desde que supe que mi fe no era la de ellos. Tío Luis lo sabe. Hace años que lucha desesperado para que reconsideren. Azote. Por eso me pidió ayuda cuando estuve en el Pánuco, por eso quiso que hablara con Isabel, por eso Luis me preguntó que si era pecado imaginar cosas contrarias a la fe de Cristo. Por eso Isabel sabe a la perfección los salmos en latín, la vida de los patriarcas. Por eso Mariana, aún siendo niña, me contó la historia de un profeta con una precisión que me dejó mudo. Por eso las conversaciones en murmullos entre madre y mis hermanos en Pánuco. Por eso Almeida me dijo que mi padre era judío. Azote. No hay un camino fácil. Pronto se marcharán de estas tierras. Esperaré a que se pongan a salvo en Italia. Los acusaré ante la Inquisición para descargar mi conciencia. Me quedaré más solo que nunca, pero todos nos salvaremos. Un ayuno y otro más. Solo un milagro podría convertirlos a todos. Señor, por lo que más quieras, ilumina su entendimiento y derrama tu luz sobre todos ellos. Tú lo puedes todo. Azote. Protégelos con tu manto misericordioso. Gaspar, arrodillado, cae al suelo sin aliento, con el torso desnudo y la espalda sangrante.

Suenan las campanas y afuera, a un costado del convento, los inválidos y los tullidos mendigan desde sus rostros enjutos y sus bocas desdentadas, sanguinolentas, ennegrecidas, las canicas blancas de sus ojos que miran otros mundos y los andrajos que hacen las veces de ropa, los pies callosos y mugrosos, las uñas como garras largas que imploran misericordia, ayuda, limosna.

Suenan las campanas y una mujer rolliza que apenas puede andar se acerca a la puertecita, un anciano famélico se arrastra, un niño rapado, una mujer embarazada y ojerosa, un hombre de cicatrices en el rostro.

Suenan las campanas y un pequeño ejército de miserables espera las sobras de la comida del convento, ahí un negro mutilado levanta el muñón de su brazo mal cicatrizado y vocifera, una anciana senil habla sola, un hombre yace dormido sobre la acera por el alcohol, rostros carcomidos por lepra transitan deformes, un cojo arrastra su muleta, la anciana temblorosa saca una cuchara y una vasija de peltre, una mujer cuyo rostro se pierde bajo los estragos de la viruela con la mirada en el limbo alimenta a un niño en su pecho, una mujer convulsiona y derrama espuma por la boca.

Por fin al anochecer, la angosta puerta lateral del convento comienza a abrirse. Hombres y mujeres, niños y ancianos intentan abrirse paso a golpes y codazos para colocarse en primera fila. A través de la puerta, un par de monjes, con enormes barrigas y mandiles sucios, cargan el gran perol de cobre que contiene un potaje de desperdicios de cocina, piltrafas de carne, huesos roídos, cabezas de pollo y de pescado que distribuyen entre los pordioseros desesperados.

Años de 1587 a 1589
Nueva España

Don Luis de Carvajal desobedece al virrey dejando Ciudad de México a inicios de 1587. Con la ayuda de Felipe se dirige al Nuevo Reino de León y confirma con sus propios ojos la destrucción de la Villa de San Luis. Las casas quemadas y saqueadas, los sembradíos reducidos a cenizas, las minas abandonadas, vacas y caballos hinchados, moscos y buitres en agasajo. Sus soldados asesinados, sin cabellera, el cráneo negruzco por la sangre seca, los ojos picados por las aves.

Don Luis llora.

Nadie había amado tanto este reino. Ese ha sido el proyecto de su vida. Un reino que trascienda su muerte, por los siglos de los siglos. Un reino como un hijo que, con los años, asume un destino.

Pero don Luis de Carvajal no ha podido engendrar hijos. No ha sabido cuidar sus querencias. Guiomar, su esposa, murió sin su compañía mientras él recorría tierras inhóspitas del otro lado del mundo. Su madre Catarina murió mientras él estudiaba y trabajaba en la isla de Cabo Verde. Su sobrino Luis, "el Mozo", en quien puso toda la esperanza del futuro, se ha deslindado de él. Tantos esfuerzos en vano.

La misma tragedia de San Luis la descubren en Ciudad de León y en Ciudad de la Cueva. Ahí jirones de ropa percudida, allá una bota sin suela, hombres asesinados, la lengua cortada, la cabellera arrancada con una navaja, los templos incendiados, los Cristos y las vírgenes demolidos en el suelo, las casas chamuscadas, los campos devastados. Un intenso olor a carne putrefacta y en descomposición se instala dentro de la nariz, un olor insoportable se apodera de la boca, la garganta, la parte profunda de la nariz y no se quita con nada, entre dulzón y salado, nauseabundo. Felipe devuelve el estómago.

Don Luis y Felipe cabalgan el día completo; acampan, hacen guardia, uno descansa, el otro cuida y viceversa. Tras días y noches de recorrido llegan por fin a la villa del Saltillo. El gobernador se reúne con algunos de los habitantes de las poblaciones destruidas que han logrado sobrevivir: Gaspar Castaño de Sosa, fundador y primer alcalde de la villa de San Luis, Diego de Montemayor, tesorero del reino, y Alberto del Canto. Mientras tanto, los soldados del virrey Villamanrique van tras ellos levantando registro de lo que encuentran y reportándolo: *Don Luis no ha fundado nada. No hay villas. Sus "fundaciones" y poblamientos son apenas lugares con cuatro casas de palos. Ya nadie vive en estos sitios.*

A mediados de 1587, don Luis deja Saltillo y se dirige a Guadalajara acompañado de los pocos soldados que le quedan. De camino, duermen en un mesón en Mazapil. Por la noche, en la taberna mientras cenan, un espía escucha la conversación y da aviso a Juan Morlete. Ahora sabe que su acérrimo enemigo, el gobernador Carvajal que lo destituyó de sus cargos en Saltillo, se dirige a Guadalajara. Esa información en una carta vale oro para el furioso virrey quien no sabe ni por dónde iniciar la búsqueda del prófugo.

Un mes más tarde, don Luis logra su propósito. La Real Audiencia de la Nueva Galicia ha iniciado a trabajar en el Informe de Oficio, en los interrogatorios que realizará a más de treinta testigos para anexar al documento que el gobernador enviará al rey. Sin embargo, el proceso se interrumpe.

La misiva de Juan Morlete ha cumplido su cometido. El capitán Juan de Zayas, antes al servicio de Carvajal, a quien tiempo atrás amonestó por esclavista y ahora enviado por el virrey Villamanrique, irrumpe en Guadalajara con órdenes de apresarlo. Llega a las casas reales con gran alboroto y lo lleva a la cárcel detenido. La Audiencia de la Nueva Galicia analiza el caso y, de inmediato, ordena su liberación para proseguir con los interrogatorios. Juan de Zayas debe partir de regreso a México ofuscado a rendir cuentas al virrey Villamanrique.

Un par de semanas más tarde, el trámite de los interrogatorios se interrumpe de nuevo. En esta ocasión, los oidores de la Audiencia de la Nueva Galicia solicitan a Carvajal que se traslade a las costas del Mar del Sur a combatir al pirata inglés Thomas Cavendish en Barra de Navidad, donde han asaltado barcos que provienen de China. El virrey no ha hecho nada por remediarlo. Carvajal tiene la experiencia que precisan. Finalmente, en noviembre, el Informe de Oficio queda listo.

Constará a Vuestra Majestad de lo que el gobernador de Nuevo León, Luis de Carvajal, ha trabajado en vuestro Real servicio en cumplimiento de las capitulaciones que con Vuestra Majestad hizo y del gasto que ha hecho y consumido su hacienda, y el estado en que quedan los negocios que están a su cargo... El dicho Luis de Carvajal está en opinión de hombre muy honrado y buen cristiano, cuerdo, y de buen entendimiento y término, y

muy bien querido en todas partes, y que no ha cesado, ni cesa,
de trabajar con deseo de servir a Vuestra Majestad y dar fin a lo
que le está encargado.

Para entonces, el gobernador Luis de Carvajal ya ha perdido buena parte de su hacienda en el norte. Además, sus
posesiones en la provincia del Pánuco están ya fuera de su alcance debido a la orden de Villamanrique. Don Luis tendrá
que refugiarse en la zona más segura mientras el rey Felipe II
responde a sus peticiones; su respuesta tomará mucho tiempo
en llegar de regreso. De manera que elige la villa de Almadén,
la única población del reino que aún no ha sido destruida.

A inicios de 1588, don Luis deja Guadalajara y sale rumbo
a allá. Meses más tarde, ordena a su tesorero don Diego de
Montemayor que se traslade la Caja de Tres Llaves a Almadén para resguardar los fondos en plata del reino y el tributo
anual que debe enviar a la corona española.

Don Luis se anticipa, como cuando partió la última vez
de las Españas e hizo su detallado testamento para proteger a
Guiomar, su esposa. Ahora debe prevenir qué sucedería en el
peor de los escenarios. ¿Si el virrey lo aprehendiese y el reino
se quedara sin gobernador de la noche a la mañana? ¿Si él
desapareciera del mapa como si un macabro demiurgo en una
partida de ajedrez se deshiciera de un peón?

Solo quedan tres hombres con capacidad para semejante encomienda. Carvajal dividirá su territorio en tres partes.
Nombrará tres lugartenientes para proteger todo el reino: Gaspar Castaño de Sosa para el área de Almadén, Diego de Montemayor para la zona de San Luis y León, y Felipe Núñez para
la zona de Tamaulipa.

Para otoño de 1588, el virrey está iracundo. Primero porque en enero de 1587, don Luis de Carvajal salió de Ciudad de México sin su permiso y, segundo porque la Audiencia de Nueva Galicia impidió al capitán Juan de Zayas apresarlo en Guadalajara.

Villamanrique ordena ahora al capitán Alonso López a recorrer todos los territorios junto con veinte soldados y no volver a Ciudad de México sin él. Al parecer, en esta ocasión un hombre mucho más meticuloso cuidó de los detalles; quizá con el esmero de un fiscal o con la argucia de un poeta. Alguien supo acomodar cada pieza del acertijo en el sitio justo, interpretar las señales precisas que llegan desde territorios desconocidos otorgadas por un tal Morlete.

Casualmente, el capitán Alonso López fue directamente a Tamaulipa donde encontró al capitán y lugarteniente Felipe Núñez quien accedió a mostrar el camino a su tío el gobernador. De ahí se dirigieron a Saltillo donde el tesorero y lugarteniente don Diego de Montemayor se les unió al capitán del virrey y así, guiados por Núñez y Montemayor, llegaron todos a la villa de Almadén acompañados de veinte soldados.

El gobernador al ver que el capitán López venía con sus hombres de confianza, no ofreció resistencia cuando lo apresaron. Lo llevaron encadenado hasta Ciudad de México para internarlo en la cárcel de la corte. En esta ocasión, no había necesidad de presentar cargos. Estaba preso por orden del virrey.

A principios de 1589 Carvajal sigue detenido en las cárceles reales; sin embargo ya no hay nada que justifique mantenerlo ahí puesto que no ha cometido ningún delito. Las acusaciones que urdieron el virrey y su fiscal Eugenio de Salazar en contra del gobernador alegando que era esclavista o que maltrataba a los indios han terminado por desmoronarse. Por el contrario, cada vez surgen más testimonios sobre el cuidado que ponía sobre los naturales del lugar, su esfuerzo por no arreglar los conflictos mediante las armas, la cantidad de veces que liberó a nativos que los españoles llevaban presos para su venta. El mismo virrey Martín Enríquez de Almanza, quien reinó durante doce años y tenía en magnífica estima a don Luis, había escrito a Felipe II años atrás para recomendar que le otorgaran las capitulaciones para que pacificara tierras chichimecas dado que no podría encontrar hombre más indicado que pudiese *ayudar mejor en la pacificación*. Una vez que los argumentos para retener a Carvajal en la cárcel se han diluido. La única forma de mantenerlo preso sería que la Audiencia pudiese sentenciarlo por algún cargo serio y demostrable, pero no lo hay.

Una mañana fría de invierno, a fines de febrero, frente al crujir de la leña y el fuego, en un salón del palacio real, el fiscal Eugenio de Salazar conversa con el virrey; entonces, aprovecha para sacar el as bajo la manga.

—Lo ideal, Su Majestad, sería poder acusar a Carvajal de algo que lo relacione con la Inquisición... De esa manera podríamos lavarnos las manos y sería el Tribunal del Santo Oficio quien le daría la sentencia, lo eliminaría definitivamente. Carvajal moriría en el olvido, desposeído de sus bienes y de sus cargos, cautivo entre intrincados procesos de la Inquisición. No tendría manera de defender su causa.

—Pero si este hombre cuenta con más respaldo y estima del mismísimo rey don Felipe II que yo. No hay nada en él que pueda relacionarlo con la Inquisición.

—Verá Su Majestad, hace tiempo que sospecho de la limpieza de sangre del gobernador. Años atrás, tuve oportunidad de servir como juez en la zona que se conoce como la Raya de España con Portugal. Allá conocí a muchos portugueses que comerciaban y, como tengo el oficio de las letras y pongo especial cuidado en las formas del habla castellana, puedo afirmar que cuando he escuchado a Carvajal expresarse he detectado el uso de un par de términos propios, no solo de esa región, sino de los cristianos nuevos, muchos de ellos judaizantes y originarios de esa zona que se fueron a vivir a las Islas Canarias, a quienes también traté durante un tiempo mientras tuve el honor de ser gobernador en ese sitio. Estoy seguro de que muchos marranos han llegado al Nuevo Mundo a través de migrar a esas islas, como La Palma, esquivando la Casa de Contratación de Sevilla y los grandes puertos como San Lúcar de Barrameda. De ahí se unen a otras expediciones y parten hacia acá. Carvajal podría estar relacionado con esas gentes.

—Pero ¿cómo el uso de un par de palabras hará que nos libremos de Carvajal? ¡Necesitamos testimonios contundentes! Algo que compruebe que es judío o moro o luterano o lo que sea… y, en cambio, todos los testimonios se refieren a él como buen cristiano.

—Él parece ser un buen cristiano, pero eso no significa que su familia o sus ancestros lo sean. Verá usted, me he anticipado. Desde hace tiempo, me he dado a la tarea de revisar las capitulaciones que Felipe II le otorgó en 1579. Leyéndolas encontré una cédula, prácticamente inverosímil, por medio de la cual su majestad el rey le otorgó una licencia especial, nunca otorgada a ningún otro conquistador, *en donde el Rey encarga*

al dicho Capitán Luys de Carvajal tenga mucho cuydado de que
sean personas limpias y no de los prohibidos a passar aquellas
partes. ¡Dejó a su criterio la limpieza de sangre de las casi doscientas personas que llegaron con él!

—No tenía idea… Me sorprende de su majestad Felipe II,
quien es conocido por estar obsesionado con el firme propósito
de evangelizar los territorios bajo su reinado en todos los continentes. La Inquisición opera ya en Filipinas, en el Perú, en
Nueva España, en Portugal…

—Su Majestad, ¿cuándo se había visto, durante su reinado,
que hombres y mujeres pudiesen emigrar sin presentar los
documentos que avalen la limpieza de sangre? Tengo un in-
formante de nombre Juan Morlete, familiar de la Inquisición
en la villa de Mazapil y también enemigo del mismo Carvajal,
quien me ha enviado información que nos pueda ayudar a terminar con él…

—Y, ¿en qué consiste dicha información? Ese Morlete puede contar con nuestro generoso agradecimiento.

—Al parecer, efectivamente, hay ciertas sospechas de que
algunos familiares del gobernador son judaizantes. Ahora tenemos que encontrar a uno de estos sospechosos de herejía.

—Mmmm….

—Muy pronto hallaré la manera de que la Inquisición
requiera a Carvajal para abrir un proceso en su contra.

—Necesita hacerlo ya, Salazar. Esta semana lo liberarán,
tenemos el tiempo encima. Si lo dejan en libertad, perderemos
la última oportunidad de deshacernos de él. Yo no puedo solicitar a los inquisidores que lo investiguen porque revelaría-
mos nuestros deseos. Debe ser muy astuto, muy cauto… La

acusación debe venir de alguien cercano al gobernador, de un miembro de su familia que pueda llamar la atención a la Inquisición.

—Así es, Su Majestad… Tenemos al hombre que nos llevará a la persona indicada: el capitán Juan de Zayas, quien ahora sirve a Su Majestad, antes sirvió a Carvajal y lo odia porque lo amonestó en varias ocasiones. Además, cuando Su Majestad le encomendó la tarea de apresarlo en Guadalajara y la Audiencia de la Nueva Galicia no lo permitió, manifestó que a su debido tiempo, vengaría sus afrentas. ¡Él será un buen aliado nuestro!

Hay dos jóvenes de quienes un testimonio ante la Inquisición sería oro molido, la chispa que detonaría el fuego: el de su sobrino Luis de Carvajal, "el Mozo", o bien, el de su sobrino político el capitán y lugarteniente Felipe Núñez, quien está aquí en Ciudad de México precisamente al pendiente de su tío. Lo visita casi a diario, se asegura que no le falten alimentos ni cobijo, lo mantiene al tanto de su proceso. Habrá que persuadirlo de colaborar con los planes del virrey. Si no coopera, él mismo puede ser acusado de los mismos crímenes que su tío, el gobernador.

—Cooperará, no se preocupe. Todos tienen una medida. Pronto conoceremos la suya… Siempre hay una línea que nos horroriza traspasar… Encontraremos esa línea. Felipe Núñez cooperará, ya verá. Hará lo que le pidamos.

3 de marzo de 1589
Ciudad de México, Nueva España

Dentro de la habitación oscura, Felipe cobra conciencia solo a ratos. Tirado en el suelo helado, con las manos amarradas por detrás, amordazado. Un quejido. La piel del torso con las marcas del azadón que le pusieron al rojo vivo, una y otra vez para que confesara que él y su tío, el gobernador, son judaizantes. La sombra del soldado que lo vigila en la penumbra.

Hace un par de meses que no descansa. Lo asedian todo tipo de dudas y temores. Desde la mañana en que se presentaron veinte soldados y un capitán afuera de la casa real donde reside en Tamaulipa con la orden del virrey de que él los condujera hasta el gobernador Carvajal. Entonces titubeó. Intentó convencerlos de que no conocía bien su paradero, que quizás andaría hacia el río Bravo, Nuevo México o la Florida en una de tantas expediciones que había planeado. Sin embargo, lo obligaron a punta de espada a partir con ellos de inmediato. No lo dejaron solo ni un momento. Envió a alguien por delante rumbo a Almadén para dar aviso y que el gobernador, pudiera ponerse a salvo; no obstante, días más tarde encontraron al mensajero degollado en el camino. Lo mismo sucedió cuando llegaron a la zona de San Luis con don Diego de Montemayor. A él tampoco le dieron opción alguna. Los llevaron a la fuerza, con vigilancia día y noche, hasta las casas reales de

Almadén donde moraba el gobernador. Don Luis de Carvajal se dejó apresar al ver a sus hombres de más confianza al frente del ejército de soldados, uno de cada lado del capitán López.

Felipe Núñez tenía fe en que, una vez en Ciudad de México, encontraría la manera de poner a salvo a su tío, al igual que el año pasado, cuando el virrey lo tuvo preso y él entregó monedas de oro a un guardia para que permitiese la huída del gobernador de las cárceles. Ya encontraría qué hacer, aunque ahora no traía dinero con él. Pediría a su familia en la capital. No era opción sublevarse en el trayecto y enfrentar él solo a veinte de los mejores soldados del virrey, armadísimos y con la consigna de no volver a Ciudad de México sin Carvajal. Lo matarían en el instante. Tampoco era opción abandonar a su tío y volver a Tamaulipa. Una vez que los soldados tuvieron a don Luis encadenado y montado en un caballo para disponerse a partir a la capital. El capitán Alonso López se dirigió a él y a Diego y les gritó riendo.

—¡Ya no necesitamos de ustedes! ¡Traidores! ¡Ya pueden volver a su reino imaginario, a sus casuchas de cuatro palos! Y tú, Diego, ¡cornudo! ¡Asesino de tu propia esposa! Los del norte no tienen religión, ni temor de Dios.

Don Diego se quedó en Almadén. Felipe guardó silencio, se tragó el coraje y fue tras ellos para cuidar del gobernador. Y precisamente su empeño en protegerlo es ahora su talón de Aquiles. Si estuviese lejos no hubieran dado con él.

Han pasado casi dos meses. Hará un par de días que Felipe Núñez, en su acostumbrada visita a llevarle comida y ropa limpia a su tío en las cárceles, le informó que estaban por liberarlo, que los jueces lo declararon inocente, que no sería necesario planear la huida.

Pero su tío le advirtió de inmediato. Se lo dijo.

—No estoy tan seguro de que me vayan a dejar libre así tan fácil. Sería mejor huir hoy mismo. El virrey y Salazar no se detendrán ahora que ya me tienen aquí.

—Veré qué puedo hacer.

Esa misma noche, mientras Felipe Núñez urdía inquieto, solo en casa, sobre cómo sacar a su tío de la cárcel real con pasos largos frente a la chimenea, tocaron a la puerta. Tras abrir, se encontró de frente con el capitán Juan de Zayas y el soldado más corpulento, temible y despiadado que los habían conducido, semanas atrás, desde Almadén hasta Ciudad de México. Ambos entraron de inmediato a su casa, cerraron tras ellos la puerta y de inmediato comenzaron las amenazas, los empujones y los golpes. Le vendaron los ojos, le amarraron las manos, le desnudaron el torso, lo sujetaron con cadenas a una silla. No le golpearían el rostro ni las manos. Ninguna marca en el cuerpo que dejara evidencia a simple vista. El torso y los testículos eran un buen sitio para dejar marcas.

—Mi tío no es judío... es un buen cristiano. Yo no soy judío, somos cristianos fieles a las enseñanzas de Nuestro Señor Jesucristo.

De nada servía. Los tormentos no cesaban.

Horas más tarde, el verdugo comenzó a indagar sobre la hermana del gobernador y después, por qué no, sobre su sobrina.

Isabel. La Isabel que nunca fue suya. Isabel de Andrada niña. Isabel de Herrera casada. Isabel de Carvajal viuda. La bella Isabel. Hace diez años que la vio por vez primera cuando entró con don Luis a su casa, allá en Astorga, para invitarla a ella y a su esposo a venir al Nuevo Mundo. Isabel por quien rezó en aquella catedral, deseando sin querer desear que fuera suya. Isabel, quien enviudó tras aquella oración como por obra de Dios o del demonio. Isabel, quien migró en la misma urca que él. Isabel, quien no quiso escuchar sus palabras ni recibir sus cortejos, ni en altamar bajo las estrellas, ni tiempo después en el Pánuco cuando él le contaba las aventuras con su tío y le ofrendaba modestos regalos durante la Navidad. Él había aprendido a amarla a la distancia y, con el paso de los años, a quererla como si fuese una prima lejana. Ya resignado a que nunca sería suya, contrajo nupcias con Philippa López. Isabel alienta ese fuego que no cesa generación tras generación. Isabel, la mensajera de las malditas palabras que la tía Guiomar vació en ella para que contaminara a don Luis, para que quitara a todos la candidez de quienes anhelan hacer historia, para que los ensuciara con una herencia que no conocían y que no querían recibir, para que los volviera criminales a ellos y a toda su descendencia por los siglos de los siglos, para que pagaran uno a uno y en carne propia, con tormentos y la privación de sus bienes, con la propia vida, el haber descendido de hombres y mujeres que veneraron la antigua ley de Moisés.

Al amanecer, el soldado que lo asedia desde la noche anterior, lo patea en el vientre para despabilarlo.

—¿Qué sabes de su familia? ¿Su hermana? ¿Sus sobrinos?

—Todos son buenos cristianos... Hace diez años ya que los conozco: el fraile, Baltazar, Luis, Mariana, Catalina, Leonor...

—Y entonces ¿por qué el gobernador se ha alejado de ellos? ¿por qué no anda más en compañía de su sobrino Luis, "el Mozo", quien era el heredero de su reino?

Luis…, "el Mozo"… El hijo que el gobernador no tuvo, el adolescente que a sus catorce años deslumbró a don Luis de Carvajal cuando llegaron a casa de su hermana en Medina del Campo. Felipe, a sus diecinueve años, supo de inmediato que se convertiría en segundón, él y Baltazar quienes eran de la misma edad… serían desplazados por una empatía natural entre ese adolescente que llevaba el mismo nombre y la misma sangre que el gobernador. Luis Rodríguez de Carvajal o Luis de Carvajal, "el Mozo", sería bien entrenado, durante años por su tío, para heredar uno de los reinos más grandes de la Tierra.

Yo el Rey os mando dar Título de nuestro governador y capitán general de las provincias y tierras que hay desde el puerto de Tampico río de Pánuco y en las minas de Maçapil hasta los límites de la Nueva Galizia y Nueva Vizcaya y de allí azia el norte lo que está por descubrir de una mar a otra con que no exçeda de duzcientas leguas de latitud y otras duçientas de longitud que se llame e intitule el Nuevo Reyno de León por todos los días de vuestra vida y después por los de un hijo o heredero vuestro qual vos nombraredes con dos mil pesos de minas de salario en los frutos de la propia tierra y no los haviendo no hemos de ser obligado a os mandar pagar cosa alguna del dicho salario. Por ende cumpliendo con lo que de nuestra parte ofrecemos a vos el dicho capitán Luys de Carvajal por la dicha capitulación… por la presente queremos y es nuestra voluntad que hagora y de aquí adelante para en toda vuestra vida y después por la de un hijo heredero o subçesor vuestro qual vos nombráre des por los días de su vida seays y sea vuestro governador y capitán general de las dichas provincias que havéys descubierto y descubriéredes y pobláredes en el dicho límite y como tal nuestro Governador

y Capitán General de las dichas provincias vos y después de
vos el dicho vuestro hijo heredero o subçesor y no otra persona
alguna...

—No sé por qué... no sé por qué se alejaron... —responde
Felipe casi sin aliento.

—¿Qué habrá sido tan poderoso para que alejara al gobernador de su sobrino, el sucesor, de su única familia? Solo algo
que pusiera en peligro el devenir de su reino... ¿No te parece?
Dicen que el Mozo ha ido a las cárceles a llevar comida a su
tío y que el gobernador le grita que se marche, que le pague el
dinero que su padre nunca le pagó.

Felipe orina y defeca ahí. Permanece recostado en el suelo
de esa habitación que no puede ver con los ojos tapados y
las manos atadas. Ahí mismo tirita en el frío de la siguiente
madrugada y traga un pan duro que alguien le introduce a la
boca. ¿Cuánto tiempo seguirá el soldado azotando, pateando
su cuerpo?, ¿servirá de algo la lealtad a su tío?, ¿servirá de
algo su silencio cuando otros quieren poner palabras en él?
Morirá lentamente, las llagas y las ámpulas por las quemaduras reventarán, la piel viva se infectará, morirá amarrado
tras días de hambre, de sed, de ardor, de golpes. El virrey
buscará a otros hasta lograr su cometido. No se detendrán.
Su muerte, su lealtad no servirán de nada porque buscarán a
otro que confiese. Son muchos a quienes pueden forzar. Son
carne de cañón. Eso será su vida. Y piensa en los otros que
pueden enunciar las palabras. Es el recuerdo de Isabel lo
que le ha impedido hablar durante horas y horas de palizas.
No quiere que esos animales vayan por ella. No quiere que
la toquen, que la lastimen, que la torturen. Y Philippa. Si mue-

ro. Philippa. No quiere que se acerquen a Philippa, a Isabel, a Ana López, su suegra, a doña Francisca, a los hermanos y las hermanas.

Amanece el tercer día de palizas, del azadón de hierro encendido. Ya no queda mucho donde marcar su torso. ¿Quiere el azadón de hierro en los testículos, Felipe? ¿o en la boca para que no vuelvas a probar bocado?

—¡Qué necedad! Confiesa ya. ¡Sálvate! Ya demos esto por terminado...

—Su majestad el rey Felipe lo sabrá... Ustedes irán a juicio por agredir a un capitán y lugarteniente que sirve a la corona, a un gobernador bien nacido que ha dado su vida al servicio del rey y de expandir la fe católica hasta tierras inhóspitas.

El azadón revienta sus adoloridas costillas. Ya no le quedan palabras ni intención alguna. Las náuseas le hacen devolver una baba amarillenta. Con los ojos aún vendados, Felipe no ve nada. Solo escucha la respiración de su verdugo que se acerca y se aleja inquieto como animal asediando su presa. Indagarán en su linaje. La Inquisición irá tras sus padres en Sevilla, los inquisidores sabrán que él mismo ha encubierto a los Carvajal, que él también es judeoconverso. Lo quemarán vivo. Don Luis es buen cristiano. El verdugo ronda, una bestia al acecho. Dijo Isabel que su tío desciende de judíos, que sus padres y abuelos seguían la ley de Moisés, que así se lo dijo doña Guiomar. Malditas palabras. El sonido de las botas se acerca. Don Luis ha sido un padre para mí. Puntapiés en el riñón, en el estómago, en las costillas rotas, en las quemaduras. El cuerpo contrito. Ya no respira. Ya no escucha. Desea, desde lo más profundo de sí mismo, una muerte rápida.

Testimonio del capitán Felipe Núñez
ante la Inquisición por descargo de conciencia,
7 de marzo de 1589.
Archivo General de la Nación, Ciudad de México

(Al margen) Testigo 1ª Phelipe Núñez

En la ciudad de México, siete días del mes de marzo de
mil y quinientos y ochenta y nueve, ante el Sr. Inqui-
sidor Lic. Sanctos García, en su audiencia de la tarde,
pareció de su voluntad y juró en forma de decir verdad,
un hombre que dijo llamarse:

Felipe Núñez, natural de Lisboa, soltero, soldado que
ha residido por Capitán en el reino de León, de la go-
bernación de Luis de Carvajal, de edad de veinte y ocho
años, que ahora posa en esta ciudad, detrás de S. Juan,
en casa de Merino, sastre y Dijo:

Que por descargo de su conciencia viene a decir y ma-
nifestar que la navidad próxima pasada, hizo dos años
y más, que una mujer viuda, cuyo nombre ni del marido
no se puede acordar, más de que es sobrina del dicho
Gobernador Luis de Carvajal, hija de doña Francisca
de Carvajal, hermana del dicho Gobernador, que vive
ahora la dicha viuda en las casas que eran del cura Mo-
reno, al Collegio de las Niñas, en compañía de la dicha
doña Francisca y de su hermana de ella, casada con

Jorge de Almeyda, su cuñado, la cual al dicho tiempo vivía pared y media de Gracián de Balzola, la susodicha viuda, un día despues de comer, estando a solas y mostrándole a este mucha voluntad y amistad, porque la tenían de muy atrás, dijo a este, habiéndose sentado junto a él (cosa que nunca solía hacer) estas palabras: en qué ley vive v.m.? Y este le respondió: en la de Cristo Nro. Redemptor, en el cual pienso morir, como mis padres, y ella respondió: pues no es buena ley esa; y este se alteró entre sí y le dijo: pues cómo, señora, eso me dice v.m.? Y entonces ella le dijo: "sabed que mi padre nos dijo otra cosa a mí y a mi madre y a mis hermanos y hermanas, excepto al fraile, que no sabe nada de esto", y le parece que le dijo sin falta, que Christo no había venido al mundo, aunque no está cierto si le llamó Christo o otro nombre, y que el que acá llamaban antechristo era el Mesías que había de venir a salvar; y prosiguiendo en su plática dijo también cómo el dicho su padre, les había dicho (porque era leído) que había leído que un profeta decía cómo habían de ser perseguidos en este mundo de unos ministros, y dijo ella: estos son los inquisidores o vuestros inquisidores, no se acuerda cuál de estas dos últimas palabras; y este, habiéndola oído, le respondió que mirase lo que decía, porque él creía en Jesuchristo Nro. Sr., y que había venido al mundo y muerto y resucitado por salvarnos, habiendo nacido de la Virgen María, Nuestra Señora.; y como la dicha viuda vio la determinación y fe con que hablaba, fue recatándose y le dijo; "yo me burlaba que no lo decía sino por ver cómo estaba v.m. en la fe, y huélgome de verle tan firme en ella; no diga nada de esto a nadie¨, y con esto se levantó de la silla y cesó la plática, diciéndole ella lo que tiene declarado, de que se holgaba verle tan firme en la fe, y que guardase secreto de lo que le había dicho, y no pasó otra cosa. E que de no haberlo declarado luego en este Santo Oficio pide penitencia, porque no lo hizo a causa de que luego se fue de aquí enfermo a la gobernación del dicho Luis de Carvajal, donde ha estado hasta ahora, y siempre con intento de venirlo a declarar en teniendo oportunidad.

Preguntado: qué tanto tiempo ha que conoce a la dicha viuda y a sus padres?

Dijo: que habrá diez años que en Medina del Campo, vio y conoció a la dicha viuda y a sus padres, en cuya casa posó yendo de esta tierra a Medina del Campo el dicho Gobernador, los cuales padres se llamaban Francisco Rodríguez de Matos, mercader en la rua de Medina, aunque no tenía tienda, y la dicha doña Francisca de Carvajal, su mujer, madre de la dicha viuda, se llamaba entonces Francisca Núñez, y allí vio y conoció a los dichos padres, y este, como tiene dicho, posó en su casa, y en aquella sazón no estaba con ellos la dicha viuda, su hija, porque vivía entonces en Astorga, casada con un mercader de tienda, en la plaza de Astorga, donde murió, y viuda vino con sus padres a esta tierra en un navío en que vino el dicho Gobernador Luis de Carvajal a Pánuco, que salió en conserva de la flota en que vino el Conde de Coruña por Virrey de México, y en Sevilla vio y habló a la dicha viuda y a sus padres, y después en Pánuco y en esta ciudad, en la cual murió el dicho Francisco Rodríguez de Matos, y está enterrado según ha entendido en el convento de Sancto Domingo, y no se acuerda cómo se llamaba dicho mercader marido de la dicha viuda.

Preguntado: si conoció y conoce a los hermanos y hermanas de la dicha vida, cómo se llaman y dónde están al presente, y si son hermanos de padre y madre?

Dijo: que sí, porque todos vinieron en el dicho navío, y los vio en Sevilla, y Pánuco y en México, y se llamaban Baltazar Rodríguez de Carvajal, soltero, y Luis de Carvajal, soltero, y otro pequeño de hasta doce o catorce años; que todos acuden aquí en México a casa de la dicha doña Francisca de Carvajal, su madre, y más el fraile que se llama fray Gaspar de Carvajal, sacerdote dominico que reside en México, y doña Leonor de Carvajal, mujer del dicho Jorge de Almeyda, que vive en México donde tiene dicho, y doña Catalina de León, casada con Antonio Díaz de Cáceres, que vive en México, al tianguis de S. Juan, y doña Mariana, doncella, y otra niña, Leonorica o Anica, de poca edad, que vive con la dicha su madre doña Francisca de Carvajal, donde está la dicha viuda.

Preguntado: la dicha viuda y sus padres de dónde son naturales y si sabe de qué casta y generación son?

Dijo: que ha entendido que el dicho Francisco Rodríguez de Matos, era natural de hacia Benavente, y no sabe de dónde es natural la dicha su mujer doña Francisca, ni de qué casta y generación sean los unos ni los otros, ni dónde nació la dicha viuda su hija, ni los demás sus hijos que tiene declarado, mas de haber entreoído que vivieron casados mucho tiempo en Benavente, en servicio del Conde de Benavente, y después en Medina del Campo.

Preguntado: si cuando la dicha viuda preguntó a este que en qué ley vivía, y él respondió que en la de Nro. Redemptor Jesuchristo, y ella dijo que no era buena ley aquella, le declaró cuál fuese la buena?

Dijo: que no le declaró ni dijo otra cosa, y que de allí a algunos meses, estando este enfermo en México, la dicha viuda le envió dos o tres veces unas gallinas degolladas, no se certifica si las enviaba ella o su madre, lo cual dice por haber oído decir que cuando los judíos comen algunas aves, las degüellan.

Preguntado: si en el tiempo que ha que conoce a la dicha viuda y sus padres, ha entendido o oído decir que alguno de ellos haya hecho o dicho alguna cosa que sea o parezca ser contra Nra. Sancta Fe Catholica?

Dijo: que nunca vio ni oyó cosa ninguna hasta el punto que tiene dicho, que pasó lo que ha declarado.

Preguntado: si tiene odio o enemistad a la dicha viuda, o sus padres y hermanos?

Dijo: que en esta vida no ha conocido persona a quien más deba, ni más amor tenga. Y solo lo dice por descargo de su conciencia.

Fuele leído lo que ha declarado y aprobólo y se le mandó guarde el secreto, so pena de excomunión, y sepa el nombre de la dicha viuda, con disimulación, y lo venga a declarar; y prometiólo y lo firmó de su nombre.

Y dijo: que está de camino para el reino de León a traer algún socorro que coma el dicho Gobernador Carvajal, que está preso en la cárcel de corte de esta ciudad, a quién quiere mucho y debe mucho, por haber andado en su compañía diez años y haberle visto vivir siempre como gran christiano.

Preguntado: si la dicha viuda sabe este que haya tratado lo mesmo con alguna otra persona o ella se lo dijo?

Dijo: que no le dijo nada ni lo sabe, y firmolo, Felipe Núñez —Ante mí— Pedro de los Ríos (Rúbrica)

Testimonio del capitán Felipe Núñez ante la Inquisición por descargo de conciencia, 8 de marzo de 1589. Archivo General de la Nación, Ciudad de México

En la ciudad de México, ocho días del mes de marzo de mil y quinientos y ochenta y nueve años, ante el Dr. Inquisidor Lic. Sanctos García, en su Audiencia de la tarde, pareció de su voluntad el dicho Felipe Núñez, testigo de Suso declarado, y siendo presente,

Dijo: que ha procurado, como se le mandó, con disimulación y cuidado, saber el nombre de la dicha viuda de quien ayer testificó. Y ha sabido que se llama doña Isabel, y cree que de Carvajal, y el hermano menor, muchacho, se llama Miguel, y todo lo que tiene declarado es la verdad y lo dijo por solo descargo de su conciencia y mandado de su confesor; que no lo quiso ayer absolver sin que le viniese a declarar; y no tiene más que decir de que mañana se parte al Nuevo Reino de León, y entiende que volverá de aquí a dos meses y firmólo, Felipe Núñez. Ante mí, Pedro de los Ríos.[7]

---

[7] ¿Por qué tardó más de dos años Felipe Núñez en "descargar su conciencia" si ya había estado en Ciudad de México en varias ocasiones después de esa conversación con Isabel? En su declaración menciona que ella es una viuda de cuyo nombre ni del marido se puede acordar, solo de que "es sobrina del gobernador Luis de Carvajal e hija de doña Francisca de Carvajal, hermana del dicho Gobernador" y otorga los detalles de su domicilio.

¿Será posible que Felipe Núñez pudiera dar un reporte detallado de cada miembro de la familia y que hubiese olvidado el nombre de la mujer a quien amó desde que la conoció, diez años atrás? Lo importante para los inquisidores era dejar claro el vínculo entre el enemigo político y la judaizante. Felipe Núñez lo hizo. Denunció a don Luis, a quien tanto admiraba, a Isabel y a la familia de ella.

Sin embargo, hay dos gritos de auxilio, entrelíneas, en su testimonio que apuntan a que fue extorsionado para actuar de ese modo. "¿Tiene odio o enemistad a la dicha viuda, o sus padres y hermanos?" y su doliente respuesta: "En esta vida no he conocido persona a quien más deba ni más amor tenga". Felipe parece decir entre líneas: No estoy aquí por mi voluntad. Soy el ventrílocuo de otros. ¿Cómo podría acusar a quienes han sido mi propia familia? Los tentáculos del poder y sus instituciones se han empecinado en clavarme las palabras de los otros a base de azadón ardiente, de hierros que desgarran la piel, de borrarme el entendimiento.

Después, la segunda frase: "dicho Gobernador Carvajal, que está preso en la cárcel de corte de esta ciudad, a quien quiere mucho y debe mucho, por haber andado en su compañía diez años y haberle visto vivir siempre como gran christiano." A pesar de los miedos que acosan a Felipe Núñez, del pavor a padecer más tormentos y a la angustia de enfrentar a su propia conciencia, Núñez se atreve a manifestar que quiere mucho al gobernador y que es testigo de que ha sido un gran cristiano. Parte de su declaración es la condena para don Luis, pero esta aclaración podría salvarle la vida.

Estas llamadas de auxilio, entre líneas, no fueron atendidas ni por los inquisidores ni por los historiadores que leyeron los documentos en los archivos. Sin esta lectura, Felipe Núñez quedó como el Judas de la familia Carvajal.

Primavera de 1589
Ciudad de México, Nueva España

Unas palabras son suficientes para desatar un huracán que no se detendrá hasta tornar el prolijo paisaje en uno irreconocible. Donde había tierra quedará un socavón, donde había agua un desierto y donde el mar se acunaba inmenso, apenas un pantano.

Cinco días después del testimonio de Felipe Núñez, el 13 de marzo de 1589, Isabel es arrestada y trasladada a las cárceles de la Inquisición. Luis y Baltazar están en uno más de sus viajes y su madre Francisca quiere darles aviso de inmediato. Le pide a Francisco Díaz, empleado de Jorge de Almeida, que les lleve el mensaje; sin embargo, él ofrece un pretexto y se disculpa. Le pide entonces el favor a Jorge Álvarez quien finalmente, después de varios días, los encuentra en Pachuca.

Las palabras ya los han alcanzado. Luis y Baltazar no dan crédito. Un huracán turba su corazón. De pronto les cuesta trabajo entender la voluntad de Adonai en ese sufrimiento. ¿Quién habrá acusado a Isabel? ¿Sería su tío, el gobernador? Si han ido tras ella, con seguridad vendrán tras ellos. Es culpa suya por no haberse ido a una tierra en donde pudieran cumplir la voluntad, los preceptos de Adonai. Le han ofendido una y otra vez; esa angustia y el dolor que ahora embisten son una manera de expiar sus faltas. Luis y Baltazar predican aquí y allá, Luis escribe libritos para difundir la palabra de Dios, transcriben los libros sagrados, reflexionan sobre los textos, oran en comunidad. No hay duda de que son mucho más conocidos como judíos que su hermana Isabel. Y qué hacer. Algunas personas de experiencia les aconsejan huir de inmediato; pero hacerlo todos juntos solo los delataría. Deben partir primero los varones Baltazar, Luis y Miguel al puerto de Veracruz. Ponerse a salvo.

Mientras tanto, en Ciudad de México, Antonio Díaz de Cáceres, esposo de Catalina, aconseja a su suegra doña Francisca, a su esposa y a sus cuñadas solteras.

—Hay que negar todo. Así sobrevivieron mi madre y mi hermano en Lisboa. Hay que estar prevenidos, pueden venir en cualquier momento por alguien más.

Jorge de Almeida lleva 50 pesos a las cárceles de la Inquisición para que, a Isabel, su cuñada, no le falte comida: almendras, conservas de naranja, jabón. Es preciso que Luis, Baltazar y Miguel huyan de Nueva España cuanto antes, que doña Francisca se mude a otra casa en el Portal de la Acequia para no exponer a Antonio Díaz, su yerno, a su hija Catalina y a la bebé Leonorica. Y todo en dos, tres, o cuatro días máximo. Moverse con sigilo, ligeros de matalotaje. Doña Francisca recuerda cuando era niña y cómo, en un dos por tres, tuvo que salir con su madre y su abuela separándose de sus hermanos varones y su padre. Son recuerdos de los que poco se habla. Lo mismo vivieron su abuela y su bisabuela. La herencia genética silenciosa de un pueblo entero. Mudar para sobrevivir. Doña Francisca habla con cada uno de sus hijos, incluso con fray Gaspar. Es muy probable que pronto vuelvan los inquisidores, ahora por ella. Se anticipa, les entrega sus escasos ahorros.

Una angustia perenne la persigue día y noche. Revisan papeles de identificación, ropa, zapatos, comida, recuerdos, eligen solo lo indispensable. Una vez más. Se reorganizan presurosos, sin hambre, sin sueño y preguntándose cómo estará nuestra Isabel en este momento, tendrá frío, tendrá hambre, recibirá malos tratos o tormentos, hablará de todos nosotros, de los niños, hasta cuándo sabremos algo, volverá algún día.

De pronto, el adiós de Luis, Baltazar y Miguel en Ciudad de México; se despiden de su madre, de Mariana y Anica. Por la noche, bajo la claridad de la luna, en el inmenso valle parten rumbo al puerto de Veracruz. Luis, Baltazar y Miguel cabalgan sombríos, ajenos a la luminosidad de los majestuosos volcanes nevados que platean a la distancia, el Popocatépetl y el Iztaccíhuatl; días más tarde el Pico de Orizaba o Citlaltépetl. No encuentran sosiego en los bosques de pinos que curten la sierras a su paso, ni en la ciudad de Puebla de los Ángeles con sus iglesias de ensueño, ni en las cascadas tropicales, ni en las orquídeas, ni en los ríos ni el canto de las aves. Su tristeza inunda todo, incluso la mirada sobre las cosas.

Querer yo aquí relatar el llanto triste que todos en este apartamiento hicieron no podré, porque fue más de lo que sabrán declarar mis palabras. Después de haberse ido los hermanos, viendo como dejaban a sus viudas y huérfanas iban con amargos llantos, clamores y alaridos, acompañando su triste camino. Llegados al puerto quisieron embarcarse y habiendo ya fletado barco, acordáronse de cómo dejaban a su madre y hermanas desamparadas y en tan crecido peligro, y pudo tanto esta memoria, que les hizo mudar consejo y determinarse a volver Joseph a ver lo que había, quedando atrás su mayor hermano esperando el aviso que había de enviarle de lo sucedido.

Estuvieron los pies de Luis en el navío que los llevaría de Veracruz a España, pero no su corazón. Las dudas lo asaltaban. Recordaba a su padre Francisco en su lecho de muerte y no concebía cómo podrían dejar a su madre y hermanas desprotegidas en esas tierras. Justo un par de días antes de que el navío zarpara, Luis y Baltazar, *quienes están unidos como el agua y la tierra en el Señor,* deciden que no irán en ese barco, no por el momento. Bajarán sus pertenencias del navío. Baltazar y Miguel esperarán en el puerto mientras que Luis volverá a andar el camino por el que llegaron al puerto de Veracruz, ahora hasta la capital para asegurarse de que su madre y sus hermanas se encuentren bien.

Memorias de Luis de Carvajal, "el Mozo". Biblioteca Nacional de Antropología e Historia, Ciudad de México, primavera de 1589.

Durante los primeros interrogatorios, Isabel afirma que nunca ha hecho nada en contra de la Iglesia Católica. Pasan los días y las noches. La soledad absoluta de la celda. El lentísimo paso del tiempo. El frío que cala en los huesos y acelera la respiración, los chillidos de las ratas mientras intenta conciliar el sueño, sus movimientos apresurados, los alaridos provenientes de la cámara de tormento perforando su imaginación. La incertidumbre. Pasaré aquí el resto de mis días. Me lastimarán. Isabel analiza una y otra vez lo que debe decir. Reflexiona sobre el dolor y la muerte. No los delataré.

Después de semanas de interrogatorios durante los que ella ha insistido en que ella y su familia son cristianos, los inquisidores conducen a Isabel a la cámara del tormento. Ahí los verdugos se dan gusto, una mujer bella y joven. Los sacerdotes se deleitan solo con imaginarla desnuda. Nadie registrará sus miradas lascivas. El escribano la contempla. Nadie los observa a ellos ni relata su lujuria. Isabel, a sus treinta años, conserva su cuerpo joven y firme. Nunca tuvo hijos. Es una mujer delgada que se guardó casta tras la muerte de su amado esposo Gabriel de Herrera. Ella arrastra los pies sobre las lozas de piedra, la falda larga y acompasada. Ya dentro de la cámara y delante de los sacerdotes, el escribano, los verdugos, Isabel debe desvestirse. No sirven de nada los ruegos. Nadie, salvo mi esposo, me ha visto desnuda. No sirven. No delataré a los míos. Que sea tu voluntad y no la mía, Señor.

Mientras se desabrocha los cordones del corpiño, sus senos adquieren su forma natural. Isabel deja caer lentamente su vestido. La escudriñan con la mirada. Un carraspeo. Un cura pelón al que se le ilumina la mirada sonríe y luego tose con disimulo.

Otro cura, de barriga enorme, que se persigna casi boquiabierto. Un joven flaco y alto entristecido la mira desde algo parecido a la ternura. El viejo soberbio con los dedos entrecruzados y la ceja curva, el doctor en teología egresado de la Universidad de Salamanca, la observa sin disimulo. Todos con las mismas sotanas y la calvicie simulada a la moda de los santos. Los dos verdugos encapuchados, con calzas, casaca vieja y sucia murmuran burlones, bromean. Pocas como Isabel. Ahí llegan mujeres de campo acusadas de brujería. Muchas son viejas, regordetas, mutiladas, con el vientre flácido y los senos caídos. Casi no llegan mujeres así. Recuerdan una mulata muy joven, aquella había sido el cuerpo más provocador: recuerdan los senos generosos y firmes por su juventud, las nalgas bien torneadas, brillantes y oscuras. Recuerdan su cuerpo desnudo estirado por el potro. A más de uno le llenaba de excitación. El rostro de Isabel les parece el de una de tantas santas que veneran en cuadros; alguno de ellos no podrá ver las imágenes de nuevo sin pensar en el cuerpo desnudo bajo las túnicas y mantos que cubren a vírgenes y beatas.

El cuerpo de Isabel que se va descubriendo bajo las ropas es un milagro. Los curas y verdugos tratan de aprehenderlo en su memoria para regocijarse. El cura de la barriga da un paso atrás, entrecierra los ojos deleitados mientras nadie lo mira. Chupa sus labios con su lengua gorda, los aprieta y su papada de cera se abulta. Desea tocar ese torso, acariciar el cabello brillante y oscuro, el talle esbelto, la piel blanca impecable como una porcelana, la curva de la cadera que inicia debajo de la acentuada cintura, su pubis. Desea llenar sus manos rudas con esos senos blandos y besar los pezones que se han erizado por el frío. No debe ser difícil llegar hasta ella. Una moneda o una hogaza de pan con tocinos y un poco de vino de consagrar para el guardia de su celda será suficiente.

Pero hoy no la visitará porque Isabel quedará toda dislocada después de los tormentos. Hoy no yacerá sobre ella porque marcarán su piel por vez primera y quedará con muchas heridas en carne viva. Hoy no porque descoyuntarán sus huesos. Sin embargo, Isabel morará ahí durante meses en estas mismas cárceles.

Isabel lee las intenciones de varios de ellos. Teme que la fuercen en su celda; pero una vez que el verdugo inicia con los tormentos, ella olvida todo.

Isabel suplica gritando.

Isabel inhala para no perder el aliento.

Isabel contiene la respiración.

Isabel murmura letanías apresuradas.

Isabel aprieta los párpados.

Isabel ruge.

Isabel se repite a sí misma: No los delataré.

Los tormentos se prolongan por horas.

El potro.

El cordel.

El tormento del agua.

Las preguntas.

Los recovecos de las preguntas esperadas y las no esperadas.

Esta mujer tiene un temple increíble. Ha aguantado mucho más que los hombres.

El silencio.

El dolor que no tiene palabras.

El dolor que arrebata el aliento y dispara los latidos.

El dolor que enmudece todo.

El dolor que no se detiene.

Los ejecutores han estudiado el método meticulosamente. Hay manuales con instrucciones inspirados en el *Malleus Maleficarum* del siglo xv. Hay mentores que se encargan de enseñar a otros. Hay artesanos y técnicos que diseñan los aparatos, que dedican su tiempo a imaginar cómo podrían provocar el dolor más atroz, lo comentan con los otros, los fabrican, cobran por su trabajo. Las instituciones de gobierno pagan por esos aparatos con los tributos que todos entregan a la corona. Los tormentos están diseñados para que la víctima se acerque a la muerte de la manera más terrible, para que desee estar muerta, pero que no muera. Se les puede quebrar, herir, mutilar, quemar, dejar ciegos, violar, pero no se les puede matar; de lo contrario, no conseguirán las confesiones tan necesarias para acabar con los herejes. Entre una sesión de tormentos y otra se debe de llamar al galeno para que cure sus heridas. Una vez revisados por el médico, dejan que transcurran algunos días de recuperación y una vez que han recobrado la conciencia y el habla se encuentran listos para la siguiente visita a la cámara del tormento. Y por supuesto, sus gastos de alimentos y médicos se les descuentan del patrimonio que les ha sido confiscado. No deben dejar de comer porque tampoco se les podría torturar. Necesitan conservar cierto nivel de alerta, el estrictamente necesario para sobrevivir el tiempo pertinente para extraer de ellos las informaciones requeridas.

Un mes después de haber ingresado y de varias visitas a la cámara de tormentos, Isabel admite que su difunto padre Francisco

Rodríguez Matos era judaizante. Confiesa que ella le prometió a doña Guiomar Núñez de Rivera, esposa de su tío, el gobernador Luis de Carvajal y de la Cueva, que les diría a él y a su sobrino Felipe Núñez que debían seguir la ley de Moisés como sus ancestros. Aún a pesar del tormento, Isabel no denuncia ni a su madre ni a sus hermanos.

—¿Sabes quién te ha delatado?

—No lo sé de cierto, pero sospecho que hayan sido: mi hermano, el fraile dominico Gaspar, o mi tío el gobernador, quien me odia por haberle incitado a seguir la ley de Moisés, o el capitán Felipe Núñez.

Precisamente, esta es la aclaración que vuelve culpables a fray Gaspar y, sobre todo, a don Luis. Ahí la razón que sus enemigos han perseguido durante casi una década para derrocarle.

Don Luis no fue esclavista ni abusó de los indios. Don Luis no es judaizante. Pero, como dijo Eugenio de Salazar, la tercera es la vencida. Él supo que sus familiares eran judíos y no los denunció ante la Inquisición como estaba obligado. De manera que don Luis es, sin duda alguna, un encubridor de herejes y, dado que la herejía es un delito de estado, esa es razón suficiente para que la Inquisición lo encarcele y lo procese.

Año de 1590
Nueva España

Dicen que el familiar del Santo Oficio allá en el Mazapil, un tal Juan Morlete, se ha empecinado en exterminar aquello que Carvajal quiso gobernar, el Nuevo Reino de León. Dicen que ha perseguido y difamado a todos los hombres que han luchado por construirlo.

Morlete ha traicionado, ha movido todas sus influencias, ha amenazado, ha elaborado una estrategia en contubernio con el fiscal de la Real Audiencia de México, un tal Eugenio de Salazar.

Han logrado deshacerse de don Luis de Carvajal y de la Cueva.

Morlete acaba de denunciar a don Alberto del Canto ante la Inquisición por una relación amorosa con doña Juana Porcallo y de la Cerda.

Dicen que quiere vengarse y adueñarse de todo.

Dicen que, aunque Juana tuvo relación con del Canto, Diego de Montemayor nunca la mató. Amaba a su esposa.

Dicen que Morlete, hombre belicoso y de mal natural, creó falsos testimonios para arruinar la dignidad del teniente de gobernador, don Diego de Montemayor, a quien Carvajal dejó encargado el inmenso territorio que Morlete desea gobernar.

Dicen que anda detrás de don Gaspar Castaño de Sosa, quien fundó la villa de San Luis y a quien Carvajal dejó como lugarteniente de gobernador en esa zona. Dicen que también lo citaron en México, pero que don Gaspar no quiere que le suceda lo mismo que a don Luis, que se ha marchado a una expedición más al norte, a Nuevo México.

Dicen que Morlete ya envió por él para apresarlo y enviarlo al virrey.

Dicen que Morlete también difamó a Leonor de Lois, difunta esposa de don Francisco de Urdiñola, acusándola de haber tenido amoríos con el administrador de la hacienda de su esposo, Domingo de Laudaverde, con el mismo argumento que utilizó para Juana Porcallo. Dicen que también ha traicionado al señor Urdiñola porque Morlete era notario y registró las escrituras de las ventas de sus tierras y ahora las quiere para él. Lo ha difamado acusándolo de uxoricidio.

Todo resulta muy sospechoso, Morlete acusó de lo mismo a Diego de Montemayor. Ya conoce el camino y la gente que mueve los hilos.

Ha acusado ante la Inquisición y difamado a: Alberto del Canto, Gaspar Castaño de Sosa, Diego de Montemayor, Luis de Carvajal y de la Cueva, Francisco de Urdiñola. Los ha denunciado ante el virrey a través de sus amistades. Casualmente, todos son las cabezas que conquistaron el Nuevo Reino de León y se interpusieron con sus intereses en la Nueva Vizcaya. Apela a los mismos fiscales, al mismo escribano, al mismo inquisidor.

Dicen que la lleva bien con el fiscal del Tribunal, un tal Dr. Lobo Guerrero y con el inquisidor apostólico don Alonso de Peralta. Ellos firman las acusaciones, los testimonios, las sentencias.

Ellos escribirán la historia oficial que se tomará por verdadera y se transmitirá de generación en generación. De nuestras versiones, las de la gente común y corriente, nadie se acordará.

Abril de 1589
Ciudad de México, Nueva España

Para no desprestigiar a la orden de los dominicos, al alba del 14 de abril, arrestan a fray Gaspar de Carvajal por encubridor de judíos. Ese mismo día, los inquisidores le piden al virrey que envíe al gobernador Carvajal a las cárceles de la Inquisición. Se le ha encontrado culpable de un asunto que compete al Santo Oficio. Villamanrique accede con extraordinaria rapidez. El inmediato traslado del gobernador de la cárcel real a la Inquisición permite que sus enemigos tengan, finalmente, la última palabra.

Estas maldiciones caerán sobre ti, te perseguirán y te alcanzarán hasta destruirte, por no haber escuchado la voz de Yahvé tu Dios, guardando los mandamientos y los preceptos que este ha prescrito. Serán como una señal y un prodigio sobre ti.

El fruto de tu tierra y toda tu fatiga la comerá un pueblo que no conoces.

Te desposarás con mujer, y otro varón dormirá con ella; edificarás casa, y no habitarás en ella; plantarás viña, y no la disfrutarás.

Tu buey será matado delante de tus ojos, y tú no comerás de él; tus ovejas serán dadas a tus enemigos, y no tendrás quien te las rescate.

El extranjero que estará en medio de ti, subirá sobre ti muy alto y tú descenderás muy abajo.

El Señor traerá sobre ti gente de lejos, del cabo de la tierra, que vuele como águila, gente cuya lengua no entiendas... gente fiera de rostro, que no tendrá respeto al anciano, ni perdonará al niño...

Y te pondrá cerco en todas tus ciudades, hasta que caigan tus muros altos y encastillados en que tú confías, en toda tu tierra que el Señor tu Dios te habrá dado.

El Señor enviará contra ti la maldición, quebranto y asombro en todo cuanto pusieres mano e hicieres, hasta que seas destruido, y perezcas presto.

Servirás a tus enemigos [...] con hambre y con sed y con desnudez y con falta de todas las cosas; y él pondrá yugo de hierro sobre tu cuello, hasta destruirte.

Se gozará el Señor sobre vosotros para echaros a perder, y para destruiros; y seréis arrancados de sobre la tierra, a la cual entráis para poseerla.

Y ni aun entre los mismos gentiles reposarás; que allí te dará el Señor corazón temeroso, y caimiento de ojos, y tristeza de alma.

Y tendrás tu vida como colgada en duda, y estarás temeroso de noche y de día, y no confiarás de tu vida.

Y enloquecerás a causa de lo que verás con tus ojos.

La mirada lacerante de aquella niña.
Aquel día aún incide la madrugada.
Ella suplicó desesperada y lo maldijo.
Abrió una grieta, una serpiente que se desliza.
Luis de Carvajal deseó no haberla visto nunca.
No haber recibido la furia de sus palabras.
Treinta y dos años atrás, se prometió a sí mismo.
Trabajaré toda mi vida para conquistar un Nuevo Mundo y dejar aquel perverso mundo atrás.
Las palabras ya lo alcanzaron.

דוד

Cuatro días después de que encarcelaron a Gaspar y a tío Luis, el Dr. Lobo Guerrero, fiscal del Tribunal de la Inquisición en México dictó otras dos órdenes de aprehensión. Una en contra tuya, Luis de Carvajal, "el Mozo", de veintidós años, y otra en contra mía, Baltazar de Carvajal de veintiséis años. El 22 de abril envió a Rodrigo de Ávila a buscarnos. Aquel hombre recorrió Taxco, Sultepec, Temazcaltepec, Zacualpa y Pachuca sin encontrarnos y tuvo que regresar a Ciudad de México sin nosotros. Entonces el fiscal decidió vigilar la casa de mamá.

Mientras de Ávila nos buscaba, tú, Joseph, durante tu viaje de regreso de Veracruz a Ciudad de México, te enteraste de que nuestro tío, el gobernador, había sido trasladado a las cárceles de la Inquisición. Quizá, Isabel había dado algunos nombres.

El 6 de mayo volviste cauteloso a la capital de la Nueva España. Supe que no te acercaste al Portal de la Acequia a la luz del día porque era posible que alguien vigilara la casa donde mamá vivía. En cambio, llegaste a casa de tu amigo Manuel Gómez, en el barrio de Tlatelolco, y te hospedaste ahí durante tres días. Gómez te ayudó a hacer un nuevo plan. Tú, Miguel y yo no podríamos zarpar en el barco que habíamos considerado en el puerto de Veracruz dirigido por un capitán judío. Ya no habría tiempo de volver a tiempo para tomarlo.

Gómez te sugirió que huyéramos vía Campeche, de ahí a la Habana y de ahí a Sevilla. Ese navío partirá hasta septiembre. Incluso, sería posible que durante los meses que faltaban podrían trasladarse mamá y nuestras hermanas a Campeche para ponerse a salvo.

Durante tres noches rondaste la casa de mamá sin atreverte a llegar hasta la puerta. Por fin, el martes 9 de mayo, al anochecer, mientras espiabas de nuevo los alrededores... *Martes, ni te cases ni te embarques, ni de tu casa te apartes.* Justo al caer la noche, observaste a la distancia que el primo de mamá, Antonio Díaz Márquez llegó de visita. Tocó a la puerta y le abrió. Mariana y Leonor se acercaron a recibirlo. Sentiste una alegría al confirmar que todas estaban bien.

Con el rostro oculto bajo la capucha de tu capa te dirigiste sigiloso hasta la misma puerta. Tocaste un par de veces. Mamá no daba crédito cuando te vio.

—Hijo, hijito mío, mi niño grande.

Cerró la puerta y te abrazó largamente.

—No sabes cuánto me alegro de verte —te abrazó de nuevo. Te acariciaba la cabeza y te besaba ambas mejillas.

—Madre...

—¡Ya te hacía muy lejos! En altamar. ¿Dónde están Baltazar y Miguel? ¿Se encuentran bien? ¿Por qué andas solo?

—Están bien, madre. No pudimos irnos hacia las Españas sabiendo que tú y mis hermanas corren peligro. Ya supe que han detenido a tu hermano.

—No sabes lo que ha sido estar sin tu hermana Isabel... Me alegra el corazón volver a verte, pero tengo miedo, hijo... Temo por todos nosotros. Quiero verte, pero también te quiero a salvo. Cenemos juntos hoy que ha venido Antonio. Demos gracias al Señor por esta última cena.

—Madre, no diga eso…

—Deberás partir tan pronto terminemos de cenar, hijo. Huye con tus dos hermanos lo más lejos posible. Vayan a donde no puedan alcanzarlos. De España viajen a Italia o al Imperio Otomano; allá los recibirán con los brazos abiertos los de nuestro pueblo. Ya llevan los nombres que les dieron.

—Pero cómo abandonarlas en esta incertidumbre. Manuel Gómez me ha aconsejado que poco a poco nos traslademos todos a Campeche y, sin llamar la atención, zarpemos juntos, de ahí a la Habana y luego a Europa.

—No, Luis. Ya no queda tiempo para organizar todo eso. Sálvense ustedes. No hay nada que puedas hacer por nosotras acá. Tus cuñados nos están cuidando.

Mientras Mariana y Leonor preparaban la cena, tocaron a la puerta. Todos enmudecieron paralizados. Se miraron a los ojos. Antonio Díaz Márquez, a señas, les indicó que él atendería la puerta. Se puso de pie.

—Diga, ¿quién es?

—¡Buenas noches! ¡Venimos en el nombre de la Santa Inquisición a registrar esta casa!

—Debe haber un error. Aquí nadie tiene asuntos con la Inquisición —responde de manera resuelta mientras hacía señas a Joseph, quien corría a esconderse tras la puerta de la cocina.

—Permítanos entrar a hacer nuestro trabajo —respondió la misma voz.

Doña Francisca y don Antonio se miraron lívidos. Ella asintió con la cabeza en señal de que abriera la puerta.

Don Pedro de los Ríos, secretario del Tribunal, don Pedro de Villegas, alguacil mayor del Santo Oficio, y el inquisidor don Alonso de Peralta aparecieron en el umbral de la puerta.

Habiendo abierto la puerta pusieron guardas en las puertas y escaleras y subieron a prender a la dichosa madre, la cual aunque herida con el fiero golpe de tan cruel enemigo, cubrió su manto con mansedumbre y llorando sus trabajos y alabando al señor Dios por ellos, fue llevada por aquellos ministros de maldición verdugos de nuestras vidas, a la prisión oscurísima.

Viendo las dos hijas doncellas que con ella estaban que le llevaban a su madre dando tan tristes y doloridos gemidos (que a los propios enemigos, más crueles que fieras, movían a compasión) se asían de su querida madre diciendo a gritos: ¡¿A dónde nos la llevan?! Lo que la afligida madre aquí sentiría dejase a la consideración del prudente lector.

Después de la haber llevado prendieron a Joseph su hijo, hallándole escondido detrás de una puerta donde el miedo de los cruelísimos tiranos le había hecho acogerse, y asiéndole con fuerzas tiránicas le llevaron a la lóbrega y oscurísima prisión aquellas bestias crueles, no diciendo ni hablando él más palabra que ¡Oh Dios descubre la verdad!

Apenas unos días después de que tú te marchaste de Veracruz, decidí que volviéramos Miguel y yo a Ciudad de México. No resistimos la incertidumbre sobre el devenir de mamá, de nuestras hermanas y tuyo. Esa misma noche, un par de horas más tarde de que los inquisidores te aprehendieron a ti y a mamá, Miguel y yo tocamos a la puerta de la casa en el Portal de la Acequia. Abrazamos a Mariana, Leonor y Anica. Llorábamos incrédulos, desconsolados. Ya cinco miembros de la familia se encontraban en las cárceles secretas de la Inquisición.

Al día siguiente, Mariana fue a llevar ropa limpia a mamá y, entre frazadas y un vestido, intercaló algunas camisas para ti. Era su manera de avisarle que también a ti te habían llevado preso. Decidí que me quedaría en Ciudad de México con Miguel, nos esconderíamos en una casa en el barrio de Tlatelolco.

Ahí permaneceríamos un año completo, sin salir jamás, sin poder acercarnos a una ventana porque podríamos ser vistos, a expensas de que alguien nos llevara agua y alimentos. En ese cautiverio tuvimos, por fortuna, la compañía de la sagrada Biblia y otros libros que serían nuestro consuelo.

12 de mayo de 1589
Ciudad de México, Nueva España

—Mi nombre es Luis de Carvajal, tengo veintidós años, soy tratante de minas y resido en México en casa de mi madre, de donde me trajeron a las cárceles, el martes en la noche nueve días del presente.

"Nací en la villa de Benavente, en Castilla, donde me crie en la casa de mis padres, aprendiendo a leer, escribir y contar hasta la edad de once años que fuimos a vivir a Medina del Campo. Allí, en la Compañía de Jesús, estuve tres años estudiando latín y retórica y al cabo de ellos, habiendo ido de esta tierra, mi tío Luis de Carvajal nos pasó a ella en un navío suyo que salió en conserva de la flota, en que vino por virrey a México el Conde de Coruña, en el cual desembarcaron mis padres y hermanos en el puerto de Tampico, de la provincia de Pánuco, y allí en Tampico y Pánuco vivimos hasta cinco o seis años, y allí se casaron doña Catalina y doña Leonor, mis hermanas y casados se vinieron a vivir todos a esta ciudad; y a la sazón andaba yo en la Gobernación del dicho Reino de León, de donde vine a esta ciudad a casa de la dicha mi madre y cuñados, y de aquí nos fuimos todos a vivir a las minas de Taxco, donde estuvimos como año y medio. Y al cabo de él nos volvimos a México, donde hemos estado hasta ahora; y he andado por las dichas minas que he declarado buscando mi vida, y desde

Taxco fue lo mismo a la Mixteca y Oaxaca, y no he estado en
otra parte de esta Nueva España, excepto de pasada, en Zacatecas y Michoacán, viniendo del dicho Reino de León y no he
salido ni estado en otros reinos extraños.

—¿Sabe o presume la causa de su prisión?

—No lo sé, aunque presumo que este mal nació del dicho
gobernador Luis de Carvajal, mi tío, que casi es enemigo capital, por controversias que conmigo, con mis padres y hermanos ha tenido, y por habernos hecho tanto mal como traernos
engañados de España, de cuya causa estamos pobres y perdidos… o quizá algún enemigo nos levantó algún testimonio…

III

Lumbroso

Mayo de 1589
Cárceles de la Inquisición, Ciudad de México, Nueva España

Los sábados por la tarde los jueces del Tribunal del Santo Oficio visitan las cárceles. Permiten que entre un poco de luz a las celdas mientras los afanadores barren y limpian. En aquella lóbrega prisión Luis repite mientras ora: *Quien me diera en esta soledad tener la compañía de los salmos del profeta santo David, cuya lección me consolara.*

Los sábados, en ocasiones, preguntan si alguien necesita algo. Hoy un fraile pide que le traigan un breviario para consolarse rezando. Por otra parte, uno de los jueces opina que a Luis, "el Mozo", le haría bien la compañía del fraile en su celda mientras que busca para él un espía más que un acompañante. De manera que ese mismo sábado —Shabat— llega el franciscano Francisco Díaz de Luna y ambos entablan una agradable conversación. Esa noche, el alcalde de la cárcel se acerca para entregarle al fraile lo que antes solicitó. Luis no da crédito; ahora tendrá los anhelados salmos en la celda. *Gracias Dios por esta merced tan señalada. Confesemos al señor Adonai porque es bueno y máximo y porque es eterna su misericordia, pues con una mano castiga y con mil nos hace misericordia.*

Luis ora y ayuna días enteros. Por las noches, dormita triste. Durante una madrugada escucha una voz: *Esfuérzate y consué-*

late, que los santos Job y Jeremías oran por vosotros. Luis despierta. Abre sus ojos con el corazón palpitante. La voz, ¿de dónde provino?, ¿de un sueño o de la realidad? Escucha los sonidos distantes de las cárceles en lo más profundo de la noche. Suspira calmo. Una alegría lo habita y lo conmueve. Al parecer la voz que escuchó no era real, pero tampoco fue un sueño ordinario. Fue una voz muy clara, determinante. Lo despertó. No está solo. El Altísimo vela por él; le ha enviado los salmos y ahora le ha hablado. Luis se siente pleno. Aun en la cárcel, el Señor le otorga favores que le recuerdan la misericordia divina.

Los siguientes tres meses Luis, "el Mozo", será sometido, por lo menos, a una docena de escrupulosos interrogatorios. Ellos quieren saber todo sobre sus ancestros, la historia de su vida, la de sus hermanos y sus padres. De qué van sus negocios. Incluso, mandarán cobrar los setecientos pesos que le debe el tal Cristóbal Gómez. En caso de que algo no coincida de manera fidedigna con los testimonios de terceros, traerán a las cárceles a los implicados, entre ellos, citarán a su gran amigo Manuel de Lucena para carearlos. La angustia se expande.

Su amigo entra por el umbral de la puerta. Los ojos enuncian lo que ninguno puede decir. No he querido hacerte daño al involucrarte. No coincide la fecha que Luis dijo haber visto a Lucena por última vez con la que su amigo dijo. Aquí las mentiras no funcionan. Ellos necesitan que, además revele el paradero de Baltazar a quien persiguen para apresarlo. Al final de largos interrogatorios, los inquisidores Francisco Santos García, Alonso Fernández de Bonilla y el escribano, cuyos semblantes permanecen inmutables desde el otro lado de una mesa larga de caoba, pronuncian siempre las mismas palabras:

—¿Ha acordado alguna cosa en este su negocio, que diga la verdad, so cargo del juramento que tiene hecho?

Y Luis, durante las primeras semanas, siempre responde lo mismo:

—No he acordado ninguna cosa, ni tengo qué acordar ni qué decir.

Muchas de las preguntas que ellos le plantean atañen al tema del gobernador. ¿Por qué su tío habría de levantarles falsos testimonios estando preso en la Inquisición? ¿De qué cosas temes que se te acuse? ¿Por qué crees que tengan preso a tu tío? ¿Por qué huyeron tú y tus hermanos sabiendo que él y tu hermana Isabel están presos en estas cárceles? ¿De qué huyes si dices que no hay culpa en ti?

—Sabemos que lavaste el cuerpo de tu padre al morir, que lo envolviste en una sábana limpia como hacen los judíos.

—No fui yo, fue un negro que trabajaba en casa de Gonzalo Pérez Ferro y Catalina de León, así lo lavó por decisión suya.

—Dijiste que Baltazar estaba en viajes de negocios en la zona de Taxco y no es verdad, bien sabes que busca una ruta hacia Campeche para huir a España con el pequeño Miguel.

Dado que Luis tiene veintidós años, la Inquisición le otorga derecho a un abogado como parte del protocolo. Gaspar de Valdés será el elegido; no obstante, el rol de este es solo alentarlo a que se arrepienta y diga la verdad. Al final de cada interrogatorio antes de enviarlo de regreso a su celda con promesa de silencio y de que pasará más tiempo cautivo para que reflexione, le piden que *recorra su memoria y diga la verdad enteramente.*

Por las noches desde celdas oscuras, el gobernador, fray Gaspar, Luis, Isabel y Francisca se desvelan en reflexiones, ¿qué responderán los demás miembros de su familia durante los interrogatorios? ¿Habrán ocultado algunos datos para proteger los unos a los otros? ¿Lo que ellos develen condenará a los demás? ¿Habrán elegido unas palabras en vez de otras para atenuar alguna culpa? La impotencia zumba en la cabeza con una presión inusitada. Los cinco se encuentran a tan solo unos metros de distancia y sin embargo, no pueden verse para ponerse de acuerdo ni para consolarse en la desdicha.

Durante el mes de julio los Carvajal reciben sus acusaciones formales: Doña Francisca el 5 de julio, Isabel, don Luis y Gaspar entre el 20 y el 24 del mes y, finalmente el día 27, Luis, "el Mozo". El doctor Lobo Guerrero le hace ocho incriminaciones. En los siguientes diez días, Luis niega todas las acusaciones, una tras otra. Una vez de regreso a su celda, hace un minucioso registro mental de toda la información que ellos han obtenido de él y de su familia con base a testimonios. Ha llegado el punto en el que sus insistentes negativas resultan absurdas e inverosímiles; pronto lo conducirán a la cámara del tormento para que confiese la verdad.

Por las noches no duerme. Repasa cada una de las preguntas que le han hecho ese día, analiza el contexto, el trasfondo, la lógica de ellos, la información y creencias desde las que hacen las preguntas, lo que muestran y lo que esconden, la evidencia que intentan demostrar y la que genuinamente desconocen. Luis analiza las personalidades de los inquisidores, la postura de cada uno de los miembros de su familia encarcelados, qué dirán ellos, reflexiona sobre los peligros de los que aún no han sido encarcelados. Plantea hipótesis. Elucubra un plan. No se sostiene. Elucubra otro más que resguarde la integridad del mayor número de integrantes de la familia.

Luis, "el Mozo", podría continuar negando como lo ha hecho durante los últimos tres meses, lo cual solo lo conducirá a la tortura. O bien, podría arrepentirse genuinamente de ser judío y denunciar a todos los suyos. Una tercera opción, la más compleja, sería darles a los inquisidores el relato de lo que la Inquisición quiere escuchar, no solo un relato convincente nutrido de información veraz sino actuar como un arrepentido para que sea creíble. Al parecer solo esta última opción le permitirá salvar su vida y la de los suyos. Morir ahora no serviría de nada, su muerte condenaría al resto de la familia. Además, no le permitiría perpetuar las enseñanzas de Adonai en estas tierras. Les contará todo lo que sabe, los tendrá contentos, bajarán la guardia y ellos mismos hablarán. Así él podrá cotejar cuánto saben de cada uno de los suyos, cuál es su talón de Aquiles, el de su madre y de sus hermanas. Intentará proteger a su hermano Gaspar, a sus cuñados Jorge de Almeida y Antonio Díaz de Cáceres con el argumento de que ellos son buenos cristianos.

El 7 de agosto, a tres meses de que Luis, "el Mozo", entró a las cárceles, los señores inquisidores Lic. Bonilla y Lic. Sanctos García, en su audiencia de la mañana, mandan traer al joven a petición de él mismo. Una vez que entra a la habitación, se hinca y dándose golpes en el pecho, besa el suelo y con lágrimas en los ojos confiesa:

—Pequé y como pecador pido penitencia con misericordia. Conozco mi pecado y mi culpa. Merezco ser condenado por ello. He batallado todo este tiempo con el demonio que no me dejaba confesarlos y no me permitía declarar la verdad.

—Puede usted ponerse de pie y sentarse.

—Mi padre fue Francisco Rodríguez de Matos quien, antes de morir y en esta misma ciudad, me dijo que la ley de Moisés de los judíos es en la que podemos salvarnos, porque es la ley que Dios entregó de su mano a los hombres. Le pregunté a mi padre si podría guardar ambas leyes: la de Nuestro Señor Jesucristo en la que crecí y la de Moisés, pero me dijo que no. Y yo, por amor y respeto a él, porque estaba en su lecho de muerte, le prometí que seguiría la antigua ley. Desde entonces, *he estado en el error con gran remordimiento y gusano de conciencia.* Me acuso de haberlo callado, de lo cual estoy arrepentido bien y verdaderamente.

Durante la siguiente semana, Luis asiste a diario a audiencias con los inquisidores y vierte en ellos no solo la historia de su vida, sino la de cada uno de los suyos. Les habla sobre el mensaje que debía decirle a su madre, a Isabel y a Baltazar tras la muerte de su padre, cuando llegara al Pánuco donde ellos vivían. Les narra sus andanzas con su tío, don Luis de Carvajal tanto en el Reino de León como en Mazapil, Zacatecas, Guadalajara y la Huasteca. Describe a sus cuñados, Antonio Díaz de Cáceres y Jorge de Almeida, las calles donde viven, los negocios de las minas en Taxco, sus haciendas, sus conversaciones sobre la venida del Mesías en reuniones familiares. Detalla sobre Isabel y el enojo que ella tuvo con su tío el gobernador cuando le dijo aquello que doña Guiomar le había encargado. Les cuenta sobre Mariana y el Colegio de las Niñas, sobre las conversaciones en la celda de fray Gaspar dentro del convento de los dominicos, de cuando estaba en Pachuca y se enteró de que Isabel había sido apresada por el Santo Oficio, de los dineros que fueron a cobrar a los pueblos, de su viaje a Veracruz para ponerse a salvo de todo esto.

—Es tan grave mi culpa y pecado que no merezco perdón por ellos.

Y con esto cesó la audiencia siéndole leído lo que en ella ha declarado, lo aprobó, y dijo que es así la verdad y está bien escrito, y llorando dijo que pluguiera a Dios no hubiera nacido en el mundo.

Luis llora mientras narra, suspira, hincado pide misericordia. Así transcurren una mañana y otra más. Algunas tardes, las palabras manan como un manantial.

—En el camino de Cuzcatlán, por el rumbo de Temapache, el gobernador me preguntó si yo sabía que mi padre vivió en la ley de Moisés. Yo le respondí que eso era maldad. Mi tío me dijo que por eso me quería más que a todos mis hermanos, que mi padre lo había querido engañar.

Yo confieso que no te amamos de todo corazón y de toda ánima ni con perfecta voluntad. No guardamos tus santos mandamientos... ni preguntamos dónde está el Señor que nos hizo y el que nos libertó de Egipto ... Declaramos tus juicios a nuestro propósito, no tenemos sentir nuestros corazones, ni con lenguas te honramos.

—Por los mandamientos de aquella ley no comemos tocino, ni cosa de puerco, solo comemos los animales que rumian la comida que se han de comer, tampoco comemos pescado sin escama. Las aves y los animales deben de estar degollados y desangrados para que podamos comerlos procurando que se les salga toda la sangre y la gordura. No comemos morcilla ni cosa de sangre.

No nos acordamos de tus misericordias, andamos incircuncisos siempre y sucios, endurecidos en mal. No cumplimos nuestras promesas y obligaciones ni enseñamos nuestros prójimos a temerte, acrecentamos blasfemias sobre nuestros pecados provocándote mi Señor Dios con obras, palabras y pensamientos.

—El 14 de marzo inicia la Pascua que guardamos en esta ley de Moisés en memoria de cuando Dios sacó de Egipto a los hijos de Israel y los pasó por el desierto hasta la Tierra Prometida. Durante esos siete días se come el pan cenceño, sin levadura, el cordero pequeño y blanco al que es preciso degollar y asar entero, sin quebrarle ningún hueso y comerlo de pie, de manera que no sobre nada, y si acaso sobra, darlo a un vecino, comerlo con lechugas amargas y con el pan cenceño.

Publicamos nuestros malos pensamientos por justos, a cada paso nos condenamos más, queriéndonos justificar diciendo que no nos das aparejo para seguir tu santa voluntad, siendo nosotros los que lo desechamos por seguir nuestros intereses y malas inclinaciones.

—Está también la otra Pascua, la de las cabañas en septiembre. Ayunamos en el día grande del Perdón que cae en el 10 de septiembre, no comemos en todo el día. Papá nos enseñó a guardar el sábado desde el viernes durante la puesta del sol hasta el sábado en la noche, sin trabajar, vistiendo ropas limpias. No encendemos fuego ni comemos nada que no haya sido guisado desde el viernes. Los salmos y las cantatas en familia los sábados por la noche.

Fuimos rebeldes a la lumbre y no quisimos conocer la luz, nuestras lenguas hablaron maldades y nuestros labios cantaron abominaciones. No reverenciamos a Adonai Dios nuestro, ni tuvimos perfecta confianza en él, tentámoste Señor por infinitas maneras y esperamos milagros sin tener merecimiento. Desconfiamos en las promesas de Adonai y dejamos de guardar tus santos mandamientos.

—Me acuso de haber guardado tres veces la Pascua de la *Phasse*: una vez en las minas de San Gregorio del Reino de León, otra ocasión en Xalatlaco rumbo a las minas de Taxco, pasé el ayuno comiendo tortillas sin levadura en vez de pan y la tercera, aquí en esta ciudad, en la casa de Jorge de Almeida, mi cuñado. Recitábamos los salmos de alabanzas, el cántico de Moisés.

Acúsome de que por guardar la vida negué mi fe y tu santísima ley. Señor de los cielos me lo perdonas, pues nunca de ti se ha apartado mi corazón. No me castigues como merecen mis pecados y los de mis padres, que dejando de adorarte a ti adoraron y encorváronse a ídolos, palos y piedras, obras de manos de hombres, simulacros sin espíritus. Acúsome que he tomado sus sucios nombres en mi boca y metido sus imágenes en mi casa y puéstolas en alto y humillándome a ellas por temor, aunque no de corazón, por lo cual merezco penas infinitas, de que tú Adonai altísimo me libras.

—Hace años compré una Biblia por seis pesos a un clérigo vicario. Leía las profecías de Ezequiel y Isaías, guardaba los ayunos. Me circuncidé para sellar la alianza con el Padre. No confesamos los pecados a un sacerdote, solo a Dios. Yo me confesaba y comulgaba por cumplimiento, por obedecer el mandato de la Santa Madre Iglesia. Según esta ley, el cuerpo de Jesús no está presente en una hostia.

—El tío Hernán Rodríguez fue quien le enseñó dicha ley a mi padre. Decía él que quienes guardamos esta ley somos el pueblo escogido de Dios y descendientes de los israelitas, que los judíos venimos de Abraham, de Isaac y Jacob. Somos el pueblo esparcido que se ha de volver a juntar, así decía papá.

En sus confesiones se desgranan los nombres: Francisca Núñez de Carvajal, doña Isabel, Baltazar Rodríguez de Carvajal, el fraile Gaspar de Carvajal, don Gonzalo Pérez Ferro y su esposa, Catalina de León, Francisca Núñez, esposa de Andrés del Águila, Ana Muñoz, Diego Márquez, primo de mamá.

—He declarado toda la verdad en mis confesiones —asegura el Mozo—, he declarado lo que sé y por lo que he pasado y aunque he recorrido mi memoria para saber si me acordaba de alguna otra cosa que me faltase por decir, no me acuerdo de otra cosa más. Mi intención y voluntad es y ha sido hacer una confesión llana y lisa de todo mi delito, porque veo y entiendo que para mi descargo no tengo mejor defensa que esta. Pido misericordia. Como mozo de poca edad fui engañado por mis padres, imprimieron en mí como en persona tierna aquella mala ley de Moisés. Entiendo como hijo que los padres procuran el bien del alma y no engañan; les di crédito y me creí de ellos. Ahora he conocido el engaño, lo he entendido y sé ciertamente que aquello fue un error.

Y con todo esto Adonai, altísimo Dios nuestro nos has dejado de todos los vivientes y creaturas somos amaldicionados y aborrecidos. Somos entregados en manos de los que mal nos quieren para que hagan de nosotros a su voluntad sin poder resistir. Somos afrentados y deshonrados, calumniados y oprimidos por fuerza y vivimos en cautiverio y aflicción.

Nada que tengamos es nuestro propio, traemos la vida como colgada, no hallamos seguridad ni descanso para ella, no hallamos salida de nuestros trabajos ni reposo para nada. Vémonos cercados de ansias y de temores, pobres de todos bienes, porque te ofendimos, vivimos en pobreza, cautiverio y aflicción. Hanse asentado sobre nosotros todas las maldiciones escritas en tu santísima ley y ahora Adonai IA, altísimo Dios nuestro, magnífico, fuerte, terrible, verdadero y vengador, a ti nos convertimos en nuestro cautiverio deseosos de gozar de tu misericordia. Recíbenos en ella mi Señor. Justo eres Adonai y justamente has obrado con nosotros. Usaste de mucha bondad y nosotros contigo de maldad. No guardamos tu ley y mandamientos ni seguimos tus justificaciones y por esto somos siervos de los siervos y ninguna disculpa nos vale porque tenemos ante ti grande culpa.

—En la víspera de la Transfiguración me encomendé a Dios para que me iluminara y habiendo leído las Epístolas de San León y de San Gregorio en el breviario que tiene mi compañero de cárcel, Dios me alumbró y me convertí a la ley Evangélica que todo el mundo guarda. Me convierto a ella de todo corazón y me aparto de la creencia de la ley de Moisés. Desde ese día no he podido descansar hasta confesarlo todo. Parecía que me salía del corazón fuego vivo. Pienso tener y creer en nuestra Santa Fe Católica que predica y que enseña nuestra Santa Madre Iglesia Romana, en la cual protesto vivir y morir como bueno y fiel cristiano.

—Para que este Santo Oficio tenga satisfacción de tu verdadera conversión y se te pueda administrar esta misericordia —responde el inquisidor— te conviene recorrer de nuevo tu memoria buscando algo más de lo que te encuentres culpable o recuerdes a otras personas presentes, ausentes, vivas o difuntas que lo son. Te advierto que si encubres alguna cosa de ti o de otros culpables de los mismos delitos, serás tenido por fingido confidente, y no habrá lugar para usar la misericordia que en el Santo Oficio se acostumbra.

Dijo con lágrimas que así lo ha hecho y en todo recorrerá su memoria y dirá la verdad de lo que se acordare. Y con esto amonestado, fue mandado llevar a su cárcel.

Un juicio de Inquisición no puede concluirse a menos de que el prisionero ratifique formalmente su confesión. El 23 de agosto inicia la primera ratificación; habrá cuatro más en los siguientes dos meses. Los inquisidores convocan a Luis a la Cámara de la Audiencia, invitan un panel de personas *honestas y religiosas* constituido por fray Andrés de la Concepción y fray Domingo de Gazaga, sacerdotes del convento de Santo Domingo, quienes actúan como testigos ante la pregunta de que si está conforme con lo declarado sobre otras personas mediante sus confesiones al Santo Oficio.

—Lo estoy, porque es la verdad.

A fines de octubre, durante la quinta ratificación, el doctor Lobo Guerrero anuncia que utilizará sus testimonios para probar que Francisca Núñez, su madre e Isabel de Andrada, su hermana, han judaizado y también para confirmar que el gobernador Luis de Carvajal y su hermano, fray Gaspar de Carvajal, estaban enterados de que todos ellos eran herejes y los encubrieron al no denunciarlos ante el Santo Oficio.

—¿Actuó por odio o enemistad?

—¿Cómo podría ser esto, Señor, cuando son mi madre, mi hermana y mi hermano? No lo digo por otra razón más que por ser la verdad.

A inicios de noviembre los inquisidores se reúnen con los consejeros de la Inquisición para determinar el veredicto de Luis de Carvajal El "Mozo". Los cinco miembros del consejo piden misericordia para el reo. Le ofrecen la reconciliación con la Iglesia en un acto ritual llamado auto de fe. Deberá, además, dejar todos sus bienes al Santo Oficio y pasar los próximos cuatro años en un monasterio para instruirse sobre la santa fe católica. Deberá usar el hábito penitenciario llamado sambenito que consiste en un chaleco grande color amarillo, hecho de lana, con dos cruces de San Andrés bordadas en rojo para que todos sepan que quien lo porta ha cometido el acto de herejía y apostasía. De manera que el juicio del Mozo está por terminar; pero el de su madre, aún no.

El 10 de noviembre por la mañana el alcalde de la Inquisición conduce a doña Francisca, de cincuenta años, a la cámara de tormento. En seis meses de encarcelamiento e interrogatorios, ella no ha aceptado que sus hijos practican el judaísmo. Ha repetido que solamente su esposo, Francisco Rodríguez de Matos que en paz descanse, y ella, lo han hecho por instrucción del licenciado Morales.

Luis ha hecho un agujero pequeño en el muro con un hueso de carnero cerca del suelo. Desde ahí, él o su compañero de celda alcanzan a distinguir los pies y las piernas de las personas que pasan. El doctor Lobo Guerrero ha utilizado testimonios del mismo Luis para incriminar a su madre y a sus hermanos. Ahora sabe que todos son judíos, aunque la madre lo haya negado una y otra vez.

Los inquisidores Lobo Guerrero y Alonso de Peralta no imaginan la resistencia que pondrá doña Francisca en la cámara de tormento. A las ocho de la mañana, el alcalde la escolta por el patio, cruzan el umbral de la puerta. Ya dentro de la cámara, ella divisa los instrumentos de tortura y, ahí detrás, silenciosos, al médico y al secretario que habrá de registrar escrupulosamente el desarrollo de la tortura incluyendo los quejidos y exclamaciones proferidas por la víctima.

Durante días, noches, semanas y meses Francisca ha intuido que terminaría ahí. Siente un leve mareo, una náusea. El corazón palpitando en las sienes.

—Francisca Núñez: la condenamos a que sea puesta en tormento. *Mandamos que persevere tanto tiempo cuanto nuestra voluntad fuere, para que diga y confiese enteramente la verdad, según y como ha sido amonestada. Y, si en el dicho tormento muriere o fuere lisiada o hubiese efusión de sangre o mutilación de miembros, sea su culpa, y no la nuestra, por no haber querido confesar enteramente la verdad.*

—Mis hijos son inocentes. Yo he creído en la ley de Moisés, esta es la verdad. Duélanse de mí y de mis hijos de quienes tengo más pena que de mi propia vida.

Francisca llora. Ella protegerá a los suyos contra todo mal. ¿Cómo puede una madre inculpar a sus propios hijos de herejía sabiendo que al hacerlo los quemarán vivos?

Los inquisidores Alonso de Peralta y Lobo Guerrero entran a la cámara de tormento.

—Doña Francisca, por reverencia a Dios diga la verdad para que no se vea en estos peligros.

—La verdad es que yo creo derechamente en la ley de Moisés, por librarme de los señores inquisidores he dicho que creía en ambas leyes, pero no es cierto. No creo en la ley de Jesucristo sino en la ley de Moisés. Les ruego que no me desnuden, no me deshonren, soy mujer. Si muero mis hijos quedarán huérfanos, moriré mártir. Mi alma irá a gozar de Dios.

Le ordenan desvestirse.

—Ruego me maten, me den garrote, pero por favor, no me desnuden ni me humillen, aunque me den mil muertes —dice doña Francisca llorando de rodillas—soy mujer viuda y honesta. Ya confesé que sigo la ley de Moisés y no la de Jesucristo y no tengo nada más qué decir.

El verdugo la vigila asegurándose de que se desnude sin demora. Todos observan su cuerpo menudo y delgado; aparenta mucha menos edad que los cincuenta años que manifestó tener. El cuerpo de la madre y de la hija guardan cierta semejanza. El color de la piel blanca sin manchas ni cicatrices ni lunares. Las proporciones. La silueta. Le permiten conservar los zaragüelles, los calzones anchos que le cubren la cadera. Doña Francisca cruza los brazos una vez que se desviste para ocultar su pecho.

—Por reverencia a Dios diga la verdad para que no se vea en este tormento.

—Mis hijos son inocentes.

El verdugo la conduce. Desnuda y descalza camina. Camina temerosa hasta la plataforma. Se acuesta en ella; ahí atan su cuerpo para fijarla.

—Francisca: diga la verdad para que no se vea en este tormento y no sigamos adelante.

—Mis hijos son inocentes. Esto es maldad. He dicho toda la verdad… *Ustedes quitarán una madre a sus hijos. Nunca supe que tal crueldad se usara contra una mujer. Encomiendo a Dios mi alma. Ofrezco este martirio como el que los macabeos padecieron en el libro de "Espejo de Consolación".*

Aprietan las cuerdas para que los torniquetes laceren su piel. Francisca tiene el temple de su madre Catarina, el de su abuela Francisca, el de su bisabuela Catarina… el de tantos hombres y mujeres de su familia que han padecido los tormentos de la Inquisición, los interrogatorios, el tener que dejar su hogar, su pueblo, su patria para marcharse enseguida a otro sitio, el desarraigo, la difamación, la pérdida de todos los bienes, la honra.

Una vuelta de cordel. Las coyunturas duelen, la piel arde. Ella sobrevivió a nueve partos y a algunos bebés que perdió. Sabe que las personas encierran una resistencia inimaginable para soportar dolor cuando se trata de proteger a los más amados. Bajo tortura, Alonso de Peralta la interroga. Francisca niega gritando que sus hijos sean judaizantes. El inquisidor hace una señal al verdugo. Se escucha un leve rechinido mientras aprietan el cordel.

Dos vueltas y el mecate se incrusta en la carne.

—¡Cómo es posible tanta crueldad en el nombre de su Dios! ¡Piedad! ¡Me están matando!

Lleva ya seis meses aislada, con frío, con hambre, con incertidumbre. Ha padecido fiebre, catarro, dolores de garganta, de oído. Ha escuchado gritos sin saber si acaso provienen de Luis, de Isabel, de Gaspar o de su hermano. ¿Resistirá acaso su cuerpo, su mente, su corazón? El verdugo es experto en llevar a su víctima hasta el límite, de arrastrarla hasta la frontera de la desesperación, el agotamiento o la locura.

El inquisidor la interroga de nuevo.

—¡Mis hijos son inocentes! ¡Ningún mal han hecho a nadie! ¡Todo he confesado ya!

Lobo Guerrero hace una señal al verdugo levantando las cejas en señal de asombro. El verdugo se esfuerza y puja ligeramente por el esfuerzo.

Tres vueltas de cordel. La piel se ha desgarrado por todos los sitios por donde el mecate ha pasado. Los inquisidores saben que muchos no llegan a tres vueltas de cordel. El verdugo ya suda por el esfuerzo.

El inquisidor la interroga una vez más.

—Inocentes… son inocentes… Mátenme ya. Acaben con mi vida. No puedo más… Si supiera más, diría más.

Francisca ya casi no puede hablar. El doctor Lobo Guerrero hace una señal al verdugo. Esperan unos minutos a que recupere la conciencia.

—He dicho que guardo la ley de Moisés y no la de Jesucristo. ¡Misericordia! Ya he dicho toda la verdad.

Cuatro vueltas de cordel. Francisca gime. Francisca grita. Los músculos, los tendones se han esquinzado, los cartílagos estallan, los huesos truenan.

El inquisidor la interroga. Ya no puede hablar, pero niega apresurada con la cabeza. Minutos después añade:

—Ya muero, ya no lo puedo sufrir. Se les acabó a mis hijos su triste madre.

El inquisidor sonríe de lado incrédulo. Vuelve la mirada a los otros. Hace otra señal al verdugo con la cabeza mientras cruza los dedos de las manos y acerca los índices a sus labios.

Cinco vueltas de cordel. Los mecates se retuercen en las argollas de hierro. Francisca murmura oraciones, letanías. Ruega al Señor su Dios la libre de los tormentos. Algunas articulaciones ya tronaron. Francisca hace un esfuerzo enorme por respirar. Por no perder el aliento ni la conciencia. Por no desmayarse.

El inquisidor la interroga. El médico la revisa asombrado. Francisca gime. Hecha su cabeza sobre los brazos y cordeles.

—He dicho la verdad y ustedes no la quieren creer. No tengo más qué decir. Son muy crueles conmigo, apiádense de este martirio, por amor del Señor, que me muero.

Sorprendido, el inquisidor se pasea por la cámara. Pocas personas resisten esto y sobreviven. Se acerca al médico para intercambiar impresiones.

—¡Diga la verdad para que cese el tormento! Todo lo que le falta por padecer es a cuenta y riesgo suyo, todo por no querer confesar, con eso terminarían sus dolores y martirio. ¡Al potro! Tiéndanla y líguenla ahí.

El verdugo y el médico abren los ojos desmesurados ante los inquisidores. Dudan. Quedará toda descoyuntada. Las heridas serán profundas. No podrá sobrevivir. Alonso de Peralta camina parsimonioso de un lado a otro.

—No tengo más qué decir… —solloza Francisca— Bendito sea Dios… *¿Cómo es posible que me traten con tanta crueldad? Jamás había escuchado que hicieran esto, ¿cómo es posible que hagan esto aquí a las mujeres, a una madre?*

Ahora inicia la tortura en el potro. El médico cierra los párpados y baja la cabeza. El verdugo duda antes de redoblar el esfuerzo.

Esta vez Francisca grita y después, bajando la voz dice:

—No sé qué decir… *Desde que nací del vientre de mi madre, desdichada fue mi suerte y triste mi vejez.*

Ligan sus brazos, muslos y espinillas al potro.

—Que se le pongan los garrotes y que prosiga el tormento.

El médico, inquieto, se acerca a hablar con los inquisidores. Alonso de Peralta levanta la mano para indicar al verdugo que se detenga.

Terminará el tormento. Una vez que la bajan del potro, desnuda, cubierta de sangre y vencida, Francisca desde el suelo y sollozando cuenta la historia de su vida. Aun así, calla lo que pueda perjudicar a sus hijos.

Un poco antes del mediodía, se pospone el juicio para reanudarse a las dos de la tarde. Es hora de la comida. El doctor Lobo Guerrero, el licenciado Alonso de Peralta, el verdugo, el médico, el escribano irán a comer carne con verduras, frutas jugosas, pan y vino.

A las dos de la tarde en punto se encuentran todos de regreso en la cámara de tormento para proseguir las torturas y los interrogatorios.

Doña Francisca ha perdido la conciencia y el aliento varias veces. Al final de la jornada, en un murmullo dice:

—Somos judíos. Mis hijos Isabel, Baltazar, Luis, Mariana, Catalina y Leonor también observan la ley de Moisés.

Doña Francisca Núñez llora amargamente.

Sus gemidos lastimeros inundan la cámara del tormento.

Los inquisidores, tras seis meses, han logrado quebrantar la fidelidad a lo que Francisca más ama.

Ha traicionado a sus hijos y a su fe.

El centro de su vida ha sido destrozado.

Otoño de 1589
Ciudad de México, Nueva España

Luis no recuerda haber padecido mayor dolor, amargura y aflicción en su vida que esa tarde. Desde que vio, por la mañana, que llevaban a su madre a la cámara de tormento, se hincó en su celda a rezar. Él había confesado que todos eran judíos desde agosto como parte de un plan urdido con esmero mientras que su madre había aguantado durante seis meses por protegerlos a ellos. Su madre pagó el precio que precisamente él quiso evitar para todos ellos. Hincado sobre el suelo y asomado por la pequeña rendija que han cavado, logra distinguir que llevan a su madre postrada en una camilla sangrante y descoyuntada. Llora amargamente.

No recuerda haberse sentido tan miserable jamás. La culpa lo ronda. No entiende la voluntad de su Señor.

Precisamente esa misma noche, Luis tiene un sueño extraordinario que le ha de cambiar la vida y la manera de concebirse a sí mismo. Una revelación inesperada. Dios se le manifiesta, lo elige, lo unge.

Veía estar una redoma de vidrio muy tapada y envuelta por fuera, llena del dulcísimo licor de la sabiduría divina, la cual a pocos es descubierta, y oía que mandaba el Señor al santo Salomón y le decía: Toma una cuchara e hínchela de ese licor y dásela a beber a ese muchacho. Y luego lo ponía por obra el rey sabio y le dio por su

mano y echó en la boca una cuchara llena de aquel licor dulcísimo,
con cuya bebida quedaba muy consolado.

Una vez que despierta y medita el sueño, sabe que ya no será
más aquel Francisco Rodríguez de Carvajal, ni tampoco Luis
de Carvajal, "el Mozo". A través de este sueño prodigioso,
el Señor se ha manifestado y, de entre su pueblo, lo ha elegido
a él. Dios ha pedido al sabio Salomón que le dé a beber el dulcísimo licor de la sabiduría divina reservada solo para los pocos
que la descubren. Ha recibido sus dones, su gracia, su fortaleza,
su sabiduría para guiar a los temerosos y consolar a quienes
lo necesitan, para hacerles saber que el pueblo de Israel está
disperso y sufre, pero que pronto habrá de venir el Mesías para
reunirlos en una tierra y bendecirlos en abundancia.

Durante las siguientes noches, Luis concibe la idea de mudar
su nombre. Así lo hacen los sacerdotes, los reyes, las monjas,
las mujeres casadas, algunos judíos. Un nuevo nombre que
refleje quién es él ahora, el inmenso regalo que Dios le ha otorgado a su humilde siervo. Y entonces recuerda a aquel José, hijo
de Jacob, cuya historia lo conmovía tanto cuando los jesuitas del
colegio en Medina del Campo se la contaron.

José, el que sueña.

José, el condenado a dejar su tierra y a vivir entre los gentiles alejado de su familia, de su patria, de su lengua.

José, el que descifra los sueños.

José el elegido, el que recibe el don de la sabiduría para conducir al pueblo de Dios a la salvación.

**José, tú estarás al frente de mi casa siempre, y de tu boca depen-
derá todo mi pueblo.**

José, Joseph en hebreo.

Joseph, quien recibe la luz del amor de Dios, de su infinita misericordia y sabiduría.

Joseph, el alumbrado por voluntad divina.

Joseph, para pregonar su palabra, su antorcha de luz que resplandece e ilumina los designios del Altísimo.

Joseph, una luz que ilumine con esperanza al pueblo disperso por el mundo.

Joseph Lumbroso. Ese será su nuevo nombre.

Joseph Lumbroso conversa con fray Francisco Ruiz de Luna, su compañero de celda con quien ha hecho amistad. Él es originario de Valencia, de allá migró a Nicaragua y luego a Ciudad de México. Una mañana el fraile, buscando manera de tocar el tema para el que fue puesto en la celda del Mozo, toma un crucifijo suyo y comenta:

—Si yo dejara ahora quemar esta cruz se quemaría como cualquier palo.

A lo que Joseph de inmediato responde:

—Ahí ves en qué tienes puesta tu confianza.

Con estas palabras se abre un diálogo ininterrumpido, una conversación filosófica y teológica de ocho días. Lejos de que el fraile vea en Joseph un judaizante hereje, al final de esa semana el fraile se ha convertido al judaísmo. *De aquí fueron tratando largo mas de ocho días, hasta que el pobre ciego vino al conocimiento de la divina verdad, con el cual grandísimamente se alegraba y cantaba himnos y loores al Señor y en especial aquel que en romance decía: "Grande es el Señor, digno de alabar, pues quiso alumbrar a mí, pecador". Y con esto bailaba y daba gracias al criador por haberle hecho tan señalada merced de darle su santísimo conocimiento, lo cual fue ordenado así por el Dios altísimo, no solo para la salvación de aquel pobre, sino también para consuelo y alivio de Joseph, porque en todo lo que allí podían guardaban la ley del sumo Dios con buen cuidado y se encomendaban a su divina majestad.*

De ahí en adelante desarrollarán una entrañable amistad. Juntos hacen oración, cantan himnos en latín y en romance. Joseph le cuenta emocionado todo lo que sabe sobre las tradiciones y su fe, las sagradas historias. Además, leen una y otra vez la palabra de Dios en el breviario que le entregaron a fray Francisco.

Una de esas tardes, el fraile le cuenta que en los monasterios tienen bibliotecas repletas de libros con las sagradas escrituras y muchos otros buenos libros. Y desde ese día, Joseph sueña y ora para que el Señor pronto lo ponga al alcance de una biblioteca como esas de las que habla su amigo Francisco.

—De todas las cosas que he hecho en mi vida, entre las cuales he podido ser soldado, fundar villas junto con mi tío el gobernador, llevar los números a un comerciante, organizar una hacienda ganadera, leer contratos de abogados, buscar minas de plata y comerciar con mi hermano en muchos pueblos, no hay nada que me plazca más que pasar las horas en compañía de los libros. ¡Cuánto me gustaría dedicarme a leer la palabra de Dios, a contemplarla, a reflexionar en ella, a escribir libros y compartirlos con otras personas de las de nuestra nación! De esta manera, daría gloria a Adonai. ¡Una biblioteca! ¡Una maravilla absoluta! ¡Tantísimos libros y todos reunidos! ¡Quiera Dios que un día me bendiga sirviéndolo en una de ellas!

Durante el par de meses que comparte la celda, Francisco de Luna se convierte en un ferviente devoto, como si siempre hubiese observado la ley de Moisés y para el resto de su vida. Cuando los carceleros les entregan la comida, ambos entierran el tocino y la carne con manteca de cerdo; prefieren pasar hambre a comer alimentos impuros. Y, una vez que los inquisidores lo llaman para que informe sobre el reo, Francisco oculta el judaísmo de su compañero de celda y el recién estrenado, suyo propio.

Otoño de 1589
Ciudad de México, Nueva España

Mientras la Inquisición interroga a los Carvajal, llega un nuevo virrey a la Nueva España, don Luis de Velasco II. Al parecer, ha sido tan relevante la carta redactada por el gobernador don Luis de Carvajal y de la Cueva dirigida a Felipe II que, sumada a muchas otras quejas, alentó a que el rey pidiera la renuncia a Villamanrique. Don Luis conserva la esperanza de que el nuevo virrey pueda ayudarlo. Ha insistido, además, que se presente la Carta de Méritos ante los inquisidores levantada apenas un año atrás por la Audiencia de Guadalajara para enviarla al rey. Hay tres copias: una en España, otra en poder de Antonio Díaz de Cáceres en esta Ciudad de México y una tercera copia que él mismo le entregó a su sobrino fray Gaspar para que la llevara a la Audiencia de Guadalajara.

Su proceso se ha prolongado ya durante seis meses en innumerables y minuciosos interrogatorios que han hecho sobre su persona a su hermana Francisca, a su sobrina Isabel, a sus sobrinos Gaspar y Luis, a sus sobrinas Catalina y Mariana. Los escribanos han reunido cientos y cientos de folios en gruesos legajos con los testimonios y las respuestas a preguntas filosas, meditadas con alevosía y ventaja por donde los asustados testigos pueden resbalar y caer. Cuando por fin le presentan al licenciado Valdés, su letrado, quien podrá hacer su defensa, don Luis solicita:

—Que se me dé papel en que escriba los apuntamientos que pueden ser en mi favor, para mejor informar a mi letrado.

Y así mismo se le dieron de su pedimento, cinco pliegos de papel rubricado de mí, el presente secretario, y fue mandado llevar a su cárcel.

Luis de Carvajal, gobernador del Nuevo Reino de León, por el Rey Nuestro Señor, preso en esta Cárcel del Santo Oficio de la Santa Inquisición, y acusado por el Fiscal de él [...] soy católico cristiano, bautizado y confirmado, e hijo de padres cristianos, y como tales fui de ellos enseñado y adoctrinado en las cosas de nuestra Santa Fe Católica y Ley evangélica que yo recibí y está impuesta en mi alma desde mi niñez, y desde que tuve uso de razón hasta esta hora en que estoy ... sin nunca jamás haberme apartado de ella en manera alguna, más antes como fidelísimo celador de nuestra Santa Ley Evangélica, la he siempre defendido y pugnado, enseñándola en todas las ocasiones que se han ofrecido, dilatándola por muchas diversas partes [...]

Doña Francisca, que está en esta ciudad [...] desde niña de dos a tres años y antes de que tuviese uso de razón, fue sacada y llevada de casa de mi padre a casa de una su tía a donde se crio hasta edad de ser casada, y donde se casó con el Francisco Rodríguez, sin nunca ser vista de su madre ni padre en todo este tiempo y ella no pudo conocer a su padre, ni le vio en la vida y yo le vi morir pidiendo los santos sacramentos por su boca y fue confesado y comulgado y recibió la extremaunción y fue enterrado en la Iglesia del Santo Sepulcro de Benavente, habiendo con mucha devoción confesado la fe católica al hora de su muerte [...]

Si la dicha doña Francisca y sus hijos e hijas son judíos, y están apartados de nuestra Santa Ley evangélica debieron de aprenderlo de su marido o de otras personas y no de sus padres [...]

Algunas cuaresmas enteras he caminado con gente de soldados por tierra de guerra, ya que no había que comer más que algunas tortillas y maíz, casi nunca en tales días de cuaresma ni vigilia comí carne ni dejé de ayunar aunque la comían otros en la misma compañía [...] tengo todas las confesiones, cómo se verán entre mis papeles, que dije estaban en poder de fray Gaspar, y cartas de hermandad de la orden de Santo Domingo y San Francisco, y he hecho todos los ejercicios exteriores e interiores de oración católica que como tal me es posible, con tanta continuación, que trabajo, ni guerra, ni camino, no ha sido parte para estorbarlo [...] es conocido de todos los que me han tratado [...] son testigos: el vicario Martín Ortiz, Diego Ramírez Zamorano, Pedro Infante clérigo, el capitán Felipe Núñez [...] además de las confesiones de cada año en los tiempos ordenados por la iglesia, me confieso y comulgo en las fiestas del año principales [...] suplico se mande ver un testamento cerrado que hice ahora cinco o seis años entrando a hacer una jornada de mucho riesgo que está en poder de Jorge de León por lo cual se verá mi última y postrimera voluntad y las protestaciones católicas en él hechas.

Hará como veintidós años que la primera vez que entré en esta Nueva España, vine por almirante de una flota, que por orden de Su Majestad se hizo en la isla de La Palma para esta Nueva España con poder de una cédula real y sin salario, viniendo por Jamaica cumpliendo lo que Su Majestad dio por orden [...] entré en el puerto de Jamaica y rendí tres naos de corsarios que estaban ahí y se las entregué rendidas al gobernador de aquella isla, sin tomar cosa alguna para mí.

Luego que llegué a esta Nueva España siendo yo alcalde ordinario de Tampico, aportando al puerto de la dicha villa cien ingleses [...]

con veinte hombres salían ellos y los rendí, prendiendo ochenta y ocho que los demás murieron y los envié presos al virrey don Martín Enríquez [...] A pocos días se alzaron los indios de la comarca y provincia de Jalpan [...] quemaron el pueblo principal [...] el monasterio [...] entraron en los pueblos de Xilitla y los despoblaron, derribaron las iglesias [...] me fue cometida aquella guerra con no más de diez soldados [...] con mucho riesgo de mi persona lo sujeté y rendí y puse de paz y en obediencia de Su Majestad reduje al conocimiento de Dios Nuestro Señor y reedifiqué el pueblo de Jalpan de nuevo. Hice un fuerte de los mejores que hay en la Nueva España de piedra y cal dentro de él hay una iglesia y un monasterio sin costo de Su Majestad cuyo edificio vale más de veinte mil pesos lo cual hice yo por mi propia persona [...] lo dicho atrás consta por información de oficio hecha en esta Audiencia Real con más de veinte testigos cuyo original está en el oficio de Osorio, secretario de Audiencia, le suplico a vuestra señoría mande adjuntar al proceso que se trata contra mí dónde consta de lo dicho y de otros muchos servicios [...]

Y luego que fui llegado a esta Nueva España, con el oficio de gobernador del Nuevo Reino de León, adonde traje por mandado de Su Majestad más de cien pobladores casados y solteros a mi costa, en una nao mía, que se perdió en el puerto de Tampico, después de surta, que me costaron atraer más de doce mil pesos, porque los indios chichimecas salineros, cercanos de la dicha villa, donde comienza la dicha gobernación habían muerto, en dos veces, más de cuatrocientos españoles que salieron en tierra [...] habían despoblado muchos pueblos de paz, derribado las iglesias, profanado los ornamentos, tenían atemorizada la tierra, no se podían caminar los caminos en tierra de paz [...] aunque con mucho soldados y capitanes a costa de su majestad el virrey y audiencia, por diversas veces habían enviado remediarlo, pusieron muchos presidios a la dicha costa, no hubo remedio, hasta que yo, con mucho riesgo de mi persona y hacienda, y sin ninguna de Su Majestad, los busqué diversas veces y hallándoles una batalla con ellos [...] quedo la tierra segura y pacífica. Ya nueve años que no se mata hombre, lo que antes sucedía cada día [...]

Después de esto cumpliendo lo que Su Majestad me tiene mandado, entré la tierra adentro, al Norte, por la de guerra, pacificando los naturales que en todo aquel distrito hallé, que estaba antes de guerra, en que puse de paz de diez o doce mil personas, por distancia de más de sesenta lenguas, y lo están de tal manera, que se anda el camino muchas veces, y nunca los indios hacen mal a ninguna persona como me apellide mi nombre de Carvajal, qué tienen ellos por señal cierta, que si yo voy, o paso por allí, que no los ha de ser hecho mal [...] les he puesto en sus rancherías cruces que ellos reverencian [...]

[...] Y al fin de las dichas sesenta leguas, descubrí muchas minas de plata y poblé en su comarca la ciudad de León, y la Villa de la Cueva, adonde puse ingenios y se sacó mucha plata, y esa cercanía puso de paz más de cuatro mil indios. Hice por mi propia persona la iglesia de la Villa de la Cueva, en la que dicho vicario administró los santos sacramentos, y me obligué a pagarle de mi hacienda dos mil pesos que se le debían por los vecinos de su salario porque los vecinos no pudieron pagar [...] Y de allí, por comisión mía, se descubrió las provincias que llaman Nuevo México, y lo hizo con comisión mía Antonio de Espejo, como todo lo dicho consta de las dichas informaciones hechas en Guadalajara, que suplico una se abra, por lo cual consta lo que digo.

*Y luego, porque los indios de Temapache, Tampasquín, Tamo-
tela, San Miguel, y los demás de aquella serranía, siendo cristianos,
se alzaron y rebelaron del servicio de Su Majestad y apostataron
de nuestra Santa Fe Católica y Ley Evangélica volviéndose a sus
ritos y ceremonias y gentilidad antigua de la adoración de sus ídolos y despoblaron muchos pueblos de cristianos, de los vasallos de
Su Majestad, quemaron las iglesias y cruces, profanaron las cosas
sagradas, quemaron las estancias de ganados, matando algunos
españoles, y haciendo otros muchos males, por los que las provincias y serranías de Meztitlán y Pánuco estuvieron muy a canto
de perderse y despoblarse. Y aunque a veces los virreyes enviaron
capitanes y soldados al castigo y remedio [...] se gastaron más de
cincuenta mil pesos de la Hacienda Real, no se sacó otro fruto ni
otro remedio después que le mataron muchos soldados que poner
presidios de soldados quien un año se gastaban de la Hacienda
Real seis mil pesos por más de cuatro años. Yo con más de cuarenta soldados subí a los pueblos con mucho riesgo de mi persona
y los que conmigo iban y, con gran costo de mi hacienda, a los
unos por industria, y a otros por fuerza de armas, venciéndolos
en batalla, que me salieron a dar, los rendí y sujeté por fuerza.
De ellos más de tres mil personas, y los truje a obediencia de Su
Majestad y conocimiento de Dios Nuestro Señor. Y a la guarda de
nuestra Santa Ley Evangélica [...] reedifiqué las iglesias y cruces en
que se administran los santos Sacramentos y doctrina evangélica
poniendo allí ministros sacerdotes que la enseñan hasta hoy. Fueron bautizados en tres días más de trescientos muchachos y mu-
chachas, que por espacio de diez años habían nacido, por mando
de Pedro Infante, clérigo que en aquel tiempo iba conmigo [...]
quedaron pacíficas y quietas, sin temor alguno por muchos años,*

y se quitaron los presidios de soldados, y se ahorraron los dichos seis mil pesos, que se pagaban a costa de la Real Hacienda, y en la dicha paz y sosiego estuvieron y perseveraron todo el tiempo que yo estuve en mi gobernación [...]

Por intentos particulares, como es notorio, he sido sacado de la dicha gobernación y traído preso en la cárcel de corte, cuya ausencia ha sido causa suficiente de que algunos indios de aquella frontera se volviesen alterar, por entender que soy muerto, como ya dicen, y que no he mas de volver [...]

Toda la información en donde consta todo esto que digo fueron hechas en la Audiencia de Guadalajara y están en poder de fray Gaspar y otra parte en poder de Antonio Díaz de Cáceres que suplico lo mande traer y ver dónde constará todo y que yo he gastado más de treinta mil pesos míos y de mis amigos sin haber sacado premio alguno.

Últimamente poblé una villa en las minas de Coahuila que yo descubrí a la que llamé Almadén, adonde está asentada la Caja Real, y se saca plata y habrá en ella de derechos reales dos mil pesos y ahora que por mi mandado se han llevado los ingenios a su beneficio se sacará en mucha cantidad mayormente si yo estuviera presente, con cuya presencia se perpetuará e irá en mas acrecentamiento la renta de Su Majestad y hay muchas sementeras y tengo puesto todo los indios de aquella cercanía de paz y en obediencia de Su Majestad e hice por mi persona la iglesia en que se administran los Santos Sacramentos y compré los ornamentos. Nunca he cometido delito de infidelidad ni que lo parezca ni lo que el fiscal dice en su acusación, por ninguna causa, ni se hallará en mi dolo ni malicia, sin haber vivido toda mi vida de la manera y en las ocupaciones que tengo dicho, debe ser dada por ninguna la dicha acusación, y yo dado por libre de todo lo que en ella contenido y restituyéndome la fama y honra, que por esta prisión me pudo resultar [...]

Suplico a Vuestra Señoría lo remita y recompense dándome por libre de todo lo contra mi pedido, y absolviéndome de todo, declarándome por tal católico cristiano, y haciéndome la dicha restitución, y no me dejen volver a llevar a la dicha cárcel de Corte, dando orden a que suelto de esta cárcel, vaya a mi gobernación, a continuar en los dichos servicios. Y no permita Vuestra Señoría, que tantos y tan buenos servicios, y tan firmes, se queden sin premio, teniendo consideración a los trabajos de la prisión que me fue hecha, tan largo trayéndome con hierros, y al encerramiento que estuve en la cárcel de Corte, sin culpa, y a los muchos días que estoy preso en esta cárcel, en cárcel secreta [...] de lo que aquí digo se puede colegir en el dicho mi favor y sea suelto de esta dicha cárcel. Y el Santo Oficio de Vuestra Señoría y probaré de lo necesario.

Don Felipe II remueve al controversial virrey de su cargo; le termina su tenencia y lo obliga a que no salga de su casa cuatro años. Ha sido acusado de cuatrocientos treinta y un cargos; solo uno de ellos fue el caso de Carvajal. Sin embargo, el rey no destituye al fiscal Eugenio de Salazar. Además, el gobernador de la Nueva Vizcaya es hermano del cuñado del nuevo virrey y por supuesto, atenderá primero a los intereses de familia. De manera que el 8 de noviembre de 1589, dos días antes de la tortura de doña Francisca, los inquisidores Bonilla y García concluyen el caso en contra del gobernador liderados por el fiscal del Santo Oficio, el doctor Lobo Guerrero, declarando que debe ser castigado por haber sido fautor y encubridor de judíos que han vivido en la ley de Moisés. Y *queriendo ser benignos y misericordiosos* por respeto al gobernador le perdonarán la vida.

Dos oidores y el alcalde de la Real Audiencia no están de acuerdo con la sentencia; para ellos, Carvajal solo es culpable en grado menor, de *Levi*. Les parece una injusticia desproporcionada el tratar así a un hombre que ha arriesgado y hecho tanto por la corona. Sin embargo, no es su criterio el que domina sino el de Bonilla, García y Lobo Guerrero para quienes Carvajal es culpable por ofensas graves, de *vehementi*.

Don Luis de Carvajal y de la Cueva deberá participar en el auto de fe que tendrá lugar en febrero del siguiente año, en la fiesta de San Mateo, en forma de penitente con una vela verde en las manos para que abjure en público contra los errores de los que fue acusado. Al igual que al resto de su familia, se le confiscarán los bienes de las propiedades adquiridas durante el tiempo en que haya ofendido, incluso las que legalmente haya cedido a otros antes de la sentencia. Y, posterior a eso, deberá salir en la primera flota, de una vez y para siempre, en destierro de las Indias de Su Majestad, por tiempo de seis años precisos.

Noviembre de 1589
Cárceles de la Inquisición,
Ciudad de México, Nueva España

Isabel Rodríguez de Andrada ha tenido la misma resistencia que su madre. Nueve meses después de haber ingresado a las cárceles de la Inquisición, a pesar de las torturas y abusos, solamente implicó en sus testimonios a quienes ya habían muerto: su padre Francisco Rodríguez, doña Guiomar Núñez de Ribera, su difunto esposo Gabriel de Herrera, Francisca Núñez, hermana bastarda de doña Guiomar y al notario don Alonso de Águila.

Tras numerosas confesiones de Joseph durante el mes de agosto, los inquisidores saben que ella y su madre han ocultado la verdad todo este tiempo. De manera que el 27 de noviembre la conducen a la cámara de tormento.

Isabel se resiste. Isabel llora, suplica, grita pidiendo ayuda de manera inútil. Dentro de las celdas, los otros reos la escuchan con un nudo dentro del estómago. Cada vez que ella grita, la ansiedad y el temor tensan sus cuerpos. La toman por los brazos y la conducen a la fuerza. De nuevo, la humillación al desnudarse, su cuerpo luce aún más delgado que cuando ingresó meses atrás, ahora marcado con las cicatrices que la tortura de cordel le ha dejado.

Inicia el ritual.

—Recuéstese aquí.

Atar las muñecas, los muslos, los tobillos.

Las preguntas.

—En el nombre Dios Nuestro Señor. Diga la verdad para evitar este tormento.

La resistencia.

Una vuelta de cordel.

Shemá Israel, Adonai Elohéinu, Adonai Ejad.

Baruj Shem Kevod Maljutó Leolam Vaed.[8]

Letanías que el secretario de la Inquisición apunta como:

Senis Israel, adonai alueno aga

Barosein quebo malento leo lambuiel

Oye Israel adoiai Judio

Tras varias vueltas de cordel durante meses aunados a frío y hambre, a soledad y pesadillas, a miedo y voces, a oraciones y quejidos de sus familiares bajo tormento, Isabel finalmente acepta que su madre doña Francisca Núñez de Carvajal y sus hermanos Baltazar y Luis también son fieles a la ley de Moisés. También Mariana, Miguel y Anica, todos sus hermanos lo son. Su padre la adoctrinó en el judaísmo, a ella y a su madre, allá en Castilla.

A inicios de diciembre, un día antes de que aprehendan al resto de las hermanas, alguien da aviso a don Antonio Díaz de Cáceres que irán por ellos. Antonio huye y se dirige al puerto de Acapulco. Asociado con el doctor Palacio y con Antonio de los Cobos adquiere un barco. Espera escondido en Acapulco y, el 29 de diciembre, zarpa hacia Manila, capital de las islas Filipinas descubiertas en 1521 por el portugués

---

[8] Escucha, oh Israel, el Señor es nuestro Dios, el Señor es Uno. Bendito sea el Nombre de Su glorioso reino eternamente.

Fernando de Magallanes que llevan el nombre del poderoso rey en cuyos dominios nunca se oculta el sol. Antonio Díaz de Cáceres tiene familiares en Manila y buscará encontrar la manera de negociar la libertad para su esposa y su familia política desde allá. En la embarcación van veinticuatro hombres quienes aunados a la tripulación suman un total de cuarenta y cinco pasajeros. Uno de ellos es el famoso Felipe de las Casas —adicto a peleas, apuestas y mujeres— quien, con el paso de los años, se convertirá en el mártir San Felipe de Jesús.

Al día siguiente de que Antonio Díaz parte hacia Acapulco, los inquisidores se presentan en su casa para llevarse en custodia a las cárceles del Santo Oficio a Catalina de la Cueva, su esposa de veintitrés años, a Mariana Núñez de Carvajal de dieciocho, a Leonor de Andrada de Carvajal, esposa de Jorge de Almeida de apenas dieciséis años.

Anica, con tan solo diez años, en el momento del arresto de su familia se va a casa de Diego Márquez, el primo de doña Francisca. Días más tarde la llevan a la Sala de la Audiencia. Ha sido entrenada por su madre y por Isabel, de manera que, interrogatorio tras otro, la niña no admite culpa alguna ni práctica que pueda parecer sospechosa en contra de la Santa Iglesia Católica. Niega todas las acusaciones; asegura que todos los cargos son falsos.

—No sé nada. No he visto nada de mi madre, mis hermanos ni mis hermanas sobre lo que ustedes me preguntan.

Pero, en algún momento, la niña Anica resbala, se quiebra y confiesa. Deciden que, por su corta edad, la pondrán bajo custodia en casa de Pedro de los Ríos, el escribano de la Inquisición, donde permanecerá durante tres años con su familia para que reciba instrucción religiosa.

Baltazar y Miguel, por su parte, permanecen ocultos en una casa habitada por Juan Rodríguez de Silva, judío y empleado de Jorge de Almeida que vive en una casa de su jefe en el barrio de Tlatelolco. Gracias a ellos dos, los hermanos sobreviven a través de los meses. Juan les trae alimento y bebida, además de noticias de su familia, una Biblia y algunos libros de oración. Baltazar y Miguel resguardan el patrimonio que ha quedado, aquel que recaudaron Luis y Baltazar en diversas poblaciones justo antes de partir a Veracruz. Ahora deben ser muy cautelosos, con el dinero y con sus vidas. Permanecerán ocultos hasta tener noticia sobre el destino de su madre y de sus hermanos. Oran a Adonai para que permanezcan a salvo y, si todo sale bien, en la primera oportunidad, deberán huir para embarcarse a Europa. Quizá en Madrid, con ese dinero, puedan comprar la libertad de su familia. Pero, mientras tanto, han de permanecer en el más completo encierro.

Ya en los interrogatorios en las cárceles de la Inquisición, Catalina, Leonor y Mariana, cada una por separado, aleccionadas por su esposo y cuñado Antonio Díaz de Cáceres, expresan su deseo de vivir como buenas cristianas de ahora en adelante y seguir las enseñanzas de la Santa Madre Iglesia.

24 de febrero de 1590
Ciudad de México, Nueva España

Para la celebración del auto de fe, las autoridades de la Inquisición eligen un día festivo. En esta ocasión será el día de San Mateo. La asistencia de los fieles es considerada un acto de piedad; incluso se ofrecen indulgencias. Se invita a toda la comunidad con dos semanas de antelación para que acudan de diversas partes del reino a tan solemne acto.

La mañana del 24 de febrero, muy temprano, los penitentes reciben su desayuno: vino, pan y miel. Será una larga e intensa jornada para ellos. Transfieren uno a uno desde su celda al patio central del Santo Oficio. Joseph arrodillado en el suelo, agachado casi hasta el suelo, observa atento desde el pequeño agujero que ha cavado. Descubre ahí los zapatos de su madre, las faldas largas de sus hermanas con quienes no se ha encontrado desde mayo del año anterior. Doña Francisca, Isabel, Catalina, Mariana y Leonor vestidas con gorros cónicos sobre sus cabezas, visten también los hábitos penitenciarios. Ahí está también su tío, don Luis de Carvajal y de la Cueva, el conquistador, más delgado que nunca y un poco avejentado con el sambenito amarillo y la cruz de San Andrés bordada en el pecho. Ahí también su gran amigo, el franciscano Francisco Díaz de Luna, su compañero de celda. Joseph traga saliva. Se les unen otros penitentes poco a poco. Se pone de pie, en cualquier momento estarán por él.

Rechina el cerrojo de su celda. Sacude el polvo de sus rodillas. Arregla su camisa, su cabello. Un custodio abre la celda. Sale al patio, contempla a su tío, a su madre, a sus tres queridas hermanas.

Son un espejo de su miseria. En qué nos hemos convertido. Las ropas desgastadas. Los semblantes pálidos, ojerosos, demacrados, agotados de incertidumbre e insomnio. Desterrados de Castilla, de España, perseguidos hasta este Nuevo Mundo para atraparlos de un zarpazo, para asfixiarlos con el poderoso tentáculo de la Inquisición. No les bastó echarnos por tener una fe diferente. No valieron los mil quinientos años que teníamos de vivir en esas tierras. No fue suficiente que hablamos la misma lengua, convivimos en los mismos pueblos, asistimos a los mismos mercados. No valió que administramos su dinero, financiamos sus guerras y curamos a sus enfermos, trabajamos sus campos. No valieron amistades de generaciones. Nada valió. Pusieron la lupa en la única diferencia que había entre nosotros. Una creencia prácticamente invisible. El imperio español ha de asegurarse de que todos seamos idénticamente iguales. No hay lugar para la más mínima discrepancia. Los Díaz Nieto escriben desde Italia y cuentan de un sabio, Galileo Galilei interrogado también por la Inquisición. Desde Castilla escriben que un tal Miguel de Cervantes ha intentado venir al Nuevo Mundo, pero no tiene el documento de limpieza de sangre necesario para embarcarse, por descender de judíos.

Un paso y otro más como sonámbulos. Como si no estuviese pasándoles eso a ellos. Una pesadilla. Pero la luz hiere por su claridad. El aire que toca sus rostros. No es un sueño. Salen del edificio. Ahí la vida, los vendedores ambulantes, los niños, los ancianos, los caballos, las mulas. Ahí la extensa plaza de Santo Domingo, y la arcada enfrente, la Iglesia primorosa, el enorme y majestuoso convento donde solían visitar a Gaspar, el camposanto en donde seis años atrás enterraron los huesos de su padre. Ahora, el cuerpo de don Francisco Rodríguez ha sido desenterrado. Llevarán sus huesos en esta misma procesión hacia el auto de fe con una efigie de madera que lo represente. Los herejes deben de condenarse públicamente, es preciso difamar su nombre y el de su progenie, aunque hayan muerto años atrás. Las autoridades quemarán la efigie de don Francisco, deshonrarán su memoria, quemarán sus huesos. Lo mismo harán con los restos de aquel sabio Antonio Machado, el hombre tullido en cama que les regaló el libro del licenciado Morales.

Inicia la procesión de la infamia como una grotesca serpiente moribunda. Hombres, mujeres, niños, ancianos todos en una valla ordenada para verlos pasar. El castigo ejemplar. Todos deben verlos de cerca. Para que puedan percibir su miedo, su suciedad, su olor, para que se graben la expresión de vergüenza y desasosiego de sus rostros. Para que quede claro que cada uno de los condenados podrían ser ellos. Verlos de cerca para saber que no hay nada que los distinga; esto pone al público muy nervioso.

Yo puedo ser él. Es terrible.

Y por eso el pregonero montado en un asno gritando las palabras que zanjen las diferencias.

—¡Judíos! ¡Herejes!

—¡Apóstatas!

—¡Bígamos!

La muchedumbre atemorizada grita, avienta restos de comida. Hombres maduros y jóvenes vociferan enfurecidos para vaciar el miedo que se expande dentro y carcome a los habitantes de un fiero sistema político, de una represión brutal. Que quede bien claro. Nadie puede pensar ni sentir distinto. Nadie puede salirse ni un ápice del guion preestablecido. Es preciso ser blanco, europeo peninsular, católico apostólico y romano, hablar castellano. El resto es bazofia. Porque el resto son los otros: los deformes, los feos, los morenos, los mulatos, los negros, los bastardos, las brujas, los siervos, los esclavos, los indios, los chichimecas, los mestizos, los que pertenecen a tantas castas impuras de mezclas de razas inferiores, los cambujos, los tente en el aire, los torna atrás, los luteranos, los protestantes, los indios idólatras, los judíos, los moros, los anglicanos, los que hablan otras lenguas menores. Todos ellos son de segunda, de tercera, la basura que debemos desechar, enderezar, catequizar, domesticar, civilizar. Nosotros, que estamos hechos a imagen y semejanza de Dios perfecto omnipotente y omnipresente, debemos ser caritativos y misericordiosos con ellos y enseñarles la única Verdad. Si es necesario, a la fuerza, con armas y tormentos. Ellos no tienen entendimiento, no lo comprenden, pero es por el bien de sus almas. Lo agradecerán el día del Juicio Final.

Mientras tanto, se llenan de oro y plata las arcas de la corona y los palacios de los monarcas europeos. Los altares de las iglesias del Sacro Imperio Romano Germánico cuajados de piedras preciosas extraídas de minas, de perlas caribeñas, de hoja de oro de veinticuatro quilates, de pinturas hechas a base de grana cochinilla, de minerales como la turquesa, de plumas de quetzal. Las palabras del Papa Alejandro han sido el mejor negocio de la

historia. Él estableció, justo un año después de que Colón llegó a América, que toda geografía que no estuviera en posesión
de un monarca cristiano era *territorium nullis* y, por lo tanto,
estaba disponible para castellanos y portugueses. Difundir el
cristianismo fue la primera justificación para adueñarse de im-
perios ultramarinos. Impartir la fe era una obligación del conquistador. Así, la conquista del Nuevo Mundo había adquirido
el carácter de guerra santa.

Diecisiete hombres y mujeres que caminan lento en procesión. Y los gritos del pregonero. Ahí van el exgobernador
Luis de Carvajal, su hermana Francisca y cinco de sus hijos,
ahí Catalina su prima y su esposo Gonzalo Pérez Ferro, ahí
el excompañero de celda de Joseph, Francisco Díaz de Luna
ya sin su hábito franciscano, ahí Hernán Rodríguez amigo de
Joseph, ahí cuatro hombres acusados de bigamia, un soldado
guatemalteco blasfemo que tomó una vez el nombre de Dios en
vano, ahí un fraile dominico insubordinado que escandalizó a
sus colegas en Perú, Guatemala y Nueva España con pronun-
ciamientos a favor de los protestantes, ahí los restos y la efigie
de Francisco Rodríguez de Matos. Todos reciben golpes con
frutos podridos. Avanzan por la calle un par de cuadras hasta
llegar a la Plaza Mayor, cada uno carga una vela grande, larga y
verde que ha sido amarrada a sus manos. La cera es verde porque simboliza esperanza. Nada se ha dejado al azar. La bandera
del Santo Oficio a la cabeza de la procesión y una cruz pintada
en lo alto será llevada hasta dentro de la magnífica catedral,
aún en construcción, donde se llevará a cabo el gran auto de fe.

Una vez dentro, perciben que no cabe ni un alfiler. Hay
quien murmura que debían de haber hecho el evento en la

Plaza Mayor para que todos los asistentes alcancen a ver el espectáculo. Llegan hasta la plataforma de madera construida para la ocasión. Ahí distinguen, sentados en bellos sillones labrados, a los inquisidores Alonso de Peralta, el doctor Lobo Guerrero y el afamado fiscal poeta de la Audiencia Real don Eugenio de Salazar quien sonríe complacido. En lo alto, sentado en una silla de terciopelo, están el virrey don Luis de Velasco II, un poco más abajo, los alcaldes de la corte y otros invitados. Los testigos son don Diego de Ibarra, cuñado del virrey y hermano del gobernador del Reino de la Nueva Vizcaya para quien Juan Morlete ha trabajado durante años desde Mazapil, velando por sus intereses. Ahí también el capitán Rodrigo del Río Loíza, esclavista y acérrimo enemigo del gobernador, don Luis de Carvajal. Todos con sonrisa burlona. No solo ha caído el gobernador consentido de Su Majestad don Felipe II en la ignominia y la vergüenza, sino también su familia entera y toda su descendencia, por los siglos de los siglos, amén.

Los penitentes, por su parte, están formados esperando la lectura de sus sentencias. Acomodados a la izquierda. El ritual del auto de fe consiste en varias partes: comienza con la celebración de la misa en donde destaca el sermón otorgado por un invitado distinguido. Después, se le llama a cada penitente por su nombre y apellido. Cada uno deberá pasar hasta el púlpito especial al frente de la plataforma.

Entonces se les pregunta:

—¿Está aquí Luis de Carvajal y de la Cueva?

"¿Está aquí Francisca Núñez de Carvajal?

"¿Está aquí Isabel Rodríguez de Andrada?

"¿Está aquí Luis de Carvajal, "el Mozo"?

"¿Está aquí Catalina de León y de la Cueva, hija de la dicha Francisca?

"¿Está aquí Mariana Núñez de Carvajal?

"¿Está aquí Leonor de Andrada de Carvajal?

"¿Está aquí Francisco Díaz de Luna?

"¿Está aquí Hernán Rodríguez de Herrera?

"¿Está aquí Catalina de León, mujer de Gonzalo Pérez Ferro?

"¿Está aquí Gonzalo Pérez Ferro?

"¿Está aquí Gonzalo Pérez Ferro, "el Mozo"?

Enseguida, las sentencias. Francisca e Isabel deberán llevar hábitos penitenciales perpetuamente en el sitio que les asignen, Mariana y Catalina vestimenta durante dos años y Leonor solo un año, por su corta edad.

—Eres hereje, Luis. Eres judaizante, apóstata de Nuestra Santa Fe Católica, fautor y encubridor de judíos. Eres culpable de todos esos delitos. Mereces la excomunión mayor, que te manden relajar a la justicia y al brazo seglar, para que recibas el castigo ejemplar que merecen los tuyos, que tus bienes sean confiscados y que pasen a pertenecer a la Cámara y Fisco del rey nuestro señor. Mostraste señales de contrición y arrepentimiento, pidiendo a Dios Nuestro Señor perdón de tus delitos y a nosotros penitencia con misericordia. Dios no quiere la muerte del pecador, sino que se convierta y viva. Si te conviertes a Nuestra Santa Fe Católica de puro corazón y fe, no fingida, sin encubrir a otras personas, entonces te absolvemos y reincorporaremos a la unión de la Santa Madre Iglesia Católica y te restituimos la participación de los Santos Sacramentos.

"Te condenamos a cárcel y hábito perpetuo en el lugar que te sea señalado para que ahí sirvas y seas instruido en las cosas de Nuestra Santa Fe Católica. Portarás el hábito públicamente y serás inhábil e incapaz de obtener dignidades ni oficios públicos ni de honra y te será descendidas las demás cosas que por derecho común, leyes y prácticas de estos reinos e instrucciones del Santo Oficio que a los semejantes inhábiles les son prohibidos. Aquí nuestra sentencia definitiva juzgando así lo pronunciamos y mandamos en estos escritos y por ellos.

Por último, los penitentes deberán hacer su juramento de la fe o abjuración. Cada uno pasa al frente y de pie, escucha la acusación de su crimen. Debe recitar las palabras: juro, detesto, renuncio a toda mi herejía.

—Yo, Luis de Carvajal, natural de la villa de Mogadouro en el reino y en la Raya de Portugal, gobernador del Nuevo Reino de León, que presente estoy, de mi libre y espontánea voluntad, abjuro y detesto, renunció y aparto de mí, toda y cualquier herejía, en especial esta de que soy informado y testificado, y confieso por mi boca, con puro y verdadero corazón, la santa fe católica, que tiene y predica, sigue y enseña la santa madre Iglesia de Roma, la que ya tengo, y quiero tener y seguir, y en ella permanecer y morir…

—Yo, Luis de Carvajal, mozo soltero, natural de la villa de Benavente, en Castilla, hijo de Francisco Rodríguez de Matos, difunto, y de doña Francisca Núñez de Carvajal, que presente estoy, de mi libre y espontánea voluntad, abjuro y detesto, y renuncio y aparto de mí toda y cualquier herejía, en especial esta de que soy infamado y testificado y que confesado de la ley vieja de Moisés, ritos y ceremonias de ella. Confieso por mi boca, con puro y verdadero corazón, la Santa fe católica que tiene y predica, sigue y enseña la Santa Madre Iglesia de Roma; y aquella tengo y quiero tener y seguir y en ella permanecer y morir, y nunca me apartar de ella. Y juro a nuestro señor Dios y a los santos cuatro evangelios y a la señal de la Cruz de estar y ser sujeto a la obediencia del bienaventurado San Pedro, Príncipe de los apóstoles y Vicario de Nuestro Señor Jesucristo y de nuestro muy Santo Padre Sixto V, que hoy día rige y gobierna la Iglesia, y después de él a sus sucesores, y de nunca apartarme de esta obediencia por ninguna situación o herejía, en especial por esta de que soy infamado y acusado, y de siempre permanecer en la unidad y ayuntamiento de la Santa Iglesia, y de ser en defensión de esta Santa Fe Católica, y de perseguir a todos los que contra ella fueren o vinieren, y de los manifestarlos y publicarlos y no me juntarme con ellos, ni encubrirlos ni guiar ni visitar ni acompañar, ni dar ni enviar dádivas ni presentes, ni favorecerlos. Y si contra esto en algún tiempo fuere o viniere, que caiga e incurra en pena de impenitente, relapso, y sea maldito y excomulgado. Y pido al presente Secretario, testimonio signado de esta mi confesión y abjuración, y a los presentes ruego que de ellos sean testigos, y lo firmé de mi nombre siendo testigos los dichos.

Y con esto, el dicho Luis de Carvajal, fue absuelto en forma.

Paso ante mí, Pedro de los Ríos, rúbrica.

Soneto entregado junto a una serie
de veintiún octavas.
Manuscritos recibidos en las cárceles secretas
de la Santa Inquisición por los inquisidores el
26 de enero de 1590 escritos por Luis de Carvajal,
"el Mozo"

Peque, señor, mas no Porque epeccado,
de tu amor y clemençia, medes Pido --
temo según mi culpa ser Punido,
y espero entu bondad, ser Perdonado.
Reçelome segun me as Aguardado,
ser por my yngratitud aborreçido.
y Haze mi peccado mas creçido -
El ser tan digno tu de Ser amado -
Sino fuera porti de my que fuera,
y amy demy sinty quien me librara
Si tu mano La graçia ~~yano sertu señor quien me sufriera,~~
nomediera.
yano ser yo mi dios quien note amara,
ya no ser tu Señor, ~~Si tu mano Lagraçia no me diera,~~
quien me sufriera,
y ati sinti, mi dios quien me llevara -

--

Microfilmación del soneto escrito por Luis de Carvajal, "el Mozo". Archivo General de la Nación, Ciudad de México, rollo núm. 1487. Grupo documental: Inquisición, volumen 1487.

Primavera de 1590
Ciudad de México, Nueva España

Fray Gaspar de Carvajal no fue procesado en el auto de fe junto a sus hermanos, su madre ni su tío. El suyo se llevaría a cabo en privado. Sus errores son considerados de *Levi,* al contrario que los del resto de su familia. Gaspar portará la vela verde en la capilla de la Inquisición y ahí escuchará misa. Será amonestado, reprendido, suspendido y confinado a un monasterio. No es solo él; otros sacerdotes abjurarán en la misma ceremonia. Son clérigos que intentaron seducir mujeres en el confesionario.

Pasarán los meses y, aun cuando fray Gaspar haya transcurrido el tiempo de la sentencia y su comportamiento sea impecable, el doctor Lobo Guerrero no lo dejará volver al convento de Santo Domingo porque ahora sabe que fue hijo de un hereje, de Francisco Rodríguez de Matos, y eso lo descalifica de manera permanente para pertenecer al clero. Deberá esperar un permiso especial que provenga directamente del Consejo Supremo de la Inquisición de Madrid.

El domingo 25 de febrero, al día siguiente del auto de fe en el que Joseph Lumbroso fue procesado junto a su familia, los inquisidores lo mandan traer una vez más.

—¿Entendió bien la abjuración que ayer hizo en el auto de fe?

—Sí.

Le piden que vuelva a leer el documento para que sepa y entienda bien lo que tiene abjurado. *De lo contrario si torna caer en alguna herejía recibirá pena del relapso, y sin ninguna misericordia sería relajado a la justicia y brazos seglar y quemado en llamas de fuego. Prometemos guardar y cumplir esta sentencia.*

Joseph recibe juramento y, ante los inquisidores, afirma que comprende.

Si vuelve a caer en la herejía será quemado en llamas de fuego.

Una advertencia.

Una amenaza.

Joseph afirma con su palabra. Asiente con la cabeza mirándolos, seguro, a los ojos. Entrecruza los dedos mientras lo hace. Ellos también asienten y suspiran satisfechos.

Sin embargo, dentro de Joseph, un presentimiento alza el vuelo silencioso.

Te olvidarán, Joseph.

Olvidarán tu secreto y tu martirio.

Olvidarán tu historia.

Olvidarán tus palabras, el canto de tu palabra, tu poesía.

Olvidarán tu fe.

Olvidarán el origen de sus costumbres, de sus tradiciones y de los consejos que les dieron sus padres y de los que ellos darán a sus hijos.

Pasarán los siglos y olvidarán el fuego, la luz inicial que alumbró hombres y mujeres.

Olvidarán su calidez y su fuerza.

Olvidarán a Joseph Lumbroso, al joven iluminado, dispuesto a morir por custodiar esa llama.

Olvidarán que es preciso recordar aquello que fuimos.

La convicción de que él debe contar su historia lo embiste de pronto. No basta dispersar la palabra de Dios, no bastan libros donde transcriba o reflexione las sagradas escrituras. Es preciso narrar su testimonio, su sentir, las peripecias a las que su familia ha sobrevivido para que otros habiten los territorios, el lenguaje, las costumbres, las usanzas, los modos. Escribirá sus *Memorias*.

Joseph decide empalmar la piel de las palabras a esa realidad que es su vida para combatir al olvido, al paso de los siglos, a la muerte de los suyos. Es indispensable labrar una nueva piel formada de palabras, no solo para que sus hermanos Baltazar y Miguel conozcan la historia de los suyos y de cómo Adonai veinticinco veces los libró de innumerables peligros, sino para que sus descendientes —que serán tan numerosos como las estrellas del firmamento— conozcan la resistencia clandestina que padecieron sus ancestros convencidos de que cada persona debe tener la libertad de elegir su fe y su pensamiento.

El inquisidor lo mira de manera intermitente mientras lee el aviso de cárcel.

Bajo juramento so pena de excomunión mayor y de ser gravemente castigado se compromete a guardar el secreto de todo lo que ha pasado, de todo lo que hubiera visto o entendido en las cárceles de este Santo Oficio durante su prisión, que nos revelen y descubra en manera alguna directa ni indirectamente.

Y así prometió de cumplirlo.

Joseph deberá ayunar los viernes del año. Rezar el rosario corto de Nuestra Señora los viernes, los domingos y en las fiestas. Confesarse y comulgar en las tres Pascuas del año y por su devoción, los demás días solemnes que quiera.

Y así prometió de cumplirlo.

Finalmente, el 5 de marzo de 1590, en la audiencia de la mañana, por no haber en el Santo Oficio como en las inquisiciones de España un edificio grande de prisión, deciden enviar a Joseph a que cumpla el tiempo de cárcel y hábito, al hospital de los convalecientes de San Hipólito. Fray Mateo García se encargará de su consuelo espiritual y de administrarle los santos sacramentos. Arias de Valdés, alcalde de las cárceles del Santo Oficio, lo visitará a menudo para asegurarse de que cumpla con lo dicho. Joseph promete cumplirlo y, por primera vez en diez meses, abandona las cárceles de la Inquisición.

דוד

Recuerdo que después del auto de fe sucedieron muchas cosas. Lo supe por nuestro cuñado Jorge de Almeida y por las cartas que seguí recibiendo con el paso de los meses. Por ejemplo, mi tío, el gobernador fue llevado de regreso a la cárcel real aun en contra de la voluntad de algunas autoridades, quienes opinaban que era injusto. Lo encerraron, supuestamente a esperar una deportación que nunca llegó. Sus enemigos, encabezados por un tal Eugenio de Salazar, temían que nombrara otro sucesor para el Nuevo Reino de León. Deseaban anular su proyecto por completo.

Recuerdo que fue a inicios de marzo cuando por fin, mamá y mis hermanas fueron enviadas a una casita junto a la iglesia del barrio de Tlatelolco. Ese no era el plan inicial. Los inquisidores habían determinado enviar a cada una a diferentes conventos para que cumplieran con su condena durante años. A ti hermano, te habían enviado al Hospital de Convalecientes en San Hipólito, a servir de sacristán.

Allá en la capital de la Nueva España, la cárcel de la Inquisición era pequeña, si acaso tendría unas quince o veinte celdas. De manera que todos los condenados, una vez dictada su sentencia, eran obligados a vivir y trabajar en un sitio asignado por los inquisidores; al fin y al cabo, debían siempre portar el sambenito. Llevaban la prisión a cuestas. Podían incluso salir, hacer compras y volver porque no había manera de disimular que se era un condenado, un delincuente, un ser de segunda categoría cuya libertad estaba coartada.

Sin embargo, Jorge, nuestro cuñado, hábil y generoso como siempre, logró que no enviaran a las mujeres al convento con un argumento muy singular *adviértase que mujeres son, codiciosas de saber y fáciles y que podría venir un daño notable a todas las monjas que fuese muy dificultoso de remediar* y que más bien les permitieran vivir en una casa a todas juntas. Supongo que su habilidad verbal habrá ido acompañada de una jugosa suma de monedas de plata de la que no se tiene registro. Siempre estuvo al cuidado de nosotros. Depositaba dinero en las cárceles para que no faltara alimento, frazadas a mi madre, mis hermanas, a ti. El día en que fueron liberados les hizo llegar ropa y zapatos. Miguel y yo nos hospedamos en una de las casas que poseía en Tlatelolco en donde él se encargó de que no nos faltara ni comida ni la palabra de Dios. Madre, Isabel, Catalina, Mariana y Leonor, felices de verse juntas, resolvieron que se ganarían la vida cosiendo para ocasionar los mínimos gastos a Jorge.

El Hospital de los Convalecientes en San Hipólito, un bello edificio fundado veinticinco años atrás a donde llegaban los enfermos que necesitaban recuperarse después de su estancia en el hospital, los viejos que nadie podía cuidar, los enfermos de la mente y del espíritu, los que se golpean la cabeza contra los muros hasta sangrar, los que gritaban furiosos en palabras desarticuladas, los que hablaban sin parar contando historias de piratas, los recién desembarcados en el Nuevo Mundo que no tenían donde alojarse, los que sufrían de espasmos y convulsiones.

Fray Mateo asistía a diario a darte la comunión y, una vez a la semana a confesarte, mientras que Arias, supervisaba que cumplieras con todas las órdenes de tus superiores. Eras el sacristán y debías sacudir las figuras de oro, plata y madera que ellos veneraban; además, debías fregar los pisos *ocupaban en otros servicios como era barrer, lo cual hacía regando primero el suelo con muchas lágrimas.*

Apenas cuatro días después de salir de la cárcel de la Inquisición, el 10 de marzo, sucedió algo inesperado: una visita tuya. Conseguiste permiso para salir del Hospital de Convalecientes, caminaste durante media hora hasta llegar a la casa donde Miguel y yo llevábamos un año escondidos. Por fortuna, Juan Rodríguez estaba en casa; de lo contrario, no hubiéramos podido abrir la puerta.

Cuando Juan te vio ahí, de pie y sonriente, no daba crédito. Enseguida te invitó a pasar, cerró la puerta tras de ti. Te abrazó y te condujo presuroso hasta el refugio que tenía para nosotros disimulado detrás de un armario. ¡No recuerdo mayor alegría en esos años que el verte con vida y saber noticias de madre, de nuestras hermanas! ¡Estaban salvados! Ahora había que ser cautelosos, pensar con claridad, planear una estrategia y atender un largo proceso para recuperar la libertad de toda la familia.

Permaneciste un rato con nosotros, nos contaste que Joseph Lumbroso sería tu nuevo nombre. Recuerdo además que, entre muchas cosas, Miguel, Juan y yo te contamos lo que nos había sucedido la noche anterior, ¡el enorme susto que nos habíamos llevado! Un alguacil de la Inquisición junto a sus colaboradores había ido a arrestar a un cura acusado de concubinato cuya morada daba pared con pared a la casa en donde nosotros nos encontrábamos escondidos. Como el alguacil no encontró al hombre ahí en la casa de junto, se le ocurrió que el amancebado había huido saltando la barda y entonces, llegó, muy decidido, a tocar nuestra puerta.

—Soy el alguacil de la Inquisición y preciso registrar esta casa.

Con esas palabras se nos fue la sangre al suelo; por supuesto que pensamos que habían descubierto nuestro paradero. Hacía un año que la Inquisición me buscaba. No sabíamos el asunto del cura. Miguel y yo nos escondimos presurosos bajo la escalera; no podíamos meternos en la guarida tras el armario y deslizarlo porque se hubiera escuchado el ruido. En fin, apenas nos metimos en el hueco bajo la escalera y Juan abrió la puerta amable y les permitió pasar pensando en qué explicación daría en caso de que nos descubrieran. Los hombres registraron toda la casa y, casi al salir, se detuvieron junto a la escalera donde estábamos escondidos. Uno de los guardias dijo:

—Señor, busquemos debajo de esta escalera.

—Déjalo, que no se había de meter ahí.

Se dieron media vuelta y salieron a la calle. Apenas escuchamos que la puerta se cerraba cuando Miguel y yo salimos de ahí para dirigirnos a la habitación de junto. No podíamos creerlo, agradecíamos a Adonai una y otra vez. Pues no va sucediendo que el alguacil se quedó pensando afuera de la casa, se dio media vuelta y volvió a tocar la puerta. Nos miramos asustados.

—¿Diga?

—Tengo la corazonada que está bajo la escalera que no quise mirar; de manera que revisaré ahí.

El alguacil entró a la casa enseguida, registró la escalera y, al verla vacía, se quedó satisfecho. Agradeció a Juan, le pidió una disculpa por la confusión y salió del recinto.

¡Nos habíamos reído para superar el enorme susto! Pero ahora nos quedaba claro que no estábamos seguros ya en ninguna parte. Estuvimos conversando los cuatro: Miguel, apenas adolescente, tú, Juan y yo. Fue ahí que decidimos que ya era tiempo de que huyéramos hacia las Españas, que termináramos aquel plan iniciado tiempo atrás cuando quisimos embarcarnos en Veracruz. Ya estaba yo más tranquilo de saber que les habían dado el perdón y de que era cuestión de tiempo y trámites para que los liberaran. Había que llevar el patrimonio de la familia para tratar de negociar la habilitación de cada miembro porque, mientras estuviesen con los sambenitos, no podrían tener trabajos remunerados ni ocupar puestos. Juntos acordamos los planes para que Juan, Miguel y yo pudiésemos huir.

Por supuesto, antes de despedirnos, dedicamos un rato a la oración. Nos hicimos la promesa de conservar la fe de nuestros padres y nuestros abuelos con amorosa cautela. Nos despedimos en un fuerte y prolongado abrazo con la sospecha de que no volveríamos a vernos durante años, hasta que los liberaran y pudiéramos reunirnos todos en algún reino de Europa para vivir en libertad junto con los de nuestro pueblo.

Debo admitir que tuve el doloroso presentimiento de que aquella sería la despedida definitiva. Cuando nos miramos a los ojos supe que habíamos intuido lo mismo y, sin embargo, apostamos por la esperanza en el reencuentro.

—Adiós, Joseph. Gracias por venir a vernos. Este encuentro ha sido un regalo de Dios. Dale recuerdos a madre y a mis queridas hermanas. Yo cuidaré de Miguel y él de mí. Tendrán noticias nuestras.

—Adiós, Baltazar y Miguel. El Señor es bueno con nosotros, este encuentro es prueba de ello. Dios los bendiga en su largo viaje. Escriban cuando puedan. Ya nos veremos más adelante, cuando recuperemos la libertad y podamos viajar cuando el Señor lo disponga. Entonces volveremos a estar en familia.

—*Oye Israel, el Señor tu Dios, es Uno.*

—Amén. Adios, Joseph.

Partiose pues de México una noche el hermano mayor de Joseph con el otro más pequeño, con grande recelo de ser cogidos por la Inquisición y con determinación de morir por el Señor si le cogían cerca de cuatrocientas leguas por tierra, llegaron al puerto de Caballos en donde con no pequeño milagro hallaron un navío, cuyo capitán era también hebreo y primo del compañero que llevaban, el cual los llevó de allí camino de España con grandísimos regalos.

Nos esperaba una travesía de cuatrocientas leguas[9] entre Ciudad de México y el puerto en donde Juan Rodríguez había conseguido que nos embarcaran. Miguel, Juan y yo caminamos muchos días disfrazados, hasta que nos sentimos con un poco más de confianza, nos deshicimos de los disfraces y conseguimos tres caballos en un caserío pequeño. Eso aligeró nuestro viaje. Cabalgamos muchísimo, como nunca, una distancia más extensa que la que separa a Madrid de Roma. Apenas nos deteníamos para que los caballos descansaran. Debíamos llegar a tiempo para que el navío no fuese a zarpar sin nosotros.

Así huimos de Nueva España cautelosos y por caminos alternos. A veces andábamos los tres solos; en otras ocasiones,

---

[9] Dos mil kilómetros aproximadamente.

junto a comerciantes, familias, indios, españoles, curas que recorrían los caminos tropicales. Un volcán allá, una laguna con tiburones de agua dulce, el aroma de flores rojas, blancas, carmesí que brotaban por doquier de una exuberancia nunca antes vista. Nos llovía casi a diario. Nos fuimos acostumbrando a cabalgar empapados.

A veces, la selva impenetrable, sus rugidos y lianas, días después, montañas de niebla, bosques y venados; las tribus nos miraban recelosas. Habíamos conservado detalles de plata pequeños de la época en que fuimos comerciantes y los fuimos regalando conforme fue necesario. Una sonrisa, un regalo en son de paz. Avanzamos de la manera más discreta posible durante meses cuidándonos de arañas y felinos, de víboras y guardias de Inquisición hasta llegar al anhelado Puerto de Caballos[10] en donde para nuestra fortuna, ya nos aguardaba el primo de Juan llamado Antonio Nieto.

Cada noche antes de dormir, recuerdo que orábamos para que pudiéramos encontrarlo en el sitio y la fecha acordados en aquel remoto rincón del mundo. Orábamos con profunda fe, con fuerza, poniendo todo nuestro empeño en que así fuera.

Y así fue. Un día por fin, lo encontramos preparando su navío en el puerto. Finalmente pudimos descansar unos días. Recuerdo que le pagamos trescientos ducados por el pasaje de Miguel y el mío.

Por Jorge de Almeida supe también que durante el mes de junio, don Julián de Castellanos se presentó ante la Inquisi-

---

[10] Hoy es Puerto Cortés, Honduras.

ción para testificar en su contra. Argumentó que sabía que él y su familia celebraban la Pascua judía y, aunque desde tiempo atrás, la Inquisición tenía sospechas sobre Almeida, cada vez estas se veían más confirmadas. Para entonces, nuestro otro cuñado, Antonio Díaz de Cáceres también era requerido por la Inquisición; había logrado librarse huyendo a las Filipinas, aunque fuera solo por un tiempo.

Cuando Jorge de Almeida se enteró de que había acusaciones en su contra cayó en cuenta de que no podría rehuir la Inquisición por mucho tiempo más. Entonces se dedicó a organizar sus negocios, a traspasar propiedades, a vender otras, a cobrar algunas copiosas deudas con la intención de viajar a las Españas y desde allá, a través de sus amistades cercanas al rey, buscar la libertad para todos.

Manuel Álvarez, por ejemplo, le debía tres mil pesos de oro. Felipe de Palacios, su administrador, le guardaría mucho dinero; pero ¿qué sería lo más seguro? ¿dejar el dinero con amigos, o llevárselo con él a Europa? Por lo pronto, partiría a Taxco para transferir su enorme hacienda de beneficio a Tomás de Fonseca, su hermano mayor. Antes fue a pedirle a uno de los inquisidores que, por favor, dejara a su cuñado Luis en compañía de madre y mis hermanas, solo mientras él iba y venía... *Este fue principio que tomó el Altísimo para sacar a Joseph de su cautividad segunda, que por forzarle en ella a comer de los manjares vedados, vivía muy lloroso y tan desconsolado. ¡Cuánto sea el Altísimo ensalzado que así les socorrió en todos sus aprietos!*

Cuando llegaste, Joseph, a hospedarte con ellas se sintieron felices; aunque también supe que las reprendiste porque comían alimentos de los prohibidos. Sus experiencias en las cárceles habían sido tan terribles, que madre había decidido comer de todo. Decía que ellas ya habían hecho suficiente penitencia como para que, además, su forma de comer pudiese ser causa de que las acusaran de nuevo ante la Inquisición. Sabía que si allá volvían no habría una segunda oportunidad.

Pero tú, Joseph, con tus argumentos y tu fervor las convenciste de que tiraran los alimentos a la basura para volver a nuestra tradición. Las persuadiste, aun a sabiendas de que podrían volver al tormento y que arriesgaban su vida al hacerlo. Tomando ciertas ideas del cristianismo, tú les decías que más valía morir en esta vida y salvar el alma que sufrir la condena eterna.

En Madrid, Jorge nos contó que apenas un par de días después de haber conseguido el permiso para que estuvieras con mamá, un oficial de la Inquisición se presentó en la puerta del frente de su casa buscándolo para que diera razón de las propiedades de su esposa Leonor. Jorge huyó despavorido a caballo por la puerta trasera de su casa y se dirigió a Taxco.

Los inquisidores encargaron entonces a un tal Luis Morván, un escribano de Taxco, que lo arrestara. Sin embargo, no daba con él. Jorge se escondía, cambiaba sus horarios a diario. Finalmente, la mañana del viernes 13 de julio, un sirviente le informó a Morván que Jorge se encontraba en su hacienda y, mientras caminaba seguro de que ahora sí lo apresaría *envió el Señor Dios un toro que allí corrían, el cual embistió con este tan fieramente que le mató a cornadas antes de que lo dejase en la misma puerta de su casa, con lo cual hizo el Señor Dios de Israel que quedase libre y le movió el corazón para que se fuese a España en demanda de la libertad de Joseph y su gente, y esto con tan firme propósito que por mandado del gran Dios y Señor del universo estuvo tres años y medio en procurarla, hasta que su divina ayuda la alcanzó y envió por el Señor movido y ayudado.*

Al día siguiente de que murió el tal Morván en dicho accidente, Julián de Castellanos se retractó de sus acusaciones ante la Inquisición. Esto permitió a Jorge poder viajar de regreso a Ciudad de México. Sin embargo, Castellanos, apenas unos días más tarde, lo acusó de nuevo diciendo que se había retractado puesto que temía por su vida. Entonces Jorge decidió hacer lo mismo que Miguel y yo, se escondió en la misma casa de Tlatelolco con su hermano Miguel Hernández.

Meses después, me contó que lo visitaste en secreto, que se abrazaron gustosos, que se comunicaron muchas cosas sobre su amada Leonor, nuestras hermanas, que hablaron sobre libros sagrados de Ezequiel y Jeremías. Llegaron a la conclusión de que de nada serviría que él siguiera escondido. Debía ir a Madrid y reunirse con nosotros, ir a Roma a negociar la liberación de su propia esposa y su familia política.

Hacia fines del verano, Jorge de Almeida finalmente partió a caballo junto con su hermano Miguel rumbo al puerto de Veracruz y de ahí a España. Su hermano mayor, Héctor de Fonseca se quedó a cargo de la hacienda. Tiempo después, sería arrestado bajo el cargo de judaizante por la Inquisición.

Verano de 1590
Ciudad de México, Nueva España

Joseph jamás había conocido a alguien como fray Pedro de Oroz. Durante el par de meses que ha permanecido en la casa que le asignaron a su madre y sus hermanas, gracias al permiso especial conseguido por Jorge de Almeida, ha tenido oportunidad de tratar con el fraile que da seguimiento a doña Francisca y sus hijas. Joseph considera un milagro el que un hombre de Dios así haya llegado a sus vidas. Todos los días les trae comida. Se trata de un monje amable, sereno, mayor. Le han dicho que es uno de los miembros más destacables de la orden franciscana; pero es un hombre sabio y sencillo. Siempre sonriente y atento; irradia una paz que jamás percibió en los escrupulosos teólogos que lo interrogaron en las cárceles de la Inquisición. Al parecer nació en las Españas, en el reino de Navarra y que, por lo mismo, su lengua materna era el vasco, aunque más tarde aprendió el castellano. Dicen que vino a Nueva España buscando riqueza y que pronto, abandonó esa idea; más bien se unió a la orden de los franciscanos en donde tuvo varios cargos hasta llegar a comisario general de la orden en Nueva España. Doña Francisca le ha contado a su hijo que el fraile sabe latín y que es teólogo, que habla muy bien el náhuatl y el otomí; y lo más destacable, dicen que es un fraile muy querido. Ahora, en su retiro y tras la reciente muerte del profesor y rector, Fray Bernardino de Sahagún, lo nombraron rector del Colegio Imperial de Santa Cruz de Tlatelolco, abierto hace medio siglo dedicado a la educación de la nobleza indígena.

Fray Pedro de Oroz conversa atento y amable con doña Francisca, con sus hijas Isabel, Catalina, Mariana y Leonor. Sonríe mientras Leonor le ofrece galletas que ha horneado. Fray Pedro se ha asegurado de que no les falte dinero, comida y una persona que les asista en la casa.

Una de aquellas tardes, Joseph conversa con Fray Pedro y queda fascinado por su relato. Fray Pedro vive ahí cerca, en el Colegio de Santa Cruz y este sitio se ha convertido, con el paso de los años, en un gran centro de estudio de la cultura nativa de la Nueva España. Hay otros frailes que piensan como él y también viven ahí. Son eruditos, estudiosos, investigadores, intelectuales. Alentados por fray Bernardino de Sahagún, a través de décadas, formaron un nutrido equipo de "informantes" ávidos de aprehender las culturas milenarias que están desapareciendo. Un equipo de estudiantes y frailes conscientes de que, cada día que pasa, se pierden una infinidad de conocimientos ancestrales de lenguas, herbolaria, astronomía, filosofía, leyes, costumbres, tradiciones, gastronomía, leyendas, explicaciones del ser y la existencia. Se olvidan los dioses, los nombres de las flores y las aves, los números, los otros calendarios, las otras matemáticas, las otras maneras de nombrar, los consejos de los padres a los hijos, la forma de honrar a sus muertos, de hacer diques, de observar las estrellas, las festividades, las ceremonias, los rituales, las religiones, la moral, los modos de gobernar y cobrar tributos, los nombres de los reyes y señores que antes gobernaron, las historias de las ciudades, la forma de vida en el campo y en la ciudad, las artesanías, el perfeccionamiento centenario del maíz a través de generaciones, las mariposas, las ofrendas a los dioses, el comercio, los diversos pueblos y sus vestimentas, sus armas de guerra, la fauna, los metales y las piedras preciosas, incluso el canto doloroso de quienes padecen sus derrotas. Ellos registran la historia de los que perdieron, de los que no podrán contar la suya.

Los informantes de Sahagún se han dado a la tarea de salir al campo, de ubicar a los indios viejos, a los sabios y de entrevistarlos, de invitarlos a conversar para escucharlos desde un silencio respetuoso para adentrarse en esas otras maneras de descifrar el universo, para vislumbrar que existen conceptos que jamás encontrarán una traducción porque estos escapan a sus mentes estructuradas por la herencia judeocristiana de siglos. Los frailes aprenden el náhuatl, el otomí, el maya y el purépecha. Conversan con los sabios que han sobrevivido a la gran debacle, a las epidemias, las guerras, el abandono, las migraciones y juntos, se dedican durante casi medio siglo a colaborar con fray Bernardino de Sahagún en la elaboración de una de las obras más impresionantes de las que se tenga memoria: la *Historia general de las cosas de Nueva España* escrita en náhuatl y español.

Los informantes de Sahagún pertenecen a la nobleza mexicana, son estudiantes que hablan y escriben por lo menos tres idiomas que han sido formados en el mismo Colegio de Santa Cruz. Fray Pedro le cuenta a Joseph que esta obra consta de doce libros con más de mil ochocientas ilustraciones realizadas por los indígenas con técnicas europeas y que ahí se aloja la historia y la sabiduría de los pueblos que en esa región han vivido desde hace más de mil años, que justo hará unos diez años, Sahagún le envío una copia al Papa Pio V a manera de regalo.

En ese colegio se infunde la idea de que es preciso entender las tradiciones y culturas de los pueblos con los que se convive para poder acercar a las personas a la fe católica, hablarles y que puedan entenderse. Por ejemplo, para que comprendan el misterio de la concepción de Jesús, a los indígenas han de explicarles que fue con una pluma de ave como manifestación del Espíritu Santo que la Virgen María concibió a su Hijo, al igual que la Coatlicue quedó preñada de Huitzilopochtli.

Después de semanas, llega la fecha en que vence el plazo del permiso otorgado para que Joseph permanezca junto a su madre y sus hermanas. Debe volver a San Hipólito. Debe renunciar a las maravillas que cuenta fray Pedro de Oroz de esos eruditos dedicados a la investigación, al estudio, al saber, a elaborar sus propios libros con una de las primeras imprentas que ha llegado al continente. Debe dejar de compartir la mesa con su querida madre y sus cinco hermanas, de celebrar el Shabat, de conversar sobre las sagradas escrituras, de guardar el ayuno, de convivir con los amigos y familiares que los visitan.

Joseph debe volver a San Hipólito con los locos, los violentos y los moribundos, con piratas tuertos que narran sobre un tal Carvajal que derrotó al inglés Cavendish y los envió a la Inquisición, con ancianas de tumores en la cabeza y ojos bizcos, de hombres que rehúyen a sus propias voces y fantasmas, a jóvenes con vientres henchidos cuyas familias las han abandonado, todos en una danza macabra vertidos en ese magno edificio construido a base de cantera y del tezontle púrpura que cubría los antiguos templos.

—Buenas noches, fray Pedro. Adelante.

—Buenas noches, Luis. ¿Cómo te va?

—Me encuentra triste porque pronto he de partir a San Hipólito… Cómo me gustaría conocer el Colegio de Santa Cruz; para ser sincero, me gustaría mucho trabajar ahí…

—¿En qué te gustaría trabajar?

—Podría enseñar gramática y latín a los estudiantes, redactar cartas y sermones, traducir documentos. Me gustaría que me permitieran cumplir con mi penitencia haciendo los trabajos que en el Colegio de la Santa Cruz fuesen necesarios.

—Me parece muy buena idea, Luis.

—¿De veras, fray Pedro?

—Sí. Hablaré con Mateo García y Arias de Valdés. Solicitaré un permiso al Santo Oficio para solicitar que te remuevan de manera permanente del Hospital de los Convalecientes para que puedas trabajar como mi secretario general; hace tiempo que necesito de alguien para ese cargo. Creo que tu presencia en el Colegio sería provechosa para todos. Podrías también ser profesor, traductor, investigador, escribano.

—¡Nada me haría más feliz, fray Pedro! Le estoy muy agradecido.

—Además, por la cercanía del colegio, podrías trabajar allá durante el día y al término de la jornada, venir a quedarte aquí con tu madre y tus hermanas.

—Fray Pedro, no tengo manera de agradecerle este enorme favor.

Días más tarde, Joseph se dirige al Colegio de Santa Cruz por vez primera. Hay una emoción que no cabe dentro. Ahí estarán los maestros, los escribanos, los libros, los estudiantes como cuando él y Baltazar asistían a su colegio en Medina del Campo. Mientras camina, levanta la vista ante el extenso muro liso y sobrio que hace las veces de fachada principal del Colegio. Ahí junto, se eleva la iglesia construida sobre los templos indígenas con el tezontle que desprendieron de estos.

Lentamente, ingresa al vestíbulo, observa el patio central, los naranjos, la construcción de dos plantas. Sonríe. Algunos franciscanos vestidos en café y sandalias caminan silenciosos. Un grupo de veinte estudiantes internos de unos doce años con uniformes azules, a manera de hábitos, cruzan al otro lado del jardín.

Lo recibe Fray Pedro de Oroz.

—Bienvenido, Luis al Colegio de Santa Cruz de Tlatelolco.

—Gracias, fray Pedro.

—Adelante. Vamos a mi despacho. Aquellos jóvenes forman parte del coro de la Iglesia de Santiago, aquí junto. Los domingos cantan himnos en náhuatl y en latín durante la misa.

—Me gustaría escucharlos fray Pedro. Me gusta mucho la música —responde Joseph mientras sigue los pasos ágiles del fraile hacia el interior del Colegio.

—Tengo algo para ti que creo te va a gustar —dice el fraile señalando una pequeña habitación con un escritorio, una pluma, un tintero, algunos folios y añade—: este será tu espacio de trabajo y aquel mi despacho. Ahora ven, sígueme.

—Sí, fray Pedro.

El sacerdote inserta una llave en el orificio y la gira. El portón cruje al abrirse. Don Pedro entra al recinto oscuro. Enseguida, Joseph percibe ese olor que ha añorado durante años, el olor a libros.

—Pasa, hijo.

Se dirige a una pequeña ventana y abre los postigos. En el instante, un rayo de luz ilumina una espléndida biblioteca. Joseph abre los ojos desmesurados. No da crédito.

—¡Este es el paraíso, fray Pedro!

Y enseguida, alargando su brazo para entregar algo a Luis, añade:

—De ahora en adelante, tú serás el custodio de la llave de la Biblioteca del Colegio.

—Fray Pedro… No tengo palabras…

—Podrás venir cuando gustes y además, me ayudarás en la selección de algunos libros que pronto vamos a adquirir.

Grabado titulado *Copiando textos en la biblioteca de José Luis Fariñas*. Luis de Carvajal, "el Mozo", Liber Ediciones, España-México, 2019.

Verano de 1590
Ciudad de México, Nueva España

El corazón de Joseph se ensancha. No recuerda temporada más feliz en su vida desde su infancia en Medina del Campo. En el colegio ha encontrado casi todo lo que ha deseado durante años. Ahí el acceso a la mejor biblioteca del continente, en sus libros la palabra de Adonai, ahí un ambiente de estudio y de respeto, un jefe sabio que jamás se impacienta. Fray Pedro de Oroz tiene una inteligencia contemplativa que maravilla a quienes han tenido oportunidad de tratarlo.

En ocasiones, Joseph se pregunta si, muy en el fondo, el fraile intuye su secreto, si lo respeta e incluso si le permite ahondar en el conocimiento de su fe. Han comprado libros que han sido prohibidos en monasterios de Portugal y España por su filiación al judaísmo.

—Luis, te pido que prepares la colección de material del famoso comentario del Pentateuco escrito por el dominico Gerónimo de Oleastro... hay mucho de la antigua ley ahí.

—Enseguida, fray Pedro. Cuente con ello.

—Mira, hijo, ha llegado la edición de cuatro tomos de Nicolás de Lyra que adquirimos hace meses, con comentarios cristianos con fuentes de rabinos judíos.

Mientras los frailes van a comer o los estudiantes se retiran a sus casas por las tardes, Joseph acude siempre a la biblioteca.

—¿Puedo trabajar aquí, Fray Pedro?

—Por supuesto, hijo. Adelante. Me da tanto gusto que aprecies lo que aquí se contiene.

Joseph pasa días y noches leyendo maravillado. El tiempo transcurre de otra manera. Se ausenta de sí mismo para trasladarse a otro acontecer. Absorto e inmóvil, con la cabeza baja y la mirada ávida de retener y absorber el contenido, la trascendencia del significado de lo que ahí descubre. El más preciado tesoro. El conocimiento vedado a los hombres y las mujeres. Privilegio de unos cuantos y casi siempre exclusivo para sacerdotes cristianos. El acceso a la lectura de todos esos libros es el privilegio más grande que Adonai le ha dado.

En pocos días se convence a sí mismo de que ese gran tesoro, ese privilegio no puede ser solo suyo. Dios lo ha puesto en ese sitio para que aprenda, para que de a conocer la palabra sagrada. Pasa días y noches transcribiendo y traduciendo al romance, al castellano muchos pasajes de la Biblia *en que iba recogiendo matalotaje para el ánima. ¡Sea el Señor bendito y ensalzado, que así ayuda a los buenos deseos! En este libro le descubrió el Señor los santos trece artículos y fundamentos de nuestra fe y religión, cosa no sabida ni oída en las tierras de cautiverio.*

Con el paso de las semanas y los meses, Joseph lee en voz baja una y otra vez los Salmos, los libros de Ezequiel, Isaías, Job y los Apócrifos. Se repite las palabras. Se detiene en una línea. Medita cada frase. Un abanico de significados se despliega en su imaginación y se extiende su entendimiento.

A la luz de una vela sobre el escritorio transcurren sus noches. El silencio le permite transportarse a otros sitios, a otros pensamientos evocados por las palabras. Sumergido en el aroma que despiden los libros y en el silencio absoluto custodiado por los enormes muros que aíslan el colegio, Joseph escucha a Adonai. En el silencio germinan las palabras sagradas, esas que han sobrevivido a todos los cataclismos, guerras y exilios; ahí cobran por fin todo su sentido.

Bajo la noche y dentro de la biblioteca oscura solo hay lugar para Joseph, las palabras y Dios. Entonces, en la oscuridad de la noche, el tiempo de los hombres se detiene y aflora el otro tiempo, el de la contemplación y el éxtasis.

Joseph sale de sí mismo. Joseph se quiebra en un gozo súbito que lo ilumina. Es Dios con él. Dios ahí cerca junto a él. Joseph llora agradecido.

Ese tiempo inserto dentro del tiempo que transcurre de otra manera lo deposita en la madrugada. La vela se consume y Joseph coloca la pluma en el tintero. Lentamente reclina su espalda en la silla.

Su cuerpo ausente de sí mismo.

Cierra sus ojos. Inhala lentamente.

Sonríe.

Ahí, junto a su apacible respiración, percibe la presencia omnipotente de su creador.

Joseph inmóvil, ausente de su cuerpo.

Las lágrimas escurren por sus mejillas.

Tuyo soy, mi Señor.

¡Oh Adonai! Enciende tu luz en mi corazón y pon palabras en mi boca para que mi corazón piense en tu gloria y mi boca sea llena de tus alabanzas...

A ti solo quiero, a ti solo busco, solo tu amor y gracia deseo, tu amor en limosna te pido, cantaré con tu profeta: Usque Ibi et ab inimisis meis salvus ero. Las cuales mercedes recibidas, no solo me obligan a amarte, sino a poner en ti todas mis esperanzas, porque, ¿en quién tengo de esperar, sino en quien tanto me ama, en quien tantas veces me llama, espera, sufre y perdona y libra de tantos males? ¿En quién tengo de esperar sino solo en Adonai, que es infinitamente misericordioso, amoroso, benigno, sufridor y perdonador? ¿En quién tengo de esperar, sino en Adonai que es mi padre, padre poderoso para remediarme y poderoso para hacerme bien, padre que tiene más cuidado y providencia de sus espirituales hijos que todos los padres carnales de los suyos?

Pues ¿por qué no esperaré yo en Dios tan bueno, tan verdadero y que tanto me ama? Pues por todas estas razones confiadamente esperaré en ti y con tu santo profeta en todas mis tribulaciones diré con esfuerzo: ¡Sí!, Adonai es mi luz.

Tú Adonai eres mi rey, mi señor y mi emperador a quien el cielo, tierra, mar y todas las creaturas obedecen, cuyos mandamientos y leyes hasta ahora han guardado y durarán para siempre. Sin exceder en un solo punto obedézcate yo señor mío más que todas ellas, pues te soy más obligado. Obedézcate yo rey mío y señor mío y cumpla eternamente toda santa ley, ceremonias y preceptos y juicios de verdad y misericordia.

Aquí me ofrezco por tu esclavo y cautivo, aquí te entrego las llaves y homenaje de mi voluntad para que ya de aquí adelante no sea más mío ni de nadie, sino tuyo para que ya no viva un momento solo sin ti, ni haga mi voluntad sino la tuya, de tal manera que ni coma, ni beba, ni duerma, ni ande en cosa que sea sino tu voluntad y enderezada a tu santo servicio. Ante ti Adonai me presento para que dispongas de mí como de hacienda tuya a tu voluntad, si quieres que viva o que muera, que esté sano o enfermo, rico o pobre, honrado o deshonrado.

preso o suelto: para todo me ofrezco y resigno en tus santísimas manos, pues tú señor no quieres sino mi mayor bien.

La experiencia de Dios es la más entrañable y magnífica de todas.

Jamás imaginó su fuerza.

El Señor lo acompaña muy de cerca, guía sus pasos, su escritura, las palabras vienen a su mente como empuñadas por su aliento divino. Joseph suspira y sonríe. Gracias, Adonai. Gracias, Señor mío. Tu misericordia es infinita. Haré lo que de mí se espera. Compartiré tu palabra con todos los de nuestro pueblo.

A veces, lo único que se escucha durante la noche es el sonido áspero que hace la pluma de oca al deslizar la punta de su cuerpo embebido en tinta sobre los folios de papel.

Y ahí, tras el peso magnánimo del silencio absoluto, el palpitar del corazón y el compás de su aliento.

Fray Pedro de Oroz no solo le permite ir a casa de su madre todos los días, sino que además, le ha dado permiso de ausentarse algunos días, siempre y cuando porte el sambenito a donde quiera que vaya. Joseph quiere visitar a sus amigos y parientes, verlos después de año y medio encarcelado, anhela pasar con ellos el Shabat y para ello sale de Ciudad de México. En el cruce de los caminos que conducen de Pachuca a Ciudad de México y Actopán, se encuentra la casa de su gran amigo Manuel de Lucena y de su esposa Beatriz Enríquez; esta se ha convertido en un lugar de reunión para las familias de criptojudíos de la región. Ahí escuchan embelesados a Joseph y le solicitan los textos.

Joseph escribe en pequeñísimos folios que cose a manera de librillos, redacta con una caligrafía que asombra por su belleza y por su tamaño diminuto. Joseph elabora libros de oración y reflexiones que pueden esconderse bajo el sombrero o entre la ropa. Libros secretos que cada devoto lector hará suyos. Libros que se volverán semilla de la inquebrantable fe de jóvenes, hombres y mujeres que cuidarán de ese legado durante generaciones.

Una mañana, Joseph se dispone a abrir a escondidas la celda del fraile donde guarda unos libros que son de su particular interés; en el momento tiene una corazonada de que vendrá fray Pedro. Cierra deprisa. *Si el fraile viene ahora es señal cierta de que el Señor me avisó y está conmigo.* No ha terminado de pensar esto cuando ve a fray Pedro venir hacia él. Un milagro tras otro, y otro más. *¡Sea el Señor bendito y alabado!*

Por esos días, Joseph tiene muchas ganas de una pileta o fuente de agua para bañarse. Conversando en los jardines con un hortelano más avispado que otros, le cuenta que tiempo atrás ahí había una caja de agua construida por el último emperador de Tenochtitlán y que él *echase menos el agua que solía entrar en ella...* Joseph le pide que ojalá pueda arreglar el dique para que pueda disponer de ella. *El guardián fuese a hacer aderezar el caño y a traerla por donde Joseph lo deseaba... ¡Sea el Señor bendito y alabado!*

El conductor del Uber me deja en el estacionamiento.

—No tardo.

—No se preocupe, aquí la espero.

El siglo xxi rodea la Plaza de las Tres Culturas. La tarde capitalina murmura apacible. Rodeo el inmenso edificio donde antiguamente estuvo el Colegio Imperial de Santa Cruz de Tlatelolco. El edificio, de unos dos pisos de alto, se extiende a manera de cauda color camote adjunto a la parroquia.

Había visitado antes el sitio histórico, imaginé a los francotiradores sobre las azoteas de los edificios disparando a los estudiantes en el 68 o siglos atrás, a unas cuadras de ahí, en lo que ahora es Tepito, a García Holguín ordenando que mojaran los pies de Cuauhtémoc en aceite para quemarlos y obligarlo a confesar la ubicación del tesoro del imperio azteca.

La Parroquia de Santiago Apóstol anexa al Colegio fue construida con la piedra tezontle de las pirámides ahora expuestas bajo la iglesia. Fue la primera en América porque tras la conquista, Hernán Cortés ordenó que se erigiera con las piedras del Templo Mayor y de los otros, ahí derruidos.

Una iglesia a Santiago Matamoros ahí; igual que la que encontré en Medina del Campo en los restos del colegio de jesuitas al que ibas con Baltazar que ya no está dedicada al santo original porque expulsaron a los jesuitas de España. Santiago Mata-moros, el que mata a los otros, a los morenos (de ahí el adjetivo), a los no cristianos, montado en un caballo y asestando su espada desde las alturas mientras las patas de su rocín pisotean los cuerpos. Una imagen muy conveniente para replicar la Conquista. La parroquia descansa erguida sobre una enorme pirámide. Un dios apoltronado a la fuerza sobre otros dioses. Imagino a los escasos españoles aliados a noventa mil tlaxcaltecas combatiendo a los mexicas y, tres siglos más tarde, a los soldados de las guerras de independencia tomando los libros antiguos del Colegio de Santa Cruz de Tlatelolco, sin mirar siquiera la caligrafía preciosa con hoja de oro y finos grabados, para arrojarlos a una fogata para aligerar el frío.

—Buenas tardes, ¿puedo pasar?

—Pase usted.

El recinto restaurado al estilo de tu época, Joseph. Solo un guardia deambula. Camino lento sobre tus huellas mientras un grillo custodia la tarde. Contemplo los naranjos en el patio central mientras el sol se pone en el horizonte.

Así debió ser.

Es la arquitectura de aquella época.

—Disculpe, ¿dónde es eso que se anuncia en el póster? ¿es aquí?

—Sí, es la exposición sobre la "caja de agua" o pila descubierta aquí junto al pie de la fachada oeste del convento de Santiago Tlatelolco. Estaba enterrada bajo el suelo y así permaneció durante cinco siglos, hasta que tuvieron que remover para hacer arreglos, la encontraron.

—Oiga los murales se ven preciosos en las fotos, ¿se pueden visitar?

—El INAH ya lo permite, pero ahorita ya cerraron por la hora. Se los recomiendo. Los muros de la caja de agua tienen unas pinturas muy antiguas y dicen que son únicas en el mundo así.

—¿Por qué únicas? ¿cómo son?

—Dicen que las pinturas se parecen mucho a las ilustraciones del Códice Florentino... ¿así se llama?

—Sí.

—Oiga, y ¿usted es maestra?

—Sí.

—Sabrá entonces que se trata de aquel que hizo fray Bernardino de Sahagún mientras vivió aquí. Mire la placa en ese muro. ¿Ve? Aquí vivió él muchos años, cuando este edificio era un colegio, él fue rector y aquí escribió la famosa *Historia de las cosas de Nueva España.*

—Oiga esos tonos azules en las fotografías son impresionantes. Se ven pescados, garzas, tortugas. Volveré después...

—Dicen que el agua corría desde aquí, luego abastecía al pueblo y llegaba hasta el palacio del emperador azteca.

דוד

Según recuerdo, aquel verano de 1590 tras desembarcar en Sevilla, Miguel, Juan y yo nos dirigimos hacia Madrid de inmediato. Allá, hablé con nuestros parientes quienes me hicieron el favor de ponerme en contacto con un agente que podía penetrar en las esferas políticas más altas. Lo contraté; él ofrecería una suma importante de dinero que entonces llamaban "pago para la redención de los cautivos" con la esperanza de liberar del hábito penitenciario a mamá, a mis cuatro hermanas y a ti, Joseph. Pronto supimos que todo el dinero que Miguel y yo habíamos traído desde Nueva España no era suficiente para agilizar el proceso, tomaría los tres o cuatro años acostumbrados. Intentamos también por otra vía con la ayuda de Jorge de Almeida, quien llegó a Madrid casi al mismo tiempo que nosotros, conseguimos una cita con el secretario del Consejo Supremo de la Inquisición en Madrid y con el secretario de las Indias. Jorge y yo planeamos hacer todo lo posible para liberarte y que consiguieras el dinero para hacer el trámite para el resto de la familia. No bastó el dinero ni los contactos ni las relaciones con los altos funcionarios.

Miguel y yo no podíamos aguardar en España. Nuestras vidas corrían peligro. Para poder permanecer en Europa el tiempo necesario para los trámites, decidimos marcharnos a Roma. Antes dejamos nuestros asuntos en manos de los familiares de más confianza, incluyendo al secretario del cardenal. En Roma tuvimos la intervención de oficiales del Vaticano; pero eran tiempos convulsos para los príncipes de la Iglesia. Recuerdo que durante los tres años hubo cinco papas. Uno de ellos, Urbano VII duró solo doce días. Esta inestabilidad no ayudó en nuestros trámites.

Mientras tanto, manteníamos correspondencia con la familia en Nueva España a través de un mercader sevillano llamado Ruy Fernández de Pereyra cuyo nombre, para estos menesteres, era "Antonio Rodríguez de Escariago". Gracias a él podíamos saber sobre ustedes y que ustedes supieran de nosotros.

En otoño, antes de partir a Italia, escribí una carta a la familia. La firmé con el pseudónimo con el que firmaba las cartas. En ellas yo era Francisco Ramírez y Miguel era Diego Jiménez.

Lo que más amamos en esta vida es la vida y la hacienda, estas dos cosas he puesto y ofrecido ante Nuestro Señor por enviar a vuestras mercedes algún consuelo... Pueden vivir seguros de que ni el tiempo, ni las leguas, me olvidarán de mí mismo; y así me harán olvidar el cariño entre nosotros...

Fue también por esa época, mientras navegábamos rumbo a Italia, que Miguel y yo decidimos secretamente, mudar nuestros nombres. Una noche estrellada y fresca, mientras nuestro navío avanzaba silencioso sobre el Mediterráneo y nos alejaba de una vez y para siempre del vastísimo imperio de don Felipe II de donde nuestros antepasados habían sido expulsados un siglo atrás, asumimos que Adonai nos daba una oportunidad extraordinaria: la posibilidad de salvar nuestras vidas. Mientras nos alejábamos de los reinos españoles —los del nuevo y los del viejo mundo— en donde nuestros amigos, familiares y ancestros habían padecido innumerables persecuciones, encarcelamientos, humillaciones y torturas durante años, supimos que este era sin duda, un regalo prodigioso que el Señor nos otorgaba: el poder iniciar una nueva vida. Aquel había sido el más anhelado deseo de tantos de los nuestros. Una vez en Italia podríamos adquirir la libertad de amar a Adonai que siempre nos fue vedada, la posibilidad de casarnos con una mujer de nuestra fe, tradiciones y costumbres, tener hijos, formar una familia, vivir en paz.

Miguel había cumplido los catorce años, yo veintiséis. Yo era una especie de padre-hermano para él. Me escuchaba atento, opinaba valeroso. Su vida había sido un huracán y yo intentaba explicar lo inexplicable. Una parte de nosotros era una herida abierta.

—Iniciaremos de nuevo. Mudaremos nuestros nombres, Miguel. Retomaremos la tradición a la que nuestros tatarabuelos, Álvaro y Catalina, tuvieron que renunciar al bautizar a sus hijos y cristianizar los nombres. No tenemos manera de saber cuáles eran nuestros apellidos porque nunca más los enunciaron para salvar sus vidas y las de sus hijos. Pero pronto, después de ir a Roma viajaremos a Pisa y allá, podremos volver a nuestra tradición con libertad. Nos quitaremos la máscara que hemos portado durante cien años. Elegiremos nuestros nombres y apellidos como símbolo de renovación y de júbilo. Rescataremos la identidad clandestina, volveremos a ella. Hay que sellarla con un apelativo de nuestra tradición.

—De ahora en adelante dejaré de llamarme Baltazar Rodríguez, Baltazar de Carvajal. Dejaré ese nombre mío y lo enterraré, que queden junto a él el dolor de tantas pérdidas; nuestro hogar en Castilla, la esperanza en la Nueva España y la dispersión de los nuestros. He meditado y lo he decidido.

—¿Cómo te llamarás ahora?

—Me llamaré David, David Lumbroso en honor a nuestro hermano Joseph, en memoria a esa llama, a esa fuerza suya. Mira, en hebreo "David" se escribe así: דוד

—¿Te gustaría elegir otro nombre?

—Soy Miguel, pero una vez que lleguemos a ese sitio que dices, a Pisa, seré Jacob Lumbroso y, con el paso de los años, seré un rabino. Ya lo verás. Será una alegría grande para Joseph, para madre y nuestras hermanas. Así, cuando todos ellos sean libres y nos alcancen en estas tierras, Adonai nos bendecirá y dará sus frutos a través de nosotros.

Diciembre de 1590
Ciudad de México, Nueva España

Procesarán de nuevo a su excompañero. Joseph no da crédito a las palabras de su madre. El fraile Francisco Ruiz de Luna a quien él convirtió al judaísmo fue condenado a seis años de trabajo forzado en los galeones en La Habana aquel 24 de febrero durante el auto de fe. Los inquisidores nunca supieron que dentro de las cárceles él se había convertido al judaísmo; lo hubiesen quemado vivo. La condena a los galeones era por la acusación original.

En cambio, ahora se encuentra de nuevo en Ciudad de México. Los supervisores se lo contaron a Francisca; sabían que Luis había sido compañero de celda del fraile. Ahora fue acusado de romper y azotar estatuas de la Virgen, Jesús y los santos. La actitud de un judaizante. ¿Quién podría haber corrompido el alma de un franciscano al grado de convertirlo en judío?

Joseph no duerme. Su madre tampoco. Días de incertidumbre. ¿Y si mejor huye? Lo más probable es que su excompañero lo delate. Nadie en su familia resistió las horribles torturas. Huir delataría a todos. Huir condenaría a su madre y a sus hermanas.

Lo interrogan, le preguntan específicamente si Luis lo adoctrinó.

—Sí, fue él... pero me adoctrinó antes de su arrepentimiento.

Miente. Protege a su pastor. Lo convirtió después de su fingida confesión. Y con estas palabras, Dios libra a Joseph de la muerte de nuevo.

Doscientos latigazos para el ex fraile a manera de condena. Y, si acaso sobrevive, deberá cumplir diez años como esclavo en los galeones. Trabajar sentado. Empujar el remo al que va atado, una vez y otra más, todos los días de su vida sin tregua alguna. El grillete en el pie.

Un ejército de condenados sin nombre que moverá los galeones durante cuatrocientos años. En un tablón sentados los hombres orinan y defecan mientras reman, ahí duermen, acaso sueñan a ratos por las noches, ahí enferman y padecen dolores y ampollas mientras reman, todos los días de su intrascendente vida reman, durante semanas, meses y años reman bajo la amenaza latente, hasta que un día languidecen y no responden más a los latigazos, reman hasta morir de agotamiento, de fiebres, de viruelas, reman perdidos de sí mismos hasta que sus cuerpos oscuros sean arrojados al mar profundo, como si nunca hubiesen existido, no habrá de ellos nombres ni memoria.

Año de 1591
Castilla y Nueva España

En Madrid, Jorge de Almeida contacta a sus amigos de juventud de Ferrara: Ruy Díaz Nieto y su hijo Diego. Jorge les consigue en la corte de Madrid el permiso —vedado a los cristianos nuevos— para viajar a Nueva España. A cambio, les pide que lleven correspondencia para su esposa Leonor, su concuño Antonio Díaz de Cáceres, su cuñado Luis, su suegra Francisca y sus demás cuñadas. Todo el paquete con las cartas va dirigido a Luis, "el Mozo".

El 4 de febrero de 1591 Almeida escribe una carta a su esposa Leonor; en sus palabras le revela que sus hermanos llegaron bien a España y que ahora se han marchado a Italia con la intención de ir a Roma para buscar la absolución de todos. Junto con la carta, le envía regalos.

Quisiera enviarle a ella un millón de regalos… Ella los merece… Ha sido muy buena hermana y muy buena hija… Le envío media onza de ámbar de la más alta calidad y un perfume exquisito… Luis deberá cobrar mis deudas a Cristóbal Gómez y pagar 4,000 pesos a Antonio Díaz de Cáceres.

A inicios de agosto, Joseph atiende a una cita secreta y un mensajero le entrega el paquete. Ya en casa de su madre, reparte las cartas y los regalos.

Sin avisar a nadie, al día siguiente Joseph comparte la carta de Jorge de Almeida con fray Gaspar de Carvajal.

—Mira, hermano, lee con tus propios ojos. ¡Baltazar y Miguel se encuentran con vida! ¡Van rumbo a Italia para interceder por nosotros con oficiales del Vaticano!

Ha pasado un año y medio desde el auto de fe en que todos fueron procesados, desde que el mismo Gaspar vivió su proceso en privado y aún no le permiten reincorporarse a sus funciones. Tras el cumplimiento de su condena, ahora espera de España el permiso al sacerdocio negado a hijos de judaizantes procesados.

Más tarde, a solas, lee la carta. Hace una mueca. Cierra los párpados en una expresión de enfado doloroso. Dobla cuidadosamente el papel. Se pone de pie y se dirige al edificio del Santo Oficio para entregarla a los inquisidores Alonso de Peralta y Lobo Guerrero.

Casualmente, apenas una semana después, el Santo Oficio restaura sus funciones como sacerdote.

Febrero de 1591
Cárceles Reales, Ciudad de México,
Nueva España

El virrey Luis de Velasco II, en su carta a su majestad Felipe II, comenta en una línea que el gobernador del Nuevo Reino de León, don Luis de Carvajal y de la Cueva, murió olvidado, solo y enfermo en las cárceles reales a los cincuenta y cuatro años el pasado 13 de febrero.

Y si no oyeres la voz del Señor tu Dios para poner por obra todos sus mandamientos y sus estatutos, vendrán sobre ti todas estas maldiciones, y te perseguirán, y te alcanzarán hasta que perezcas.

El Señor te herirá con locura, y con ceguedad, y con pasmo de corazón.

Yahvé te herirá de delirio, de ceguera y de pérdida de sentidos; andarás a tientas en pleno mediodía como el ciego anda a tientas en la oscuridad, y no llegarás al término en tus caminos.

Estarás oprimido y despojado toda la vida, y no habrá quien te socorra.

Dios te maldiga. Yo te maldigo.
Te maldeciré todos los días mientras viva.
Que toda tu familia muera asesinada.
Que tu mujer te desprecie.

Que no tengas descendencia.

Que te despojen de tu riqueza.

Que te humillen.

Deseo que enfermes,

que pases frío y hambre,

Que mueras lento.

Que te perfore un dolor como el que me dejas ahora.

Que mueras solo y miserable, en la pobreza.

Que mueran todos los tuyos.

Mi Dios, tu Dios, los maldiga hasta que se pudran sus cuerpos, sus almas.[11]

---

[11] Poco después del año 2000, el dr. Samuel Temkin descubrió en el Archivo General de las Indias de Sevilla un documento que había permanecido en el olvido durante más de cuatrocientos años y que vendría a cambiar la interpretación de la historia y del concepto que se tenía de Luis de Carvajal y de la Cueva. Temkin encontró el "Informe de Oficio" levantado por la Real Audiencia de México en 1577 titulado *Méritos y Servicios de Luis de Carvajal y de la Cueva*. El legajo contenía ciento catorce folios más la carta de la Audiencia de México dirigida al rey Felipe II firmada por el virrey don Martín Enríquez, presidente de la Real Audiencia, y por sus oidores.

Los Informes de Oficio eran documentos solicitados por la corona cuando los individuos deseaban alguna merced o recompensa del rey —como fue el caso de las capitulaciones otorgadas a Luis de Carvajal—. En estos informes se recopilaba información de sus méritos y servicios. La petición era acompañada por un extenso interrogatorio que después era usado para verificar, a través de muchos testigos, los méritos alegados en la petición.

El interrogatorio que forma parte del Informe de Oficio encontrado por Temkin en relación con Luis de Carvajal cuenta con veintidós preguntas respondidas por treinta y tres testigos. En ese informe se detallan las razones por las cuales Felipe II nombró primer gobernador del Nuevo Reino de León a don Luis de Carvajal y de la Cueva y le otorgó las capitulaciones. En este documento se describen las acciones hechas por Carvajal antes de 1578 y se comprueba la veracidad de lo escrito por él en su *Autodefensa* de 1589 ante la Inquisición.

Febrero de 1592
Ciudad de México, Nueva España

Durante tres años Anica de León de Carvajal, la más pequeña de los hermanos, ha permanecido en casa del secretario de la Inquisición, Pedro de los Ríos, apartada de su madre y de sus hermanas. De vez en cuando llevan a la niña a verlas *Pedían al Señor Dios suyo con grandes ansias fuese servido de librarla y traerla a su compañía y sea su santísimo nombre adorado...*

Finalmente, en febrero de 1592 liberan a Catalina y a Mariana del sambenito y de la penitencia. Al mismo tiempo, liberan a Anica y la ponen bajo la custodia de su hermana Mariana. La llegada de Anica, después de tres años de separación, supone una alegría enorme para su madre y sus hermanas.

Verano de 1593
Villa de Santiago del Saltillo,
Reino de la Nueva Vizcaya

Dicen que el gobernador don Luis de Carvajal y de la Cueva ha muerto en la cárcel real de la Ciudad de México esperando una justicia que nunca llegó. ¿Lo habrán envenenado?

Dicen que lo sucederá alguno de los hombres a quien él mismo nombró teniente de gobernador de las tres grandes regiones del Nuevo Reino de León antes de que lo aprehendieran: Diego de Montemayor, Gaspar Castaño de Sosa o Felipe Núñez para Tamaulipa.

Dicen... pero lo cierto es que nadie ha vuelto a ver a Felipe Núñez desde que acompañó a su tío cuando se lo llevaron encadenado a Ciudad de México, hará dos años.

Es bien sabido que el fiscal Eugenio de Salazar tiene diez años luchando contra el proyecto de la construcción del Nuevo Reino de León. Se ha aliado con poderosos enemigos de Carvajal, como Juan Morlete y Juan de los Ríos, ambos furiosos y con sed de venganza. El primero con el proyecto de Carvajal vio amenazados sus intereses de poder territorial y el segundo, porque el gobernador anuló su negocio de esclavitud. Hay muchos otros enemigos más que colaboran con ellos, todos molestos por las mismas dos razones.

Dicen que el virrey Luis de Velasco II se ha encargado, bajo la influencia de Salazar, de eliminar de la Nueva España a toda la gente que Carvajal dejó en su territorio para prevenir que continúen con su proyecto.

Dicen que el virrey, Salazar y Morlete no cesarán hasta acabar con los hombres principales. Han dado muerte ya al líder de la empresa, don Luis, y su sobrino, Felipe Núñez, está desaparecido.

Ya verás... sus enemigos buscarán cualquier pretexto. Seguro acusarán a Montemayor y Castaño de Sosa de esclavistas, de judaizantes, de homicidas, de lo que sea... El virrey los citará en Ciudad de México para encerrarlos a muerte, como lo hizo con Carvajal y de ser posible, los vincularán con el Santo Oficio.

Dicen que eso hizo precisamente con Gaspar el año pasado. El virrey quiso tender la misma trampa que a don Luis. Lo citó en Ciudad de México con el pretexto de proponerle la población de Nuevo México. Don Gaspar sabía que asistir a la cita era meterse en la cueva del lobo.

Además, don Luis ya lo había comisionado para explorar y poblar Nuevo México porque la región queda dentro de los territorios que le había asignado como teniente de gobernador. Legalmente, no hay ninguna autoridad sobre Castaño de Sosa para explorar y poblar esos territorios, ni siquiera la del virrey porque fue el rey Felipe II quien le otorgó el poder a Carvajal de comisionar a sus hombres a nuevas expediciones.

Dicen que el verano pasado, Juan Morlete fue a Almadén a amenazarlo para que viajara a Ciudad de México y que Gaspar, astutamente, le aseguró que iría. Pero, en vez de dirigirse a la capital, partió con más de ciento sesenta personas rumbo al norte. Llevaron provisiones, semillas, ganado mayor y menor. Se llevaron incluso la Caja de Tres Llaves. A lo mejor quería fundar una nueva capital, más lejos del poder central que

Almadén. Dicen que lograron pacificar y poblar varios lugares al norte del río Pecos.

El virrey le asignó cuarenta soldados a Morlete para que lo atrape.

¡Hay quien dice que ya lo apresaron! Dios no lo quiera, don Gaspar y su hermano Baltazar son hombres de bien, rectos y trabajadores. ¿Qué será de nosotros si capturan a don Gaspar?

Dicen que ya lo llevan encadenado, lo procesarán por desobediencia al virrey. Lo enviarán al exilio, quizá a las Filipinas. Lo condenarán a remar en los galeones como esclavo.

¡Jesús sacramentado! ¡Dios no lo quiera!

Los soldados del virrey asolan las poblaciones en Nuevo México, una vez preso Castaño de Sosa, sus compañeros se verán forzados a regresar a Saltillo y a Mazapil para poner a salvo a sus familias. Los territorios de Morlete se fortalecerán de nuevo.

Dicen que pronto irán cientos de familias tlaxcaltecas al valle de Saltillo a fundar una nueva villa, que les pidieron ayuda para poder someter a los indios de la región porque los españoles no pueden.

Te juro que no es verdad que Diego mató a su esposa doña Juana, puros chismes para desprestigiarlo. Yo vi a Juana con mis propios ojos hace poco, solo que casi no sale de su casa para no dar vuelo a tantas habladurías. Todavía vive ahí, en la casa real. Se ve acabada y mucho mayor. No asistió a la boda de su hija Estefanía con Alberto del Canto hace años, por obvias razones...

Don Diego de Montemayor, además de los nombramientos como tesorero del reino y teniente de gobernador, aún sigue siendo el alcalde de Saltillo y se reúne en las juntas de cabildo con el regidor Alberto del Canto, su yerno y padre de su nieto Miguel de Montemayor.

Año de 1623
Sevilla, España

Soy Justa Méndez. Judía, mujer y letrada. Una combinación poco usual en los reinos de las Españas que me convierte en una especie de tumor maligno enquistado en las sociedades donde he vivido. Nací en Sevilla en 1575, mi padre Francisco Méndez murió cuando yo era apenas una niña; su partida me expulsó de la infancia. A los trece años, emigré a Nueva España con mi hermano Gabriel Enríquez y con mi madre Clara Enríquez, famosa entre los nuestros por su conocimiento de la palabra de Adonai y por su entereza. Dejé mi barrio, a mis amigas, mi colegio y a mis queridos abuelos para embarcarnos hacia el Nuevo Mundo. Poco tiempo antes de hacerlo, mi madre y mi hermano Gabriel me confesaron la verdad sobre la identidad y la fe de los nuestros. A los veinte años, fui apresada por la Inquisición junto con mi madre y, a los pocos días, mi querido hermano tuvo un accidente al caer de un caballo que le costó la vida. A los veintiún años, fui procesada en el auto de fe en el que vi morir a quienes se habían convertido en mi familia y, lo más doloroso, a tí, mi amado Joseph.

Desde niña fui una voraz lectora. A muy corta edad supe que los libros serían mis principales aliados. Sin embargo, una niña lectora no dejaba de impresionar o disgustar a quienes la descubrían leyendo.

¡Qué rara es esta Justa!

¡Se va a quedar bizca por forzar los ojos!

¡Lástima que sea bonita, porque leyendo terminará loca!

¡Tan rara como un bicho!

Entonces aprendí que era mejor leer a escondidas para evitar sospechas. Leía todo lo que estaba a mi alcance. Mi abuela materna y mi padre me había regalado ya algunos libros y eso constituía mi más preciado tesoro. De modo que al partir de casa en Sevilla podría dejar todo, pero no mis libros.

En verano de 1588, durante el viaje hacia el Nuevo Mundo, un joven llamado Luis Pinto me descubrió leyendo *La vida del patriarca Abraham* en un libro titulado *La Monarquía Eclesiástica*. Quienes somos apasionados de los libros, solemos sentir cierta complicidad con aquellas personas que van de un lado a otro con libros, o con quienes vemos absortos en su lectura, con más razón si descubrimos en lo que leen a un autor de nuestro gusto o algún tema de nuestro interés. Para el joven Luis Pinto, aquello fue un guiño del destino, no solo por encontrar a una jovencita leyendo, sino por el tipo de lectura. Se acercó a hablarme de la antigua ley de Moisés. Yo fingí no saber nada al respecto porque ya mi madre me había aleccionado que era un secreto que no debía confesar en ninguna circunstancia, ni mucho menos hablarlo con extraños. "¿Pero si todos creen en Nuestro Señor Jesucristo?", recuerdo haberle respondido con fingida sorpresa.

Años más tarde, volvería a pronunciar su nombre "Luis Pinto" frente a los Inquisidores, a sabiendas de que ya había viajado a Salónica y se encontraba fuera de peligro, en vez de acusar a mi madre como la persona responsable de haberme iniciado en el judaísmo.

Aún recuerdo con claridad aquel 14 de marzo de 1591 en que Manuel de Lucena y Catalina Enríquez, su esposa, llegaron a casa montando a caballo para recogernos a madre y a mí. Cada una subimos a un caballo y nos llevaron a casa de doña Francisca Núñez de Carvajal. Ya para entonces habíamos vivido casi tres años en Ciudad de México y yo había escuchado muchas historias sobre cada miembro de tu familia: el tío conquistador que los trajo a Nueva España, el gobernador Carvajal, fallecido apenas un mes atrás, hermano de doña Francisca, quien sería nuestra anfitriona aquella noche. Tu hermana, la viuda Isabel, docta e instruida en la fe judaica, quien había sobrevivido a torturas y tormentos en las cárceles de la temible Inquisición. Conocía la historia de aventuras sobre tus dos hermanos, Baltazar y Miguel, quienes lograron escapar la férrea vigilancia y huir hasta el Puerto de Caballos a cientos de leguas de ahí y luego rumbo a Europa. La historia de tu hermano, el sacerdote dominico fray Gaspar, hecho que me parecía de invención… ¡un dominico entre ustedes!, ¡pero si ellos son los encargados de la Inquisición! Él también había sido procesado por encubrir a su infame parentela. Corrían, además, rumores sobre la pobre Mariana quien sufría ataques de angustia y depresión incontrolables, y de la pequeña niña Anica, obligada a vivir con la familia de un inquisidor. Leonor y Catalina eran las hermanas casadas con dos ricos mineros y comerciantes judíos de Taxco que habían salvado a la familia de la pobreza en el Pánuco y ahora habían salido de Nueva España para sobrevivir a sus propias persecuciones y para buscar negociar la liberación de toda la familia. Se me ocurría que las vidas de cada uno de ellos bien podían ser las de los héroes de los libros que tanto me gustaba leer, como de El Cid Campeador, del Amadís de Gaula o las novelas de caballería de las que mi padre me había hablado.

En aquel tiempo llegué a pensar cuánto me hubiese gustado dedicar mi vida a escribir libros y contar las historias sobre los Carvajal. Qué noble oficio debía ser aquel; aunque no conocía a ninguna mujer que se dedicase a escribir. Los Reyes Católicos y sus sucesores Carlos I y Felipe II habían prohibido a través de edictos y cédulas reales que en las Indias se practicase la lectura, la escritura y la impresión de libros de historias que ellos llamaban profanas, mentirosas, fabulosas. Les parecía sumamente peligroso alentar la imaginación o el registro de cualquier versión histórica no revisada por los censores de la Inquisición. Por aquel tiempo decidí que yo desobedecería esa censura, pero elegiría una sola batalla: la de leer, transcribir y difundir los libros de la fe de mis ancestros.

Sin duda alguna, de quien más había escuchado historias, anécdotas y relatos asombrosos eran de ti, del famoso Luis de Carvajal, "el Mozo", quien de un tiempo acá, eras más bien conocido como Joseph Lumbroso. Aquella noche, mientras cabalgué abrazada a la cintura de Catalina Enríquez rumbo a casa de tu madre, no podía dejar de sentir una fuerte emoción. ¿Cómo sería conocerte? Tenías veinticuatro años, yo tenía dieciséis. Algunas amigas me habían dicho que, además, eras bien parecido; aunque una no podía fiarse del gusto de otras, mejor cerciorarse por cuenta propia.

Otro asunto que volvía emocionante mi asistencia a esa celebración era que la casa de doña Francisca se había convertido en el centro de reunión principal de la comunidad judía de Ciudad de México y esa noche conocería, no solo a los Carvajal, sino a todos los personajes destacados de dicha comunidad.

Aquel jueves 14 de marzo era sin duda, una fecha muy importante para mí. Muchas imágenes cruzaron mi mente al ritmo que galopábamos, pero había una que predominaba sobre todas. Me encontraría contigo, el joven célibe más docto en el conocimiento de Adonai en toda la Nueva España, el hombre poseedor del prodigio de la palabra.

Recuerdo que doña Francisca abrió la puerta y nos dio la bienvenida. Me incorporé al recinto y de inmediato supe quién eras; un joven espigado, cabello castaño. Volviste el rostro y, mientras caminabas hacia nosotros, sostuviste una mirada profunda en verde olivo que se transformó en la sonrisa que rasgó los pensamientos y emociones que había acumulado en el trayecto hasta ahí. Conocí tu voz al saludarnos, la recordaré siempre. Me sentí turbada, como si todos los presentes se hubiesen dado cuenta de la impresión que causaste en mí. Por un instante todo se detuvo para dar cabida a otra dimensión, una en la que deseé detener el tiempo, permanecer en ti para siempre. Te devolví la sonrisa y extendí la mano.

—Justa Méndez.

—Joseph Lumbroso.

Besaste mi mano y tus labios sellaron una alianza. Guardo ese momento, de los pocos tesoros que la censura y el tiempo no me han quitado. Aquella noche me presentaron a tus hermanas Isabel, Catalina, Leonor, Mariana, a Tomás de Fonseca, hermano de Jorge de Almeida, a Manuel Fernández quien nos agasajó con la guitarra. Manuel de Lucena tocó el arpa.

Recuerdo las conversaciones alegres, fraternas, entre hombres, mujeres y jóvenes de la comunidad. Sentí una calidez que no había experimentado en años; me sentí parte de una gran familia. "Eso somos", alguien dijo. "Somos hermanos. Los adultos son tus tíos, tus tías. Los jóvenes son tus primos, tus primas."

Después de cenar pescado, tortillas de harina de trigo a falta de pan ácimo y lechugas amargas, como a eso de las nueve de la noche, dirigiste el servicio religioso que duró hasta la media noche. Me acomodé en el sitio que me asignaron, todos debíamos permanecer de pie. Estuve atenta a tu explicación sobre la historia de la Pascua judía mientras observaba tu silueta esbelta, la camisa ceñida a tu pecho, tus piernas firmes, tu cabello castaño ligeramente largo, el movimiento de tus manos, el énfasis que hacías en ciertas palabras al hablar. Yo misma me había puesto mis mejores ropas para la celebración de la Pascua; recuerdo que llevaba una falda carmesí con rayas multicolores y una capa de tafeta negra. Hablabas del último capítulo del libro de Joel, hiciste la lectura de Jerónimo de Oleastro y yo, además de intentar concentrarme en el significado de tus palabras, de formular alguna pregunta inteligente que me diese ocasión para hablar después contigo, no podía dejar de mirar tus labios delgados, tu barba corta, tu nariz angosta. Según me habían dicho, no tenías novia ni prometida y jamás habías estado casado.

Hacia la media noche, mientras todos permanecíamos reunidos, en un silencio absoluto guarecido por los muros de piedra de la casa... de pronto ahí, a la luz de las velas, surgió la maravilla de tu canto.

Quedé embelesada. No solo eran tu presencia, tu sabiduría, tu memoria, la lucidez de tus interpretaciones sobre la palabra sagrada, la forma en que tus ojos verde olivo volvían a mí una y otra vez, o la sensación de tus labios impresa en mi mano. Esa voz tuya era un portento que manaba para dar vida a lo que sentíamos. Tu voz volvía presente la nostalgia de siglos, el dolor del pueblo desterrado. Tu canto se instauraba dentro de cada uno de nosotros; nos conmovía porque nos reconocíamos en él. La mayoría de los presentes cerraba los ojos. Quizá se dejaban llevar por la melodía, o tal vez suplicarían por la salud de un familiar, por los que se quedaron del otro lado del mar, por la venida del Mesías, porque pronto pudiésemos ponernos a salvo en otras tierras; otros darían gracias al Señor de los favores recibidos. Algunos enjugaban disimuladamente sus lágrimas.

Me prometí jamás faltar a esas reuniones que habían traído una alegría y una luz inesperada a mis días. Una y otra vez nos vimos. Mi madre y yo asistíamos a casa de tu madre no solo para el Shabat, también entre semana e incluso, hubo muchas veces que ahí nos quedamos a dormir. Poco a poco fuimos tomando confianza y buscamos la oportunidad de conversar. Durante las reuniones, tú leías las traducciones de Job que habías hecho a partir de los libros que formaban parte de la fabulosa biblioteca del Colegio de Santa Cruz de la que me contabas fascinado. Explicabas a los jóvenes los diez mandamientos, las historias de los patriarcas y de los profetas.

Pronto percibí que las mujeres tenían un papel muy importante en los ritos y ceremonias. Isabel y Mariana se sabían de memoria todas las oraciones y podían sustituirte en caso de que te ausentaras por tus deberes en el colegio; incluso, la pequeña Anica se sabía buena parte del servicio religioso de memoria. Con el paso del tiempo, la casa de tu madre se convirtió en la mía. Rezábamos, aunque no estuvieses con nosotras. Lo hacíamos antes de dormir, al levantarnos en la mañana, después de la comida para dar gracias por los alimentos recibidos. Ayunábamos todos los lunes, miércoles y jueves y también nueve días antes del Día de las Perdonanzas. Hacíamos el llamado ayuno de Esther y el ayuno de Judith, leíamos oraciones viendo al este, a veces de pie, a veces de rodillas, según la festividad. Algunas mujeres, como Isabel y Catalina, usaban cilicios para mortificar la carne. Pronunciábamos el Shema Israel con la cabeza baja, la mano izquierda en la frente y la derecha en el corazón. Entendí, sin que nadie me lo dijera, que la práctica clandestina de la religión se había transmitido de generación en generación gracias a este trabajo constante de las mujeres dentro de las casas. En alguna ocasión Isabel me confesó que así había sido en su familia: de la tatarabuela Catarina a la bisabuela Francisca, de la bisabuela Francisca a la abuela Catarina, de la abuela Catarina a doña Francisca, su madre. Varias generaciones a lo largo de un siglo transmitiendo las tradiciones, costumbres, la fe. No era una coincidencia que el Señor me hubiese puesto precisamente ahí. Yo también debía de aprender lo más que pudiese; la situación para los nuestros era cada vez más insegura y uno no sabía qué podría suceder.

La ironía era que, el sitio destinado a ser la cárcel perpetua de doña Francisca y sus hijas en donde purgarían sus pecados se convirtió en un centro de judaísmo y refugio para judíos secretos. No solo eso, el mismo Colegio de Santa Cruz se volvió el cuartel central clandestino de los judíos secretos de la Nueva España. Según me contabas, Joseph, muchos de los judíos más doctos iban al colegio a reunirse contigo: tu gran amigo Manuel de Lucena, el primo de tu madre don Antonio Díaz Márquez y don Gonzalo Pérez Ferro. Ellos te mantenían informado de lo que sucedía ahí en la capital, en los otros reinos y con el resto de la familia en Europa y en las Filipinas.

Fray Pedro saludaba amable a todos, los invitaba a pasar a una salita, a sentarse mientras te llamaban. Te había dado libertad incluso de viajar. Esto te permitió asistir también, a media legua de Pachuca, a la famosa casa de Manuel de Lucena y de Catalina Enríquez, el otro gran centro donde se reunían los judíos secretos. Ahí hiciste amistad con Manuel Díaz, primo de Manuel de Lucena, con Francisco Báez, su criado, quien también era judío, entre muchos otros.

Precisamente, en casa de Lucena sucedió un hecho que definiría el trágico destino de toda nuestra comunidad. Catalina y Manuel habían decidido cuidar al hermano de su gran amigo Manuel Gómez Navarro; el hombre se llamaba Domingo y estaba gravemente enfermo, prácticamente en lecho de muerte. Quiso el Señor que tú estuvieses ahí cerca, con la naturalidad que te caracterizaba para hablar de Dios, te acercaste a exhortarlo que volviera a la ley de Moisés. Los hermanos Manuel y Domingo habían sido judíos y, según Lucena, el segundo se había convertido al cristianismo en los últimos años de su vida.

Se te hizo fácil, Joseph. Te acercaste y le hablaste. Pero, aun moribundo, se enfureció y te gritó que para qué quería él una ley muerta si ya tenía a Jesucristo y los sacramentos. Le insististe y ahí comenzó a desgranarse de nuevo nuestra condena porque Domingo no solo no murió, sino que se recuperó a cabalidad y apenas pudo, un par de años más tarde se presentó ante el Santo Oficio para denunciar a su propio hermano Manuel Gómez Navarro y a Manuel de Lucena por hacer de su casa un centro clandestino de judaizantes. No le importó que ahí lo hubiesen cuidado con esmero durante meses y le salvaran la vida. No le importó. No le importó que Manuel Gómez era su hermano. Los acusó a ambos.

Con el paso del tiempo, atestigüé que ya no eras tan cuidadoso como al inicio. Hablabas del judaísmo incluso con aquellos dudosos entre conservar la ley de Moisés o convertirse al cristianismo y eso me parecía terrible. ¿Qué pasaría si alguno te denunciara ante la Inquisición? Se me iba el sueño. Nos condenarías a todos. Busqué un lugar a solas para decirte que debías ser mucho más cauteloso.

Atisbo indicios tuyos, Joseph, mientras el Dr. Baltazar Brito me cuenta cómo supo que efectivamente se trataba de los manuscritos originales, que revisó el papel para ver si tenía marca de agua, revisó que la tinta fuera ferrogálica, la carterita en que se guardaba, que el hilo correspondiera. Comparó la letra con otros documentos que se conservan de su puño y letra, buscó las referencias a estos manuscritos en sus procesos. Una vez corroborada su autenticidad, él mismo fue designado valija diplomática para traer de regreso a México las *Memorias*, el *Modo de llamar a Dios* y el *Lex Adonai*.

Recorro a pie el centro histórico de Ciudad de México. Visito el imponente Palacio de la Inquisición que hoy pertenece a la Escuela de Medicina de la UNAM. En el mismo sitio donde los cuerpos se mutilaban, se herían, se golpeaban y se violaban, ahora se rinde culto a la salud.

Enfrente del palacio, la iglesia y la plaza Santo Domingo. El convento donde vivía fray Gaspar, tu hermano, ya no está. Solo quedan vestigios. En el camposanto del convento enterraron los restos de tu padre; ahora ese sitio es la Arena Coliseo.

El bolero encera afanoso los zapatos del hombre que lee el periódico. Un policía que hace aspavientos para ordenar el tráfico. Una docena de personas comen de pie olorosas garnachas.

Catedral Metropolitana. El Zócalo. Calle Independencia. Palacio de Bellas Artes. Cruzo la Alameda Central. A mi izquierda el Museo de Memoria y Tolerancia dedicado a la recuperación de la historia de genocidios de la humanidad.

Entro al museo. Las cédulas que ilustran el Holocausto judío del siglo xx contienen una narrativa que bien podría ser la del siglo xvi, la de las Españas contra los judaizantes y contra toda aquella persona que atentase contra la moral cristiana y las buenas costumbres.

"El racismo, el antisemitismo, la discriminación, la exclusión y la violencia se efectuaron dentro de un marco estrictamente legal que involucró a la sociedad y a instituciones del Estado. Incluso el asesinato fue realizado dentro de los parámetros legales del régimen."

"... la práctica a escondidas de los rituales religiosos, la celebración de matrimonios, las expresiones artísticas, la publicación de periódicos clandestinos y el testimonio escrito de su experiencia son tan solo algunos ejemplos del gran coraje y valor de los judíos, ya que todo esto estaba prohibido y era castigado con la muerte."

El museo va a cerrar, debo salir del edificio. Frente a mí, La Alameda Central. Allá, junto al pequeño Museo Mural Diego Rivera que exhibe la famosa pintura *Sueño de una tarde dominical en la Alameda Central*, estuvo El Quemadero.

Hoy las patinetas golpean sobre el suelo donde estuvo aquel escenario de piedra caliza y guijarros, las estacas con leña donde amarraron sus cuerpos, la piel ardiendo, los gritos de desesperación. Cientos de miradas morbosas, niños y viejos infestados de adrenalina, atentísimos ante el espectáculo, como los personajes de una pintura de Goya.

Cierro mis párpados. Inhalo.

Suena un celular. El claxon de un carro.

El semáforo cambia a verde.

Al final de la Alameda, en el sitio de tu muerte, un letrero diminuto casi imperceptible.

Cenizas. Pirules. Patinetas.

El olvido trasmutado.

Año de 1623
Sevilla, España

Durante esa época seguías embebido con el estudio profundo de los libros de Isaías, Jeremías, Ezequiel, Joel, Zacarías, Daniel, Baruch, Tobías, los Macabeos y muchos más. Traducías los salmos, varios libros de los profetas y selecciones de Job al castellano. Escribiste versos de los diez mandamientos en portugués con castellano. Explicabas la unidad de Dios, la inmutabilidad de la ley mosaica, la certeza en la salvación, la venida del Mesías; incluso, compusiste un poema con los nombres de los cuarenta y cinco líderes del judaísmo en la Nueva España.

Para entonces te habías distinguido por escribir pequeños libros que eran muy preciados entre la comunidad. Recuerdo uno titulado *Modo de llamar a Dios* en donde describías las maneras de hacer oración. Teresa de Ávila había escrito el libro *Las moradas* una docena de años antes; creo que hiciste algo semejante pero dirigido a los de nuestro pueblo. Elaboraste también otro libro delgadito titulado *Lex Adonai* y lo decoraste con bellas letras de hoja de oro. En el Colegio de Santa Cruz tenías todo lo necesario: las tintas, los folios, la hoja de oro, la prensa. Recuerdo otro librito que le prestaste a Mariana en el que reflexionabas sobre el capítulo 49 de Esaías, lo escribiste en castellano y lo forraste en terciopelo verde.

El devenir de ese librito fue un infortunio para la familia. Para entonces ya todos sabíamos que Mariana sufría amargamente episodios de depresión, angustia y furia incontenible. Ella era solo cuatro años mayor que yo; recuerdo que en varias ocasiones pudimos conversar largamente. Por alguna razón fue tomando confianza conmigo, había una empatía natural entre nosotras. Me molestaba mucho que otros dijeran que estaba loca; tu madre decía que ella había sido una niña normal. Yo más bien creía que eran los sucesos de su vida los que la habían lastimado tanto que habían terminado por alterar su personalidad.

En alguna ocasión, Mariana me comentó algo que me sorprendió muchísimo; según entendí fue a partir de esa época cuando comenzó a presentar estos episodios. Tu padre Francisco había muerto dos años atrás y la situación económica era muy precaria allá en el Pánuco. Aunado al sentimiento de desamparo y las penurias, vivían en constante vigilancia para que los vecinos no fuesen a enterarse que ustedes eran judíos. Por aquel tiempo, tu madre le contó que un tal Jorge de León había pedido su mano, que era un buen hombre y aquello le trajo ilusión. Sin embargo, al poco tiempo, se presentaron tus cuñados Jorge de Almeida y Antonio Díaz en Pánuco a pedir a dos de las hermanas.

—¿Por qué crees que las elegidas fueron Catalina y Leonor?

—No sé… Tú eres mayor que Leonor… Lo correcto hubiera sido que Isabel y Catalina los desposaran… o, si Isabel se resistía por guardar la memoria de su difunto esposo, entonces les correspondía a Catalina y a ti, Mariana.

—Pocos lo saben, pero yo no me casé con Jorge de Almeida porque ya estaba comprometida con Jorge de León, él era primo de mamá; para entonces ya habían sido los esponsales.

—Y, ¿qué pasó, Mariana? ¿Qué sucedió con Jorge, tu prometido?

—Sucedió que nuestro afamado cuñado, el poderoso don Jorge de Almeida habló con madre para decirle que sí estaba dispuesto a desposar a Leonor, quien apenas cumpliría los catorce años, pero que a condición de que yo fuera suya también. Argumentó que era costumbre entre algunos judíos de la antigüedad desposar a varias mujeres.

—¡Pero eso es una insensatez!

—¡Lo es! Pero Jorge de Almeida ha sido el sustento de nuestra familia y no podía darme el lujo de contrariarlo. Madre lloraba, Justa. No quería forzarme. No quería que Leonor tuviese un esposo compartido. Eso no estaba en el acuerdo original con Joseph, mi hermano, pero él andaba con el gobernador en la guerra contra los chichimecas y no podía defendernos. Todos celebraban lo que parecía un milagro, Justa, pero yo tuve que tragarme la ilusión de mi matrimonio y aceptar la deshonrosa propuesta de Almeida. Tuve que hablar con Jorge mi prometido, terminar nuestro compromiso y conversar con mi hermanita Leonor quien era casi una niña y explicarle algo absurdo: compartiríamos marido. Ella debía consentir semejante locura. ¿En qué cabeza cabe, Justa? Según él que porque tras las bodas nos iríamos todos a alguna comunidad europea en donde un hombre sí pudiese tener varias esposas.

—Pero, Mariana ¿en dónde es eso? Nunca había escuchado que entre los de nuestro pueblo eso esté permitido.

—Durante aquella temporada fue la primera vez que sentí una angustia que me desbordaba. No podía dormir. Me sentía irritable. Debía fingir todo el tiempo una serenidad. No debía quitarme esa máscara hipócrita nunca. Recuerdo que tras la comida se me cerraba el estómago e iba a devolver. No había manera de que pudiera digerirlo. Adelgacé mucho. Nadie sabía que devolvía los alimentos; les parecía extraño que, aunque comía bien, cada vez me veían más pálida y flaca. Por suerte, Antonio Díaz de Cáceres, mi cuñado a quien aún no conoces porque se encuentra en las Filipinas, el esposo de Catalina habló con Jorge de Almeida. Lo enfrentó, discutió fuerte con él y lo disuadió de la idea de casarse con las dos. Eso no hizo que Jorge dejara de mirarme, en las reuniones de familia, cada vez que compartíamos la mesa, por eso tan pronto pude, ingresé al Colegio de las Niñas con el apoyo de Catalina, de Baltazar y Joseph.

—¿Y Jorge de León? ¿Por qué no volviste con él?

—Porque mi familia decidió por mí. Se les ocurrió que mejor me casara con Héctor de Fonseca, el hermano mayor de Jorge de Almeida, quien ya tenía treinta y nueve años y además estaba casado con una cristiana de antiguo linaje.

—¿Héctor de Fonseca, el que viene a las celebraciones?

—Él mismo, ahora es a quien Jorge ha traspasado la enorme hacienda de beneficios de Taxco.

—¿Pero si estaba casado? No entiendo.

—Igual de loco que su hermano. Decía que me llevaría a Europa, a mí y a toda mi familia, que allá había lugares donde se permitía el divorcio, que se divorciaría de su mujer a quien no soportaba por ser cristiana y que se quedaría conmigo… ¿Sabes cómo me sentía, Justa? Como una pieza de ajedrez que mueven de aquí para allá. Todo eso no hizo sino mermar mi estado de salud. Por si fuera poco, Jorge se puso furioso con su hermano y lo retó un duelo a muerte. ¡Ridículos los dos! Ahora, ¡hasta Leonor podría quedar viuda! Llegó un momento en que decidí irme a vivir a un convento. Quería ser monja, Justa. Una monja enclaustrada a salvo de Almeida, de sus caricias cuando nadie estaba presente, de sus amenazas, de tomar decisiones con las que pudiese arruinar a mi familia… Yo apenas tenía dieciséis años y ya cargaba con tanto. Pero no. Isabel, quien también había tenido el mismo deseo de recluirse en un convento cuando enviudó, me hizo ver que no había salida fácil para mí como no la hubo para ella. Una joven judía no podía ser monja, eso es para las gentiles.

—Todo lo que me cuentas es terrible, Mariana…

El devenir del librito de pastas de terciopelo que hiciste para Mariana, solo trajo desdicha. Ella decía que era enemiga de ídolos y de las idolatrías a las que los gentiles se aferraban. Por lo mismo, un sábado te pidió que la llevaras a mi casa para pasar el día al servicio de Dios lejos del bullicio y de tener que asistir a las festividades cristianas. Entonces, tomó el librito en que habías transcrito las sagradas escrituras, los salmos y oraciones; era un tesoro para la familia. Lo llevaba escondido entre su ropa y sin embargo, no sintió cuando se le cayó. *Cuando la pobre doncella sintió que el libro se le había perdido quedó cortada y con el corazón caído.* Tú, Anica, quien también los acompañaba, y Mariana volvieron tras sus pasos y buscaron en vano. Estaban muy asustados porque si alguien encontraba el libro, los delataría a todos; era tu caligrafía, Joseph, la prueba fehaciente de la herejía de tu puño y letra. Cada uno de tus libritos era símbolo de tu resistencia. Tuvieron que volver a casa y hablar con su madre de inmediato.

Los días que siguieron fueron un tormento. No descansaban de día ni de noche espiando a ver quién pasaba por la calle. Ya se daban por presos, incluso por muertos. Cada hora que transcurría esperaban su prisión con temor y amargura; pero pasaron los días y nada sucedía. *¡Cuánto sea bendito y ensalzado el inmenso y verdadero Señor Dios! ¡Que en ello los socorrió con su acostumbrada misericordia!*

Aunque poco a poco todos se fueron tranquilizando, Mariana tuvo etapas muy duras. Recuerdo una vez que llegué a tu casa y me encontré con tu madre y Leonor atareadas en la calle recogiendo un par de estatuas de santos que tenían en la capilla porque Mariana los había aventado por la ventana alegando que en su casa no debía de haber ídolos.

—Pero ¿qué estás haciendo, Mariana? ¡Detente!

Corrieron a meter las estatuillas antes de que hubiera un escándalo público; el resto de la tarde la pasaron restaurando los golpes en las figuras para que nadie pudiera darse cuenta de que habían sido maltratadas.

Al día siguiente, Mariana no podía levantarse de la cama. Estaba arrepentida y no tenía fuerza para nada. Pasé un par de horas con ella. Permanecía acostada en su camisón blanco, su cabello largo y oscuro, sus ojeras violetas. No quería beber ni comer.

—Quiero irme de aquí. Soy un peligro para mi madre, mis hermanas y Joseph. Ellos no tienen la culpa de que yo esté loca, Justa.

—No estás loca, Mariana. Has vivido situaciones muy difíciles que te han enfermado los nervios. No todas las personas tienen la misma resistencia para los embates de la vida, pero he escuchado que eso se cura con el tiempo. Lo que necesitas es tranquilidad.

—Ellos también han vivido una vida difícil y no enloquecen, Justa. He pensado toda la noche y he decidido entregarme a la Inquisición.

—Creo que no es una buena idea, Mariana, ni para ti, ni para la seguridad de tu familia. Contigo los llevarían a todos, ¿quieres eso? Insisto, lo que necesitas es paz.

—No, Justa. Quiero dejar de ser una carga para mi madre. Cada día me pongo peor. No puedo controlarme; se siente horrible.

—No debe faltar mucho tiempo para que tus hermanos, desde Madrid, logren conseguir la dispensa del uso del sambenito. Espera un poco más y serán libres. Te sentirás en paz y podrás rehacer tu vida.

Fue durante esa época cuando escribiste un libro para mí, solamente para mí. Trabajaste muchas noches a la luz de la vela dentro del Colegio de Santa Cruz para reunir en él todas las oraciones que sabías. Por eso yo llevaba el librito siempre conmigo. Lo recuerdo claramente; era muy pequeñito. Cómo me gustaría haberlo conservado. Recuerdo una vez que lo puse sobre una viga dentro del establo de casa cuando un alguacil irrumpió para amarrar unas mulas de mi hermano Gabriel. Se me fue el aliento solo de imaginar que tu caligrafía perfecta nos delatase; pero el alguacil salió pronto y no puso atención. De inmediato, lo guardé en el seno y desde entonces lo llevé ahí, hasta que me lo confiscaron al ingresar al Santo Oficio. Después del susto, fui con mi madre a llevarte unas manzanas cocidas con canela sobre unos buñuelos a manera de disculpa.

Me atormentaba la idea de haber arriesgado tu vida por un descuido mío.

También a Constanza Rodríguez, la esposa de Sebastián Rodríguez, le convidaste otro de los libritos de los Mandamientos. Recuerdo haber visto más libritos escritos con tu letra con artículos de la ley de Moisés entre los miembros de la comunidad, otro donde habías escrito la profecía de Joel forrado en terciopelo negro y otro más donde copiaste las oraciones que dejó el licenciado Antonio de Morales. Recuerdo que se lo prestaste a Antonio Machado, el hermano menor de Jorge de Almeida. Incluso, me comentaste sobre unas tablas que estabas haciendo, basadas en el libro de las *Moralidades* que Gerónimo de Oleastro había realizado sobre el Pentateuco.

Los que seguimos la ley de Moisés somos personas con un apego muy particular a la palabra escrita. No podemos asumir la fe judaica sin saber leer e interpretar un texto; a pesar de que la práctica de la lectura es algo permitido solamente a pocas personas. Nuestros padres nos enseñan a leer y escribir, esperan a que cumplamos trece años y, solo a aquellos de sus hijos que muestran un mayor discernimiento, les confiesan nuestro secreto. A los cristianos no les gusta que les recordemos que Jesucristo, quien fue judío, fue llevado a esa edad por sus padres para presentarlo en el templo, y dado que era un niño letrado, al final de la jornada María y José no lo encontraban porque tenía asombrados a los rabinos con sus comentarios sobre la Torah. Al parecer, Jesucristo también fue un lector precoz.

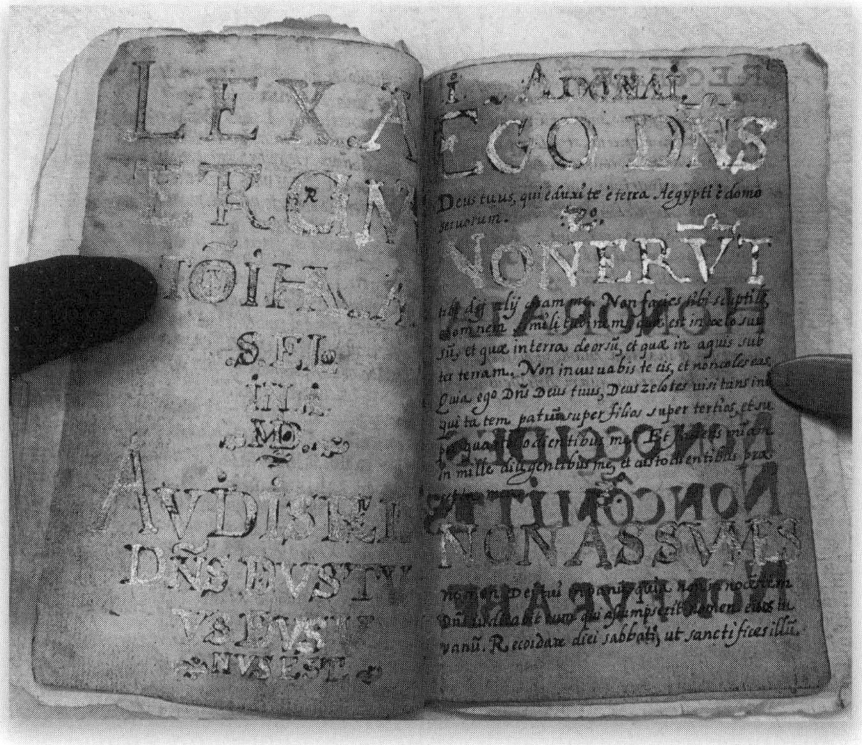

Primavera de 1593
Ciudad de México, Nueva España

Te olvidarán, Joseph Lumbroso.
Olvidarán tu secreto, tu historia, el canto de tu palabra.
Pasarán los siglos y olvidarán el fuego, la luz inicial que alumbró.
Olvidarán al joven que custodió la llama.

El día que Joseph salió de las cárceles de la Inquisición, mientras el inquisidor leía la sentencia, tuvo la convicción de que debía contar la historia de su vida. Sin embargo, el Hospital de los Convalecientes no era lugar para este trabajo. Y aunque el Colegio de Santa Cruz es el sitio ideal para la reflexión y la escritura, desde su ingreso durante el verano del año anterior, Joseph ha invertido todo su tiempo libre en explorar los libros, en transcribir pasajes de las sagradas escrituras, en escribir manuales de oración para distribuirlos entre sus amigos y familiares.

Ahora siente, una vez más, que no le basta este tipo de escritura. Es necesario narrar el testimonio de la misericordia infinita que tiene Adonai para con los suyos contando la historia de su vida. Escribirá sus *Memorias*.

Joseph en la biblioteca oscura y fresca.

El aroma a libros.

La luz de la vela que titila.

Ahí frente a él, un cuadernillo diminuto que preparó, del tamaño de la palma de su mano, para escribir el libro.

Se queda mirando la primera página en blanco.

Cambia de postura. Respira hondo y mira el techo. Se afloja un poco la ropa. Escribirá en tercera persona. No mencionará los nombres para protegerlos.

Laus Deo en la portada.

Vuelta, a la izquierda una página en blanco.

Y entonces sí, el inicio…

ENELDDASSDIOS
EXERCITOS

De gravísimos peligros por el señor librado. Joseph Lumbroso de nación hebreo, de los peregrinos de la occidental India y de los cautivos, en reconocimiento de las recibidas mercedes y dones de la mano del muy alto para que sean notorias a todos los que en el santo de los santos creen y esperan sus grandes misericordias que usa con los pecadores. Despertado por el divino espíritu las puso con su vida hasta los veintiséis años de su peregrinación en orden de breve historia, y haciendo ante todas cosas con las rodillas por el suelo al Dios y universal señor de todos gracias, promete trayendo por testigo al señor de las verdades, de tratarla puntual en todo lo que aquí escribiere. Y tomando su vida de principio es de saber que nació en Benavente, villa de la Europa, en donde se crio hasta edad de doce años o trece y comenzó a deprender los rudimentos o principios de la latinidad con un su pariente llamado Francisco López. Acabó después de estudiarla en Medina del Campo, en donde plugó a la divina misericordia de darle la luz de su conocimiento santo un día señalado, que es el que llamamos de las perdonanças, día santo y solemne entre nosotros, a diez días de la luna séptima, y como la verdad de Dios es tan clara y agradable, no fue menester más que advertirle de ella su madre, hermano y hermana mayores y un primo suyo. De la dicha villa se partió su padre con la casa toda para esta Nueva España, habiendo intentado y deseado antes pasar a Italia, en donde el verdadero Dios pudiera ser mejor servido, de todos ellos adorado y conocido. y porque los divinos juicios son incomprensibles y justos, debió de ser la mudanza de viaje y venida a esta tierra uno de los pecados que castigó en sus hijos la divina justicia, pero con gran misericordia como adelante se verá.

Otoño de 1590 a verano de 1593
Ciudad de México, Nueva España

Desde fines de octubre de 1590, la Inquisición había publicado un aviso en contra del cuñado de Joseph, don Antonio Díaz de Cáceres; alguien de su confianza le dio aviso y pudo huir vía Acapulco hacia las Filipinas. Allá, otro de sus contactos le previno que, durante un buen tiempo, no podría volver a la Nueva España. Su esposa, Catalina, seguía en las cárceles del Santo Oficio. Decidió entonces, hacer un viaje de comercio a Macao, una de las ciudades más ricas del este donde portugueses y españoles hacen negocios.

Díaz de Cáceres, durante años ha ayudado a judíos trasladándolos de un lugar a otro aprovechando los viajes comerciales y muchos le deben favores. A pesar de sus contactos, apenas desembarca en Macao, el gobernador Pedro Dasmariñas, quien le tiene particular saña, ordena su arresto. Lo encadenan, le quitan su nao y lo envían al puerto de Goa en el oeste de la India.

Con todo y cadenas, Antonio se las arregla para escapar porque sabe que si se lo llevan a ese remotísimo lugar desaparecerá y no volverá a ver a su esposa Catalina ni a su bebé Leonorica. Le confiscan su navío con todas las provisiones. Ya dentro de la cárcel, durante semanas, lima el hierro de la prisión hasta que logra escapar una noche.

Un amigo lo esconde bajo un altar dentro de una nao. Hasta ahí le lleva comida todos los días. De manera que Antonio permanece oculto bajo el altar hasta que el navío parte hacia las Indias. Una vez en altamar, sale de su escondite; cuando intenta explicarse lo golpean, lo encadenan y lo mandan de regreso a Manila. Lo encarcelan y lo condenan a muerte.

A mediados de julio de 1592, logra recuperar y reparar el barco en el que había llegado y zarpa de las Filipinas. Finalmente, cuatro meses después, a fines de noviembre, llega enfermo al puerto de Acapulco. Cuando desembarca confiscan sus bienes para que responda por su esposa ante el Santo Oficio. Ya en Acapulco enfermo, solicita mediante una carta a la Inquisición que lo perdonen, que las persecuciones y dificultades a las que ha sobrevivido han sido su penitencia.

Sus enemigos alegan que la mercancía ha llegado en mal estado. Su tripulación le cobra el sueldo de tres años. No quieren que el barco siga hasta Perú. Confabulados sus enemigos, logran que lo encarcelen en varias ocasiones. Antonio manda vender su vajilla, pero no hay quién la compre. Con sus bienes confiscados no logra juntar el dinero que requiere para su liberación y su concuño, Jorge de Almeida, quien le debe dinero, sigue en Madrid.

Durante meses, Antonio utiliza la estrategia de no vivir con su esposa Catalina ni con su hija Leonorica para evitar conflictos con la Inquisición. Una temporada vive con Antonio de los Cobos. A plena luz, Antonio cumple con los sacramentos cristianos, las oraciones, los ayunos y repudia el judaísmo.

No es sino hasta el verano, nueve meses después de su llegada a Acapulco, una vez que los teólogos enviados por los inquisidores lo entrevistan y aprueban su estatus, que se reúne de nuevo con Catalina y la pequeña Leonorica. Por fin, vuelven a vivir juntos los tres.

Para otoño de 1593, su casa se ha convertido en centro de judaizantes de la ciudad. Su suegra y sus cuñadas se han mudado ahí. Los amigos de la familia los frecuentan.

Antonio no está de acuerdo con el fanatismo que encontró a su regreso en su esposa y su familia política. Le parece bien que dentro de casa se cocine con base en los principios judíos, se celebren las festividades, los ritos, los ayunos, el Shabat; por otra parte defiende la idea de que en la vida pública deben disimular, comer lo que les ofrezcan, cumplir puntual con los preceptos cristianos. Discute con Catalina por obligar a que Leonorica, de solo seis años, aprenda los himnos, los cantos y ayune.

—Catalina. Esa no es la tradición. Leonorica es muy pequeña. Bien sabes que no tiene por qué saberlo. Es una responsabilidad enorme que no debe cargar una niña. No sé en qué estabas pensando cuando se lo dijiste... Si en algún momento llega a decir algo inapropiado, la condenarán a ella y a nosotros. Ya no tienes una segunda oportunidad, Catalina. Ni tú, ni tu madre ni tus hermanos. Son reconciliados, ¿entiendes? A la siguiente sospecha los quemarán en la hoguera.

—Antonio, ella es una niña devota e inteligente.

—Eso es una tontería. Es solo una niña. Veo que no tienes criterio. Debiste haber esperado a que cumpliera trece años como lo hicieron con nosotros, con nuestros padres y abuelos.

Antonio, con el fin de proteger a su pequeña Leonorica, le enseña el Padrenuestro, el Ave María, el Salve. Una mañana se entera de que se resistió a repetir los rezos judíos y Catalina, no solo la golpeó, sino que no le dio de comer en todo el día. Furioso, pide a la criada que le prepare un bolso con la ropa y las cosas de la niña. La llevará a vivir al sitio en donde la cuidaron mientras su esposa estuvo encarcelada.

Ya en camino, mientras galopan, Leonorica comienza a llorar. Antonio, detiene el caballo.

—¿Qué tienes, hija mía? ¿Por qué lloras?

No responde. Hace un puchero con la boca y lo mira con los ojos llenos de lágrimas. Las mejillas sonrosadas, los caireles oscuros.

—No llores, mi pequeña hermosa. Verás que vas a estar muy bien a donde te voy a llevar. Es por tu bien.

—Yo quiero a mi mamá. Ahí donde vamos, ¿va a estar mamá?

Algo dentro de él se desata y de pronto, duda. La besa en la frente. Saca su pañuelo y le enjuga sus lágrimas.

—Mamá no puede acompañarnos. Estarás bien.

—No quiero ir si no va mamá.

Leonorica rompe en llanto. Antonio siente una ternura enorme. Una lástima terrible. Cómo va a privar a su propia hija de la compañía de su madre cuando, tiempo atrás, pasó un año completo lejos de ella.

—Quiero estar con mamá… Por favor, papá.

Lentamente, da media vuelta en su caballo mientras abraza a la pequeña.

—Está bien, hija. Volveremos a casa.

—Gracias, papá. Te quiero mucho, a ti también.

Una vez en la casa, en su alcoba le deja claro a su esposa:

—No me obligues a cuidarla de ti. Debes de tener mucho más cuidado. Tú… y tu madre y tus hermanas y Luis.

—Ahora se llama Joseph…

—¡Como sea, me da lo mismo! Catalina… El Señor les ha dado una segunda oportunidad y ustedes la están tirando a la basura. En cualquier momento pueden arrestarlos de nuevo. Además, está la amenaza del libro que perdió Mariana. Parece que no te das cuenta del peligro. Leonorica es también mi hija y no quiero que vuelva a hacer ni un solo ayuno, es una niña y necesita comer bien para crecer sana.

Días más tarde, Antonio encuentra un cilicio sobre una cómoda.

—¿De quién es esto, Catalina?

—Es de Isabel, lo usa para mortificar la carne.

—Tu hermana está mal. ¿Qué necesidad tiene de usar esto? ¿No tuvo ya suficientes tormentos en las cárceles? ¿Ha perdido la razón?

Enseguida lo rompe en pedazos. Recoge, además, un libro de oraciones de Isabel, sale al patio y los tira al pozo de agua.

—¡El libro no, por favor!

—Están obsesionados, Catalina. ¡Piensen en otra cosa! Están tramando su propia condena. No pueden dejar esos libros a la vista, la servidumbre nos puede denunciar. Si vuelvo a enterarme de las imprudencias de tus hermanos o de tu madre, no dudaré en denunciarlos ante la Inquisición. Nos exponen a todos. Mi deber es protegerte a ti y a Leonorica, ante todo.

En esos días, llegan a Nueva España los amigos de Almeida, Ruy y Diego Díaz Nieto. Joseph los invita a cenar a casa de Antonio, porque traen noticias de libertad condicional y de la necesidad de más dinero para poder continuar con los trámites de liberación de la familia. Los inquisidores mexicanos escribieron a España para manifestar que los Carvajal podrían recibir una conmutación de su sentencia mediante el pago de una multa.

Se alegra de verlos en casa, pero una vez que tocan temas de religión, Antonio interrumpe:

—Mejor pasemos a la mesa, la cena está servida.

Verano de 1593 a otoño de 1594
Ciudad de México, Nueva España

La pérdida del librito que portaba Mariana sigue haciendo estragos en el ambiente familiar. Cada mes, cuando mengua la luna, ella sufre cambios intempestivos de carácter. Balbucea incesante, no se le entiende lo que dice; otras veces pronuncia vulgaridades o rezos judíos en presencia de visitantes cristianos como monjas o frailes. Una noche, mientras transcurre una reunión en casa de Antonio y Catalina, sale desnuda de su habitación; doña Francisca corre apenada a devolverla a su cuarto.

Díaz de Cáceres, cada vez más aprehensivo con el tema de que puedan denunciarlos, decide que ese año, para la reunión del Día de las Perdonanzas, Mariana pasará el rato que permanezcan los invitados en casa, amarrada a una cama.

—Lo siento, doña Francisca. Sé que ella está furiosa porque dice que está lúcida; pero ya ve lo que sucedió la semana pasada. No podemos correr riesgos. De lo contrario, moriremos todos en la hoguera.

Pasan las semanas y la sombra del libro perdido sigue cerniéndose sobre ellos. *Cada hombre que llamaba a la puerta les parecía que eran los ministros nefarios de la Inquisición y que venían a prenderlos, y así estaban a todas horas cercados de miedo y temblor.*

En esos días, el corregidor multa a un panadero y como sabe que en ocasiones doña Francisca pasa hambres, envía al alguacil con dos canastos hasta su casa, *cuando viene la india que los servía, que está la justicia en la puerta quedaron perturbados y con los corazones tan caídos cuanto no sabré encarecer.* Bajaron a la planta baja, consumidos por el miedo, pensando que el momento había llegado, que finalmente los apresarían. Abrieron la puerta para darse cuenta de que el corregidor les había enviado con el alguacil dos cestos llenos de pan a manera de limosna. Suspiraron aliviados y agradecidos. Tuvieron para más de una semana. *Mas aquí se verifica cuán en vano son las trazas del hombre, si no las confirma el Señor Dios y que si su divina majestad no guarda la ciudad, en vano trabaja el que quiere guardarla.*

Por las noches, Joseph sale al jardín y trabaja en un túnel bajo la casa que pueda ayudarles a escapar o esconderse.

En otra ocasión, se llevan un susto enorme.

—Buenas tardes, ¿con quién está el padre fray Cristóbal? —pregunta Joseph en el patio del colegio.

—Con el comisario de la Inquisición, que es mi señor. ¿Es usted Luis de Carvajal, "el Mozo"?

—Así es, ¿en qué puedo servirle?

—Acompáñeme por favor. Vamos al convento de los dominicos.

Joseph incrédulo apenas puede seguirlo. Han venido por mí. Es el fin. Mi madre en casa. Ni cómo avisarle, ni cómo escapar. De nada me servirá el túnel. Caminan rumbo al convento mientras una vorágine de temores asedia su imaginación.

Encuentra a fray Pedro de Oroz y al comisario de la Inquisición en la portería del convento de los dominicos.

—Helo aquí. Él es Luis de Carvajal, "el Mozo" —dice fray Pedro presentándolo al sacerdote.

—Buenas tardes, Luis. Ven, vayamos dentro y subamos.

Joseph apenas puede pronunciar palabra. Un martilleo palpita en sus sienes. De pronto un dolor de cabeza se instala y siente un poco de asco. Suben las escaleras y se internan a una celda.

—Luis, tome tinta y un folio. Escribirá un billete a mi nombre; queremos revisar su caligrafía.

Es la prueba que necesitan. Seguro ellos tienen el libro de oraciones que perdió Mariana y quieren cotejar esta letra con la del libro. Tembloroso toma la pluma. La inserta en el tintero. Limpia el exceso de tinta y comienza a copiar el texto. Cada palabra es la prueba para su condena. La de su familia entera. Intenta modificar su letra para que no corresponda.

—Hijo, escribe como siempre lo haces. Esa letra no parece la tuya —le dice fray Pedro extrañado.

No le quedará otra opción, piensa para sí mismo amargamente. Una vez que termina, se despide y regresa a su casa muerto de miedo. No quiere decirle a su madre. No quiere alterarla. Ya suficiente tiene con el estado de Mariana.

Pasa la mitad de la noche trabajando en el pequeño túnel por si vienen a prenderlo. Cae rendido en la madrugada y, al abrir los ojos, a la mañana siguiente, se maravilla de que aún no lo hayan apresado. Agradece a Adonai y se presenta puntual en el colegio para su trabajo.

—Buen día, fray Pedro.

—Buen día, hijo.

—¿Qué resultó del billete que escribí ayer para el comisario de la Inquisición? ¿Cuál era el propósito de eso?

—Te tengo buenas noticias, Luis. Él está buscando a un escribano que le transcriba un cartapacio completo y te recomendé ampliamente con el hermano del inquisidor. Sin embargo, él quería ver tu letra antes de decidir si eres tú el elegido para dicha encomienda. La buena noticia es que le gustó.

Joseph ahora tiene más tareas en el colegio. Trabaja afanosamente de sol a sol. Le ha quedado menos tiempo para escribir las interpretaciones de las sagradas escrituras y los libros para los suyos. Con el paso de los meses, conforme avanza en el nuevo trabajo encomendado, se da cuenta de que le merecerá muchas recomendaciones que renuevan la esperanza en toda la familia. El sacerdote se encuentra muy agradecido con el trabajo realizado por Joseph y, como poco tiempo atrás, los Díaz Nieto habían traído noticias de que era preciso reunir una fuerte cantidad de dinero para su liberación, el comisario de la Inquisición le consigue una licencia firmada por el Santo Oficio que le permitirá salir de su encierro a buscar y recaudar el dinero suficiente con el que puedan pagar la multa para que su familia reciba la absolución a su condena. *Esa traducción de su puño y letra tuvo que ver con un milagro de libertad.*

Debía obtener el dinero en seis meses. El vicario general de los franciscanos le dio cincuenta cartas para que visitara varios conventos en Nueva España; *en ellas pedía que le ayudasen movió el Señor Dios el corazón del provincial de los frailes franciscos para que sin haberle Joseph hablado, dijese a sus frailes que le dijesen que si él quería acudir a eso, que él le daría una patente para toda la provincia muy favorable, con que en todos sus conventos le acudiesen y favoreciesen... tras este, movió el Señor Dios el corazón del provisor*

para que le diese como le dio a Joseph, cincuenta cartas muy favora-
bles como él las quiso ordenar...

Como no haya cosa que lo sea al todo poderoso Dios que lo guiaba,
luego que en nombre de Joseph y su madre y hermanas se la pidió
su confesor, no solo dio una, sino veinticinco, con las cuales y con
el favor del Señor Dios suyo delante, salió Joseph de México y de su
carcelería después de haber pasado en ella cuatro años de angustia
y aflicción y en medio de ella copiosísimos favores del muy alto,
cuya divina majestad le daba gracia en todas las partes a donde iba
y cierto, no sin notable milagro, movía a los mismos enemigos a que
le diesen y cargasen de sus bienes dineros, gallinas, quesos, maíz y
otras cosas de que volvía lleno a la casa de su cautiverio, en la cual
todavía estaban su madre y hermanas.

Durante meses Joseph hace su recorrido por monasterios; en muchos, lo reciben con cariño, lo convidan a comer, a pasar la noche ahí. Los Carvajal son conocidos y queridos entre su comunidad. Tiempo atrás, doña Francisca solía visitar ancianos y enfermos llevándoles caldos para su recuperación.

En el trayecto se entera de que aquel personaje legendario, Gregorio López, de quien decían que era hijo del rey de España, vivía desde hace años en Santa Fe, una comunidad indígena alejada de la ciudad. De manera que decide pasar a saludarlo y lo encuentra traduciendo el Antiguo Testamento. Conversan y Gregorio lo exhorta a seguir adelante y lo felicita dirigiéndose al sambenito. Justo antes de despedirse en un abrazo fraterno, le dice:

—Eres un cordero en sacrificio por todo el rebaño.

Joseph parte feliz de saber que aquel hombre misterioso, que tanta admiración le causaba, es también judío.

Los viajes para reunir el dinero le permiten estar en contacto con muchos judíos, entre ellos el zapatero Carrión, discípulo de Morales. Ese año, el Día de las Perdonanzas coincide con su viaje. Joseph toma el baño ritual en Pachuca y permanece escondido durante el ayuno que suele ser de un día; aislado, tiene dudas sobre el calendario de la luna nueva y decide que mejor ayunará dos días en vez de uno.

Finalmente, después de casi nueve meses de recorridos, Joseph vuelve a Ciudad de México. Un vecino cristiano le presta los últimos cuatrocientos treinta pesos que requiere para pagar la multa. El hombre estuvo de acuerdo en esperar ocho meses para su pago. *Joseph había recogido más de ochocientos cincuenta pesos de limosnas de mano de los mismos bárbaros gentiles (que el Señor Dios de Israel alumbre y traiga a su santo conocimiento, para que de todas sus creaturas sea adorado y servido) a los cuales movía su poderosa mano.* Ya entrando a la ciudad, se dirige a escondidas a casa de Catalina para averiguar cómo está la familia.

—Qué alegría verte, hermano. Y ya que lo preguntas… un paje del alguacil mayor de la Inquisición te buscó durante tu ausencia.

—¿Con qué propósito?

—No lo sabemos… y tenemos miedo… es una bendición que ya te encuentres de regreso, sano y salvo, con la suma requerida por la Inquisición.

דוד

Recuerdo que en 1594 te envié otra carta con el buen Ruy Fernández de Pereyra. En esta te contaba que nuestro hermano Miguel —quien para entonces ya era conocido por Jacob Lumbroso— y yo vivíamos en Italia. Se me llenó el corazón de felicidad al escribirles a ti y a madre que yo había contraído matrimonio con una bella mujer llamada Ana Esther perteneciente a una familia de los de nuestra nación que me habían acogido cariñosos. Imaginaba a madre conmovida por tan dichoso destino de su hijo y por saber que, además, esperábamos un bebé. Miguel ya estudiaba en un colegio judío que a ti te hubiera fascinado. Te contaba, además, que habíamos estado en contacto con el licenciado Morales quien me conminó a estudiar para galeno en las ciudades de Florencia y Venecia hasta convertirme en el médico que soy ahora. Él fue también quien exhortó a Miguel, o Jacob, a convertirse en el importante rabino que con el tiempo ha llegado a ser y a marcharse a Salónica, en donde dirige una de las comunidades más grandes de judíos del mundo.

En esa carta les envié dinero y el aviso de que pronto llegarían los anhelados permisos para dejar los hábitos penitenciarios. Habían transcurrido ya tres años y medio desde nuestro regreso a Europa y, gracias a gestiones y a la ayuda de Jorge, los habíamos conseguido.

7 de junio de 1594
Madrid, España

Un escribano extiende un folio sobre su escritorio. Entinta la pluma. Limpia el exceso del líquido oscuro y finalmente, escribe la carta.

Acaso le tomará diez minutos. No más.

Una serie de movimientos precisos con la mano que se desliza.

Y, al final, su rúbrica.

La carta del Consejo de Su Majestad de la Santa General Inquisición por medio de la cual se manda quitar el hábito penitencial a Luis de Carvajal, mozo soltero, a doña Francisca Núñez de Carvajal, a Isabel de Andrada y a Catalina de León de Carvajal, finalmente ha sido escrita.

Verano de 1594
Ciudad de México, Nueva España

Cuando nadie la mira, doña Francisca enmudece triste. Nadie la preparó para ser madre. Nadie le advirtió lo duro que sería, ni que se trataba de una preocupación sin tregua. ¿Acaso había otro camino?, ¿otra opción? A veces, en secreto, envidia a las monjas. Es una idea secreta; no puede manifestarla porque entre los suyos no hay esa posibilidad para las mujeres. Para ella nunca hay descanso, a veces ciertas alegrías, apenas las suficientes para recuperar el aliento porque los problemas siempre aguardan, como monolitos, a la vuelta de la esquina.

A veces, por la tarde, consigue aislarse un poco en una habitación y recostarse unos minutos, mirar por la ventana el cielo azul, los sonidos, las hojas de un árbol meciéndose ajenas. Respirar sin que nadie la vea. La vida allá afuera parece tan tranquila, aunque nunca lo sea para ella. Tras unos instantes, deberá inhalar profundo, ponerse de pie y seguir como si nada malo les aconteciera. Una madre sonríe, anima, cura, aconseja, no pierde la compostura, cocina, cose, limpia, abraza, reprende y siempre, tiene fuerza, una chispa de alegría en la mirada, una palabra de aliento para todos.

Ahora, que todo debería estar mejor porque han cumplido ya con cuatro años de penitencia tras el auto de fe y les quitaron el hábito penitenciario a Leonor y Mariana, ahora que

Anica volvió a vivir con ellas, que su yerno Antonio regresó con vida de un largo y azaroso viaje y que su hija Catalina y Leonorica, su nieta, pudieron ir a casa con él... Ahora, que anhela la llegada de los permisos para liberar a Joseph, a Isabel y a ella misma del hábito penitenciario, precisamente sus hijas Mariana y Anica se encuentran muy mal de salud *dos notables enfermedades que el Señor dio a las dos hermanas doncellas de Joseph para misericordiosísimo castigo de ellos todos, porque como frágiles pecadores, siempre en esta vida hemos menester del pan y del palo, que es aquello porque el santo profeta regalaba al Señor Dios cuando dijo: virga tua et baculus tuus ipsa me consalata sunt (Tu vara y tu bastón me infunden confianza, Salmo 23).*

Mariana cada día se encuentra peor, más inestable. Es quizá, la hija más brillante de todas. Desde niña era muy observadora, formulaba preguntas difíciles de responder, hacía todo con extraordinario esmero. Habló con claridad y lucidez desde muy pequeña para asombro de muchos. Dibujaba de manera notable, cantaba precioso, aprendió a leer y a escribir a los cinco años, contaba con una memoria formidable, le gustaba montar obras de teatro con sus hermanas, era extrovertida y alegre.

Francisca reconoce que han sido las circunstancias las que le han hecho daño. Su niña era osada, inteligente y sensible cuando vivían en Medina del Campo. Sin embargo, la venida al Nuevo Mundo expulsó a Mariana de la infancia. El viaje de meses durante el cual fue testigo de enfermedades entre los suyos, incluso la de ella misma quien estuvo a punto de morir. Años después, la muerte de su amado padre Francisco, la ruptura con su tío el gobernador, la pobreza inesperada, la incertidumbre, el saberse judía a los trece años y por tanto, portadora de un secreto que conlleva la posibilidad latente de la tortura y la muerte, la cancelación de su compromiso con Jorge de León que tanto la ilusionaba gracias al capricho de su poderoso yerno Jorge de Almeida, tener que hablar con Leonor su hermana para convencerla de compartir marido por órdenes de su familia. Luego, el cambio de planes donde la obligaban a casarse con Héctor, el hermano mayor de Almeida. Durante meses soportó el acoso de su cuñado. No se quejaba. Nunca se lo dijo; pero Francisca logró atisbarlo. Por si fuera poco, sobrevivió a la temporada que pasó encarcelada, a las torturas sobre ella y sobre los suyos, los interrogatorios interminables, la posibilidad cercana de la muerte. Y luego, la hipocresía y la mentira, las falsas apariencias como modo de vida. Estaba exhausta de siempre tener que fingir ser lo que no era. A sus escasos veintidós años había vivido tanto… La angustia constante, el saber que los alguaciles de la Inquisición podían irrumpir en cualquier momento, de día o de noche, y llevarla de nuevo a la cárcel. La culpa de haber perdido el librito.

Francisca cierra los párpados. A veces, Mariana grita desesperada para que la desamarren. Avienta estatuas de santos, rompe vajillas, jarrones, habla día y noche sin cesar recitando oraciones de memoria. A los frailes que van de visita a casa de Antonio les grita ¡idólatras! Ella misma tiene que explicarles que su hija ha perdido el juicio para disculparla mientras los invitados la observan asustados o conmovidos.

Francisca sufrió amargamente cuando los médicos que contrató su yerno le pusieron diez dolorosas cauterizaciones en el vientre. Un tormento espantoso, como los de la Inquisición, que solo terminó por exacerbar su angustia y su furia desmedida. Mariana les gritó a los galenos y a sus hermanas. El mundo entero conspiraba contra ella; ni siquiera su madre la defendía ya. Entonces destrozó, entre muchos otros objetos, un reloj que había pertenecido a la madre de Antonio, allá en España, cuando él era niño; era lo único que le quedaba de su madre. Francisca estaba apenadísima con su yerno. No podrían quedarse en su casa por más tiempo.

Cuando Antonio Díaz de Cáceres vio el reloj convertido en añicos y, además, vio a Mariana furiosa golpear a Catalina, intentó contenerla por la fuerza. Fue tal su desconcierto que, en un momento de súbita impaciencia, le golpeó el brazo izquierdo con tal ímpetu que se lo lastimó. Mariana se doblegó en llanto. Tuvieron que traer a los médicos para entablillarla. Enmudecidos y asombrados por la furia de Antonio supieron que Mariana no podía seguir viviendo ahí. Doña Francisca, en su desesperación, quiso hablar con fray Pedro de Oroz para suplicarle su intercesión para que ingresaran a Mariana al Hospital de los Convalecientes de San Hipólito; sin embargo, Antonio la conminó a no hacerlo:

—No, doña Francisca. No puede usted recurrir a esa salida. Mariana es un peligro para todos. Si la llevan al hospicio contará sobre nuestras costumbres. Entiendo que sería lo más conveniente por la gravedad en que se encuentra y por el bien de usted misma, pero esa no es opción. Ustedes mismos han provocado esta locura. ¡Han llevado su obstinación al extremo de arriesgar la vida de todos nosotros! De poco valen nuestros empeños si la imprudencia de ustedes nos condena… Les pido que, de ahora en adelante, vayan a vivir a otra casa. Yo mismo cubriré sus gastos. Aquí se quedarán conmigo Catalina y Leonorica.

—Antonio, por favor… —suplica Catalina apenada por las palabras de su esposo, tras descubrir la expresión de su madre quien baja la mirada.

—Por favor, nada, Catalina. Están mermando nuestra salud, nuestra seguridad. Estarán bien en otra casa, aquí cerca. No les faltará nada. Te lo aseguro. Les pido que partan mañana mismo.

Por si fuera poco, al ser liberada Anica cayó enferma de gravedad y así ha estado durante un año. Los médicos la hirieron con lancetas en las anginas a manera de cura y la dejaron sin voz. Fue una operación dolorosísima. Anica se retorcía de dolor amarrada sobre la cama en que la operaron hasta que perdió la conciencia. Su recuperación fue muy lenta. Durante meses adelgazó porque no podía tragar alimentos. Hace ya un año que Anica perdió la voz. A la fecha, la única persona que logra entenderla es Leonor, por eso procura estar cerca para hacerle de intérprete.

Octubre de 1594
Ciudad de México, Nueva España

El 24 de octubre, el inquisidor Lobo Guerrero les comunica que, por orden del Ilustrísimo Señor Cardenal, del Inquisidor General y del Consejo de la Inquisición, Joseph, su madre Francisca y sus hermanas quedan autorizados para desvestirse del sambenito y abandonar su prisión.

Les han otorgado perdón pleno para todos. Les dispensan la anheladísima libertad gracias al pago puntual a la Inquisición en Nueva España, a los contactos de Jorge de Almeida en Madrid, a las negociaciones y donativos que hizo Baltazar desde Roma y a la recomendación del obispo de Guadalajara, quien elogió su buen comportamiento.

¡Libres! ¡Incluso para salir de Nueva España y reunirse con Baltazar y Miguel, si así lo desean! *Fue una de las grandes mercedes y beneficios mayores que gente peregrina y pecadora ha recibido del Señor y fue tanto el gozo que con ella tuvieron, que hasta los mismos extraños daban loores a Dios, diciendo con alegría de verles tan gran consuelo.*

Que por tiempo de dos años, ayune los viernes de ellos y rece un rosario entero de ciento y cincuenta avemarías y quince paternosters, y el mismo viernes vaya en romería a la iglesia que más desviada estuviere de la casa donde viviere, a donde rece y se encomiende a Dios, pidiendo al Espíritu Santo le de gracia para perseverar en la creencia de la Ley

Evangélica de Nuestro Señor Jesucristo y por el tiempo de estos dos años rece cada día una parte del rosario a Nuestra Señora la Virgen María, para que pida a su hijo precioso Nuestro Señor Jesucristo le de su divina gracia para perseverar en la creencia de nuestra Santa Fé Católica.

—Así lo haré y cumpliré.

Martín de Briviesca Roldán, receptor del Santo Oficio recibe el pago de la conmutación del hábito de reconciliación y firma de recibido.

Joseph se desviste del sambenito. Deposita en ese ropaje su miedo y mientras se lo quita por última vez, percibe un gozo que se apodera de él.

El rostro de Justa aparece en su imaginación. Ahora sí podrá proponerle matrimonio, trabajar, reunir dinero para ellos.

Joseph suspira. Podrán hacer planes.

Ser un digno esposo que no mancille el honor de tan bella mujer.

Justa, la más sabia de las doncellas.

Joseph termina de quitarse el sambenito y lo coloca sobre una mesa satisfecho. Antes de salir de la sala, Alonso de Peralta le pregunta con tono sarcástico:

—Luis, ¿y por qué será que para algunos el Mesías aún no ha llegado?

Joseph lo mira incrédulo. Responde con un silencio prudente a la pregunta de Alonso de Peralta. Francisca y sus hijas han dejado el sambenito en la misma mesa que Joseph, se dirigen hacia la puerta y salen del edificio sin volverse.

Para sorpresa de Joseph, una vez que cavila silencioso tras el cinismo de Peralta y se dispone a salir del Santo Oficio, se topa con Domingo Gómez Navarro en la puerta. Domingo finge ignorar su presencia y se dirige con determinación hasta el inquisidor. Joseph vuelve lentos sus pasos. Al llegar al umbral de la puerta, se detiene un instante y desde ahí, antes de salir del recinto, alcanza a escuchar:

—Buenas tardes, mi nombre es Domingo Gómez Navarro y vengo a denunciar a Manuel de Lucena y a Manuel Gómez Navarro por prácticas judías. Hace un tiempo estuve muy enfermo, a punto de morir, y ellos intentaron persuadirme de que abrazara la ley muerta de los judíos para salvación de mi alma... No solo fueron ellos dos, también me insistió el hombre que acaba de salir por la puerta, el sobrino del gobernador Carvajal.

Otoño de 1594
Ciudad de México, Nueva España

Seis días después, el Santo Oficio arresta a Manuel de Lucena y a Manuel Gómez Navarro.

Joseph sabe que pronto vendrán por él. ¿Cuánto tiempo tardarán en delatarlo? Dependerá de la frecuencia de los interrogatorios, de las preguntas minuciosas, de las esperas y los silencios, de la salud, del hambre y los roedores, de los gritos de dolor y desesperación de los otros, de la fiereza de los tormentos, de la sagacidad de los que planean el juego y los verdugos. La Santa Inquisición solo emplea a los varones más doctos del reino. Alonso de Peralta y Lobo Guerrero son hábiles prestidigitadores de las conciencias de los herejes y por ello serán recompensados a su debido tiempo.

¿Dispondrá de tiempo suficiente para vender la propiedad que su cuñado Jorge le encomendó y de cuya venta obtendrá el dinero que necesitan para salir de Nueva España? Si tan solo tuviera unos cuatro meses más. Pero eso es una eternidad cuando se está preso en las cárceles de la Inquisición. No sabe hasta cuándo podrán resistir Lucena y Gómez Navarro.

Joseph necesita el dinero de la venta de la propiedad. Con el pago a la Inquisición no ha quedado nada. Una vez que lo obtenga, podrán marcharse a otra villa más pequeña, quizá cerca del puerto de Campeche, a un sitio lejos de la Inquisición donde pasen desapercibidos mientras llega la primavera para poder partir juntos en el primer barco que zarpe. Joseph considera a Gaspar en esos planes; ya encontrará manera de convencerlo, es su hermano y no lo dejarán atrás.

Es preciso ser lo más cautelosos posibles. Además, debe salvaguardar sus preciados escritos del acecho de la Inquisición o del riesgo de perderse para siempre. A ratos piensa que quizá deba enviar por delante a su mamá y a sus hermanas a España con Gaspar... si él accediera, porque queda poco tiempo. Eso sería lo más seguro mientras él se queda a liquidar las propiedades.

Sin embargo, fray Gaspar no recibe ni responde a su hermano y el 19 de diciembre, amarrada sobre el potro desde la cámara de tormento, Beatriz Enríquez de la Payba, suegra de Manuel de Lucena, confiesa que Luis de Carvajal, "el Mozo" y su yerno Manuel discutían la ley mosaica, que Luis ha sido el gran maestro y sabio, el líder de toda la comunidad, incluso mucho más que Manuel. Al poco tiempo, Manuel Díaz, otro testigo acusado, menciona que, en las reuniones con la comunidad judía, Luis tocaba el arpa, que él y Lucena cantaban juntos con frecuencia.

Para Joseph las noches se tornan largas y oscuras. El crudo invierno de Ciudad de México incide en la humedad de las madrugadas. Los días se vuelven grises; a veces caen copos de nieve. No puede dormir. El porvenir de su madre y de sus hermanas depende de sus decisiones. Ya todos los varones de su familia y sus más cercanos amigos se han ido, se encuentran presos o han muerto. ¿Quién podrá llevarse a su madre, a Justa, a sus hermanas, a su sobrina, a Catalina Enríquez, hasta el puerto? ¿A quién confiarle el trayecto sin que peligren? Una vez en el puerto, ellas podrían contactar a un capitán; pero un grupo de mujeres viajando solas llamará la atención de los asaltantes.

Se pone de pie. Camina hasta la mesita donde escribe. Enciende una vela. Se sienta frente a la luz dorada. Acaricia con sus dedos el forro de piel café que contiene los preciados libritos que escribe desde hace un par de años. Lo toma entre sus dedos, lo desliza sobre la mesa y lo coloca frente a él. Lo abre.

Joseph lee cuidadoso todo el manuscrito de sus *Memorias*. Hojea, se regresa unas páginas, corrige, marca con un asterisco el sitio donde deberá de ampliar el texto, escribe el añadido en los márgenes. Apunta los temas principales a un costado. Ha empleado las más abreviaturas posibles a fin de poder contar lo más con menos palabras. Se ha esmerado en la caligrafía pequeñísima. Tacha los pocos nombres propios que ha incluido; todo indicio que pueda conducir a sus crueles enemigos a apresar a los suyos.

Edita su manuscrito, por última vez.

su vida hasta los veintiséis años de su peregrinación

Tenía veintiséis cuando inició su escritura, pero ahora tiene veintiocho años.

Escribe encima para cambiar de *veintiséis a veintiocho*.

Es preciso cuidar cada detalle, la veracidad, la memoria, que no haya inexactitudes. Lo escribió para sus hermanos Baltazar y Miguel… ¿Cómo hará para hacérselos llegar? ¿Y cómo enviarlos hasta el otro lado del Mundo, a las manos de sus queridos hermanos? Su historia sería entonces una botella lanzada al mar, una que guarda en su interior la memoria de un siervo de Dios, la historia de una familia como tantas, tras sobrevivir a uno más de los éxodos.

Joseph revisa el manuscrito una vez más con el afán de contar la verdad, describir los detalles, con el profundo anhelo de que habrá de llegar a un lector, a una lectora.

Si su libro sobrevive al paso del tiempo, si ese objeto pequeñísimo, ese aliado poderoso persiste más que su cuerpo, si sus palabras ahí escritas llegan a alguien, entonces el empeño de su vida no habrá sido en vano.

Porque entonces alguien conocerá los *gravísimos peligros librados* por un pueblo *peregrino* que, buscando su libertad, perdió la vida en *cautiverio*.

En la primera página, solo *Laus Deo*.

Alabado sea Dios.

Laus Deo, es el saludo para entrar a casa o a un recinto religioso, para iniciar la lectura de su libro, para adentrarse en la luz de las palabras.

Ahí las *Memorias* de una vida que son las de él y las del otro. La historia de su vida como si fuese la de alguien más, la de Joseph Lumbroso.

Las *Memorias* de ese otro iluminado que ha venido apoderándose de él y que termina de hacerlo, precisamente, mediante el pacto de la escritura en ese libro.

Siempre las palabras.

Jamás imaginó que tendría que truncar de súbito ese relato que es su vida al servicio de Adonai, la historia de la llegada al Nuevo Mundo de los suyos, de las veinticinco veces que el Señor lo salvó de la muerte.

Desde un inicio, allá en el colegio de Santa Cruz de Tlatelolco, preparó el encuadernado del librito con setenta y cinco páginas. Hoy sabe que solo usará cuarenta y nueve de ellas.

La vida de Joseph será mutilada. Las veintiséis restantes quedarán en blanco.

Ese vacío dará evidencia de la vastedad del silencio que le ha sido impuesto.

Joseph escribe.

La cercanía del fin lo acecha.

El que esto ha escrito todavía en tierras de cautiverio, aunque en vísperas de salir con la ayuda y favor del altísimo y fuertísimo Adonai, Dios de Israel, de uno de los mayores y más peligroso cautiverio que gente de nuestra nación ha padecido, donde por singularísima bondad del Señor Dios nuestro, vive él y los suyos con no menor peligro que estuvo el santo Daniel metido en el lago de leones, cerrándoles a estos que los cercan el todo poderoso con milagro grande, las crueles bocas con que, si Dios Nuestro Señor no lo estorbara, los despedazaran.

Joseph conserva la esperanza en la ayuda y en la misericordia de Adonai.

Su historia de cautiverio es solo una más para los de su nación.

Viven con el mismo peligro que Daniel en medio de los leones…

Dios los protege mediante un milagro…

Si no fuese por la protección divina, los despedazarían con sus bocas crueles…

Solo queda esperar la misericordia de Dios. Ese es el cerco entre los inquisidores leoninos y ellos.

La luz de las velas a punto de extinguirse, como en el relato del Janucá. En aquella ocasión, solo un poco de aceite bastó para que la luz se mantuviera encendida con el paso de los días.

Al alba, Joseph escribe la página 49, la última.

Por lo cual, humillo mi corazón, adoro y glorifico a su santísimo nombre y confieso que es bueno y máximo y que es eterna su misericordia, la cual nos valga y a todo Israel. Amén.

Hace un diseño de manera que, aunque el acontecer de su vida y del relato se han interrumpido, el lector no tenga duda de que fue su deseo finalizar la narración.

Joseph siempre escritor, traductor, editor y poeta, fiel al arte de la palabra. Este librito de *Memorias* es muy especial para él; por lo mismo su belleza debe de estar, no solo en lo dicho, sino también en la forma de decirlo.

Decide hacer de los últimos dos párrafos, dos candelabros; quizá el de siete y el de nueve velas.

El Janucá.

El milagro de la luz que, aun sin aceite, persistió al paso del tiempo.

La Menorá.

El mundo iluminado por la verdad de Adonai.

La zarza ardiente de Moisés.

El árbol de la vida.

El símbolo de Israel.

Amén.

Así sea.

Joseph termina su libro. Sopla para que la tinta seque. Contempla la última página. Cierra la carpeta diminuta.

Se pone de pie para buscar un sitio en donde puedan estar seguros sus *Memorias* y el *Modo de llamar a Dios, ejercicio devotísimo de oración*. Su cuerpo espigado deambula por la casa.

Si no hubiera tenido acceso al manuscrito de tus *Memorias*, no hubiera comprendido lo que querías expresar entre líneas. En la versión paleografiada y transcrita, el arte se ha perdido.

Es el final y lo sabes.

La caligrafía denota el fin y también la esperanza, tu fidelidad perpetua. La luz de tu palabra.

Por única vez en todo el relato, en la última oración, el narrador habla en primera persona.

Cuatro verbos finales así conjugados: me humillo, adoro, glorifico y confieso. Ahí el resumen de tu vida.

Me quedo con tu confesión, tu caligrafía perfecta y diminuta, colgada como hoja que tirita en el viento, a punto de desprenderse.

Ahí los dos candelabros, la luz de tus palabras.

Amén

Fin de tus *Memorias*, del testimonio más antiguo de un judío en América, del místico israelita en el Nuevo Mundo.

Al final, a manera de fúnebre coda musical o de epílogo absurdo, la violencia de las veintiséis páginas en blanco.

Interrumpo mi escritura.

Es hora de iniciar clase.

Abro el Zoom y veo los rostros de mis alumnos.

Ahí al pie de cada rectángulo, los nombres y apellidos.

Carvajal. Porcallo. Núñez. De León. Montemayor. Cantú.

Díaz. Rodríguez. De la Garza. Sosa. Díaz. López. Morales.

Sobrevivieron los apellidos, los nombres.

Aunque ellos no lo sepan ni a nadie le importe.

Jóvenes estudiantes de finanzas, medicina, ingeniería, letras, arquitectura, música, mecatrónica, nanotecnología y desarrollo sustentable que descienden de quienes vinieron en aquella expedición de 1580.

Sus rostros superpuestos a los de Joseph, Francisca, Isabel, Justa, Juana, Catalina, Felipe, Diego. Intento rescatar sus rasgos en quienes me observan, opinan, preguntan.

Algunos sobrevivieron al precio exigido.

Olvidarás.

Olvidarás las historias
hasta que de ellos no quede nada
ni cenizas
ni palabras para urdir la memoria.

Olvidarás el fuego
el que los alimentó y los mantuvo fieles a su Dios
el que abrasó sus cuerpos.

Olvidarás porque la desmemoria es el sino del ser humano
una historia absurda condenada a repetirse
una y otra vez
hasta que solo queden
relatos como madejas
tejidos *textus* deslavados

Año de 1623
Sevilla, España

Verte a ti, Joseph, ardiendo en la hoguera era la peor de mis pesadillas. Lo era desde que aún vivías. En verano de 1594 ya ese temor me perseguía y te lo dije. Te advertí. Un par de veces te murmuré al oído que fueras más cauteloso.

Recuerdo aquella vez, cuando llegaste de visita a casa de Manuel Álvarez con tu hábito penitenciario y ahí estábamos Ana Báez, Domingo Gómez Navarro y yo. Domingo te reconoció y preguntó tu nombre.

—Es el sobrino del gobernador.

—Eso no me sorprende, Justa… Lo recuerdo en casa de Manuel de Lucena, el judío, cuando yo estaba muy enfermo. Ahí lo vi cantando y bailando con Catalina Enríquez y con Francisco Báez sin el sambenito. Él y Lucena intentaron convencerme de que volviera a la ley muerta… Así que era un falso penitente… un hipócrita… Ya denuncié a mi hermano y a Manuel de Lucena. Haré lo mismo con este.

Domingo se puso de pie y salió de inmediato. Enfurecí como si alguien estuviese mermando mi territorio y a los míos.

—¿Por qué no lo golpeaste? ¡Va a ir a denunciarte al Santo Oficio!

—Calma, Justa.

—¡Deberías matarlo! ¡Es un traidor! ¡Catalina y Manuel lo cuidaron durante semanas cuando estaba agonizante! ¡¿Cómo que denunció a Manuel?!

Doña Francisca abrió los ojos desmesurados desde la habitación contigua, quizá por la sorpresa de descubrir a la joven Justa, siempre prudente y mesurada, que devoraba libros y dirigía ya ciertas celebraciones, ordenar así sin más, un asesinato. O tal vez porque supo que aquella funesta denuncia de Domingo era ya el fin de su amadísima familia.

Pero no quisiste darle muerte, Joseph. Y, de pronto ahí, cuando me dijiste que no lo harías, me descubrí a mis veinte años deseando desde lo más profundo de mi ser, la muerte a alguien. ¿En qué me estaba convirtiendo? Lo más fuerte era que no me arrepentía de desearlo. ¡Éramos muchos, vendrían contra todos nosotros! ¿Qué no había matado Jorge de Almeida a una negra a su servicio por haberle dicho que era judío? ¡Eso no lo convertía en un mal hombre! ¡Cuidaba de los suyos! Era mejor sacrificar a uno que a la comunidad entera. Al menos aquel fue mi argumento en mi desesperación.

—Joseph, por favor… No tires en balde mi consejo. Hazlo por tu madre, por tus cinco hermanas, tu sobrina Leonorica, por Manuel y Catalina, esperan un hijo.

—No mataré a Domingo ni a nadie más, Justa.

—Joseph, hazlo por mí… podemos prepararle una taza de chocolate con veneno si quieres para que no quede evidencia.

—No, Justa. Ni por ti, ni por mí, ni por nadie. No lo haré de ninguna manera. Nos ha acusado ya un par de veces ante la Inquisición y si de pronto aparece muerto, sabrán que fui yo. Además, no hagamos a él lo que no queremos que nos hagan a nosotros. ¿No es eso lo que el Señor nos ha enseñado en sus mandamientos?

Salí indignada. Caminé por las calles hasta volver a casa; pero ya nada me parecía igual. La luz de la tarde sobre las fachadas se veía distinta. De pronto, el murmullo de las aves y los grillos se volvían más presentes. Una realidad a punto de esfumarse.

Vi venir la debacle. No solo yo. Manuel y Catalina estaban abatidos, particularmente porque Catalina estaba encinta con seis meses y su amado Manuel ya había sido acusado por Domingo. Mi madre y la tuya nos reunieron a todos para que estuviésemos prevenidos, para que llegásemos a un acuerdo. Se consideraron varias opciones, desde huir de inmediato hasta el martirio. Los más jóvenes prometimos que si nos llevaban presos, no nos denunciaríamos los unos a los otros en los interrogatorios, *así nos partieran en pedacitos*. Entre nosotros nos llamábamos hermanos. Doña Francisca e Isabel discrepaban; querían que huyéramos para ponernos a salvo. Decían que nadie podía imaginar la brutalidad dentro de la cámara del tormento, que la mayoría no podrían resistir al dolor sin denunciar a otros.

Quizás ahí supe, sin saberlo, que no eras para mí. Nos amábamos en silencio desde el primer día en que nos vimos. Guardábamos una admiración extraordinaria el uno por el otro, una atracción difícil de contener. Para entonces, ya habíamos hablado de esto tiempo atrás, incluso del deseo secreto de casarnos y de formar una familia una vez que consiguieras las dispensas del hábito penitenciario y te devolvieran el grado de libertad que te permitiese trabajar y obtener ganancias. Sin embargo, esa decisión tuya me dejaba claro que yo no tenía alma de mártir, que no estaba dispuesta a darles gusto a los asesinos de la Inquisición, a entregar mi vida ni la de los míos, sin reparos.

Yo era muy joven aún, pero el instinto de salvar mi vida y proteger a los míos me asestó como un puño; me dio una fuerza inusitada que jamás había sentido. Y eso nos volvía distintos de raíz. Si tu misión divina estaba sobre todas las cosas, si estabas dispuesto a resignarte al martirio, a sacrificarlo todo, entonces no podríamos hacer una vida juntos. Jamás me sentiría a salvo contigo. Jamás me sentiría protegida, ni yo, ni los hijos que Dios nos diera. Me quedaba claro que yo estaba dispuesta a todo por salvar a los míos; pero en cambio, tú no. De ese momento en adelante, ya no pude verte igual; esto ya no lo alcanzaste a saber.

Año de 1595
Ciudad de México, Nueva España

Los primeros tres meses que Manuel de Lucena pasa en las cárceles de la Inquisición, lo interrogan cinco veces y no delata a Joseph. Mientras tanto, él le escribe a su cuñado Almeida y le envía el dinero de una propiedad que ha logrado vender. Tramita permisos de viaje, habla con el capitán de un barco, su madre regala los pocos muebles que poseen. Una tarde de enero, levanta el madero junto a la ventana del ático para esconder sus *Memorias*. Oculta tras una piedra en el corredor el *Modo de llamar a Dios*. Toma algunas cartas, acerca una silla a la ventana y allá arriba, las disimula bajo unas tinajas junto a la ventana. Cose el *Lex Adonai* a su sombrero.

Los inquisidores no han logrado extraer la información que necesitan de Lucena. A mediados de enero lo conducen a la cámara del tormento. Manuel no quiere implicar a los dudosos, ni a las mujeres, entre la que se encuentra quien él ama *más que a su alma*. Comienza por nombrar a los judaizantes que ya abandonaron Nueva España. Se resiste a hablar de su esposa y de Joseph con la esperanza de que hayan aprovechado estos tres meses para huir como lo habían planeado. Espera, desde lo más profundo de su ser, que hayan podido ponerse a salvo. Catalina lleva a su hijo en el vientre.

A fines de enero Manuel de Lucena se derrumba y confiesa. Luis de Carvajal, "el Mozo", es el gran maestro judío. Su esposa Catalina Enríquez, *amor de carne y sangre,* también es judía. Lo supo al ver que cambiaba las sábanas los viernes y que vestía inmaculadamente los sábados. Comprobaron que su religión era la misma y *recibieron mucho contento ambos.* Ella prende velas los viernes por la noche y las deja acabarse. Antes de empezar el sábado, lava sus pies y corta sus uñas. Juntos observan el Sucot o Fiesta de las Cabañas en octubre para conmemorar los cuarenta años de peregrinación de los judíos por el desierto antes de llegar a la Tierra Prometida. Oran y se abstienen de trabajar. También celebran la Pascua y el Shavuot para conmemorar la entrega de las Tablas de la Ley hecha por Dios a Moisés en el monte Sinaí; se bañan antes de la puesta del sol del día anterior a la fiesta. El Día de las Perdonanzas o del Yom Kipur es día de ayuno y oración. Rezan los Salmos penitenciales. El ayuno no debe romperse hasta que tres estrellas aparezcan en el cielo. Los sábados no se hacen negocios ni se monta a caballo.

Al día siguiente, interrogan a Catalina Enríquez; atestigua que celebró la Pascua y otras fiestas judías con Manuel y con Luis. El 21 de enero Susana Galbán, esposa de Martín Pérez quien hace cuchillos, mujer de cincuenta años, portuguesa, se presenta de manera voluntaria ante la Santa Inquisición para confesar por descargo de consciencia que los Carvajal observan prácticas judaizantes. Ella suele visitar a doña Francisca en su casa. Dado que no sabe escribir, Alonso de Peralta firma por ella y le solicita más evidencia en contra.

Diez días más tarde, Susana vuelve al Santo Oficio y declara de nuevo, ahora ante el inquisidor Lobo Guerrero. Ha ido a diario a casa de doña Francisca, le ha preguntado a la muchacha que trabaja con ellos. Efectivamente, los viernes cambian las sábanas, los sábados descansan y visten de fiesta. Isabel permanece en cama y finge malestar. Francisca invita a Susana a su casa de nuevo. Ella finge no conocer la causa del malestar de Isabel y le lleva un tónico; se queda a comer con ellos. Le han servido comida frita en manteca de puerco y mirándolo bien, la de ellos parece estar frita en aceite. Igual que las gentes de su pueblo natal, no comen nada de cerdo. Susana también desciende de ellos y quiere asegurarse a toda costa de que la Inquisición no se acerque a su familia y, delatar judíos, es la manera más eficaz de hacerlo.

Los dos testimonios de Susana son suficientes. El miércoles primero de febrero, por la noche, mientras Joseph organiza los preparativos para marcharse a España con su madre y sus hermanas, es aprehendido por el Santo Oficio cerca de Taxco bajo los cargos de judaizante relapso pertinaz.

Carátula del Segundo Proceso de Luis de Carvajal, "el Mozo". Archivo General de la Nación, Ciudad de México, 1595.

Febrero de 1595
Camino de Taxco a Nueva España

Mientras lo trasladan de Taxco a Ciudad de México, Joseph asume que esta vez no hay vuelta atrás. En la oscuridad del camino alcanza a distinguir las sombras de árboles y pinos, el claro de la luna, el canto de lo grillos. Será la última vez que recorra ese trayecto tantas veces andado para dar seguimiento a los negocios de su cuñado, para vender propiedades, para reunirse con su familia en las haciendas de sus cuñados. Todo ha sucedido tan rápido que el recuerdo de aquellas veladas alegres le parece un sueño lejano.

Adonai tuvo a bien con avisarle. Hace apenas un par de días, soñó con su padre. Lo vio en una pradera verde vestido de blanco. Al verlo, abrió sus brazos y le dijo: *"Ven acá, hijo mío, descansarás de todos tus trabajos"*. El suelo donde ambos pisaban comenzó a elevarse hacia el cielo. Cuando despertó, tuvo la certeza de que el encuentro con su padre era inminente; en cualquier momento lo arrestarían, por eso adelantó su viaje a Taxco.

Hasta antes de ese sueño, Joseph conservaba la esperanza de que sobrevivirían; han sido tantas las veces que Adonai los ha salvado. Desde hace tres meses se ha empeñado en apresurar los preparativos para que puedan partir hacia Europa.

Esta vez será fiel a sus convicciones hasta el final. Los casi cinco años entre el primer proceso y el segundo le han permitido realizar la voluntad de Adonai. Se ha dedicado en cuerpo y alma a servir al Señor, a ayudar a otros a profundizar en la fe de sus ancestros, en las tradiciones, a guardar las fiestas religiosas. Si es preciso morir quemado en la hoguera, así lo hará. Será un mártir, como Isaac o los hijos de Hannah. Él también será ofrenda a Dios.

Joseph reflexiona sobre el caballo. Al ingresar a las cárceles los guardias lo revisan y le confiscan tres libritos que lleva en su bolso que van contenidos dentro de un encuadernado de piel negro; se titulan *Salmos, Profetas* y *Génesis*. No se les ocurre revisar su sombrero, ahí el *Lex Adonai* cosido días atrás.

La primera noche, aún incrédulo de estar de nuevo ahí, apenas logra conciliar el sueño. Repasa una y otra vez los trámites y pasos que ha seguido en preparación a la partida de su madre, sus hermanas y él. Está tan cerca de lograrlo... Al día siguiente de su ingreso, trasladan a su celda al sacerdote Luis Díaz, un espía. Para ese momento, los inquisidores ya han enviado al mismo hombre con Manuel de Lucena, con Manuel Gómez Navarro y con Pedro Enríquez, cuñado de Lucena, para conseguir información de Joseph.

Díaz camina escoltado hacia la celda del Mozo y, a la distancia, alcanza a distinguirlo hincado en dirección al oriente, con capa y sombrero. Observa cómo cada tanto, el joven besa el suelo. Es la misma manera de orar de Lucena. Son judíos sin duda.

Una vez en la celda, se pone de pie, se presentan y, para asombro de Joseph, su nuevo compañero, no solo lleva su nombre original "Luis", sino que además le confiesa ser judío gracias a Francisco Ruiz de Luna, su antiguo compañero. Joseph se llena de regocijo, lo abraza y bendice a Adonai. Díaz finge alegría. Será un verdadero honor compartir ese espacio, ese tiempo, con el gran maestro de los judíos. Desea de todo corazón aprender lo que él pueda enseñarle sobre el judaísmo. Joseph le promete que, al día siguiente que es viernes, alrededor de las siete de la tarde, harán juntos las celebraciones. Le muestra el *Lex Adonai* que lleva cosido a su sombrero y le cuenta que sus libros religiosos, ayer le fueron confiscados.

Como todos los viernes, Joseph ayuna. Antes del anochecer, con la poca agua que le dieron para beber, se desnuda y se hace un precario baño ritual. Una vez terminado, cena un pedazo de pan y dos plátanos. Díaz lo observa y apunta.

—Hay que ayunar en viernes y guardar el sábado ocupándose en rezar salmos, alabanzas a Dios y las coplas que me enseñó el licenciado Morales.

Los días siguientes el sacerdote espía comparte su biblia con Joseph quien lee fascinado. Una vez que le convida su breviario, le arranca todas las páginas, salvo el Libro de los Salmos mientras le explica que las otras lecturas son ajenas a la liturgia judía.

Joseph le cuenta con lujo de detalle los secretos de los judíos de la Nueva España. En largas conversaciones le narra las hazañas de Manuel de Lucena, de Justa Méndez, de Antonio Díaz Márquez, incluso de Gregorio López. Luis Díaz, por su parte, inventa que él es pariente de Antonio Díaz y ese detalle, termina por aumentar la confianza de Joseph en él.

—Hay algo que me preocupa —confiesa Joseph— dejé escondidos en el ático de casa de mamá las estatuas maltratadas de los santos, mi libro de *Memorias*, otro que contiene todas las oraciones que conozco y algunas cartas. Ahora no sé qué será de todo eso. Escribí los libros para mis hermanos en Europa.

—No te preocupes. Mi proceso está por concluir. Una vez que me liberen podré hacer con gusto lo que necesites.

—No sabes cuánto te lo agradezco.

—Es lo menos que puedo hacer a cambio de todo lo que me has enseñado. Con gusto acataré tus instrucciones.

—Te pediré que vayas a casa de mi madre, que recojas los libros, uno en el ático detrás de un tablón en el techo, el otro detrás de una piedra suelta en el corredor. Para las cartas deberás poner una silla junto a la ventana, levantar el brazo y ahí, debajo de las tinajas las encontrarás. Le entregas todo a Antonio Díaz Márquez, nuestro pariente, y le dices que se lo entregue a Ruy Fernández de Pereyra en Sevilla. Es muy importante que empaquen los libritos como si fuesen cartas. Te pido también que le escribas una nota a Ruy de mi parte. No tengo manera de agradecerte.

—El agradecido soy yo.

Conforme pasan los primeros días en las cárceles, Joseph espera alguna señal de Adonai.

¿Hasta cuándo ha de durar el cautiverio y desconsuelo de tu iglesia esta tan dura y larga persecución, estas inicuas inquisiciones, estos tiranos que nos saltean, estas falsas sectas y engaños y herejías y este abatimiento y soberbia de estos dragones? Traje a mi memoria para consolarme tu costumbre amorosísima con que te acordabas de nuestros padres en el tiempo de sus mayores aprietos, librándolos con grandes milagros del poder de sus enemigos...

Y así llegándome a ti, con todas mis necesidades, cautiverios y aflicciones que cada día del enemigo cruel recibimos suplicándo-

te humildemente, aunque soy tierra y polvo que no detengan nues-
tras maldades tu bondad, ni nuestros pecados nos dilaten el socorro
prometido de tu misericordia, por lo cual movido Adonai dijiste en
tu santísima ley y por boca de todos tus profetas y pregoneros lo
confirmaste, que si en las tierras de nuestro cautiverio, a las cuales
fuésemos traídos por nuestros pecados, nos convirtiésemos de veras
de ánima y de corazón a ti que luego nos oirías, libertarías y soco-
rrerías y sacarías de las oscuras prisiones do nos tuviesen.

Una tarde, tras raspar el muro durante largo rato, se da cuenta de que algunas lozas se encuentran flojas. ¡Alabado sea el Señor! Es señal de que ha de fugarse pronto; Adonai lo quiere libre. Continúa su trabajo y en solo unos días, logra remover una loza del muro.

—Mira, la misericordia de Adonai es infinita y aun aquí, nos socorre. Trabajemos más en aflojar estas otras lozas y pronto podremos escapar. Estoy seguro de que Antonio Díaz Márquez podrá escondernos en su casa hasta que encontremos oportunidad de huir en algún barco que viaje hacia Europa. Mis hermanos Baltazar y Miguel lo lograron.

Todos los días, puntualmente, Luis Díaz escribe un reporte detallado a los inquisidores. Así es como, al día siguiente de haber ingresado a las cárceles, el viernes, Pedro de Fonseca, Pedro de Mañozca y Gaspar de los Reyes se acercan con cautela para escuchar a Joseph recitar los Diez Mandamientos.

Tres días más tarde, los inquisidores envían por las estatuas, los dos libritos y las cartas de Joseph a casa de su madre. El sacerdote le pide prestado el *Lex Adonai* de letras doradas y se lo envía a los inquisidores. Ellos lo devuelven de inmediato para que no sospeche de su contubernio.

Como Díaz les ha informado sobre los planes de fuga, a ambos los transfieren inmediatamente a otras celdas por separado. Durante unos días, a Joseph le asignan a otro compañero de nombre Franco. Una vez que se presenta y le dice que estaba con el sacerdote Luis Díaz, Franco le advierte:

—Ese Luis Díaz es un espía; ha descubierto a todos los presos. *No en balde le llaman el añagaza y perdigón.* Hace poco escuché la voz de Manuel de Lucena clamando a gritos: ¡¡Prisioneros, tengan mucho cuidado con un sacerdote que me ha engañado y traicionado!! No solo lo gritaba él, también Manuel Gómez Navarro. Escucharlos era terrible, sus voces daban lástima.

—No puedo creerlo.

—Si hay algo que le hayas dicho, ya no hay remedio, pues lo habrá revelado a los inquisidores.

Al día siguiente, transfieren a Joseph a una tercera celda en donde ya lo aguarda Luis Díaz encadenado.

—Me han encadenado porque encontraron la piedra floja y por eso nos han movido a esta celda más fuerte y oscura.

Joseph guarda silencio durante más de una hora. Estaba tan cerca de huir. Cómo pudo ser tan ingenuo.

—Te pido me devuelvas el *Lex Adonai* que te entregué.

Díaz se lo entrega sorprendido. Joseph lo abre e intenta borrar el nombre de Ruy Fernández de Pereyra.

—No es necesario borrar el nombre, ¿para qué lo haces?

—*No quiero ni uno más de tus favores. Te he descubierto y sé quién eres.*

—Te juro por Adonai, que no soy quien te hayan dicho.

—No quiero escuchar tus argumentos. Porque existe un solo Dios te pido que solo me descubras a mí y no a mi madre ni a mis hermanas que *están colgadas de un pelito para quemarlas,* ni tampoco descubras a Antonio Díaz Márquez porque él no soportaría el juicio, ni a Gregorio López que todos lo tienen por buen cristiano, ni al fraile Francisco, ni a Manuel Álvarez ni a Justa Méndez, ni a Domingo Rodríguez ni a Jorge Rodríguez ni a Constanza Rodríguez, reconciliados por este Santo Oficio, ni a Pedro Enríquez, porque Beatriz Enríquez, su madre, no tiene otro hijo que la sustente y acuda a sus necesidades, ni a Ruy Fernández Pereyra.

"De mí, no será necesaria tu información a los inquisidores. Todos saben que no como tocino ni manteca de cerdo, que ayuno y me baño, que sigo las ceremonias y ritos de la ley de Moisés. Solicitaré una audiencia para el día de mañana sábado para que tengan de mi boca el testimonio. No necesito espías.

"Dónde tenía yo mi juicio cuando os descubrí mi pecho —dijo el dicho Luis de Carvajal con muchas lágrimas.

Por las noches, mientras duerme, recibe mensajes de Dios. El domingo antes del inicio de Cuaresma, sueña que después de que lo han quemado vivo, se encuentra vestido de blanco repartiendo flores a muchos de sus conocidos. Entre ellos, se encuentran Justa Méndez y Antonio Díaz Márquez.

Después de un rato, percibe que solo ellos dos huelen las rosas y las acarician.

El resto de las personas también las han tomado, pero no las huelen.

Solo Justa y Antonio llevan los ojos abiertos.

Los demás caminan con los párpados cerrados.

A Justa y Antonio los llevo atravesados en el alma, porque guardan con gran perfección la Ley de Moisés, porque están siempre en vela.

Manuscritos recuperados de Luis de Carvajal, "el Mozo": *Memorias* y *Modo de llamar a Dios*. Biblioteca Nacional de Antropología e Historia, Ciudad de México.

Febrero de 1595
Cárceles secretas de la Santa Inquisición,
Ciudad de México, Nueva España

Una semana después de haber ingresado a las cárceles, Joseph se presenta a su primera audiencia, convocada por él mismo. Durante varios días seguidos lo interrogarán. Revelará su historia como judío, desde que Baltazar le confesó el secreto en Medina del Campo en aquel día de septiembre durante el Día de las Perdonanzas. Detalla las creencias, los ritos y costumbres. Pascua de las Primicias, Pascua de las Cabañas, el ayuno de la Reina Esther. Pronuncia el Shemá Israel y los Diez Mandamientos de la Ley de Moisés solicitando permiso para hincarse cada vez que menciona el nombre de Dios. Tres guardias impiden que se arrodille. Recita los Trece Artículos de la Fe Judía aprendidos de la versión de Oleastro tomada de Maimónides que transcribió en el Colegio de Santa Cruz.

Joseph acepta la culpa de haber judaizado de nuevo. En este delito tiene sumo cuidado de no implicar a nadie más, salvo a Manuel de Lucena y Manuel Gómez Navarro, quienes ya se encuentran en prisión, a su hermano Baltazar y al difunto Antonio Machado. Afirma no conocer a nadie más que siga la ley de Moisés; con esto protege a su familia y amigos. Niega practicar sus rezos y seguir sus costumbres frente a ellos.

—¿Tu madre y tus hermanas son observantes de la ley de Moisés?

—No, puesto que fueron reconciliadas por este Santo Oficio.

—¿Qué fe observan ellas?

—La fe en Jesucristo.

—¿Cómo sabes esto?

—Porque hacen lo que la fe en Jesucristo manda.

—¿Cómo es que no reafirmaste a ellas en la ley de Moisés?

—Por miedo a que ellas se expusieran o me expusieran a mí ante este Santo Oficio.

—Esto no es creíble. Has dogmatizado la ley de Moisés a extraños. Tenemos evidencia suficiente de eso. Si confiabas en ellos, ¿cómo no lo ibas a hacer con tu madre y tus hermanas?

—Lo que he dicho es cierto.

Un día y otro más. Los inquisidores leen atentos el libro minúsculo que contiene la historia de los últimos años de su familia hasta el presente. Lobo Guerrero con una lupa, descifra extasiado el increíble contenido de aquel relato. Le asombra el amor incondicional de Joseph por su Dios, el temple inquebrantable, la capacidad de interpretar absolutamente todo lo que le acontece como derivado de la voluntad divina. Lobo Guerrero solo ha leído eso en las hagiografías, en sus lecturas de las vidas de los santos. Nunca pensó conocer a alguien que viviese ese grado de comunión perfecta con Dios. *Por Cristo, con él y en él...* Las palabras que pronuncia a diario en la misa cobran sentido y tal vez, por primera vez, duda sobre su oficio. No sabe bien cómo proceder. Joseph le conmueve. El sentido común le dice que no hay maldad en este hombre.

De pronto, se siente como Poncio Pilato en el juicio de Jesús. Nació en un pesebre porque las posadas estaban llenas por la celebración del Janucá, vivió toda su vida como judío, a los trece años se inició en la vida religiosa de su comunidad cuando sus padres María y José lo llevaron al templo. Durante toda su vida comió como judío, rezó como judío y murió judío e incluso, lo asesinaron cruelmente por ser judío. Lo torturaron, lo procesaron, se burlaron de él. Le impusieron un castigo ejemplar. Su tormento y muerte fueron el espectáculo del pueblo, igual que ellos harán en el auto de fe con Joseph. En la cruz de Cristo pusieron el letrero "INRI", Jesús Nazareno Rey de los Judíos, a manera de burla. Ellos harán lo mismo, un pregonero irá vociferando las faltas de Joseph, el líder, el iluminado de los judíos del Nuevo Mundo. Cuando bajaron a Jesús de la Santa Cruz, envolvieron su cuerpo en una sábana limpia como la que Joseph describe que usaron para envolver el cuerpo de su difunto padre. El cuerpo de Jesús desapareció con la Resurrección. El de Joseph desaparecerá también. Ambos jóvenes tienen casi la misma edad. ¿En quién se ha convertido con el paso del tiempo? Ahora él, el doctor don Lobo Guerrero, forma parte de la élite política y sacerdotal como la que crucificó a aquel judío inocente llamado Jesús.

Lobo Guerrero ha vivido durante años entre novicios, frailes, sacerdotes, obispos y jamás ha encontrado a alguien que lo deslumbre de ese modo. Ni en la Universidad de Salamanca mientras estudió su doctorado en teología, ni mientras fue rector del Colegio de Santa María de Jesús en Sevilla, ni en los quince años que lleva de ser fiscal del Tribunal de la Inquisición de México, ni en los últimos dos que lleva de ser inquisidor.

Este Luis de Carvajal, *es una cosa digna de compasión* escribe en una carta a las autoridades de la Inquisición en España para ver si reconsideran el caso. Tampoco ha conocido a un reo como él. Los ha habido de fe inquebrantable; pero nadie con un conocimiento tan profundo de las Sagradas Escrituras, con la capacidad de escribir un *Modo de llamar a Dios* como el que a él le han confiscado. ¿Será que Satanás encuentra las maneras de engañarlos a todos, incluso a él, con todos sus estudios y experiencia? Pero ¿qué demonio ha de esconderse detrás de esas palabras que parecen derivadas de un infinito amor divino, de la lealtad a los suyos y a su madre?

Por las noches, Lobo Guerrero no puede dormir sobre su cama áspera. Después de muchas cavilaciones, sopla sobre la vela en su mesilla de noche. La claridad de la luna apacible se instala en el interior de su celda. Nadie podrá saberlo, pero Lobo Guerrero, duda. Quisiera que no fuese él quien tuviese que decidir sobre la vida de Joseph y de toda esa comunidad. Y ¿si por depurar al mundo de herejes, se equivoca y condena a personas inocentes? Pero admitir sus dudas, aún bajo el sacramento de la confesión, sería aliarse con el hereje. Es estos menesteres, no hay término medio. Le han comunicado que el próximo año lo nombrarán arzobispo de Santa Fe de Bogotá y tiene asignado fundar un seminario allá. El rostro de Alonso de Peralta se impone en su imaginación. Debe convencerse a sí mismo de que Joseph no es persona digna de compasión. Es solo un reo más. Un judaizante relapso pertinaz. Un enemigo de la Iglesia y por lo tanto, de la Corona. Judaizante… Hereje… Pertinaz… Judaizante… Hereje… Pertinaz… Esas tres palabras repetidas hasta el cansancio lo arrullan hasta que finalmente, lo vence el sueño.

Febrero de 1595
Cárceles secretas de la Santa Inquisición,
Ciudad de México, Nueva España

Joseph no ha colaborado como los inquisidores quisieran; no ha develado nuevos nombres. Lo envían a un calabozo subterráneo. En medio de la oscuridad absoluta solo verá la luz tenue de la vela cuando el carcelero le lleve su comida, recoja sus heces y orines en una bacinica. Permanece en tinieblas. No sabe si es de día o de noche, no sabe cuánto tiempo ha pasado. Desconoce si ahí lo dejarán hasta que muera. Solo. No sabe si serán días, semanas o meses. Escucha las gotas que caen, el chillido de las ratas, el olor intenso a humedad y moho, el frío.

Con el paso del tiempo, Joseph enferma. La fiebre estanca aún más el paso del tiempo. Le duele todo el cuerpo, la piel, el cuero cabelludo, los ojos, la cabeza. Una terrible tos seca no le da tregua. Finalmente, después de tres semanas, el médico recomienda que lo suban a una celda seca e iluminada. *Tres semanas estuve en un calabozo en tinieblas donde me llevaban de comer con candela. Ya mi bendito Señor me sacó de allí, adorado sea su nombre y me trajo a una cárcel que está en este corral y tiene una ventana por la cual día y noche veo el cielo ...*

A pesar de los esfuerzos por proteger a su familia, a inicios de primavera arrestan a doña Francisca, a Catalina, Leonor y a Anica. A Mariana la dejan bajo custodia debido a su enfermedad. A Isabel la detendrán en junio. Antonio Díaz de Cáceres lleva a Leonorica, quien llora de nuevo aferrada a su padre, a casa de Agustín de Espíndola y la deja bajo el cuidado de una nana llamada Ana de los Reyes. Cuando ella le enseña oraciones cristianas, la pequeña dice:

—En casa de papá y mamá, no rezan estas oraciones... Rezan otras.

—Ay, mi niña. No me diga esto porque me tiemblan las carnes cuando la escucho.

—¿Por qué, mi nana?

—Es tan terrible que si en el Santo Oficio lo supieran... te quemarían viva, mi niña.

En las cárceles de la Inquisición está permitido que los reos envíen alimentos de una celda a otra. Muy pronto, Joseph se entera de que su madre y sus hermanas se encuentran ahí presas. Crean un lenguaje a base de huesos de aceitunas, pasas, plátanos que combinados de diversas maneras arrojan significados distintos. Estoy sola. Estas son mis compañeras. Fulanita o sutanito también se encuentran presos.

Para Joseph esos mensajes encriptados no son suficientes. Una mañana le pide a un guardia que le lleve un melón a Leonor, quien descubre dentro, entre las semillas y envuelto en un pedazo de tafeta morada, el hueso de un aguacate labrado. A partir de ese día, así enviará Joseph mensajes a su madre y sus hermanas.

Paciencia como Job.

Almas de mi corazón. A N Sr te visite.

Ya tengo la gloria, con grilletes estoy por mi Dios.

Lo mismo hace al día siguiente, solo que ahora cubre el hueso con la cáscara de un plátano. Repite lo mismo cada día. Cuando no tiene melones o plátanos, labra mensajes sobre peras.

Albricias que los ángeles y santos de Adonai en el Paraíso nos esperan, mártires míos, benditas de Adonai [...] mejor viaje es el del Paraíso que el de Castilla [...] Qué ricos jardines, músicas y fiestas nos esperan, lindos torneos se han de hacer en el cielo, cuando Adonai nos corone por su firme fe [...] Benditas de Adonai, a Él os encomiendo y por acordarme de vos de mí me olvido. Él me ha revelado a mí grandes misterios; por tanto, no temáis de estos gusanos que buen Señor y Dios tenemos y santa y verdadera Ley creemos [...]

Los guardias, entrenados para sospechar, revisan cuidadosamente y al descubrir mensajes cifrados, llevan los frutos al doctor Lobo Guerrero. Tras examinar los huesos de aguacate, dan instrucciones a los guardias para que dejen, disimuladamente, tinta y una pluma en la celda de Joseph. Dan la orden también de que le envíen pasas cubiertas en papel, como si fuesen un regalo de su madre.

Cuando Joseph encuentra la tinta y el papel con la fruta, de inmediato, escribe la primera carta dirigida a Isabel y a Leonor.

Vidas de mi ánima por milagro me vino hoy un tintero y pluma para que escribiese este billete. Almas de mi corazón, quien primero la recibiere puede con mucho recato enviarlo envuelto en alguna cosa a las otras mis benditas. A mí, me prendieron por derecha voluntad y juicio del altísimo, y por acusación del buen Lucena. Yo de mí solo, por no levantar a nadie testimonio confesé la verdad y la confieso esperando el verdadero premio de Dios de que tengo en mi prisión grandes y ciertas prendas. A vosotras almas mías, ángeles míos,

Benditas mías os prendieron por sospecha sola. Yo defendí vuestra inocencia como sea defendida mi ánima de Satán y sus corchetes.

Por el ángel santo de mi Señor Dios os digo que cuando yo estaba solo, en bailes pasaba mis cárceles. Cuando oí vuestra prisión porque me mostraron mi librito colorado y cartas me he afligido y aflijo tan en extremo que con vivas lágrimas y postrados suspiros y clamores pido a mi Señor Dios el remedio que de su mano llena de piedad para salvación de las ánimas que es lo que importa más con gran confianza espero. Benditas mías esta fue voluntad del muy alto y el azote menor que los pecados, postrémonos ante ella con almas y corazones que el saber sacar mal de bienes y de piedras duras agua, miel y aceite.

Entiendo sin duda hay más de treinta presos que aquel pobre dicho y otros han culpado. Nuestro Señor socorra por su piedad, aunque nuestra infidelidad no lo merece. Yo estoy con grilletes y ni esos ni el fuego vivo apartarán mi ánima de mi dulcísimo señor y Dios como espero en él me revele mi creador aquí muchas misericordias suyas y preguntando mi pobre pensamiento en oración suave a mi Señor Dios [...]

Leonor de mi vida, a quien como a todas quiero y amo, como arcángeles de mis contentos ¿estás aquí cerca? Envíame, ángel mío, señas si estás sola. Míos son los dos paños que te dieron ayer a repulgar, si vienen ambos juntos entenderé que estás con compañía y, si cada uno por sí, que estás sola. Allá está junto a ti en uno de esos aposentos la bendita madre. Quién pudiera ir a veros y saludaros un rato. A mi Señor Dios pido licencia, quizás me la otorgara, si no conviene, consuélome que nos hemos de ver antes de la muerte y después por eternos tiempos en la heredad de la gloria entre los hermosísimos ángeles, con rica esperanza viviréis. Hallelu. IA.

¿Qué habrá hecho mi Señor Dios de nuestra Aniquita y de la pobrecita loca y de la pobre viuda? Ay, rebaño de mi alma que así estás esparcido. Consuélate, dice el Señor, que yo lo libraré de los lobos y lo pondré en dulces pastos con la oveja de su madre [...]

Una noche me fueron mostradas unas tortillas de flor de harina tamañas como rodelas y por ellas dada a entender la hartura del gozo que nos espera.

Hazme dos letras en los paños del principio de quién está contigo.

En los chapines os huelo y conozco cuando pasais y postrado os pido socorro. En mi ventanilla tendré siempre un paño que cuando pases veas.

Todos los hijos de Adán nacimos para morir. Bienaventurado el que muere para salir de la larga muerte desta vida y ir a vivir la verdadera vida.

En la pluma y pasas que me enviaste vi lo que quisiste.

Tan pronto envía la carta dentro de plátanos, Gaspar de los Reyes, alcalde de las cárceles, la lleva al Tribunal para que los inquisidores la revisen.

Es voluntad de Dios llevarnos con él al paraíso. Él ha permitido nuestro arresto. Perseveremos en la fe. Ustedes son inocentes. Solo yo soy culpable y así se los he hecho saber a ellos.

Durante los siguientes días, más tinta y papel aparecen a su alcance. Todos los días elabora bellísimas cartas y las oculta dentro de la comida que envía a su madre, a Isabel, a Leonor, a Catalina, a Anica, e incluso a Mariana.

Hermana de mis entrañas, no te sabré encarecer el consuelo que estas recibieron con ver en mis manos el plátano que estuvo en las tuyas a quien tanto quiero y amo [...]

No hay dolor de hijada que así penetre como me atraviesa vuestro llanto. ¿Qué haré para remediaros que soy pobre sino pedir limosna para vosotras mis almas a vuestro riquísimo y piadosísimo padre? Ay, cautivas mías quién pudiera quedar preso por vuestro rescate. Ay, almas mías quién pudiera libertaros con toda su sangre, mas que digo que si yo os amo, mucho más os ama Dios Nuestro Señor que es vuestro padre y él sabe lo que hace. A él os encomendaré sin cesar...

Durante mayo y junio, Joseph escribirá por lo menos veinte cartas de varias cuartillas cada una. Gaspar de los Reyes le entregará todas a los inquisidores. En ellas, Joseph deja ver la inocencia de su madre y hermanas. Solo él ha judaizado.

Sequina[12] *Os espera tan espléndido banquete como el que te avisé, qué te diré de las dulces comidas de aquella boda santa, o qué azúcares rosados, o qué principios y postres [...] qué músicas y saraos.*[13] *mira allí, después de haber comido aquella dulcísima comida de la leche azucarada del amor y sabiduría del Señor, bailaremos todos juntos con la santísima madre el cantemos con alegría, o qué saltos hemos de dar de contento [...] o qué ricas castañetas, a su arpa santa nos ha de hacer el son el benditísimo David en sus cantares, y todos en coro en compañía de los ángeles y santos hemos de bailar [...]*

Joseph sabe que los inquisidores las están leyendo. No hay en todos esos folios una sola palabra que pueda incriminar a su madre ni a sus hermanas. Cuando estuvieron bajo el mismo techo, él mismo las exhortó día con día a que observaran las tradiciones, las fiestas, rezaran las oraciones. Sin embargo, en las cartas no deja rastro alguno; son prueba de su inocencia

---

[12] Presencia de Dios.
[13] Fiestas

frente a los inquisidores. Las cartas, en caso de que se las entreguen a ellas, son una oportunidad más de alentar la esperanza, de acompañarlas en su dolor, de infundirles fortaleza espiritual para enfrentar la terrible muerte y resignarse a una vida trunca, para que ésta no sea en balde, que su corta vida sea una ofrenda agradable a Adonai. Él ya confesó su judaísmo, expiará la culpa de su comunidad; no pierde la esperanza de que ellas sean liberadas.

Después que ollí vuestra prisión se aflige en demasía mi ánima y, si supiese que la lleváis con amor de Dios y paciencia, saltaría de gozo porque dichoso aquel que en el soplo de esta vida padece para gozar del contento eterno de los cielos para el cual no hay otro camino sino el de los trabajos y el que no los tiene acá, despídase de la gloria, así que ángel mío, acuérdate para esforzarte que todos los santos que allá están nos esperan. Nuestro suavísimo Dios y señor nos quiere hacer tanto bien, no le contradigamos con impaciencia.

Abraham nuestro santo padre ató de pies y de manos a su hijo el bendito Isaac, con maravillosa obediencia esperaba el golpe de cuchillo. Ánimo, ánimo cargadas mías, que entonces andaba el ángel del señor trayendo el carnero que por él fue ofrecido. No fue su voluntad que muera Isaac, sino daros este mérito en la tentación para daros el premio de la eterna vida que esta no es sino larga muerte y tormento. Fé como Sara que en la vejez parió. Oración como Ana y Ester en peligro. Ánimo como las benditas Judic y Salomona, bendita mártir clava al enemigo tentador por las sienes como Jahel a Sísara, y salidas de Egipto y de cárcel cantareis victoria con María y Deborah en el paraíso con ellas para bailar en coros cuando el Señor os corone.

Consolaos pues vais como la reina de Saba a visitar aquel hermosísimo y sapientísimo rey de los ángeles a ver sus ricos palacios y jardines y paraíso. a comer con dulcísimas comidas. o que lindas sayas. jubones. escofiones y guirnaldas de oro fino de gloria os a de dar. o en que olorosas aguas habeis de ser lavadas [...]

Los inquisidores secretamente se deleitan. En su experiencia de años, jamás había sucedido eso. Cartas poéticas, narraciones de sueños como presagios dentro de plátanos, quesos, conservas de cajeta, peras y melones; sin embargo, estas no les sirven para inculpar a doña Francisca, a sus hijas ni a otros miembros de la comunidad.

Principios de los Mandamientos de la Ley de acuerdo con Joseph Lumbroso.
Aquí las oraciones que su madre y sus hermanas debían recordar para entrar al Paraíso.
La última carta archivada en su Segundo Proceso es una réplica de esta misma, escrita a siete columnas, en clave, para que los inquisidores no pudieran culparlas.

Modo de llamar a Dios, Exercicio devotísimo de oración escrito por Luis de Carvajal, "el Mozo" hacia 1594, folio 46. Biblioteca Nacional del Instituto Nacional de Antropología e Historia, Ciudad de México.

Mayo de 1595
Cárceles secretas de la Santa Inquisición, Ciudad de México, Nueva España

Después de varios interrogatorios, Leonor se quiebra. Llora hincada y pide misericordia, quiere confesar la verdad. Nací en Benavente, en los reinos de Castilla, de donde vine muy niña a esta Nueva España, soy de la edad de veintiún años, me sustento de mi aguja, estoy casada con Jorge de Almeida, portugués que ahora está en Castilla, mis padres se llaman Francisco Rodríguez de Matos, relajado en estatua por la ley de Moisés, por este Santo Oficio y mi madre se llama doña Francisca de Carvajal, reconciliada por la misma ley.

Quiero convertirme de veras a la ley Evangélica de Nuestro Redentor Jesucristo. Hará poco más de un año que mi hermano Luis de Carvajal me preguntó si me había apartado de la ley de Moisés y le respondí que sí. Me dijo que no hiciera tal ni creyera en la ley de Jesucristo porque es cosa de burla, que espere al Mesías prometido en la ley de Moisés y regrese a ella, como antes de que me reconciliaran, que ayunara los lunes, miércoles y jueves de sol a sol, sin comer todo el día hasta la noche, que guardase los sábados, que no comiese tocino, manteca ni cosas de puerco, que ayune en el Día Grande del Señor o de las perdonanzas, que quitase el sebo y la gordura a la carne… Por la persuasión de mi hermano Luis, de un año para acá me determiné a dejar la ley de Jesucristo y a pasarme a la ley de Moisés. Mi hermano nos leía los sábados a mí, a mi madre doña Francisca, a Isabel y a Mariana los Salmos de David en romance que él había sacado de una biblia que estaba en el Colegio de Santa Cruz de Tlatelolco. Los viernes, a la puesta del sol que empezaba la guarda de los sábados, cantaban mi hermano Luis, mi madre y mis hermanas.

Los inquisidores le hacen creer que, si dice la verdad, le ayudarán. Leonor interpreta esa "ayuda" como el perdón. Cree que diciendo todo lo que sabe sobre su familia ellos le darán una última oportunidad. Desconoce que cuando se refieren a "ayuda", para ellos significa otorgarle el permiso para intercambiar la espantosa muerte en la hoguera por una muerte rápida a garrote vil.

Durante los siguientes días, Leonor será interrogada. Esta familia no deja de sorprenderles. Jamás habían atestiguado una memoria como la de Leonor quien se presenta a diario en esas salas de muros gruesos, frente a la mesa de los inquisidores, junto a la mesilla del escribano y desde ahí, de pie y vestida en color claro, entona cánticos a capela desde una voz entonada y dulce que duele. En su canto se funden éxodos, peregrinaciones, lamentos de todos aquellos peregrinos sin voz. Los inquisidores no estaban preparados para esto.

Cada día durante horas, Leonor canta, recita. Su memoria prodigiosa le permite hacerlo como si hubiese ensayado largo tiempo. Su voz joven, serena en una melodía que le pone la piel de gallina a Lobo Guerrero, hace que los ojos se le llenen de lágrimas, aunque ella no alcance a verlo. Le arranca unos suspiros que el inquisidor intenta disimular. Pero ¿qué mal puede haber en esta jovencita que canta como un ángel y recuerda tantas alabanzas a Dios?

Entona el cántico de los viernes por la noche. Durante un par de audiencias interpreta los nueve cantos que rezaba Luis para las guardas de los sábados. Otra tarde, Leonor recita en coplas toda la ley de Moisés. Doña Isabel y doña Mariana también las saben de memoria, madre no. Una mañana enuncia los Mandamientos de la Ley de Moisés en forma de poesía.

También celebramos la Pascua del Cordero con pan cenceño sin levadura, cuya guarda es de siete días, el ayuno del Día Grande del Señor en que Dios juzga los pecados y perdona las almas y guardamos la Pascua de las Cabañuelas. No comemos animal inmundo de los que no tienen la uña hendida ni rumian la comida y pescados sin escama ni animales que arrastran el pecho por la tierra y se sustentan de otros animales ni animales de color negro de cuatro pies.

Leonor enuncia una oración, y otra, y otra más. La siguiente semana, les habla del librito que escribe su hermano Luis de Carvajal en donde narra las maravillas y los milagros que Dios les concedió. Ella e Isabel suelen tomarlo para leerlo. Es verdad que Luis les ha enviado billetes escondidos en plátanos y escritos en huesos de aguacates consolándolas y animándolas a que perseveren en la ley de Dios y tengan confianza en él. Prometimos a Dios de Israel que, aunque nos viésemos en tormento en este Santo Oficio, no nos descubriríamos los unos a los otros, que solamente confesaríamos de nosotros mismos y no de los demás.

Junio 10 de 1595
Cárceles secretas de la Santa Inquisición,
Ciudad de México

Esa mañana, después de que Joseph ha asegurado que no tiene nada más que añadir a su testimonio, el doctor Martos de Bohorquez, Fiscal de la Inquisición de México, acusa criminalmente a Luis de Carvajal, vecino de México, preso en estas cárceles secretas del Santo Oficio. El 24 de febrero del pasado 1590 abjuró, detestó la herejía y apostasía. Confesó y prometió nunca más volver a ella so pena de impenitente relapso, sometiéndose al rigor y severidad de los sacros cánones y firmó la abjuración de su nombre como consta en el proceso.

Martos de Bohorquez lee con una voz impostada que semeja la de un solemne actor de teatro. Ha calculado el volumen, los silencios, el énfasis en las palabras para aumentar el dramatismo del momento. Se regodea en el sonido de cada una de sus palabras que chocan con los pesados muros y resuenan poderosas en la sala. Afuera es un día gris, la llovizna cae con perseverancia perniciosa.

Durante horas leerá la acusación completa del reo organizada en veintidós acusaciones. De sus labios y su pecho saldrán frases para alimentar los prejuicios y el odio, las palabras como estocadas.

~Como un perro que vuelve al vómito, después de haber sido reconciliado y abjurado, se ha tornado a pasar a la creencia, guardia y observancia de la Ley de Moisés [...]

"Tiene a Nuestro Redentor Jesucristo por engañador, por cosa de risa.

"La ridícula esperanza en la venida de su Mesías que tantos siglos ha que esperan los judíos y no acaba de venir [...]

"Como hombre ciego y sin luz, no quiere persuadirse a la verdadera inteligencia de los dichos salmos y profesías, ni considerar el espíritu de ellas que da vida, sino la letra muerta [...]

"Y es de tenerle lástima que no quiera creer ni persuadirse a conocer su error, ni sujetarse a Nuestra Santa Madre Iglesia, no sale de su dureza y obstinación [...] Los judíos cuan desaparecidos y desperdigados andan por el mundo cumplidas en ellos las maldiciones que Dios les profetizó, porque no habían de conocer ni creer en su benditísimo Hijo Jesucristo, Nuestro Redentor.

"Está tan embebecido en la guarda y observancia de la dicha Ley de Moisén, que todo el día gasta en pensar en ella, y como sea natural soñar los hombres lo que piensan, los sueños que sueña porque el demonio lo trae ciego y engañado se los representa, dice son revelaciones de Dios, regalos y favores que le hace, y los sucesos y cosas casuales que antes que le prendieran le sucedían, los atribuía a milagros.

"Y de esas boberías y desatinos tenía escrito un libro de su mano que pensaba enviar a sus hermanos Baltazar y Miguel, que actualmente se encuentran judaizando en Roma y en Salónica, junto a Constantinopla, donde el segundo es gran rabino.

"Y está tan obstinado y pertinaz en la creencia de dicha Ley de la que no se ha apartado durante catorce años, que quiere morir y desea venga el día que lo han de relajar, que tiene por dichoso porque ha de ir a gozar de su gloria.

"Pido declaren sus confesiones por verdadera y por probar al dicho Luis de Carvajal por hereje, judaizante, impenitente, relapso, apóstata, simulado ficto confitente, pertinaz, dogmatista y enseñador de la Ley de Moisés, fautor y encubridor de herejes judaizantes, perpetrador y culpado de los delitos de que le acuso y haber incurrido en sentencia de excomunión mayor, le manden relajar y relajen a la justicia y Brazo Seglar para que vivo sea quemado en llamas de fuego, para que él sea castigo y a otros ejemplo, sus bienes confiscados y pasen a pertenecer a la Cámara y Fisco de Su Majestad desde el día que cometió los delitos de que le acuso.

"Pido sea puesto a tormento en que persevere hasta que enteramente confiese la verdad, para la cual y en lo necesario el Santo Oficio imploro, pido justicia y juro esta acusación.

El apartado veintiuno revela que ellos tienen posesión de sus *Memorias* y cartas, cosa que no le sorprende en absoluto. Lo que viene a ser un balde de agua fría es saber que ellos tienen evidencia de que toda la familia ha participado en los ritos religiosos y ceremonias que él dirigió.

Joseph no las delató. Se ha esmerado en no hacerlo, en protegerlas.

Ahora sabe que por lo menos una de ellas confesó.

Joseph responderá a cada una de las veintidós acusaciones, aceptará todo lo que concierne a su creencia y observancia de la ley judaica e insistirá en defender a las dos hermanas que aún puede salvar: Anica y Catalina. Durante horas responde y argumenta la inocencia de Anica, quien por ser casi una niña y por haber sido adoctrinada en la fe de Jesucristo mientras vivió en casa de Pedro de los Ríos, no tiene conciencia del judaísmo. Incluso, Joseph afirma que cuando ella está presente concluye los rezos de inmediato con un: "En el nombre del Padre, del Hijo y del Espíritu Santo, Amén" para que ella no aprenda las oraciones. Catalina por su parte, aconsejada por su esposo don Antonio Díaz de Cáceres, vive en su propia casa y practica de manera devota las enseñanzas de la iglesia de Cristo y asiste puntualmente a escuchar los sermones de fray Manuel de Reinoso. Incluso, alguna vez tuvo un desacuerdo con ella porque quería ir a una procesión religiosa en San Hipólito y Joseph se oponía.

Al caer la noche, Joseph afirma que *ya no sabe de otros cómplices mas de los que tiene confesados, que desea que la salvación venga el día en que ha de morir, no como vil ahorcado, sino en fuego vivo, para que tenga más gloria, con esto piensa salir de las prisiones y grilletes en que está e irse a los cielos.*

Días más tarde, repetirá lo mismo al doctor Dionisio de Ribera Flores, elegido de entre cinco abogados, para aconsejarlo. *Creo en la Ley dada por Dios a Moisés y en ella quiero morir. En testimonio de esta verdad vendrá el fuego vivo y me permitirá llegar a Dios.*

Joseph es culpable sin duda alguna. Lo saben desde la primera audiencia que él mismo solicitó para confesar su delito a inicios de febrero. Podrían entregarlo al brazo seglar de la justicia para su condena; sin embargo, los inquisidores deciden que no basta eso. Necesitan los nombres de todos los implicados en Nueva España y no se doblegarán hasta que los consigan. Tienen en su poder al líder religioso, no pueden dejar pasar esta magnífica oportunidad. Han de conseguir todos y cada uno de los nombres, así tengan que desmenuzarlo y asarlo vivo. Solo así terminarán de una vez y para siempre con la herejía.

Invierno de 1595
Cárceles secretas de la Santa Inquisición,
Ciudad de México

A fines de octubre, los inquisidores concluyen dos asuntos vergonzosos. Si queman vivo a Joseph en la hoguera, sin haberlo convencido de que se convierta al catolicismo, se volverá un mártir de su fe; obtendrán él y sus seguidores una victoria sobre ellos. Entre el 14 de junio y el 15 de diciembre, Joseph es llamado diez veces a audiencias. Ni su abogado, el canónigo Dionisio de Rivera con quien se reúne en varias ocasiones, ni los dos doctores en teología, los jesuitas Hortigosa y Sánchez, quienes lo cuestionan a detalle, ni los inquisidores han logrado que Joseph se convierta a la fe cristiana. Además, a pesar de todas las amenazas e interrogatorios, no ha develado información que pueda ayudarles a eliminar a la comunidad de judaizantes que él mismo formó en Nueva España.

El 31 de octubre Hortigosa y Sánchez lo exhortan a convertirse. Hortigosa y Joseph pasan toda la tarde en una larga conversación. Al anochecer, el teólogo sale de su celda. Alonso de Peralta y Lobo Guerrero aguardan afuera. No lo ha logrado. Al día siguiente, Hortigosa vuelve, él y Joseph dialogan toda la mañana. Citan las Sagradas Escrituras, las profecías. Para cada argumento, Joseph presenta un contraargumento hasta que, uno a uno, los ha combatido todos. El sacerdote sale de la celda agotado. No hay manera. Es increíble este muchacho; su conocimiento del Antiguo Testamento es asombroso.

El 4 de noviembre, ambos sacerdotes pasan cuatro horas y media intentando convertirlo mediante referencias a las sagradas escrituras; pero Joseph, una vez más insiste que quiere permanecer y morir como judío.

El 15 de diciembre, cuando el canónigo abogado Rivera Flores lo presiona, responde orgulloso que su fe está en la ley de Moisés.

—Creo en un solo Dios verdadero, creador del cielo, la tierra y mar, de todo lo visible y lo invisible, y en su inmaculada Ley y verdades. No creo en la Ley de Jesucristo porque la tengo por falsa. Hago voto solemne al Señor de los Ejércitos: si porque le negara o me apartara de su bendita ley me hicieran Rey de Castilla, no lo aceptaría.

Ese día, firma de manera distinta. "Joseph Lumbroso, esclabo del Altísimo Adonai Sabbaoth"

El martes 6 de febrero de 1596 por la tarde, estando en la Sala de Audiencia en consulta y vista de procesos, los inquisidores doctor Lobo Guerrero y el licenciado Alonso de Peralta, el doctor Juan de Cervantes, arcediano en la santa iglesia de la ciudad y gobernador del arzobispado, los consejeros doctor

Saavedra Valderrama, doctor Santiago del Riego y el licenciado Francisco Alonso de Villagra, oidores de la Audiencia y cancillería real de la ciudad y el licenciado Basco López de Bibero, corregidor en ella por Su Majestad, revisan, comentan y relatan el proceso criminal contra contra el joven.

Finalmente, de manera unánime determinan que Luis de Carvajal sea puesto en tormento *in caput alienum* para que diga y declare la verdad sobre cómplices y otras personas que guardan la ley de Moisés.

8 de febrero de 1596
Cámara de tormento. Cárceles de la Santa
Inquisición, Ciudad de México

—Muchas veces te hemos pedido que digas la verdad de todo aquel que guarde la ley de Moisés. Callas y encubres a muchas personas a quienes tú mismo instruiste en ritos y ceremonias. Te hemos mandado traer a esta audiencia para que, de parte de Dios Nuestro Señor y de la gloriosa y bendita Madre Nuestra Señora la Virgen María, confieses enteramente la verdad de lo que hayas visto hacer o decir a otras personas en contra de nuestra Santa Fe Católica.

~He dicho la verdad de lo que sé. He dicho sobre mi madre, quien es la cosa que más quiero en esta vida. Si supiera de otras personas, con mucha más facilidad lo hubiera dicho ya. Otros por temor a que les den tormento, dicen más de lo que deben. Se me hace injusticia, el derecho canónico dispone que de complicibus no debeo interrogare. Protesto ante Dios Nuestro Señor que, si con los garrotes y aflicción del tormento dijere mentiras y falsos testimonios por librarme de él, que Dios me perdone.

~Debemos de condenar y condenamos a Luis de Carvajal a que sea puesto a cuestión de tormento in caput alienum en el cual mandamos esté y persevere por tanto tiempo cuanto a nosotros bien visto fuere, para que en él diga la verdad de lo que está testificado y acusado. Si en el dicho tormento muriere o fuere lisiado o se siguiere efusión de sangre o mutilación de miembro, sea a su cargo y no a la nuestra, por no haber

querido decir la verdad, y por esta nuestra sentencia así lo pronunciamos y mandamos. Doctor Lobo Guerrero y Licenciado Alonso de Peralta.

—Diga la verdad.

—Por reverencia a Dios, duélanse de mí, no tengo culpa.

El verdugo se acerca a quitarle los grilletes. Ya desnudo, solo con zaragüelles de lienzo, Joseph camina hacia el potro. Los verdugos lo observan. Se recuesta sobre las tablas. Los verdugos fijan a la mesa sus lacerados tobillos. Extiende sus brazos hasta arriba. Aprieta la mandíbula y enseguida susurra:

—Dame Señor fuerzas, que antes reviente que diga mentira.

Inhala mientras aprieta los párpados.

—¡Liguen sus brazos!

El ministro entra y hace señas para que se le dé una vuelta de cordel. El verdugo empuja con ambas manos la palanca. Los cordeles comienzan a estirarse sobre la piel de Joseph. Rechinan las poleas.

—Mi hermana Catalina de la Cueva, siempre con recelo, guarda la ley de Dios dada al Santo Moisés en el Monte Sinaí. Ha ayunado y guardado el Día Grande del Señor en compañía de mi madre doña Francisca, doña Isabel, doña Mariana y doña Leonor. Ellas tenían cilicio del ancho de una faja de seis dedos. Rezamos los Siete Salmos Penitenciales. Todos procurábamos estar en pie o de rodillas para hacer más penitencia. Catalina guarda el sábado, aunque hace como que trabaja mientras yo les leía salmos de alabanza en romance. Y también en las Pascuas de los Panes Ácimos de las Primicias y de las Cabañas.

—¿Qué otras personas se encontraban presentes mientras rezaban, cantaban y ayunaban?

—Anica, mi hermana, la más pequeña, a trochemoche murmuraba oraciones.

—¿Sabía ella que estas oraciones son para guardar la ley de Moisés?

—No lo sé, es solo una muchacha, no lo creo.

—Diga la verdad.

—No tengo más qué decir.

El ministro hace otra seña. Segunda vuelta de cordel. El verdugo se apalanca mientras el áspero cordel comienza a clavarse en la piel. Giran las poleas lentamente. Joseph grita.

—¡Ay, Señor! ¡Perdóname, misericordia! Si supiera de alguna otra persona ya lo hubiera dicho.

—¡Diga la verdad!

—¡Ay! Anica guarda la ley que dio Dios a Moisés... he dicho la verdad.

El ministro levanta la mano y asiente con la cabeza. Tercera vuelta de cordel. El verdugo sostiene con fuerza la palanca de madera. El cordel ya ha perforado la piel en varias partes del cuerpo, recorre quemando las heridas abiertas. Joseph siente que al estirar tanto sus extremidades le han dislocado los hombros, las muñecas, la piel de los tobillos ha comenzado a rasgarse.

—¡Señor, Dios de Israel! Por un solo Dios, se use de él con benignidad. ¡Ay de mí, triste he de decir mentiras! Ya he dicho la verdad...

El ministro, inmune al dolor del reo, mantiene un semblante inexpresivo. Levanta la mano y asiente de nuevo. Cuarta vuelta de cordel. El verdugo obedece como si fuese una pieza más de una máquina.La palanca con fuerza. El cordel ha penetrado en varias partes y desgarra a su paso ya no solo la piel, venas, músculos, tendones. El esqueleto de Joseph cruje restirado. Apenas puede respirar.

—¡Aaaaaay! Diré la verdad. La diré... Señor inquisidor... Anica... guarda la ley, pero no tiene aún capacidad para entender qué es lo que le conviene... porque es muchacha, pequeña y enferma... Ella no hace ayunos y cuando rezamos... responde mal porque no sabe las oraciones.

—Justa Méndez, ¿cuántas veces ha estado con ustedes en dichas celebraciones?

—Solamente una vez.

El ministro hace una leve risa de lado. Con el cuerpo inmóvil, levanta la mano de nuevo. Quinta vuelta de cordel. Las heridas abiertas, el cuerpo ha comenzado a gotear sangre. Crujen las poleas, los maderos, los huesos, los cartílagos. Dicen que hay reos a quienes han desmembrado, mutilado; la culpa siempre es del penitente por no querer confesar la verdad.

—¡¡Por favor, quítenme las vueltas, diré la verdad llanamente!! ¡Lo haré! ¡Por favor!

El ministro levanta las cejas y sonríe satisfecho. Hace una señal con la mano derecha, una pequeña línea horizontal. El verdugo atiende y le aflojan las cuerdas.

—Deseo decir la verdad... He dejado de decirla por no hacer mal a nadie... porque es pecado descubrir a otras personas que guardan la ley de Moisés... Si no lo entendiera así, lo hubiera dicho desde la primera vez... Guardan la ley que dio Dios a Moisés: Tomás de Fonseca, el de las minas de Taxco y Héctor de Fonseca, su primo, y Miguel Hernández, hermano de Jorge de Almeida mi cuñado, Miguel reside en Sevilla, Manuel Álvarez, mercader portugués que vive aquí en México y su hijo Jorge Álvarez y Antonio Díaz Márquez, mercader portugués y Diego Enríquez, hijo de Beatriz Enríquez La Payba, y su hermano

Pedro Enríquez y Pedro Rodríguez Saz que vive en esta ciudad en casa de Ana López y la dicha Ana López y su hija Leonor Díaz y Manuel Rodríguez, primo del dicho Manuel Álvarez y sospecho que su mujer Leonor Rodríguez... También sospecho de Ana Váez, mujer del dicho Jorge Álvarez... Asimismo, guardan la dicha ley Clara Enríquez, madre de la dicha Justa Méndez y Gabriel Enríquez su hijo. Creo que también Antonio López, hijo de la dicha Ana López que toca un instrumento en las comedias y Andrés Rodríguez, hermano de Manuel Díaz, y el dicho Manuel Díaz y Catalina Enríquez, mujer de Manuel de Lucena y su madre, Beatriz Enríquez La Payba y Sebastián Rodríguez y Constanza Rodríguez, su mujer y un hermano del dicho Sebastián Rodríguez que se llamaba Antonio y se ahogó... Sospecho que Isabel Rodríguez, mujer del dicho Manuel Díaz y hermana de Simón Rodríguez, mercader vecino de México.

—¿Qué otras personas más guardan la ley? Callas otras...

—Cristóbal Gómez, mercader, vecino que se ausentó de esta ciudad y se fue a Guatemala... Sospecho que la debe guardar Gregorio López que reside en Santa Fe en compañía del padre Losa porque lleva la barba crecida como manda Dios en el Pentateuco, es leidísimo en la sacra Biblia, no come ni bebe sino una vez al día, se está tres o cuatro horas en contemplación, en pie, y rezar de pie es ceremonia muy usada por los judíos y él es de Toledo y se dice que allí viven muchos descendientes de judíos.

Han estado en la cámara del tormento desde las ocho y media de la mañana. Ya son las dos de la tarde. Deciden suspender porque es hora de que los inquisidores, el verdugo y el escribano

vayan a comer. Salen y dejan ahí a Joseph, flaco, herido, descoyuntado. Puede vestirse para que no esté desnudo y pase frío.
Le han sacado los nombres. Tantas veces se prometió a sí mismo
resguardarlos a todos, a ese pueblo suyo. Los ha denunciado.
Pensó que nunca llegaría el día. Lo ha hecho. No bastaron
los ayunos, los cilicios, la penitencia, la oración. Nadie está
preparado para el tormento. Es insoportable. Dentro de uno
mismo vive otro que hace todo lo posible por salvaguardar la
vida y escapar al dolor. No es posible callar. No es posible. El
dolor nubla el pensamiento, el frío, el hambre, la sed, las ganas de
orinar, el miedo, la culpa. El dolor corporal se apoltrona sobre
el ser y no deja lugar para más y ellos lo saben. Uno terminará
por hacer lo que ellos quieran.

Joseph mudo, impávido. Intenta rotar hombros, muñecas,
tobillos. Contempla la luz del día. Cuántas veces imaginó el
tormento en su propio cuerpo. A veces, mientras escuchaba sus
gritos desgarradores se sentaba en el suelo, se tapaba las orejas
con las manos y murmuraba sus oraciones y salmos.

A las tres y media de la tarde los inquisidores han terminado de comer y bajan a la cámara del tormento para proseguir
el interrogatorio que continuará toda la tarde hasta las siete de
la noche, que es el fin de la jornada.

*¿Cómo sabe que el dicho Héctor de Fonseca guarda y cree la Ley de Moi-
sés? [...] ¿Qué otras cosas pasaron más entre usted y el dicho Héctor de
Fonseca, acerca de la Ley de Moisés? [...] ¿Si después de reconciliado usted
se comunicó con el dicho Héctor de Fonseca y tornaron a tratar ambos de
la guarda de la dicha Ley de Moisés? [...] ¿Se declararon usted y el dicho
Miguel Hernándes, Francisco Jorge y Francisco Díaz, como guardaban y
creían la Ley de Moisés, y si les vio hacer alguna cosa más de ella? [...]*

¿Delante de quién se hallaba presente cuando el dicho Jorge de Almeida se declaró con este cómo guardaba la Ley de Moisés y qué otras cosas más se trataron entre usted y el dicho Jorge de Almeida de la Ley de Moisés? [...] ¿Qué bienes y hacienda tiene en esta ciudad el dicho Jorge de Almeida y donde reside ahora? [...] ¿Qué trataron usted y el dicho Antonio Díaz Márquez de la Ley de Jesucristo y Mesías prometido en la ley? [...] ¿Si el dicho Antonio Díaz Márquez lo visitaba y a las dichas su madre y hermanas y qué trataban todos en las visitas? [...] ¿Qué bienes y hacienda tiene el dicho Antonio Díaz Márquez? [...] ¿Por qué no había confesado hasta ahora del dicho Antonio Díaz Márquez y le ha salvado usando invenciones y embustes? [...] ¿Cómo sabe que las dichas Clara Enríquez y sus hijos Justa Méndez y Gabriel Enríquez guardan la Ley de Moisés? [...]

Joseph es interrogado el jueves 8 de febrero durante todo el día, salvo el horario de comida de los inquisidores. Lo citarán al día siguiente.

El viernes 9 de febrero, de ocho y media a once y media de la mañana, lo interrogarán de nuevo. Preguntarán a detalle sobre su madre, sobre cada una de sus hermanas, sobre Justa Méndez y Clara Enríquez. Lo citarán al día siguiente.

El sábado 10 de febrero, de ocho y media a once y media, de dos y media a cinco y media, lo interrogarán de nuevo. Lo citarán el lunes porque el domingo es Día del Señor y debe de guardarse.

Al final de cada día lo mandan **volver a su cárcel y que recorra su memoria** para el interrogatorio del día siguiente.

El lunes 12 de febrero, a las nueve y media de la mañana, no satisfechos con toda la información que Joseph ha revelado después de días de torturas e interrogatorios, mismos que ocupan ya decenas de folios con datos precisos, los inquisidores dan la orden de que suba desnudo al potro.

El ministro vuelve la vista al verdugo y da la señal con la mano.

—Seis vueltas de cordel.

Le ligan los brazos a Joseph. Los tobillos, las muñecas tienen la piel viva. El verdugo empuja la palanca con esfuerzo. Las heridas sangran de nuevo, los huesos se descoyuntan, los cartílagos truenan, los tendones se revientan.

Una vuelta... Dos vueltas... Tres vueltas... Cuatro vueltas... Cinco vueltas... Seis vueltas...

Sus alaridos rompen la tarde.

Alonso de Peralta está decidido a seguir con la tortura hasta el fin. Joseph comienza a hablar...

—Domingo Cuello, Ruy Díaz Nieto y Diego Díaz su hijo, Duarte Rodríguez.

En voz muy baja, porque casi no le queda aliento, Joseph prosigue enunciando los nombres. Han sido cuatro días de tormentos, de minuciosos interrogatorios, de ardor en el cuerpo, de no poder dormir, de ayunos que lo han dejado exhausto, emocionalmente devastado.

A las once y media, Joseph ha perdido la conciencia. El ministro decide interrumpir la sesión. *Por estar desnudo y flaco de sus ayunos judaicos, que se le quite y desarrime del potro y se le dé de vestir.*

Continuarán por la tarde. Lo llevan a su cárcel.

—Que no se le dé de comer.

Al salir de la cámara del tormento, Joseph pide un pliego de papel para escribir lo que recuerde, tinta y pluma. Le entregan lo solicitado.

A las tres de la tarde prosigue el interrogatorio. Joseph se presenta con los pliegos. En ellos ha escrito los nombres.

Lo exhibe y pasa la tarde declarando sobre cada una de las personas ahí listada: Gonzalo Pérez Ferro, marido de doña Catalina de León, Mateo Ruiz, criado de Jorge de Almeida, Juan de Huerta, vidriero judío, Capitán García de Cuadros... hasta el fin de la jornada. Por la noche, le entregan otros tres pliegos para que haga memoria y apunte ahí más nombres.

El miércoles 14 de febrero, a las ocho y media de la mañana, en la Sala de la Audiencia, Joseph entrega cuatro hojas menos una cuartilla firmada de su mano y letra. Tras hacerle un par de preguntas, lo mandan de regreso a su cárcel.

—Que se suspenda el tormento hasta consultar esta información.

Sin embargo, ese mismo miércoles por la tarde, lo mandan llamar a la Sala de la Audiencia para decirle que los miembros del Consejo del Tribunal del Santo Oficio se han reunido de nuevo para deliberar si se continuará con el tormento que se le comenzó a dar hace ocho días.

Tres de ellos votaron porque no se le dé más, entre ellos el doctor Lobo Guerrero.

Los otros tres consejeros votaron que sigan con el tormento, uno de ellos es el licenciado Alonso de Peralta.

Y eso se hará.

Joseph pasa la noche de ese miércoles en vela. Ya no sabe qué decirles. Han sido horas y horas de relatos detallados.

Ha delatado a todos los suyos.

No ha podido cumplir su promesa.

Su madre. Isabel. Catalina. Leonor. Mariana. Anica. Baltazar. Miguel. El fraile Gaspar. Manuel de Lucena.

Repasa los encuentros, las reuniones, las celebraciones, las anécdotas, los cantos, las risas.

Y Justa Méndez.

La familia que nunca formarán.

Una tormenta irrumpe dentro. Ráfagas de imágenes, voces y palabras en un torbellino alucinante azotan su imaginación en medio de la noche lúgubre.

Lleva días y noches con una angustia que no sacia. Le duele la cabeza, la mandíbula, el cuello, todo el cuerpo.

Sobre él recaerán la muerte de los suyos, la tortura de cada uno de ellos.

Ha traicionado a su pueblo.

Él es el culpable de que se condene la comunidad entera.

No tiene la fortaleza de los mártires.

No ha soportado la tortura como lo han hecho otros, varones y mujeres.

Al día siguiente, el jueves 15, proseguirán con los interrogatorios en la cámara del tormento, con su cuerpo atado al potro. Lo descoyuntarán, lo desmembrarán tirando de la palanca. Perforarán su cuerpo con los cordeles.

Joseph ya no sabe qué decir, de qué invenciones valerse para entretenerlos.

A ratos, una idea lo ronda, como mosca necia que insiste en volver.

Joseph la espanta por ser contraria a la voluntad de Adonai.

A veces, quisiera morirse. Que sus ojos no se abrieran a la mañana siguiente, que Dios fuese misericordioso con él y le permitiese terminar con ese calvario. Joseph se siente agotado. No debe desear eso. No debe sentirse así.

Algo se le ocurrirá. Adonai no ha de abandonarlo.

Quisiera un momento de paz, de poder quitarse de encima el pavor al tormento que le espera en unas cuántas horas. Y el azadón ardiente de la culpa que se instala en el pecho y le roba el aliento. El horror de desear lo indeseable.

Tú Adonai ves nuestra grave aflicción y el poco remedio que tenemos para salir de ella. Si tú milagrosamente no nos socorres con tu acostumbrada misericordia, los enemigos de tu santo nombre están con el fuego encendido que tú apagaste otra vez para asarnos, y con las bocas abiertas de que tú nos libraste para tragarnos.

Muchos nos dicen: idos de aquí lejos, donde nadie os vea. Mas ya no podemos huir. A dónde me iré que esté seguro sino a tus pies debajo de tus santas alas en donde está cierto todo amparo.

Tú Señor, que escudriñas los corazones, sabes que el mío no te engaña y que mis yerros, de falta de entendimiento proceden. Confórtalo mi Dios, sosiégamelo y alúmbralo para que no haya cosa que por solo un momento me lo pueda apartar de la contemplación y cumplimiento de la ley de tu santa voluntad, para que así sepa tener arrepentimiento de lo pasado y adelante más no te ofenda en obra, dicho, ni pensamiento. Dame gracia señor para que huya del pecado, más que de serpiente ponzoñosa que mata las ánimas de los hombres.

Mi tribulación ha crecido en tanta manera que el entendimiento me falta para trazar orden como pueda aliviarme. El corazón desmaya el momento que la flaqueza de la carne me priva de la memoria de tus santos y firmes pensamientos, sin los cuales no tiene mi vida y ánima esperanza de bien.

15 de febrero de 1596
Cámara del tormento, cárceles secretas
de la Santa Inquisición

La mañana del jueves, Joseph se presenta frente a los inquisidores con una declaración inesperada.

—Protesté antes del tormento que, por amor de Dios, no me obligaran a decir mentiras y así, en todo cuanto he dicho, he mentido desde la hora en que se comenzó el tormento. Así lo declaro por descargo de mi conciencia... Prefiero antes morir en el tormento que ir al infierno.

—¿Está diciendo que lo dicho en las audiencias del jueves ocho, viernes nueve, sábado diez, lunes doce y miércoles catorce de este mes de febrero fueron mentiras?

—Sí, he mentido para que no me diesen tormento.

A las tres de la tarde, apenas terminada la sesión, Joseph sale de la cámara del tormento. Dada esa declaración, las torturas seguirán para él. Se zafa de los guardias que lo escoltan. Apresura el paso y desde el segundo piso, se avienta al patio central. La negación de sus testimonios y su muerte repentina salvaría a todos.

El portero de la Inquisición, Pedro de Fonseca, entra corriendo a la sala a decir a los inquisidores que Luis de Carvajal se ha echado de su voluntad y desesperadamente desde los corredores del segundo piso al patio central. Presurosos se ponen de pie y salen a asomarse. Observan cómo Gaspar de los Reyes y un guardia lo ayudan a ponerse de pie. Lo llevan en hombros hasta su celda.

Joseph no ha muerto. Su plan no funcionó.

Solo tiene lastimado el brazo derecho y las piernas.

Llamarán al médico para que lo entablille.

Ahora padecerá más dolor, la piel viva de las heridas del cordel, el dolor de cuerpo del potro, la fatiga del hambre, la tensión y el insomnio.

El remordimiento. El pesar. La culpa.

El dolor del alma.

Para evitar que Joseph se mate, le esposan las manos y le asignan la compañía de dos presos, Gaspar de Villafranca y Daniel Benítez. No puede morir ahora. Sus testimonios son claves para exterminar a la comunidad entera. A esto solo puede seguir la eterna tortura en la cámara del tormento.

El viernes 16 de febrero por la mañana, el doctor Lobo Guerrero y el escribano bajan a su celda *por estar en la cama molido de la caída de ayer.* Joseph ha solicitado esta audiencia y ruega que no esté presente el licenciado Alonso de Peralta porque *le tiemblan las carnes en verle y su rigor.* Desea ratificar todo lo dicho en la cámara del tormento en las audiencias que con él se tuvieron.

—Es la verdad. Si ayer dije que no lo era, fue porque fui tentado por el demonio, quien me ha persuadido poniéndome delante que me condenaría si no revocaba lo dicho. Me persuadió a que lo revocase y negase, diciendo que no era verdad y que había levantado falso testimonio... Además, juntándose eso con el temor que tengo de la ira del dicho señor inquisidor don Alonso de Peralta... Tienen como evidencia de la tentación del demonio el haberme echado del corredor del patio, pues es mayor pecado ser

homicida de sí mismo y morir desesperado, que levantar falso testimonio, en caso de que lo hubiera levantado... Esta es la verdad, mera y llana.

El sábado 17 de febrero, Lobo Guerrero baja a las nueve y media de la mañana *por estar en cama y muy atormentado de la dicha caída a* seguir con el interrogatorio, al que responde postrado desde la cama. El inquisidor sigue las instrucciones a instancia del fiscal para que Carvajal se ratifique contra ausentes *por estar al presente muy malo y en peligro de muerte.* Martos de Bojorques teme que el joven muera y, si eso sucede, el Santo Oficio quedará frustrado y las dichas personas sin castigo; de manera que implora justicia y que se prosiga con los testimonios.

El lunes 19 de febrero, a las tres y media de la tarde, baja el doctor Lobo Guerrero con dos frailes dominicos. Le dicen a Joseph que se le presentará como testigo contra ciento dieciocho judaizantes. Acepta que todo en la ratificación está bien escrito y asentado, que lo ha oído y entendido, no hay que alterar, añadir o enmendar nada. Lo confesado no ha sido por odio sino por descargo de conciencia.

El viernes veintitrés de febrero, el Consejo del Tribunal del Santo Oficio lo condena de nuevo contra todos los cargos iniciales y lo entrega a la justicia seglar, con confiscación de bienes.

El cuatro de marzo el inquisidor Lobo Guerrero baja *por estar malo de las piernas desde que se arrojó de los corredores* y concluye con su caso.

A partir de ese momento Joseph sabe que cada día puede ser el último. Conoce los procedimientos de la Inquisición. Los condenados son los últimos en enterarse de que morirán. Se les informa una noche antes. Desconoce el siguiente paso; aunque mirándolo bien, calcula que interrogarán a todos los que ha denunciado para poder ejecutarlos juntos, en un gran auto de fe.

Por las noches, Joseph apenas duerme. Transcurren días, semanas, meses. Cuando escucha pasos o conversaciones, despierta asustado. No sabe en qué etapa del proceso irá el Santo Oficio en relación con todos los suyos. Nunca se sabe en qué momento vendrán por ellos.

Casi cuatro meses más tarde, a fines de junio, Joseph solicita una audiencia. Gaspar de Villafranca, uno de sus dos compañeros de celda, es blasfemo. Le ha oído decir que ha de dar un miembro al diablo. Por las noches despierta dando voces espantado diciendo que el demonio le venía a pedir el miembro que le había mandado. Además, es un hombre deshonesto y sucio; es sodomítico. *Descubre sus vergüenzas, las partes traseras, tiene acto torpe y deshonesto con el dicho gato.*

Isabel ha mantenido su negativa durante un año entero; ha sido de una resistencia extraordinaria. Sin embargo, durante el mes de julio la someten a tortura una y otra vez, hasta que finalmente confiesa. Sus últimos interrogatorios ya son en su celda porque ha quedado tan débil tras someterla al potro que ya no puede caminar. Los inquisidores asisten una y otra vez hasta que revela todo lo que a ellos interesa. El último día de agosto no ha podido ya ni firmar de la debilidad que la aqueja; pero no es sino hasta mediados de noviembre cuando acepta que Anica, la más pequeña, judaíza.

Joseph, por su parte, no pierde la esperanza y solicita que le envíen personas doctas, de letras y de recta conciencia para poder razonar libremente y tratar las cosas de las Sagradas Escrituras. Acepta que, si por ellas le enseñan que va errado, *abrirá las orejas porque él no pretende sino salvar su ánima. Como hombre mozo y tan falto de principios de filosofía y habiendo estudiado muy poca teología debe de presumir ha de errar forzosamente y que se debe someter a lo que le dijeren y enseñaren personas de muchos años y cursados en la teología y en perpetua religión y virtud [...] podría ser le mire Dios con ojos de misericordia y como verdadera luz se la dé para sacarle de las tinieblas.*

A fines de agosto, los inquisidores le envían a Joseph dos examinadores: Pedro de Agurto y Diego de Contreras, dos eruditos agustinos. Después de tres reuniones extenuantes con él, los teólogos se rinden. No hay nada que pueda hacerse, Joseph sigue fiel a la fe de sus ancestros.

Mientras tanto, Joseph espía por el agujero a nivel del suelo, escucha atento las voces que se filtran hasta su celda, envía mensajes ocultos en comida. Son decenas de los acusados quienes se encuentran ya en prisión. Puesto que estas cárceles son muy limitadas y solamente cuentan con diecinueve celdas, las autoridades han decidido juntar hasta cuatro reos. Procura hacer saber a los suyos, mediante diminutos mensajes labrados en huesos de aguacate, que no tiene caso someterse a tormento. Los inquisidores están bien informados.

12 de septiembre de 1596
Cárceles secretas de la Santa Inquisición,
Ciudad de México

Ese jueves por la mañana, la audiencia inicia con las mismas palabras de siempre.

—Si ha acordado de alguna cosa, que la diga y la verdad, so cargo de juramento que tiene hecho.

—No.

—Aquí está presente el canónigo doctor Dionisio de Rivera Flores, para que trate y comunique con él lo que vea conveniente para descargar su conciencia y para bien de su justicia. Se leerán las siete audiencias llevadas durante los meses de julio, agosto y septiembre del presente año con todas las respuestas que él ha dado.

Una vez concluida la larga lectura, su abogado le reprende.

—Es de ciegos querer defender lo que defiende contra todo lo que manda, tiene y cree la Santa Madre Iglesia Católica Romana, alumbrada por el Espíritu Santo. Por amor abra los ojos del entendimiento, no pase más tiempo en su ceguera porque se condenará en la ley de Moisés.

Entonces Joseph presenta un papel pequeño de su puño y letra, escrito por ambos lados, en una letra en miniatura.

—Aquí he escrito los Mandamientos que guardo, bajo los cuales he vivido y quiero morir. He escrito junto a ellos mi

Testamento. Suplico que se anexe este folio a mi proceso; es mi última voluntad y deseo que conste todo el tiempo de ella. Con esto, concluyo de manera definitiva.

Altísimo y soberano creador del cielo y tierra, a cuya voluntad ninguna cosa de cuantas creaste puede resistir, y sin ella los hombres, aves, brutos y animales, no podrían vivir sobre la tierra; que, si tu querer y voluntad no los sostuviese y ordenase, los elementos se confundieran los cielos, perdieran sus cursos y naturales movimientos, la tierra toda temblaría, las cumbres y grandes collados se caerían, las marinas aguas cubrirían la tierra, y nunca cosa viva habría donde sustentarse, y Tú, por tu infinita bondad y misericordia, lo ordenas y sustentas todo, no porque para ti sea necesario si no para bien común y provecho de los hombres, y pues de tanta piedad y infinita misericordia usas con ellos, yo, el más pobre y miserable que todos, te pido y suplico en limosna que en el peligroso trance de mi muerte, que por la honra de tu nombre santísimo y verdadera ley quiero recibir, no me desampares; acepta en sacrificio esta pobre vida que me diste, no mirando a mis innumerables pecados, sino a tu misericordia, y a esta alma inmortal que a tu semejanza criaste para aquella vida eterna, la cual te suplico perdones y recibas cuando sea salida de este mortal cuerpo, que ordenando mi testamento y última y postrera voluntad y concluyendo definitivamente, escribo y signo las religiosas verdades en que creo y protesto morir en tu presencia. [...]

Confieso y declaro que si consentí en que viniesen teólogos y sátrapas ambas veces, no fue por haber dudado jamás en estas ciertas y soberanas verdades (porque creo más en ellas que ser yo hombre) sino por confesarlas más ampliamente, urta ilub Thob ult, confesad al Señor los hijos de Israel, y delante de las gentes le alabad, porque para eso os disparció entre ellas para que contéis a los extraños sus maravillas y les hagáis saber que no hay otro Dios omnipotente y verdadero fuera de él y también por convertirlos a ellos si pudiera y aun a los mismos príncipes inquisidores, porque con gran afecto me mostraron deseo de mi salvación, aunque la Sagrada Escritura Macabeos 2 dice que la misericordia que es contra la Ley de Dios Nuestro Señor no es buena, en cuya fe santa juro de nuevo por su Altísimo nombre, de vivir y morir [...] y así quiero y es mi voluntad de morir por su santa fe y verdadera Ley, esperando del señor las fuerzas y desconfiando de mí, que al fin soy carne frágil y si como tengo una madre y cinco hermanas puestas en peligro por ella tuviera mil, tantas diera por la fe de cada uno de sus santos mandamientos.

En testimonio de lo cual, escribí y signé este mi testamento y concluyo con esta postrera respuesta (afirmándome y rectificándome en ella) el proceso de mi causa. Dame gracia, mi Dios y Señor, en los ojos de los que me tienen cautivo, para que se vea y conozca en este reino y en todos los de la tierra que tú eres nuestro Dios y que tu Altísimo y santificado nombre Adonai es invocado en Israel con verdad, y en la descendencia de él, que en tus manos santísimas encomendando esta alma que me diste, protestando no mudar mi fe hasta la muerte, ni en ella con tu ayuda, acabo dichosamente el discurso de mi presente vida, llevando viva fe en tu divina esperanza de salvarme mediante tu infinita misericordia, y de resucitar cuando sea cumplida tu voluntad santa, en compañía de nuestros santísimos padres Abraham, Isaac y Jacob y de sus fieles hijos, por cuyo santo amor te suplico muy humildemente me lo confirmes y no me desampares y seas servido de enviar en mi socorro y defensa a aquel santo ángel Michael, príncipe nuestro, con su santa y angélica milicia, que me ayude a perseverar y morir en tu fe santa y me libre de las manos y tentaciones del enemigo. Ten, mi buen Dios y Señor, misericordia de la gloria de tu nombre, Ley y pueblo, y del mundo que creaste; hínchelo de tu luz y del conocimiento verdadero de tu nombre, porque los cielos y la tierra sean llenas de tu gloria y alabanza, amén, amén. Fecha en el Purgatorio, en el quinto mes del año de nuestra creación, cinco mil y trescientos y cincuenta y siete. Esclabo perpetuo del altísimo ADONAI. Joseph Lumbroso.[14]

[14] Aquí se transcriben solo el primero y el último párrafo del testamento de Joseph Lumbroso (septiembre de 1596); se omiten los Diez Mandamientos, las citas bíblicas y descripción de cada uno de ellos. Martin A. Cohen en su libro *The Martyr* afirma que este testamento es "un legado espiritual, una defensa por el deseo apasionado de su autor para vivir y morir en la fe judía".

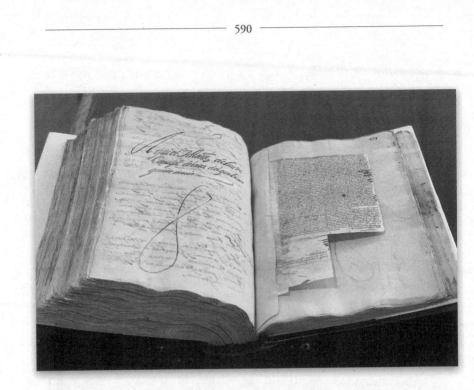

"Aquí el testamento de Luis de Carvajal debaxo del qual dixo quiere morir."
Archivo General de la Nación, Ciudad de México.

Septiembre de 1596
Villa de Santiago del Saltillo,
Reino de Nueva Vizcaya

Dicen que hace unos días, don Diego de Montemayor, tesorero de la Real Hacienda, teniente gobernador y capitán general desde los ojos de Santa Lucía hasta Parras y todo lo demás que hay hasta el río Grande y la Laguna, fundó una nueva ciudad en medio del Valle de Extremadura.

Dicen que es un lugar apacible, sano, de buen temple y aires, que hay agua, muchos nogales y árboles frutales, que hay muchos montes y pastos buenos para el ganado mayor y menor, que hay ríos y ojos de agua, manantiales y muchas tierras para labores, incluso minas de plata a pocas leguas a la redonda.

Dicen que la nueva ciudad quedará entre el puerto de Tampico y Zacatecas, que hay setenta leguas de camino de carretas para entrar y salir de ella.

Dicen que será la cabecera del Nuevo Reino de León y que, desde ahí, se cobrarán los quintos para su majestad don Felipe II.

Dicen que se fundó en el mismo sitio donde hace trece años don Gaspar Castaño de Sosa fundó la villa de San Luis, la villa que fue arrasada junto a los ojos de Santa Lucía por los chichimecas cuando los soldados la abandonaron por órdenes del virrey.

Muy inteligente don Diego, después de todo lo que pasó con los Carvajal, mejor cambió los nombres. Nada de refundar la villa de "San Luis"; mejor no hacer nada que lo vincule al exgo-bernador. Se le ocurrió ponerle el nombre del nuevo virrey para halagarlo y no fallarle, don Gaspar de Zúñiga y Azevedo, conde de Monterrey, y así queda bien con Dios y con el diablo.

Doña Estefanía de Montemayor, su hija, lo acompañó a la fundación, junto con sus nietos. Hasta el pequeño de ocho años, Miguel de Montemayor, firmó el acta. ¡Jamás se había visto fun-dador más pequeño en el mundo!

Dicen que Alberto del Canto, se quedó en Saltillo, mientras que doña Estefanía, su esposa y sus hijos se fueron con don Diego a Monterrey.

¡Juana Porcallo llegó con él a fundar la ciudad! Y yo que me creí el chisme de que don Diego la había matado.

Ojalá puedan vivir tranquilos, lejos de Juan Morlete, quien no tarda en urdir un plan para deshacerse de don Diego.

Dicen que Morlete arrestó, junto con cuarenta soldados, a don Gaspar Castaño de Sosa cuando fue hacia el Río Bravo y Nuevo México. Logró que le sentenciaran seis años de exilio, igualito que a Carvajal… Solo que a don Gaspar sí lo mandaron como remero a las Filipinas y murió en un ataque pirata, lo asesinaron unos esclavos.

Dicen que el Consejo de Indias revirtió la sentencia de Cas-taño porque por supuesto, ¡era injusta! ¡Era una trampa del tal Morlete! Para cuando le dieron aviso, ya había muerto.

¡Tremendo ese Juan Morlete, el mismísimo diablo!

Dicen que su cómplice, el fiscal de la Audiencia, don Eugenio de Salazar, ahora es el rector de la Universidad de México.

Fragmento del Acta de Fundación
de la Ciudad de Monterrey
Nuevo León, México

"*En el nombre de Dios Todopoderoso y de la gloriosa y bienaventurada Santa María siempre Virgen y Madre de Dios y Señora Nuestra. Sepan cuantos este público instrumento carta de fundación, cómo yo, Diego de Montemayor tesorero de la Real Hacienda de este Nuevo Reyno de León, teniente de gobernador y capitán general para la reedificación de él por el rey nuestro señor [...] En el nombre de Su Majestad real, el rey don Felipe nuestro señor, hago fundación de ciudad junto a un monte grande y ojos de agua que llaman de Santa Lucía [...] y se ha de intitular e intitule Ciudad Metropolitana de Nuestra Señora de Monterrey [...] lo fundé en el valle de Extremadura, ojos de Santa Lucía, jurisdicción del Nuevo Reyno de León, en veinte días del mes de septiembre de mil y quinientos y noventa y seis y lo firmé de mi nombre.*"

8 de diciembre de 1596
Ciudad de México, Nueva España

El corregidor toma la pluma entre sus dedos. Sumerge su punta en la tinta color óxido, como sangre seca. Roza la punta en el tintero para que no haya exceso.

Coloca la pluma sobre la claridad del papel y conduce su mano hacia al final del escrito. Ahí sus dedos contraídos, en movimientos circulares, sutiles, precisos garabatean un nombre.

El Lic. Bibero.

Una firma. Una jerarquía que avala.

Una firma para una sentencia.

Un par de segundos para garabatear un nombre.

Eso basta. Solo eso.

Y, por si fuera poco, adorna su nombre. Una cola que se engalana. La mano en la sensualidad del movimiento en vaivén.

La sentencia de muerte con garigoleos. Como una burla.

La mano con el anillo. Un nombre con el poder instaurado.

Su firma ahí declina la esperanza de los otros. Determina la muerte de Joseph, la condena de Luis. Su firma envía al joven a la estaca en el cadalso, a los leños verdes, al ardor insoportable del fuego lento que abrasa un cuerpo y las historias que no se contaron.

La asfixia. La elevación de la presión arterial.

Siempre las palabras.

Basta un nombre en ese papel que pronto dormirá durante siglos en un archivo junto a miles de sentencias destinadas al olvido.

Año de 1623
Sevilla, España

En 1599 salí de las cárceles con el sambenito y seis meses después, me dieron la dispensa para dejar de portarlo. Las fracturas y el desierto internos, la imposibilidad de nombrar el dolor más hondo fueron quizás los que, con el paso del tiempo, me unieron a Francisco Rodríguez, mi actual esposo. Él también fue procesado en el terrible auto de fe de 1596. Le desnudaron el torso. Lo sostuvieron entre dos verdugos y le dieron cien latigazos hasta que perdió el aliento. Lo espabilaron, lo montaron a un caballo y seguido de un pregonero que vociferaba sus errores, lo pasearon por las calles de Ciudad de México para que todos atestiguaran su castigo, para que todos vieran que no importaban los conocimientos, ni el trabajo honesto, ni la juventud en un hombre apreciado por la comunidad cuando de asuntos con el Santo Oficio se trata. Después de todo aquello, lo condenaron a dos años de destierro. Yo vi todo aquello con mis propios ojos.

Poco lo hablamos años después. Hay hechos que es mejor olvidar. Nombrar es revivir. No podríamos soportar pasar por aquello de nuevo. Hicimos el acuerdo tácito de no hablar de eso ni entre nosotros, ni con los tres hijos que Dios nos dio. Para nosotros no existía ya la posibilidad de un amor cortesano, de un romance idealizado, ingenuo. Francisco y yo éramos sobrevivientes; siempre supimos que había otros vínculos más poderosos que nos unían.

Antes de casarnos, tuve varios pretendientes cristianos de antiguo linaje. Mi hermano Gabriel había muerto apenas semanas después de que mamá y yo ingresáramos a las cárceles de aquel accidente de caballo del que quedó *todo descoyuntado y abierto como una granada,* como él mismo nos lo hizo saber en una carta. De manera que madre y yo nos regíamos sin varón; vivíamos de nuestra costura. Sin padre y sin hermano, tuve la libertad de rechazar a todos los pretendientes cristianos. Estaba convencida de que no podría formar una familia con un hombre que no hubiese sobrevivido al cataclismo de ser procesado por la Inquisición. No hablaríamos el mismo idioma.

Cuando Francisco Rodríguez, portugués de nuestra comunidad, me buscó al retorno de su destierro tras mi liberación, nos identificamos enseguida. Nos unían la fe, las tradiciones y, sobre todo, el dolor, la fractura del sobreviviente. Después de largas conversaciones, supe que en nosotros aún quedaba arcilla para moldear una nueva vida juntos. De tal forma que en 1603 nos casamos. Con el paso de los años, tuvimos tres hijos: Diego López Roldán, Isabel Núñez y Francisca Núñez.

Mi experiencia en costura, telas, hilos y sus relaciones comerciales y la solidaridad de los nuestros nos permitieron, en pocos años, establecer un negocio de telas que creció rápidamente. Pudimos dar empleo a otros y hacernos de un holgado patrimonio. Sin embargo, cargábamos con el estigma de los cristianos nuevos. Por las mañanas aparecían sambenitos dibujados afuera de casa. Nuestros hijos no tenían oportunidad de asistir a colegios ni universidades; educábamos a los hijos en casa.

Con el tiempo, conseguí una habilitación para volver a usar ropa de seda, portar joyas de oro, usar servicio de plata y andar en silla. Aquellos a quienes no se les permitía todo eso eran considerados menos que personas. Esa idea siempre me ha parecido injusta y me enfurece; por eso luché por mi habilitación. Por supuesto, nunca faltó gente que, al verme con seda y oro le indignara y se presentara ante el Santo Oficio para denunciarme.

He podido conservar casi todos mis libros desde niña, salvo el que tú escribiste para mí. Era tan preciado que lo llevaba siempre conmigo y, por lo mismo, los inquisidores me lo quitaron cuando ingresé a las cárceles. Ahora mi pequeña biblioteca es un sobrio monumento a nuestra resistencia. Dentro de casa practiqué, junto con mi esposo y mis hijos, en secreto, la fe de mis ancestros, los ritos y las tradiciones, así, sin hacer aspavientos, con prudencia y con firmeza, de la manera en que las mujeres conservamos y transmitimos lo más preciado.

Muchas veces me pregunté por qué el Señor había permitido tu terrible muerte. Verte arder en llamas fue abatir nuestra esperanza en la liberación del pueblo de Israel en tierras de cautiverio. Si tú eras el elegido, el iluminado, para enseñarnos la palabra de Adonai, para orientarnos, entonces ¿qué podíamos esperar nosotros? Los primeros años de cárcel fueron terribles. La melancolía y la furia me sacudían. No entendía los designios de Adonai ni quería resignarme a ellos.

Con el paso de los años y la compañía de Francisco, decidí no dejar que tu llama se apagara. Me prometí que la Inquisición no terminaría con lo más preciado para nosotros. Incluso, durante años, he enseñado a quienes desean profundizar en la ley de Moisés.

Hace tiempo, nos subimos a un navío como el que nos trajo al Nuevo Mundo y tuvimos oportunidad de volver a Sevilla; pero antes de regresar, tuve noticias del destino de algunos de los tuyos. Nuestra querida Mariana, tras la muerte de ustedes, sufrió durante tres años la terrible enfermedad que ya la aquejaba. Rompía muebles, se desgarraba la ropa... Después, como un huracán que pasa, renació en ella la niña que tu madre recordaba. Mariana volvió a ser cariñosa, inteligente, sensible. Para sorpresa de muchos, transitó hacia una conversión verdadera al catolicismo. Se volvió serena y piadosa. Quizá fue lo más feliz que jamás la vi; ocasionalmente la visitaba. Así permaneció durante dos años; sin embargo, ella se empeñó en presentarse ante el Santo Oficio y declarar que, aunque en ese momento era una cristiana devota, tras el auto de fe de 1590 había judaizado con tu familia. Su director espiritual, un fraile franciscano, le insistió que no fuese a confesar a la Inquisición. Le dijo que no era necesario morir para expiar su culpa, que ella era una buena hija de Dios; pero Mariana se obstinó en hacerlo. Alonso de Peralta aún seguía como inquisidor y la escuchó en la Sala de la Audiencia. Por supuesto, él se encargó del resto. Mariana murió en el auto de fe de 1601 en la hoguera.

En ese mismo auto de fe procesaron a tu cuñado Antonio Díaz de Cáceres, quien permaneció años en las cárceles secretas acusado de judaizante en donde lo sometieron a una serie de torturas increíbles. Intentó defenderse argumentando que ustedes lo habían acusado porque él había sido malo por sus diferencias; aunque yo, que estuve ahí cerca, sé que Antonio siempre los procuró. Sobrevivió a doce vueltas de cordel en el potro y seis jarras por la garganta bajo tormento del agua. Con una fortaleza increíble, jamás aceptó que observara la ley de Moisés; a partir de ese auto de fe y tras pagar una cuantiosa multa al Santo Oficio, quedó libre y exento de los cien latigazos que le habían sentenciado *por ser hombre muy estimado y haber servido al rey en varias ocasiones.*

Anica fue procesada y puesta en libertad. Con el paso de los años se casó con Cristóbal Miguel y tuvo seis hijos. Leonorica, tu sobrina, también se casó y tuvo hijos. A Jorge de Almeida lo procesaron *in absentia* y quemaron su efigie; confiscaron todos sus bienes y los de Leonor. Dicen que vive en Madrid. Tu hermano, el fraile Gaspar murió hace años.

A Alonso de Peralta lo nombraron arzobispo de la diócesis de La Plata, así fue como por fin se marchó de estas tierras, dejando una estela de muertos tras él. A Lobo Guerrero lo enviaron como arzobispo a Lima, en el virreinato del Perú. Fray Pedro de Oroz murió un año después que tú y sus restos descansan en la Iglesia de Santiago, junto al Colegio de Santa Cruz de Tlatelolco y su amada biblioteca.

Tal vez, Joseph, pronto volvamos a Nueva España. Entonces visitaré la Catedral en Ciudad de México para ver tu sambenito colgado en uno de los inmensos muros. Es lo único que aún permanece de ti, con ese otro nombre tuyo que tantos años te acompañó, Luis de Carvajal, "el Mozo".

8 de diciembre de 1596
Cárceles secretas de la Santa Inquisición,
Ciudad de México, Nueva España

Joseph Lumbroso ya no podrá jamás conciliar el sueño. Ayer por la noche, los inquisidores Alonso de Peralta y Lobo Guerrero lo mandaron llamar por última vez a la Sala de la Audiencia del Tribunal del Santo Oficio. El auto de fe en donde procesarán a todos los suyos será hoy domingo ocho de diciembre, Día de la Purísima Concepción.

Desde hace meses quedaron confirmada su culpabilidad y el proceso concluido; sin embargo, lo han interrogado por lo menos una docena de veces para que amplíe sus testimonios sobre familiares y amigos. Joseph sabe que cada uno de sus relatos los volverá culpables. Aún mantiene la esperanza de que a la mayoría de ellos se les asigne penitencia y puedan conservar su vida por ser el primer proceso que enfrentan.

Los inquisidores han echado a andar la compleja maquinaria desde febrero cuando Joseph escribió las listas de los nombres y detalló las acusaciones. Ahora sabe que les ha tomado diez meses realizar los interrogatorios, mandar traer a otros testigos para sustentar las denuncias, dictar sentencias, tener toda la papelería en regla para concertar el magno evento antes de que el año termine.

El licenciado Alonso de Peralta y el doctor Lobo Guerrero han trabajado arduamente hasta lograr reunir la mayor cantidad de judaizantes procesados en la historia de la Nueva España en un solo auto de fe. Ellos no quieren quedarse atrás. Llegan noticias de otros en las Españas y no les gusta ser segundones; ellos mismos presenciaron algunos autos de fe cuando niños. Ahora demostrarán que ellos también pueden hacerlo con todo el lujo, la teatralidad, el dramatismo y el portento de las capitales europeas. Si logran deslumbrar al virrey de la Nueva España y al arzobispo de México, este evento será un peldaño más en sus brillantes carreras eclesiásticas.

Por lo mismo, antes de dar a conocer la fecha, los inquisidores enviaron al doctor Martos de Bohorquez a la corte para asegurarse de que el virrey don Gaspar Zúñiga y Azevedo, conde de Monterrey, y el arzobispo de México, don Alonso Fernández, confirmaran su asistencia al gran auto de fe. Desde el día que ellos lo hicieron, los preparativos no han cesado. Un ejército de carpinteros y pintores trabajan para construir el gran escenario y la pirámide circular con los sesenta y ocho lugares para los procesados. Las costureras cosen pendones, borlas y bordan la cruz de San Andrés a los sambenitos. Los pintores de lienzo decoran con demonios, flamas y serpientes las corozas cónicas que llevarán en la cabeza los herejes. Es preciso conseguir asnos para los judaizantes que serán relajados por la justicia seglar. Contratar a los pregoneros, escribir la suma de infamias que irán gritando durante la procesión, abastecerse de suficientes antorchas para que las instalen en la orilla de las calles al amanecer, conseguir trompetistas y tamborileros. Que haya suficientes guardias, comida y bebidas para miles de asistentes durante el día entero; trasladar los enormes tapetes, el mobiliario para el virrey.

Han convocado a personalidades de los reinos vecinos a presenciar tan extraordinario evento; algunos han viajado un par de días para asistir, se alojan con sus parientes en la capital. Una semana antes, los sacerdotes, durante la misa dominical, exhortaron a los feligreses a que asistan puntuales. Su presencia ese día confirma su postura, su indudable apoyo a la Santa Iglesia Católica, su lucha contra la herejía y el demonio.

Los familiares del Santo Oficio —las personas así llamadas por colaborar de manera voluntaria para denunciar cualquier irregularidad entre los súbditos de la corona ante el Tribunal— han estado vigilando desde la tarde del día anterior alrededor del edificio. Entre ellos, se percibe un aire festivo; han preparado ricos emparedados y dulces para los que van llegando. Las conversaciones, las risas, los abrazos fluyen entre amigos hasta entrada la madrugada. El único requisito es que no suban mucho el volumen de la voz para no alertar a los condenados sobre lo que les espera al día siguiente. Ellos serán los últimos en enterarse de su aterrador destino.

Joseph contempla, por última vez, el cielo oscuro a través de la ventana de su celda, allá arriba.

Para él, nunca más la noche, las estrellas ni la luna.

Cuántas veces imaginó que se llegaría el día… ahora que tiene el fin delante de él, le cuesta trabajo creerlo. Este es quizá el último momento que tenga consigo mismo.

Esto ha sido mi vida.

Este soy yo.

Un cuerpo que, en pocas horas, se habrá convertido en cenizas, en polvo.

No tuve hijos.

No quedará nada de mí.

Dediqué la mitad de mi vida a sembrar el amor de Adonai en los demás, pero la Inquisición exterminará el germen de esas semillas.

La muerte expectante, al acecho.

Te olvidarán, Joseph Lumbroso.

Olvidarán tu secreto, tu historia, el canto de tu palabra.

Pasarán los siglos y olvidarán el fuego, la luz inicial que alumbró.

Olvidarán al joven que custodió la llama.

Los minutos se prolongan.

Y el canto solidario de un grillo.

En el castigo no me dejes solo, ni me desampares, ni me niegues tu dulcísimo amor, que hace fáciles los tormentos, muertes y penas.

Joseph murmura con los párpados cerrados. Su aliento se abre paso entre el frío áspero de la madrugada.

A ratos permanece con los ojos abiertos, el oído atento. Hace una media hora pasaron algunos reos.

En la antesala de la muerte se instala un silencio siniestro.

La tortura de la espera.

De él y los suyos no quedará nada. Los inquisidores han incautado sus libros de oración, su libro de *Memorias* escrito para sus hermanos, sus cartas, su dignidad, su futuro. Todo le ha sido arrebatado para archivarlo rigurosamente y enterrarlo en el olvido.

La Santa Inquisición ha extirpado una memoria colectiva de siglos. Los inquisidores la han registrado como quien descubre un espécimen raro. Con repugnancia la han contemplado desde todos los ángulos posibles hasta decidir, finalmente, aniquilarla por completo.

Un siglo más tarde, ya nadie sabrá que entre los primeros hombres y mujeres que desembarcaron en las costas de América se encontraban judíos sefarditas y que se extendieron hacia todo el continente trazando rutas comerciales por mar y tierra, enraizando sus usos y costumbres.

La imagen de su padre en aquel sueño vuelve a su mente: la pradera verde, el rostro afable, los brazos abiertos, la sonrisa amorosa. Su abrazo largo... qué ganas de estar ya con él. *Ven acá, hijo mío, descansarás de todos tus trabajos.*

Suspira. No hay nada que más desee.

A su querida madre no la ha visto en casi dos años, desde que lo apresaron. Le gusta recordarla como cuando era niño, allá en Medina del Campo. Ella les preparaba el desayuno antes de ir al colegio; percibe aquel rostro joven y radiante en el umbral de la puerta mientras él y Baltazar salían hacia la rua de Salamanca. Francisca los despedía risueña.

Y Justa... la bella y sabia Justa. En un par de horas podrá verla de nuevo y por última vez. Desea de todo corazón que haya mostrado arrepentimiento para que salve su vida. Adonai, líbrala de todo mal. Dale a Justa lo que merece, una larga vida, que sea amada y feliz. Jamás volverá a conversar con ella una tarde en el patio junto a la higuera. En ella depositó no solo su amor sino sus enseñanzas. No encontró su sabiduría en nadie más, su capacidad de interiorizar la palabra de Dios, como si cada pasaje que ella interpretara fuesen mariposas aladas de colores vivos, una danza luminosa llena de vida.

En la penumbra de la noche, en vísperas del día de la Purísima Concepción, Joseph yace tendido sobre el suelo burdo.

El virrey y los feligreses han asistido a la misa especial celebrada a la una de la mañana para recibir la gracia de Dios y preparar el alma para tan extraordinaria ocasión.

A las tres de la madrugada, el carcelero introduce la llave al cerrojo de la celda y alumbra con un hilo de luz dorada el interior. Joseph se levanta del suelo y se pone en pie. Con las manos atadas, se sacude sus ropas, se alisa la barba. Se recoge en una coleta el cabello ondulado castaño. Antes de salir de la celda vuelve la vista atrás, la observa durante un instante. Inhala profundo. Yergue su delgadez y sale al patio oscuro.

Han colocado candelas al pie de cada arcada; el patio cobra así cierto aire de irrealidad. A través de la luz cobriza busca a los suyos.

Observa a los penitentes que comienzan a formarse alrededor del patio.

Silencio sepulcral. Los guardias vigilan.

A cada reo le colocan las insignias según la categoría de su delito. Los sambenitos con la cruz enorme de San Andrés bordada en púrpura por delante y por detrás, las corozas en la cabeza, les amarran la vela verde en las manos. Los cocineros reparten el desayuno: una taza de vino y pan frito con miel.

Los confesores se acercan a los reos. Una noche antes de asignar un fraile para cada penitente, los inquisidores les hicieron jurar que a la hora de la muerte solo absolverán de herejía a quienes se arrepientan genuinamente y hagan una buena confesión. No pueden ser compasivos con el hereje que merece ser quemado vivo en la hoguera ni darle la absolución solo para que tenga una muerte menos dolorosa a garrote vil; esa consideración es solo para quienes renieguen de la herejía. El fiscal les ha hecho jurar también que no pasarán mensajes de un prisionero a otro y que guardarán secreto de todo lo que vean y escuchen dentro de las paredes del Santo Oficio. Cada sacerdote se acerca al reo que le fue asignado.

Alrededor del patio se encuentran ya decenas de personas: jóvenes y viejos de barba y sin ella, altos y de estatura baja, mujeres jóvenes peinadas y otras despeinadas, una anciana llorosa, esclavos negros, una mujer regordeta que solloza, seres humanos que serán reducidos a sus pecados: bígamos, hechiceras, blasfemos, fornicarios.

El alcalde de la cárcel los va nombrando uno a uno. Joseph descubre a decenas de amigos y familiares con quienes compartió tantas reuniones y celebraciones en casa de su madre, en la casa de Manuel de Lucena y en la de su hermana Catalina. La mayoría serán reconciliados: Francisco Rodríguez, Gerónimo Rodríguez, Ana Báez, Leonor Díaz, Isabel Rodríguez, Ana López, Constança Rodríguez, Catalina Enríquez, Beatriz Enríquez, Sebastián de la Peña, Sebastián Rodríguez, Diego Díaz, Pedro Rodríguez, Marco Antonio, Domingo Cuello, Manuel Rodríguez, Manuel Gómez, Diego López, Duarte Rodríguez, Andrés Rodríguez, Justa Méndez...

Ahí ella, del otro lado del patio, en medio de la penumbra. Justa lo observa a lo lejos. Los carceleros vigilan. Justa no le quita la vista de encima. Luce triste y demacrada, pero para Joseph la palidez y su expresión resaltan aún más su belleza.

Después, nombran a los nueve condenados que serán relajados a la justicia seglar. Hoy mismo se les dará muerte en la hoguera.

Cuatro guardias se aseguran de que todos estén formados en el orden que deberán seguir una vez iniciada la procesión. Nada se ha dejado a la desidia. Los organizadores han seguido al pie de la letra el manual de autos de fe elaborado en once folios grandes en donde se describe ampliamente cómo debe ser cada detalle. Lo han titulado *Modo en que sea observado el Auto de fe de la Inquisición de la ciudad de México de la Nueva España*. El virrey, los cabildos, los pregoneros, el arzobispo, los tablados, el orden preciso en que han de presentarse todos, el sitio y características de los sillones, los banderines, las trompetas, los alfombrados sobre el tablado, los eclesiásticos, los doctores de la universidad, los caballeros del cabildo, los reos, los confesores, el itinerario que inicia el día anterior a las nueve de la noche, el horario riguroso durante casi veinticuatro horas, el orador estelar, los oidores y el fiscal de la Real Audiencia, los lugares asignados a cada uno de los invitados, la gradería, el pueblo en la explanada, el alguacil mayor, los porteros, las innumerables sentencias en carpetas listas para ser leídas, el regreso de los condenados a prisión.

A lo lejos, se escucha ya un murmullo. La caravana del virrey acompañado de sus guardias de honor y los inquisidores se acerca glamorosa por las calles. Lujosos banderines, caballos ataviados de colores, escoltas impecables, alcaldes y regidores, arzobispos, invitados especiales engalanados de otros reinos asisten satisfechos. Un aire de júbilo y expectación se respira entre los presentes; es el espectáculo más grande que jamás se haya visto. Cientos de niños, niñas, hombres, mujeres y ancianos hacen valla en las calles por donde ha de pasar la procesión. Las antorchas imponentes iluminan el empedrado.

Al alba, el virrey ha llegado al edificio de la Inquisición frente al enorme convento y la plaza de Santo Domingo. Por su puerta principal comienzan a salir, uno a uno, los penitentes. Los tambores dan un aire de solemnidad a su espectral aparición. La multitud murmura asombrada.

Al frente de la procesión se enfilan los inquisidores con el virrey, luego el fiscal con el estandarte del Santo Oficio —la cruz sobre el mundo, la mano del conquistador con la espada de hierro— bordado en seda con cordones de oro y plata. Tras ellos, se enfilan clérigos y oficiales. Enseguida, van los penitentes en el orden antes convenido junto a sus confesores; cada uno lleva una placa que indica su nombre, lugar de nacimiento y ofensa por la que se le acusa. Ahí los judaizantes que serán reconciliados, luego los cofres con los huesos de los relajados que serán incinerados, después los relajados en efigie como Miguel Rodríguez de Carvajal y, al final de toda la procesión, aparece Joseph Lumbroso, a quien le asignaron el lugar de la peor de todas las ignominias.

Media cuadra después de que han salido del edificio, la multitud enardecida comienza a gritarles insultos, a aventarles basura.

—¡Malditos judíos!

—¡Ladrones!

—¡Mataron a Jesucristo!

—¡Marranos!

—¡Brujas!

—¡Herejes!

—¡Cochinos! ¡Protervos!

Joseph comienza a pronunciar alabanzas a Adonai y palabras de aliento para su madre y sus hermanas, para que no se dejen convencer por los confesores. Al poco tiempo, lo amordazan.

Una vez que llegan a la gran Plaza Mayor, la multitud se queda fascinada por el majestuoso escenario que ahí han levantado. Hace seis años no cabía el gentío en la Catedral Metropolitana y por eso mismo, ahora planearon hacerlo aquí. No le pedirá nada a los autos de fe de Madrid, Lisboa o Sevilla.

Los criminales suben por las escaleras hasta el tablado y se van acomodando en una especie de pirámide semicircular; entre más grave sea el delito, más arriba deberá de sentarse el acusado. De manera que el lugar asignado a Joseph es solo, arriba de todos. Para el virrey han dispuesto sillones de nogal, cojines de terciopelo para los pies y un apartamento con tres habitaciones para que pueda distraerse o descansar.

Una vez que todos se encuentran en su debido lugar, inicia la ceremonia. Durante horas se dictan sermones, se leen juramentos, oratorias. En esta ocasión, el invitado de honor es el arzobispo de Manila capital de Filipinas, quien satisfecho y gustoso pronuncia sentidas palabras.

Posteriormente, se inicia la larguísima lectura de las sentencias de los sesenta y ocho procesados. Empiezan con los blasfemos, entre ellos unos negros esclavos quienes, en una ocasión, muertos de hambre y de dolor por haber sido azotados ferozmente, osaron decir que era mejor ser un mono que un cristiano y por esa atrocidad, ahora les sentencian más latigazos para corregirlos.

Luego las sentencias de fornicarios, hechiceras y bígamos. Enseguida, las sentencias de los cuarenta y cinco judaizantes que serán procesados en persona, luego las de los ocho que serán procesados en efigie, después los reconciliados como Catalina Enríquez, esposa de Manuel de Lucena, Diego Díaz Nieto, Manuel Gómez Navarro, Clara Enríquez, su hija Justa Méndez y Pedro Enríquez, cuñado de Lucena. A Manuel Gómez Navarro le dictan seis años como remero en las galeras y a Pedro Enríquez, cinco años. Cuando se disponen a leer la sentencia de Justa Méndez, Joseph se quita la mordaza y grita:

—¡Déjenme escuchar la sentencia de aquella afortunada y bendita doncella!

Finalmente, tras horas de tediosas lecturas, se leen las sentencias de muerte en la hoguera para los relajados en persona.

—Manuel Díaz...

—Beatriz Enríquez...

—Diego Enríquez...

—Manuel de Lucena...

—Doña Francisca de Carvajal...

—Doña Isabel de Andrada...

—Doña Catalina de la Cueva...

—Doña Leonor de Carvajal...

—Luis de Carvajal, "el Mozo" ...

La lectura de la última sentencia completa, la de Joseph, dura una hora y media. Son decenas de folios.

De pronto, el virrey recuerda que hace dos meses alguien fundó una ciudad que lleva su nombre... Monterrey... precisamente en el reino que le fue arrebatado al tío del muchacho que ahora corona la pirámide de herejes frente a él.

Y, mientras la luz prístina del Valle de Anáhuac se instala sobre los enormes volcanes nevados del Popocatépetl y del Iztaccíhuatl, Joseph sentado desde lo alto, se aleja sereno de la escena y recuerda la leyenda de aquella princesa que murió de tristeza creyendo que su amado guerrero tlaxcalteca había fallecido en la guerra... Justa... El guerrero volvió para desposarla y, abatido por su muerte, mandó erguir la tumba más hermosa donde aún la llora. Justa...

Mientras tanto, el licenciado Vasco López de Bibero, corregidor por Su Majestad, pronuncia la sentencia de Joseph con insólito dramatismo:

~¡ ...delito y crimen de herejía, apostasía, pertinancia y relapsia y haber sido dogmatista, maestro y enseñador de ella!

La luz del medio día ilumina ya la inmensa Plaza Mayor abarrotada por la multitud. La fachada de la Catedral Metropolitana de la Ciudad de México, aún en construcción, luce bellísima. Los restos del Templo Mayor del imperio azteca a un costado descansan derruidos junto a los dioses que ahí moraron.

Las lágrimas se apoltronan en sus ojos, deforman la plaza, las calzadas por donde paseaba tiempo atrás Moctezuma, emperador del imperio más poderoso de este Nuevo Mundo. El cadalso alfombrado en púrpura semeja tanta sangre derramada.

Cierra sus párpados. Las lágrimas caen hasta su sambenito. Inhala. Un sentimiento de paz lo traspasa.

Con la mirada hacia el este, Joseph ora.

Gracias, mi amadísimo Señor, por lo que ha sido mi vida, por haberme llamado a tu amor aquel lejano Día de las Perdonanzas mediante mi querido hermano Baltazar, a quien estuve unido en ti *como el agua y la tierra...* Si la fe de mis ancestros me fue revelada el Día del Perdón, será una señal de que debo perdonar en tu nombre a los inquisidores que tanto me atormentaron.

Lobo Guerrero.

Pedro de los Ríos.

Gaspar de los Reyes.

Alonso de Peralta.

Los perdono, Adonai.

Ellos no podrán arrebatarme ya la paz que tu misericordia me hace sentir.

~¡ ...y desvergonzada y atrevidamente publicaba ser embaidor y engañador, en cuya comprobación, con error de entendimiento y ánimo pertinaz y depravado, esperaba al Mesías!

Gracias, Adonai por guiarme como a José, el hijo de Jacob, a través de revelaciones en sueños.

~¡ ...como hombre ciego y sin luz salir de las tinieblas y obscuridad de su creencia!

Gracias, Señor, por haberme salvado milagrosamente de innumerables peligros en estas tierras de cautiverio.

~¡ ...el demonio que tan ciego y engañado le traía, le debía representar!

Gracias, Señor, por mi amadísima madre Francisca quien con primoroso amor y paciencia me enseñó a leer, a escribir y con ello, me cambió la vida.

~¡ ...ponía como verdadero ministro de Satanás, nombre de abominación y maldad a este Santo Tribunal!

Gracias, altísimo Adonai por el santo fray Pedro de Oroz, por su benevolencia con mamá y mis hermanas, por haberme compartido su pasión por los libros.

Gracias por ungirme en aquel bendito sueño con el licor precioso, por ser mi dulce compañía, por no desampararme, por tu presencia en mí.

~¡ ...abía mudado el nombre de Luis de Carvajal en Joseph Lumbroso
y que no contento con profesarla tan perfectamente la había dogmatizado y
enseñado a otras personas con particular fervor dentro de las cárceles
secretas y fuera de ellas!

Gracias, por mi tío el gobernador, por el cariño que depositó en mí, aun cuando no supe ser hijo para él. Me legó su nombre, el empeño de un sueño extraordinario, la empresa de fundar un Nuevo Reino y coronarlo con el apellido de la abuela Catarina: de León... un reino que ni él ni yo podremos ver.

~Este joven ha dicho que la Ley de Moisés dada por el Altísimo
Adonai increado, inmutable y eterno, más hermoso que lo criado y el
más claro de conocer según su substancia y del todo desconocido por su
infinito ser: perfecto, principio, medio y término de todo en quien cree y
cuyos trece preceptos guarda!

Gracias por los faros que alumbraron mi travesía: mi padre, el licenciado Morales, Machado, fray Pedro de Oroz, Lucena... por socorrerme en todos los caminos andados como soldado, conquistador y comerciante.

Gracias Padre eterno, por salvarme de los chichimecos cuando estuve perdido en el monte, por no permitir que muriese desollado como Lucas de Linares cuando hui de Ciudad de León... por curarme cuando me circuncidé para sellar la alianza de los tuyos.

~¡ ...la dureza de su creencia, defendiéndola con fervor y ánimo
infernal y diabólico! ¡ ...blasfemias y diabólicos atrevimientos en ofensa
de Nuestra Inmaculada y Sagrada Religión y Ley Evangélica! ...con-
fiscación de bienes...

Cómo me hubiese gustado que los libros que escribí de mi mano, particularmente mis *Memorias*, hubiesen podido habitar en una biblioteca tan maravillosa como la de fray Pedro, ¡qué sitio aquel, Señor mío!

Antes de concluir su lectura, el licenciado Vasco López de Bibero, corregidor de la ciudad, exclama:

—Lo condeno a que sea llevado por las calles públicas de esta ciudad, caballero en bestia de albarda y, con voz de pregonero que manifieste su delito, sea llevado al Tianguis de San Hipólito y, en la parte y lugar que para esto está señalado, Luis de Carvajal sea quemado vivo y en vivas llamas de fuego... hasta que se convierta en ceniza... y de él no haya ni quede memoria...

A media tarde, una vez leídas todas las sentencias, los penitentes descienden del estrado. La multitud grita. Los nueve condenados montan sobre bestias de albarda; ahí Joseph, Francisca, Isabel, Catalina, Leonor y Manuel de Lucena. La procesión está a punto de comenzar. Fray Medrano se coloca junto a Joseph.

El alguacil mayor le guiñe un ojo a fray Alonso de Contreras, un dominico que ha sido puesto al tanto sobre el difícil caso del famoso dogmatista Carvajal e intrigado, lo ha venido observando de cerca a lo largo de toda la jornada. El alguacil mayor se acerca a fray Alonso y murmura:

—No dejéis al reo en ningún momento.

Fray Alonso se acerca al caballo inquieto e indómito de Joseph. Intenta hablarle, pero el rocín lo pisa y se dobla de dolor. Fray Gerónimo Rubión, aprovecha el incidente y se acerca para pedirle a Joseph que se convierta. Otro sacerdote le pone un crucifijo verde en la boca para que lo bese.

Joseph le escupe. La multitud exclama enardecida. Alonso de Contreras se recupera del golpe en el pie y se acerca.

—Sabéis, Luis, ¿qué son la Inquisición y el Santo Oficio?

—Consilium imporium, et cathedra pestilae.[15] ¿Hay mayor tormento en el mundo que estar como hombre maniatado tan rodeado de perros rabiosos?

—Toma a Cristo como ejemplo de paciencia y sufrimiento, hijo. Aficiónate a su divina bondad y santidad.

—A Christo (padre mío) yo mucho le quiero y mucha afición le tengo; pero Cristo no es Dios.

Hubo aquí grandísimo alarido y vocerío y algunos le escupieron en la cara.

Un fraile pequeñito se atraviesa entre Alonso de Contreras y el reo.

—Vengo a argüir con ese hereje.

—En eso estamos nosotros y Vuestra Merced sea servido de dejarme.

—Mejor que él y que cuantos allí están puedo yo argüir y predicar.

Alguien empuja al fraile pequeño para quitarlo del camino y fray Alonso de Contreras se acerca a Joseph de nuevo.

—Mira Luis, que tienes tan buen entendimiento, no lo emplees en el demonio, ilústrales con acomodarle al de tantos santos y tan grandes personalidades como han muerto en la fe de Cristo.

Joseph ríe.

—*Erraverunt, a vera fide et ipsi non cognoverunt vias meos declinaverunt simul, inutiles facti sunt, corum nomina non sunt scripta in libro vitae.*[16]

Mientras el pregonero vocifera sus culpas y delitos, se encaminan rumbo a la calle de San Francisco. Ahí el griterío, el amontonamiento, los escupitajos, el polvo.

---

[15] Política deteriorada y el asiento de los pestilentes.

[16] Se desviaron de la verdadera fe, y no conocieron mis caminos; se hicieron inútiles, sus nombres no están escritos en el libro de la vida.

En una esquina, Joseph descubre la mirada satisfecha de Domingo Gómez Navarro. Sonríe porque su testimonio contribuyó al mayor arresto de herejes en la Nueva España.

Un poco más adelante, Susana Galbán vocifera furiosa entre la multitud. Doña Francisca la descubre y cae en cuenta.

La procesión se arrastra como serpiente aletargada rumbo al El Quemadero al este de la Alameda Central, es un sitio junto al tianguis de San Hipólito construido especialmente para esta ocasión. Las autoridades pagaron cuatrocientos pesos por el terreno y adecuaron una enorme explanada con piedra caliza y guijarros. La Alameda Central es la primera plaza de esas dimensiones en la Nueva España y en el continente entero, ha sido inspirada en la Alameda de Hércules en Sevilla; por ser el paseo central de los súbditos de la corona, su costado es un buen sitio para establecer El Quemadero de la Inquisición.

Joseph observa la calle, los aparadores de los comercios por donde pasan. Conoce a muchos de los judíos dueños de las tiendas porque eran amigos de su padre.

Un sacerdote alto y robusto lo aborda. Le habla, le insiste que se convierta al cristianismo, que abrace la fe verdadera, una vez y otra vez.

Hombres y mujeres lo tocan. Le insisten. Lo empujan. Le escupen. Lo insultan a gritos. Joseph mastica polvo. Intenta limpiarse el rostro.

—Conviértase por el amor de Dios. Para que no le den terrible muerte. Arrepiéntase. ¡Lo quemarán vivo! ¡Lo quemarán vivo, qué horror!

Joseph desea silencio, prepararse para bien morir, dar palabras de aliento a su madre quien va un poco más adelante con Isabel y Catalina. ¿Y Justa, dónde estará? Atrás de él va Leonor.

—Por el amor de Dios, hijo, conviértase a la fe verdadera de Nuestra Santa Iglesia Católica.

—Déjeme en paz. No es mi deseo convertirme. Ya lo he dicho muchas veces.

Creatura soy tuya y de tu pueblo escogido, a ti solo Adonai adoro, en ti solo creo y espero, no permitas sea en balde mi confianza ni confundida esperanza, mas líbranos Adonai mi Dios y óyenos y sálvanos por quien eres.

—¡Hijo! ¡Besa el crucifijo! —alcanza a gritar doña Francisca entre lágrimas una vez que su mirada coincide con la de Joseph.

—¡Allí va el judío! ¡El gran rabino de la Nueva España! ¡El Iluminado!

—¿Dónde está su Dios? ¡Que venga a salvarlo ahora de la hoguera!

Casi llegando a El Quemadero, del lado izquierdo, Joseph encuentra a Luis Díaz, el sacerdote espía, quien lo mira silencioso mientras se muerde un labio.

Un poco más adelante, custodiadas por familiares del Santo Oficio, se encuentran sus amadas hermanas, Mariana y la pequeña Anica; entre ellas, Leonorica.

El corazón de Joseph se acelera. Martillea en las sienes.

Han comenzado a prender las piras. Puede olerlas y ver el humo.

Queman la efigie de Miguel. Joseph mira al cielo y murmura una oración para su hermano.

Ahora, acercan a su madre y a sus hermanas a las piras de leña. Los confesores hablan con cada una de ellas. Murmuran. Ellas asienten.

Los guardias separan a la multitud de los reos.

Joseph no deja de ver a su madre y a sus hermanas a la distancia mientras tres o cuatro sacerdotes aún combaten por convencerlo.

—¡Luis de Carvajal! ¡Joseph Lumbroso! ¡Arrepiéntete para que no te quemen vivo! ¡Para que tu alma no arda eternamente en el Infierno!

—¡Te condenarás por toda la eternidad! ¡No seas necio!

Muchos sacerdotes quieren ser el afortunado sabio que convierta al más terrible y diabólico hereje a quien, ni los teólogos más versados, pudieron convencer.

Joseph sigue atento, a la distancia, de su madre, de Isabel, de Catalina y Leonor. Tanto ellas como Lucena escuchan a sus confesores.

Sus expresiones son devastadoras.

Después de unos minutos, besan el crucifijo.

Los confesores los bendicen.

Los guardias conducen el andar trastabillante de cada uno. Los sientan recargados en el poste de madera.

Les darán garrote vil.

El verdugo acomoda el aro de hierro alrededor del cuello de Lucena. Espera la señal.

Las campanadas hacen eco en el horizonte mientras el cielo se pinta de colores y anuncian las siete de la tarde.

Fray Alonso de Contreras solicita al alguacil mayor una pausa en la procesión. Personalidades a caballo, decenas de eclesiásticos y cientos de seglares se arremolinan curiosos. Fray Alonso se acerca a Joseph.

~Luis, solo una palabra te quiero decir, la cual creo, por virtud de Jesucristo, te va a rendir; y si no, te prometo devolverme y no darte más fatiga. En la divina escritura está este texto tan claro de Cristo. Spiritus oris nostri, Christus dominus, captus est in peccatis nostri cui diximus, in umbra tua vivemus inter gentes.[17]

—¿De dónde proviene?

—Del profeta Jeremías, del libro de las Lamentaciones.

—Jeremías es el profeta a quien yo más venero, pero nunca he escuchado o leído ese pasaje... necesitaría verlo.

—Dame tu palabra de que, si te doy el texto del profeta, te convertirás a la fe de Jesucristo, Nuestro Salvador y de su Santa Iglesia.

—*Vicet qui Vicit.*[18]

Alonso de Contreras busca una Biblia entre los sacerdotes detrás del cerco. Todos buscan, preguntan. Consigue una. La hojea y no encuentra.

—¡Necesito el índice, las concordancias de las citas!

Finalmente, un primo suyo, le presta el libro solicitado. Encuentra el texto.

—Lee, hijo mío. Aquí está.

Joseph revisa atento. Súbitamente, cambia la expresión de su rostro.

Cierra los párpados y se queda pensando.

---

[17] El espíritu de nuestra boca, Cristo nuestro Señor, está preso en los pecados de los que hemos hablado, viviremos a tu sombra entre las naciones.

[18] El que vence, vence.

Mientras tanto, los guardias continúan con su proceder, acomodando a los condenados. El joven verdugo va de estaca en estaca.

Joseph da muestras de arrepentimiento. Solicitan al arzobispo un permiso para que ya no sea el padre Medrano su confesor, sino fray Alonso.

Joseph confiesa las palabras. *Siempre las palabras.*

Recibe la cruz. Murmura un bello canto de Salomón y el Salmo 51.

—Mi Amado es mío y yo suyo... Ten piedad de mí, oh, Dios, conforme a tu misericordia, lávame de toda mi maldad. Reconozco mis transgresiones. Contra ti he pecado, Señor.

Cuando el verdugo se dirige a la estaca donde se encuentra doña Francisca con el aro de hierro alrededor del cuello, Joseph pide permiso a fray Alonso para acercarse a su madre.

Con las manos atadas, se hinca a sus pies. Recarga su frente en las piernas de su madre.

—Madre mía, te pido perdón... Pronto nos veremos en el cielo.

Minutos más tarde, mientras lo conducen a su estaca, Joseph percibe cómo el verdugo comienza a girar la palanca tras el poste de su madre. De reojo, alcanza a ver los cuerpos, ya inertes, de doña Francisca, Isabel y Catalina.

La humareda, los gritos de la muchedumbre que se extiende hasta el horizonte. Algunos han trepado a los árboles para no perder detalle.

El miedo embiste.

Una vez en la estaca y con la pira a sus pies, le dice a fray Alonso que es su deseo último revocar sus testimonios sobre ocho personas, entre ellos Antonio Díaz de Cáceres y Tomás de Fonseca. El fraile le promete que hará llegar su deseo al Santo Oficio.

—Descansa, Joseph. Descansa en la paz de Dios Nuestro Señor. No te olvides de mí cuando llegues al cielo.

El verdugo se encuentra listo, detrás del condenado. Espera la señal de fraile.

Fray Alonso mira a los ojos a Josepvh, lo toma de las manos.

Contempla su rostro vivo a punto de extinguirse.

Ahí su vida, su sabiduría contenida.

Todas las preguntas, las respuestas, en su mirada.

El parpadeo, su cabello.

Sus últimas palabras.

Un hálito de vida.

Joseph cierra los ojos.

Fray Alonso sostiene sus manos como si en ese acto pudiese retener su vida.

El inexperto verdugo ha comenzado a girar la palanca, lentamente.

Joseph escucha y abre los ojos.

La mirada de quien muere con la certeza de que ha llegado su momento.

La luz radiante de Medina del Campo. Su padre con los brazos abiertos.

Joseph salta desde el corredor hacia el patio de las cárceles.

El verdugo duda en su quehacer y alarga su agonía.

Joseph salta del segundo piso, el aire lo sostiene en un vuelo apacible.

El aro de hierro le oprime la garganta.

El punzón penetra torpemente su nuca, le revienta las cervicales.

Fray Alonso le retiene las manos hasta asegurarse de que Joseph Lumbroso no se encuentra más ahí, en ese cuerpo derrumbado.

Si Joseph Lumbroso hubiese vivido antes de la encarnación de Nuestro Redentor, hubiese sido un hebreo heroico. Su nombre sería tan famoso en la Biblia como el de otros profetas que murieron en defensa de su ley.

Lentamente, se suelta de sus manos, toma el crucifijo.

Cierra los párpados de Joseph. Inclina la cabeza a manera de respeto y camina hacia atrás.

El verdugo enciende las piras.

Al conductor le sorprende mi interés por ir a un lugar tan remoto como Carbajales de Alba. Avanzamos sobre planicies, algunos borregos pastan en la lejanía. Amapolas rojas crecen en las praderas.

Seguido me pregunto, ¿cuáles serían los nombres y apellidos originales? Las familias los mudaron de tajo para sobrevivir, es difícil saberlo. En el diccionario de la Real Academia Española no aparecen las palabras *carvajal* o *carbajal*; al parecer aún escapan al canon. Según otras fuentes estas palabras son un arcaísmo, al igual que *carvalho* del portugués, que significa robledal o plantío de robles. Algunos historiadores plantean la hipótesis de que los Carvajal tomaron el nombre del pueblo Carbajales de Alba para su apellido. Es posible... este villorrio diminuto queda en la Raya o *A Raia* entre España y Portugal, el territorio donde ellos y los suyos sobrevivieron huyendo de un pueblo a otro durante el siglo xvi mientras intentaron escapar de la Inquisición.

He andado tus caminos, Joseph... los de México, los de España, los de Portugal. Visito la iglesia de Benavente donde te habrán bautizado hace más de cuatro siglos, la Plaza Mayor vacía, el Ayuntamiento. En Medina del Campo re-

corro la calle donde habitaste con tus padres y tus hermanos; han restaurado los portales originales. Observo sus
fachadas. Dentro de una de esas casas viviste niño. El sol
es increíble ahí, como si estuviese más cerca que de costumbre, deslumbrante.

Ando sobre tus huellas invisibles, un paso y otro más.

Sigo el camino que hacías con Baltazar a diario para
asistir al colegio. Demolieron el convento para construir
departamentos, pero la iglesia de tu colegio aún permanece ahí. A los jesuitas también los expulsaron de España,
ahora el templo está dedicado al apóstol Santiago Matamoros. Un paso y otro más.

Transito junto al convento que fundó Santa Teresa
mientras vivías ahí, a las estatuas de su amigo el poeta místico San Juan de la Cruz y de la reina Isabel "La
Católica" quien ahí murió. Me indican que por allá vivió
Cristóbal Colón. Ingreso al Museo de las Ferias y descubro una maqueta enorme que muestra cómo era la ciudad
en el año en que tú llegaste a vivir a Medina del Campo
con tus padres y hermanos; tras vitrinas, la evidencia de
las transacciones comerciales que se fraguaron en aquella época.

Pasan los días y así recorro Évora, Coímbra, Lisboa,
Montemor (Montemayor) en Portugal y Astorga, Toledo,
Ciudad Rodrigo, Valladolid, León y Burgos en España. He
explorado la región buscando vestigios tuyos en antiguas
juderías, sinagogas transformadas a iglesias, palacios de
Inquisición que hoy son centros culturales —como en Évora
que lleva el nombre de Almeida—, en rutas denominadas

"Caminos de Sefarad", en pinturas y arquitectura de la época, museos, lápidas del siglo I en hebreo y en arameo halladas en Puente Castro a las afueras de León, panteones, bibliotecas, oficinas de información. Un paso y otro más.

Una mañana me traslado a un remoto poblado de la zona montañosa de Portugal para conversar con José Domingos, el custodio de la tradición sefardí de la zona. Para mi sorpresa, los sefardíes de Belmonte descienden de quienes lograron sobrevivir a la expulsión del siglo XVI y a tantas persecuciones, conservaron su fe y sus tradiciones durante cinco siglos de manera clandestina.

—Nosotros cambiamos el apellido de Levi a Domínguez y luego a Domingos...

"La comunidad se mantuvo activa, sin libros, sin rabinos, sin nada... Las mujeres conservaron la memoria dentro de las casas.

"Los que se quedaron se casaron entre ellos; por eso las enfermedades se repiten, como la dislexia.

"Uno de los símbolos de los judíos son las llaves. Cuando partieron se llevaron las llaves de sus casas con la esperanza de poder volver un día. Las pasaban de generación en generación, el hijo mayor las conservaba. Aquí hay un par de ellas en el museo judío.

"Aquí en Belmonte, la Mezuzá es de bolsillo. Labraban una cruz junto a la puerta de su casa y al entrar, besaban su mano derecha, tocaban la cruz y con la mano izquierda la Mezuzá en su bolsillo mientras recitaban en su mente los dos versículos de la Torá.

"De niño estuve obligado a ir a clase de catecismo durante la dictadura de Salazar, si faltábamos perdíamos el año escolar. Me obligaron a casarme por la iglesia.

"Pruebas de ADN estiman que alrededor del cincuenta por ciento de los portugueses descienden de judíos.

"En el siglo XVI regalaban niños judíos a las familias cristianas al nacer para que no recordaran sus apellidos.

José —Joseph— y yo caminamos por el barrio judío de Belmonte; ahí viven unas sesenta personas. Tres niños juegan con una pelota sobre el empedrado. Nos acercamos a la fachada de una casa. José se detiene y señala la Mezuzá; me muestra la que él lleva en el bolso del pantalón.

He andado tus territorios, Joseph. He recorrido el mundo en tu búsqueda durante años. A veces te vislumbro en el eco de pergaminos antiguos, en la brisa luminosa en la rúa de Salamanca —hoy calle de Gamazo— en Medina del Campo, en las cárceles secretas dentro del Palacio de la Inquisición, en el costado de la Alameda Central donde estuvo El Quemadero en Ciudad de México.

Un paso y otro más en tu búsqueda.

El origen quedó desarticulado.

Tal vez, aún existe una forma de encuentro.

El auto avanza sobre la carretera. El conductor mira el retrovisor mientras responde atento.

—No, nunca he escuchado sobre esos personajes históricos que usted pregunta... ¿Usted es profesora?

—Sí. Me interesa el tema porque escribo una novela y al parecer, los personajes provenían de aquí...

Llegamos a Carbajales de Alba. Busco información en línea. Quinientos seis habitantes. El viento sopla fresco en la plaza vacía, el sol brilla cálido. Apenas quedan dos o tres calles y la principal es la carretera. Cuando Francisca niña pasó por aquí había siete iglesias y ahora, solo queda una. Encontramos un par de casas de la época. El único museo, el Taller de Bordados, está cerrado. Después de recorrer el pueblo, en el único sitio que vemos gente es en la funeraria. Hoy ha muerto uno más.

"Todos ya nos fuimos de aquí", como dice la canción de Fito Páez.

En el trayecto de regreso a Valladolid abro mi laptop.

Pasadas las siete de la tarde, una vez que ha caído la noche, el verdugo enciende las piras.

Las de Isabel, Catalina, Leonor, Francisca, Manuel...

La de Joseph.

El fuego a veces se resiste a iniciar su danza caprichosa, pero una vez que comienza, se torna en zarza monumental, como aquella que guio a Moisés cuando sacó al pueblo israelita de Egipto.

Contemplo, durante horas, las nueve piras encendidas. Hogueras luminosas que crepitan ardientes frente a mí.

A ratos cierro los párpados. La humareda caliente, la ventisca y el olor a cuerpos quemados vuelven casi insoportable permanecer.

Ahí quiero estar.

Quiero presenciarlo. Hasta el final.

Las hogueras crepitan incansables, voraces.

Bendito sea tu santísimo nombre señor Adonai que me diste cuerpo y lo formaste con tantas partes como en él hay. Cuerpo entero mío, alaba al nombre del Señor Adonai. Ánima mía, alaba al nombre del Señor Adonai. Corazón mío, alaba al nombre del Señor Adonai. Entrañas mías, alaba al nombre del Señor Adonai. Entendimiento mío, alaba al nombre del Señor Adonai. Huesos míos, alaba al nombre del Señor Adonai. Coyunturas mías, alaba al nombre del Señor Adonai. Nervios y venas, alaba al nombre del Señor Adonai. Sangre, alaba al nombre del Señor Adonai.

Ha caído la noche sobre Ciudad de México. Las primeras estrellas asoman. Tu cuerpo se consume en llamaradas enormes. Tus ojos revientan. Tu rostro se calcina.

Bendito sea tu santo nombre Señor Adonai que criaste mi cuerpo con tantas cosas como en él hay y me hiciste hombre, yo te lo doy y te lo encomiendo. Bendito sea tu santo nombre Señor Adonai que me diste cabeza, frente, cejas, párpados y pestañas, ojos, niñas de mis ojos y vista, narices y sentido de oler, boca y labios, encías, dientes y muelas, paladar y gusto, lengua, barba, orejas y oídos, garganta, pecho y brazos, manos y dedos, estómago y barriga, muslos y piernas, pies y dedos.

Tuyo soy y de toda mi voluntad me ofrezco a ti para que cuando te fueres servido, como a tu hijo me llames en hora de salvación y en el ínter que fuere tu santa voluntad de darme vida me guardes este cuerpo como padre y formador de él. Guárdamelo Señor para bien y líbrame de dolores, tormentos y de cautividad y cárcel y oscuridad. Acuérdate que soy tuyo y no me olvides y dame libertad y luz para que te pueda servir con toda mi ánima, con todas mis fuerzas. Líbrame señor y libra todo lo que tengo en mi corazón del poder de mis enemigos. Acuérdate de nosotros para favorecernos por tu santo nombre. Atiende a nuestras necesidades, cautiverios y aflicciones. Suplícote Señor Adonai mi Dios ... de darnos gracia, amor contento y alegría a nuestros corazones, alegrándonos con tu santa ley y en tus santos mandamientos y en tus santas palabras ... Amén.

Hacia la media noche, los cuerpos y sus historias se reducen a cenizas.

Al alba, los guardias las dispersan en los desagües frente a la Alameda Central.

Cierro mi laptop.

¿Por qué algunos nos empeñamos en contar?

Durante la madrugada, Joseph entinta la pluma y escribe a la luz de la vela.

Siempre las palabras.

Me adentro en aquella biblioteca

en el aroma de los libros.

Observo extasiada

el resplandor de su secreto

la luz inicial que alumbró
su caligrafía diminuta, prodigiosa
sus palabras que urden la memoria nuestra
irradian historias silenciadas
relatos como madejas.
Durante la madrugada, escribo a la luz de la vela.

San Pedro Garza García, Nuevo León,
8 de julio de 2021

Epílogo

Leer un libro prohibido, imprimirlo o simplemente poseerlo era arriesgar la vida en el siglo XVI. Un libro, ese objeto inanimado pequeño, portátil y en apariencia inofensivo, fue motivo de muerte en la hoguera para muchos. Cada libro que Joseph Lumbroso escribió era, no solo un acto de resistencia para combatir el olvido de su fe, tradiciones o cultura, sino que, al escribirlos Joseph cometía un delito contra la corona y lo que era peor, contra la Inquisición española. Cuando sus amigos y familiares intercambiaban libros, los escondían en su ropa o sombreros, en realidad coqueteaban con la muerte como quien anda por la vida con un revólver en la sien jugando a la ruleta rusa.

Un siglo atrás, previo al edicto de expulsión de los Reyes Católicos, habían comenzado las quemas de libros en plazas públicas. Miles de libros se redujeron a cenizas; al principio el papa no autorizaba estas quemazones promovidas por inquisidores como fray Tomás de Torquemada. Con el paso de los años, el fortalecimiento de la monarquía española y la instauración del Sacro Imperio bajo el poder del emperador Carlos V, cuya consigna era la evangelización de todos los territorios bajo su potestad y arremeter contra la herejía de Lutero, se autorizó la persecución de escritos no solo judíos sino protestantes. Se dictaron leyes y se elaboró el primer índice de libros prohibidos. Además, se dispuso que en América no se permitiera poseer, escribir ni leer libros de "novelas e historias fabulosas". La imaginación, "la loca de la casa" como la llamó Santa Teresa, implicaba un poder emancipador que al emperador Carlos V y a su sucesor Felipe II debió preocuparles para sus nuevos súbditos del Nuevo Mundo. Se ordenó que se registrara cada libro que se embarcara y que no se imprimiese libro de asuntos de América sin licencia del Consejo de Indias. Los oficiales reales debían visitar navíos para recoger los volúmenes prohibidos, revisar las bibliotecas. Durante el sacramento de la confesión, el sacerdote debía interrogar a los penitentes para saber si en sus casas había libros prohibidos y denunciar a los dueños de estos, —so pena de excomunión—, incluyendo a obispos, cardenales, príncipes, reyes o emperadores. Se llegó incluso al extremo cuando la Inquisición censuró una bula papal que permitía la lectura de libros de contenido científico escritos por herejes protestantes. Se censuraron todos los libros escritos en cualquier otra lengua ajena al latín o al castellano y por supuesto, los textos o traducciones realizados por herejes condenados por el Santo Oficio, como Joseph Lumbroso. *Donde se queman libros se terminan quemando también personas.*[19]

En este contexto de intolerancia, Joseph Lumbroso fue quemado en la hoguera; sus libros, manuales de oración y cartas fueron confiscados y cosidos a su segundo proceso de Inquisición. Los archivos del Santo Oficio permanecieron en el olvido

---

[19] Frase del poeta Heinrich Heine para recordar los acontecimientos del 10 de mayo de 1933, cuando universitarios quemaron en Berlín y en otras ciudades del país libros de espíritu "no germánico".

hasta fines del XIX cuando Vicente Riva Palacio los encontró en el Archivo de la Nación y despertó el interés en su contenido. Olvidar los documentos y testimonios fue la mejor manera de conservarlos.

Actualmente, México posee el archivo de Inquisición española más vasto del mundo; más de 100 metros lineales de documentos originales. Confesiones de viudas, de hombres de negocios, de familias completas, de ancianos, procesos de torturas con lujo de detalle, interrogatorios realizados una y otra vez por teólogos que tendieron palabras como trampas con las que muchos tropezaron, firmas elaboradas de personajes famosos y de seres ordinarios, burócratas, brujas, abogados, esclavos, escribanos, luteranos, fiscales, bígamos, alcaldes, judaizantes. Miles de folios con los despojos de una memoria colectiva que incluye tradiciones que aún practicamos sin saber de dónde vienen, dichos populares y consejos que repetimos, principios que nos inculcaron nuestros padres y abuelos, los platillos que comemos, el detalle minucioso de los patrimonios familiares que fueron embargados, pueblos y ciudades donde hoy habitamos, rutas comerciales terrestres y marítimas.

Para cobrar al gobierno de México sus servicios en la guerra contra los franceses, Vicente Riva Palacio pidió autorización de elegir documentos de su interés en el Archivo de la Nación. Así es como encontró los archivos de Inquisición que ahora se conocen como "Lote Riva Palacio". Los llevó a casa, los organizó y, tras su muerte, su hijo los vendió de vuelta al Archivo de la Nación. Riva Palacio escribió obras como *El libro rojo* que dieron a conocer al mundo lo que ahí se resguardaba. Y poco a poco, con el paso de los años, como quien avienta una piedra en un estanque que produce serenas ondas expansivas, se corrió la voz sobre los tesoros ahí cautivos entre los estudiosos del tema y los coleccionistas de otras latitudes.

En 1932 Jacob Nachbin, un profesor e investigador proveniente de Chicago de origen brasileño invitado a México para impartir conferencias durante el verano a la UNAM, robó el libro de las *Memorias* elaboradas en miniatura y cosido a su proceso, el *Modo de llamar a Dios,* el *Lex Adonai,* las cartas que Joseph envió a su madre y sus hermanas en las cárceles secretas, entre otros documentos. Nachbin guardaba en los bolsillos internos de su saco los pequeñísimos libros y las cartas, después salía del Archivo de la Nación, cruzaba el Zócalo, viraba a la izquierda en calle Tacuba, seguía derecho hasta llegar al bellísimo Palacio Postal —hoy Edificio de Correos— para meter su botín a un sobre y enviarlo a sus destinatarios. Según Alfonso Toro, Nachbin extrajo los documentos cosidos al Segundo Proceso de Luis y envió el material por correo a Estados Unidos. Una parte fue dirigido hacia Nueva York a un Sr. Lang que jamás se presentó a reclamarlos; quizás porque para entonces el gobierno mexicano ya había presentado una denuncia. De manera que parte del material regresó por correo a la Secretaría de Educación Pública. Cuando revisaron el paquete y verificaron que el contenido pertenecía al Archivo de la Nación, lo enviaron para allá. El resto del material desapareció.

El 7 de agosto de 1932, *El Universal* publicó un largo reportaje bajo el título de *El escandaloso robo al Archivo General de la Nación* que detalla los pormenores. Nachbin fue acusado de robo y pasó una semana en la cárcel de Belén de Ciudad de México y, como no pudo probársele nada, salió libre. Su esposa norteamericana Elizabeth Laurie terminó la relación entre ellos al enterarse del robo y de que tenía otra esposa y un hijo. Ya de regreso en Brasil, su primera esposa Léa Drechter, de origen austriaco, supo no solo del robo sino también de que Jacob la engañaba y se había vuelto a casar; así que anuló su matrimonio por bigamia. Nachbin fue expulsado de Estados Unidos y, al parecer, se dirigió a España en 1935 y tres años más tarde, a París. Se cree que fue arrestado durante la Francia ocupada por los nazis debido a su origen judío y llevado a uno de los campos de internamiento que se extendían en las costas del sur de Francia.

Por fortuna, tres años antes de la desaparición de los manuscritos, el historiador Alfonso Toro y otros investigadores tuvieron acceso a las *Memorias de Luis de Carvajal, "el Mozo"*, junto con los dos procesos completos, las cartas y a algunos pequeños manuales de oración y los paleografiaron. Tras la desaparición de los manuscritos, Editorial Patria publicó hacia 1944 el fruto de su trabajo en una edición de dos tomos titulada *La Familia Carvajal*. Al año siguiente, el Archivo General de la Nación dedicó la publicación del tomo XXVIII a los *Procesos de Luis de Carvajal (el Mozo)* y, gracias a este par de obras, hubo manera de conocer su extraordinaria historia, el detalle de los interrogatorios a todos los miembros de la familia y la comunidad, de tener acceso al contenido de sus *Memorias*, las cartas y su testamento.

Las cartas de Joseph y los escritos que hizo en cáscaras y huesos de aguacate aparecieron años después en una feria de libros antiguos en California. Actualmente, forman parte de la colección de la Biblioteca Bancroft en la Universidad de Berkeley.

Las *Memorias*, el *Lex Adonai* y el *Modo de llamar a Dios* estuvieron extraviados hasta el 9 de diciembre de 2015 cuando aparecieron en la casa de subastas Bloomsbury de Londres *Three small devotional manuscripts in Spanish and Latin on paper, probably seventeenth or eighteenth century (one finely illuminated)*. Se vendieron los tres libritos en un mismo lote en £1000. Esta venta ocurrió apenas unos meses después de que el gobierno español aprobó que otorgaría la nacionalidad española a los descendientes de los sefarditas injustamente expulsados en el siglo XVI; era el momento ideal para que reaparecieran dichos manuscritos.

En junio de 2016 los tres libritos se presentaron como parte del lote 387 en las Galerías Swann de Nueva York para su reventa en subasta con un precio de salida cincuenta veces mayor de como se había vendido meses atrás en Inglaterra. Fue ahí donde los libritos llamaron la atención de los asesores del coleccionista y filántropo Leonard Milberg quien, asesorado por expertos, supo que podía tratarse del manuscrito original robado años atrás. Decidió verificar su autenticidad y hacer lo necesario para devolverlo a México. Una vez corroborada, Milberg hizo un donativo monetario a la casa de subastas.

La Universidad de Princeton, alma mater de Leonard Milberg, se encargó de la digitalización de los manuscritos recuperados y de subir el documento a internet para que hoy en día esté al alcance de todos. Antes de volver a México, los libros fueron expuestos en la Sociedad Histórica de Nueva York. Las *Memorias* abrían la exposición *The First Jewish Americans: Freedom and Culture in the New World*, misma que se convirtió en la exhibición más visitada en la historia del museo. De acuerdo con el *New York Times,* los manuscritos de Luis de Carvajal, "el Mozo" fueron las piezas más importantes de la exposición. A su regreso a Ciudad de México, antes de resguardarlos en la Biblioteca Nacional de Antropología e Historia, el diminuto diario secreto se expuso en el Museo de Memoria y Tolerancia ubicado frente al sitio donde Joseph y su familia murieron en la hoguera.

Gracias a la generosidad de Leonard Milberg y a la intervención de Rafael Tovar y de Teresa, las secretarías de Cultura, Relaciones Exteriores y Gobernación, el Archivo General de la Nación, el Instituto Nacional de Antropología e Historia, de académicos como el Dr. Baltazar Brito, rabinos, investigadores y hasta el FBI, México pudo recuperar, finalmente, el testimonio escrito más antiguo de la presencia judía en América, las *Memorias* que develan la entrañable historia de una comunidad de hombres y mujeres migrantes que lucharon y dieron la vida por el derecho a la libertad de pensamiento y de credo.

Según el investigador y erudito Seymour B. Liebman, en 1570 el 25% de la población de origen europeo en la Nueva España descendía de conversos o criptojudíos. De manera que la historia de los Carvajal y la de los hombres y mujeres que lo acompañaron en aquella expedición de 1580 no solo es la de los habitantes del norte de México y el sur de los Estados Unidos, sino que nutre también el pasado de los habitantes de Ciudad de México, Veracruz, Jalisco, Hidalgo, Guerrero, Aguascalientes, Zacatecas y Oaxaca. Ahora sabemos que, más allá del territorio mexicano o latinoamericano, la diáspora sefardí del siglo XVI se extendió al mundo entero.

A partir de 2015, cuando el gobierno español anunció que concedería la nacionalidad española a los descendientes de sefarditas expulsados durante el siglo XVI sin necesidad de que renuncien a la suya y sin exigencia de residencia en España, miles de personas han indagado en sus genealogías y han descubierto las raíces judías que desconocían. De acuerdo con cifras del Ministerio de Justicia de España, al 30 de septiembre de 2021, se habían recibido 153 774 solicitudes de descendientes de sefardíes que hoy radican esparcidos en 75 países del mundo. Solamente en México, más de 22 000 personas han solicitado la nacionalidad. Destacan, entre otros países: Argentina, Colombia, Estados Unidos, Israel, Panamá, Turquía, Venezuela, Brasil, Chile, Ecuador, Francia, Marruecos, Perú, Reino Unido, República Dominicana, Uruguay, Rusia, Bosnia-Herzegovina, Canadá y Costa Rica.

La muerte de Joseph Lumbroso fue muy polémica. Algunos testigos argumentaron que su conversión no fue honesta sino producto del miedo a ser quemado vivo. Decían, entre otras cosas, que hizo señas a su amigo Lucena o que el dominico fray Alonso de Contreras había sido enviado por su hermano fray Gaspar. La Inquisición tomó por bueno el testimonio de conversión de Contreras, quien además presentó un manuscrito ante el Santo Oficio para detallar los nombres de los inocentes que Joseph mencionó justo antes de morir. Un año después, fray Alonso escribió un informe detallado y extenso titulado *Relación Verdadera de la Conversión y Muerte Católica de Luis de Carvajal, también llamado Joseph Lumbroso, relajado por el brazo secular del Santo Oficio de la Ciudad de México* con el fin de acallar cada uno de los chismes que aún circulaban argumentando que no hubo conversión. La Inquisición necesitaba dejar claro: Joseph había reconocido la "fe verdadera", de lo contrario, sería otorgar la victoria al judío Lumbroso sobre la Santa Iglesia Católica. Sobre el resto de la familia Carvajal hoy sabemos que, mientras algunos historiadores han insistido en que Luis de Carvajal y de la Cueva, el conquistador, escribió mentiras o exageraciones en su *Autodefensa* antes de morir en la cárcel por no contar con evidencia suficiente, el "Informe de Oficio" levantado por la Real Audiencia de México en 1577 titulado *Méritos y Servicios de Luis de Carvajal y de la Cueva* y otros documentos recientemente descubiertos por el Dr. Samuel Temkin, la Dra. Mónica Montemayor y Carlos González en el Archivo General de Indias en Sevilla han demostrado que dichas acusaciones han sido falsas y avalan que don Luis describió hazañas verdaderas con el fin de que el rey le restituyera sus cargos, su libertad y le permitiera seguir adelante con su encomienda de pacificar y poblar el noreste de lo que hoy es México y parte de los Estados Unidos. Alonso de León, primer cronista del Nuevo Reino de León, quien en su *Relación y Discursos* de inicios del siglo XVII alabó las hazañas de Carvajal, ya entonces lamentaba su desafortunado desenlace cuando afirmó que "El pez gordo se come al pez chico" al referirse al poder que el virrey ejerció sobre él hasta su muerte.

Para saldar esta deuda histórica, en octubre de 2019, historiadores estatales y cronistas municipales propusieron al Congreso del Estado, declarar el 31 de mayo de 1579 como fecha de la fundación de Nuevo León dado que es la fecha en que el rey Felipe II otorgó a Luis de Carvajal y de la Cueva las capitulaciones para fundar el Nuevo Reino de León; propusieron también que su nombre se inscriba en el Muro de Honor del Congreso del Estado con la frase "Fundador y Primer Gobernador de Nuevo León".

Por otra parte, los descendientes del resto de las hermanas Anica, Catalina de León y su hija Leonorica de Cáceres hoy radican en el estado de Hidalgo. Dos hijos de los seis que tuvo Anica con su esposo Cristóbal Miguel fueron arrestados por la Inquisición y murieron en prisión en 1642. Tras la muerte de sus hijos, el Santo Oficio la arrestó y permaneció en la cárcel más de seis años. Anica fue procesada y quemada en la hoguera en el Gran auto de fe de 1649, tenía cerca de 70 años y un cáncer de pecho ya muy avanzado.

Leonorica, hija de Catalina y Antonio de Cáceres, fue reconciliada en el auto de fe de 1601; se casó, tuvo cuatro hijos y vivió en Tulancingo. En 1652 la Inquisición la arrestó y embargó sus bienes; sin embargo, fue liberada y perdonada.

Justa Méndez Núñez muere alrededor de 1635 durante una epidemia de tifus (tabardillo) tres días después que su esposo y sus restos descansaron en la catedral. Sin embargo, en 1642 arrestaron a las mujeres de la familia Rivera originarias de la Raya de Portugal y parientes de ella, quienes confesaron que Justa las había adoctrinado, a ellas y a sus hijos. A través de sus testimonios, Justa surge como la figura que enseña a mantener las prácticas clandestinas que deben realizarse en el espacio doméstico y en lugares discretos de la ciudad, como una mujer devota con espíritu de enseñanza, líder de la comunidad y transmisora del judaísmo heredado de Joseph Lumbroso. De manera que, años después de su muerte física, se abre un proceso en contra suya. En el informe el sacerdote llama a Justa: "mujer o demonio" y es condenada a ser relajada en estatua con sambenito, coroza, un letrero con su nombre que acompañe sus huesos y la confiscación de bienes en el mismo Gran Auto de fe de 1649 en que muere Anica. Ahí las piras de fuego devorando sus restos, su nombre. La muerte simbólica.

Aunque algunos investigadores afirman que de Felipe Núñez, el otro sobrino heredero de Luis de Carvajal y de la Cueva, no se volvió a saber nada, Joseph Lumbroso en su declaración del 14 de febrero de 1596, en la cámara del tormento, comenta que: "Phelippe Núñez y su mujer, Philippa López son judíos y guardan y creen la dicha ley. La dicha Philippa López me dijo cómo era judío su marido, con el cual yo nunca me descubrí ni él conmigo." Al margen del proceso, el escribano apuntó: "Sacado y enviado con su ratificación a la Inquisición de Lima, con carta de 20 de enero de 1597". Al parecer, hasta el virreinato del Perú persiguió la Inquisición a Felipe Núñez tiempo después. Uchmany afirma que Philippa López fue sometida a un brutal proceso de tortura antes de arrancarle sus confesiones.

El Tribunal del Santo Oficio, conocido como la Santa Inquisición, operó formalmente en México de 1571 a 1820.

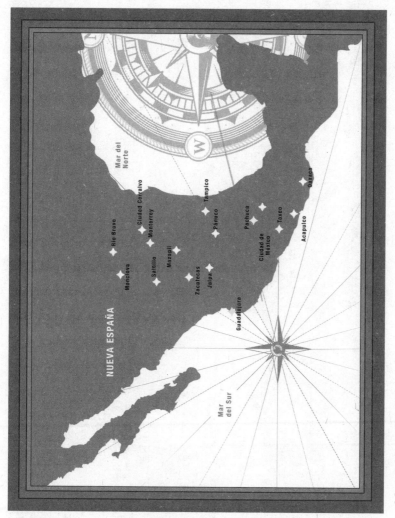

Mapa 1. Nueva España.

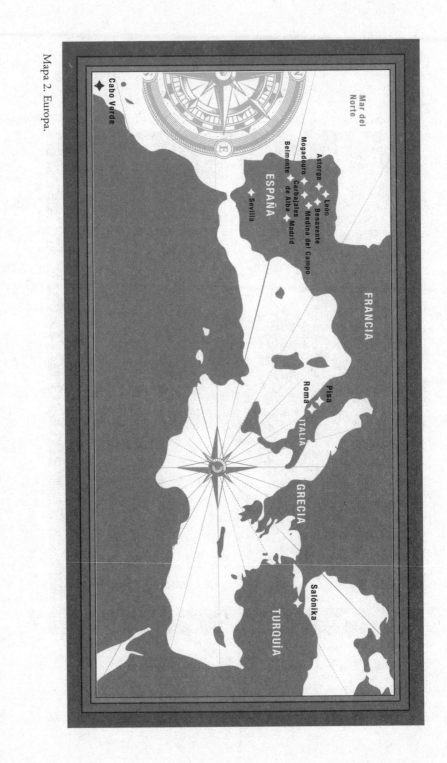

Mapa 2. Europa.

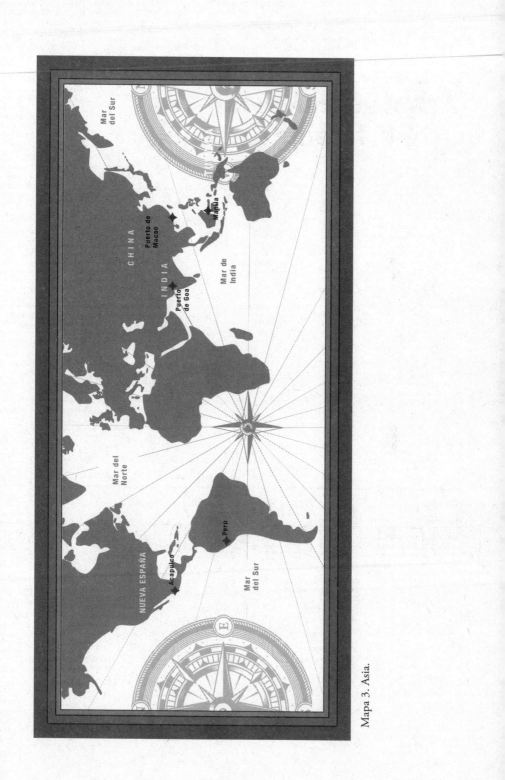

Mapa 3. Asia.

Árbol genealógico
de la familia Carvajal

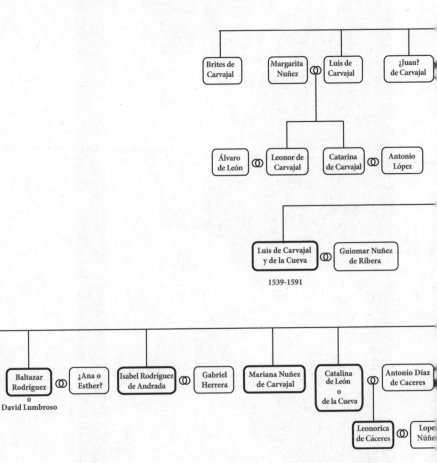

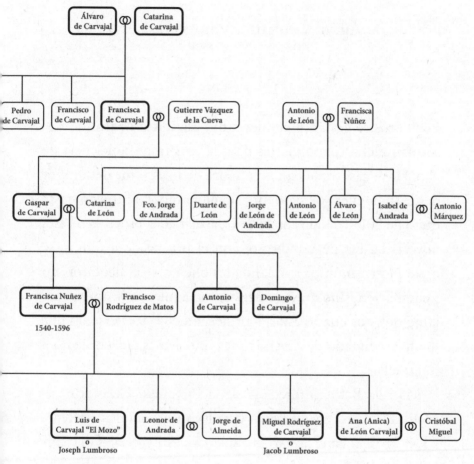

Agradecimientos y notas finales

Los libros se gestan y comienzan a escribirse dentro de nosotros mucho tiempo antes de que tengamos conciencia de ello. Hace casi treinta años la figura de Joseph me deslumbró desde su hoguera de siglo XVI; sin embargo, no fue sino hasta enero de 2018 cuando comencé a trabajar en el proyecto de esta novela. La luz de Lumbroso, con el prisma de los años, se desdobló en múltiples tonalidades que no solo alentaron mi imaginación, sino que se entrelazaron a nuestra historia. A lo largo de estos cuatro años, han sido muchas las personas que me han ayudado de diversas maneras. Mi agradecimiento a todas ellas:

Marcela Beltrán, directora de la Biblioteca Cervantina, y Melissa Rangel, por su ayuda para localizar material referente a los Carvajal en el acervo de Colecciones Especiales del Tecnológico de Monterrey.

Ana Portnoy Berner, brillante profesora de historia e investigadora, por su enorme generosidad, el material bibliográfico, las entrevistas y su lectura del manuscrito.

Mónica Montemayor, experta en la historia de los sefarditas en Nueva España y genealogista, por su disposición para responder a mis dudas, por las conversaciones, los documentos cruciales y su lectura.

María de Alva y Raúl Verduzco, amigos cómplices, colegas y escritores, por acompañarme a lo largo de todo el proceso de escritura, agradezco sus minuciosas lecturas, su compromiso y sus comentarios al texto.

Diego Prieto, director general del Instituto Nacional de Antropología e Historia, por su valiosa ayuda y orientación.

Dr. Baltazar Brito, director de la Biblioteca Nacional de Antropología e Historia, por compartir conmigo la asombrosa aventura del retorno de los manuscritos a México, por su apoyo y el de su equipo durante la consulta de los originales.

Edgar Ríos Rosas, jefe de departamento de área del Archivo General de la Nación, por permitirme el acceso a los procesos originales.

Marijuana Jerónimo, por su recorrido por el Exconvento San Hipólito.

Jorge Zacarías, encargado del archivo histórico del Palacio de Inquisición en Ciudad de México, por la visita a Santo Domingo y las antiguas cárceles secretas.

Josué Calixto, por su orientación y ayuda en relación a documentos antiguos.

José Domingos, custodio de la tradición sefardí en la zona montañosa de Portugal, por su entrañable entrevista y recorrido por la judería de Belmonte.

Juan José Izquierdo, director y editor de Liber Ediciones bibliofilia y arte, por su magnífica edición de *Carvajal,* un homenaje a Joseph Lumbroso.

José Luis Fariñas, poeta y pintor, por sus bellísimos grabados sobre los Carvajal, en particular el titulado "Copiando textos en la biblioteca".

Verónica Flores, agente literaria y amiga, por sus consejos, por creer en la luz que emana la historia de Joseph Lumbroso y en mi escritura.

Al equipo editorial de Penguin Random House, por cobijar y dar alas a esta saga familiar que, por vez primera después de cuatro siglos, cobra forma de novela.

Fernanda Álvarez, extraordinaria editora, por su confianza, su lectura y comentarios que enriquecieron la versión final de la novela.

Cristina Rivera Garza, por su amistad y por el prodigio de su escritura, por sus palabras para mi novela.

Everardo Lozano y Magda Hernández, por su generosidad, por alentar la escritura de esta historia nuestra, por su confianza en mi proyecto.

Conchita Riveros, por el recorrido que hicimos juntas a través de los pueblos de Portugal y España tras la huella inefable de Joseph Lumbroso.

Mónica Castellanos, escitora y amiga, por los retiros literarios que robustecieron esta novela.

Carmen Reynoso, por compartir Margaritas para los retiros.

Paola García, por su ayuda en el proceso de investigación.

Fernando Dávila, por obsequiarme las capitulaciones completas de Luis de Carvajal, aun sin conocerme.

Rosa Raquel Uzeta, por brindarme bibliografía esencial.

Las primeras lectoras siempre: Laura, mi madre, e Isabela, mi hija, por sus observaciones y sugerencias.

Manolo, por respetar mi libertad creadora y los universos que me habitan antes de tornarse escritura.

Isabela, Catalina y Andrea, brújulas de mi existencia.

Francisco Riveros Luján, mi padre, homónimo del capitán que condujo a los Carvajal en aquella expedición de 1580, por ser y estar.

José Manuel Zambrano Quintanilla, a quien le hubiera gustado leer esta novela terminada.

Valentín Muñoz y el equipo de Conarte, por su apoyo para los procesos de obtención del EFCA que recibí en los periodos de 2018 y 2020.

Agradezco al Archivo General de la Nación, al Instituto Nacional de Antropología e Historia por permitirme compartir las fotografías que realicé mientras trabajé con los manuscritos originales.

Gracias a Liber Ediciones por la cesión de derechos para la reproducción del grabado *Copiando textos en la biblioteca* realizado por José Luis Fariñas.

El proceso de escritura de mi novela se realizó con el apoyo del estímulo fiscal del artículo 159 Bis de la Ley de Hacienda del Estado de Nuevo León del Gobierno del Estado de Nuevo León y del Consejo para la Cultura y las Artes de Nuevo León.

Durante el tiempo en que escribí *Olvidarás el fuego* escuchaba un playlist que me permitía, cada vez que interrumpía su escritura, volver al ambiente, recuperar el tono narrativo, el estado emocional de los personajes. Te comparto el código QR donde podrás encontrarla con el nombre de: *Olvidarás el fuego* novela de Gabriela Riveros.

Bibliografía

Anteo, Mario, *El reino en celo*, México, UANL y Fondo Editorial Nuevo León, 2012.

Berger, Joseph, "Vive Inquisición en el Nuevo Mundo", *The New York Times International Weekley*, 14 de enero de 2017, p. 6.

Berman, Sabina, *En el nombre de Dios*, México, 1996.

Biblia. *Libros del Deuteronomio y el Génesis.*

Carvajal, Luis de, *Luis de Carvajal, el Mozo: Manuscritos. Memorias, Lex Adonai y Modo de llamar a Dios*. Estudios de Baltazar Brito Guadarrama, Alicia Gojman de Backal, Samuel Temkin y Antonio Rubial García, Liber Ediciones, España-México, 2019.

Carvajal, Luis de, *Memorias, Lex Adonai y Modo de llamar a Dios*. Manuscritos originales, Biblioteca Nacional de Antropología e Historia, México.

Carvajal, Luis de, *Memorias*. Archivo digital de documento escaneado del siglo XVI, Princeton University.

Cavazos, Israel, *Capitulación de Felipe II con Luis de Carvajal: sobre el descubrimiento y población del Nuevo Reino de León*, edición especial Foro Pro-Cultura y Convex, México, 2005.

Cohen, Martin A., *The Martyr: Luis de Carvajal, a Secret Jew in XVI- Century Mexico*, Jewish Latin America, University of New Mexico Press, 2001.

Collantes de Terán, María José, *El delito de adulterio en el derecho general de Castilla*, Sumario, 1996.

Elizondo, Ricardo, "Los sefarditas en Nuevo León: Reminiscencias en el Folklore", *Cuadernos del Archivo General del Estado de Nuevo Léon*, núm. 11, 1987.

Escobedo Díaz de León, Rodolfo M., *Sefarditas en el noreste de la Nueva España*, 2015.

Galindo, Hernán, *Víspera de fuego* (puesta en escena), Monterrey, N. L., México, 2018.

Gojman de Backal, Alicia, *Judaizantes en la Nueva España: Catálogo de documentos en el Archivo General de la Nación*, UNAM y Backal Editores, 2006.

——————, *Raíces criptojudías de Nuevo León* (conferencia), Centro Cultural ALFA, 1996.

Goldman, Jack, "The tragic square of Don Luis de Carvajal y de la Cueva", *The Historian*, vol. 9, núm. 1, Taylor & Francis, Ltd, 1946.

Gómez Pickering, Diego, *Cartas de Nueva York: Crónicas desde la tumba del imperio*, Editorial Taurus, 2020.

González, Carlos, *El poderoso Señor Capitán Don Luis de Carvajal y de la Cueva*, UANL, 2017.

González Obregón, Luis y Gómez, Rodolfo, *Procesos de Luis de Carvajal (el Mozo)*, Archivo General de la Nación, Talleres Gráficos de la Nación, núm. XXVIII, México, 1935.

Guilliem Arroyo, Salvador, "La caja de agua del Colegio de la Santa Cruz de Tlatelolco", *Arqueología Mexicana*, núm. 89, p. 62.

Hamilton, Michelle M., *La poesía de Leonor de Carvajal y la tradición de los criptojudíos en Nueva España*, Berkeley, University of California, 2010.

Hoyo, Eugenio del, *Historia del Nuevo Reino de León 1577-1723*, Editorial Libros de México, S. A., 1979.

Kaufmann, Jacobo, *Carvajal, el testamento de Joseph Lumbroso* (libreto de ópera), 2015.

Lanyon, Anna, *Fire & Song: The story of Luis de Carvajal and the Mexican Inquisition,* Allen & Unwin, 2011.

Lewin, Boleslao, *Mártires y conquistadores judíos en La América Hispana,* Editorial Candelabro, 1953.

Liebman, Seymour B., *Los judíos en México y en América Central: Fe, llamas e Inquisición,* Siglo XXI Editores, 1971.

————, *The enlighted; the writings of Luis de Carvajal El Mozo,* University Miami Press, 1967.

Martínez del Río, Pablo, *Alumbrado,* Porrúa Hermanos, 1937.

Payno, Manuel y Rivapalacio, Vicente, *El libro rojo,* Editorial del Valle de México, S.A., 1905.

Portnoy, Ana, *Luis de Carvajal El Mozo,* Sociedad Nuevoleonesa de Historia, Geografía y Estadística, A.C., 1981.

————, *Usos y costumbres de los criptojudíos en el México colonial,* V Jornadas sobre la identidad de la cultura norestense, 1989.

Procesos de Inquisición, 1589 y 1595 de Luis de Carvajal "El Mozo", Archivo General de la Nación, Ciudad de México.

Ramírez, Emma, "Eugenio de Salazar y Alarcón: El elogio de la ciudad virreinal del siglo xvi", *Revista de Humanidades,* núm. 17, México, Tecnológico de Monterrey, ITESM, 2004, pp. 49-77.

Redacción, "El diminuto diario secreto que narra la atroz persecución de una familia durante la Inquisición española en México", *BBC Mundo,* 11 de junio de 2017.

Ripstein, Arturo, *El Santo Oficio,* con guion de José Emilio Pacheco, México, 1975.

Rodríguez-Sala, María Luisa, *Cárcel del Tribunal del Santo Oficio de la Inquisición,* Biblioteca Jurídica Virtual del Instituto de Investigaciones Jurídica de la UNAM.

Temkin, Samuel, *Luis de Carvajal: The origins of Nuevo Reino de León,* Santa Fe Suistone Press, 2011.

——————, *Luis de Carvajal de la Cueva: Los principios del Nuevo Reino de León,* UANL, 2017.

——————, "Los méritos y servicios de Carvajal (1567-1577)", *Revista de Humanidades,* núm. 21, México, Tecnológico de Monterrey, 2006.

——————, "La urca de Carvajal y sus pasajeros", *Revista de Humanidades,* núm. 31-31, México, Tecnológico de Monterrey, 2011-2012.

——————, "The Downfall of Governor Luis de Carvajal de la Cueva, 1580-1590", *Revista de Humanidades,* núm. 26, México, Tecnológico de Monterrey, 2009.

——————, "Gaspar Castaño de Sosa: el primer fundador de Monterrey", *Revista de Humanidades,* núm. 27-28, México, Tecnológico de Monterrey, 2009-2010.

——————, "La capitulación de Luis de Carvajal", *Revista de Humanidades,* núm, 23, México, Tecnológico de Monterrey, 2007.

——————, "El descubrimiento europeo del valle de Monterrey", *Revista de Humanidades,* núm. 19, México, Tecnológico de Monterrey, 2005.

Toro, Alfonso, *Los judíos en la Nueva España,* FCE, 1982.

——————, *La Familia Carvajal,* México, Editorial Patria, S. A. 1944.

Uchmany, Eva Alexandra, *La vida entre el judaísmo y el cristianismo en La Nueva España: 1580-1606,* México, Archivo General de la Nación y FCE, 1992.

Vargas-Lobsinger, María, *Una mirada a la vida novohispana del siglo XVI: el juicio criminal contra Francisco de Urdiñola,* México, Instituto Coahuilense de Cultura y CONACULTA, 2010.

Olvidarás el fuego de Gabriela Riveros
se terminó de imprimir en el mes de octubre de 2022
en los talleres de Diversidad Gráfica S.A. de C.V.
Privada de Av. 11 #1 Col. El Vergel, Iztapalapa,
C.P. 09880, Ciudad de México.